LA LETRA ESCARLATA

LA CASA
DE LOS
SIETE TEJADOS

NATHANIEL
HAWTHORNE

Títulos: La letra escarlata / La casa de los siete tejados
Títulos originales: *The Scarlet Letter / The House of the Seven Gables*
Autor: Nathaniel Hawthorne

© Edimat Libros, SA
C/ Primavera, 10, nave 35
28500 Arganda del Rey
Madrid-España
www.edimat.es

Traducción:
  -La letra escarlata: Ediciones J. Pérez del Hoyo
  -La casa de los siete tejados: Cinta García de la Rosa
Diseño e ilustraciones de cubierta: Karakachoff estudio

ISBN: 978-84-9794-673-5
Depósito Legal: M-7491-2025

Impreso en España - *Printed in Spain*

LA LETRA ESCARLATA

PREFACIO A LA SEGUNDA EDICIÓN

Para mayor sorpresa del autor y, si puede decirse sin añadir más ofensa, para su considerable divertimento, el autor encuentra que su esbozo de la vida oficial, preliminar a *La letra escarlata,* ha creado un entusiasmo inaudito en la respetable comunidad que lo rodea más de cerca. En efecto, apenas podría haber sido más violento que si le hubiera prendido fuego a la aduana y hubiera apagado sus últimas brasas con la sangre de cierto venerable personaje, contra el cual se supone que el autor alberga una peculiar malevolencia. Como la desaprobación del público sería una carga pesada para él, si fuera consciente de merecérsela, el autor se permite decir que ha leído las páginas introductorias con el propósito de alterar o eliminar cualquier incorrección, así como para realizar las mejores enmiendas que estén en su poder para solucionar las atrocidades de las que se le ha declarado culpable. Pero le parece que los únicos rasgos extraordinarios del borrador son su franco y genuino buen humor, así como la precisión general con la que ha expresado sus sinceras impresiones de los personajes allí descritos. En cuanto a animosidad o rencor de cualquier tipo, personal o político, el autor niega por completo tales motivos. Tal vez, el esbozo podría haber sido omitido en su totalidad sin pérdida para el público ni perjuicio para el libro; no obstante, al haberse comprometido a escribirlo, concibe que no podría haberse hecho con un ánimo mejor ni más amable, ni tampoco, hasta donde se lo permitían sus habilidades, con un efecto de verdad más animado.

El autor se ve obligado, por lo tanto, a republicar su pieza introductoria sin cambiar ni una sola palabra.

Salem, 30 de marzo de 1850.

LA ADUANA

Introducción a *La letra escarlata*

Resulta un poco increíble que —aunque me resisto a hablar en exceso sobre mí y mis asuntos con mis amigos cuando nos reunimos al calor de la chimenea— un impulso autobiográfico, al dirigirme al público, se haya apoderado de mí dos veces. La primera vez fue hace tres o cuatro años, cuando favorecí al lector, sin excusas y sin ninguna razón mundana que el lector indulgente o el autor indiscreto pudieran imaginar, con una descripción de mi estilo de vida en la profunda quietud de una vieja rectoría. Y ahora —porque, más allá de lo que me merezco, me sentía feliz de haber encontrado a un par de oyentes en la anterior ocasión— de nuevo agarro al público por la solapa y hablo de mi experiencia de tres años en una aduana. El ejemplo del famoso *P.P., clérigo de esta parroquia* nunca fue más fielmente seguido. La verdad parece ser, empero, que, cuando lanza sus páginas al público, el autor se dirige, no a los muchos que descartarán su volumen o nunca lo abrirán, sino a los pocos que le entenderán mejor que la mayoría de sus compañeros de colegio o sus amigos de siempre. Algunos autores, en efecto, hacen mucho más que eso y se entregan a tales profundas revelaciones confidenciales que podrían dirigir digna, única y exclusivamente, al único corazón y mente de perfecta simpatía; como si el libro impreso, lanzado en general al ancho mundo, tuviera la certeza de encontrar el segmento dividido de la propia naturaleza del escritor y completara el círculo de su existencia al entrar en comunión con él. Apenas es decoroso, sin embargo, decirlo todo incluso cuando hablamos de forma impersonal. Pero, como los pensamientos quedan congelados y el habla se ve entumecida a menos que el orador se encuentre en una suerte de relación veraz con su audiencia, sería imperdonable imaginar que un amigo, uno amable y aprensivo, aun cuando no sea el más íntimo de los amigos, esté escuchando nuestro discurso; y entonces, cuando esta afable percepción descongela una reserva inherente, podemos parlotear sobre las circunstancias que se encuentran a nuestro alrededor o incluso sobre nosotros mismos, mientras que seguimos conservando el Yo más íntimo

detrás de su velo. En cierta medida, y dentro de estos límites, me parece que un autor puede ser autobiográfico sin violar los derechos del lector ni los suyos propios.

Se verá, de igual modo, que este bosquejo de la aduana alberga una cierta propiedad, de una especie siempre reconocida en literatura, en cuanto a explicar cómo una gran porción de las siguientes páginas llegó a estar en mi posesión, así como en proporcionar pruebas de la autenticidad de una narrativa allí contenida. De hecho, esto —el deseo de colocarme a mí mismo en mi verdadero puesto como editor, o muy poco más, del más prolijo entre los cuentos que conforman mi volumen—, esto y no otra cosa, es mi verdadera razón para asumir una relación personal con el público. Al cumplir el propósito principal, me parecía digno de consideración, con unos cuantos toques extras, proporcionar una leve representación de un estilo de vida no descrito con anterioridad, junto con algunos de los personajes que se mueven en él, entre los cuales resulta que el autor es uno de ellos.

En Salem, mi ciudad natal, a cuya entrada, hace medio siglo, en la época del viejo rey Derby, se hallaba un bullicioso muelle, pero que ahora se ve abrumado con almacenes de madera podrida y muestra poca o ninguna muestra de vida comercial, salvo, quizás, una bricbarca o un bergantín, atracados a medio camino de su melancólica longitud, descargando pieles, o tal vez, bastante más cerca, una goleta de Nueva Escocia desembarcando su carga de leña. Como iba diciendo, a la entrada de este ruinoso muelle que la marea inunda a menudo, a lo largo del cual, en la base y en la parte trasera de la hilera de edificios, el rastro de muchos lánguidos años puede verse en un parterre de enclenque hierba, allí, con una vista desde sus ventanas delanteras hacia esta no demasiado alentadora perspectiva, y desde ahí a lo largo del puerto, se alza un espacioso edificio de ladrillos. Desde el punto más elevado de su tejado, durante exactamente tres horas y media cada mañana, ondea o pende lánguida, según haya brisa o tiempo calmo, la bandera de la república; sin embargo, las trece barras están giradas en vertical, en lugar de en horizontal, para indicar así que allí se ha establecido un puesto civil, y no militar, del gobierno del Tío Sam. Su fachada está decorada con un pórtico de media docena de pilares de madera, los cuales sujetan un balcón, bajo el cual una escalinata de amplios peldaños de granito desciende hacia la calle. Sobre la entrada se cierne un enorme espécimen de águila americana, con las alas desplegadas, un escudo sobre su pecho y, si lo recuerdo bien, un manojo de rayos y flechas entremezclados en cada garra. Con la acostumbrada debilidad de talante que caracteriza a esta infeliz ave, ella parece amenazar a la inofensiva comunidad con la fiereza de su pico y su mirada, así como con la general agresividad de su actitud. Parece advertir en especial a todos los ciudadanos, cuidadosos con su seguridad, para que no se cuelen en las instalaciones que ella ensombrece con sus alas. No obstante, por muy feroz que parezca, muchas personas buscan en este preciso instante refugiarse bajo el ala del águila federal; supongo que se imaginan que su pecho contiene toda la suavidad y la comodidad de una almohada de plumón. Pero ella no alberga gran ternura, ni siquiera cuando se halla del mejor humor, y, antes o después —a menudo antes mejor que después— siente propensión a deshacerse de sus polluelos con un rasguño de sus garras, un buen picotazo o una emponzoñada herida de sus crueles flechas.

El pavimento que rodeaba el previamente descrito edificio, al que podemos denominar de inmediato como la aduana del puerto, tiene suficiente hierba creciendo en sus grietas como para demostrar que, en los últimos tiempos, no ha sido desgastado por una actividad mercantil multitudinaria. Algunos meses del año, empero, a menudo se daba una mañana en la que los asuntos progresaban con un paso más vivaz. Tales ocasiones podrían hacer que los ciudadanos más ancianos se acordasen de esa época anterior a la última guerra con Inglaterra, cuando Salem era un puerto en sí mismo; no como ahora, cuando se ve despreciada por sus propios mercaderes y propietarios de barcos, quienes permiten que sus muelles se caigan a pedazos mientras sus negocios van a crecer, sin necesidad y de un modo imperceptible, en el poderoso influjo de comercio en Nueva York o Boston. En tales mañanas, cuando sucede que tres o cuatro navíos llegan al mismo tiempo —normalmente procedentes de África o Sudamérica— o están a punto de partir acullá, se oye el sonido de frecuentes pisadas que suben y bajan con presteza los peldaños de granito. Aquí, antes de que su propia esposa le haya saludado, se puede saludar al curtido capitán, recién llegado al puerto, con los documentos de su navío bajo el brazo en una deslustrada caja de hojalata. Aquí llega también su propietario, alegre o sombrío, cortés o enfurruñado, dependiendo de si el viaje se ha realizado con mercancías que se convertirán fácilmente en oro o si le han sepultado bajo un montón de inconvenientes de los que nadie se preocupará de librarle. De igual modo encontramos al inteligente y joven dependiente, el germen del mercader agobiado de frente arrugada y barba canosa, quien recibe el sabor del comercio como un lobezno recibe el de la sangre y que ya envía aventuras en los barcos de su capitán, cuando más le valdría estar navegando con barquitos de juguete en la represa de un molino. Otra figura en la escena es el marino a punto de zarpar en busca de protección, o el que acaba de desembarcar, pálido y débil, en busca de un pasaje hacia el hospital. Tampoco debemos olvidar a los capitanes de las pequeñas y oxidadas goletas que traen leña desde las provincias bri-

tánicas, un conjunto de burdas lonas sin el estado de alerta del aspecto yanqui, pero que contribuyen con un artículo de no poca importancia para nuestro comercio en decadencia.

Si agrupamos a todos estos individuos, como se hace a veces, con otros personajes misceláneos para diversificar el grupo, por el momento, convertimos la aduana en un excitante escenario. Con más frecuencia, sin embargo, al subir los escalones se percibiría —en la entrada si es verano o en sus apropiadas salas si el clima es invernal o desapacible— a una fila de figuras venerables, sentadas en anticuadas sillas que estaban inclinadas sobre sus patas traseras contra la pared. A menudo estaban dormidos, pero en ocasiones se les podía oír conversar entre ellos, con voces que variaban entre palabras y un ronquido, y con esa falta de energía que distingue a los ocupantes de los hospicios y al resto de seres humanos cuya subsistencia depende de la caridad, del trabajo monopolizado o de cualquier otra cosa salvo de su propio esfuerzo independiente. Estos ancianos caballeros —sentados, como Mateo, para recibir la alcabala, pero sin ninguna propensión a ser llamados con posterioridad para realizar recados apostólicos— eran funcionarios de aduanas.

Además, a mano izquierda conforme se entra por la puerta principal, se halla una cierta sala o despacho de apenas dos metros cuadrados y techos altos; dos de sus ventanas arqueadas dominan las vistas del ya mencionado muelle destartalado, y la tercera ventana mira a un estrecho callejón y a una parte de la calle Derby. Las tres ventanas proporcionan vistas a las tiendas de los tenderos, dc los constructores de cuadernales, de los vendedores de productos para los marineros y los proveedores navales. Cerca de la puerta se puede ver generalmente, riendo y compartiendo chismes, grupos de viejos lobos de mar y otras ratas de muelle que merodean por el puerto marítimo de Wapping. El despacho en sí está cubierto de telarañas y sucio con pintura vieja; el suelo está lleno de arena gris, de un modo que lleva mucho tiempo en desuso en cualquier otro lado, y es fácil llegar a la conclusión, por la dejadez general del lugar, que este es un santuario al cual las mujeres, con sus herramientas mágicas —la escoba y la fregona— tienen acceso con muy poca frecuencia. En cuanto al mobiliario, hay un fogón con una voluminosa chimenea; un viejo escritorio de pino con un taburete de tres patas junto a él; dos o tres sillas con asiento de madera, las cuales se ven excesivamente decrépitas y enclenques, y no nos olvidemos de la biblioteca, más bien unos estantes, con un par de volúmenes de las *Actas del Congreso* y un voluminoso *Compendio de Leyes de Ingresos Públicos*. Una tubería de hojalata asciende hasta atravesar el techo y forma un medio de comunicación vocal con otras partes del edificio.

Y aquí, hace unos seis meses —recorriendo el espacio de punta a punta, o descansando sobre el taburete de largas patas, con los codos apoyados sobre el escritorio y los ojos recorriendo las columnas del periódico matutino— podría haber reconocido, querido lector, al mismo individuo que les dio la bienvenida a este alegre y pequeño estudio, donde la luz del sol brillaba de un modo muy agradable a través de las ramas del sauce en el lado oeste de la vieja rectoría. Pero ahora, si se encaminara hacia allí para buscarlo, sus pesquisas sobre el Tasador Locofoco no darían ningún resultado. La escoba de la reforma lo ha destituido de su cargo y un sucesor más digno lleva su dignidad y se mete en el bolsillo sus honorarios.

Esta vieja ciudad de Salem —mi ciudad natal, aunque he morado mucho más lejos de allí, tanto en mi infancia como en mis años más maduros— posee, o poseía, la llave de mis afectos, de cuya fuerza nunca me había percatado durante mis estaciones de residencia allí. De hecho, en lo que concierne a su aspecto físico, con su superficie plana e inalterable, cubierta principalmente con casas de madera, pocas o ninguna de las cuales alberga pretensiones de belleza arquitectónica —su irregularidad, que no es ni pintoresca ni evocadora, sino sólo anodina— su larga y perezosa calle, que se extiende de un modo tedioso por toda la extensión de la península, con Gallows Hill y New Guinea en un extremo, y una vista del asilo para pobres en el otro... Tales son los rasgos de mi ciudad natal. Sería mucho más razonable formar un vínculo sentimental con un desordenado tablero de ajedrez. Y aun así, aunque me siento invariablemente más feliz en cualquier otro lugar, existe dentro de mí un sentimiento por el viejo Salem que, a falta de una expresión mejor, debo contentarme con llamar afecto. El sentimiento puede asignarse probablemente a las profundas y añejas raíces que mi familia ha plantado en su tierra. Casi han pasado dos siglos y cuarto desde que el británico original, el primer emigrante con mi nombre, hizo su aparición en el salvaje asentamiento rodeado de bosque que desde entonces ha evolucionado hasta convertirse en ciudad. Y aquí han nacido y muertos sus descendientes, y han mezclado su sustancia terrenal con la tierra hasta que ninguna porción deba asemejarse necesariamente a la estructura mortal con la cual, durante un tiempo, yo recorro las calles. Por lo tanto, en parte, el apego del que hablo es la mera simpatía sensual del polvo por el polvo. Pocos de mis compatriotas pueden saber lo que es; tampoco, como los trasplantes frecuentes son quizás mejores para la estirpe, necesitan considerar deseable saberlo.

Pero el sentimiento posee de igual modo su cualidad moral. La figura de ese primer antepasado, investido por la tradición familiar con una tenue y oscura grandeza, estaba presente en mi imaginación infantil desde que tengo uso de razón. Aún me obsesiona e induce una suerte de sensación hogareña con el pasado, que apenas reclamo en referencia a la presente fase de la ciudad. Me parece que tengo más derecho a residir aquí por este progenitor grave, barbudo, con capa de marta y sombrero acampanado, que llegó tan pronto, con su biblia y su espada, y recorrió la calle desierta con porte tan majestuoso que se hizo notar como hombre de guerra y como hombre de paz; un derecho más fuerte que el mío, cuyo nombre apenas se oye y cuyo rostro apenas se conoce. Fue soldado, legislador, juez, gobernó en la iglesia y poseía todos los rasgos puritanos, tanto los buenos como los malos. También fue un perseguidor acérrimo, como atestiguan los cuáqueros, que lo han recordado en sus historias y relatan un incidente de su dura severidad hacia una mujer de su secta, que perdurará por más tiempo que cualquier registro de sus mejores acciones, aunque estas fueran muchas. Su hijo también heredó su espíritu perseguidor y se hizo tan conspicuo en el martirio de las brujas que puede decirse con justicia que su sangre dejó una mancha en él. Una mancha tan profunda que sus viejos huesos resecos, en el cementerio de la calle Charter, todavía deben conservarla, ¡si es que no se han convertido en polvo! No sé si estos antepasados míos pensaron en arrepentirse y pedir perdón al cielo por sus crueldades, o si ahora se encuentran gimiendo bajo las pesadas consecuencias de estas en otro estado de su existencia. En cualquier caso, yo, el que esto escribe, como su representante, me avergüenzo por ellos y ruego que cualquier maldición en la que hayan incurrido —como he oído, y como la triste y poco próspera condición de la estirpe, durante muchos años atrás, argumentaría que existe— pueda ser eliminada ahora y en lo sucesivo.

Sin embargo, no cabe duda de que cualquiera de estos severos puritanos de cejas negras habría considerado una retribución suficiente por sus pecados que, después de tantos años, el viejo tronco del árbol familiar, cubierto de musgo venerable, hubiera soportado como su rama más alta a un holgazán como yo. Ningún objetivo que yo haya perseguido jamás sería reconocido por ellos como loable; ningún éxito mío, si es que mi vida, más allá de su ámbito doméstico, ha brillado alguna vez por el éxito, sería considerado por ellos de otro modo que inútil, cuando no positivamente vergonzoso. «¿A qué se dedica?» le murmura una sombra gris de mis antepasados a otra. «¡Un escritor de libros de cuentos! ¿Qué clase de negocio en la vida, qué modo de glorificar a Dios o de ser útil a la humanidad en su día y generación puede ser ese? Ese degenerado bien podría haber sido violinista». Tales son los cumplidos que me lanzan mis tatarabuelos a través del abismo del tiempo. Y, sin embargo, que me desprecien como quieran, pues fuertes rasgos de su naturaleza se han entrelazado con la mía.

Bien enraizada por estos dos serios y energéticos hombres, en los albores de esta ciudad, la estirpe ha subsistido aquí desde entonces, siempre con respetabilidad y nunca, por lo que yo sé, deshonrada por algún único miembro indigno; por otro lado, empero, rara vez o nunca, tras las primeras dos generaciones, ha realizado algún acto memorable o ha reclamado su derecho para ser notada por el público. Gradualmente, se ha ido hundiendo hasta quedar casi fuera de la vista, como las viejas casas esparcidas por la calle por doquier quedan medio cubiertas hasta sus aleros por la acumulación de tierra nueva. De padres a hijos, durante más de cien años, siguieron el mar: un canoso capitán de navío, en cada generación, se retiraba del puesto de mando a su casa, mientras que un muchacho de catorce años ocupaba su lugar hereditario delante del mástil para enfrentarse a las saladas salpicaduras y a las tempestades que habían bramado contra su padre y su abuelo. El muchacho también, a su debido tiempo, pasaría del castillo de proa a la cabina, viviría una tempestuosa madurez y regresaría de sus vagabundeos por el mundo para envejecer, morir y mezclarse con el polvo de su ciudad natal. Esta larga conexión de una familia con un lugar, como su lugar de nacimiento y enterramiento, crea un parentesco entre los seres humanos y la localidad, bastante independiente de cualquier encanto del paisaje o de las circunstancias morales que lo rodeen. No es amor, sino instinto. El nuevo habitante, que llegó de una tierra extranjera, o cuyo padre o abuelo llegó desde allí, tiene poco derecho a reclamar que lo llamen oriundo de Salem, puesto que no tiene concepción de la tenacidad cerril con la que un viejo colono, cuyo tercer siglo se desliza hacia él, se aferra al lugar donde sus sucesivas generaciones han sido integradas. No es cuestión de que el lugar le resulte triste, sino más bien de que esté cansado de las viejas casas de madera, del barro y el polvo, lo plano del lugar y el sentimiento, el frío viento del este y las aún más heladas atmósferas sociales... Todo eso, además de cualquier otro defecto que pueda ver o imaginar, no son nada para el propósito. El hechizo sobrevive, tan poderoso como si el lugar natal se hallara en un paraíso terrenal. Así ha sido en mi caso. Casi sentí que era mi destino hacer de Salem mi hogar; de modo que el molde de los rasgos y el molde del carácter que siempre habían sido familiares aquí —siempre y cuando un representante de la estirpe yaciera en su tumba, otro asumiría, por así decirlo, su marcha como centinela a lo largo de la calle principal— todavía podrían verse y reconocerse en mi pequeño día a día en la vieja ciudad. Sin embargo, este mismo sentimiento es prueba de que la conexión, que se ha vuelto perjudicial, debería romperse al menos. La naturaleza humana no florecerá, de igual modo que tampoco lo haría una patata, si se planta y se vuelve a plantar durante una serie demasiado larga de generaciones en

la misma tierra desgastada. Mis hijos han nacido en otros lugares y, en la medida en que su fortuna esté bajo mi control, echarán raíces en tierra sin cultivar.

Al salir de la vieja rectoría, fue sobre todo este extraño, indolente y poco alegre apego por mi ciudad natal lo que me llevó a ocupar un lugar en el edificio de ladrillo del Tío Sam, cuando podría haber ido —y puede que hubiera sido mejor— a cualquier otra parte. Mi perdición estaba asegurada. No era la primera vez, ni la segunda, que me marchaba, al parecer, para siempre, pero volvía como el hijo pródigo o como si Salem fuera el inevitable centro del universo. De ese modo, una buena mañana, subí la escalinata de granito con la comisión del presidente en el bolsillo y fui presentado ante el cuerpo de caballeros que iban a ayudarme en mi pesada responsabilidad como jefe ejecutivo de la Aduana.

Dudo enormemente —o, más bien, no lo dudo en absoluto— que cualquier funcionario público de los Estados Unidos, ya ocupe un cargo civil o militar, haya tenido alguna vez bajo sus órdenes a semejante cuerpo patriarcal de veteranos como el que yo tenía a mis órdenes. El paradero del habitante más longevo quedaba establecido cuando los miraba. Durante más de veinte años antes de esa época, la posición independiente del Recaudador había mantenido a la Aduana de Salem al margen del torbellino de vicisitudes políticas que hacen que la permanencia en el cargo sea, por lo general, tan frágil. Un soldado —el soldado más distinguido de Nueva Inglaterra— se mantenía firme en el pedestal de sus galantes servicios y, seguro de la sabia liberalidad de las sucesivas administraciones en las que había desempeñado su cargo, había sido la seguridad de sus subordinados en muchas horas de peligro y angustia. El general Miller era un radical conservador, un hombre cuya naturaleza bondadosa se veía fuertemente condicionada por la costumbre: se apegaba con fuerza a los rostros conocidos y le costaba cambiar, incluso cuando dicho cambio podría haber supuesto una incuestionable mejora. Así, al hacerme cargo de mi departamento, me encontré con pocos hombres, salvo los de edad avanzada. En su mayoría se trataba de antiguos capitanes de barco que, tras haber surcado los mares y haber resistido robustamente las tempestuosas ráfagas de la vida, habían ido a parar finalmente a este tranquilo rincón, donde, con pocas cosas que los perturbaran, excepto los terrores periódicos de unas elecciones presidenciales, todos y cada uno de ellos adquirieron una nueva vida. Aunque de ninguna manera se encontraban menos sujetos que sus semejantes a la edad y a las enfermedades, era evidente que poseían alguna suerte de talismán que mantenía a raya la muerte. Dos o tres de ese grupo, según me aseguraron, al padecer gota o reumatismo, o al estar quizás postrados en cama, nunca soñaron con aparecer por la Aduana durante la mayor parte del año; sin embargo, tras un letárgico invierno, saldrían a hurtadillas al cálido sol de mayo o junio para dirigirse con pereza hacia lo que denominaban como un deber y, cuando les resultaba más conveniente, volvían a confinarse en sus camas. Debo confesarme culpable del delito de abreviar la respiración oficial de más de uno de estos venerables servidores de la república. Bajo mi representación, se les permitía descansar de sus arduas labores y, poco después, como si el único principio de la vida hubiera sido su afán por servir a su país —como ciertamente creo que así era— se retiraban a un mundo mejor. Me sirve de piadoso consuelo pensar que, por medio de mi intromisión, se les permitió el suficiente espacio para que se arrepintieran de las prácticas malvadas y corruptas en las que, como era de esperar, se supone que todo oficial de aduanas acaba cayendo. Ninguna de las puertas de la Aduana, ni la delantera ni la trasera, se abre al camino hacia el Paraíso.

La mayor parte de mis oficiales eran Whigs, miembros del partido liberal. Resultó bueno para su venerable hermandad que el nuevo Recaudador no fuera político y, aunque era un fiel demócrata por principios, ni recibió ni practicó su oficio haciendo referencia a los servicios políticos. Si hubiera sucedido de otro modo, si hubieran colocado a un activista político en este influyente puesto para asumir la fácil tarea de oponerse a un Recaudador Whig, cuyas enfermedades le retenían lejos de la administración personal de su despacho, difícilmente nadie de la vieja guardia habría respirado la vida oficial un mes después de que el ángel exterminador hubiera subido los escalones de la Aduana. Según el popular código en tales asuntos, habría sido mi deber, como político, llevar a cada una de esas blancas cabezas bajo la hoja de la guillotina. Era bastante evidente que los viejos temían que yo les hiciera semejante descortesía. Me dolía, pero también me divertía contemplar los terrores que les provocaba mi llegada; ver una mejilla arrugada, curtida por medio siglo de tormentas, ponerse pálida como la ceniza ante la mirada de un individuo tan inofensivo como se había acostumbrado a bramar a través de un megáfono, con voz tan ronca que asustaba incluso al mismísimo Bóreas hasta hacerlo callar. Estos excelentes ancianos sabían que, según todas las reglas establecidas —y, en lo que a algunos de ellos se refería, ponderadas por su propia falta de eficiencia para los negocios— deberían haber cedido su puesto a hombres más jóvenes, más ortodoxos en sus políticas y, en conjunto, más aptos que ellos para servir a nuestro Tío común. Yo también lo sabía, pero no conseguí encontrar en mi corazón la capacidad de actuar de acuerdo con tal conocimiento. En gran parte y merecidamente para mi propio descrédito, continuaron arrastrándose por los muelles y merodeando por las escaleras de la

Aduana durante mi mandato, y en detrimento de mi conciencia oficial. Pasaban también mucho tiempo durmiendo en sus acostumbrados rincones, con las sillas reclinadas contra la pared; no obstante, se despertaban un par de veces por la mañana para aburrirse unos a otros con la milésima repetición de viejas historias marineras y rancias bromas que se habían convertido en contraseñas y refranes entre ellos.

Imagino que pronto descubrieron que el nuevo Recaudador no suponía mayor amenaza. De modo que, con despreocupados corazones y la feliz conciencia de ser empleados útiles —en beneficio propio, al menos, si no por el de nuestro querido país— estos buenos ancianos caballeros llevaban a cabo las diversas formalidades del oficio. Con astucia, con sus anteojos, se asomaban a las bodegas de los navíos. Montaban un tremendo escándalo por nimiedades y, en ocasiones, había que maravillarse cuando se despistaban y permitían que cosas importantes se les escurrieran entre los dedos. Cada vez que sucedían tales desgracias —cuando un vagón completo de valiosa mercancía había sido desembarcado a escondidas, quizás al mediodía, y directamente bajo sus confiadas narices— nada podía exceder la vigilancia y celeridad con la que cerraban con llave, con doble candado, y aseguraban con cinta adhesiva y lacre todas las rutas del navío moroso. En lugar de una reprimenda por su previa negligencia, el caso bien parecía requerir un elogio por su encomiable precaución después de que hubiera sucedido el problema, un agradecido reconocimiento por su celo en el momento en el que ya no había remedio.

A menos que la gente demuestre ser más desagradable de lo normal, tengo la ingenua costumbre de mostrar amabilidad hacia ellos. La mejor parte del carácter de mi compañero, si es que tiene alguna, es la que suele destacar en mi consideración y que constituye la esencia del hombre que me gusta. Como la mayoría de estos viejos oficiales de aduanas tenían buenas características y como mi posición en cuanto a ellos, tanto paternal como protector, era favorable al crecimiento de sentimientos de amistad, pronto aprendí a quererlos a todos. En las mañanas estivales era agradable —cuando el ferviente calor, que casi licuaba al resto de la familia humana, tan sólo comunicaba una agradable calidez a sus cuerpos medio aletargados— era agradable, digo, oírlos charlar en la entrada trasera, todos en fila, apoyados contra la pared, como era su costumbre, mientras las congeladas ocurrencias de las pasadas generaciones se descongelaban y salían de entre sus labios con carcajadas burbujeantes. Externamente, la jovialidad de los envejecidos hombres tiene mucho en común con la alegría de los niños; el intelecto, mucho más que un profundo sentido del humor, tiene poco que ver en la materia. Es, con ambos, un brillo que juega en la superficie e imparte un aspecto soleado y alegre tanto a la rama verde como al tronco gris y enmohecido. En un caso, empero, es sol de verdad; en el otro, se parece más al brillo fosforescente de la madera en descomposición.

El lector debe entender que sería una triste injusticia representar a todos mis excelentes viejos amigos en su ancianidad. En primer lugar, mis colaboradores no eran siempre viejos; había hombres entre ellos que se encontraban en la flor de sus vidas, en la plenitud de sus habilidades y de su energía, que, en general, eran superiores al indolente y dependiente modo de vida al que los habían arrojado sus estrellas malvadas. Y además, a veces descubríamos que las blancas cabelleras de la edad eran el techado de un establecimiento intelectual en buen estado. Pero, en lo que respecta a la mayoría de mi cuerpo de veteranos, no nos equivocaremos si los caracterizo, en general, como un grupo de viejas almas aburridas que no han reunido nada que merezca la pena conservar de su variada experiencia en la vida. Parecían haber lanzado lejos todas las perlas valiosas de sabiduría práctica —y habían disfrutado de muchas oportunidades para atesorarlas— para almacenar con el mayor de los cuidados sus recuerdos entre los desechos. Hablaban con mucho más interés y unción de su desayuno de esa mañana, o del de ayer, o del de anteayer, o de su cena de mañana que del naufragio de hacía cuarenta o cincuenta años, o de todas las maravillas que habían presenciado con sus ojos juveniles.

El padre de la Aduana —el patriarca, no sólo de este pequeño escuadrón de oficiales, sino también, me atrevo a decir, del respetable cuerpo de inspectores aduaneros de todos los Estados Unidos— era un cierto inspector permanente. Ciertamente, podría llamársele hijo legítimo del sistema de recaudación, nacido dentro de la institución, ya que su padre, coronel revolucionario y antiguo recaudador del puerto, había creado un puesto para él y le había designado para ocuparlo en una época que pocos hombres vivos pueden recordar ahora. Este inspector, cuando yo lo conocí, tenía unos ochenta años y, ciertamente, era uno de los especímenes más maravillosos de senectud que uno podría descubrir tras pasarse toda una vida buscándolo. Con sus mejillas floridas, su figura compacta y elegantemente ataviado con un abrigo azul de brillantes botones, su paso enérgico y vigoroso, su aspecto fuerte y saludable... En conjunto parecía una especie de nueva creación de la Madre Naturaleza en la forma de un hombre a quien la edad y los achaques no podían afectar. Su voz y su risa, que resonaban perpetuamente por toda la Aduana, no contenían nada del trémulo temblor y los graznidos del habla de un anciano; surgían de sus pulmones pavoneándose como el canto de un gallo o un toque de clarines. Si lo miramos tan sólo como un animal —y había poco más que mirar—, era un objeto de

lo más satisfactorio, por la completa salud y salubridad de su organismo y por su capacidad, a esa edad extrema, de disfrutar de casi todos los placeres a los que alguna vez había aspirado o había llegado a concebir. La despreocupada seguridad de su vida en la Aduana, con una renta regular y con temores poco frecuentes y escasos de ser trasladado, había contribuido sin duda a que el tiempo pasara con suavidad sobre él. No obstante, las causas originales y más poderosas residían en la rara perfección de su naturaleza animal, la moderada proporción de intelecto y la muy insignificante mezcla de ingredientes morales y espirituales; estas últimas cualidades, de hecho, apenas eran suficientes para evitar que el viejo caballero caminara a cuatro patas. No poseía poder de pensamiento, ni profundidad de sentimientos ni sensibilidades molestas; nada, en resumen, a excepción de unos cuantos instintos vulgares que, ayudados por el temperamento alegre que surgía inevitablemente de su bienestar físico, cumplían su deber con mucha respetabilidad y con aceptación general como sustituto de un corazón. Había sido marido de tres esposas, todas muertas hacía mucho tiempo, y padre de veinte hijos, la mayoría de los cuales, en diferentes etapas de la infancia o la madurez, habían vuelto igualmente al polvo. Uno supondría que eso habría sido suficiente para teñir de negro el carácter más alegre. ¡No fue así con nuestro viejo inspector! Un breve suspiro bastó para aliviar todo el peso de estos lúgubres recuerdos. Al instante siguiente estaba tan dispuesto para la diversión como cualquier niño sin destetar, y mucho más que el subalterno del recaudador, quien, de los dos, y con sólo diecinueve años, poseía un carácter más viejo y grave.

Yo solía observar y estudiar a este personaje patriarcal, con lo que creo que era una curiosidad alegre, más que a cualquier otra forma de humanidad allí presente para mi observación. Era, en verdad, un raro fenómeno. Por un lado, era tan perfecto; pero, por otro lado, era tan superficial, tan engañoso, tan impalpable, una persona absolutamente mediocre. Mi conclusión fue que no tenía alma, ni corazón ni cerebro. Como ya he dicho, no poseía más que instinto y, así y con todo, había combinado el poco material de su carácter de un modo tan astuto que no existía una dolorosa percepción de deficiencia, sino, por mi parte, una satisfacción total por lo que descubrí en él. Podría ser difícil, y lo era, concebir cómo existiría en el más allá, ya que parecía ser tan terrenal y sensual; de seguro que su existencia aquí, si admitimos que terminaría con su último aliento, no había sido concedida sin amabilidad, sin ninguna responsabilidad moral más elevada que la de las bestias del campo, sino con un ámbito de disfrute más amplio que el de las bestias y con toda su bendita inmunidad por la insulsez y oscuridad de la edad.

Un punto en el que tenía una gran ventaja sobre sus hermanos cuadrúpedos era su capacidad para recordar las buenas cenas, que constituían una parte importante de la felicidad de su vida. Su gusto por la buena comida era un rasgo altamente agradable, y escucharlo hablar de carne asada resultaba tan apetitoso como un pepinillo o una ostra. Como no poseía una cualidad superior y no sacrificaba ni viciaba ningún don espiritual al dedicar todas sus energías e ingenios a servir al deleite y provecho de sus fauces, siempre me complacía y satisfacía oírlo explayarse sobre pescado, aves y carnes, así como los métodos más adecuados para prepararlos para la mesa. Sus recuerdos de buenas comidas, por muchos años que hubieran transcurrido desde el banquete, parecían traer el sabor de cerdo o pavo a la nariz. Había sabores en su paladar que habían permanecido allí no menos de sesenta o setenta años y, al parecer, continuaban siendo tan frescos como el de las chuletas de cordero que acababa de devorar durante el desayuno. Le he oído relamerse por cenas en las que todos los invitados, excepto él mismo, llevan mucho tiempo siendo alimento para los gusanos. Era maravilloso observar cómo los fantasmas de comidas pasadas eran convocados de continuo ante su presencia; y no se aparecían enfadados o buscando venganza, sino con agradecimiento por su anterior apreciación y en busca de resucitar una interminable serie de disfrute sombrío a la par que sensual. Un solomillo de ternera, unos cuartos traseros de ternera, unas costillitas de cerdo, un pollo en particular o un pavo increíblemente admirable, que quizás adornaron su mesa en los tiempos de Matusalén, eran recordados, mientras que toda la posterior experiencia de nuestra raza, y todos los sucesos que iluminaron u oscurecieron su carrera individual, habían pasado por él con un efecto tan perecedero como el de la brisa. El acontecimiento más trágico de la vida del anciano, hasta donde puedo juzgar, fue su percance con cierto ganso que vivió y murió hace veinte o cuarenta años. Se trataba de un ganso de figura más que prometedora, pero que, en la mesa, resultó ser tan empecinadamente duro que el cuchillo de trinchar no dejaba ninguna muesca en su cadáver; al final, sólo pudieron dividirlo con ayuda de un hacha y una sierra de mano.

Pero es hora de acabar este bosquejo sobre el cual, sin embargo, me alegraría extender hasta llegar a una considerable longitud porque, de todos los hombres a los que he llegado a conocer, este individuo era el más adecuado para ser un oficial de aduanas. La mayoría de las personas, debido a causas que puede que no tenga espacio para comentar, sufren un deterioro moral por este peculiar estilo de vida. El viejo inspector era incapaz de ello y, si continuara en su puesto hasta el final de los tiempos, sería igual de bueno que lo fue entonces y se sentaría a cenar con idéntico buen apetito.

Hay un retrato sin el que mi galería de efigies de la Aduana quedaría extrañamente incompleta, pero como tengo, relativamente, pocas oportunidades de observación, sólo se me permite esbozar el más simple de los perfiles. Es el del recaudador, nuestro gallardo y viejo general, quien, después de su brillante servicio militar, tras el cual había gobernado sobre un territorio del salvaje oeste, había venido aquí veinte años antes para pasar el ocaso de su variopinta y honorable vida. El valiente soldado ya había sumado, o casi, sus setenta años e iba en persecución del resto de su marcha terrenal, con la carga de enfermedades que ni siquiera la música marcial de sus propios recuerdos que agitan el espíritu podía aligerar. El paso que había sido el primero en las cargas bélicas se veía paralizado ahora. Sólo con la ayuda de un criado, y apoyando la mano con pesadez en la balaustrada de hierro, conseguía subir despacio y con mucho dolor los escalones de la Aduana para luego, con penoso progreso a través del espacio, llegar hasta su acostumbrada silla junto al fuego. Allí solía sentarse para mirar con serenidad de aspecto algo tenue a las figuras que entraban y salían en medio del crujido de los papeles, de la administración de juramentos, de las discusiones de negocios y del parloteo casual del despacho; todos esos sonidos y circunstancias no parecían impresionar sus sentidos más que de un modo confuso, y apenas se abrían paso en su esfera interna de contemplación. Su semblante, en este reposo, era apacible y amable. Si se buscaba llamar su atención, una expresión de cortesía e interés brillaba sobre sus facciones, demostrando que había luz dentro de su persona y que era sólo el medio externo de la lámpara intelectual la que obstruía los rayos en su camino. Cuanto más nos adentrábamos en la sustancia de su mente, más sensato parecía. Cuando ya no se le necesitaba que hablase o escuchase, ya que ambas operaciones le costaban un evidente esfuerzo, su rostro se sosegaba brevemente hasta adoptar su anterior quietud no melancólica. No era doloroso mirar esta expresión, ya que, aunque tenue, no contenía la imbecilidad de la edad en declive. El armazón de su naturaleza, originariamente fuerte y enorme, todavía no se había caído en pedazos.

Observar y definir su carácter bajo tales desventajas, empero, era una tarea tan difícil como la de esquematizar y construir de nuevo, en la imaginación, una antigua fortaleza, como el Fuerte Ticonderoga en el estado de Nueva York, a partir de una visión de sus grises y destruidas ruinas. Aquí y allí, por ventura, puede que los muros permanezcan casi completos, pero por todas partes sólo puede haber un montículo sin forma, difícil de manejar por su propia fuerza y cubierto de hierba y maleza crecida durante largos años de paz y abandono.

No obstante, mirando al viejo guerrero con afecto —ya que, por poca que fuera la comunicación entre nosotros, mis sentimientos hacia

él, como el de todos los bípedos y cuadrúpedos que lo conocían, podría calificarse así sin ser impropio— podía discernir los puntos principales de su retrato. Estaba marcado con las nobles y heroicas cualidades que demostraban que no aparecían allí por puro azar, sino por derecho propio, y que él se había ganado un nombre distinguido. Concibo que su espíritu nunca podría haberse caracterizado por una actividad inquieta; en cualquier período de su vida, debe haber requerido un impulso para inducirlo al movimiento, pero, una vez agitado, con obstáculos que superar y un adecuado objetivo que alcanzar, no entraba en los planes del hombre rendirse o fracasar. El calor que anteriormente había permeado su naturaleza, y que aún no se había extinguido, nunca fue del tipo que parpadea y titila en una llamarada, sino que más bien es un profundo y rojo fulgor como el del hierro en una fragua. Peso, solidez, firmeza... Esa era la expresión de su reposo, incluso en la prematura decadencia que se había extendido sobre su figura en el período del que hablo. Pero podía imaginarme, incluso entonces, que bajo cierta excitación que entraría profundamente en su conciencia —despertada por un toque de trompeta lo bastante fuerte para despertar todas sus energías, las cuales no estaban muertas, sino que sólo dormitaban— él seguía siendo capaz de deshacerse de sus achaques cual bata de enfermo, dejando caer el bastón de la edad para blandir una espada y volver a ser un guerrero una vez más. Y su semblante habría permanecido calmado en un instante tan intenso. Tal demostración, empero, sólo sucedía en la imaginación; ni se anticipaba ni se deseaba que ocurriera. Lo que yo veía en él —de un modo tan evidente como las indestructibles murallas del viejo Fuerte Ticonderoga que ya he citado, y que resulta ser el símil más apropiado— eran los rasgos de una terca y pesada resiliencia que bien podría haber equivalido a obstinación en su juventud; de una integridad que, como muchos de sus otros dones, yacía en una masa algo pesada y era tan poco manejable y tan poco moldeable como una tonelada de mineral de hierro; y de benevolencia que, a pesar de la fiereza con la que lideró a las bayonetas en Chippewa o en el Fuerte Erie, asumo que es tan genuina como la que anima a cualquiera de los polémicos filántropos de la época. Sé que había matado a hombres con sus propias manos, como briznas de hierba al paso de la guadaña, ante la carga a la que su espíritu impartía su energía triunfante; pero, en cualquier caso, nunca mostró tanta crueldad como la que habría rozado el plumón del ala de una mariposa. No he conocido a nadie a quien quisiera apelar con más confianza a su bondad innata.

Muchas características deben haberse desvanecido, o incluso escondido, antes de que yo conociera al general, así como aquellas que contribuyen no con menos fuerza a impartir una semblanza en un boce-

to. Todos los atributos meramente airosos son, por lo general, los más efímeros; la Naturaleza tampoco adorna a la ruina humana con flores de nueva belleza, que tienen sus raíces y los nutrientes adecuados sólo en las grietas y fisuras de la putrefacción, tal y como siembra alhelíes sobre las ruinas de la fortaleza de Ticonderoga. Aun así, incluso en lo que respecta a la gracia y la belleza, había rasgos que merecían la pena recalcar. De vez en cuando, un rayo de humor se abría paso a través del velo de tenue obstrucción para brillar de un modo agradable sobre nuestros rostros. Un rasgo de elegancia innata, rara vez vista en el carácter masculino una vez pasada la infancia o la adolescencia, se mostraba en la debilidad del general por la visión y la fragancia de las flores. Podría suponerse que un viejo soldado sólo apreciaría los ensangrentados laureles sobre sus sienes, pero aquí teníamos a uno que parecía poseer la apreciación de una jovencita por las familias florales.

Allí, junto a la chimenea, el valiente y viejo general solía sentarse, mientras que el recaudador —aunque rara vez, cuando podía evitarlo, se encargaba de la laboriosa tarea de presentarle conversación— disfrutaba manteniéndose a distancia para observar su apacible y casi soñoliento semblante. Parecía estar lejos de nosotros, aunque lo veíamos a sólo unos metros de distancia; distante aunque pasáramos cerca de su silla; inalcanzable, aunque pudiéramos alargar nuestra mano para tocar la suya. Pudiera ser que él viviera una vida más auténtica dentro de sus pensamientos que en medio del inapropiado ambiente de la oficina del recaudador. El devenir del desfile, el tumulto de la batalla, las florituras de la vieja música heroica oída hacía treinta años... Tales escenas y sonidos, quizás, seguían vivos frente a su sentido intelectual. Mientras tanto, los mercaderes y los capitanes de navío, los pulcros empleados y los zafios marineros, entraban y salían, el ajetreo de esta vida comercial y aduanera mantenía su pequeño murmullo a su alrededor, y el general no parecía mantener ni la más remota relación con los hombres ni con sus asuntos. Se encontraba tan fuera de lugar como lo habría estado una vieja espada —ahora oxidada, pero que había rutilado tiempo ha en el campo de batalla y todavía mostraba un brillante fulgor en su hoja— entre los tinteros, los archivadores y las reglas de caoba sobre el escritorio del recaudador suplente.

Había una cosa que me ayudó a renovar y recrear al fornido soldado de la frontera del Niágara, el hombre de verdadera y sencilla energía. Fue el recuerdo de esas memorables palabras suyas —«¡Lo intentaré, señor!»— pronunciadas al mismo borde de una desesperada y heroica empresa, que respiraban el cuerpo y alma de la fuerza de voluntad de Nueva Inglaterra, comprendían todos los peligros y se los encontraba todos. Si, en nuestro país, recompensaran el valor con honores heráldicos, esta frase —que parece muy fácil de decir, pero que sólo él, con tal tarea de peligro y gloria frente a él, ha pronunciado jamás— sería el mejor y el más adecuado de todos los lemas para el escudo de armas del general.

Contribuye enormemente a la salud moral e intelectual del hombre adquirir hábitos de compañerismo con personas distintas a él, que se interesen poco por sus aficiones y cuyo ámbito y capacidades deban salir de sí mismo para apreciar. Los accidentes de mi vida a menudo me han permitido esta ventaja, pero nunca con más plenitud y variedad que durante mi continuidad en el puesto. Había un hombre, especialmente, cuya observación de su carácter me proporcionó una nueva idea de talento. Sus dones eran enfáticamente aquellos pertenecientes a un hombre de negocios: presto, agudo, de mente clara, con buen ojo para no dejarse engañar por la confusión, y una facultad de disposición que hacía que la confusión desapareciera como si sólo necesitara agitar la varita de un mago. Criado desde la infancia en la Aduana, esta era su campo de actividad natural; las muchas complejidades del negocio, tan farragosas para el intruso, se presentaban ante él con la regularidad de un sistema perfectamente comprendido. En mi contemplación, él se erigía como el ideal de su clase. Era, de hecho, la Aduana hecha hombre o, en cualquier caso, el muelle principal que mantenía sus diversas ruedecillas en movimiento, puesto que, en una institución como esta, donde sus oficiales son nombrados para servir a su propio beneficio y conveniencia, y rara vez se tiene en cuenta su idoneidad para el puesto, deben buscar forzosamente en otra parte la destreza que les falta. Así, por una necesidad inevitable, como un imán atrae a las limaduras de acero, nuestro hombre de negocios atrae para sí mismo las dificultades con las que todos se encuentran. Con relajado desdén y una amable paciencia para con nuestra estupidez —una estupidez que, en su orden mental, debe haberle resultado poco menos que un crimen— de inmediato consigue, con un simple toque de su dedo, que lo incomprensible quede más claro que el agua. Los mercaderes no le valoraban menos que nosotros, sus amigos esotéricos. Su integridad era perfecta, y no era sólo una elección o un principio, sino que la consideraba como una ley de la naturaleza. Tampoco podía ser de otro modo; era imposible que la principal condición de un intelecto tan increíblemente claro y preciso como el suyo no fuera honesto y regular en la administración de los asuntos. Una mancha en su conciencia, como cualquier cosa que se pusiera a una distancia cercana a su vocación, perturbaría a tal hombre mucho y del mismo modo, aunque en un grado mucho mayor, que un error en el balance de una cuenta o una mancha de tinta en la pulcra página de un libro de registros. Aquí, en una palabra —y es un raro

ejemplo en mi vida— había conocido a una persona concienzudamente adaptada a la situación que mantenía.

Tales eran algunas de las personas con las que ahora me encontraba conectado. En buena parte, por obra de la Providencia, me vi obligado a adoptar una posición muy diferente a mis costumbres de antaño y me propuse sacarle el mayor provecho. Después de mi etapa de trabajo en común y planes impracticables con la hermandad de soñadores de la comuna de Brook Farm; después de vivir durante tres años bajo la sutil influencia de un intelecto como el de Emerson; después de aquellos días salvajes y libres en el río Assabet, entregándome a fantásticas especulaciones con mi vecino Ellery Channing junto a la hoguera de ramas caídas; después de hablar con Thoreau sobre pinos y reliquias indias en su retiro de Walden; después de volverme quisquilloso por simpatizar con el refinamiento clásico de la cultura de Hillard; después de impregnarme de sentimiento poético junto a la chimenea de Longfellow... Después de todo eso, por fin había llegado el momento de ejercitar otras facultades de mi naturaleza y nutrirme con alimentos para los que hasta entonces había sentido poco apetito. Incluso el viejo inspector resultaba deseable, como un cambio de dieta, para un hombre que había conocido a Alcott. Considero todo ello como prueba, en cierta medida, de un sistema naturalmente bien equilibrado, que no carece de ninguna parte esencial de una organización completa. Con tales asociados podría mezclarme de inmediato con hombres de cualidades completamente diferentes y nunca me quejaría por el cambio.

La literatura, sus esfuerzos y sus propósitos, tenía poco espacio en mi consideración. En esa época no me importaban los libros; estaban separados de mí. La naturaleza —a excepción de la naturaleza humana— la naturaleza que se desarrolla en la tierra y en el cielo, en cierto sentido, se ocultaba de mí y todo el deleite imaginativo, con el cual había sido espiritualizado, había desaparecido de mi mente. Un don, una habilidad que, si no se hubiera marchado, estaría suspendida e inánime dentro de mí. Habría habido algo triste e indeciblemente deprimente en todo esto si yo no hubiera sido consciente de que dependía sólo de mí la opción de recordar lo que fuera valioso del pasado. En efecto, podría ser cierto que esta vida no podía vivirse impunemente durante demasiado tiempo; de lo contrario, podría haberme hecho adoptar una forma que valiera la pena, en lugar de transformarme en ninguna. Pero nunca la consideré más que una vida transitoria. Siempre hubo un instinto profético, un susurro en mi oído, que me decía que, en un plazo no muy largo, se produciría un cambio, un nuevo cambio de costumbres que sería esencial para mi bien.

Mientras tanto, allí estaba yo, un recaudador de impuestos y, por lo que había podido entender, un recaudador tan bueno como necesitaba serlo. Un hombre de ideas, imaginación y sensibilidad (si tuviera multiplicadas por diez la proporción del recaudador de esas cualidades) podía, en cualquier momento, ser un hombre de negocios, si sólo eligiera tomarse la molestia. Mis compañeros oficiales, así como los mercaderes y capitanes de navío con quienes me conectaba de algún modo mis obligaciones oficiales, no me veían bajo otra luz y probablemente no me conocían en ninguna otra capacidad. Ninguno de ellos, es de suponer, ha leído alguna vez una página de mis escritos o les habría importado más que un bledo si las hubieran leído todas. Tampoco habría enmendado las cosas en lo más mínimo si esas mismas infructíferas páginas hubieran sido escritas con una pluma como la de Burns o la de Chaucer, quienes también fueron oficiales de aduanas en su época. Es una buena lección —aunque a menudo resulte dura— para un hombre que ha soñado con la fama literaria y con hacerse un hueco entre los dignatarios del mundo por tales medios, con apartarse del estrecho círculo en el que se reconocen sus derechos y con descubrir cuán desprovisto de absoluto significado, más allá de dicho círculo, está todo lo que consigue y todo a lo que aspira. No reconozco que yo necesitara especialmente esa lección, bien en la forma de advertencia o en la de regaño, pero, en cualquier caso, la aprendí a conciencia. Y tampoco necesitaba la verdad, me complace reflexionar, pues cuando llegó a mi percepción nunca me costó nada ni necesitó ser descartada en un suspiro. En cuanto a la conversación literaria, es cierto que el oficial de la Marina —un tipo excelente que entró en el puesto conmigo y sólo lo abandonó un poco más tarde— solía entablar conversación conmigo sobre uno u otro de sus temas favoritos: Napoleón o Shakespeare. También el empleado subalterno del recaudador —un joven caballero que, según se murmuraba, cubría de vez en cuando una hoja del papel de carta del Tío Sam con algo que, a la distancia de varios metros, se parecía mucho a la poesía— solía hablarme de vez en cuando de libros, como asuntos con los que era posible que yo pudiera estar familiarizado. Esta era toda mi relación con las letras y era suficiente para mis necesidades.

Ya no buscaba ni me preocupaba que mi nombre apareciera estampado bien grande sobre una portada, y sonreía al pensar que ahora poseía otra suerte de moda. El marcador de la Aduana lo imprimía, con un troquel y pintura negra, sobre las bolsas de pimienta, las cestas de achiote, las cajas de puros y los fardos de todo tipo de mercancía sujeta a derechos arancelarios, como testimonio de que estos productos habían pagado el impuesto y habían pasado regularmente por la oficina. Transmitido por tal extraño vehículo de fama, el conocimiento de mi

existencia, hasta donde lo transporta un nombre, fue llevado a donde nunca había estado y, espero, nunca volverá a ir.

Pero el pasado no estaba muerto. Muy de vez en cuando, los pensamientos que habían parecido tan vitales y tan activos, pero a los que había enterrado con mucha quietud, volvían a revivir. Una de las ocasiones más notables, cuando el hábito de los días pasados despertaba en mí, fue la que me llevó a ofrecer al público el esbozo que ahora escribo, puesto que entra dentro de las leyes de la propiedad literaria.

En el segundo piso de la Aduana se encuentra una sala grande en la que los ladrillos y las vigas desnudas nunca han sido cubiertos con paneles de escayola. El edificio, que originalmente se proyectó en una escala adaptada al antiguo negocio comercial del puerto, con la idea de consiguiente prosperidad destinada a nunca conseguirse, contiene mucho más espacio del que sus ocupantes necesitan. Esta espaciosa sala, por lo tanto, sobre el departamento del recaudador, continúa inacabada hasta la fecha y, a pesar de las añejas telarañas que engalanan sus oscuras vigas, parece que sigue esperando las labores del carpintero y del albañil. En un extremo de la sala, en un recoveco, había un número de barriles, apilados unos sobre otros, que contenían fajos de documentos oficiales. Grandes cantidades de basura similar yacía por todo el suelo. Daba pena pensar cuántos días y semanas y meses y años de duro trabajo habían sido desperdiciados en esos papeles mohosos, que ahora sólo eran un estorbo en la tierra y se hallaban ocultos en este rincón olvidado para que los ojos humanos nunca volvieran a posarse en ellos. Pero entonces, ¡cuántos otros manuscritos repletos, no de la monotonía de las formalidades oficiales, sino del pensamiento de cerebros inventivos y de la rica efusión de corazones profundos que cayeron igualmente en el olvido, y eso, además, sin servir a un propósito en su día, como lo habían hecho estos papeles amontonados, y lo más triste de todo, sin comprar para sus escritores el cómodo sustento que los empleados de la Aduana habían ganado con estos inútiles rasguños de la pluma! Sin embargo, tal vez no sean del todo inútiles como materiales de historia local. Sin duda, ahí podríamos descubrir las estadísticas del anterior comercio de Salem, así como recordatorios de sus magníficos mercaderes: el rey Derby, el viejo Billy Gray, el viejo Simon Forrester, y muchos otros magnates de la época cuyas cabezas empolvadas, sin embargo, apenas estaban en la tumba antes de que su montaña de riquezas comenzara a mermar. Los fundadores de la mayor parte de las familias que ahora componen la aristocracia de Salem podrían rastrearse aquí, desde los oscuros e insignificantes comienzos de su tráfico, en períodos generalmente mucho antes de la Revolución, hasta lo que sus descendientes consideran como rango de rancio abolengo.

Antes de la Revolución hay una escasez de registros; es probable que los primeros documentos y archivos de la Aduana fueran llevados a Halifax cuando todos los oficiales del rey acompañaron al ejército británico al huir de Boston. A menudo ha sido algo que he lamentado: por volver, quizás, a los días del Protectorado, esos documentos deben haber contenido muchas referencias a hombres olvidados o recordados y a costumbres antiguas, las cuales me habrían producido el mismo placer que cuando solía buscar puntas de flechas indias en el campo cerca de la vieja rectoría.

Pero, un día lluvioso y ocioso, tuve la fortuna de realizar un descubrimiento de cierto interés mientras removía y rebuscaba en la basura amontonada en el rincón, desplegando un documento tras otro, y leyendo los nombres de los navíos que hacía mucho que se habían hundido en el mar o se habían podrido en los muelles, así como los nombres de mercaderes de los que no se ha oído hablar en la Casa de Cambio ni son fáciles de descifrar sobre sus tumbas cubiertas de musgo. Mirando tales asuntos con el interés entristecido, cansado y medio reticente que le conferimos al cadáver de una actividad muerta —y ejerciendo mi imaginación, lenta por falta de uso, para sacar de esos huesos secos una imagen del aspecto más brillante de la vieja ciudad, cuando la India era una región nueva y sólo Salem conocía el camino para llegar allí— tuve la suerte de que mis manos cayeran sobre un pequeño paquete cuidadosamente envuelto en un trozo de antiguo pergamino amarillento. Este sobre tenía aspecto de ser un registro oficial de algún período ya pasado, cuando los oficiales plasmaban su caligrafía rígida y formal en materiales más sustanciosos que los actuales. Había algo en ello que incitaba una instintiva curiosidad y que provocó que desatara la descolorida cinta roja que ataba el paquete con la sensación de que iba a sacar a la luz un tesoro. Al desdoblar los rígidos pliegues de la cubierta de pergamino, descubrí que se trataba de una orden firmada y sellada por el gobernador Shirley a favor de un tal Jonathan Pue, como Recaudador de Su Majestad en la Aduana del puerto de Salem, en la provincia de la Bahía de Massachusetts. Recuerdo haber leído (probablemente en los Anales de Felt) una nota sobre el fallecimiento del señor recaudador Pue, hace unos ochenta años y, de igual modo, en un periódico más reciente, una noticia sobre la exhumación de sus restos en el pequeño cementerio de la iglesia de St. Peter durante la renovación de dicho edificio. Si recuerdo correctamente, nada quedaba de mi respetado predecesor, a excepción de un imperfecto esqueleto y algunos fragmentos de ropa junto con una peluca que crepitaba majestuosa y que, a diferencia de la cabeza que una vez adornó, se encontraba preservada de un modo más que satisfactorio. Pero, al examinar los documentos que la orden

en pergamino envolvía como un sobre, encontré más rastros de la parte mental del señor Pue y de las operaciones internas de su cabeza, muchos más que los trozos del venerable cráneo contenidos dentro de la crepitante peluca.

En resumen, no se trataba de documentos oficiales, sino de naturaleza privada o, al menos, escritos en su capacidad privada y, al parecer, de su puño y letra. Sólo conseguía explicar que estuvieran incluidos en el montón del depósito de la Aduana por el hecho de que la muerte del señor Pue había sido repentina y que estos documentos, que probablemente guardaba en su escritorio oficial, nunca habían llegado a conocimiento de sus herederos o se habían supuesto que estaban relacionados con el negocio de la Aduana. Al transferir los archivos a Halifax, este paquete fue dejado atrás porque no demostraba ser de dominio público y había permanecido sin abrir desde entonces.

El antiguo recaudador —supongo que al no verse muy ocupado, en esa época tan temprana, con negocios pertenecientes a su oficio— parecía haber dedicado parte de sus horas de ocio a investigaciones como anticuario local y a otras pesquisas de similar naturaleza. Eso proporcionaba material para una actividad baladí a una mente que, de otro modo, se habría visto devorada por el óxido. Una porción de sus datos, por cierto, me sirvió mucho para preparar el artículo titulado *Main Street* incluido en el presente volumen. Quizás el resto pueda ser aplicado a propósitos igualmente valiosos en lo sucesivo o, no es imposible pensar, que sea desarrollado, hasta donde lleguen, en una historia regular de Salem si mi veneración por la tierra natal me incita alguna vez a emprender una tarea tan devota. Mientras tanto, estarán disponibles para cualquier caballero, interesado y capaz, que desee liberarme de un trabajo tan poco rentable. Como disposición final, contemplo depositarlos en manos de la Sociedad Histórica de Essex.

Pero el objeto que más llamó mi atención dentro del misterioso paquete fue una cierta pieza de fina tela roja, muy desgastada y descolorida. Quedaban restos de bordados en oro que, empero, se hallaban enormemente raídos y destrozados, de modo que no quedaba nada, o casi nada, de su brillo. Se percibía con facilidad que había sido bordado con una maravillosa habilidad con la aguja y las puntadas (como me aseguran las señoras versadas en tales misterios) demuestran un arte ahora olvidado que no puede recuperarse ni por el proceso de sacar los hilos. Este trapo de tela escarlata, al examinarlo de cerca, adoptaba la forma de una letra. Era la A mayúscula. Con medidas precisas, cada línea de la letra demostraba medir exactamente ocho centímetros de longitud. No cabía duda de que había sido diseñada como artículo de adorno para un vestido; sin embargo, cómo había que llevarlo, o qué honor, rango y dignidad en tiempos pasados indicaba, era un acertijo que tenía pocas esperanzas de resolver, si tenemos en cuenta cuán efímeras son las modas del mundo en estos particulares. Y, aun así, me interesaba de un modo extraño. Mis ojos se clavaban en la vieja letra escarlata y no conseguían apartarse. Ciertamente, había un profundo significado en ella que merecía la pena interpretarse y que, por así decirlo, brotaba del místico símbolo y se comunicaba sutilmente con mis sensibilidades, pero que evadía el análisis de mi mente.

Mientras me encontraba así perplejo —y contemplando la posibilidad, entre otras hipótesis, de que la letra no hubiera sido una de esas condecoraciones que el hombre blanco solía inventarse para atraer la atención de los indios— me la coloqué por casualidad sobre mi pecho. Me pareció —puede que el lector sonría, pero no debe dudar de mi palabra—, me pareció entonces experimentar una sensación que no era del todo física, aunque casi lo fuera, de un calor ardiente, y como si la letra no estuviera fabricada con tela roja, sino con un hierro al rojo vivo. Me estremecí y, sin darme cuenta, la dejé caer al suelo.

En la absorbente contemplación de la letra escarlata, se me había pasado hasta entonces examinar un pequeño rollo de sucio papel, alrededor del cual la letra había estado enrollada. Ahora se encontraba abierto y tuve la satisfacción de encontrar, registrado por la pluma del recaudador, una explicación razonablemente completa de todo el asunto. Había varios folios que contenían muchos particulares con respecto a la vida y conversaciones de una tal Hester Prynne, que parecía haber sido un personaje bastante digno de atención según el criterio de nuestros antepasados. Ella había prosperado durante el período comprendido entre los primeros días de Massachusetts y el final del siglo XVII. Personas ancianas, vivas en la época del señor recaudador Pue, y de cuyo testimonio oral había producido su narrativa, la recordaban en su juventud como una persona muy anciana, pero no decrépita, de aspecto señorial y solemne. Desde tiempos casi inmemoriales, Hester Prynne había tenido la costumbre de acudir al campo como una especie de enfermera voluntaria para hacer todo el bien que pudiera. También daba consejos en todos los asuntos, especialmente los del corazón. Como era inevitable en una persona de tales propensiones, se ganaba la reverencia debida a un ángel, pero era de imaginar que otros la consideraban una intrusa y una molestia. Seguí husmeando en el manuscrito y encontré el registro de otros sucesos y sufrimientos de esta singular mujer, para la mayoría de los cuales recomiendo al lector que acuda a la historia titulada *La letra escarlata,* y debería tener cuidadosamente en cuenta que los hechos principales de esa historia están autorizados y autenticados por el documento del señor recaudador Pue. Los documentos originales,

junto con la mismísima letra escarlata —una reliquia de lo más curiosa— siguen en mi posesión y serán exhibidos libremente a cualquiera que desee verlos, inducido por el gran interés de la narrativa. No debe entenderse que yo esté afirmando que, al adornar la historia e imaginarme los motivos y modos de pasión que influyeron en los personajes que aparecen en ella, yo me haya confinado invariablemente a los límites de la media docena de folios del viejo recaudador. Por el contrario, me he permitido, hasta cierto punto, casi tantas licencias como si los hechos hubieran salido por completo de mi propia inventiva. Lo que sostengo es la autenticidad del borrador.

Este incidente le recordó a mi mente, en cierta medida, su antiguo camino. Ahí parecía residir la base preliminar para un cuento. Me impresionó como si el antiguo recaudador, con su estilo de hace más de un siglo y llevando su inmortal peluca —que fue enterrada con él, pero no pereció en la tumba— se hubiera reunido conmigo en la desierta cámara de la Aduana. En su puerto estaba la dignidad del que ha cargado con la comisión de Su Majestad y fue, por lo tanto, iluminado por un rayo del esplendor que brillaba tan deslumbrantemente sobre el trono. ¡Ay! Qué diferente de la expresión abatida de un oficial republicano que, como sirviente de la gente, se siente inferior a todos, por debajo de los más bajos, sus jefes. Con su propia mano espectral, la figura majestuosa, pero vagamente visible me había entregado el símbolo escarlata y el pequeño rollo de manuscrito con la explicación. Con su propia voz espectral, me había exhortado, basado en la sagrada consideración de mi obligación filial y reverencia para con él —quien podría considerarse como mi antepasado oficial de un modo razonable— a que llevara estas elucubraciones mohosas y carcomidas ante el público. «¡Haz esto —dijo el fantasma del señor recaudador Pue al tiempo que asentía enfáticamente con la cabeza que parecía tan imponente dentro de su memorable peluca—, haz esto y los beneficios serán tuyos! Pronto los necesitarás, pues en tu época no es como en la mía, cuando el puesto de un hombre era un trabajo de por vida y, a menudo, una reliquia de familia. Pero te encargo, en este asunto de la vieja señora Prynne, que le concedas a la memoria de tu predecesor el crédito que le corresponde por derecho propio». Y yo le dije al fantasma del señor recaudador Pue, «¡Lo haré!».

Sobre la historia de Hester Prynne, por lo tanto, empleé muchos pensamientos. Fue el tema de mis meditaciones durante más de una hora, mientras me paseaba de un lado al otro de mi habitación o cuando atravesaba, con cientos de repeticiones, la larga extensión desde la puerta principal de la Aduana hasta la entrada lateral y vuelta al principio. Mucho fue el cansancio y el enojo experimentados por el vie-

jo inspector y los pesadores y aforadores, cuyos duermevelas se veían perturbados por el inmisericorde estrépito de mis fuertes pisadas al ir y venir. Cuando se acordaban de sus anteriores hábitos, solían decir que el recaudador estaba recorriendo el alcázar. Es probable que se imaginaran que mi único objetivo —y, de hecho, el único objetivo por el que un hombre en su sano juicio emprendería un movimiento voluntario— era el de abrir el apetito para la cena. Y, a decir verdad, un apetito, agudizado por el viento del este que generalmente soplaba por el pasillo, era el único resultado valioso de tanto ejercicio infatigable. La atmósfera de una aduana está tan poco adaptada a la delicada extracción de imaginación y sensibilidad que, si me hubiera quedado allí durante las diez presidencias que estaban por llegar, dudo que el cuento de *La letra escarlata* hubiera sido puesto alguna vez a disposición del ojo público. Mi imaginación era un espejo deslustrado. No reflejaba, o lo hacía con miserable vaguedad, las figuras con las que yo me esforzaba al máximo por poblarlo. Los personajes de la narración no se calentarían ni resultarían maleables bajo el calor que yo pudiera encender en mi forja intelectual. Tampoco adoptarían el brillo de pasión ni la ternura de sentimiento, sino que retendrían toda la rigidez de los cadáveres y me mirarían fijamente a la cara con una sonrisa espectral de despectiva resistencia. Una expresión que parecía decir, «¿Qué tienes que ver con nosotros? ¡El poco poder que pudiste haber poseído sobre la tribu de las irrealidades se ha ido! Lo has intercambiado por una miseria de oro público. ¡Ve, entonces, a ganarte el salario!». En definitiva, las casi aletargadas criaturas de mi propia imaginación se burlaban de mí con imbecilidad y no sin aprovechar cualquier ocasión.

Este desdichado entumecimiento no sólo se apoderaba de mí durante las tres horas y media que el Tío Sam reclamaba como su parte de mi vida diaria, sino también en los momentos en los que me sentía solo. Me acompañaba en mis paseos a la orilla del mar y en mis excursiones por el campo, siempre que me animaba a buscar aquel vigorizante encanto de la Naturaleza que solía proporcionarme tanta frescura y actividad de pensamiento en el momento en el que cruzaba el umbral de la vieja rectoría. El mismo letargo, en lo que se refiere a la capacidad de esfuerzo intelectual, me acompañaba a casa y me oprimía en la habitación que yo llamaba, de manera absurda, mi estudio. Tampoco me abandonaba cuando, bien entrada la noche, me sentaba en el desierto salón, iluminado tan sólo por el resplandeciente fuego de carbón y la luna, y me esforzaba por dibujar escenas imaginarias que, al día siguiente, podrían fluir en la página iluminada con descripciones de múltiples colores.

Si la facultad imaginativa se negaba a actuar a tales horas, bien podría considerarse un caso perdido. La luz de la luna, en una sala fa-

miliar, cayendo tan blanca sobre la alfombra para mostrar todos sus arabescos con toda distinción —haciendo que cada objeto sea tan minuciosamente visible y, aun así, tan diferente de la visibilidad de la mañana o del mediodía— es el medio más adecuado para que un escritor de romances se familiarice con sus ilusorios invitados. Ahí se encuentra la pequeña escena doméstica del bien conocido apartamento: las sillas, cada una con su propia individualidad; la mesita de centro con un costurero, un par de libros y una lámpara apagada; el sofá; la estantería de los libros; el cuadro en la pared... Todos esos detalles, vistos de un modo tan completo, quedan tan espiritualizados por la inusual luz que parecen perder su sustancia real para convertirse en objetos pertenecientes al intelecto. Nada es demasiado pequeño ni demasiado insignificante para experimentar ese cambio y adquirir dignidad de ese modo. El zapato de un niño, la muñeca sentada en su pequeño carrito de mimbre, un caballo balancín... En una palabra, cualquier cosa que haya sido usada o con la que se haya jugado durante el día, ahora se ve revestida de una cualidad de extrañeza y frialdad, aunque siga casi tan vívidamente presente como a la luz del día. Así, por lo tanto, el suelo de nuestra sala familiar se ha convertido en territorio neutral, un lugar entre el mundo real y el país de las hadas, donde lo Real y lo Imaginario pueden encontrarse y empaparse de la naturaleza del otro. Fantasmas podrían entrar aquí sin asustarnos. Estaría demasiado en sintonía con la escena como para provocar sorpresa si miráramos en torno a nosotros y descubriéramos una forma amada, pero ya fallecida, sentada en silencio en un rayo de esta mágica luz de la luna, con aspecto que nos haría dudar si acaso ha vuelto del más allá o si es que nunca se retiró del calor de nuestro hogar.

El algo tenue fuego de carbón ejerce una influencia esencial en producir el efecto que describo. Arroja su discreto tinte por toda la sala, con una leve rubicundez sobre las paredes y el techo, y con un brillo que se refleja en el barniz de los muebles. Esta luz más cálida se mezcla con la fría espiritualidad de los rayos de luna y comunica, por así decirlo, un corazón y sensibilidades de ternura humana a las formas que la imaginación conjura. Las convierte en hombres y mujeres a partir de figuras de nieve. Al mirar en el espejo, contemplamos —bien profundo dentro de su encantado borde— el ardiente brillo de la antracita medio extinguida, los blancos rayos de la luna en el suelo, y una repetición de todos los brillos y sombras de la imagen, pero más alejado de lo real y más cerca de lo imaginario. Entonces, en tales horas, y con esta escena frente a él, si un hombre, sentado a solas, no puede soñar con cosas extrañas y hacerlas parecer que son la verdad, no necesita intentar jamás escribir romances.

Pero en cuanto a mí, durante toda mi experiencia en la Aduana, la luz de la luna y los rayos del sol, así como el fulgor del fuego en la chimenea, todo era lo mismo en lo que a mí concernía, y ninguno de ellos era ni una pizca más útil que una vela de sebo. Toda una clase de susceptibilidades, y un don conectado a ellas —sin gran riqueza ni valor, pero era lo mejor que tenía— se me habían escapado.

Sin embargo, tengo el convencimiento de que, si hubiera probado un orden de composición diferente, mis facultades no habrían resultado ser tan inútiles ni ineficaces. Podría, por ejemplo, haberme contentado con escribir la historia de un veterano capitán de navío, uno de los inspectores, a quien sería muy ingrato no mencionar, puesto que apenas pasaba un día sin que me moviera a la risa o la admiración con su maravilloso don para contar historias. Si hubiera preservado la pintoresca fuerza de su estilo y el tono jocoso que la naturaleza le enseñó a lanzar sobre sus descripciones, el resultado habría sido algo novedoso en literatura, de eso estoy honestamente convencido. O fácilmente podría haber encontrado una tarea más seria. Era un sinsentido, con la tangibilidad de esta vida diaria que me presionaba de un modo tan invasivo, intentar lanzarme de vuelta a otra época, o insistir en crear la apariencia de un mundo a partir de materia imaginaria cuando, en cualquier momento, la impalpable belleza de mi pompa de jabón podía romperse con el rudo contacto de las circunstancias reales. El esfuerzo más sabio habría sido dispersar el pensamiento y la imaginación a través de la opaca sustancia del ahora, y así convertirlo en una brillante transparencia; espiritualizar la carga que comenzaba a volverse demasiado pesada; a buscar con resolución el verdadero valor indestructible que yacía oculto en los incidentes insignificantes y tediosos, así como en los personajes ordinarios con los que yo estaba completamente familiarizado ahora. La culpa era mía. La página de la vida que estaba abierta ante mí parecía aburrida y ordinaria, sólo porque no había comprendido su importancia más profunda. Ahí se hallaba un libro mejor del que yo escribiría jamás, hoja tras hoja, presentándose ante mí como si estuviera escrito por la realidad de la hora fugaz, desvaneciéndose tan rápido como se escribía, sólo porque mi cerebro quería la percepción y mi mano el ingenio para transcribirla. Puede ser que, en algún día futuro, yo recuerde algunos fragmentos dispersos y párrafos incompletos para entonces escribirlos y descubrir que las letras se convierten en oro sobre la página.

Estas percepciones han llegado demasiado tarde. En el instante, yo sólo era consciente de que lo que habría sido un placer entonces, ahora era un afán imposible. No había ocasión de quejarse demasiado por esta situación. Yo había dejado de ser un escritor de cuentos y ensayos tolerablemente mediocres y me había convertido en un recaudador de Aduanas tolerablemente bueno. Eso era todo. Pero, no obstante, es cualquier cosa menos agradable verse acosado por la sospecha de que el intelecto de uno está menguando, o expirando, sin ser consciente de ello, como éter que se escapa de un vial, de modo que, con cada mirada, uno encuentra un residuo cada vez más pequeño y menos volátil. De ese hecho no podía caber ninguna duda y, al examinarme a mí mismo y a otros, llegué a unas conclusiones, en referencia al efecto de un cargo público sobre el carácter, no muy favorables al modo de vida en cuestión. En alguna otra forma, quizás, podría haber desarrollado esos efectos en lo sucesivo. Baste decir que un oficial de Aduanas, de larga duración, apenas puede ser un personaje digno de elogio o muy respetable, y eso es así por muchas razones; una de esas razones es la titularidad por la que mantiene su situación, y otra razón es la naturaleza misma de su negocio, el cual —aunque confío que es un negocio honesto— es de ese tipo que no comparte en el esfuerzo unido de la humanidad.

Un efecto —que creo que es observable, más o menos, en cada individuo que ha ocupado tal puesto— es que, mientras él se apoya en el poderoso brazo de la República, su propia fuerza abandona su cuerpo. Él pierde, en cierta medida proporcional a la debilidad o fuerza de su naturaleza original, la capacidad de ser independiente. Si él posee una inusual porción de energía innata, o la enervante magia del lugar no actúa demasiado tiempo sobre él, sus poderes perdidos pueden ser redimibles. El oficial expulsado —afortunado en el desagradable empujón que lo envía a tiempo hacia delante para esforzarse en un mundo en apuros— puede regresar a sí mismo y convertirse en todo lo que alguna vez ha sido. Pero esto rara vez sucede. Él normalmente mantiene su posición lo suficiente para su propia ruina, y entonces es arrojado fuera, con los nervios angustiados, para que vaya tambaleándose por el difícil camino de la vida como mejor pueda. Consciente de su propia dolencia —de que ha perdido su acero templado y su elasticidad— por siempre mirará tristemente a su alrededor en busca de apoyo externo a sí mismo. Su presente y continua esperanza —una alucinación que, frente a todo abatimiento y menospreciando las imposibilidades, le persigue mientras vive y, me imagino que, como la agonía convulsiva del cólera, le atormenta durante un breve espacio de tiempo después de la muerte— es que, finalmente y en nada de tiempo, por alguna feliz coincidencia de las circunstancias, él será devuelto a su puesto de trabajo. Esta fe, más que cualquier otra cosa, roba el meollo y la disponibilidad de cualquier empresa que él hubiera soñado con emprender. ¿Por qué debería trabajar y afanarse, y tomarse tanto trabajo de levantarse del fango, cuando, en un ratito, el fuerte brazo de su tío lo levantará y lo apoyará? ¿Por qué debería trabajar para vivir aquí, o irse a buscar oro a California, cuando pronto será feliz, a intervalos mensuales, con un pequeño montón de brillantes monedas salidas del bolsillo de su tío? Es tristemente curioso observar cuán leve es el gusto por el oficio que es suficiente para infectar a un pobre hombre con esta singular enfermedad. El oro del Tío Sam, sin querer faltarle al respeto al digno caballero, posee en este respecto una cualidad de encantamiento como la de un pacto con el Diablo. Quien lo toque debería mirarse bien a sí mismo, o podría encontrar que el trato se vuelve amargamente contra él, implicando, si no su alma, sí muchos de sus mejores atributos: su fuerza robusta, su valor y constancia, su verdad, su confianza en sí mismo y todo lo que da realce al carácter viril.

¡Ahí se veía una buena perspectiva a lo lejos! No era que el recaudador se tomara la lección a pecho ni que admitiera que pudiera deshacerse por completo, ya fuera por su permanencia en el cargo o por su expulsión. No obstante, mis reflexiones no fueron fáciles. Comencé a volverme melancólico e inquieto; fisgoneaba de continuo dentro de mi mente para descubrir cuál de sus pobres propiedades había desaparecido y qué grado de menoscabo ya había recaído sobre las restantes. Me esforcé por calcular cuánto tiempo más podía permanecer en la Aduana y salir siendo aún un hombre. Para confesar la verdad, ese era mi mayor temor, puesto que nunca sería una medida del reglamento convertir a un individuo tranquilo como yo, y difícilmente encaja en la naturaleza de un funcionario público renunciar; por lo tanto, mi mayor preocupación consistía en que era probable que yo me volviera canoso y decrépito en el cargo de recaudador, y que me convirtiera en gran medida en otro animal como el viejo inspector. ¿No podría ocurrirme al final lo mismo que a este venerable amigo en el tedioso lapso de vida oficial que me esperaba: hacer de la hora de la cena el núcleo del día y pasar el resto de él, como lo pasa un perro viejo, dormido al sol o a la sombra? ¡Una deprimente perspectiva de futuro para un hombre que sentía que la mejor definición de la felicidad es vivir de principio a fin toda la variedad de sus facultades y sensibilidades! Pero, todo este tiempo, me estaba alarmando de un modo del todo innecesario. La Providencia había preparado para mí cosas mejores de las que yo mismo hubiera podido imaginar.

Un suceso que destacar del tercer año en mi puesto de recaudador —por adoptar el tono de *P.P.*— fue la elección del general Taylor para la Presidencia. Para formarnos una completa estimación de las ventajas de la vida de funcionario es esencial considerar al presidente en funciones ante la llegada de una administración hostil. Su posición se convierte entonces en la posición más singularmente irritante y, en cada contingencia, desagradable que un desdichado mortal puede posiblemente ocupar; apenas contiene una buena alternativa, en cualquier caso,

aunque lo que se le presenta como el peor suceso puede que sea, con toda probabilidad, el mejor. Pero es una extraña experiencia, para un hombre de orgullo y sensibilidad, saber que sus intereses están a disposición del control de individuos que ni lo quieren ni le entienden, y por aquellos a los que, puesto que una cosa u la otra debe suceder, preferiría sentirse herido antes que sentirse agradecido. Es extraño también, para alguien que ha mantenido la calma durante el concurso, observar la sed de sangre que se desarrolla en la hora del triunfo y ser consciente de que él mismo se encuentra entre sus objetos. Hay pocos rasgos de la naturaleza humana más feos que esta tendencia —que yo presenciaba ahora en hombres que no eran peores que sus vecinos— a volverse crueles sólo porque poseían el poder de infligir daño. Si la guillotina, aplicada a los funcionarios, fuera un hecho literal en lugar de una de las metáforas más idóneas, creo sinceramente que los miembros activos del partido vencedor estarían suficientemente excitados como para habernos cortado la cabeza y dar las gracias al cielo por la oportunidad de hacerlo. Me parece —a mí, que he sido un observador calmado y curioso, tanto en la victoria como en la derrota— que este espíritu fiero y amargo de malicia y venganza nunca ha distinguido los muchos triunfos de mi propio partido como ahora lo hacía con los de los Whigs del partido conservador. Los demócratas asumen sus puestos, por regla general, porque los necesitan y porque la experiencia de muchos años lo ha convertido en la ley de la guerra política por la que, a menos que se proclame un sistema diferente, sería de débiles y cobardes murmurar. Pero la larga costumbre de la victoria los ha vuelto generosos. Saben cómo perdonar cuando ven la ocasión y cuando golpean, el hacha debe estar afilada, en efecto, pero su filo rara vez se ve envenenado por malas intenciones; tampoco tienen por costumbre patear de forma humillante la cabeza que acaban de cercenar.

Para resumir, por muy desagradable que fuera mi apuro, como mucho, veía muchas razones para congratularme por estar en el bando perdedor en lugar de en el vencedor. Si hasta ese momento no había sido uno de los partidarios acérrimos, ahora, en esta época de peligro y adversidad, comencé a ser muy consciente del partido por el que sentía predilección; y no fue sin algo parecido al pesar y la vergüenza que, según un cálculo razonable de las probabilidades, consideré que mis propias perspectivas de conservar el cargo eran mejores que las de mis hermanos demócratas. Pero ¿quién puede ver el futuro más allá de su nariz? ¡Mi cabeza fue la primera en caer!

El momento en el que la cabeza de un hombre cae, me inclino a pensar, rara vez o nunca es el más agradable de su vida. No obstante, como la mayor parte de nuestros infortunios, incluso una contingencia

tan grave trae el remedio y el consuelo consigo si la víctima se decidiera a sacar el mayor provecho, y no el peor, del accidente que le ha sobrevenido. En mi caso en particular, los temas reconfortantes estaban muy cerca y, de hecho, se habían infiltrado en mis meditaciones considerablemente antes de que fuera necesario usarlos. A la vista de mi anterior cansancio por mi cargo y una vaga idea de dimitir, mi fortuna se parecía de algún modo a la de una persona que debería contemplar la idea de suicidarse y, aunque más allá de sus esperanzas, tener la suerte de ser asesinado. En la Aduana, como antes en la vieja rectoría, había pasado tres años, un período lo bastante largo para descansar un cerebro cansado; lo bastante largo para romper viejos hábitos intelectuales y hacer hueco para nuevas costumbres; lo bastante largo, y demasiado largo, para haber vivido en un estado antinatural, haciendo lo que en realidad no es ventajoso ni placentero para ningún ser humano y evitando el trabajo duro que, al menos, habría aplacado el inquieto impulso en mí. Entonces, además, en lo referente a su brusca expulsión, al fallecido recaudador no le desagradaba en demasía que los Whigs lo reconocieran como un enemigo, ya que su inactividad en los asuntos políticos —su tendencia a vagar, a voluntad, por ese campo amplio y tranquilo donde toda la humanidad puede reunirse en lugar de limitarse a los estrechos caminos donde los hermanos de la misma casa deben divergir unos de otros— a veces había hecho que sus hermanos demócratas se preguntaran si era un amigo. Ahora, una vez había ganado la corona del martirio (aunque ya sin cabeza para llevarla), la cuestión podía considerarse resuelta. Al fin, por poco heroico que fuera, parecía más decoroso ser derrocado en la caída del partido con el que se había contentado, que seguir siendo un superviviente desamparado, cuando tantos hombres más dignos estaban cayendo; y, finalmente, después de subsistir durante cuatro años a merced de una administración hostil, verse obligado a redefinir su posición y reclamar la aún más humillante misericordia de una administración amiga.

Mientras tanto, la prensa había acaparado mi asunto y me mantuvo, durante un par de semanas, recorriendo las publicaciones públicas en mi estado decapitado, como el jinete sin cabeza de Irving: abominable y nefasto, y deseando ser enterrado como debería estarlo un hombre muerto en política. Y hasta ahí mi yo metafórico. Todo este tiempo, el ser humano real, con su cabeza a salvo sobre sus hombros, había llegado a la cómoda conclusión de que todo era para bien y, al haber invertido en tinta, papel y plumillas de acero, había abierto su muy desusada mesa de escribir y se había convertido de nuevo en un hombre de letras.

Ahora era cuando las elucubraciones de mi antiguo predecesor, el señor recaudador Pue, entraban en juego. Oxidado por la larga inactivi-

dad, se requería un pequeño espacio antes de que mi maquinaria intelectual pudiera ponerse a trabajar en la historia, y así producir un efecto satisfactorio. Sin embargo, aunque mis pensamientos estaban muy absortos en la tarea, a mis ojos poseía un aspecto severo y sombrío, demasiado poco iluminado por el genial sol; demasiado poco aliviado por las influencias tiernas y familiares que suavizan casi todas las escenas de la naturaleza y la vida real y que, sin duda, deberían suavizar cada imagen de ambas. Este efecto poco cautivador se debía tal vez al período de revolución apenas consumada y de agitación todavía hirviente en el que se forjó la historia. Sin embargo, no era indicio de falta de alegría en la mente del escritor, ya que fue más feliz mientras vagaba por la penumbra de estas fantasías sin sol que en cualquier otro momento desde que hubiera abandonado la vieja rectoría. Algunos de los artículos más breves que componen el volumen también han sido escritos desde mi retirada involuntaria del arduo trabajo y los honores de la vida pública, y el resto han sido recogidos de anuarios y revistas tan antiguos que han completado un ciclo y vuelven a ser novedosos. Manteniendo la metáfora de la guillotina política, el volumen al completo debe considerarse como *Los documentos póstumos de un recaudador decapitado,* y el borrador que estoy finalizando ahora, aunque es demasiado autobiográfico como para que una persona modesta lo publique durante su vida, será justificado de inmediato en un caballero que escribe desde la tumba. ¡Que se haga la paz en el mundo! ¡Bendiciones para mis amigos! ¡Perdón para mis enemigos! ¡Porque me hallo en el reino de la tranquilidad!

La vida de la Aduana queda como un sueño a mis espaldas. El viejo inspector, quien, por cierto, lamento decir que fue derribado y matado por un caballo hace algún tiempo (de otro modo habría vivido de seguro eternamente), él y todos aquellos otros venerables personajes que se sentaban con él en la recepción de la Aduana no son más que sombras para mí, imágenes arrugadas y de pelo blanco con las que mi imaginación solía jugar y que ahora ha descartado para siempre. Los comerciantes Pingree, Phillips, Shepard, Upton, Kimball, Bertram, Hunt; esos y muchos nombres más que resonaban con clásica familiaridad en mi oído seis meses atrás, esos hombres de comercio que parecían ocupar una posición tan importante en el mundo... Qué poco tiempo he requerido para desconectarme de todos ellos, no sólo en acciones, sino en recuerdos. No con poco esfuerzo consigo recordar las figuras y los apelativos de estos pocos. De igual modo, pronto mi vieja ciudad nativa se cernirá sobre mí a través de la bruma de la memoria, una niebla que la protege y la envuelve, como si no fuera una parte de la auténtica tierra, sino una aldea crecida en el país de las nubes, con sólo habitantes imaginarios para poblar sus casas de madera y caminar por sus sencillas calles y la no pintoresca prolijidad de su calle principal. Soy un ciudadano de algún otro lugar. Mis buenos conciudadanos no lo lamentarán mucho, pues, aunque tener alguna importancia a sus ojos y ganarme un grato recuerdo en esta morada y lugar de sepultura de tantos de mis antepasados ha sido un objetivo tan querido como cualquier otro en mis esfuerzos literarios, nunca ha habido para mí la atmósfera genial que un literato necesita para madurar la mejor cosecha de su mente. Me las arreglaré mejor entre otros rostros y estos rostros familiares, huelga decirlo, se las arreglarán igual de bien sin mí. Puede ser, empero —¡oh, pensamiento transportador y triunfante!— que los bisnietos de la estirpe actual puedan a veces recordar con cariño al escritor de días pasados cuando el anticuario de los días venideros señale, entre los lugares memorables de su historia, la localización de la BOMBA DE AGUA DE LA CIUDAD.

CAPÍTULO PRIMERO

La puerta de la prisión

Un tropel de hombres y mujeres, ellos barbudos, con vestiduras de colores tristones, cubiertos con altos sombreros grises, y ellas cubriéndose la cabeza en su mayoría con capuchas, hallábase reunido frente a un edificio de madera, de sólida puerta de roble tachonada de clavos de hierro.

Los fundadores de una nueva colonia, cualquiera que sea la utopía de virtud humana y felicidad que puedan primeramente proyectar, han reconocido, invariablemente, entre sus primeras necesidades prácticas, señalar dos espacios de suelo virgen: uno para cementerio y otro como solar de una prisión. Conforme a esta regla, puede suponerse con acierto que los antepasados de Boston edificaron la primera casa-prisión en algún lugar de la vecindad de Cornhill, casi al mismo tiempo que trazaron el primer cementerio en un lote de terreno perteneciente a Isaac Johnson, los alrededores de cuya tumba vinieron a ser, consiguientemente, el núcleo de los sepulcros congregados en el viejo patio de la capilla del rey. Cierto es que unos quince o veinte años después del establecimiento de la población la cárcel de madera ostentaba ya las huellas de la intemperie y otras indicaciones del tiempo, que daban un aspecto aún más oscuro a su ceñuda y sombría fachada. La herrumbre del poderoso herraje de su puerta de roble hacíale parecer más antiguo que cualquiera otra cosa del Nuevo Mundo. Como todas las pertenencias del crimen, parecía no haber conocido jamás una era juvenil. Ante este feo edificio, y entre él y el arroyo de la calle, hallábase un prado en el que habían crecido la bardana, la cizaña y la disforme vegetación, que evidentemente encontró algo congenial en el suelo donde tan temprano había nacido la flor negra de la sociedad civilizada: una prisión. Pero a un lado de la puerta y arraigado casi en su umbral, había un rosal silvestre cubierto, en aquel mes de junio, con sus más delicadas gemas, que parecían ofrecer su fragancia y frágil belleza al prisionero que entraba y al criminal condenado al salir para ser cumplida su sentencia, en señal de que el profundo corazón de la Naturaleza podía compadecerle y ser bondadoso con él.

Por rara casualidad, aquel rosal habíase conservado vivo a través de la historia; pero no podemos determinar si es que había sobrevivido simplemente a la antigua y áspera selva tanto tiempo después de la caída de los pinos gigantescos o de los robles que lo sombrearon, o si, como es lógico creer, brotó bajo la pisada de santa Ana Hutchinson al entrar en la prisión. Encontrándolo tan directamente en el umbral de nuestro relato, que va a nacer ahora de tan desfavorable portal, casi no podíamos hacer otra cosa que arrancar una de sus flores y presentársela al lector. Quizá esto pudiera servir para simbolizar algún dulce florecimiento moral que pudiera hallarse en el curso de esta historia, o para aliviar el oscuro compendio de una novela de humana fragilidad y tristeza.

CAPÍTULO II

La plaza del mercado

Hace dos siglos, el prado frontero a la cárcel de Prison-lane hallábase ocupado cierta mañana de verano por un buen número de habitantes de Boston, cuyos ojos miraban fijamente a la puerta de roble tachonada de férreos clavos. En otro pueblo o en un período más moderno de la historia de Nueva Inglaterra, la inflexible rigidez que petrificaba las barbudas fisonomías de aquella buena gente hubiese augurado que se preparaba algún horrendo asunto. Hubiese significado la anticipada ejecución de algún famoso culpable en quien la sentencia de un tribunal legal había confirmado el veredicto del sentir público. Pero en aquella temprana severidad del carácter puritano no podía sacarse tan indudablemente una deducción de esta naturaleza. Pudiera muy bien ser que un esclavo holgazán o un niño desobediente, entregado por sus padres a las autoridades civiles, fuera a ser castigado en la picota. Pudiera ser que algún antinomio, algún cuáquero u otro religioso heterodoxo hubiera de ser azotado y arrojado de la población, o que un indio vagabundo y perezoso fuera a ser internado en las selvas con el cuerpo lleno de cardenales. También pudiera ocurrir que una hechicera, como la anciana señora Hibbins, la malhumorada viuda del magistrado, fuese a morir en la horca. En cualquier caso era muy parecido el porte de solemnidad adoptado por los espectadores, como cuadraba a gentes para quienes la religión y la ley eran casi idénticas, y en cuyos caracteres se hallaban ambas tan completamente mezcladas, que tanto el acto de disciplina más suave como el más severo era para ellas igualmente venerable y horrendo. Débil y fría en verdad era la simpatía que un transgresor podía buscar en aquellos espectadores estacionados al pie del patíbulo.

Por otra parte, una penalidad que en nuestros días podía inferir un grado de burla infamante y de ridículo pudiera en aquellos tiempos estar investida de tanta dignidad mayestática como la propia pena de muerte.

En la mañana de verano en que da comienzo nuestro relato era de notarse la circunstancia de que las mujeres que se hallaban mezcladas en el grupo aparentaban tener un interés peculiar por cualquier castigo penal que hubiera de aplicarse.

El brillante sol de la mañana refulgía sobre los anchos hombros y los bien desarrollados bustos y sobre las redondas y coloreadas mejillas, que habían madurado en la lejana isla y que, escasamente aún, habían palidecido o adelgazado en la atmósfera de Nueva Inglaterra. Había, además, una franqueza y rotundidad en el lenguaje de aquellas matronas, como en su mayoría parecían serlo, que hoy nos alarmarían, tanto con referencia a su significado como al volumen de su tono.

—Buenas esposas —dijo una dama de cincuenta años, de duras facciones—. Voy a deciros algo de lo que pienso. Sería de gran provecho público el que nosotras, siendo de edad madura y bien reputadas como miembros de la Iglesia, pudiéramos disponer de la maléfica mujer Ester Prynne. ¿Qué pensáis de eso, charlatanas? Si la pícara hubiese de ser juzgada por las cinco que nos hallamos juntas en este corrillo, ¿saldría con una sentencia como la que los honorables magistrados han dictado? ¡No lo creo!

—Dice la gente —replicó otra— que el reverendo Master Dimmesdale, su piadoso pastor, toma muy a pecho el que ese escándalo haya llegado a oídos de su congregación.

—Los magistrados son caballeros temerosos de Dios, pero compasivos en demasía; esta es la verdad —añadió una tercera matrona otoñal—. Por lo menos debieran haber marcado la frente de Ester Prynne con un hierro candente. La señora Ester hubiese dado un respingo ante eso, yo os lo garantizo. ¡Pero a esa díscola ramera la importará muy poco lo que puedan colocarle sobre el corpiño de su vestido! ¡Puede que lo cubra con un broche o con un adorno idólatra por el estilo y se pasee por las calles con la misma desvergüenza de siempre!

—¡Ah! —intervino más dulcemente una joven esposa que llevaba un niño de la mano—, dejad que cubra la marca con lo que quiera; siempre tendrá la espina clavada en el corazón.

—¿Para qué hablamos de marcas y señales, bien las coloquen sobre el corpiño de su vestido o sobre la carne de su frente? —gritó otra hembra, la más fea y despiadada de cuantas se habían constituido en jueces—. Esta mujer nos ha llenado de vergüenza y debe morir. ¿No hay ley para eso? Ciertamente que sí, tanto en las Escrituras como en el libro de los Decretos. ¡Dejad, pues, que los magistrados, quienes han hecho que aquéllas no tengan efecto, se den las gracias cuando sus esposas y sus hijas se descarríen!

—¡Piedad para nosotros, buena esposa! —exclamó un hombre del grupo—. ¿Es que no hay más virtud en la mujer que la que dimana de un edificante miedo al cadalso? ¡Eso es lo peor! ¡Y ahora, callad, murmuradoras! Ya descorren los cerrojos de la prisión y sale la señora Prynne en persona.

La puerta de la cárcel fue abierta de par en par desde el interior, apareciendo en primer término, como una sombra negra que sale a la luz del sol, el ceñudo y espantoso macero, con una espada al cinto y la maza de su oficio en la mano.

Este personaje prefiguraba y representaba en su aspecto toda la lúgubre severidad del código de la ley puritana, que era su obligación administrar al ofensor en su más estrecha y final aplicación. Alargando la maza con su mano izquierda, colocó la derecha sobre el hombro de una mujer joven, guiándola así hacia adelante; todavía en el umbral de la puerta de la cárcel, la joven le rechazó con un gesto natural de dignidad y de fuerza de carácter y salió al aire libre como si lo hiciese por propia voluntad. Llevaba en brazos una niña, una criatura de unos tres meses de edad, que parpadeó y volvió la carita ante la vivísima luz del día, ya que su existencia hasta entonces únicamente la había familiarizado con la luz grisácea del calabozo o con algún otro oscuro departamento de la prisión.

Cuando la joven, madre de aquella niña, apareció plenamente ante la multitud, su primera intención fue la de abrazar a la criaturita fuertemente contra su pecho, no por un impulso de afecto maternal, sino por ocultar cierta marca que llevaba escrita o sujeta a su vestido. Al punto, sin embargo, juzgando sabiamente que una marca de su vergüenza pudiera muy pobremente ocultar la otra, colocó la niña sobre su brazo, y con un rubor abrasador y, no obstante, con sonrisa altanera y una mirada imposible de abatir, miró en su derredor a sus conciudadanos y vecinos. Sobre el pechero de su vestido, sobre un fino paño rojo, rodeada de un complicado bordado de fantásticos floreos de hilo de oro, apareció la letra A. Estaba tan artísticamente hecha y con tan fertilidad y alegre lujo de la fantasía, que hacía el efecto de un adorno final y adecuado a la ropa que vestía, y era de tal esplendor con relación al gusto de la época, que sobrepasaba grandemente a cuanto permitían las suntuosas regulaciones de la colonia.

La joven era alta, con una figura de perfecta elegancia en gran escala. Tenía negros y abundantes cabellos, tan satinados, que rechazaban en brillantes reflejos la luz del sol, y una cara que, siendo hermosa por la regularidad de sus facciones y la riqueza de su complexión, impresio-

naba con el arqueado de sus cejas y la profundidad de sus ojos negros. Era también elegante, a la manera de la femenina gentileza de aquellos días, caracterizada por cierta majestad y dignidad, más que por la gracia delicada, desvanecedora e indescriptible que hoy se reconoce como su indicación. Y nunca había parecido tan elegante Ester Prynne, en la vieja acepción del término, como cuando salió de la prisión. Los que la conocieron antes y creyeron hallarla ceñuda y oscurecida por una nube desastrosa, se asombraron y aun se alarmaron ante su resplandeciente hermosura, e hicieron una aureola de la desgracia e ignominia en que se hallaba envuelta. Tal vez para un observador sensible hubiera en esto algo exquisitamente doloroso. Su atavío, que, en efecto, había preparado para aquella ocasión en la cárcel, y que en gran parte había modelado su fantasía, parecía demostrar la actitud de su espíritu, el desesperado atrevimiento de su talante, por su peculiaridad agreste y pintoresca. Pero el punto que concentraba todas las miradas y transfiguraba a la que lo llevaba de tal modo que hombres y mujeres que habían estado familiarmente en relaciones con Ester Prynne se hallaban entonces impresionados como si la vieran por primera vez, era la letra roja, tan fantásticamente bordada e iluminada sobre su pecho. Producía el efecto de un hechizo que, separándola de las relaciones comunes con la Humanidad, la encerrase en una esfera propia.

Se abrió camino entre el tropel de espectadores. Precedida del macero y acompañada por una irregular procesión de hombres ceñudos y mujeres de rostros desagradables, dirigióse Ester Prynne hacia el lugar designado para su castigo. Un grupo de jovenzuelos estudiantes, impacientes y curiosos, no comprendiendo de lo que entre manos se llevaba más que el que les habían concedido medio día de vacación, corrían ante ella, volviéndose continuamente a mirar a la castigada, al bebé que parpadeaba en sus brazos y a la ignominiosa letra que lucía sobre su pecho. En aquellos tiempos no era grande la distancia que mediaba desde la cárcel a la plaza del mercado. No obstante, medida por la experiencia de la prisionera, debió parecerla un largo viaje, puesto que, a pesar de su altiva actitud, sentía una mortal agonía a cada paso que daban los que se estrujaban por contemplarla, como si su corazón hubiera sido arrojado al arroyo para que fuese despreciado y pisoteado. Sin embargo, hay en nuestra naturaleza una provisión, a la vez maravillosa y compasiva, por la que quien sufre no conoce jamás la intensidad de lo que padece por la tortura del momento presente, sino principalmente por la angustia que deja detrás. Así, pues, Ester Prynne pasó por aquella parte de su prueba con serena actitud, y llegó a una especie de patíbulo establecido en el lado oeste de la plaza del mercado. El tablado se hallaba bajo el alero de la iglesia más antigua de Boston y parecía ser allí Una cosa fija.

En realidad, este patíbulo constituía una parte de la máquina de castigo que ahora, para dos o tres generaciones ya pasadas, ha sido meramente histórica y tradicional entre nosotros; pero que en los antiguos tiempos fue mantenida como un agente efectivo en la promoción de los buenos ciudadanos, como lo fue la guillotina entre los terroristas de Francia. Era, en suma, la plataforma de la picota, y sobre ella se alzaba el marco de ese instrumento de disciplina tan en uso para aprisionar la cabeza humana y mantenerla así ante las miradas del público. La propia idea de la ignominia tomaba cuerpo y se hacía manifiesta en aquella invención de hierro y madera. No puede haber ultraje, me parece (cualquiera que sea la delincuencia del individuo), más flagrante que prohibir al culpable esconder su rostro a la vergüenza, como era la esencia de este castigo. En el caso de Ester Prynne, sin embargo, y no poco frecuente en otros, su sentencia era la de permanecer de pie en la plataforma durante cierto tiempo; pero sin que aquella abrazadera oprimiese su cuello y sujetase su cabeza, cuya propiedad era la más diabólica característica de tan horrorosa máquina. Conociendo bien su papel, ascendió los escalones de madera, mostrándose a la multitud que la rodeaba a la altura de un hombre sobre el nivel de la calle.

De pie en aquella miserable eminencia vio de nuevo su villa natal en la Vieja Inglaterra y el hogar de sus padres; una decaída casa de piedra gris, con aspecto de haber venido a menos, pero manteniendo sobre su portal un medio borrado escudo de armas, en señal de su antigua nobleza. Vio la cara de su padre, con su ancha frente y la venerable barba blanca que flotaba sobre la gorguera usada en los antiguos tiempos de Isabel; la de su madre, también, con la mirada de amor anhelante y cautelosa, que siempre conservaba en su recuerdo y que aun desde su muerte había sido con tanta frecuencia un impedimento de gentil protesta en la senda que seguía su hija. Vio su propia cara, brillando con belleza juvenil e iluminando todo el interior del oscuro espejo, al cual había deseado mirar. Apreció allí otro rostro, el de un hombre bien entrado en años, pálido, delgado, con aspecto de letrado, con ojos legañosos y apagados por la luz de la lámpara, que le sirvieron para caer sobre muchos libros imponderables. No obstante, aquellos ojos legañosos, cuando su propietario se proponía leer en el alma humana, tenían un poder extraño y penetrante. Esta figura del estudio y del claustro, que la fantasía femenina de Ester Prynne no pudo menos de recordar, estaba ligeramente deformada, con el hombro izquierdo un poquito más alto que el derecho. Después se alzaron ante ella, en la galería pictórica de su memoria, las calles intrincadas y estrechas, las altas casas grises, las enormes catedrales y los edificios públicos, antiguos por su fecha y raros por la arquitectura, de la ciudad continental, donde una nueva vida la hubiese aguardado aun en relación con el desgraciado letrado; una nueva vida, pero alimentada con materiales ganados al tiempo, como el penacho de verde musgo sobre un muro ruinoso. Por último, en lugar de estas escenas mudables, volvió a ver la plaza del mercado del establecimiento puritano, con todas las gentes de la población reunidas en ella, elevando hasta Ester Prynne sus miradas severas; ¡sí, hasta ella, que se hallaba de pie sobre el tablado de la picota, con una criaturita en brazos y la letra A en rojo, fantásticamente bordada con hilo de oro sobre su pecho!

¿Podía ser aquella cierto? Tan fieramente apretó a la criaturita contra su pecho que ésta lanzó un grito; volvió ella la vista hacia abajo, hacia la letra roja, y hasta la tocó con su dedo para convencerse de que aquella niña y aquella vergüenza eran reales. ¡Sí! ¡Aquellas eran sus realidades; todo lo demás se había desvanecido!

CAPÍTULO III

El reconocimiento

La mujer de la letra roja sintió, al fin, alivio a su intensa pena por ser objeto de severa observación al ver entre los más alejados del grupo una figura que irresistiblemente tomó posesión de sus pensamientos. Un indio, vistiendo su traje nativo, se hallaba allí de pie; pero los hombres rojos no eran visitantes tan infrecuentes de los Estados ingleses, para que uno de ellos hubiese llamado la atención de Ester Prynne en aquella hora, y mucho menos para excluir todos los demás objetos e ideas de su imaginación. Junto al indio, e indudablemente sosteniendo compañerismo con él, había un hombre blanco vistiendo, con extraño desgaire, un traje civilizado de salvaje.

Era pequeño de estatura, de cara arrugada; pero que aún no podía considerarse vieja. Demostraban, sus facciones una notoria inteligencia, como la de una persona que hubiese cultivado de tal modo su parte mental que no hubiera podido por menos de moldearla y hacerla manifiesta con señales inconfundibles. Aunque por el aparente descuido de su atavío heterogéneo había procurado ocultar o disimular cierta característica, advirtió Ester Prynne que uno de los hombros de aquel hombre levantaba más que el otro. En cuanto percibió la enjuta fisonomía y la ligera deformidad de su figura oprimió Ester la criaturita nuevamente contra su pecho con fuerza tan convulsiva, que el pobre bebé lanzó otro grito de dolor. Mas la madre no pareció oírlo.

Cuando llegó a la plaza del mercado, y antes de que le viese, el extranjero había puesto sus ojos en Ester Prynne, Al principio con des-

cuido, como un hombre acostumbrado principalmente a mirar dentro de sí y para quien los asuntos exteriores son de poco valor e importancia, de no tener relación con algo que bullese en su cerebro. Muy pronto, sin embargo, su mirada se tomó aguda y penetrante. Un horror doloroso se reflejó, retorciéndose en sus facciones, cual si una culebra se escurriera suavemente sobre ellas, haciendo una pequeña pausa con todas sus trenzadas evoluciones a la vista. Su cara se oscureció por efecto de alguna emoción poderosa; mas, no obstante, la dominó tan pronto con un esfuerzo de su voluntad que, salvo un solo momento, su expresión hubiese pasado por la de la tranquilidad. Después de breve espacio, la convulsión se hizo casi imperceptible, y, finalmente, perdióse en las profundidades de su naturaleza. Cuando vio los ojos de Ester Prynne fijos en los suyos y que ella parecía haberle reconocido, alzó un dedo despacio y con tranquilidad, hizo un gesto con él en el aire y se lo llevó a los labios.

Entonces, tocando en el hombro a un ciudadano próximo a él, preguntóle formal y cortésmente:

—Perdone usted, buen señor; ¿quién es esa mujer? ¿Por qué la exponen a la vergüenza pública?

—Por fuerza debe ser usted extraño a esta región, amigo mío —respondió el ciudadano mirando con ansiedad a su interlocutor y a su salvaje compañero—; pues de lo contrario hubiese usted oído hablar de la señora Ester Prynne y de sus malas hazañas. Ha promovido un gran escándalo, se lo aseguro, en la iglesia del venerable Master Dimmesdale.

—Dice usted muy bien. Soy forastero y he sido vagabundo, tristemente, contra mi voluntad. ¿Así, pues, será usted tan amable que me cuente algo de Ester Prynne, si es que la he nombrado acertadamente? ¿Algo de las ofensas que esa mujer haya causado y el motivo de verla ahí sobre la picota?

—Ciertamente, amigo mío —dijo el ciudadano—. Ha de saber usted, señor, que esa mujer fue esposa de cierto sabio, inglés de nacimiento, pero que vivió muchos años en Amsterdam, hasta que, hace algún tiempo, se le ocurrió venir a probar fortuna entre nosotros, los de Massachussetts. A este propósito envió por delante a su esposa, permaneciendo él allí para solventar algunos asuntos necesarios. Durante los dos años o menos que esta mujer ha vivido en Boston no se han tenido noticias del sabio caballero, quedando ella, por tanto, abandonada a su propio cuidado.

—¡Ah, ah! Os comprendo —dijo el forastero con una amarga sonrisa—. El sabio caballero, como usted dice, debió haber aprendido también eso en sus libros. ¿Y quién, si me hace usted el favor, puede ser el padre de esa criatura, que supongo tendrá unos tres o cuatro meses, y que la señora Prynne lleva en brazos?

—En verdad, amigo, ese asunto ha resultado un enigma, y el Daniel que haya de interpretarlo es todavía desconocido —contestó el ciudadano—. La señora Ester se negó a hablar en absoluto, y los magistrados se han atormentado la cabeza en vano. Afortunadamente, la culpable está viendo este triste espectáculo, ocultando al hombre y olvidando que Dios le ve.

—El hombre sabio —observó el forastero con otra sonrisa— debiera venir para indagar personalmente en el misterio.

—Eso sería bueno si viviese. Ahora, buen señor, la magistratura de Massachussetts, considerando que esta mujer es joven y bella y que indudablemente fue impelida por la fuerza a su caída, y que, además, como es lo más probable, su marido puede estar en el fondo del mar, no han dudado en poner en ejecución contra ella el mayor castigo de nuestra rigurosa ley. La pena, por consiguiente, es la de muerte. Pero su gran benignidad y ternura de corazón les ha llevado a castigar a la señora Prynne a permanecer solamente durante tres horas sobre la plataforma de la picota y a llevar en ese acto y por el resto de su vida una señal infamante sobre su pecho.

—¡Sabia sentencia! —hizo notar el forastero bajando gravemente la cabeza—. Me encora, sin embargo, que el partícipe de su iniquidad no se halle, al menos, junto a ella en el patíbulo. ¡Pero se sabrá quién es! ¡Se conocerá! ¡Se conocerá!

Saludó cortésmente al comunicativo ciudadano y, diciendo algunas palabras en voz baja al indio que le acompañaba, internáronse ambos entre la multitud.

Mientras esto había ocurrido, Ester Prynne permaneció de pie sobre su pedestal sin apartar la mirada del forastero; una mirada tan fija, que en momentos de intensa absorción todos los demás objetos del mundo visible parecían esfumarse, quedando solamente él y ella. Tal entrevista hubiese sido quizá más terrible que encontrarle, como lo hizo ahora, con el ardiente sol de mediodía abrasando su rostro y alumbrando su vergüenza, con la roja señal de la infamia sobre su pecho, con la criatura nacida en el pecado en sus brazos, con todo un pueblo, arrastrado como a un festival, contemplando la fisonomía que debiera tan sólo ser contemplada en la tranquila luz del hogar, en la alegre sombra de su casa o bajo el velo matronal en la iglesia. A pesar de ser esto tan espantoso, estaba consciente de un refugio en presencia de aquel millar de testigos. Era mejor permanecer así, con tantas gentes entremezcladas con él y ella, que encontrarse con él cara a cara, los dos solos. Sintió como si volara a refugiarse bajo la pública exposición, temiendo

el momento en que su protección le fuera retirada. Envuelta en estos pensamientos, escasamente oyó una voz tras ella hasta que repitió su nombre varias veces, en tono fuerte y solemne, para que fuese oído por toda la multitud.

—¡Escúchame, Ester Prynne! —dijo la voz.

La voz que había llamado su atención era la del reverendo y famoso Juan Wilson, el clérigo más antiguo de Boston, gran letrado, como la mayoría de sus contemporáneos en la profesión y, además, hombre amable y de espíritu genial.

Allí estaba, en pie, bordeando su casquete un círculo de cabellos blancos, mientras sus ojos grises, acostumbrados a la cernida luz de su despacho, guiñaban, como los de la niña de Ester, ante la inadulterada luz solar.

—Ester Prynne —dijo el clérigo—, he venido hasta aquí con mi joven hermano, bajo cuya predicación has tenido el privilegio de sentarte.

Entonces el señor Wilson puso la mano sobre el hombro de un joven pálido que se hallaba a su lado.

—He tratado de persuadir a este piadoso joven para que viniese a tratar contigo aquí, ante el cielo, ante estos regidores sabios y justicieros, para que sean oídas por todas estas gentes la vileza y negrura de tu pecado. Conociendo tu natural temperamento mejor que yo, podía juzgar con mayor acierto los argumentos que debieran emplearse, ya de ternura o de terror, para que prevalecieran sobre tu terquedad y obstinación para que no ocultes por más tiempo el nombre de aquel que te indujo a la falta dolorosa. Pero opone a mi parecer, con demasiada suavidad para un joven, por muy sabio que sea para su edad, que sería equivocar la propia naturaleza de una mujer forzarla a abrir de par en par los secretos de su corazón ante tan plena luz del día y en presencia de una multitud tan numerosa. Como es justo, he tratado de convencerle de que la vergüenza está en la comisión del pecado y no en hacerlo ver después. ¿Qué dices a esto, una vez más, hermano Dimmesdale? ¿Has de ser tú o he de ser yo quien haya de bregar con el alma de esta pobre pecadora?

Hubo un murmullo entre los dignificados y reverendos ocupantes del balcón, y el gobernador Bellingham dio expresión a este significado diciendo con voz autoritaria, si bien suavizada por el respeto hacia el joven clérigo a quien se dirigía:

—Buen Master Dimmesdale, la responsabilidad del alma de esta mujer está grandemente en sus manos. A usted le incumbe, pues, exhortarla al arrepentimiento y a que confiese, como prueba y consecuencia de él.

La rectitud de esta apelación enderezó todas las miradas de la multitud hacia el reverendo señor Dimmesdale, joven clérigo que procedía de una de las grandes universidades inglesas, trayendo toda la ciencia de la época a nuestra extensa tierra selvática. Su elocuencia y fervor religioso habíanle proporcionado una temprana y alta eminencia en su profesión. Era persona de aspecto atrayente, de frente alta, blanca e inminente, de grandes ojos castaños y melancólicos, y con una boca que, a menos que forzosamente la cerrase, era trémula, expresando una nerviosa sensibilidad y un vasto poder de propio dominio. A pesar de sus altos dones y de sus logros como hombre sabio, había en el joven ministro un aire, una aprensión, una alarma, una mirada medio temerosa, cual la de un ser que se sintiese extraviado por completo en la senda de la vida humana y no pudiera estar a sus anchas sino en su propio retraimiento. Así, pues, hasta tanto se lo permitiesen sus deberes, caminaba por las sendas cercanas y sombrías, manteniéndose así sencillo y pueril, adelantándose, cuando era ocasión, con una frescura, una fragancia y una pureza de pensamiento que, como mucha gente decía, impresionaba como la palabra de un ángel.

—¡Habla a la mujer, hermano mío —dijo el señor Wilson—, si es el momento adecuado para su alma, y, como dice el honorable gobernador, trascendental para la tuya, a cuyo cargo está la de ella! ¡Exhórtala a que confiese la verdad!

El reverendo señor Dimmesdale humilló la cabeza en callada oración, al parecer, y luego se adelantó e inclinándose sobre el balcón y mirándola fijamente a los ojos, dijo:

—¡Ester Prynne, ya oyes lo que dice este buen hombre y ves la responsabilidad bajo la que obro! Si crees que sea para la paz de tu alma y para que tu castigo terrenal sea, por tanto, más efectivo para tu salvación, te ordeno que digas el nombre de tu compañero de pecado y compañero de sufrimiento! No calles, por cualquier piedad equivocada o ternura hacia él; porque créeme, Ester, aunque tuviese que descender desde un alto puesto y permanecer junto a ti sobre tu pedestal de vergüenza, mejor sería así que ocultar un corazón culpable durante toda la vida. ¿Qué puede hacer por él tu silencio sino tentarle, impulsarle a añadir hipocresía al pecado? El cielo te ha concedido una ignominia patente para que así puedas obtener un triunfo, patente también, sobre tu maldad, y sin ello la tristeza. Cuida de cómo le rehusas a él, que por casualidad no tuvo el valor de cogerla para sí, la amarga, pero saludable, copa que ofrece a tus labios.

La voz del joven pastor era temblorosamente dulce, rica, honda y quebradiza. El sentimiento que tan evidentemente manifestaba, más bien que el significado directo de las palabras, hizo que vibrase en to-

dos los corazones y llevó a todos los oyentes a un acuerdo de simpatía. Hasta el pobrecito bebé, colgado del pecho de su madre, sintióse afectado con la misma influencia, porque dirigió su hasta entonces vaga mirada hacia el señor Dimmesdale y levantó los bracitos con un murmullo medio de complacencia y de súplica. Tan poderosa pareció la apelación del ministro, que la gente no podía creer sino que Ester Prynne iba a pronunciar el nombre del culpable o que el mismo culpable, cualquiera que fuese su posición, sería impulsado a adelantarse por una necesidad interna e inevitable y ascendería las gradas del patíbulo.

Ester movió la cabeza.

—¡Mujer, no traspases los límites de la piedad del cielo! —gritó el reverendo señor Wilson, con más acritud que antes—. Ese pequeñín ha sido dotado de una voz para secundar y afirmar lo que has oído. ¡Pronuncia el nombre! Eso y tu arrepentimiento podrán servir para que sea arrancada de tu pecho la letra roja.

—¡Jamás! —replicó Ester no mirando al señor Wilson, sino a los profundos y trastornados ojos del clérigo más joven—. ¡Está marcada muy hondamente! ¡Tú no puedes arrancarla! ¡Y yo, si lo hiciese, sufriría su agonía y la mía!

—¡Habla, mujer! —dijo otra voz, fría y severamente, que salió del grupo más cercano al patíbulo—. ¡Habla y da un padre a tu hijo!

—¡No hablaré! —respondió Ester tornándose pálida como la muerte, pero contestando a aquella voz que también, seguramente, había reconocido—. ¡Y mi niña buscará un padre celestial; nunca conocerá uno terreno!

—¡No hablará! —murmuró el señor Dimmesdale, quien inclinándose fuera del balcón, con la mano sobre su pecho, había esperado la respuesta a su apelación—. ¡Maravillosa fortaleza y generosidad del corazón de una mujer! ¡No hablará!

Discerniendo el impracticable estado del cerebro de la pobre culpable, el clérigo más anciano, que se había preparado cuidadosamente para la ocasión, dirigió a la multitud un sermón sobre el pecado en todas sus ramificaciones, pero con una continua referencia a la letra ignominiosa. Tan tenazmente insistió sobre aquel símbolo durante la hora o más tiempo, que sus períodos bullían en los cerebros de las gentes, que llevó nuevos terrores a sus imaginaciones y pareció que derivaba su resplandor rojo de las llamas del abismo infernal. Ester Prynne, mientras tanto, mantuvo su sitio sobre el pedestal de vergüenza, con ojos vidriados y aire de fatigosa indiferencia. Había dado aquella mañana todo cuanto la Naturaleza podía soportar, y como su temperamento no era de esa clase que escapa por desmayo a un intenso sufrimiento, su espíritu no podía cobijarse más que bajo una corteza pétrea de insensibilidad, mientras permanecían intactas todas las facultades de su vida animal. En este estado, la voz del predicador tronaba sin remordimiento, pero ineficazmente, en sus oídos. La criaturita, durante la última parte de su prueba, hirió el aire con sus gemidos y sus gritos; ella se esforzó por acallarla mecánicamente, pero parecía simpatizar muy poco con su perturbación. Se la volvió a llevar a la prisión en la misma forma ruda, desapareciendo de las miradas del público tras el portalón tachonado de clavos de hierro. Los que se acercaron a husmear dijeron que la letra roja, a lo largo del oscuro pasadizo interior, despedía un resplandor espeluznante.

CAPÍTULO IV

La entrevista

Hallábase Ester Prynne en tal estado de excitación nerviosa en la prisión, que fue preciso ejercer sobre ella gran vigilancia para evitar algún acto de violencia contra sí misma o contra la pobre criatura. Como anocheciese y el carcelero juzgara imposible reprimir su insubordinación con repulsas y amenazas de castigo, Master Brackett, que así se llamaba el carcelero, creyó prudente la presencia de un médico. Brackett hizo la descripción de éste como hombre habilidoso en todas las modalidades cristianas de la ciencia médica, así como hallarse familiarizado con cuanto la gente salvaje pudiera enseñar respecto a hierbas medicinales y raíces crecidas en la selva. A decir verdad, había gran necesidad de asistencia médica, no solamente para Ester, sino, con más urgencia, para la niña, quien manteniéndose del seno maternal, parecía haber injerido con aquella alimentación todo el disturbio, toda la angustia y desesperación que llenaban el sistema de la madre. La niña se retorcía con dolorosas convulsiones y su cuerpecito era el reflejo de la agonía moral padecida por Ester Prynne durante todo el día.

Siguiendo de cerca al carcelero penetró en el lúgubre departamento aquel individuo de extraño aspecto cuya presencia entre el público tanto había interesado a la portadora de la letra roja. Fue alojado en la cárcel, no como sospechoso de cualquiera ofensa, sino como medio más conveniente y apropiado para disponer de él en tanto los magistrados hubieren conferenciado con los caciques indios respecto a su rescate. Anunciósele con el nombre de Roger Chillingworth. El carcelero, después de hacerle entrar en la celda, permaneció un momento maravillado ante la comparativa tranquilidad que siguió a su entrada, puesto que

Ester Prynne quedó inmediatamente como muerta, si bien la niña continuó quejándose.

—Le ruego, amigo, que me deje a solas con la paciente —dijo el médico—. Confíe usted en mí; muy en breve reinará la paz en su casa y le prometo que la señora Prynne será más amable para su justiciera autoridad de lo que hasta ahora lo haya sido.

—¡Si es usted capaz de realizar lo que dice —respondió Brackett— le consideraré como un hombre realmente hábil! Esta mujer ha estado como poseída y ha faltado poco para que no me decidiera a sacarla los demonios del cuerpo a fuerza de latigazos.

El forastero penetró en la celda con la tranquilidad característica de la profesión que había dicho tener. Su modo de conducirse no cambió al salir el carcelero, dejándole frente a frente con la mujer que permaneciera absorta al notar su presencia entre el grupo, como si entre ambos hubiera habido una relación íntima. Sus primeros cuidados fueron para la niña, cuyos gritos, mientras se retorcía en la carriola, hacían de perentoria necesidad posponer todo auxilio a la madre. Examinó a la criatura cuidadosamente, y después comenzó a abrir una cartera de cuero que extrajo de debajo de su traje. Parecía contener preparados médicos, uno de los cuales mezcló en una taza con agua.

—Mis antiguos estudios de alquimia —observó— y mi permanencia durante más de un año entre gente muy versada en las buenas propiedades de la herborización, han hecho de mí un médico mejor que muchos de los que ostentan ese título. ¡Ya ves, mujer! La niña es tuya, no es nada mío, ni reconocerá mi voz ni mi aspecto como los de un padre. Adminístrala, pues, esta droga con tu propia mano.

Ester rechazó la medicina ofrecida, mirando al médico fijamente con marcada aprensión.

—¿Serías capaz de vengarte de la inocente niña? —murmuró la madre.

—¡Oh, mujer loca! —respondió el médico en un tono mezcla de frialdad y de consuelo—. ¿Qué habría de inducirme para hacerle daño a esta criatura bastarda y miserable? ¡La medicina es buena, como si fuese para mi propia hija, tan mía como tuya! Nada mejor podría hacer por ella.

Como todavía dudase, puesto que, realmente, no se encontraba Ester en buen estado de razón, cogió la criatura en sus brazos y él mismo le administró la droga. Pronto probó su eficacia, borrando toda aprensión. Se apaciguaron los quejidos de la enfermita, cesó gradualmente su agitación convulsiva y en pocos momentos, como ocurre con los niños cuando se les alivia de una pena, cayó en un profundo y tranquilo sueño. El médico, como tenía derecho a que se le llamase, dedicóse después a atender a la madre. Con calma y detención tomóla el pulso, la observó los ojos (mirada que hizo desmayar y temblar su corazón, por serla tan familiar y, sin embargo, tan extraña y fría), y, por último, satisfecho de la investigación, comenzó a mezclar otra droga.

—No conozco a Leteo ni a Nepente —hizo notar—: pero he aprendido muchos secretos nuevos en las selvas y he aquí uno de ellos; una receta que me enseñó un indio a cambio de algunas de mis lecciones, que eran tan viejas como Paracelso. ¡Bébela! Puede que sea menos confortante que una conciencia sin pecado. Ésta no puedo dártela. Pero calmará tu pasión agitada, como el aceite arrojado sobre las olas de un mar tempestuoso calma las iras de la tempestad.

Presentó la taza a Ester, quien la tomó, dirigiéndole una mirada lenta e inquieta, no precisamente una mirada de temor, sino de duda, interrogante, como si tratase de indagar cuál fuera su intento; también miró a su niña dormida.

—He pensado en la muerte —dijo ella—, la he deseado, hasta hubiese rezado pidiéndola, si yo pudiera rezar por algo. Sin embargo, si la muerte se encuentra en esta taza, te ruego de nuevo recapacites antes de que la beba de un trago. ¡Mira! Aún está apoyada en mis labios.

—¡Bébela! —replicó él con la misma fría compostura—. ¿Tan poco me conoces, Ester Prynne? ¿Tan triviales han de ser mis propósitos? Aunque imaginase un plan de venganza, ¿qué cosa mejor podía hacer para mi propósito que dejarte vivir, dándote las medicinas contra todo daño y peligro de la vida para que esta vergüenza ardiente pueda todavía flamear sobre tu pecho?

Ester Prynne bebió la droga, y a una señal del hombre habilidoso, sentóse sobre la cama donde reposaba la niña; acercó él al lecho la única silla que había en la celda y sentóse junto a Ester. Esta no puedo menos de temblar ante aquellos preparativos, pues presintió que iba a tratar con ella como el hombre a quien había injuriado más honda e irreparablemente.

—Ester —dijo el hombre—, no pregunto dónde ni cómo has caído en el abismo, o, mejor dicho, cómo has ascendido al pedestal de infamia donde te he encontrado. La razón no está lejos para ser indagada. Fue mi insensatez y tu debilidad. Los hombres me llaman sabio... Si los sabios fueran siempre sabios para su propio provecho, yo debiera haber previsto todo esto. Debiera haber sabido que, al salir de la vasta y lúgubre floresta y penetrar en este establecimiento de los hombres cristianos, el primer objeto que habían de tropezar mis ojos debías ser tú. Ester Prynne, puesta en pie, como una estatua de ignominia, ante el pueblo. ¡Hasta cuando descendimos las gradas de la vieja iglesia jun-

tos, recién casados, debí haber apreciado el resplandor de esa letra roja brillando al extremo de nuestra senda!

—Ya sabes —dijo Ester— que fui franca contigo. No sentía amor, ni fingí tenerlo.

—Es cierto —replicó él—, ¡esa fue mi insensatez! Ya lo he dicho. ¡Yo anhelaba poder formar un hogar! No me pareció un sueño vano el que la felicidad no pudiese ser mía. ¡Y así, pues, Ester, te arrastré hacia mi corazón, hacia lo más hondo de él, y presumí darte calor con el que tu presencia allí producía!

—Te he engañado grandemente —murmuró Ester.

—Nos hemos engañado los dos —respondió él—. La primera equivocación fue mía, cuando traicioné tu juventud en capullo poniéndola en una relación falsa e innatural con mi decaimiento. Así, pues, como hombre que no ha pensado y filosofado en vano, no busco venganza, ni fraguo ningún daño contra ti. Entre tú y yo está equilibrada la balanza. ¡Pero, Ester, el hombre que nos ha engañado a los dos vive! ¿Quién es?

—¡No me lo preguntes! —replicó ella mirándole fijamente a los ojos—. ¡No lo sabrás nunca!

—¿Nunca dices? —añadió él con una sonrisa sombría y de confiada inteligencia—. ¡No conocerle nunca! Créeme, Ester, hay pocas cosas, bien sea en el ancho mundo o hasta cierta profundidad, en la invisible esfera del pensamiento, pocas cosas ocultas para el hombre que se dedica ávidamente y sin reservas a la solución de un misterio. Yo buscaré a ese hombre, como he buscado la verdad en los libros, como he buscado el oro en la alquimia. Existe una simpatía que me hará conocerle. Le veré temblar. Me sentiré temblar repentina e inopinadamente. ¡Más pronto o más tarde, forzosamente será mío!

Los ojos del viejo letrado brillaron tan intensamente sobre ella, que Ester se llevó las manos al pecho, temerosa de que al momento pudiera leer en él su secreto.

—Una cosa he de encargarte, ya que fuiste mi mujer —continuó Roger—. ¡Has guardado el secreto de tu amante; guarda lo mismo el mío! Nadie en esta tierra me conoce. ¡No digas que me llamaste esposo en algún tiempo a ninguna alma humana! Aquí, en este arrabal del mundo, levantaré mi tienda, porque siendo en cualquier parte un vagabundo, encuentro aquí una mujer, un hombre y una niña entre los cuales y yo existen los más cercanos ligamentos. ¡No importa que sean de amor o de odio, de derecho o no! Tú y el tuyo, Ester Prynne, me pertenecéis. Mi casa está donde tú estés y donde él esté. ¡Pero no me traiciones!

—¿Por qué motivo lo deseas? —preguntó ella retrocediendo—. ¿Por qué no te presentas abiertamente y me descartas de una vez?

—Quizá sea —replicó él— por no recoger el deshonor que mancilla al esposo de una mujer sin fe. Quizá sea por otras razones. Es lo bastante que sea mi deseo vivir y morir desconocido. Deja, pues, que tu marido sea para el mundo uno que ya ha muerto y de quien no han de venir jamás noticias de ninguna especie. ¡No me reconozcas por la palabra, por la acción o por la mirada! No pronuncies el secreto, sobre todo al hombre con quien me traicionaste. ¡Si tal hicieras, ten cuidado! Su fama, su posición, su vida, estarán en mis manos. ¡Ten cuidado!

—Guardaré tu secreto como guardo el suyo —dijo Ester.

—¡Júralo! —añadió el médico.

Ester lo juró.

—¡Ahora, señora Prynne —dijo el viejo Chillingworth, como ha de llamársele de aquí en adelante—, te dejo a solas; a solas con tu hija y con la letra roja! Cómo es eso, Ester, ¿te obliga la sentencia a llevar esa marca hasta cuando duermes? ¿No tienes miedo a las pesadillas y a los sueños espantosos?

—¿Por qué sonríes así? —preguntó la prisionera, inquieta ante la expresión de sus ojos—. ¿Eres como el Hombre Negro que vaga por la selva que nos rodea? ¿Me has inducido a una promesa que cause la ruina de mi alma?

—¡No la ruina de tu alma! —respondió él con otra sonrisa—. ¡No, la tuya no!

CAPÍTULO V

Ester a su aguja

El término de confinamiento de Ester Prynne tocó a su fin. Fue abierta de par en par la puerta de su prisión y salió a la luz del sol. La misma ley que la condenó la había sostenido a través de la terrible prueba de su ignominia. Pero ahora comenzaba la costumbre diaria, y debía o sostenerla y llevarla adelante con los recursos ordinarios de su carácter o hundirse bajo ella.

Podrá parecer maravilloso el que, teniendo ante sí el mundo, sin hallarse sujeta a los límites del departamento puritano por ninguna cláusula de su condena, tan remota y tan oscura; podrá parecer maravilloso que esta mujer llamase todavía su hogar a aquel sitio donde forzosa y únicamente debía ser el modelo de la vergüenza. Pero hay una fatalidad, un sentimiento irresistible e inevitable que tiene la fuerza de un destino y que, casi invariablemente, obliga a los seres humanos a dar vueltas y rondar como espíritus sobre el sitio donde algún grande y señalado suceso dio color a toda su vida; y tanto más irresistiblemente cuanto más oscuro sea el tinte que lo entristezca. Su pecado, su ignominia eran las raíces que había echado sobre el suelo.

Pudiera ser también que otro sentimiento la retuviese en aquella escena y en aquel sendero que tan fatales le habían sido. Allí residía alguien a quien se consideraba unida; unida en forma no reconocida en la tierra, pero que había de llevarlos juntos ante el tribunal del juicio final y hacer allí su capilla nupcial para una futura unión de retribución interminable.

Así, pues, Ester Prynne no huyó. En los alrededores de la población, dentro de los límites de la península, pero no en la vecindad de ninguna otra morada, había una pequeña vivienda.

Se hallaba en la playa, dando cara a los montes cubiertos de vegetación. Un grupo de chaparros, de los que solamente crecen en la península, no llegaba a ocultar la casita, como queriendo significar que allí había algún objeto que no debiera hallarse o, por lo menos, permanecer oculto.

En aquella pequeña y solitaria vivienda, con algunos pocos recursos que poseía y licencia de los magistrados, quienes todavía mantenían sobre Ester su vigilancia inquisitorial, establecióse con su niña. Inmediatamente quedó envuelto aquel lugar en una sombra mística de desconfianza.

A pesar del aislamiento de su situación y sin tener sobre la tierra un amigo que se atreviera a presentarse allí, jamás sintió el riesgo de la necesidad. Poseía un arte que la proporcionaba, aun en una tierra que comparativamente tenía pocas probabilidades de poder existir, alimentos para su niña y para ella. Era el arte que, antes como ahora, es el único que se encuentra al alcance de la mujer: el bordado. Ester llevaba sobre su pecho, en la letra tan curiosamente bordada, una muestra de su habilidad delicada e imaginativa, de las que las damas de una corte se hubiesen valido alegremente para añadir a sus ropajes de seda y oro mayor riqueza y más adorno espiritual del ingenio humano.

Aquí, en efecto, en la oscura simplicidad que generalmente caracterizaba la moda puritana en el vestir, quizá no fuera frecuente la necesidad de sus más delicadas producciones. Sin embargo, el gusto de la época, demandando todo cuanto se elaboraba en trabajos de esta clase, no dejó de extender su influencia entre nuestros severos progenitores, quien habían dejado tras sí tantas modas que parecía imposible poder pasar sin ellas.

Gradualmente, aunque no muy despacio, su trabajo se hizo lo que hoy llamaríamos moda. Bien fuese por conmiseración a una mujer de tan miserable destino, por la morbosa curiosidad que da un valor ficticio a cosas vulgares e inútiles, por cualquiera otra circunstancia intangible

que, entonces como hoy, basta para que adopten unas personas lo que otras puedan buscar en vano, o porque Ester llenaba en realidad un hueco que, de otro modo, habría permanecido vacante, lo cierto es que logró empleo para tantas horas como pudiera destinar a su aguja.

Todo gesto, toda palabra y el silencio de aquellos con quienes se ponía en contacto implicaban y con frecuencia expresaban que se había desvanecido, que estaba tan sola como si habitase otra esfera o se comunicase con la naturaleza común por medio de otros órganos y sentidos que el resto de la Humanidad.

Los pobres, que eran objeto de su generosidad, ultrajaban muchas veces la mano que se extendía para socorrerles: damas de elevado rango, cuyas puertas traspasaba a causa de su trabajo, estaban acostumbradas a destilar en su corazón gotas de amargura unas veces a través de aquella alquimia de tranquila malicia por la cual las mujeres pueden confeccionar un veneno sutil de las trivialidades ordinarias, y otras también por una expresión más ruda, caída sobre el pecho de la mujer indefensa como un golpe brutal sobre una herida ulcerada. Los clérigos parábanse en las calles para dirigirla palabras de exhortación que congregaban un grupo con su ceño fruncido y sus sonrisas burlonas alrededor de la pobre mujer pecadora. Si entraba en una iglesia esperando compartir la sonrisa del Sábado del Padre Universal tropezaba con la frecuente desgracia de constituir su persona tema del sermón. Llegó a tener pavor a los niños, porque sus padres les habían imbuido una vaga idea de algo horrible de esta espantosa mujer, que cruzaba silenciosa la población, sin otra compañera que una niña única. Así, pues, dejándola pasar primero, la perseguían a distancia lanzando agudos gritos y pronunciando una palabra que no tenía distinto significado en sus propias imaginaciones, pero que no era para ella menos terrible por proceder de labios que la balbuceaban inconscientemente. Sentía otra tortura peculiar cuando la contemplaban ojos extraños. Cuando los forasteros miraban con curiosidad su letra roja la marcaban de nuevo con hierro candente en el alma de Ester. Su fría mirada de familiaridad era intolerable. Desde el primero al último, con todos, en suma, Ester Prynne tenía esta espantosa agonía al sentir unos ojos humanos sobre su marca; aquel punto no se hacía calloso; por el contrario, con la tortura diaria era cada vez más sensible.

Las gentes vulgares que en aquellos viejos y espantosos tiempos contribuían siempre con un grotesco horror a cuanto interesaba a sus imaginaciones conservaban una historia sobre la letra roja que al punto pudiéramos calificar de leyenda terrorífica. Creían que el símbolo no era simplemente un paño de color escarlata coloreado en una terrenal tina de teñir, sino que era el rojo candente por el fuego infernal y que podía verse cómo se iluminaba cuando Ester Prynne caminaba de noche. Y hemos de decir, por fuerza, que chamuscaba tan hondamente su pecho, que quizá había más de verdad en el rumor de lo que nuestra moderna incredulidad esté inclinada a admitir.

CAPÍTULO VI

Perla

Apenas hemos hablado hasta ahora de la niña; esa criaturita cuya inocente vida había brotado como una flor inmortal y encantadora de la fértil exuberancia de una pasión culpable. ¡Cuán extraña le parecía a la triste mujer mientras contemplaba su desarrollo la belleza que de día en día hacíase más brillante y la inteligencia que derrochaba su temblorosa luz solar sobre las delicadas facciones de la niña! ¡Su Perla! Porque así la llamaba Ester; no como nombre expresivo de su aspecto, que nada tenía del reflejo tranquilo, blanco e inapasionado que pudiera indicar la comparación; llamaba a la niña Perla como una gran riqueza comprada con cuanto ella poseía, con el único tesoro de su madre. ¡Cuán extraña, en verdad! Los hombres habían señalado el pecado de aquella mujer con una letra roja, de tan potente y desastrosa eficacia, que no había simpatía humana que pudiera alcanzarla a no ser siendo pecadora como ella. ¡Dios, como directa consecuencia del pecado que los hombres así castigaban, habíala concedido una criatura encantadora, cuyo puesto estaba en aquel mismo pecho deshonrado, para unir por siempre a su madre con la raza y descendencia de los mortales! No obstante, estos pensamientos afectaban a Ester Prynne con menos esperanza que aprensión. Sabía que su acción había sido mala; por tanto, no podía tener fe en que su resultado fuese bueno. Día tras día contempló, temerosa, el desarrollo de la niña, temiendo siempre observar alguna particularidad feroz que correspondiese a la culpabilidad a la que debía su ser.

Ciertamente, no tenía ningún defecto físico. Por su forma perfecta, su vigor y la natural destreza en el uso de todos sus miembros vírgenes, la criatura debiera haber nacido en el Edén; era merecedora de haber sido dejada allí para jugar con los ángeles después que los primeros padres del mundo fueron arrojados, Tenía una gracia natural que no coexiste invariablemente con la belleza sin tacha; su atavío, por simple que fuese, daba siempre la impresión de ser el que mejor le sentaba. Pero la pequeña Perla no vestía ropa rústica. Su madre, con un mórbido propósito que más adelante se comprenderá mejor, había comprado los más ricos tejidos que pudo procurarse, y permitió a su facultad imaginativa toda su potencia en el arreglo y adorno que la niña llevaba en público.

Tan magnífica era la pequeña figura cuando iba así vestida, y eran tales la propia belleza y el esplendor de Perla, brillando sobre el alegre ropaje, que había en su derredor un círculo absoluto de radiación sobre el suelo de la oscura casita. Y no obstante, una túnica burda, rota y sucia por los rudos juegos de la niña, la daba un aspecto igualmente perfecto. La apariencia de Perla estaba imbuida por un encanto de variedad infinita; en aquella niña única había muchas niñas; desde la belleza de flor silvestre de la hija de un aldeano, hasta la pompa, en pequeño, de la de una princesa. ¡A través de todas ellas, sin embargo, había un tinte de pasión, cierta intensidad de color que nunca perdía; y si, en cualquiera de sus cambios, se hubiese hecho más débil o más pálida, hubiera cesado de ser ella, de ser Perla! Su naturaleza parecía poseer intensidad además de variedad; pero a menos que los temores de Ester la engañasen, la faltaban referencia y adaptación al mundo en que había nacido. La niña no podía ser amoldada a reglas. Al darla existencia se había quebrantado una gran ley, y el resultado fue un ser cuyos elementos eran quizá hermosos y brillantes, mas todos en desorden o con un orden peculiar a sí mismos, entre los cuales era difícil o imposible descubrir el punto de variación y arreglo, Ester podía comprender el carácter de la niña únicamente (y aun entonces vaga e imperfectamente), recordando lo que ella misma había sido durante el período momentáneo en que Perla absorbía su alma del mundo espiritual, y su forma corpórea del material de la tierra. Podía reconocer en la niña su modo rudo, desesperado y desafiador, la prontitud de su genio y hasta algunas de las propias nubes de tristeza y de desaliento que habían anidado en su corazón.

¡Qué pronto, con qué extraña rapidez llegó Perla a una edad en que era capaz del intercurso social! ¡Qué felicidad hubiera causado a su madre oír su voz de pájaro, clara, entre otras voces de niños, y desentrañar el amado significado de sus palabras entre el confuso griterío que producían en sus juegos! Pero esto no sucedería jamás. Perla era una desterrada del mundo infantil.

La pobre mujer veía a los niños jugar a ir a la iglesia, a disciplinar a los cuáqueros, a arrancarse el cuero cabelludo en lucha con los indios o a espantarse unos a otros con fenómenos imitativos de brujería. Perla los veía y contemplaba intensamente, pero nunca pretendió hacer amistad con ellos. Si la hablaban no respondía. Si los niños la rodeaban, como sucedía algunas veces, Perla se ponía colérica, terrible, y cogía piedras para arrojárselas en medio de gritos y exclamaciones incoherentes que hacían temblar a su madre, porque tenían mucho de anatemas de brujo, en un lenguaje desconocido.

Un día que la madre se hallaba junto a la cuna los ojos de la niña se fijaron en el reluciente bordado de la letra, y alzando su manita la cogió, sonriente; no con vacilación, sino con un gesto decidido que dióla aspecto de ser una criatura de mayor edad. Entonces Ester, falta de respiración, cogió involuntariamente el símbolo fatal tratando de rasgarlo; tan infinita fue la tortura infligida por el roce de la manita de Perla. ¡Como si el gesto agonizante de la madre sólo significase un indicio de juego para ella, la pequeñuela la miró a los ojos y sonrió! Desde entonces, salvo cuando la niña dormía, no tuvo Ester un momento de reposo, de tranquila alegría. Verdad es que transcurrían semanas enteras sin que la pequeña Perla posase los ojos sobre la letra roja; pero cuando lo hacía quedaba inopinadamente absorta, como por un golpe de muerte repentina, y siempre con aquella sonrisa peculiar y aquella extraña expresión de sus ojos.

Cierta vez este matiz fantástico y caprichoso reflejóse en los ojos de la niña cuando Ester contemplaba en ellos su propia imagen, cosa que acostumbran a hacer las madres, y repentinamente creyó ver no su propia imagen en miniatura, sino otra cara, otra fisonomía diabólica llena de maliciosa sonrisa; y, sin embargo, facciones que conocía bien, aunque rara vez con una sonrisa y nunca con un tinte de maldad. Era como si un espíritu perverso se hubiese posesionado de la niña y se asomase por sus ojos haciéndole muecas. Muchas veces después, si bien con menos intensidad, fue torturada Ester por la misma ilusión.

En la tarde de cierto día de verano, cuando ya Perla había crecido lo bastante para corretear, se divertía cogiendo flores silvestres y arrojándolas una a una sobre el pecho de su madre, danzando de un lado a otro como un duendecillo cuando hacía blanco en la letra roja. La primera intención de Ester fue cubrirse el pecho con las manos; pero fuese por orgullo o por resignación, o por creer que su penitencia sería extinguida por aquella pesadumbre inexplicable, resistió aquel impulso y sentóse erguidamente, pálida como la muerte, mirando tristemente a los ojos indómitos de la pequeña Perla. Continuó ésta arrojando proyectiles, haciendo blanco, casi invariablemente, en la marca y cubriendo el pecho de su madre de heridas para las cuales no podía hallar bálsamo en este mundo, ni sabía cómo procurárselo en el otro. Por fin, habiendo agotado todos sus proyectiles, quedó la niña frente a su madre contemplándola con aquella mirada sonriente de diablillo que salía del insondable abismo de sus ojos negros.

—Niña, ¿qué es lo que eres? —gritaba la madre.

—¡Oh, yo soy tu pequeña Perla! —respondía la niña.

Pero al mismo tiempo reía y saltaba con la humorística gesticulación de un duendecillo cuyo próximo capricho fuera el de salir volando por la chimenea.

—¿Eres realmente mi niña? —preguntó Ester.

No hizo la pregunta con descuido, sino con genuina avidez, porque era tal la maravillosa inteligencia de Perla, que su madre medio dudaba de si estaba enterada de la secreta pena de su existencia.

—¡Sí, yo soy tu pequeña Perla! —repitió la niña sin dejar de agitarse.

—¡Tú no eres mi hija! ¡Tú no eres mi Perla! —dijo la madre retozonamente, porque ocurría con frecuencia que la embargaba un impulso juguetón en medio de sus hondos sufrimientos—. Dime, ¿quién eres y quién te ha enviado aquí?

—¡Dímelo tú, madre! —decía la niña con seriedad, acercándose a su madre y apretándose contra sus rodillas—. ¡Dímelo, dímelo!

—¡El Padre celestial te envió! —respondió Ester Prynne.

Pero esto lo dijo con duda, que no escapó a la agudeza de Perla. Fuera por su carácter antojadizo o por impulsarla a ello un mal espíritu, levantó su manita y tocó la letra roja.

—¡Él no me envió! —gritó positivamente—. Yo no tengo Padre celestial.

—¡Calla, Perla, calla! ¡No debes hablar así! Él nos ha puesto a todos en el mundo. ¡Él me ha enviado a mí, a tu padre, y, por consiguiente, a ti! Si no, tú, niña extraña y fantástica, ¿de dónde viniste?

—¡Dímelo! ¡Dímelo! —repitió Perla, no ya con seriedad, sino riéndose y golpeando el suelo con los pies—. ¡Tú eres quien ha de decírmelo!

Pero Ester, sumida en un laberinto de dudas, no podía resolver aquel acertijo. Recordaba, temblorosa y sonriente al mismo tiempo, las murmuraciones de la gente de la población, quienes, tratando de indagar en vano la paternidad de la niña y observando algunos de sus extraños atributos, habían deducido que Perla era una hija del demonio, tales como, desde los antiguos tiempos católicos, se habían visto en la tierra por la acción pecadora de sus madres para promover alguna vileza o algún mal propósito.

CAPÍTULO VII

El salón del gobernador

Ester Prynne fue un día a casa del gobernador Bellingham con un par de guantes que, por orden suya, había bordado para llevarlos puestos aquél en algún acto oficial; porque si bien las elecciones populares le habían hecho descender un escalón o dos desde el más alto rango, aún mantenía un puesto honorable e influyente entre la magistratura de la colonia.

Otra razón más importante que la de llevar los guantes bordados impulsó a Ester a buscar una entrevista con un personaje de tanto poder y actividad en los asuntos del departamento. Había llegado a oídos suyos que algunos de los más significados habitantes, acariciando los más rígidos principios de religión y gobierno, tenían la pretensión de privarla de su hija. Suponiendo que Perla fuese de origen diabólico, como ya hemos indicado, aquella buena gente argüía, no sin razón, que un cristiano interés por el alma de la madre requería quitar de su camino aquel bloque entorpecedor.

El gobernador Bellingham era uno de los que con más cariño acariciaban semejante idea.

Llena de interés, Ester Prynne dejó su casita solitaria. La pequeña Perla, claro es, era su compañera. Hallábase la niña en una edad que la permitía hacer el camino al lado de su madre, puesto que, estando desde la mañana a la noche en continuo movimiento, podía andar aquella distancia sin fatiga.

Ya hemos hablado de la rica y esplendente belleza de Perla; una belleza que brillaba con tonos profundos y vivos; una complexión brillante, ojos que poseían profundidad y brillo y un cabello de tono castaño oscuro y satinado que en posteriores días sería negro. Había dentro y fuera de ella un fuego que parecía ser el disparo impremeditado de un momento de pasión. Su madre, al confeccionar las ropas de Perla, había concedido a sus alegres tendencias imaginativas toda su expansión; la vistió una túnica de terciopelo rojo carmín, de corte peculiar, con abundantes y fantásticos bordados en hilo de oro. Aquella intensidad de colorido, que a otra criatura hubiera dado un aspecto de mayor palidez a sus mejillas, se adaptaba admirablemente a la belleza de Perla, convirtiéndola en la llamita de fuego más brillante que jamás había danzado sobre la tierra.

Pero era un atributo notable del vestido, y, en realidad, de la general apariencia de la niña, que irresistiblemente recordaba la marca que Ester Prynne estaba condenada a llevar sobre su pecho. ¡Era la letra roja en otra forma; la letra roja hecha vida! La propia madre había procurado cuidadosamente quitarle semejanza empleando muchas horas de mórbido ingenio para crear una analogía entre el objeto de su afecto y el emblema de su culpa y tortura. Pero, en verdad, Perla era tanto una cosa como otra, y sólo a consecuencia de aquella identidad pudo Ester representar con tanta perfección en su apariencia la letra roja.

Como las dos caminantes tuvieron que entrar en la población, los hijos de los puritanos abandonaban sus juegos para levantar la mirada y murmurar unos a otros con toda gravedad:

—¡Mirad, ahí está la mujer de la letra roja, y además ved corriendo a su lado la semejanza de la letra! ¡Vamos a tirarles barro!

Pero Perla, que era una niña intrépida, después de poner el semblante ceñudo, patear el suelo y agitar la mano con variedad de gestos amenazadores, volaba al encuentro del grupo enemigo y lo ponía en precipitada fuga. Parecía en su persecución fiera una niña pestilente, la fiebre escarlatina o una especie de alado ángel justiciero cuya misión fuese castigar los pecados de la creciente generación. Chillaba y gritaba además con un terrible volumen de voz que indudablemente hacía temblar los corazones de los fugitivos.

Una vez conseguida la victoria, volvía tranquila al lado de su madre y la miraba a la cara sonriendo. Sin otro contratiempo llegaron a la vivienda del gobernador Bellingham.

Perla, viendo aquella brillante maravilla de casa, comenzó a hacer cabriolas y a bailar, pidiendo imperativamente que toda la luz solar penetrase en la estancia para jugar con ella.

—¡No, mi querida Perla! —dijo la madre—. ¡No debes jugar más que con tu propia luz! ¡Yo no puedo darte otra!

Se acercaron a la puerta, de forma de arco y que estaba flanqueada por una torre a cada lado, como proyecciones del edificio; ambas torres tenían ventanas con celosías y persianas que, a ser preciso, podrían plegarse sobre sí. Levantando el llamador de hierro que pendía de la puerta, Ester Prynne dio un aldabonazo que fue contestado por uno de los criados del gobernador, un inglés de nacimiento, pero que en aquel entonces era esclavo por siete años. Durante este tiempo tenía que ser propiedad de su amo, estando expuesto a ser cambiado o vendido como un buey o como un mueble. El siervo llevaba puesta una casaca verde, que en aquella época era el traje que solían vestir los criados en los palacios hereditarios de Inglaterra.

—¿Está en casa su señoría el gobernador Bellingham? —preguntó Ester.

—Sí, ciertamente —contestó el esclavo mirando con ojos desmesuradamente abiertos la letra roja que, siendo recién llegado a la población, no había visto antes—. Sí, su señoría honorable está en casa; pero están con él unos piadosos ministros y un médico. Tal vez no pueda usted verle ahora.

—Sin embargo, entraré —respondió Ester Prynne.

El esclavo, pensado quizá por el aire resuelto de la mujer que era una gran dama del país, no puso impedimento.

Así pues, Ester y la pequeña Perla fueron admitidas en el salón de entrada.

En un extremo estaba iluminada esta estancia por las ventanas de las dos torres que formaban dos pequeños huecos, uno a cada lado del portal. En el extremo opuesto, aunque en parte sombreado por una cor-

tina, el salón se hallaba más poderosamente iluminado por uno de esos ventanales rasgados que nos han descrito los libros antiguos, el cual se hallaba provisto de un mullido asiento. Sobre éste había un libro, probablemente de las *Crónicas de Inglaterra* o de otra sustanciosa literatura por el estilo, como en nuestros días esparcimos dorados volúmenes sobre las mesas para que puedan ser hojeados por los huéspedes casuales. El mobiliario del salón consistía en algunas sillas ponderosas, en cuyos respaldos de roble había talladas complicadas guirnaldas de flores. La mesa era del mismo estilo, perteneciente a la época de Isabel o tal vez anterior; muebles heredados de la casa paterna del gobernador. Sobre la mesa, como prueba de que no se había extinguido el sentimiento de la antigua hospitalidad inglesa, descansaba un jarro de grandes proporciones, en cuyo fondo podían apreciarse residuos de cerveza recientemente bebida.

En el centro de los paneles de roble que defendían la pared se hallaba suspendido un traje completo de malla, no como los retratos, una reliquia ancestral, sino de la fecha más reciente, porque había sido construido por un hábil armero de Londres el mismo año en que el gobernador Bellingham vino a Nueva Inglaterra.

Se componía de un casco de acero, una coraza, una gorguera y grebas, con un par de guanteletes y una espada colgados debajo; todos, y especialmente el casco y el peto, tan bien bruñidos que brillaban con blancos reflejos e iluminaban el suelo por todas partes. Esta centelleante panoplia no era un simple adorno, sino que usábala el gobernador en muchas revistas solemnes y campos de ejercicio, y además había lanzado sus reflejos a la cabeza de un regimiento en la batalla de Pequod, pues, aunque criado en la abogacía y acostumbrado a hablar de Bacon, Coke, Noye y Finch, como sus asociados profesionales, las exigencias de su nuevo país habían transformado al gobernador Bellingham en un soldado tanto como en un político y regidor.

La pequeña Perla, que se hallaba tan complacida con la resplandeciente armadura como lo estuvo con el brillante frontispicio de la casa, pasó algún tiempo contemplando el pulimentado espejo de la coraza.

—¡Madre! —gritó—. ¡Te veo aquí! ¡Mira, mira!

Ester miró por complacer a la niña y vio que, debido al peculiar efecto del espejo convexo, la letra roja se hallaba exagerada en proporciones gigantescas, convirtiéndose en el rasgo más prominente de su apariencia. En realidad, parecía oculta por completo tras ella. Perla señaló también hacia arriba, hacia el casco, sonriendo a su madre con la inteligencia de duendecillo que era una expresión tan familiar en su pequeña fisonomía. Aquella mirada de traviesa alegría se reflejó también en el espejo, con tanta intensidad de efecto que hizo sentir a Ester

Prynne como si no fuese aquella la imagen de su hija, sino un duende que tratase de adoptar la forma de Perla.

—Ven, Perla —dijo la madre apartándola de allí—. Mira qué jardín tan bonito. Puede ser que veamos algunas flores más lindas que las que hallamos en las selvas.

Perla corrió a la ventana del extremo del salón y miró a lo largo de un andador alfombrado de hierba compacta y segada, bordeado por algunos matorrales rudos y verdosos.

Perla, al ver rosales, comenzó a gritar pidiendo una flor roja, y no había medio de pacificarla.

—¡Calla, niña, calla! —dijo la madre encarecidamente—. ¡No gritas, querida! Oigo voces en el jardín. ¡El gobernador viene acompañado de otros señores!

En efecto, se veía que un número de personas se dirigía a la casa. Perla, con el mayor desprecio por el intento de su madre de apaciguarla, lanzó un agudo chillido y permaneció quieta, no por obediencia, sino porque la pronta y mudable curiosidad de su temperamento excitóse ante la aparición de aquellos nuevos personajes.

CAPÍTULO VIII

La niña trasgo y el ministro

El gobernador Bellingham, vestido de bata y gorro, como era costumbre de los señores de la época cuando se hallaban en casa dedicados a sus asuntos particulares, caminaba delante y parecía ir enseñando sus dominios a los visitantes y explicándoles las mejoras que en proyecto tenía. La ancha circunferencia de la complicada gola asomando bajo su barba gris, al estilo de los tiempos del rey Jaime, daba a su cabeza un aspecto parecido a la de san Juan Bautista sobre la fuente. La impresión rígida y severa de su aspecto y su edad más que otoñal, contrastaban mal con las aparatosas comodidades de que se había rodeado. Pero es un error suponer que nuestros antepasados, aunque acostumbrados a hablar y pensar de la existencia humana como de un estado de prueba y de lucha y a sacrificar bienes y vida en el cumplimiento de su deber, hacían caso de conciencia de rechazar los medios de comodidad y aun de lujo que estaban a su alcance. Este credo jamás fue predicado por el venerable pastor Juan Wilson, cuya barba, blanca como el ampo de la nieve, se veía sobre el hombro del gobernador Bellingham, mientras sugería que las peras y los melocotones tal vez pudiesen naturalizarse en el clima de Nueva Inglaterra y que las uvas purpúreas tal vez florecieran contra la soleada tapia del jardín. El viejo clérigo, nutrido en

el rico seno de la Iglesia inglesa, tenía un rancio y legítimo gusto por cuanto era bueno y confortable, y por muy severo que pudiera parecer en el púlpito o en los reproches públicos de tales transgresiones, como la de Ester Prynne, la genial benevolencia de su vida privada habíale granjeado más afectos de los que se dispensaban a sus compañeros de profesión contemporáneos.

Detrás del gobernador y del señor Wilson venían otros dos huéspedes: uno, el reverendo Arturo Dimmesdale, a quien recordará el lector por haber tomado parte, aunque con repugnancia, en la desgraciada escena de Ester Prynne; y el otro, el viejo Roger Chillingworth, persona de gran pericia médica, que había fijado su residencia en la población hacía dos o tres años. Este hombre sabio, era el médico y amigo del joven pastor, cuya salud se había quebrantado mucho últimamente, a causa de haberse consagrado sin reservas a las labores y deberes de su cargo.

El gobernador, adelantándose a sus visitantes, ascendió uno o dos escalones, y abriendo de par en par las puertas vidrieras del gran ventanal, se encontró frente a la pequeña Perla. La sombra que proyectaba la cortina ocultaba a Ester Prynne parcialmente.

—¿Qué es lo que tenemos aquí? —dijo el gobernador mirando con sorpresa a la pequeña figura roja que tenía delante—. Confieso que no he vuelto a ver una figurita semejante desde mis tiempos de vanidad, en la época del rey Jaime, cuando estimaba como un gran favor el que me admitiesen en las mascaradas de la corte. Allí acostumbraba a ver un enjambre de estas pequeñas apariciones en los días de vacaciones. ¿Pero cómo ha venido a mi casa esta visitante?

—¡En efecto! —exclamó el buen viejo Wilson—. ¿Qué puede ser este pajarillo de pluma escarlata? Sin duda he visto tales imágenes cuando el sol brilla a través de una vidriera coloreada, trazando sobre el suelo las figuritas de oro y rojo. Pero eso era en el viejo país. Dime, pequeñita, ¿quién eres y qué ha inducido a tu madre a vestirte de ese modo tan extraño? ¿Eres una niña cristiana? ¿O eres una de esas hadas o trasgos que creíamos haber dejado con otras reliquias papistas en la alegre y vieja Inglaterra?

—Yo soy la niña de mi madre —respondió la visión roja—, y mi nombre es Perla.

—¿Perla? ¡Rubí más bien! ¡O coral! ¡O rosa roja, por lo menos, a juzgar por tu resplandor! —replicó el viejo ministro extendiendo en vano su mano para acariciar la mejilla de Perla—. Pero ¿dónde está esa madre de que hablas? ¡Ah, ya la veo! —añadió. Y volviéndose al gobernador murmuró a su oído—: ¡Esta es la niña de quien hemos hablado, y aquella desgraciada mujer, Ester Prynne, su madre!

—¿Es posible? —exclamó el gobernador—. ¡Debíamos haber adivinado que esta niña no podía ser sino la hija de la mujer roja! Pero llega a tiempo; ahora mismo trataremos del asunto.

El gobernador atravesó el ventanal, penetrando en el salón seguido de sus tres huéspedes.

—Ester Prynne —dijo fijando su severa mirada sobre la portadora de la letra roja—, hemos hablado mucho de ti en estos últimos días. El asunto ha sido pesado y discutido; hemos entablado discusión sobre si nosotros, que tenemos autoridad e influencia, hacemos bien en descargar nuestras conciencias confiando un alma inmortal como esa niña al cuidado de una mujer que ha tropezado y caído entre las añagazas de este mundo. ¡Habla tú, que eres su madre! ¿No crees que, por su vida temporal y eterna, debiera la niña no estar a tu cuidado y ser educada severamente, corregida con rectitud e instruida en las verdades del cielo y de la tierra? ¿Qué puedes tú hacer por la niña en este sentido?

—¡Yo puedo enseñar a mi pequeña Perla todo cuanto esto me ha enseñado! —contestó la madre apoyando el dedo sobre la letra roja.

—Mujer, esa es la divisa de tu vergüenza —replicó el severo magistrado—. Por la mancha que esa letra significa es por lo que pondríamos tu hija en otras manos.

—Sin embargo —dijo la madre con calma, aunque palideciendo—, esta divisa me ha enseñado, y me enseña diariamente, me está enseñando en este mismo momento, lecciones por las que mi hija puede ser más instruida y más buena, a pesar de que a mí no pueden serme de provecho alguno.

—Nosotros juzgaremos el asunto cuidadosamente —dijo Bellingham— y veremos qué es lo que podemos hacer. Buen Master Wilson, ruego a usted examine esta Perla, ya que ese es su nombre, y vea si tiene la educación cristiana que debe tener una criatura de su edad.

El viejo clérigo sentóse en un sillón y trató de colocar a Perla entre sus rodillas; pero la niña, no acostumbrada a que la tocasen, ni a familiaridad alguna más que con su madre, escapó, saltando por la ventana abierta, y permaneció en pie sobre la última grada mirando cómo un pájaro salvaje de los trópicos, de rico plumaje, dispuesto a remontarse por los aires. El señor Wilson, un poco asombrado ante aquella violencia, era un personaje cariñoso y favorito de los niños; trató, no obstante, de proceder al examen.

—Perla —dijo con gran solemnidad—, necesitas ser instruida de tal modo que puedas llevar sobre tu pecho la perla de más precio. ¿Puedes decirme, hija mía, quién te creó?

Perla sabía muy bien quién la había creado, porque Ester Prynne, hija de una casa piadosa, muy pronto después de su charla con la niña

respecto a su Padre celestial, comenzó a informarla de esas verdades que el espíritu humano, de cualquiera edad que sea, asimila con el más vivo interés. Así, pues, Perla podía, después de tres años de cuidados, sufrir el examen del devocionario de Nueva Inglaterra o de la primera columna de los catecismos de Westminster, si bien desconociendo la forma extensa de estas dos célebres obras. Pero esa perversidad de que, en mayor o menor grado, están dotados todos los niños, y de la que tenía una décima parte la pequeña Perla, tomó entonces, en momento tan oportuno, posesión de su ser y selló sus labios o la impidió salieran las palabras a través de ellos. Después de meterse el dedo en la boca, de rehusar muchas veces responder a la pregunta del bueno del señor Wilson, dijo por fin la niña que ella no había sido hecha ni mucho menos, sino que había sido cogida por su madre del rosal que crecía a la puerta de la prisión.

Esta fantasía tal vez le fuera sugerida por la cercana proximidad de las rojas rosas del gobernador, puesto que se hallaba la niña en la parte exterior de la ventana, y por el recuerdo del rosal de la puerta de la prisión.

El anciano Roger Chillingworth, con una sonrisa en su rostro, murmuró algunas palabras al oído del joven clérigo. Ester Prynne miró a aquel hombre habilidoso, y aun entonces, con su sino pendiente de la balanza, se alarmó al notar el cambio que habían sufrido sus facciones, lo mucho más feas que se habían vuelto, lo mucho más lúgubre que era su rostro y lo mucho más desgraciado que era su cuerpo desde los días en que le había conocido familiarmente. Tropezó con sus ojos por un instante, pero tuvo que reprimirse inmediatamente para prestar atención a la escena que se estaba desarrollando.

—¡Esto es terrible! —exclamó el gobernador reponiéndose despacio del asombro que le causó la respuesta de Perla—. ¡He aquí una criatura de tres años que no puede decir quién la creó! Sin duda está a oscuras, como lo está su alma, su presente depravación y su destino futuro. Creo, señores, que no necesitamos seguir indagando.

Ester cogió a Perla a la fuerza en brazos y con la más fiera expresión se puso frente al viejo magistrado puritano. Sola en el mundo, arrojada de él, con aquel solo tesoro para conservar vivo su corazón, sintió que poseía indudables derechos contra el mundo y estaba dispuesta a defenderlos hasta la muerte.

—¡Dios me dio la criatura! —gritó—. Él me la dio en compensación de todas las cosas que vosotros me habíais quitado. ¡Es mi ventura! ¡Es también mi tormento y la que me sostiene aquí viva! ¡Perla también me castiga! ¿No veis que ella es la letra roja única capaz de ser amada y, por tanto, dotada del poder de retribución de mi pecado? ¡No, no me la quitaréis! ¡Antes la muerte!

—¡Pobre mujer! —exclamó el buen clérigo anciano—. La niña será atendida con todo cuidado mejor que tú puedas hacerlo.

—¡Dios la puso bajo mi tutela! —repitió Ester convirtiendo su voz casi en un chillido—. ¡No la entregaré!

Y entonces, por un impulso repentino, volvióse al joven clérigo señor Dimmesdale, a quien hasta entonces no había dirigido la vista.

—¡Habla por mi tú! ¡Tú fuiste mi pastor y tuviste mi alma bajo tu cuidado! ¡Tú me conoces mejor que estos hombres! ¡Yo no pierdo mi hija! ¡Habla por mí! ¡Tú conoces las simpatías de que carecen estos hombres! Tú conoces mi corazón y lo que son los derechos de una madre. Tú sabes lo poderosos que son cuando la madre no tiene más que su hija y la letra roja. ¡Mírala! ¡No perderé mi hija! ¡Mírala!

Ante aquella altiva y singular apelación que indicaba cómo la situación de Ester Prynne había provocado en ella poco menos que la locura, el joven ministro se adelantó, pálido, y se puso la mano sobre el corazón, como tenía por costumbre cuando se agitaba su peculiar temperamento nervioso. Parecía mucho más delicado y enflaquecido que cuando le describimos en la escena de la pública ignominia de Ester, y fuera por falta de salud o por otra causa cualquiera, sus grandes ojos oscuros reflejaban un mundo de dolor en su conturbada y melancólica profundidad.

—¡Hay verdad en lo que dice —comenzó diciendo el ministro con voz dulce, trémula, pero tan poderosa que hacía resonar el salón con su eco y retemblar la hueca armadura— Ester y hay verdad en el sentimiento que la inspira! Dios le dio la criatura y le dio, además, un conocimiento instintivo de su naturaleza y necesidades; ambas tan peculiares, al parecer, que ningún otro ser mortal puede poseer. ¿Y, a mayor abundamiento, no hay una relación de enorme santidad entre la madre y esta niña?

—¡Eh! ¿Cómo eso, Master Dimmesdale? —interrumpió el gobernador—. ¡Acláreme eso, se lo ruego!

—Hasta eso puede haber —reasumió el ministro—, porque si nosotros lo juzgásemos de otro modo, ¿no diríamos que el Padre celestial, el creador de toda carne humana, ha reconocido ligeramente una comisión de pecado y que en modo alguno ha hecho la distinción entre la prohibida lascivia y el amor sagrado? Esta hija de la culpa de su padre y de la vergüenza de su madre ha venido de la mano de Dios para laborar en su corazón de mil formas diversas, en el corazón de la que pide tan ávidamente y con tanta amargura de espíritu el derecho a tenerla. ¡Fue indicada para su bendición, para la única bendición de su

vida! ¡Fue indicada, sin duda, como la propia madre nos ha dicho, como una retribución además; como una tortura para ser sentida en muchos e impensados momentos; como una espina, como una mancha, como una sempiterna agonía en la neblina de una inquietante alegría! Si ello no hubiese expresado este pensamiento en el aspecto de esta pobre niña, ¿nos recordaría tan forzosamente el rojo símbolo que ostenta sobre su seno?

—¡Muy bien dicho! —exclamó el señor Wilson—. Yo temí que la mujer no tenía otro pensamiento que el de hacer de su niña una saltimbanqui.

—¡Oh, no, nada de eso! —continuó el señor Dimmesdale—. Ella reconoce, creedme, el solemne milagro que Dios forjó en la existencia de esa niña. ¡Y tal vez sienta (y creo que así sea) que esta fortuna fuese indicada sobre todas las cosas para guardar viva el alma de la madre y preservarla de mayores negruras de pecado a que Satanás hubiera tratado de arrojarla. Es así, pues, un bien para esta pobre pecadora que tuviera una inmortalidad infantil, un ser capaz de dichas y tristezas eternas confiado a su cuidado para ser conducido por ella con toda rectitud, para recordarla en todo momento su caída; pero para enseñarla, no obstante, como si fuese por la sagrada señal del Creador, que si condujese su hija al cielo también la hija llevaría al cielo a su madre. ¡La pecadora madre es más feliz que el padre pecador! ¡Así, pues, por el bien de Ester Prynne y por el de la pobre niña, dejémoslas donde la Providencia ha creído apropiado dejarlas!

—Habla usted, amigo mío, con mucho ardor —díjole, sonriendo, Roger Chillingworth.

—Y hay un profundo significado en lo que mi joven hermano ha dicho —añadió el reverendo Wilson—. ¿Qué dice usted, honorable Master Bellingham? ¿No cree usted que ha abogado bien por la pobre mujer?

—En efecto, y ha aducido tales argumentos, que habremos de dejar el asunto tal como ahora está; al menos, mientras la mujer no sea causa de otro escándalo. Sin embargo, ha de tenerse cuidado de que la criatura sea puesta en manos de usted o de Master Dimmesdale para la debida instrucción en el catecismo; y a su debido tiempo, además, los cabezas de familia han de cuidarse de que acuda a la escuela y a la capilla.

Cuando cesó de hablar, el joven pastor se había retirado unos pasos del grupo, permaneciendo medio oculto por los pesados pliegues del cortinaje de la ventana, y la sombra de su figura, que la luz solar proyectaba sobre el suelo, tremolaba con la vehemencia de su apelación. Perla, aquel duendecillo arisco y luchador, dirigióse a él lentamente y, tomando una de sus manos entre las suyas, apoyó sobre ella la mejilla;

fue una caricia tan tierna y además tan voluntaria, que su madre, que la estaba observando, se preguntó: «¿Es esa mi Perla?». Sabía que había amor en el corazón de la niña, aunque casi siempre se revelaba como pasión, y escasamente dos veces en su vida había mostrádose tan gentilmente tierna como entonces. El pastor (porque, salvo las interrogadoras y largas miradas de las mujeres, nada hay más dulce que las muestras de preferencia de los niños, de acuerdo espontáneo por un instinto espiritual y que, por lo tanto, parece que nos impone algo verdaderamente merecedor de ser amado) miró alrededor, puso la mano sobre la cabeza de la niña, dudó un instante y luego la besó en la frente. La pequeña Perla se despojó de aquel aspecto sentimental, comenzó a reír y penetró en el salón con tal ligereza, tan vaporosamente, que el viejo Wilson creyó que ni las puntas de sus pies tocaron el suelo, y le dijo a Dimmesdale:

—¡La pequeña envoltura debe ocultar una brujería! ¡No necesita la escoba de las mujeres viejas para volar!

—¡Es una criatura extraña! —hizo notar Roger Chillingworth—. Fácil es ver en ella la parte de su madre. Si pudiese caer dentro del estudio de un filósofo, ¿creen ustedes, señores, que, analizando la naturaleza de esa niña, su factura y moldeado, no daría con el padre?

—Sería pecaminoso en ese asunto seguir la pista de la filosofía profana —dijo el señor Wilson—. Más vale rezar y rogar por ella; y aún quizá sea mejor dejar el misterio como lo hemos encontrado, a menos que la Providencia lo revele por su propio acuerdo. De ese modo todo buen cristiano tiene un título que mostrar de bondad paternal hacia el desgraciado y abandonado bebé.

Habiendo terminado el asunto tan satisfactoriamente Ester Prynne y su niña abandonaron la casa. Cuando descendían las gradas se abrieron las persianas de una ventana y asomó a la luz del sol la cabeza de la señora Hibbins, la malhumorada hermana del gobernador Billingham, la misma que pocos años antes fue ejecutada como bruja.

—¡Chist, chist! —dijo mientras su cara de mal agüero parecía echar una sombra sobre la alegre fachada—. ¿Irás con nosotras esta noche? Habrá una compañía muy alegre en la selva; y poco menos que prometí al Hombre Negro que Ester Prynne sería una de las nuestras.

—¡Excúsame, te lo ruego! —contestó Ester con una sonrisa de triunfo—. Tengo que trabajar en casa y cuidar de mi pequeña Perla. Si me la hubiesen arrebatado, probablemente hubiese ido muy gustosa contigo al bosque y hubiese firmado y mi nombre, además en el libro del Hombre Negro, ¡y con mi propia sangre!

—¡Ya te tendremos allí pronto! —respondió la dama-bruja refunfuñando y retirándose de la ventana.

Pero si suponemos que esta entrevista entre la señora Hibbins y Ester Prynne fuese auténtica y no una parábola, era ya una ilustración del argumento del joven ministro contra el separar la relación de una madre caída de la eflorescencia de su fragilidad. Ya tan pronto había salvado la niña a su madre de los lazos de Satán.

CAPÍTULO IX

El médico

Bajo el nombre de Roger Chillingworth recordará el lector se ocultaba otro nombre, el que su primitivo portador resolvió no volviera a ser pronunciado. Se ha dicho cómo entre el grupo que presenció la ignominiosa exposición de Ester Prynne un hombre entrado en años, extenuado por el trabajo, recientemente evadido de la peligrosa selva, contempló a la mujer en quien esperó encontrar, unidos, el calor y la felicidad de un hogar, expuesta ante el público como modelo de pecado. Su fama de matrona fue pisoteada por todos los hombres. El balbuceo de su infamia la envolvía en la plaza del mercado. Para sus parientes, si alguna vez llegase a ellos la noticia, y para los compañeros de su vida sin mancha, no quedaba nada sino el contagio de su deshonor, el cual no dejaría de ser distribuido con estricta relación y proporción a la intimidad y santidad de sus anteriores relaciones. Entonces, ¿por qué el individuo cuya conexión con la mujer caída había sido la más íntima y sagrada de todas ellas adelantóse a vindicar su reclamación en una herencia tan poco deseable? Resolvió no ser empicotado junto a ella sobre el pedestal de su vergüenza. Desconocido para todos, excepto para Ester Prynne, y poseyendo el candado y la llave de su silencio, optó por ocultar su nombre a la Humanidad, y en lo referente a sus anteriores ligaduras e intereses, desvanecerse como si en realidad yaciera en el fondo del océano, donde hacía largo tiempo que el rumor público le había puesto.

Como sus estudios en anterior período de su vida habíanle familiarizado extensamente con la ciencia médica de la época, presentóse como médico, y como tal fue cordialmente recibido.

Este sabio extranjero era ejemplar, al menos en la forma externa de su vida religiosa, y al poco tiempo de su llegada eligió al reverendo señor Dimmesdale para su guía espiritual.

El joven pastor, cuyo nombre todavía se recordaba en Oxford con encomio, era considerado por su más fervorosos admiradores poco menos que como un apóstol enviado del cielo destinado a realizar grandes hechos en pro de la hoy debilitada Iglesia de Nueva Inglaterra, como los antiguos padres lo hicieron en los comienzos de la fe cristiana. En aquel período, sin embargo, había comenzado el señor Dimmesdale a sentirse enfermo. Para los que conocían mejor sus costumbres, la palidez de las mejillas del joven ministro era debida al exceso de estudio y más que nada a los ayunos y vigilias de que hacía práctica frecuente para evitar que la incivilidad de este estado terreno oscureciese su lámpara espiritual. Algunos llegaban a declarar que si el joven clérigo había realmente de morir, era porque el mundo no merecía ser hollado por sus plantas.

Tal era la condición del joven pastor y la inminente perspectiva de que se extinguiese la luz de su amanecer, cuando Roger Chillingworth llegó a la población. Su primera entrada en escena pocas personas podrán decir si era por haber caído de las nubes o por haber brotado del fondo de la tierra; tenía su aparición un aspecto de misterio que fácilmente podía elevarse a lo milagroso. Se le consideraba hombre de habilidad; se observó que recogía hierbas y flores silvestres, que arrancaba raíces y cortaba ramitas de los árboles de la selva, como uno que conociese las virtudes ocultas, que no tenían valor para los ojos vulgares. Se le oía hablar de sir Kenelm Digby y de otros hombres famosos, cuyos experimentos científicos se tenían poco menos que por sobrenaturales, como de haber sido sus corresponsales o asociados. ¿Por qué con aquella posición en el mundo de la ciencia había ido allí? ¿Qué podía buscar en las selvas cuando su campo eran las grandes ciudades? Respecto a estas preguntas tomó cuerpo el rumor, aunque pareciera absurdo, entre la gente sensible, de que el cielo había hecho el milagro de transportar un eminente físico incorpóreamente a través del aire desde una universidad alemana hasta la puerta del estudio del señor Dimmesdale. Individuos de más sabia fe, quienes saben que el cielo realiza sus propósitos sin recurrir al efecto escénico de lo que se llama interposición milagrosa, inclinábanse a ver una mano providencial en la oportuna llegada de Roger Chillingworth.

Esta idea tomó cuerpo por el decidido interés que el médico manifestaba siempre por el joven clérigo. Se hizo su feligrés y trató de granjearse su amistad y confianza. Expresó gran alarma por el delicado estado de salud de su pastor, sintiendo vivos deseos de procurar su curación, que, aunque tarde, creía pudiera tener favorable resultado. Los ancianos, los diáconos, las madres de familia y las jóvenes del rebaño del señor Dimmesdale le importunaban pidiéndole aceptase los ofrecimientos de su pericia que sinceramente le ofrecía el médico. El joven ministro rechazó delicadamente sus ruegos.

—No necesito medicina —dijo.

¿Pero cómo podía decir tal cosa el joven clérigo cuando cada sábado sus mejillas eran más pálidas y enjutas y su voz más temblorosa? ¿Cuándo se había hecho en él un hábito constante, más bien que un

gesto casual, el oprimirse el corazón con la mano? ¿Le fatigaba su trabajo? ¿Deseaba morir? Estas preguntas le hacían solemnemente los más viejos pastores de Boston y los diáconos de su iglesia, por el pecado de rechazar la ayuda que tan manifiestamente le ofrecía la Providencia. Él les escuchó en silencio, y finalmente prometió conferenciar con el médico.

Cuando el reverendo señor Dimmesdale, en cumplimiento de este ruego, pidió consejo profesional al viejo Roger, le dijo:

—Desearía, si esa fuese la voluntad de Dios, que mis labores, mis tristezas, mis pecados y penas terminasen pronto conmigo; que lo que hay de terreno en ellos fuese enterrado en mi fosa y lo espiritual me acompañase al estado eterno; me alegraría esto más que no que pusiera usted a prueba su pericia en beneficio mío.

—¡Ah! —replicó Chillingworth con la calma, fingida o natural, que le caracterizaba—. ¿Es así como debe hablar un joven ministro? ¡Despreciar así la vida un hombre joven que aún no ha echado hondas raíces! ¡Un hombre piadoso que camina con Dios por la tierra desfallecer así para no pisar con Él el pavimento de oro de la Nueva Jerusalén!

—No —replicó el pastor con expresión de dolor, llevándose la mano al corazón—; si me considerase digno de ir allá me contentaría el trabajar aquí.

—Los hombres buenos siempre se juzgan miserablemente —dijo el médico.

De este modo logró el viejo Roger hacerse el consejero médico del reverendo señor Dimmesdale. Como no sólo interesaba al médico la enfermedad, sino que tenía vivo interés por escudriñar en el carácter y cualidades del paciente, estos dos hombres, tan distintos en edad, llegaron a emplear mucho tiempo juntos. En beneficio del ministro, y para que el médico pudiera recoger plantas de que extraer los bálsamos, daban largos paseos por la orilla del mar y por la selva, mezclando su charla con el chapoteo y murmullo de las olas y el solemne rumor que producía el viento en las copas de los árboles.

Así escudriñó Roger a su paciente con todo cuidado, tanto cuando le veía en su vida ordinaria siguiendo la senda acostumbrada en el recorrido de los pensamientos que le eran familiares, como cuando, arrojado a otro escenario moral, la novedad de éste hacía que apareciese algo nuevo en la superficie de su carácter. Consideraba esencial, al parecer, conocer al hombre antes de intentar hacerle un bien. Dondequiera que hay un corazón y una inteligencia las enfermedades del cuerpo físico están matizadas con sus peculiaridades. En Arturo Dimmesdale eran tan activos el pensamiento y la imaginación y tan intensa la sensibilidad, que la enfermedad corporal parecía tener allí su campo de operaciones.

Por eso el hombre de pericia, el médico amigo y amable, trató de ahon-
dar en el seno del enfermo, sondeando en sus principios, atisbando en
sus recuerdos y probándolo todo con un toque cauteloso, como un bus-
cador de tesoros en una oscura caverna. Pocos secretos pueden escapar
a un investigador que tenga oportunidad y licencia para acometer tal
empresa y pericia para llevarla adelante.

Después de algún tiempo, por indicación de Roger, los amigos del
joven pastor hicieron un arreglo por el cual se hospedaron los dos en la
misma casa; así, las alzas y bajas en la marea de la vida del clérigo podían ser apreciadas por el ojo experto y amigable de su médico. Cuando
se logró este objeto, largo tiempo deseado, fue grande la alegría en la
población.

La nueva residencia de los dos amigos estaba próxima a la capilla
del rey, y en ella vivía una piadosa viuda perteneciente a familia distinguida. Había a un lado de la casa un cementerio, que antiguamente fue
propiedad de Johnson, el cual se amoldaba a las respectivas profesiones
del pastor y del cirujano y que les sugería serias reflexiones. El cuidado maternal de la buena viuda asignó a Dimmesdale una habitación
exterior bien soleada, con tupidos cortinajes para cerner la luz de la
ventana cuando así lo desease. Las paredes se hallaban cubiertas con
tapices gobelinos, representando las historias de Daniel y Bathsheba
y de Nathan el profeta, de tonos aún no descoloridos, pero que daban
a estos personajes un aspecto terriblemente pintoresco. En este cuarto
estableció el clérigo su biblioteca; abundosa en libros encuadernados en
pergamino, pertenecientes a los antiguos padres y a la erudición rabina
y monástica, de la que se servían los pastores protestantes, aun cuando
difamaban y desacreditaban esa clase de escritores. Al otro extremo de
la casa estableció su estudio y laboratorio el viejo Roger; no un laboratorio completo, como un hombre moderno de ciencia lo hubiera puesto,
sino provisto de aparatos destilatorios y de lo necesario para componer
drogas y productos químicos que el práctico alquimista sabía muy bien
obtener. Con aquella situación tan cómoda, estos hombres de estudio se
instalaron cada uno en su propio dominio; pero, sin embargo, pasando
familiarmente de un departamento a otro y otorgándose una mutua y
curiosa inspección en sus respectivos asuntos.

Los amigos que mejor conocían al joven Arturo Dimmesdale imaginaban, como ya hemos dicho, que la mano de la Providencia había
realizado todo aquello con propósito de restablecer la salud del ministro,
propósito implorado en muchos rezos públicos, domésticos y secretos.
Pero otra parte de la comunidad había mirado últimamente la relación
entre el pastor y el viejo médico desde otro punto de vista. Cuando una
multitud ignorante trata de ver con sus propios ojos está excesivamente

dispuesta a engañarse. No obstante, cuando forma su juicio, como lo hace con frecuencia, en las sustituciones de su corazón grande y ardoroso, las conclusiones obtenidas así son tan profundas e inequívocas como si poseyeran el carácter de verdades reveladas supernaturalmente. La gente, en el caso de que hablamos, no podía justificar su prejuicio en contra de Roger por hechos o argumentos dignos de una seria reputación. Es cierto que había un artesano, que fue ciudadano londinense en la época en que se cometió el asesinato de sir Tomás Overbury, y que hoy contaba treinta años de edad, quien afirmaba haber visto al médico bajo algún otro nombre, que el narrador de esta historia ha olvidado, en compañía del doctor Forman, el viejo y famoso nigromante que se vio complicado en aquel suceso. Dos o tres individuos apuntaban que el médico, durante el cautiverio indio, había aumentado sus conocimientos médicos por haberse mezclado en los encantamientos de los sacerdotes salvajes, quienes eran universalmente reconocidos como poderosos hechiceros, y que, aparentemente, realizaban curas milagrosas por su habilidad en el arte negro. Un gran número de personas, muchas de las cuales eran de buen sentido y de observación práctica para que sus opiniones tuviesen valor en otras materias, afirmaban que Roger Chillingworth había sufrido un gran cambio en su aspecto desde que se estableció en la población, y más aún desde que vivía con Dimmesdale. En un principio su expresión era de calma, meditativa y de estudio; ahora había en su semblante algo feo, algo de maldad que anteriormente no habían observado, y que se hacía más visible mientras más se le miraba. Según la idea del vulgo, el fuego de su laboratorio había sido llevado desde las profundas regiones y alimentado por un fuelle infernal, y, por lo tanto, como era de presumir, su cara iba ennegreciéndose con el humo.

En suma, llegó a ser opinión casi general que el reverendo Arturo Dimmesdale, como otros muchos personajes de santidad especial en todas las épocas del mundo cristiano, se hallaba encantado por el propio Satanás o por su emisario, en la forma del viejo Roger Chillingworth.

CAPÍTULO X

El médico y su paciente

El viejo Roger Chillingworth había sido de temperamento tranquilo y amable, si bien jamás tuvo calurosos afectos; pero fue siempre un hombre puro y recto en sus relaciones con el mundo. Había comenzado una investigación con la integridad severa y ecuánime de un juez, deseoso únicamente de hallar la verdad; como si la cuestión no envolviese más que las líneas trazadas en el espacio y las figuras de un problema geométrico, en vez de pasiones y maldades que se le hubiesen infringido. Pero prosiguiendo en su empeño se apoderó del anciano una terrible fascinación, una especie de calma fiera que no le abandonaría ya. Ahora ahondaba en el corazón del pobre clérigo, como un minero que busca oro, o más bien como un sepulturero cavando en una fosa, con la posibilidad de hallar la joya que hubiera sido enterrada con el muerto; pero, probablemente, con la de no encontrar más que mortalidad y corrupción. ¡Ay de su propia alma si fuese eso lo que buscaba!

Un día, con el codo apoyado en el antepecho de la ventana que daba al cementerio y la cabeza sobre la palma de la mano, hablaba con Roger Chillingworth mientras éste examinaba un manojo de plantas disformes.

—¿Dónde —preguntó, echando una mirada de soslayo a las plantas (porque era por esta época costumbre suya no mirar directamente a ningún objeto, bien humano o inanimado)—, dónde, mi querido doctor, ha recogido usted esas hierbas con hojas tan oscuras y lacias?

—Hasta en ese mismo cementerio tan a la mano —respondió el médico—. Me son desconocidas. Las vi que crecían en una sepultura que no tenía lápida ni otro recuerdo del muerto más que estas feas plantas que se habían apropiado el derecho de recordarle. Brotaban de su corazón y quizá representaban algún secreto espantoso que estaba enterrado con él y que hubiera sido mejor que lo hubiese confesado cuando vivía.

—Tal vez —dijo el clérigo— deseara ardientemente confesarlo y no pudiese.

—¿Y por qué no? —continuó el médico—. ¿Por qué no, ya que todos los poderes de la Naturaleza invitan con tanta vehemencia a la confesión del pecado, que estas plantas negras brotan de un corazón sepulto para hacer manifiesto un crimen callado?

—Eso, buen señor, es una fantasía de usted —replicó el ministro—. No puede haber poder, salvo para la Divina Clemencia, que descubra los secretos enterrados con un corazón humano, ya sea por palabras o por signos o emblemas. El corazón, haciéndose culpable de tales secretos, tiene forzosamente que retenerlos hasta el día en que todas las cosas ocultas hayan de revelarse. Ni he leído o interpretado en las Sagradas Escrituras que el descubrimiento de los pensamientos o hechos humanos que entonces haya de hacerse sea como una parte de retribución. No; estas revelaciones, de no estar yo grandemente equivocado, se nombran simplemente para fomentar la satisfacción intelectual de todo ser inteligente, que esperará ver claro en aquel día todo el oscuro problema de esta vida. Será necesario un conocimiento del corazón humano para llegar a la solución más completa de ese problema. Y creo, además, que los corazones que ocultan los miserables secretos de que

usted habla, los expondrán en aquel último día, no con repugnancia, sino con alegría indecible.

—Entonces, ¿por qué no revelarlos aquí? —preguntó Roger mirando tranquilamente al ministro—. ¿Por qué los culpables no han de proporcionarse antes esa alegría inexplicable?

—En su mayoría lo hacen —dijo el clérigo oprimiéndose fuertemente el pecho, como si le afligiese algún dolor agudo—. Muchas, muchas pobres almas me han dado su confianza, no sólo en el lecho de muerte, sino vivos y fuertes y bien reputados. Y siempre, después de aquellas confianzas, ¡oh, qué alivio he presenciado en aquellos hermanos pecadores!; como uno que, por fin, respira aire libre después de haber estado ahogándose durante largo tiempo con su propio aliento putrefacto. ¿Cómo puede ser de otro modo? ¿Por qué un hombre perverso, culpable, digámoslo así, de asesinato, había de preferir enterrar el cadáver en su propio corazón en vez de arrojarlo fuera enseguida y dejar que el universo se encargue de él?

—No obstante, hay hombres que entierran así sus secretos —observó el médico.

—En efecto, los hay, pero quizá lo hagan por la especial constitución de su carácter; porque reteniendo cierto fervor por la gloria de Dios y por el bien de la Humanidad, eviten mostrarse ante los hombres con sus negruras e impurezas, ya que en lo futuro ningún bien podrían reportar ni podrían redimir el pasado con sus mejores actos. Por eso, y para su tormento, se mueven entre sus prójimos, pareciendo puros como la nieve recién caída, mientras sus corazones están llenos de una iniquidad de la que no pueden desprenderse.

—Esos hombres se engañan a sí mismos —dijo Chillingworth con marcado énfasis y haciendo un gesto con el dedo índice—. Temen echar sobre ellos la vergüenza que realmente les pertenece. Su amor por los hombres, su celo para el servicio de Dios, esos sagrados impulsos podrán o no podrán coexistir en sus corazones con los perversos huéspedes a quienes su culpa ha cerrado la puerta, pero han de propagar por fuerza, dentro de ellos, un engendro infernal. ¡Pero, si tratan de glorificar a Dios, no les dejemos elevar al cielo sus manos manchadas! ¡Si han de servir a su prójimo, dejémosles que lo hagan manifestando el poder y la realidad de la conciencia, obligándoles a la penitencia de su propio envilecimiento! ¿Queréis hacerme creer, sabio y piadoso amigo, que una falsa apariencia puede ser mejor, puede ser más para la gloria de Dios o para el bien de la Humanidad que la propia verdad de Dios? ¡Créame usted; esos hombres se engañan a sí mismos!

—Puede que así sea —respondió el joven clérigo, evitando una discusión que le parecía irreverente e irracional; porque, en efecto, el pastor tenía una facultad pronta para eludir cualquier tópico que pudiera agitar su temperamento demasiado sensible y nervioso—. Pero ahora pregunto yo a mi experimentado. médico: ¿en realidad considera que ha beneficiado a mi débil cuerpo con sus cuidados cariñosos?

Antes de que Roger pudiese contestar, oyeron la voz clara y la risa chillona de una niña que venía del cementerio. Mirando instintivamente fuera de la ventana vio el ministro que Ester Prynne y la pequeña Perla caminaban por una senda que atravesaba el cercado. Perla estaba hermosa como aquel día de verano, pero se hallaba en uno de aquellos estados de alegría perversa que parecían privarla de toda simpatía y contacto humanos. Fue saltando de tumba en tumba, irreverentemente, hasta que, al llegar a una sepultura ancha y plana, en cuya losa se hallaban esculpidas las armas de algún poderoso desaparecido (tal vez las de Isaac Johnson), comenzó a bailar sobre ella. En contestación a las amenazas y advertencias de su madre para que se comportara más decorosamente, la pequeñuela cesó en su danza para recoger la semilla de la bardana que crecía junto a la tumba. Una vez que tuvo en su poder un puñado de estas semillas tan adherentes, comenzó a colocarlas una a una alrededor de la letra roja que adornaba el pecho de su madre. Ester no trató de arrancárselas.

Roger, que se había acercado a la ventana, echó una terrible mirada al cementerio.

—No hay ley, ni respeto a la autoridad, ni miramiento para las ordenanzas u opiniones humanas, sean o no equivocadas, en la extraña composición de esa criatura —hizo notar el médico—. El otro día la vi echar agua al propio gobernador en el abrevadero de Spring-lane. ¿Qué puede ser esa niña, en el nombre de Dios? ¿Es el espíritu del mal? ¿Tiene alguna esencia de ser que pueda descubrirse?

—Ninguna, salvo la libertad de una ley quebrantada —respondió Dimmesdale en forma tranquila, como si discutiera el asunto consigo mismo—. Si es capaz del bien, no lo sé.

La niña oyó probablemente, sus voces, porque mirando hacia la ventana con su sonrisa traviesa de regocijo e inteligencia, arrojó una de las semillas al reverendo Dimmesdale. El sensible clérigo se echó atrás con un movimiento nervioso para evitar el ligero proyectil. Al notar su movimiento, Perla comenzó a palmotear con éxtasis extravagante. Ester Prynne miró a la ventana involuntariamente; y las cuatro personas, jóvenes y viejas, miráronse unas a otras en silencio, hasta que la niña rio fuertemente y dijo en voz alta:

—¡Vámonos, mamá, vámonos; si no, te cogerá el Hombre Negro que está allí! ¡Mira, ya ha cogido al ministro! ¡Vámonos, madre, que te cogerá! ¡Pero no podrá coger a la pequeña Perla!

Diciendo esto, asióse a su madre y la arrastró de allí, saltando, bailando y retozando fantásticamente entre los montecillos de las tumbas como una criatura que nada tuviese de común con una generación pasada y enterrada ni se hallase emparentada con ella. Era como si hubiese sido creada de nuevo, con nuevos elementos, y forzosamente tuviese que vivir su propia vida y ser su propia ley, sin que sus excentricidades hubieran de ser reconocidas como un crimen.

—Ahí va una mujer —continuó Roger Chillingworth después de una pausa— que, cualesquiera que sean sus méritos, nada tiene de ese misterio de pecado oculto, que usted considera tan doloroso de soportar. ¿Cree usted que Ester Prynne es menos miserable por esa letra roja que lleva sobre el pecho?

—Lo creo firmemente —respondió el clérigo—; sin embargo, no puedo responder por ella. Había una expresión de dolor en su semblante que me hubiese alegrado no ver. Pero con todo, me parece que es forzosamente mejor para el que sufre estar en libertad de mostrar su pena, como esa pobre Ester lo está, que ocultarla encerrándola en su corazón.

Hubo otra pausa y el cirujano comenzó de nuevo a examinar las plantas que había recogido.

—Me preguntó usted hace poco rato —dijo al fin— mi parecer con respecto a su salud.

—Ciertamente —respondió el ministro—. Hábleme usted con franqueza, se lo ruego; sea cuestión de vida o muerte.

—Pues franca y plenamente —dijo el médico, todavía entretenido con las plantas, pero sin perder de vista a Dimmesdale—, el desorden es extraño, no tanto en sí como en sus manifestaciones exteriores; al menos con arreglo a los síntomas que he podido apreciar. Observándole a usted diariamente, mi buen señor, y estudiando los rasgos de su aspecto desde hace meses, me atrevería a creer que es usted un hombre enfermo de amargura quizá, mas no tan enfermo para que un físico observador e instruido no tuviese esperanza de curarle. Pero no sé qué decir; la enfermedad es la que creo conocer, y, sin embargo, no la conozco.

—Habla usted en enigma, sabio amigo —dijo el pálido joven mirando fuera de la ventana.

—Entonces, para hablar más claramente —continuó el médico—, y pido perdón por la claridad de mi discurso, permita usted que le pregunte, como amigo suyo, como uno encargado por la Providencia de su vida y salud física: ¿Me ha sido descubierta toda la operación de este desorden claramente?

—¿Cómo puede usted preguntar eso? —interrogó a su vez el clérigo—. ¡Sería ciertamente un juego de niños llamar a un médico para luego ocultarle la herida!

—¿Luego usted dice que lo sé todo? —añadió Roger deliberadamente y fijando sobre el ministro una mirada brillante de intensa inteligencia concentrada—. ¡Sea así! Pero repito que aquel a quien no se muestra más que el mal físico externo conoce muchas veces solamente la mitad del daño que debe curar. Una enfermedad corporal que examinamos por completo puede, después de todo, no ser más que un síntoma de algún alifafe de la parte espiritual. Perdone usted una vez más si mis palabras tienen la sombra de una ofensa. Usted, señor, es, entre todos los hombres que he conocido, aquel cuyo cuerpo está estrechamente conjuntado, e imbuido, e identificado, por decirlo así, con el espíritu, que es el instrumento.

—En vista de esto, no necesita preguntar más —dijo el clérigo a Chillingworth, levantándose con cierto apresuramiento—. ¡No creo tenga usted que medicinar el alma!

Roger, sin alterar su tono tranquilo ni darse por aludido con la interrupción, se levantó también y, poniéndose frente al macilento y pálido ministro, continuó en voz baja y con el aspecto oscuro y desgraciado de su figura:

—Así, pues, una enfermedad, un sitio dolorido, por llamarlo así, de su espíritu, tiene inmediatas y apropiadas manifestaciones en su constitución física. ¿Quiere usted que de ese modo cure el médico su enfermedad corporal? ¿Cómo podrá hacerlo mientras usted no le muestre la herida o molestia de su alma?

—¡No, a usted no! ¡No a un físico de la tierra! —gritó Dimmesdale apasionadamente echando sobre Roger una mirada llena de fuego y de fiereza—. ¡No a ti! ¡Si fuese una enfermedad del alma, me encomendaría al único médico de almas! ¡Él sólo, si le pluguiera, podría curar o matar! ¡Deja que haga conmigo lo que con su justicia y sabiduría quiera hacer! ¿Pero quién eres tú para mezclarte en este asunto? ¿Quién eres tú para interponerte entre el enfermo y su Dios?

Y dicho esto salió precipitadamente de la habitación con un gesto de terror.

Chillingworth quedó mirándole con una grave sonrisa y se dijo: «No está mal que haya dado este paso. Nada se ha perdido. Volveremos a ser amigos enseguida. ¡Pero ved cómo se apodera la pasión de este hombre y le hace desbordarse! ¡Tanto con una pasión como con otra! ¡Mal paso ha dado el piadoso Master Dimmesdale con la ardorosa pasión de su corazón!».

No hubo dificultad para que se restableciese la intimidad entre los dos compañeros en la misma forma y grado que hasta entonces. El joven clérigo, después de unas horas de soledad, se lamentó que el desorden de sus nervios le hubiese conducido a una intemperancia, puesto que nada había que diera motivo a ella en las palabras del médico.

Roger Chillingworth admitió las excusas de buen grado y continuó la médica supervisión del ministro, haciendo cuanto podía por él con la mejor buena fe; pero al dejar el cuarto del enfermo, después de una entrevista profesional, imprimía a sus labios una sonrisa misteriosa y enigmática.

Ocurrió, no mucho después de la escena que acabamos de relatar, que el reverendo señor Dimmesdale, al mediodía, sin darse cuenta de ello, cayó en un sueño profundo sentado en el sillón como estaba y con un volumen de gruesos y negros caracteres abierto sobre la mesa. Debía ser éste una obra de vasta habilidad en la soporífera escuela de la literatura. Era sumamente notable la profundidad del reposo en que se hallaba sumido el ministro, tanto más por ser una de esas personas cuyo sueño ordinariamente es tan ligero, tan vacilante y fácil de desbaratar. Hasta tal punto se había alejado involuntariamente su espíritu; hasta tal punto, sin embargo, se había encerrado, que no se movió en absoluto sobre el sillón cuando el viejo Roger, sin adoptar ninguna precaución extraordinaria, entró en el cuarto. El médico se dirigió directamente frente a su enfermo, le puso la mano sobre el pecho y desabrochó el hábito, que hasta entonces jamás había descubierto aún a los ojos profesionales.

Entonces, en efecto, el señor Dimmesdale tembló y se movió ligeramente.

Después de una pausa breve el viejo físico se fue.

¡Pero con qué mirada de asombro, de alegría y de horror! ¡Con qué espantosa enajenación; como si fuese demasiado poderosa para ser expresada solamente con los ojos y las facciones y, por lo tanto, brotase a través de toda la fealdad de su figura haciéndose hasta desenfrenadamente manifiesta por los gestos extravagantes con que alzaba sus brazos al techo y pateaba sobre el suelo! Si un hombre hubiese visto al viejo Roger en aquel momento de su éxtasis, no hubiera tenido necesidad de preguntar cómo se comporta Satanás cuando se pierde un alma preciosa para el cielo y se gana para su reino.

¡Pero lo que distinguía al éxtasis del médico del de Satán era el marcado asombro que había en él!

CAPÍTULO XI

El interior de un corazón

Después del incidente que acabamos de relatar la relación entre el clérigo y el médico, aunque exteriormente la misma, era de muy distinto

carácter al que hasta entonces había sido. La inteligencia de Roger Chillingworth tenía ahora delante una nueva senda, suficientemente llana y distinta a la que había pensado seguir. Aunque parecía sosegado, gentil, desapasionado, había en el viejo cirujano un fondo tranquilo de malicia hasta entonces latente, pero ahora activa, que le arrastraba a imaginar una venganza más íntima que la que jamás mortal alguno tomó sobre un enemigo: ¡Hacerse el hombre de confianza a quien pudiera trasladarle todos los temores, los remordimientos, la agonía, el arrepentimiento sin efecto, el retroceso de los pensamientos pecaminosos expulsados en vano! ¡Toda esa culpable tristeza ocultada al mundo cuyo gran corazón la hubiese compadecido y perdonado iba a serle revelada a él, que no perdonaba! ¡Todo aquel oscuro tesoro iba a desparramarse sobre el hombre a quien con nada tan adecuado podía pagársele la deuda de venganza!

La reserva tímida y sensitiva del ministro había desbaratado este plan. Roger, sin embargo, no se hallaba menos satisfecho con el aspecto de los asuntos que la Providencia había sustituido para sus negras estratagemas utilizando al vengador y a su víctima para sus propósitos y quizá perdonando cuando parecía que debía castigar. Una revelación podía decir, al menos, que le había sido concedida, importándole poco para su objeto que fuese celestial o no. Con su ayuda todas las subsiguientes relaciones entre él y Dimmesdale parecía que habían de ofrecérsele a la vista, no en su forma externa, sino en lo más hondo de su alma; de tal modo, que podría ver y comprender todos sus movimientos. Así se convirtió no sólo en espectador, sino en el primer actor del mundo interno del pobre ministro; podía representar en él a su placer. ¿Le despertaría con una vibración de agonía? La víctima estaba para siempre en el potro del tormento; no necesitaba más que conocerse el resorte para el manejo de la máquina, ¡y el médico lo conocía bien! ¿Le espantaría con un miedo repentino? ¿Como al contacto de la varita mágica de un encantador hacer aparecer un espantoso fantasma, miles de fantasmas, de muchas formas, de muerte, de terrible vergüenza, volando todos alrededor del clérigo y señalando con sus dedos al pecho?

Todo esto fue realizado con tan astuta perfección, que el ministro, si bien tenía constantemente una débil sensación de que alguna dañina influencia le vigilaba, nunca pudo tener conocimiento de su efectiva naturaleza. Cierto es que miró dudosa, temerosamente, aun con horror y con la amargura del aborrecimiento a la figura deforme del viejo físico. Sus gestos, su continente, su barba gris, sus actos más ligeros y más indiferentes, la misma forma de vestir eran odiosos a los ojos del clérigo. Así como era imposible dar una razón para tal desconfianza y aborrecimiento, el señor Dimmesdale, sabiendo que el veneno de un

sitio insano infícionaba toda la sustancia de su corazón, no atribuía sus presentimientos a otra causa. Se propuso desechar las malas simpatías hacia Roger, despreció la lección que podía haber sacado de ellas e hizo cuanto pudo por arrancarlas de raíz. Imposibilitado para realizar esto, continuó, sin embargo, sus costumbres de familiaridad social con el viejo, dándole así constantes ocasiones para perfeccionar el propósito; al que, pobre y abandonada criatura como era, y más desgraciado que su víctima, se había consagrado el vengador.

Mientras sufría así, bajo una enfermedad corporal, corroído y torturado por algún negro trastorno de su alma y entregado a las maquinaciones de su mortal enemigo, el reverendo señor Dimmesdale había adquirido una brillante popularidad en su oficio sagrado. La obtuvo, es cierto, en gran parte, por sus tristezas. Sus dones intelectuales, sus percepciones morales, su poder para experimentar y transmitir emoción se conservaban en un estado de actividad extraordinaria debido a la excitación y angustia de su vida. Su fama, aunque detenida en su más alto declive, oscurecía las más sobrias reputaciones de sus compañeros, eminentes como eran muchos de ellos.

Sentía grandes deseos de hablar desde lo alto de su propio púlpito, con toda la potencia de su voz, y decir a las gentes lo que él era. «¡Yo, a quien contempláis vistiendo los negros hábitos del clero; yo, quien sube a la cátedra sagrada y eleva su cara pálida al cielo; quien se encarga de sostener la comunión en favor de vuestras almas con la más alta omnisciencia; yo, en cuya vida diaria veis la santidad de Enoch; yo, cuyos pasos, como vosotros suponéis, dejan una estela luminosa en mi sendero terrenal para que los peregrinos que vengan después de mí puedan guiarse a la región de los benditos; yo, que he puesto la mano del bautismo sobre vuestros hijos; yo, que he rezado la oración póstuma junto a vuestros amigos moribundos, a quienes el amén llegaba débilmente desde un mundo que habían dejado; yo, vuestro pastor, a quien así reverenciáis y en quien así confiáis, soy una corrupción y una mentira».

Más de una vez había subido al púlpito con el propósito de no bajar hasta después de haber pronunciado palabras como las anteriores. Más de una vez había limpiado su garganta y suspirado hondamente, trémulamente, para que al salir de nuevo aquel suspiro llevase envuelto en él el negro secreto de su alma. ¡Más de una vez, más de cien veces hubiese hablado! ¡Hablar! ¿Pero cómo? ¡Había dicho a sus oyentes que era vil, el más vil de todos los viles, el peor de los pecadores, una abominación, una cosa inicua imposible de imaginar; y que lo maravilloso era que no hubiesen visto su desgraciado cuerpo consumirse ante sus ojos por la ardiente cólera del Todopoderoso! ¿Podía haber una oración más clara que ésta? ¿No debía la gente saltar de sus asientos por un impulso simultáneo y arrojarle del púlpito que profanaba? ¡No, no en verdad! Ellos lo oían todo y no hacían sino reverenciarle más aún. Ellos no podían adivinar qué propósito mortal encerraban aquellas palabras de su propia condenación. «¡El joven piadoso!», le llamaban. «El santo en la tierra, se decían, viendo así los pecados en su alma pura, ¿qué horrible espectáculo no verá en la tuya o en la mía?». El ministro sabía bien (sutil, pero hipócrita lleno de remordimientos) la luz con que sería vista su vaga confesión. El clérigo había tratado de poner un engaño sobre sí mismo haciendo la confesión de una conciencia culpable; pero no había hecho sino cometer otro pecado y abrogarse una vergüenza sin el alivio momentáneo de engañarse. Hablando la propia verdad, la transformó en la misma mentira. Y, sin embargo, por la constitución de su naturaleza, amaba la verdad y odiaba la mentira, como lo hacían pocos hombres. ¡Así, pues, sobre todas las cosas, odiaba su miserable ser!

Guardaba las vigilias noche tras noche, a veces en completa oscuridad; unas veces a la luz de una débil lámpara, y otras contemplando en un espejo su propio rostro, bajo la luz más potente que podía proporcionarse. Así simbolizaba el constante examen de conciencia con que se torturaba, pero no se purificaba. En estas interminables vigilias su cerebro se ofuscaba con frecuencia y le parecía que se alzaban ante él mil visiones; tal vez vistas dudosamente por una débil luz en lo más profundo de su celda o con más claridad y más cerca de él en el espejo.

Una de esas lúgubres noches el ministro se alzó precipitadamente del sillón. Le había asaltado un nuevo pensamiento. Tal vez en él hubiese un momento de sosiego. Ataviándose con tanto cuidado como si hubiera sido para el respeto público, y precisamente en la misma forma, descendió las escaleras suavemente, abrió la puerta y salió.

CAPÍTULO XII

La vigilia del ministro

Como si caminase en la sombra de un sueño, y quizá bajo la influencia de cierta especie de sonambulismo, llegó el señor Dimmesdale al sitio donde no hacía mucho tiempo había vivido Ester Prynne sus primeras horas de pública ignominia. La misma plataforma o patíbulo negro y con las huellas que en él habían dejado la lluvia y el sol de siete largos años, desgastado además por las pisadas de muchos culpables que desde entonces lo habían hollado, permanecía bajo el balcón de la capilla. El ministro subió las escaleras.

Mientras permanecía en el patíbulo, en su vana exposición expiatoria, se apoderó del señor Dimmesdale un gran terror de imaginación;

como si el universo estuviese contemplando la letra roja sobre su pecho desnudo, precisamente sobre su corazón. En realidad, en aquel sitio se hallaban, y allí habían estado mucho tiempo, los dientes venenosos del dolor corporal. Sin esfuerzo alguno de su voluntad o poder para refrenarse gritó fuertemente; fue un chillido que retumbó en la noche rebotando de una a otra casa y desde los montes a los últimos confines, como si una legión de demonios lanzase en él su miseria y terror, hubiera hecho un juguete del sonido y lo zarandease de un lado para otro.

—¡Está hecho! —murmuró el ministro cubriéndose el rostro con las manos—. ¡Toda la población despertará, se apresurará a salir y me encontrará aquí!

Pero no fue así. La población no despertó, o si lo hizo, los amodorrados durmientes confundieron el grito con alguna cosa espantosa de su sueño.

Así, pues, el clérigo, no escuchando síntomas de disturbio, descubrió sus ojos y miró a su alrededor. En una de las ventanas de la mansión del gobernador Bellingham, que se alzaba a alguna distancia en la línea de otra calle, vio aparecer al propio anciano magistrado con una lámpara en la mano, un gorro blanco de dormir y una larga bata blanca envolviendo su figura. Parecía un espectro evocado intempestivamente de su tumba. Era evidente que el grito le había sobresaltado. En otra ventana de la misma casa apareció la vieja señora Hibbins, la hermana del gobernador, también con una lámpara que, a pesar de la distancia, revelaba la expresión de su rostro agrio y descontento. La vieja sacó la cabeza fuera de la ventana y miró ansiosamente hacia arriba. Fuera de toda sombra de duda, aquella venerable señora bruja oyó el grito del señor Dimmesdale, con sus múltiples ecos y reverberaciones, como el clamor de los malos espíritus y de las brujas nocturnas, con las que era bien sabido hacía excursiones a la selva.

Al ver el resplandor de la lámpara del gobernador, la vieja dama apagó prontamente la suya y desapareció. Es posible que se desvaneciese entre las nubes; el ministro no pudo apreciar más sus movimientos. El magistrado, después de una cautelosa observación de la oscuridad (en la que podía ver poco más que a través de una piedra de molino), se retiró de la ventana.

El ministro quedó relativamente tranquilo. Pronto, sin embargo, hirió sus ojos el brillo débil de una lucecita que, al principio lejos, se aproximaba avanzando por la calle. Aquí y allá arrojaba su resplandor de reconocimiento sobre un poste, una valla, el panel de una ventana, el chorro de agua de una bomba, sobre una puerta de roble con su llamador de hierro y sobre el tosco escalón de roble de su entrada. El reverendo Dimmesdale notó todas estas minuciosidades, aun cuando estaba firmemente convencido de que el castigo de su existencia caminaba hacia adelante en los pasos que entonces escuchaba y que la luz de la linterna debía caer sobre él a pocos momentos y revelar su secreto largo tiempo oculto. Conforme se acercó la luz vio dentro del círculo iluminado a su hermano clérigo o, para hablar con más claridad, a su padre profesional, a la vez que valioso amigo, el reverendo Wilson, quien, como conjeturaba ahora el joven ministro, había estado rezando junto al lecho de algún moribundo.

Cuando el reverendo señor Wilson pasó junto al patíbulo agitando el manteo con una de sus manos y sosteniendo con la otra la linterna, el joven ministro apenas pudo reprimirse de hablar.

«¡Buenas noches tenga usted, venerable padre Wilson! Suba usted aquí, yo se lo ruego, y pasaremos una hora agradable!».

¡Cielos! ¿Habló en realidad el señor Dimmesdale? Por un instante creyó que aquellas palabras habían salido de sus labios; pero sólo fueron pronunciadas con la imaginación. El padre Wilson continuó su camino despacio, observando cuidadosamente el enfangado pavimento antes de echar el pie y sin volver la cabeza ni una vez hacia la culpable plataforma.

Sintió que sus miembros se anquilosaban con la inacostumbrada frescura de la noche y dudó si podría descender las gradas del patíbulo. El día iba a clarear y a sorprenderle allí. El vecindario iba a comenzar a levantarse. Los madrugadores que saliesen de casa descubrirían su figura, vagamente delineada en la opaca luz, sobre la plataforma de vergüenza y, medio locos de alarma y curiosidad, irían llamando de puerta en puerta e invitando a toda la gente a que fuera a ver el fantasma de algún transgresor difunto, como ellos le creerían. Un tumulto espantoso agitaría sus alas de casa en casa. Entonces, cada vez haciéndose más clara la luz del amanecer, se levantarían los viejos patriarcas a toda prisa, vestidos con batas de franela, y las damas matronas sin preocuparse de cambiar sus ropas de dormir. El viejo gobernador Bellingham se adelantaría con cara ceñuda y la peluca del rey Jaime ladeada; la señora Hibbins, con algunas ramitas de la selva adheridas a su ropa y con aspecto más agrio que nunca; y el bueno del señor Wilson, también, después de haber perdido la mitad de la noche junto al lecho de muerte. Del mismo modo llegarían hasta allí los padres de familia, los diáconos del señor Dimmesdale y las jóvenes vírgenes, quienes tanto idolatraban a su ministro que le habían descubierto sus blancos senos; senos que ahora, en su apresuramiento y confusión, no acertarían a cubrir con sus pañuelos. Todas las gentes, en una palabra, atravesarían los umbrales de sus casas dando tumbos y alzarían sus rostros hacia el patíbulo sobrecogidos de asombro y de terror.

Llevado del horror grotesco de esta pintura, sin darse cuenta y con infinita alarma, rompió el ministro en una sonora carcajada. Esta risotada fue inmediatamente contestada por una risa ligera, aérea, de niña, en la que reconoció los tonos de la pequeña Perla por un estremecimiento del corazón, no supo si de pena exquisita o de placer.

—¡Perla! ¡Pequeña Perla! —gritó después de un momento de pausa. Y luego, bajando el tono de su voz—. ¡Ester! ¡Ester Prynne! ¿Estás ahí?

—¡Sí; soy Ester Prynne! —respondió ella en tono de sorpresa; y el clérigo oyó sus pasos que se acercaban por el camino lateral—. ¡Soy yo y mi pequeña Perla!

—¿Cómo viniste, Ester? —preguntó el ministro—. ¿Qué te trajo aquí?

—He estado velando a un moribundo: al gobernador Winthrop, en su morada, y le he tomado medida para coser un hábito; ahora me voy a casa.

—Sube aquí, Ester, sube con la pequeña Perla. Las dos habéis estado aquí antes; pero yo no estuve con vosotras. ¡Subid aquí de nuevo y permaneceremos los tres juntos!

Ester ascendió las gradas en silencio y se puso en pie sobre la plataforma cogiendo de la mano a Perla. El ministro sintió el contacto de la otra mano de la niña y la tomó. En el momento de hacerlo le sobrevino un torrente tumultuoso de nueva vida; otra vida distinta a la suya que se destilaba en su corazón atropelladamente, a través de sus venas, como si la madre y la niña comunicasen su calor vital a su sistema aletargado. Los tres formaban una cadena eléctrica.

—¡Ministro! —murmuró la pequeña Perla.

—¿Qué quieres, niña? —preguntó el señor Dimmesdale.

—¿Estarás aquí con mamá y conmigo mañana al mediodía?

—No; nada de eso, mi pequeña Perla —respondió el ministro, pues con la nueva energía del momento había vuelto a él todo el pavor a la exposición pública, que durante tanto tiempo fue la angustia de su vida; y estaba temblando por la conjunción en que se hallaba; pero, sin embargo, con un placer extraño—. No, hija mía. Estaré contigo y con tu madre en algún otro día; pero no mañana.

Perla rio e intentó retirar la mano; pero el ministro la retuvo fuertemente.

—¡Espera un momento, hija mía! —dijo.

—¿Pero prometerás —preguntó Perla— que nos darás la mano mañana al mediodía a mamá y a mí?

—Mañana, no; sino otro día.

—¿Cuándo? —persistió la niña.

—En el gran día del juicio —murmuró el ministro—. Entonces y allí, ante el tribunal, tu madre, tú y yo, permaneceremos juntos.

Perla volvió a reír.

Pero antes que el señor Dimmesdale hubiese terminado de hablar un ligero resplandor brilló a lo lejos anchamente sobre el encapotado celaje. Fue, sin duda, uno de esos meteoros que los observadores nocturnos pueden ver con frecuencia, que se consumen en las regiones vacantes de la atmósfera. Tan poderosa fue su radiación, que iluminó completamente las densas nubes que se mezclaban entre el cielo y la tierra.

En los ojos de la pequeña Perla había una hechicería; y su cara, cuando la elevaba hacia el ministro, tenía aquella sonrisa traviesa que le daba cierta expresión de duendecillo. Retiró su mano de la del ministro y señaló la calle. Pero él cruzó ambas manos sobre el pecho y elevó su mirada al cénit.

Al mismo tiempo que contemplaba el cénit se hallaba, no obstante, perfectamente sabedor de que la pequeña Perla señalaba con su dedo hacia el viejo Roger Chillingworth, que estaba de pie a no larga distancia del patíbulo.

La luz meteórica imprimía a sus facciones, como a todos los demás objetos, una expresión nueva; o también pudiera ser que el médico no se cuidase entonces; como en otros tiempos, de ocultar la maldad con que contemplaba a su víctima. Tan viva era la expresión o tan intensa la percepción del ministro, que parecía seguir aún dibujada en la oscuridad después que se desvaneció el meteoro, con un efecto como si la calle y todas las cosas hubieran sido aniquiladas de repente.

—¿Quién es ese hombre, Ester? —preguntó el ministro, abrumado por el terror—. ¡Tiemblo ante él! ¿Conoces a ese hombre? ¡Yo le odio, Ester!

Recordó ella su juramento y calló.

—¡Te digo que mi alma se estremece ante su vista! —continuó el clérigo—. ¿Quién es él? ¿Quién es él? ¿No puedes hacer algo por mí? —¡Ese hombre me produce un horror indecible!

—¡Ministro! —dijo la pequeña Perla—. ¡Yo puedo decirte quién es!

—¡Pronto! —exclamó Dimmesdale agachándose hasta colocar su oreja junto a los labios de la niña—. ¡Pronto, hija, y tan en voz baja como puedas decirlo!

Perla pronunció algo a su oído que sonó realmente como un lenguaje humano, pero que no fue sino la jerigonza que oímos a los niños y con la que se divierten. De todos modos, si envolvía alguna secreta información respecto al viejo Chillingworth, fue dicha en una lengua

desconocida para el erudito clérigo y no hizo más que aumentar la locura de su cerebro. Entonces la niña trasgo lanzó una sonora carcajada.

—¿Te burlas de mí? —dijo el ministro.

—¡Tú no fuiste claro! ¡Tú no fuiste sincero! —respondió la niña—. ¡Tú no prometiste coger mi mano y la de mi madre mañana al mediodía!

—¡Apreciable señor! —respondió el médico, que había avanzado hasta el pie del cadalso—. ¡Piadoso señor Dimmesdale! ¿Es posible que seáis vos? ¡Bien, bien, en verdad! Nosotros, los hombres de estudio, cuyas cabezas están en nuestros libros, tenemos necesidad de ser debidamente cuidados. Soñamos despiertos y caminamos durmiendo. ¡Venid, buen señor y querido amigo, yo se lo ruego! Permitid que os acompañe a casa.

—¿Cómo supiste que estaba yo aquí? —preguntó el clérigo temerosamente.

—En realidad —respondió Roger—, no sabía nada de este asunto. Pasé la mayor parte de la noche junto al lecho de muerte del gobernador Winthrop haciendo cuanto mi pobre saber me dictó para aliviarle. Habiendo partido él para un mundo mejor, partí yo también para mi casa y me sorprendió el resplandor de esa luz extraña. Venga usted, yo se lo ruego, reverendo señor; si no lo hace será usted incapaz de cumplir con su deber de sábado mañana. ¡Ah, vea usted cómo trastornan la cabeza esos libros! ¡Esos libros! Debiera usted estudiar menos, buen señor, y proporcionarse alguna pequeña distracción; de lo contrario, le ocurrirán estas extravagancias nocturnas.

—Iré a casa con usted —dijo el clérigo.

Con una fría desesperación, como uno que despierta completamente decaído de un horroroso sueño, se rindió al médico, y éste le acompañó.

Al siguiente día, siendo sábado, pronunció un sermón que se tuvo como el más rico y poderoso y más repleto de influencias celestiales que jamás saliera de sus labios. Más de un alma, se dijo, fue conducida a la verdad por la eficacia de la oración y llenáronse los pechos de eterna y santa gratitud hacia el señor Dimmesdale. Pero al descender las gradas del púlpito, un viejo de blancos cabellos le hizo entrega de un guante negro, que el ministro reconoció como suyo.

—Fue encontrado —dijo el viejo— esta mañana en el patíbulo donde se expone a los perversos a la vergüenza pública. Satán lo arrojó allí, supongo yo, intentando un acto injurioso contra vuestra reverencia. Pero, sin duda, estaba ciego o loco, como siempre lo estuvo y lo estará. ¡Una mano pura no necesita guante para cubrirse!

CAPÍTULO XIII

Otro aspecto de Ester

En su última entrevista con Dimmesdale quedó impresionada Ester ante la condición a que encontró reducido al clérigo. Sus nervios parecían estar completamente destrozados. Su fuerza moral quedó reducida a la debilidad de un niño. Se arrastraba, impotente, sobre el suelo a pesar de que sus facultades intelectuales conservaban su fuerza primitiva, o habían adquirido una insana energía que sólo podía haberle dado la enfermedad. Con su conocimiento de una serie de circunstancias ocultas para todos los demás, Ester podía inferir que, aparte la acción legítima de su propia conciencia, ejercía aún sobre el ministro una influencia terrible que se veía obligado a soportar. Sabiendo lo que este pobre y decaído hombre había sido en tiempos, toda su alma conmovióse ante el terror convulsivo con que la pidió a ella, a la mujer descastada, que le amparase contra su enemigo instintivamente descubierto. Ester pensó que tenía el clérigo derecho a su ayuda. Poco acostumbrada en su larga reclusión de la sociedad a medir sus ideas del bien o del mal por cualquier patrón extraño a su ser, vio, o le pareció ver, que caía sobre ella una responsabilidad, en referencia al ministro, como no debía a ningún otro en el mundo entero.

Había visto la miseria inmensa bajo la cual luchaba el ministro, o mejor dicho, había dejado de luchar. Vio que se hallaba el clérigo al borde de la locura si ya ésta no había hecho presa en él. Era imposible dudar de que cualquiera dolorosa eficacia que pudiera haber en el secreto aguijón de su remordimiento era menor que el tósigo destilado en él por la mano que se ofrecía a curarle. Un secreto enemigo había estado siempre a su lado bajo la forma de amigo y auxiliador y se había aprovechado de las oportunidades que le ofrecía la delicada naturaleza del señor Dimmesdale. Ester no podía menos de preguntarse si no había sido un defecto original de verdad permitir que el ministro fuese así arrojado a una posición en la que tanto daño podía esperarse, sin tener esperanza de nada favorable. Su sola justificación era la de no haber encontrado medio de salvarle de una ruina mucho más terrible que la suya, sino sometiéndose al plan de Roger Chillingworth.

En suma, Ester Prynne resolvió encontrar a su antiguo marido y hacer cuanto estuviese en su poder para rescatar la víctima que tan evidentemente había caído bajo su garra. La ocasión no se hizo esperar mucho tiempo. Una tarde, paseando con Perla por un lugar apartado de la península, vio al viejo médico con una cesta al brazo y un cayado en la otra mano inclinándose sobre el suelo en busca de raíces y hierbas con que confeccionar sus medicinas.

CAPÍTULO XIV

Ester y el médico

Ester ordenó a la pequeña Perla que corriese hasta la orilla del mar y jugase allí con las conchas y las algas marinas hasta que ella hubiese hablado con el hombre que recogía hierbas. La niña voló como un pájaro, y descalzándose comenzó a corretear por las húmedas arenas de la playa.

Mientras tanto, la madre había llegado adonde se encontraba el médico.

—Desearía hablar dos palabras con usted —dijo ella— sobre algo que nos concierne mucho.

—¡Ah! ¿Y es la señora Ester la que tiene dos palabras para el viejo Roger Chillingworth? —respondió él incorporándose—. ¡Con todo mi corazón! He oído a todos hablar con elogio de usted. Ayer, sin ir más lejos, un magistrado sabio y virtuoso estaba discurseando sobre vuestros asuntos, señora Prynne, y me dijo que se había hablado de vos en el Concejo. Se discutió si se debía o no, siempre que no hubiera peligro para el bien público, despojaros de la letra roja que lleváis sobre el pecho. ¡Por mi vida, Ester, que rogué al respetable magistrado que se hiciera así!

—No depende del deseo de los magistrados el arrancar esta marca —replicó Ester con calma—. Si yo fuese merecedora de que se me quitara caería por sí sola o se transformaría en algo que tuviese un significado distinto.

—Entonces llevadla, si así os place —repuso el médico—. La mujer debe seguir su propia fantasía en el adorno de su persona. ¡La letra está alegremente bordada y luce bravamente sobre vuestro pecho!

Durante todo este tiempo, Ester había estado contemplando fijamente al anciano y se admiró y alarmó del cambio que había sufrido en los últimos siete años. No era que hubiese envejecido, pues si bien se conocían las huellas de la edad que avanzaba, llevaba bien sus años y parecía conservar vigor y vivacidad; pero el antiguo aspecto del hombre intelectual y estudioso, calmudo y tranquilo, que es lo que más recordaba ella de él, había desaparecido por completo, siendo reemplazado por una mirada ávida, escudriñadora, interrogadora, casi fría, y, sin embargo, cautelosa. Parecía ser su propósito y su deseo disfrazar esta expresión con una sonrisa; pero ésta le hacía traición y se reflejaba sobre su semblante tan irrisoriamente que el espectador podía apreciar admirablemente su lobreguez. Una y otra vez, además, brotaba de sus ojos un resplandor de luz rojiza, como si el alma del viejo estuviese ardiendo y se conservase en rescoldo hasta que, por algún soplo casual de pasión, ardiese con llama momentánea. Reprimía esta mirada con la rapidez posible, y seguía mirando como si nada hubiese ocurrido.

En una palabra, el viejo Roger era una evidencia sorprendente de la facultad de un hombre de transformarse en diablo con sólo que lo desease por un razonable espacio de tiempo y tomar posesión de su oficio. Esta persona desgraciada había logrado esa transformación por dedicarse durante siete años al análisis constante de un corazón lleno de sufrimiento, derivando de él su goce y añadiendo combustible a aquellas fieras torturas que analizaba y en las que se deleitaba.

La letra roja ardía sobre el pecho de Ester Prynne. Aquí había otra ruina cuya responsabilidad la alcanzaba en parte.

—¿Qué veis en mi cara? —preguntó el médico—. ¿Qué miráis en ella con tanto interés?

—Algo que me haría llorar si para ello hubiese lágrimas bastante amargas —respondió ella—. ¡Pero dejémoslo pasar! Es de aquel hombre infortunado de quien deseo hablar.

—¿Y qué hay con él? —gritó Roger, anhelante, como si le gustase el asunto y le agradase tener una oportunidad de discutirlo con la única persona de quien podía hacer una confidente—. Para no ocultar la verdad, señora Ester, ahora mismo se ocupaba mi pensamiento de ese caballero. Así, pues, hablad libremente y yo os contestaré.

—Cuando hablamos la última vez —dijo Ester—, hará ahora siete años, fue gusto de usted que yo jurase el secreto de nuestra antigua relación. Como la vida y buena fama de aquel hombre estaban en vuestras manos, no había para mí otro remedio que callar, conforme a su requerimiento. No fue sin grandes recelos que yo me conformase, pues habiendo arrojado todos los deberes para con los seres humanos, me restaba un deber para con él, y algo me decía que le estaba traicionando al aceptar seguir vuestro consejo. ¡Desde aquel día ningún hombre está tan cerca de él como usted! ¡Seguís todos sus pasos! ¡Estáis junto a él cuando duerme o cuando está despierto! ¡Buscáis sus pensamientos! ¡Escudriñáis y revolvéis en su corazón! ¡Vuestra garra está sobre su vida y hacéis que muera diariamente una muerte viviente! ¡Y, sin embargo, aún no os conoce! ¡Al permitir esto he sido falsa con el único hombre para quien tenía el deber de ser veraz!

—¿Qué remedio os quedaba? —preguntó Roger—. ¡Con que hubiese señalado con el dedo a ese hombre le hubiera precipitado desde el púlpito a un calabozo, y luego, desde allí, posiblemente, a la horca!

—¡Más hubiera valido! —dijo Ester.

—¿Qué mal le había yo hecho? —volvió a preguntar Chilling-worth—. Yo te prometo, Ester Prynne, que los más ricos honorarios que jamás médico alguno recibiera de manos de un monarca no pudieran haber pagado el cuidado que he empleado en este miserable sacerdote. A no ser por mi ayuda, su vida se hubiese consumido en tormentos en los dos años después de perpetuar su crimen y el tuyo; porque su espíritu no tenía la fortaleza tuya para sobrellevar un peso como el de la letra roja. ¡Oh, yo podía revelar un buen secreto! ¡Pero basta! ¡Todo lo que el arte puede hacer lo he gastado en su favor! ¡Si ahora alienta y se arrastra por la tierra a mí se me debe!

—¡Más le valiera haber muerto de repente! —exclamó Ester Prynne.

—¡Dices bien, mujer! —gritó Roger dejando que el fuego de su corazón llamease ante sus ojos—. ¡Más le valiera haber muerto de repente! ¡Ningún mortal ha sufrido lo que éste, y todo, todo, en presencia de su peor enemigo! Ha tenido conciencia de mí. Ha sentido pesar sobre él una influencia como una maldición. Sabía, por algún sentido espiritual (pues el Creador no hizo otro ser tan sensible), que ninguna mano amiga tiraba de las fibras de su corazón y que unos ojos miraban curiosamente dentro de él para buscar maldad y que la encontraban. ¡Pero no sabía que esa mano y ojos eran míos! Con la superstición común a toda la Humanidad creyóse entregado a un mal espíritu para ser atormentado con sueños espantosos y pensamientos desesperados, como un anticipo de lo que le espera tras la tumba. ¡Pero era la sombra constante de mi presencia! ¡La proximidad del hombre que más vilmente había engañado! ¡Del hombre que le hacía existir por el perpetuo veneno de su horrible venganza! ¡Allí, no se equivocaba, tenía un mal espíritu codo con codo! ¡Un hombre mortal que tuvo una vez corazón humano y que se había convertido en un mal espíritu para su especial tormento!

—¿No le has atormentado bastante? —dijo Ester notando la mirada del viejo—. ¿No te lo ha pagado todo?

—¡No! ¡No! ¡No ha hecho sino aumentar mi deuda! —respondió el médico, y al continuar hablando sus modales perdieron las fieras características trocándose en lúgubres—. ¿Recuerdas, Ester, cómo era yo hace nueve años? Aún entonces me hallaba en el otoño de mis días y no en sus comienzos. Toda mi vida había sido de ansia, estudio, pensamiento, tranquilidad, empleados para acrecentar mi propio saber, y además, aunque este último objeto era casual, para progreso del bienestar humano. Ninguna vida fue tan pacífica e inocente como la mía; pocas vidas tan ricas con los beneficios conferidos. ¿Me recuerdas? ¿No era yo, aunque me creyeras frío, y sin embargo, pensativo para los otros y poco anhelante para mí, amable, veraz, justo y de constantes ya que no de ardientes afecciones? ¿No era yo todo eso?

—Todo eso y más —dijo Ester.

—¿Y qué soy ahora? —preguntó él mirándola a la cara y permitiendo a sus facciones toda su maldad—. ¡Ya te he dicho lo que soy! ¡Un mal espíritu! ¿Quién me ha hecho serlo?

—¡Fui yo! —gritó Ester temblando—. ¡Fui yo, no menos que él! ¿Por qué no te has vengado en mí?

—¡Te he abandonado a tu letra roja! —replicó Roger—. ¡Si eso no me ha vengado, nada más puedo hacer!

—¡Te ha vengado! —respondió ella.

—Así lo creí —dijo el médico—. Y ahora, ¿qué quieres de mí respecto a ese hombre?

—Tengo que revelar el secreto —respondió Ester con firmeza—. Debe conocerte en tu propio carácter. Lo que pueda resultar no lo sé. Pero esta larga deuda de confianza que le debo a él, cuya ruina y perdición he sido, será pagada al fin. En lo concerniente a derribar o mantener su buena fama y su posición terrena, y quizá su vida, él está en tus manos. No es que yo, a quien la letra roja ha reformado en verdad, aunque ésta sea una verdad al rojo blanco que penetra en mi alma, me doblegue a implorar tu piedad. ¡Haz de mí lo que quieras! ¡No hay en ello bien para él, para mí, ni para ti! ¡No hay bien ni para la pequeña Perla! ¡No hay sendero que nos conduzca fuera de este funesto laberinto!

—¡Mujer, yo bien pudiera compadecerte! —dijo Roger Chillingworth sin poder contener un temblor de admiración ante la cualidad casi mayestática que expresaba en su desesperación—. Tú tienes grandes elementos. Quizá si hubieses tropezado antes con un amor mejor que el mío, no hubiera ocurrido el daño. ¡Yo te compadezco por el bien que ha sido desperdiciado en tu naturaleza!

—¡Y yo a ti! —respondió Ester Prynne— por el odio que ha transformado un hombre sabio y justo en un mal espíritu. ¿Te redimirás aún volviendo a ser humano? ¡Si no por su bien, siquiera por el tuyo! ¡Perdona y abandona su futura retribución al poder que lo reclama! Hasta ahora he dicho que no puede haber para él ningún suceso bueno, o para ti, o para mí, quienes estamos vagando juntos por este tenebroso laberinto del mal, tropezando a cada paso con la culpa que hemos esparcido por nuestra senda. ¡No es así! Puede haber bien para ti, para ti sólo, puesto que has estado profundamente equivocado y en ti está el perdonar. ¿Despreciarás ese único privilegio? ¿Rechazarás ese beneficio inapreciable?

—¡Paz, Ester, paz! —replicó el viejo con altivez sombría—. No me es dado perdonar. No tengo el poder que me supones. Mi vieja fe,

tiempo ha olvidada, vuelve a mí y me explica todo cuanto hacemos y sufrimos. Pero en tu primer paso tortuoso plantaste el germen del mal, y desde aquel momento todo ha sido una necesidad tenebrosa. Tú, que me has engañado, no eres pecadora, salvo en una especie de típica ilusión; ni yo soy una especie de espíritu malo que haya arrebatado su oficio de manos infernales. Es nuestro sino. ¡Deja que la flor negra florezca como quiera! ¡Ahora, ve por tu camino y procede como quieras respecto a ese hombre!

Hizo un ademán con la mano y se dedicó de nuevo a recoger hierbas.

CAPÍTULO XV

Ester y Perla

Así, Roger Chillingworth dejó a Ester Prynne y continuó encorvado recorriendo el terreno. Aquí y allá cogía una hierba o arrancaba una raíz y las echaba en la cesta que llevaba al brazo. Su barba gris casi rozaba el suelo conforme se arrastraba. Ester quedó contemplándole algunos momentos, mirando con curiosidad casi fantástica si la tierna hierba de la temprana primavera se agostaba bajo sus pies y dejaba la huella de sus pasos seca y tostada entre la alegre verdura. Pensaba qué clase de hierbas podían ser aquellas que con tanto cuidado recogía el viejo. ¿Sería que la tierra hacía brotar ante la simpatía de su mirada y con un mal propósito aquellas matas de especies desconocidas hasta entonces al contacto de sus dedos? ¿Sería suficiente para él que toda vegetación salutífera se convirtiera en algo deletéreo y maligno a su contacto? ¿Brillaba para él el sol que iluminaba todo con tal esplendor? ¿Había allí, como parecía, un círculo de sombra siniestra moviéndose con su deformidad a cualquier lado a que se volviese? ¿Adónde iba ahora? ¿No se hundiría en la tierra dejando un sitio estéril y maldito donde con el tiempo una mortal dulcamara, cornejo, beleño o cualquiera de los malos vegetales que producía el clima florecerían con espantosa lozanía? ¿O extendería sus alas y volaría pareciendo más feo mientras más se elevase hacia el cielo?

—Sea eso o no —dijo Ester amargamente mientras le contemplaba aún—, ¡odio a ese hombre!

Se vituperó por este sentimiento; pero no pudo vencerlo o abandonarlo. Al intentar realizarlo pensó en aquellos lejanos días, en una tierra distante, cuando él acostumbraba a salir de la reclusión de su estudio a la caída de la tarde y sentarse al amor del fuego en su casa y ante su ligera sonrisa nupcial. Necesitaba, decía, aquella sonrisa para que el frío de tantas horas solitarias pasadas entre sus libros pudiera salir del corazón del letrado. Estas escenas no la habían parecido más dichosas que ahora; vistas a través del medio funesto de su vida subsiguiente, se clasificaron entre sus recuerdos más horrorosos. ¡Se maravillaba de que tales escenas hubieran tenido lugar! ¡Se maravillaba de cómo pudo ser arrastrada a casarse con él! Tenía por el crimen del que más debía arrepentirse, el que hubiera sufrido y correspondido el tibio contacto de su mano, y que la sonrisa de sus labios y sus ojos se hubiese mezclado y fundido en la suya. Y le, parecía aún una mayor ofensa cometida por Roger Chillingworth, mayor que todas las que le había hecho desde entonces, que le hubiese persuadido a creerse dichosa a su lado en la época en que su corazón no conocía nada mejor.

—¡Sí, le odio! —repitió Ester con más amargura que antes—. ¡Él me engañó! ¡Me ha hecho mucho más daño que yo a él!

Cuando el viejo se alejó, volvió ella en busca de su hija.

—¡Perla, pequeña Perla! ¿Dónde estás?

Perla, cuya actividad de espíritu nunca desmayaba, no había desaprovechado medio para divertirse mientras su madre hablaba con el colector de hierbas. Al principio había coqueteado caprichosamente con su propia imagen en un charco de agua, invitando por señas a que saliera el fantasma, y como éste declinó el aventurarse, buscó un paso para sí en su esfera de tierra impalpable y firmamento inasequible.

Su diversión final fue la de recoger algas marinas de varias clases y hacerse con ellas una manteleta y un sombrero y parecer de ese modo una pequeña sirena. Había heredado de su madre el don de inventar ropajes y vestidos. Como último detalle de traje de sirena, cogió una hierba e imitó lo mejor que pudo sobre su pecho el adorno que su madre llevaba sobre el suyo y que tan familiar le era. ¡La letra A, pero verde en vez de roja! La niña bajó la cabeza y contempló la marca con extraño interés, como si el solo motivo de haber sido traída al mundo fuese el adivinar su oculto significado.

«¿Si me preguntara mamá lo que significa?», pensó Perla.

Entonces oyó la voz de su madre, y volando con la ligereza de las pequeñas aves marinas, apareció ante Ester Prynne bailando, riendo y señalando con el dedo al adorno que llevaba sobre su pecho.

—Mi pequeña Perla —dijo Ester después de unos momentos de silencio—, la letra verde y en tu pecho infantil no tiene significado. ¿Pero sabes, hija mía, lo que significa esta letra que tu madre está obligada a llevar?

—Sí, madre —respondió la niña—. Es la mayúscula A. Tú me lo has enseñado en la cartilla.

Ester la miró fijamente a la carita; pero aunque había en sus negros ojos la expresión singular que notara con frecuencia otras veces, no

estaba convencida de que Perla no atribuyese algún significado al símbolo. Sentía un vivo deseo de aclarar aquel punto.

—¿Sabes, hija mía, por qué lleva tu madre esta letra?

—¡Ciertamente! —respondió Perla echando a su madre una mirada inteligente—. ¡Es por la misma razón que el ministro se lleva la mano al corazón!

—¿Y qué razón es esa? —preguntó Ester sonriendo ante la absurda incongruencia de la niña, pero palideciendo al recapacitar—. ¿Qué tiene la letra que ver con otro corazón que no sea el mío?

—Mamá, ya te he dicho todo lo que sé —contestó Perla con más seriedad—. ¡Pregúntaselo al hombre aquel con quien has hablado! Puede ser que él pueda decírtelo, ¿pero, mamá, qué es lo que quiere decir esta letra roja? ¿Y por qué la llevas sobre el pecho? ¿Y por qué el ministro se pone la mano sobre el corazón?

«¿Qué la diré?, pensó Ester. ¡No; si ese ha de ser el precio de la simpatía de la niña, yo no puedo pagarlo!».

Luego dijo en voz alta:

—Niña boba, ¿qué preguntas son éstas? Hay muchas cosas en este mundo sobre las que los niños no deben hacer preguntas. ¿Qué se yo del corazón del ministro? En cuanto a la letra roja, la llevo por su hilo de oro.

Pero la niña no parecía muy dispuesta a desistir del asunto. Dos o tres veces, cuando ella y su madre se retiraban a casa, durante la cena y cuando Ester la estaba acostando, y cuando después que parecía estar profundamente dormida alzó la vista con un resplandor travieso en sus ojos negros.

—Madre —dijo—, ¿qué significa la letra roja?

Y a la mañana siguiente, la primera indicación que dio la niña de estar despierta fue la de alzar su cabecita de la almohada y hacer la otra pregunta que tan frecuentemente mezclaba en sus investigaciones sobre la letra roja:

—¡Madre! ¡Madre! ¿Por qué se lleva el ministro la mano al corazón!

—¡Cierra la boca, niña traviesa! —respondía la madre con una aspereza que jamás se había permitido—. ¡No me fastidies más, porque si no te encerraré en el cuarto oscuro!

CAPÍTULO XVI

Un paseo por el bosque

Sin reparar en el riesgo presente de dolor o en ulteriores consecuencias, Ester Prynne permaneció constante en su resolución de hacer saber al señor Dimmesdale el verdadero carácter del hombre que se había arrastrado hasta su intimidad. Durante varios días, sin embargo, buscó en vano ocasión de abordarle en uno de los paseos meditativos que ella sabía tener costumbre el clérigo de tomar, ya a la orilla del mar o por los vecinos montes de espeso boscaje. No hubiese habido en ello escándalo, en verdad, ni peligro para la sagrada pureza de la buena fama del ministro aunque le hubiese visitado en su propio estudio, adonde acudían muchos penitentes a confesar pecados, quizá mucho mayores que el que representaba la letra roja. Pero, en parte, porque la espantaba la intervención secreta o no del viejo Chillingworth, en parte porque su corazón consciente inspiraba sospecha donde no podía haberla, como asimismo porque, tanto ella como el ministro, necesitaban toda la anchura del mundo cuando se hablaban, nunca pensó Ester en entrevistarse con él sino bajo el cielo abierto.

Por fin, cuando se hallaba asistiendo a un enfermo, supo que habían requerido la presencia del señor Dimmesdale para hacer una oración y que éste había partido el día anterior para visitar al apóstol Eliot entre sus convertidos indios. Probablemente volvería el ministro a cierta hora de la tarde siguiente. Así, pues, en el próximo día tomó Ester a su niña (forzosa compañera en las expediciones de la madre por inconveniente que fuese su presencia) y salió. El camino, después de las dos calles que cruzaron y que van desde la península al continente, no era más que una senda que se internaba en el misterio de la selva primitiva. El estrecho sendero estaba flanqueado por tan denso boscaje que apenas se divisaba imperfectamente algún trozo de cielo, dándole la sensación a Ester de hallarse sumida en la moral selvática en que por tanto tiempo había vagado. El día era frío y sombrío. En lontananza sombreaban un trozo de celaje las nubes, ligeramente agitadas por la brisa; de tal modo, que un débil reflejo solar iluminaba de cuando en cuando, jugueteando, la solitaria senda. Esta momentánea alegría se divisaba siempre en el lejano extremo a través de la floresta. La juguetona luz solar, débil en la profunda y predominante melancolía del día y de la escena, desaparecía siempre que a ella se acercaban, dejando los sitios donde había ejecutado su más lúgubre danza, porque habían ellas abrigado esperanza de hallarlos iluminados.

—Madre —dijo la pequeña Perla—, la luz del sol no te quiere. Corre y se esconde porque tiene miedo de algo que llevas en el pecho. ¡Mira ahora! ¡Allí está, allá lejos, jugando! ¡Espera aquí y déjame que corra a cogerla! ¡Yo no soy más que una niña y no escapará de mí, porque yo no llevo nada en el pecho todavía!

—Ni espero que nunca lo lleves —dijo Ester.

—¿Y por qué no, madre? —preguntó Perla, parando en seco su comenzada carrera—. ¿No vendrá por su voluntad cuando yo sea una mujer crecida?

—¡Corre, hija! —respondió la madre—. ¡Corre y coge el sol! Desaparecerá pronto.

Perla partió volando, y Ester sonrió al verla llegar al sitio iluminado y permanecer riendo, bañada por el sol, brillando con su esplendor y centelleando con la vivacidad excitada por sus rápidos movimientos. La luz jugueteó alrededor de la niña solitaria, como contenta de aquella compañera de juego, hasta que la madre puso el pie sobre el círculo luminoso.

—Ahora seguiré —dijo Perla moviendo la cabecita.

—¡Mira! —replicó Ester sonriendo—. Ahora puedo extender la mano y coger un puñado de sol.

Cuando intentó hacerlo se nubló, o, a juzgar por la brillante expresión que danzaba sobre las facciones de la niña, pudo figurarse la madre que Perla lo había absorbido y que lo lanzaría de nuevo con un resplandor sobre su senda cuando se hubiesen internado en algún lugar más lóbregamente sombreado.

Ningún atributo la impresionó tanto con una sensación de nuevo e intransmisible vigor en la naturaleza de Perla como esta jamás decadente vivacidad de espíritu; la niña no tenía la enfermedad de tristeza que casi todas las criaturas en estos últimos días heredaban con la escrófula de las perturbaciones de sus antepasados. Quizá fuese esto también una enfermedad y el solo reflejo de la fiera energía con que Ester había luchado contra sus tristezas antes del nacimiento de Perla. Era, ciertamente, un encanto dudoso que daba un reflejo duro y metálico al carácter de la niña. Deseaba Ester (como mucha gente lo desea durante la vida) que la animase un hondo sentimiento de tristeza para así humanizarla y hacerla capaz de simpatía. Pero aún había tiempo para la pequeña Perla.

—¡Ven, hija mía! —dijo la madre mirando a su alrededor desde el sitio en que Perla había permanecido al sol—. Nos sentaremos un poco ahí en el bosque y descansaremos.

—No estoy cansada, madre —replicó la niña—; pero tú puedes sentarte y mientras tanto me contarás un cuento.

—¿Un cuento? —dijo Ester—. ¿Y sobre qué?

—Un cuento sobre el Hombre Negro —respondió Perla cogiéndose al vestido de su madre y mirándola a la cara con expresión de anhelo y travesura a la vez—. Cuéntame cómo vaga por la selva y lleva con él un libro; un libro grande y pesado con abrazaderas de hierro; y cómo el Hombre Negro ofrece su libro y una pluma de hierro a todo el mundo que encuentra aquí entre los árboles; y cómo escriben sus nombres con su propia sangre. ¿Has encontrado al Hombre Negro alguna vez, madre?

—¿Y quién te ha contado ese cuento, Perla? —preguntó Ester reconociendo en él una superstición de la época.

—Aquella vieja dama que estaba en el rincón de la chimenea en la casa en que estuviste anoche velando —dijo la niña—. Ella creyó que estaba yo dormida cuando lo contaba. Dijo que miles y miles de gentes le habían encontrado y habían firmado en su libro, y que todos ellos llevan su marca; y una de ellas era esa dama fea y gruñona, la señora Hibbins. Y, madre, dijo la vieja que esta letra roja es la marca que el Hombre Negro puso sobre ti y que brilla como una llama cuando te encuentras con él a media noche aquí, en la oscura selva. ¿Es verdad, madre? ¿Y vas a verle por la noche?

—¿Has despertado alguna vez y visto que tu madre se hubiese marchado? —preguntó Ester.

—No, que yo recuerde —dijo Perla—. ¡Si temieses dejarme en casa podías llevarme contigo; yo iría contentísima! Pero dime, madre, ¿existe ese Hombre Negro? ¿Y le has encontrado alguna vez? ¿Y es ésa su marca?

—¿Querrás dejarme en paz si yo te lo digo? —preguntó la madre.

—Sí; si tú me lo cuentas todo —respondió Perla.

—¡Una sola vez en mi vida encontré al Hombre Negro! —dijo su madre—. ¡La letra roja es su marca!

Así hablando, internáronse lo bastante en la espesura de la floresta para evitar la observación de cualquier caminante casual que pasase por el sendero. Sentáronse en un montón cubierto de verde musgo, que en alguna época del siglo anterior había sido un pino gigantesco, cuyas raíces y tronco se escondían en la sombra oscura y su copa se alzaba en la atmósfera. El sitio donde se hallaban era una hondonada por cuyo fondo corría un arroyuelo sobre un lecho de hojas caídas. De los árboles que se mecían sobre él se habían desprendido algunas ramas que, al chocar con la corriente, la habían obligado a formar reflujos, y en algunos puntos, negras profundidades, mientras en los pasajes donde corría el agua con mayor ligereza se veía un cauce de gravilla y arena oscura y reluciente. Siguiendo con la vista el curso de la corriente podían apreciar la luz que reflejaba el agua a corta distancia dentro de la floresta; pero pronto se perdía entre el laberinto de troncos y ramaje, y aquí y allá por una roca cubierta con liquen grisáceo. Todos aquellos árboles gigantescos y bloques de granito parecían destinados a hacer un misterio del curso de este pequeño arroyo, temiendo quizá, con su incesante locuacidad, que pudiese murmurar historias del corazón de la vieja selva mientras corría o reflejar sus relaciones en la suave super-

ficie de algún charco. Realmente el arroyuelo, conforme avanzaba sin cesar, llevaba consigo un murmullo amable, tranquilo y adulador, pero melancólico; como la voz de un niño pequeño que estuviese gastando su infancia sin tener travesuras y no supiera cómo alegrarse entre tristes relaciones y sombríos sucesos.

—¡Oh, arroyo! ¡Oh, loco y cansado arroyuelo! —gritó Perla después de escuchar por algún tiempo su murmullo—. ¿Por qué estás tan triste? ¡Levanta el espíritu y no estés continuamente suspirando y murmurando!

Pero el arroyo, en el curso de su pequeña vida entre los árboles de la selva, se había deslizado a través de una experiencia tan solemne, que no podía evitar hablar de ella y parecía no tener otra cosa que decir. Perla se asemejaba al arroyuelo, puesto que la corriente de su vida brotó de un manantial igualmente misterioso y floreció entre escenas sombrías de intensa tristeza. Pero, contrariamente al arroyuelo, danzaba y saltaba y charlaba alegremente siguiendo su curso.

—¿Qué es lo que dice este triste arroyo, madre? —preguntó.

—¡Si tuvieses alguna tristeza el arroyuelo te hablaría de ella como me está hablando de la mía! Pero, Perla, parece que oigo pisadas sobre el sendero y el ruido producido por las ramas al ser retiradas. Más valdría que te quedes aquí jugando mientras yo hablo con el que viene por allí.

—¿Es el Hombre Negro? —preguntó Perla.

—¿Irás a jugar de una vez? —repitió la madre—. Pero no te internes mucho en la selva. Y cuida de acudir en cuanto te llame.

—Sí, mamá —respondió Perla—. Pero si fuese el Hombre Negro, ¿no me dejarías que le viese un momento con su gran libro bajo el brazo?

—¡Ve, chiquilla impertinente! —dijo la madre con impaciencia—. ¡No es el Hombre Negro! ¡Ahora puedes verle entre los árboles: es el ministro!

—¡Sí que es él! —dijo la niña—. ¡Y lleva la mano sobre el corazón, madre! ¿Es que cuando el ministro escribió su nombre en el libro el Hombre Negro puso la marca en aquel sitio? Pero ¿por qué no la lleva en la parte exterior de su pecho, como tú, madre?

—Vete, Perla, ya me molestarás como quieras en otra ocasión —gritó Ester Prynne—. Pero no te vayas muy lejos. No te alejes más allá de donde puedas escuchar el murmullo del agua.

La niña se marchó cantando en dirección a la corriente, tratando de dar más alegre cadencia a la voz melancólica del arroyo. Pero éste no se confortó y continuó diciendo el ininteligible y lúgubre secreto de algún misterio ocurrido o haciendo la lamentación profética de algo que aún había de ocurrir dentro de los límites de la fúnebre selva. Así, pues,

Perla, que tenía suficiente sombra en su pequeña vida, resolvió romper toda relación con aquel arroyuelo quejumbroso. Se puso a coger violetas y anémonas silvestres y algunas rojas aguileñas que crecían entre las resquebrajaduras de las peñas.

Cuando la niña trasgo se hubo marchado se encaminó Ester Prynne hacia el sendero que atravesaba la selva; pero permaneció aún bajo la sombra de los árboles. Vio que el ministro avanzaba por la estrecha senda completamente solo, apoyándose en una vara que había cortado al pasar. Parecía macilento y débil y había en él un aire de decaimiento de nervios que nunca tan marcadamente le había caracterizado en sus paseos por el departamento ni en ninguna otra situación en que se daba a ver. Aquí se hacía completamente visible, en la intensa reclusión de la selva, que, por sí sola, era una pesada prueba para los espíritus. Había tal negligencia en su andar, como si no viera razón para dar un paso más ni sintiera deseo de hacerlo, sino que más bien le agradara echarse sobre las raíces de algún árbol cercano y permanecer allí impasible por siempre. Quizá las hojas le cubriesen y la tierra se fuese acumulando gradualmente hasta formar un pequeño montecillo sobre su cuerpo, no importa si éste tuviese vida o no. La muerte era un objeto demasiado definido para desearlo o evitarlo.

A los ojos de Ester Prynne el reverendo señor Dimmesdale no demostraba síntomas de sufrimiento vivo o positivo, excepto que, como notó la pequeña Perla, llevaba la mano puesta sobre su corazón.

CAPÍTULO XVII

El pastor y su oveja

A pesar de lo despacio que caminaba el ministro casi había desaparecido antes que Ester Prynne pudo reunir fuerza de voz suficiente para llamar su atención.

—¡Arturo Dimmesdale! —gritó quedamente al principio y después con más fuerza—. ¡Arturo Dimmesdale!

—¿Quién habla? —respondió él.

Sobrecogido, como un hombre a quien se sorprende en una actitud en la que le repugna ser observado, se irguió. Lanzó su mirada en la dirección de la voz e indistintamente percibió un bulto entre los árboles, alegre en sus sombrías vestiduras y con tan poco relieve en la luz grisácea con que el cielo nublado y la pesada hojarasca oscurecían el mediodía, que no supo si era una mujer o una sombra. Puede ser que su sendero por la vida fuese siempre asaltado así por algún espectro que hubiese brotado de sus pensamientos.

Adelantó un paso y descubrió la letra roja.

—¡Ester! ¡Ester Prynne! —gritó—. ¿Eres tú? ¿Estás viva?

—¡Aún lo estoy! —respondió ella—. ¡A pesar de la vida que he llevado durante estos últimos siete años! ¿Y tú, Arturo Dimmesdale, vives todavía?

No era extraño que se hicieran tales preguntas sobre su mutua existencia y aun que dudasen de la suya propia. Fue tan extraño su encuentro en la espesura de la selva que les parecía la vez primera que se reunían después de la tumba; la reunión de dos espíritus que habían estado estrechamente conectados en su vida anterior, pero que ahora se hallaban temblando de frío con mutuo espanto; como si no se hallasen aún familiarizados con su estado ni deseasen el compañerismo de los seres incorpóreos. ¡Cada uno era un fantasma amedrentado por el otro!

Sin hablar una palabra más, sin que ni él ni ella asumieran vigilancia, sino con satisfacción inexpresada, internáronse de nuevo en la selva sombría por donde había aparecido Ester y sentáronse en el montón cubierto de musgo donde anteriormente estuvieron sentadas ella y Perla.

Después de un rato el ministro fijó los ojos en los de Ester Prynne.

—Ester —dijo—, ¿has hallado paz?

Ella sonrió terriblemente mirando sobre su pecho.

—¿Y tú? —preguntó.

—¡Ninguna! ¡Nada sino desesperación! —respondió él—. ¿Qué podía buscar siendo lo que soy y llevando una vida como la mía? ¡Si yo fuese un ateo, un hombre sin conciencia, un desalmado con instintos malditos y brutales quizá hubiese encontrado paz haría mucho tiempo! ¡Y no la hubiera perdido! Pero tal como los asuntos radican en mi alma, cualquiera que fuese la primitiva buena capacidad de la mía, todos los dones de Dios que fuesen los más escogidos se han convertido en los ministros de mi espanto espiritual. ¡Ester, soy lo más desgraciado!

—¡Las gentes te reverencian —dijo Ester— y seguramente siembras el bien entre ellas! ¿No te da esto consuelo?

—¡Más miseria, Ester! ¡Solamente más miseria! —respondió el clérigo con sonrisa amarga—. En cuanto al bien que aparento hacer, no tengo fe en él. Tiene que ser por fuerza una ilusión. ¿Qué puede hacer por la redención de otras almas una arruinada como la mía? ¿Qué puede hacer un alma corrompida por su purificación? ¡Y en cuanto a la reverencia de las gentes, preferiría que se trocase en desprecio y odio! ¿Puede haber consuelo, Ester, en que haya de estar yo en el púlpito y tropezar con tantos ojos fijos en mi rostro como si de él irradiase la luz del cielo? ¿En tener que ver mi rebaño hambriento de la verdad y escuchando mis palabras como si fuese una lengua del Pentecostés quien las pronunciase? ¿Y luego mirar hacia adentro y discernir la negra realidad de lo que idolatran? ¡Yo he reído con amargura y agonía de corazón ante el contraste de lo que parezco y de lo que soy! ¡Y Satanás se ríe de eso!

—Tú te equivocas —dijo Ester suavemente—. Tú te has arrepentido honda y amargamente. Tú has dejado atrás tu pecado en los días hace tiempo pasados. Tu vida presente no es menos santa, en verdad, que lo que a la gente le parece. ¿No hay realidad en la penitencia así sellada y atestiguada por buenas obras? ¿Por qué razón no ha de traerte paz?

—¡No, Ester, no! —replicó el clérigo—. ¡No hay en ella sustancia! ¡Está fría y muerta y nada puede hacer por mí! ¡Bastante penitencia he tenido! ¡Pero no ha habido penitencia! ¡A menos que hubiese arrojado hace mucho tiempo estos hábitos burlescos y me hubiese mostrado a la Humanidad como habrán de verme ante el tribunal del día del juicio no podía haberla! ¡Dichosa tú, Ester, que llevas abiertamente sobre tu pecho la letra roja! ¡La mía arde en secreto! Tú no conoces el consuelo que da mirar a los ojos de quienes reconocen lo que soy después del tormento de siete años de engaño. Si tuviese un amigo, o aunque fuese mi peor enemigo, a quien, enfermo por las alabanzas de los demás hombres, pudiera descubrirme y ser reconocido como el más vil de los pecadores, creo que mi alma se conservaría viva de ese modo. ¡Aun entonces necesitaría mucha verdad para salvarme! ¡Pero ahora todo es falsedad! ¡Todo vanidad! ¡Todo muerte!

Ester Prynne miróle a la cara, pero dudó de hablar. Sin embargo, al pronunciar sus tanto tiempo reprimidas emociones con la vehemencia que lo hizo, sus palabras la ofrecían el punto circunstancial para interponer en él lo que había venido a decir. Dominó Ester sus temores, y habló:

—¡Ese amigo que hasta ahora has deseado para llorar con él tu pecado lo tienes en mí! —Dudó nuevamente, pero continuó con esfuerzo—: ¡El enemigo hace tiempo que lo has tenido y vivido con él bajo el mismo techo!

El ministro se incorporó de un salto, falto de aliento y oprimiéndose el corazón como si se lo hubiese arrancado de su pecho.

—¡Eh! ¿Qué es lo que dices? —gritó—. ¡Un enemigo! ¡Y bajo mi mismo techo! ¿Qué quieres significar?

Ester Prynne comprendía plenamente la profunda injuria por la que era responsable ante este hombre desgraciado, habiéndole dejado durante tantos años o aunque hubiese sido un solo instante a merced de uno cuyos propósitos no podían ser más que malignos. La misma contigüidad de su enemigo, cualquiera que fuese la máscara bajo la que éste se ocultase, era lo bastante para trastornar la esfera magnética de un ser tan sensitivo como Arturo Dimmesdale. Hubo un período, cuando

Ester se hallaba menos viva para esta consideración; o tal vez en la misantropía de su propio disturbio en que dejó que el ministro soportase lo que ella se pudo figurar un sino más tolerable. Pero más tarde, desde la noche de su vigilia, todas sus simpatías hacia él se habían suavizado y vigorizado. Ahora leía en su corazón con más claridad. No dudaba que la continua presencia de Roger Chillingworth, el veneno secreto de su maldad infectando todo el aire a su alrededor y su intervención autorizada como médico, con la debilidad física y espiritual del ministro, que todas estas malas oportunidades se habían convertido en un cruel propósito. Por medio de ellas la conciencia del paciente había sido sostenida en un estado de irritación cuya tendencia era no la de curar su inmensa pena, sino la de desorganizar y corromper su ser espiritual. Su resultado en la tierra no podía ser otro que escasamente la locura, y en adelante aquel eterno enajenamiento del Bien y de la Verdad, del que quizá la locura es el tipo terrenal.

Tal era la ruina a la que ella había arrastrado a aquel hombre una vez (¿y por qué no decirlo?), a quien aún amaba tan apasionadamente. Ester comprendía que el sacrificio del buen nombre del clérigo y la misma muerte, como ya le había dicho a Roger Chillingworth, hubiesen sido infinitamente preferibles a la alternativa que había decidido elegir. Y ahora, mejor que tener que confesar esta penosa equivocación, hubiera preferido arrojarse sobre el lecho de hojas del bosque y morir allí a los pies de Arturo Dimmesdale.

—¡Oh, Arturo! —gritó—. ¡Perdóname! ¡Entre todas las cosas he tratado de ser veraz! ¡La verdad fue la única virtud que debiera haber sostenido con firmeza y finalmente la sostuve hasta el último extremo; salvo cuando tu bien, tu vida, tu fama fueron puestas en duda! Entonces consentí en una defección. ¡Pero una mentira nunca es tan buena aunque amenace la muerte de otro lado! ¿No ves lo que debo decir? ¡Ese viejo, ese médico, ese a quien llaman Roger Chillingworth fue mi marido!

El ministro la miró un instante con aquella violencia de pasión que, mezclada en formas diferentes con sus cualidades más altas, más puras y suaves, era de hecho la parte que de él reclamaba el diablo y a través de la cual pretendía ganar las demás. Jamás tropezó Ester con un ceño más lúgubre y fiero que aquél. Durante el breve rato que duró fue una tenebrosa transfiguración. Pero aquel carácter habíase debilitado tanto por el sufrimiento, que hasta sus más bajas energías eran incapaces de una lucha más que temporal. Se desplomó en el suelo y cubrió su rostro con las manos.

—¡Debí haberlo conocido! —murmuró—. ¡Lo conocí, en efecto! ¿No me lo dijo el corazón en su natural repugnancia al verle por vez

primera y siempre que le he visto después? ¿Por qué no lo comprendí?
¡Oh, Ester, poco, poco conoces todo el horror de esto! ¡Y la vergüenza!
¡La indelicadeza! ¡La horrible fealdad de esta exposición de un corazón
enfermo y culpable a los propios ojos del que había de deleitarse en
el daño ajeno! ¡Mujer, mujer, tú eres responsable de esto! ¡No puedo
perdonarte!

—¡Tú me perdonarás! —gritó Ester arrastrándose hasta él sobre las
caídas hojas—. ¡Deja que Dios castigue! ¡Tú me perdonarás!

Con ternura repentina y desesperada le echó los brazos al cuello y
oprimió su cabeza contra su seno, no preocupándose de que ésta des-
cansase sobre la letra roja. Él quiso evitarlo, pero en vano trató de hacerlo. Ester no le dejaba en libertad sin que antes la mirase fijamente a
la cara. Todo el mundo durante siete largos años había mirado a aquella
solitaria mujer con duro ceño y lo había soportado todo sin que una sola
vez volviese sus ojos tristes y firmes. El cielo mismo la miró ceñuda-
mente y no había muerto. ¡Pero el ceño de aquel hombre pálido, débil,
enfermo, pecador y agobiado por la tristeza era lo que Ester no podía
soportar sin morir!

—¿Me perdonarás aún? —repitió una y otra vez—. ¿No me mirarás
con horror? ¿No me perdonarás?

—Yo te perdono, Ester —replicó el ministro por fin con un hondo
suspiro salido del abismo de su tristeza, pero no del de su cólera—.
¡Yo te perdono libremente ahora! ¡Que Dios nos perdone a ambos! No
somos, Ester, los peores pecadores del mundo. ¡Hay uno mucho peor
que el ministro putrefacto! ¡La venganza de ese viejo ha sido más negra que mi pecado! ¡Él ha violado a sangre fría la santidad de un corazón humano! ¡Tú y yo, Ester, jamás hicimos tal!

—¡Nunca, nunca! —murmuró ella—. Lo que nosotros hicimos tenía una propia consagración. ¡Así lo sentimos! ¡Nos lo dijimos el uno
al otro! ¿Lo has olvidado?

—¡Calla, Ester! —dijo Arturo Dimmesdale alzándose del suelo—.
¡No, no lo he olvidado!

Sentáronse uno junto a la otra con las manos entrelazadas sobre el
tronco musgoso del árbol caído. Jamás les había proporcionado la vida
una hora más lúgubre; era el punto hacia el que les iba conduciendo
su senda hacía largo tiempo, haciéndose cada vez más oscura en su
avance; y, no obstante, encerraba un encanto que les hacía rondar aquel
punto y reclamar otro y otro, y después de todo, otro momento. La
selva a su alrededor estaba oscura y crujía con el viento que la atravesaba. Los árboles se mecían pesadamente sobre sus cabezas, mientras
un viejo árbol, majestuoso, gruñía tristemente a otro, como si le contase

la triste historia de la pareja que se hallaba sentada abajo o evitase el pronosticar nuevo daño.

No obstante, dilataban la entrevista. ¡Qué aspecto tan pavoroso tenía la senda de la selva que conducía al departamento, donde Ester Prynne tenía que volver a coger la carga de su ignominia y el ministro el vano disfraz de su buen nombre! Retardaron más los instantes. Ninguna luz dorada había sido nunca tan preciosa como la penumbra de aquella, oscura floresta. ¡Allí, únicamente vista por los ojos de él, la letra roja no abrasaba el pecho de la mujer caída! ¡Allí, visto únicamente por los ojos de ella, Arturo Dimmesdale, falso para Dios y para los hombres, podía ser veraz por un momento!

El clérigo se alarmó repentinamente con un pensamiento que le ocurrió.

—¡Ester —gritó—, aquí hay un nuevo horror! Roger Chillingworth conoce tu propósito de revelar su verdadero carácter. ¿Continuará entonces guardando nuestro secreto? ¿Cuál será ahora el curso de su venganza?

—Hay en su naturaleza una extraña reserva —respondió ella pensativamente—, y se ha desarrollado en él por las prácticas ocultas de su venganza. No creo que traicione el secreto. Indudablemente buscará otros medios de saciar su fúnebre pasión.

—¡Y yo! ¿Cómo podré vivir en adelante respirando el mismo aire de ese mortal enemigo? —exclamó el ministro, desmayando y llevándose nerviosamente la mano al corazón—. ¡Piensa en mí, Ester! Tú eres fuerte. ¡Resuelve por mí!

—Tú no debes vivir más con ese hombre —dijo ella con calma y firmeza—. ¡Tu corazón no debe estar por más tiempo bajo su mirada!

—¡Eso sería peor que la muerte! —replicó el ministro—. ¿Pero cómo evitarle? ¿Qué elección me queda? ¿Debo arrojarme sobre estas hojas caídas, como cuando me dijiste quién era, y morir de repente?

—¡Ay, qué ruina te ha sobrevenido! —dijo Ester con lágrimas en sus ojos—. ¿Serás capaz de morir por debilidad? ¡Yo no veo otra causa!

—¡Pesa sobre mí el juicio de Dios! —respondió el ministro alarmado por su conciencia—. ¡Es muy poderoso para que yo pueda luchar!

—El cielo tendrá piedad —repuso Ester— si tienes fuerza para aprovecharte de ella.

—¡Sé fuerte para mí! —respondió él—. Aconséjame qué debo hacer.

—¿Tan estrecho es el mundo? —exclamó Ester Prynne fijando sus ojos profundos en los del clérigo y ejercitando instintivamente una fuerza magnética sobre su espíritu, tan destrozado y subyugado que apenas pudo mantenerse en pie—. ¿Es que el universo se encierra en aquella población, que no hace mucho tiempo no era sino un bosque desierto tan solitario como éste que nos rodea? ¿Adónde conduce esa senda de la floresta? ¡Dices que al departamento! ¡Sí, en un sentido; pero en el otro se interna más y más, se hace cada vez más tupida la espesura, hasta ser menos perceptible la población a cada paso! Hasta que a pocas millas la amarillenta hojarasca no deje vestigio del hombre blanco. ¡Allí estás en libertad! ¡Ese viaje tan breve te conducirá desde un mundo donde has sido lo más desgraciado a otro donde quizá todavía puedas ser dichoso! ¿No hay en esta inmensa selva sombra bastante para que puedas ocultar tu corazón a los ojos de Roger Chillingworth?

—¡Sí, Ester; pero sólo bajo las hojas caídas! —replicó el ministro con una triste sonrisa.

—¡Entonces ahí tienes el ancho camino del mar! ¡Él te trajo aquí; si lo deseas te volverá a llevar! ¡En nuestra tierra natal, sea en alguna remota villa rural o en el inmenso Londres, o seguramente en Alemania, en Francia, en la agradable Italia, estarás fuera de su poder y sabiduría! ¿Y qué tienes tú que ver con estos hombres de hierro ni con sus opiniones? ¡Ya se han quedado con tu mejor parte en rehenes hace largo tiempo!

—¡Eso no puede ser! —respondió el ministro como si fuese instigado a realizar un sueño—. ¡No tengo valor para irme! ¡Desgraciado y pecador como soy, no tuve otro pensamiento que arrastra mi existencia terrenal donde la Providencia me había puesto! ¡Perdida como está mi alma, aún haría lo que pudiera por las almas humanas! ¡No me atrevo a dejar mi puesto como un centinela desleal cuya segura recompensa es la muerte y el deshonor!

—¡Estás aplastado por el peso de estos siete años de miseria! —replicó Ester, resuelta fervientemente a inculcarle su propia energía—. ¡Pero tú lo dejarás todo detrás de ti! ¡No seguirá tus pasos si tomas el sendero de la selva; ni te acompañará en el barco si prefieres cruzar el mar! Deja aquí este naufragio y esta ruina donde ha ocurrido. No te preocupes más de ello. Comiénzalo todo de nuevo. Cambia esta tu vida falsa por otra verdadera. Sé, si tu espíritu te guía a ello, el maestro y apóstol de los hombres rojos. O, como se amolda más a tu naturaleza, sé un letrado y un sabio entre los sabios de más renombre del mundo culto. ¡Predica! ¡Escribe! ¡Actúa! ¡Haz cualquier cosa antes que mentir y morir! ¡Abandona tu nombre de Dimmesdale y procúrate otro más elevado que puedas ostentarlo sin temor ni vergüenza! ¿Por qué has de seguir aferrado a las torturas que han trastornado tan hondamente tu vida? ¡Que te han debilitado para desear y para hacer! ¡Que te dejarán hasta impotente para arrepentirte! ¡Arriba y largo!

—¡Oh, Ester! —gritó Dimmesdale, en cuyos ojos brilló una luz de esperanza iluminada por el entusiasmo que relampagueó un instante,

pero murió—. Tú invitas a una carrera a un hombre cuyas rodillas se doblan bajo él. Yo tengo que morir aquí. No me restan fuerzas ni valor para lanzarme solo al ancho, extraño y difícil mundo.

Fue la última expresión de la declaración de un espíritu roto. Le faltaba energía para coger la fortuna mejor que parecía estar al alcance de su mano.

El clérigo repitió:

—¡Solo, Ester!

—¡No irás solo! —respondió ella en un hondo suspiro.

Entonces fue dicho todo.

CAPÍTULO XVIII

Un desbordamiento de luz solar

Arturo Dimmesdale dirigió a Ester una mirada llena de esperanza y alegría; pero a la vez había en ella una mezcla de temor, de horror a la intrepidez de aquella mujer.

Ester Prynne, con su voluntad firme y activa, que no había perdido por completo en tan largo período, habíase habituado a un extremo de meditación que le era desconocido al clérigo en absoluto. Había vagado sin regla ni guía en un desierto moral, tan intrincado como sombrío; como la indómita floresta en cuya penumbra se encontraban ahora manteniendo el coloquio que había de decidir su suerte.

Su inteligencia y corazón tenían su hogar, por decirlo así, en lugares desiertos donde ella pudiera corretear tan libremente como un indio en su selva.

Durante los pasados años había mirado desde ese punto de vista las instituciones humanas y cuanto los sacerdotes o regidores establecieron, criticándolo todo con escasa mayor reverencia que hubieran sentido los indios por el hábito clerical, la toga judicial, la horca, la galera o la iglesia. La tendencia de su sino y suerte era la de hacerla libre. La letra roja era su pasaporte para otras regiones donde las demás mujeres no osaban poner su planta. ¡Vergüenza! ¡Desesperación! ¡Soledad! Estas fueron sus maestras rígidas y ariscas que la habían hecho fuerte, pero que la juzgaron erróneamente.

El ministro, por otra parte, nunca había tenido una experiencia calculada que le llevase más allá del campo de las leyes generalmente recibidas; si bien había en una ocasión faltado a una de las más sagradas. Pero esto fue un pecado de pasión, no de principio, ni aun de propósito.

Desde aquella época desgraciada había vigilado con celo y minuciosidad no sus actos, porque éstos eran fáciles de arreglar, sino cada momento de pasión y todos sus pensamientos. Estando en aquellos días a la cabeza del sistema social, le embarazaban sus regulaciones, sus principios y hasta sus prejuicios. Como sacerdote, la estructura de su orden le sujetaba. Como hombre que había una vez pecado, pero que conservaba viva su conciencia y penosamente sensible por el roce de la herida, se hubiese creído más a salvo dentro de la línea de virtud que si nunca hubiera pecado.

Así, pues, parece ser que, en cuanto a Ester Prynne, los siete años de ignominia y falta de leyes no fueron sino una preparación para esta hora. ¡Pero Arturo Dimmesdale! Si aquel hombre hubiera de caer nuevamente, ¿qué argumento pudiera emplearse para mitigar su crimen? Ninguno; a menos que le beneficiase algo el hallarse decaído por largo y exquisito sufrimiento; que su mente se hallase oscurecida y confusa por el propio remordimiento que la envolvía; que entre escapar como un criminal o permanecer allí como un hipócrita, la conciencia encontraba difícil la elección; que era humano evitar la muerte, la infamación y las inescrutables maquinaciones de un enemigo; que, finalmente, para este pobre peregrino en su senda desierta y tenebrosa, débil, enfermo, miserable y desfallecido, aparecía un débil rayo de afecto humano y simpatía; una nueva vida, una vida verdadera a cambio del castigo pesado que ahora estaba expiando. Y, hablando con verdad y severidad, porque la brecha que la culpa ha hecho una vez en el alma humana no puede jamás ser reparada en este mortal estado. Podrá ser vigilada y defendida para que el enemigo no vuelva a forzar la entrada por ella en la ciudadela y hasta elegir otro punto para sucesivos asaltos, con preferencia al que le proporcionó el éxito; pero existen aún los muros ruinosos y cerca de éstos el paso clandestino del adversario que había de vencer de nuevo su olvidado triunfo. Baste que el clérigo resolviese huir y no solo.

«Si en los pasados siete años —pensó— pudiera haber hallado un instante de paz o esperanza aún perseveraría por amor a esa anhelante piedad del cielo. Pero ahora, puesto que estoy irrevocablemente sentenciado, ¿por qué no había de aprovechar el consuelo que le es permitido al condenado antes de su ejecución? O si éste fuese el sendero de una vida mejor, como Ester trató de persuadirme, seguramente no desecho ninguna perspectiva mejor intentándolo. Además, no puedo vivir por más tiempo sin su compañía; es tan fuerte para sostener, tan tierna para consolar. ¡Oh, Tú, hasta quien no me atrevo a levantar mis ojos! ¿Me perdonarás aún?».

—¡Te irás! —dijo Ester con calma cuando encontró su mirada la del clérigo.

Hecha la decisión, brilló sobre su pecho un resplandor extraño de alegría. Fue el regocijante efecto de un prisionero que acababa de escapar de la celda de su propio corazón al respirar la atmósfera turbulenta y libre de una región no redimida, sin cristianizar y sin leyes. Su espíritu se elevó con la esperanza de ganar un panorama más próximo al cielo por toda la miseria que había arrastrado en la tierra. Siendo de un profundo temperamento religioso, había en sus actos un tinte piadoso.

—¡Vuelvo a sentir alegría! —gritó, asombrándose de sí mismo—. ¡Yo creí que su germen había muerto en mí! ¡Oh, Ester, tú eres mi ángel bueno! ¡Creo haber arrojado mi ser enfermo, manchado de pecado y abrumado de tristeza, sobre esta hojarasca de la selva y que ha brotado de ella otro nuevo con nuevas fuerzas para poder glorificar a Él, que tan misericordioso ha sido! ¡Esta es ya la mejor vida! ¿Por qué no la hallamos antes?

—¡No miremos atrás —respondió Ester—, el pasado ha muerto! ¿Por qué, pues, hemos de pensar en él? ¡Con este símbolo todo lo borro y lo convierto en lo que nunca fue!

Diciendo esto, quitó la traba que sujetaba la letra roja, y arrancándola de su pecho la arrojó a distancia entre las hojas desparramadas. La marca mística fue a caer a este lado del arroyuelo. Con un impulso poco mayor hubiese ido a parar al agua, proporcionando al pequeño arroyo otro pesar que llevar adelante además de la incomprensible historia que seguía murmurando. Pero allí quedó la letra bordada brillando como una joya perdida, que algún vagabundo desgraciado quizá recogiese, y con ella ser asaltado por los extraños fantasmas de culpa, desmayos de corazón y desgracia indecible.

Al arrojar el estigma lanzó Ester un hondo y prolongado suspiro con el que se desprendió del peso de la angustia y vergüenza de su espíritu.

Todo, repentinamente, como si fuese una sonrisa del cielo, se convirtió en sol, infiltrándose en toda la extensión de la selva oscura, alegrando el verde de cada hoja, convirtiendo en oro el amarillo de las caídas y haciendo relucir los troncos grisáceos de los árboles majestuosos. Los objetos que se habían mantenido en la sombra se dieron a luz con brillantez. El curso del arroyuelo podía trazarse por su alegre centelleo en el lejano corazón misterioso de la selva, que se había trocado en un misterio de alegría.

¡Aunque la selva hubiese conservado su tenebrosidad hubiera parecido brillante a los ojos de Ester y de Dimmesdale!

Ester miró a éste con el estremecimiento de una nueva dicha.

—¡Tienes que conocer a Perla! —dijo ella—. ¡Nuestra pequeña Perla! Ya sé que la has visto; pero ahora la verás con otros ojos. ¡Es una criatura extraña! Pero tú la amarás tiernamente, como yo lo hago, y me aconsejarás cómo he de manejármelas con ella.

—¿Crees que la niña se alegrará de conocerme? —preguntó el ministro, algo inquieto—. Yo hace tiempo que no me acerco a los niños, porque, frecuentemente, me han demostrado cierta desconfianza, cierta repugnancia a familiarizar conmigo. ¡Hasta he tenido miedo de la pequeña Perla!

—¡Ah, eso fue triste! —dijo la madre—. Pero ella te amará tiernamente y tú a ella. No está lejos. Voy a llamarla. ¡Perla! ¡Perla!

—Ya veo a la niña —observó el ministro—. Allí está de pie en un claro de sol, a bastante distancia, al otro lado del arroyo. ¿De modo que tú crees que me querrá la niña?

Ester sonrió y llamó a Perla de nuevo, a quien distinguía a alguna distancia como la había descrito el ministro; como una visión brillante, inundaba por el sol que caía sobre ella a través de las copas de los árboles. La luz, con su danza, hacía su figura borrosa o distinta, no como una niña real, sino como el espíritu de una niña, con el ir y venir del esplendor. Oyó la voz de su madre y se encaminó despacio hacia ella.

¡Despacio porque había visto al clérigo!

CAPÍTULO XIX

La niña a la orilla del arroyo

—La amarás tiernamente —repitió Ester Prynne mientras ella y el ministro se hallaban sentados observando a la pequeña Perla—. ¿No crees que es hermosa? ¡Es una criatura espléndida! ¡Pero sé de quién tiene el ceño!

—¿Sabes, Ester —dijo él con sonrisa inquieta—, que esa querida niña, caminando siempre a tu lado, me causó mucha alarma? ¡Me pareció, ¡oh, Ester, qué pensamiento es y qué terrible temerlo!, que mis facciones se hallaban repetidas en su rostro, y con tanto vigor que todo el mundo podía reconocerlas! ¡Pero ella es más tuya!

—¡No, no! ¡No es más mía! —respondió la madre con una sonrisa tierna—. Dentro de poco no tendrás temor de ver de quién es hija.

Ambos contemplaban el lento avance de la niña con un sentimiento que ninguno de los dos había experimentado antes. Veían en ella el eslabón que les unía. ¡Había sido ofrecida al mundo durante los siete pasados años como un jeroglífico viviente, en el que se revelaba el secreto que tan oscuramente trataron de ocultar, escrito en aquel símbolo, plenamente manifestado, por si hubiera existido allí un profeta o mago lo bastante experto para leer en el carácter de la llama! ¡Y Perla era la unidad de su ser! Cualquiera que hubiese sido su pasada culpa, ¿cómo podían dudar que sus vidas terrenas y destinos futuros se hallaban unidos cuando vieron de pronto su enlace e idea espirituales en los que se encontraron y que habían de vivir juntos la inmortalidad? Estos pensamientos y otros quizá que no reconocían o definían arrojaron en torno de la niña una especie de espanto conforme se acercaba.

—No la hagas ver nada extraño, ni pasión ni anhelo, en tu forma de recibirla —murmuró Ester—. Nuestra Perla es a veces un duendecillo caprichoso y fantástico. Especialmente rara vez tolera la emoción cuando desconoce el por y para qué. ¡Pero la niña tiene fuertes afectos! ¡Me ama y te amará!

—¡No puedes figurarte cómo temo esta entrevista; y, sin embargo, cómo la desea mi corazón! —dijo el ministro—. Pero, como ya te he dicho, los niños no están dispuestos a familiarizarse conmigo. No se suben a mis rodillas, ni charlan a mi oído, ni responden a mis sonrisas, sino que se mantienen alejados y me miran con extrañeza. Hasta los niños de pecho cuando los tomo en brazos lloran amargamente. ¡Sin embargo, Perla, en dos ocasiones de su pequeña vida fue amable conmigo! ¡La vez primera, tú la conoces bien! La última, cuando la llevaste a casa del severo gobernador.

—¡Y bien que abogaste, bien bravamente, en favor suyo y mío! —respondió la madre—. Lo recuerdo, y también lo recordará la pequeña Perla. ¡No abrigues temores! ¡Quizá sea extraña y arisca al principio; pronto aprenderá a quererte!

Mientras tanto, Perla había llegado a la orilla del arroyo y quedó en la margen opuesta mirando en silencio a Ester y al clérigo, que aún permanecían sentados sobre el tronco musgoso esperando su llegada. En el preciso punto en que se detuvo, el arroyo formaba un embalse, tan terso y tranquilo, que reflejaba la imagen perfecta de su figurita con toda la pintoresca brillantez de su belleza en su adorno de flores y follaje; pero más refinada y espiritualizada que la realidad. Esta imagen, tan casi idéntica a la viviente Perla, parecía comunicar algo de su cualidad vaga e intangible a la propia niña. Era extraña la forma en que Perla se hallaba de pie mirándolos tan fijamente a través del ambiente brumoso de la floresta; ella, sin embargo, glorificada por un rayo de sol atraído por cierta simpatía. En el arroyo que se hallaba a sus pies había otra niña, otra y la misma; también con su rayo de luz dorada. Ester sintióse en forma indistinta e intranquilizadora extraña a Perla; como si la niña, en su solitaria correría por la selva, se hubiese salido de la esfera en que ella y su madre vivieran juntas y en vano tratase ahora de volver a ella.

En aquella impresión había error y verdad a la vez; la niña y la madre se habían extrañado, pero con la falta de Ester, no con la de Perla. Desde que la niña se separó de ella otro interno fue admitido en los sentimientos de la madre modificando así el aspecto de todos ellos de tal modo que Perla no podía hallar su puesto deseado y escasamente sabía dónde se encontraba.

—Tengo el extraño presentimiento —dijo el sensible ministro— de que este arroyo es el lindero de dos mundos y que nunca volverás a encontrarte con tu Perla. ¿O es un espíritu aduendado a quien, como nos decían las leyendas de nuestra niñez, le está prohibido cruzar la corriente? ¡Anímala a pasar, porque con su tardanza en hacerlo ha comunicado cierto temblor a mis nervios!

—¡Ven, querida mía! —gritó Ester animosamente y alargando los brazos—. ¡Qué calma tienes! ¿Cuándo has estado tan holgazana? Aquí hay un amigo mío que lo será tuyo también. ¡Desde ahora en adelante tendrás doble cariño que el que tu madre sola pudiera haberte dado! Salta el arroyuelo y ven adonde estamos. ¡Tú puedes saltar como un gamo!

Perla, sin responder en forma alguna a aquellas dulces expresiones, permaneció al otro lado del arroyo. Paseaba su fija mirada de su madre al clérigo y luego sobre los dos, como si tratase de averiguar la relación que les unía. Por alguna razón inexplicable, cuando Arturo Dimmesdale sintió la mirada de Perla, su mano, con el gesto que ya era en él tan habitual que se había hecho involuntario, llevósela al corazón. Por fin, dándose cierto aire de autoridad, extendió Perla su mano adelantando el dedo índice y evidentemente señalando al pecho de su madre. Y abajo, en el espejo de las aguas, se veía la imagen florida y soleada de la pequeña Perla señalando también con el dedito índice.

—Tú, criatura extraña, ¿por qué no vienes a mí? —exclamó Ester.

Perla todavía continuó señalando con el dedo y con un ceño sobre su frente más impresionante por el aspecto infantil de sus facciones. Como su madre continuase haciéndola señas y animándola con sonrisas inacostumbradas, la niña golpeó el suelo con el piececito con mirada y gesto aún más imperativos.

Sobre el espejo del arroyo volvió a reflejarse la imagen de fantástica belleza con su ceño, su dedo que seguía apuntando y el gesto imperioso que daba énfasis al aspecto de la pequeña Perla.

—¡Date prisa, Perla, o me enfadaré contigo! —gritó Ester, quien, aunque acostumbrada al modo de ser de la niña trasgo en otras ocasiones, anhelaba ahora, como era natural, un más apropiado comportamiento—. ¡Salta el arroyo, niña traviesa, y corre aquí! ¡Si no iré yo a por ti!

Pero Perla no se movió con las amenazas de la madre más que lo hizo con sus ruegos y rompió en un estado de pasión, gesticulando violentamente e imprimiendo a su pequeña figura las contorsiones más extravagantes. Acompañó aquel estado selvático de gritos tan penetrantes, que la selva reverberó en todas direcciones; de tal modo que, sola como estaba y en su rabieta inmotivada de niña, daba la sensación de que una multitud oculta la prestaba su valor y simpatía. ¡Y nuevamente fue vista en el arroyo con su rabieta, coronada y adornada con flores, golpeando con el pie, gesticulando selváticamente, y, en medio de todo, señalando todavía al pecho de su madre con su pequeño dedo índice!

—Ya veo lo que tiene la niña —dijo Ester tornándose pálida a pesar del esfuerzo que hizo por ocultar su trastorno y disgusto—. Los niños no toleran el más ligero cambio en el aspecto acostumbrado de las cosas que tienen diariamente ante los ojos. ¡Perla echa de menos algo que me ha visto llevar siempre!

—¡Te ruego —dijo el ministro— que si tienes algún medio de pacificar a la criatura lo hagas enseguida! Salvo el gangrenador furor de una vieja bruja como la señora Hibbins nada me impresionó tan pronto como la pasión en esta niña. En la juvenil belleza de Perla, como en la rugosa bruja, tiene un efecto extraordinario. ¡Pacifícala, si es que me amas!

Ester volvióse a Perla, coloreadas sus mejillas, echando sobre el clérigo una mirada significativa y suspirando hondamente, y después, antes de que pudiese hablar, cubrióse su rostro de intensa palidez.

—¡Perla —gritó tristemente—, mira a tus pies! ¡Allá, delante de ti! ¡A este lado del arroyo!

La criatura volvió la vista hacia el punto indicado; allí estaba la letra roja, tan cerca del cauce, que sus bordados de oro rielaban en el agua.

—¡Tráemela aquí! —dijo Ester.

—¡Ven tú y cógela! —respondió Perla.

—¿Existió jamás niña semejante? —observó Ester quedamente al ministro—. ¡Oh, es mucho lo que tengo que contarte de ella! Pero, a decir verdad, tiene razón en lo referente a esa marca. ¡Aún he de soportar su tortura durante algún tiempo, unos días más, hasta que hayamos dejado esta región y volvamos la vista para contemplarla como si fuese la tierra de un sueño! ¡La selva no puede ocultarla! ¡El profundo océano la arrancará de mi mano para tragársela por siempre!

Con estas palabras avanzó hasta la margen del arroyo, recogió la letra roja y volvió a sujetársela sobre el pecho. Afortunadamente, hacía sólo un momento, cuando habló Ester de arrojar al mar aquel símbolo;

tuvo una sensación inevitable de condena; así, pues, volvió a recibir el símbolo mortal de manos del Destino. ¡Lo había arrojado al espacio infinito! ¡Había logrado una hora de franco suspiro! ¡Pero allí estaba de nuevo la miseria roja brillando sobre su antiguo sitio! Así sucede siempre, esté de tal modo ejemplarizado o no; un hecho perverso viene siempre a investirse con el carácter del Destino. Ester encerró después los rizos de su cabellera bajo la gorra. Como si la triste letra encerrase un hechizo, su belleza, el ardor y riqueza de su juventud desaparecieron como un atardecer y pareció quedar envuelta por una sombra gris.

Cuando se operó el terrible cambio tendió su mano a Perla.

—¿Conoces ahora a tu madre, niña? —preguntó Ester con reproche, pero en tono reprimido—. ¿Querrás cruzar ahora el arroyo y obedecer a tu madre, ya que lleva sobre sí nuevamente la vergüenza, ya que está otra vez triste?

—¡Sí; ahora lo haré! —respondió la niña saltando el cauce y cayendo en brazos de su madre—. ¡Y yo soy tu pequeña Perla!

En forma que no le era habitual hizo que su madre bajase la cabeza y la besó tiernamente en la frente y en ambas mejillas. Pero luego, por una especie de necesidad que parecía inducir a aquella niña a acompañar cualquier clase de alivio que pudiera proporcionar de una sensación angustiosa, alzó Perla la boca y besó también la letra roja.

—¡Eso no ha estado bien! —dijo Ester—. ¡Después que me demuestras un poco de amor te burlas de mí!

—¿Por qué se sienta allí el ministro? —preguntó la pequeñuela.

—Espera para saludarte —replicó la madre—. ¡Ven y pídele su bendición! Él te ama, mi pequeña Perla, y ama a tu madre también. ¿No le amarás tú? ¡Ven! ¡Desea saludarte!

—¿De veras nos ama? —interrogó la niña alzando su mirada inteligente hacia el rostro de su madre—. ¿Volverá con nosotras de la mano, los tres juntos, a la población?

—Ahora no, querida —respondió Ester—. Pero en días venideros caminará con nosotras de la mano. Tendremos una casa y un hogar nuestro y te sentarás sobre sus rodillas, y te enseñará muchas cosas, y te amará tiernamente. Tú le amarás también, ¿no?

—¿Y llevará siempre la mano sobre el corazón? —preguntó de nuevo.

—¡Necia! ¿Qué pregunta es ésa? ¡Ven y pídele su bendición! —exclamó Ester.

Pero fuese influenciada por los celos, que son instintivos en los pequeñuelos mimados para con un rival peligroso, o por cualquier capricho de su mudable naturaleza, Perla no demostró aprecio hacia el ministro. Sólo por fuerza logró su madre llevarla hasta él, manifestando su repugnancia con extrañas muecas, de las que desde su más tierna infancia poseía una variedad singular, pudiendo trastornar su movible fisonomía en una serie de aspectos diferentes con un tinte nuevo de travesura en cada uno. El ministro, penosamente inquieto, pero con la esperanza de que un beso pudiera ser un talismán para las miras de la niña, se inclinó y la besó en la frente. Rápidamente desasióse Perla de su madre y corrió al arroyo, se inclinó sobre él y se bañó la frente hasta que logró lavar el beso por completo diluyéndolo en un largo lapso del agua resbaladiza.

Luego quedóse apartada observando en silencio a su madre y al clérigo, mientras éstos hablaban juntos sobre los preparativos que les sugería su nueva posición y los propósitos que pronto habían de cumplirse.

Aquella funesta entrevista terminó. Era preciso dejar el vallecillo entre los oscuros y viejos árboles, los que con sus múltiples lenguas murmurarían largamente de lo que allí había ocurrido. Y el arroyo melancólico añadiría esta nueva historia al misterio con que su pequeño corazón estaba agobiado y seguiría con su balbuceo murmurador sin añadir un ápice más de alegría a su tono de las épocas pasadas.

CAPÍTULO XX

El pastor, perplejo

Cuando se marchó el ministro, antes de que lo hiciesen Ester y Perla volvió la cabeza creyendo que no descubriría más que las borrosas siluetas de la madre y la hija en la opaca luz de la selva. Una vicisitud tan grande de su vida no podía ser admitida repentinamente como real. Pero allí estaba Ester con su vestido gris, de pie aún junto al muñón del tronco del árbol que algún antiguo vendaval había derribado y al que el tiempo había cubierto de musgo para que estos dos desgraciados, cuyos corazones se hallaban agobiados por el peso del mundo, pudieran sentarse sobre él y encontrar un rato de descanso y solaz. Y allí estaba también Perla, bailando ligeramente junto a la margen del arroyuelo, ahora que la tercera persona intrusa habíase marchado, volviendo a ocupar su antiguo puesto al lado de su madre. ¡Así, pues, el ministro no había dormido y soñado!

Para librar su cerebro de aquella falta de claridad y duplicidad de impresión que le incomodaba con extraña inquietud recordó y definió con más claridad los planes que habían trazado para su marcha. Habían determinado que el Viejo Mundo, con sus gentes y sus ciudades, les ofrecía un abrigo y sitio de ocultación preferible a las selvas de la Nueva Inglaterra y a toda la América con sus alternativas de un jacal indio o de los pocos departamentos europeos desparramados a lo largo de sus costas. Esto sin contar con que la salud del clérigo era inadecuada para soportar las penalidades de la vida selvática y que sus dones naturales, su cultura y todo su completo desarrollo le asegurarían un hogar solamente entre la civilización y el refinamiento; mientras más alto fuese el estado mejor y más delicadamente se adaptaría a este hombre. En favor de esta elección daba la coincidencia de haber anclado en el puerto un barco; uno de esos cruceros sospechosos frecuentes en aquellos días que, sin ser de mucho calado, vagaba sobre la superficie del mar con un notable carácter de irresponsabilidad. Aquel barco acababa de llegar del continente español y en el término de tres días debía zarpar para Bristol. Ester Prynne, cuya vocación como hermana de la Piedad le había relacionado con el capitán y la tripulación, pudo agenciarse los pasajes para dos individuos y una criatura con todo el secreto que reclamaban las circunstancias.

El ministro había preguntado a Ester con no pequeño interés el preciso momento en que debía zarpar el barco. Debía partir con toda probabilidad a los cuatro días de aquella fecha.

Antes de que el señor Dimmesdale llegase a su casa su hombre interno le dio otras evidencias de revolución en la esfera de su pensamiento y sentimiento. En realidad, un cambio total de dinastía y código moral en su reino interior era lo único que podía dar cuenta adecuada de los impulsos que sentía ahora el desgraciado y alarmado ministro. A cada paso era impulsado a hacer una u otra cosa extraña y ruda, con sensación de ser a la vez involuntaria e intencionada; a pesar suyo y, sin embargo, saliendo de su ser más profundo que aquel que se oponía al impulso. Por ejemplo, encontró a uno de sus propios diáconos.

Durante una conversación de breves momentos entre el reverendo señor Dimmesdale y este excelente diácono de barba blanca fue debido tan sólo a un cuidadoso dominio del primero que no pronunciase ciertas sugestiones blasfemas que asaltaron su cerebro respecto a la cena-comunión.

Después ocurrióle otro incidente de la misma naturaleza. Caminando apresuradamente por la calle se encontró con la feligresa de más edad perteneciente a su capilla; una anciana dama, ejemplo de piedad, pobre, viuda, sola y con un corazón tan lleno de reminiscencias de su esposo muerto, de sus hijos y amigos fallecidos hacía largo tiempo, como un cementerio lleno de lápidas historiadas. Sin embargo, todo esto, que pudiera haber constituido una abrumadora tristeza, era para su vieja alma una dicha solemne, a causa de los consuelos de la religión y de las verdades de la Escritura, de las que se había nutrido continua-

mente durante más de treinta años. Y desde que el señor Dimmesdale la tomó a su cargo el mayor consuelo terrenal para la buena anciana era el de encontrar a su pastor, casualmente o a intento, y ser vivificada con una verdad del Evangelio, con la palabra calurosa, fragante y celestial de sus amados labios murmurada a su oído torpe, pero arrobadamente atento. Mas en esta ocasión, al poner sus labios junto al oído de la anciana, el señor Dimmesdale, como lo hubiese hecho el gran enemigo de las almas, no pudo recordar ningún texto de las Escrituras ni otra cosa alguna, salvo un argumento breve, enérgico y, como entonces le pareció incontestable, contra la inmortalidad del alma humana.

Nuevamente, después de dejar a la antigua feligresa de su capilla, tropezó con la más joven de sus ovejas. Conforme se acercaba, el espíritu maligno le decía que acortase el paso y vertiese en su tierno seno el germen del mal que habría de florecer tenebrosamente pronto, y dar antes de mucho tiempo su negro fruto. Tal era su sensación de poder sobre esta alma virginal que confiaba en él, sabiendo el ministro que se sentía potente para marchitar todo el campo de la inocencia con sólo una mirada perversa y desarrollar todo lo contrario con una mirada solamente. Así, pues, con mayor lucha que hasta entonces jamás sostuvo, se cubrió el rostro con el manteo y apresuró el paso, sin dar muestra de haberla reconocido y dejando que la joven hermana juzgara su rudeza como creyera conveniente.

Ella rebuscó en su conciencia, llena de pequeñas cosas inofensivas, como su bolso de trabajo, y encaminóse a sus faenas, ¡pobrecilla!, pensando en mil faltas imaginarias; y a la mañana siguiente, mientras realizaba sus quehaceres domésticos, sus párpados estaban inflamados por el llanto.

Antes de que el ministro tuviese tiempo de celebrar su victoria sobre esta última tentación sintió otro nuevo impulso más ridículo y casi más horrible. Fue (nos sonrojamos a decirlo) pararse en el camino y enseñar algunas perversas palabrotas a un grupo de pequeños niños puritanos que se hallaban jugando allí y quienes hacía muy poco tiempo que habían roto a hablar. Desistiendo de este antojo, por juzgarlo indigno de sus hábitos, encontróse con un marinero borracho perteneciente a la tripulación del barco llegado del continente español. ¡Y entonces, después de haber evitado con tanta valentía todas las anteriores maldades, el pobre Dimmesdale sintió deseos de estrechar la mano de aquel alquitranado tunante y recrearse con sus groseras chirigotas, tan propias de los marineros licenciosos, y una sarta de juramentos rotundos, sonoros, sólidos, satisfactorios y sacrílegos!

En el momento, la vieja señora Hibbins, la reputada dama-bruja, acertó a pasar por allí. Iba vestida aparatosamente; llevaba un peinado empingorotado, una rica túnica de terciopelo y una gola planchada con el famoso almidón amarillo, del que Ana Turner, su amiga especial, le había enseñado el secreto antes de que esta buena señora fuese ahorcada por el asesinato de sir Tomás Overbury. Fue que la bruja leyera o no los pensamientos del ministro, ello es que paróse de pronto, miróle a la cara solapadamente, sonrió con astucia y, aunque poco dada a hablar con sacerdotes, comenzó la conversación diciendo:

—¿De modo, reverendo señor, que habéis hecho una visita a la selva? Os ruego que la próxima vez me deis aviso y me sentiré orgullosa de ir en vuestra compañía. Sin que ello me cause molestia, mi intervención puede servir para que cualquier caballero extraño pueda obtener una mejor acogida de aquel potentado.

—¡Le manifiesto, señora —dijo el clérigo con la grave cortesía que demandaba el rango de la dama y que su buena crianza hizo imperativa—, declaro, por mi conciencia y carácter, que estoy aturdido ante el propósito de sus palabras! Yo no fui al bosque en busca de un potentado ni tengo intención de visitarle en lo futuro con idea de granjearme el favor de semejante personaje. ¡Mi único y, suficiente objeto fue el de saludar a mi piadoso amigo el apóstol Eliot y regocijarnos por las muchas almas preciosas que ha ganado al paganismo!

—¡Ah, ah, ah! —cacareó la vieja dama-bruja agitando aún ante el ministro su empingorotado peinado—. ¡Bien, bien, no tenemos necesidad de charlar así a la luz del día! ¡Lo llevó usted con mucho sigilo! Pero a medianoche y en la selva tendremos otro rato de charla.

Continuó su camino con su vieja majestuosidad, pero volviendo frecuentemente la cabeza y sonriéndole, como deseosa de reconocer una secreta intimidad de relación.

«¡Luego me he vendido!, pensó el ministro, al espíritu maligno, a quien esta vieja hechicera engolada y aterciopelada ha elegido por su príncipe y señor!».

Durante este tiempo había llegado a su vivienda, al extremo del cementerio, y precipitándose escaleras arriba buscó refugio en su estudio.

Penetró en su cuarto habitual y miró en derredor a sus libros, sus ventanas, su chimenea y a lo confortable de sus paredes tapizadas con la misma percepción de extrañeza que le había asaltado durante su camino desde la hondonada de la selva hasta la población y dentro de ella. Allí había estudiado y escrito; había hecho ayunos y vigilias, de las que salió medio muerto; había procurado rezar; allí sufrió cien mil agonías.

Estando ocupado con estas reflexiones llamaron a la puerta del estudio y el ministro dijo: «¡Adelante!», no privado por completo de la idea de que pudiese contemplar un mal espíritu. Y así fue. Roger Chillingworth entró. El clérigo permaneció blanco y mudo, con una mano apoyada sobre las Escrituras hebreas y la otra extendida sobre su pecho.

—Bienvenido seáis al hogar, reverendo señor —dijo el médico—. ¿Qué tal encontró usted a aquel santo varón, el apóstol Eliot? Pero me parece, querido señor, que estáis pálido, como si el viaje a través de la selva os hubiera sido demasiado penoso. ¿No será mi ayuda necesaria para llevar fuerzas a vuestro corazón y que podáis predicar vuestro sermón de Predestinación?

—No, creo que no —repuso el reverendo señor Dimmesdale—. Mi viaje, la vista de aquel santo apóstol y el aire libre que he respirado me han hecho bien después de tan larga reclusión en mi estudio. No creo tener más necesidad de vuestras drogas, mi amable médico, por buenas que sean, administradas por una mano amiga.

—Me alegra el oírlo —respondió el físico—. Quizá mis remedios, tanto tiempo administrados en vano, comiencen ahora a producir su efecto. ¡Sería yo un hombre feliz y merecedor de la gratitud de Nueva Inglaterra si lograse realizar esta cura!

—Doy a usted las gracias de todo corazón, mi más atento amigo —dijo el reverendo señor Dimmesdale con una solemne sonrisa—. Se lo agradezco, y no puedo pagar a usted sus buenas obras sino con mis oraciones.

—¡Las oraciones de un hombre bueno son una recompensa de oro! —repuso el viejo Roger disponiéndose a marchar—. ¡Sí, son la moneda de oro corriente en la Nueva Jerusalén con el cuño del propio rey sobre ella!

Una vez solo, el ministro llamó a un criado de la casa y le pidió alimento que, una vez servido, lo comió con voraz apetito. Después, arrojando al fuego las ya escritas páginas de su sermón de Predestinación, se puso a escribir otro con tan impulsivo fluido de pensamiento y emoción, que se creyó inspirado, maravillándose de que el cielo juzgase apropiado transmitir la música grandiosa y solemne de sus oráculos a través de un tubo de órgano tan hediondo como él. Sin embargo, dejando que aquel misterio se resolviese por sí solo, llevó su tarea adelante con prisa anhelosa y con éxtasis. Así pasó la noche en un vuelo, como si cabalgase sobre un corcel alado; llegó la mañana asomando sus sonrojos por entre los cortinajes; y, por fin, la salida del sol lanzó sobre el estudio sus dorados reflejos, pasándolos sobre los ojos deslumbrados del ministro. ¡Allí estaba, con la pluma todavía entre sus dedos y una vasta serie de cuartillas escritas delante de él!

CAPÍTULO XXI

La fiesta de Nueva Inglaterra

En la mañana del día en que el nuevo gobernador debía recibir su cargo de manos del pueblo, Ester Prynne y la pequeña Perla llegaron con tiempo a la plaza del mercado. Esta se hallaba ya llena de bote en bote con artesanos y otros plebeyos habitantes de la población, entre los que se veían también algunas rudas figuras cuyos trajes de piel de ciervo indicaban que pertenecían a alguno de los departamentos de la selva que rodeaban la pequeña metrópoli de la colonia.

En este día festivo, como en todas las demás ocasiones durante los siete últimos años, Ester iba vestida con un traje de tela gris ordinaria. Su cara, hacía tiempo tan familiar a la gente de la población, mostraba la tranquilidad marmórea que tenían costumbre de apreciar. Era como una máscara, o más bien como la calma helada de las facciones de una muerta; esta espantosa semejanza era debida al hecho de que Ester estaba muerta respecto a toda pretensión de simpatía y había dejado el mundo en el que todavía parecía moverse.

Perla iba ataviada con una alegría vaporosa. Hubiera sido imposible adivinar si esta aparición brillante y solar debía su existencia a aquella lúgubre figura gris, o si la fantasía, a la vez tan alegre y delicada como habían sido requeridas para conseguir la apariencia de la niña, era la misma que había echado sobre sí la tarea más difícil de imprimir a la sencilla túnica de Ester tan distinta peculiaridad.

Era el vestido tan apropiado a la pequeña Perla, que parecía un efluvio o un desarrollo inevitable; una manifestación externa de su carácter que no pudiera separarse de ella, como los muchos matices brillantes de las alas de la mariposa o la pictórica gloria de las hojas de una flor resplandeciente. Esto ocurría con la niña; su aspecto estaba acorde con su naturaleza. Además, en este día memorable había en sus modales cierta inquietud y excitación singulares, nada tan parecido al rielar de un diamante que centellea y relampaguea con las varias palpitaciones del pecho donde está prendido.

Cuando llegó a la plaza del Mercado aún se puso más inquieta al percibir la agitación y bullicio que animaban la escena; porque, habitualmente, más parecía el vasto y desierto prado frontero a la capilla de un villorrio que el centro del tráfico de una población.

—¿Qué es esto, madre? —gritó—. ¿Por qué ha dejado hoy el trabajo toda esta gente? ¿Es un día de juego para todo el mundo? ¡Mira, allí está el herrero! ¡Se ha lavado su cara sucia y se ha puesto la ropa de los sábados, y parece como si hubiera de estar dichosamente alegre si cualquiera persona amable le dijese cómo! Y allá está Master Brackett, el viejo carcelero, haciéndome señas y sonriéndome. ¿Por qué hace eso, madre?

—Es que se acuerda de cuando eras chiquilla —respondió Ester.

—¡No debiera hacerme señas y sonreírme, pues, ese hombre negro, viejo, horrendo y malcarado! —dijo Perla—. Que te haga muecas a ti si quiere; porque tú vas vestida de gris y llevas la letra roja. ¡Pero mira, madre, cuántas caras de gente extraña, y entre ellas indios y marineros! ¿Qué han venido a hacer todos en la plaza del Mercado?

—Esperan para ver pasar la procesión —dijo Ester—, porque irán en ella el gobernador y los magistrados, los ministros y toda la gente noble y buena, con la música y los soldados delante.

—¿E irá allí el ministro? —preguntó Perla—. ¿Y extenderá los brazos hacia mí como cuando me llevaste a su lado desde la orilla del arroyo?

—Estará allí, hija —respondió la madre—. Pero no te saludará hoy, ni tú deberás saludarle.

—¡Qué hombre tan triste y extraño es! —dijo la niña como si hablase consigo—. ¡En medio de la noche oscura nos llama, toma tu mano y la mía, como cuando estuvimos con él en la picota! ¡Y en la selva, donde solamente los viejos árboles pueden oírle y verlo tan sólo un trozo de cielo, charla contigo sentado sobre un montón de musgo! ¡Y, además, me besa en la frente, de tal modo que el arroyuelo apenas pudo borrar el beso! ¡Pero ahí, a la luz del sol, entre toda la gente, no nos conoce ni nosotras hemos de conocerle! ¡Es un hombre triste y extraño, con su mano puesta siempre sobre el corazón!

—¡Estáte quieta, Perla! Tú no comprendes estas cosas —dijo la madre—. No pienses ahora en el ministro y mira a tu alrededor y ve la alegría que reflejan hoy todas las caras. Los niños han venido hoy de todas las escuelas y los mayores de sus talleres y sus campos con el propósito de estar contentos. ¡Porque hoy comienza a gobernarles un nuevo hombre, y por ello, como ha sido siempre costumbre de la Humanidad, desde que por vez primera se reuniera una nación, se alegran y regocijan, como si un año bueno y dorado hubiera de pasar por fin sobre el pobre viejo mundo!

Tal debía ocurrir, como decía Ester, a juzgar por la alegría que reflejaban los semblantes de aquellas gentes.

La pintura de la vida humana en la plaza del Mercado, aunque su tinte general era el gris tristón, castaño o negro de los emigrantes ingleses, estaba animada, sin embargo, por alguna diversidad de matices. Una partida de indios, en su salvaje adorno de pieles de venado curiosamente bordadas, con sus cinturones de cuentas o canutillos de madreperla, rojos o amarillo ocre, con sus plumas, con sus arcos y flechas y sus lanzas con lengüetas de piedra, se mantenía aparte con caras de inflexible gravedad, mucho mayor de lo que podía intentar el aspecto puritano. A pesar de lo salvajes que eran estos bárbaros pintados, no constituían el aspecto más salvaje de la escena. Esta distinción podía ser reclamada más justamente por algunos marineros, una parte de la tripulación del barco procedente de tierra española, que habían saltado a tierra para presenciar las fiestas del día de la Predestinación. Tenían aspecto de rudos, de desesperados, con caras curtidas por el sol y unas barbas inmensas. Sus pantalones anchos y cortos estaban sujetos por cinturones, muchos de ellos abrochados con grandes chapas de oro, sosteniendo siempre un cuchillo y en algunos casos un sable. Bajo las anchas alas de sus sombreros de palma brillaban sus ojos, que hasta en ratos de tranquilidad y diversión tenían una especie de ferocidad animal.

Pero el mar en aquellos tiempos se encrespaba y se embravecía espumajoso, a su voluntad o sujeto únicamente al viento tempestuoso, con escasas pruebas de ser regulado por las leyes humanas. El filibustero en el mar podía renunciar a su profesión y convertirse de repente, si lo deseaba, en un hombre de probidad y de piedad en tierra; ni aun en el pleno ejercicio de su vida temeraria era mirado como un personaje con quien fuese deshonroso traficar o asociarse casualmente. Por eso los antiguos puritanos, con sus capas negras, sus golas almidonadas y sus altos sombreros, sonreían benignamente ante el clamoreo y brusco comportamiento de aquellos hombres alegres de la marinería, sin que excitase sorpresa ni animadversión el que un ciudadano tan reputado como Roger Chillingworth, el médico, fuese visto que entraba en el mercado en animada y amistosa charla con el comandante del barco sospechoso.

Después de despedirse del médico, el comandante del barco se mezcló perezosamente entre la multitud que llenaba la plaza del Mercado; hasta que, al llegar al sitio en que se hallaba Ester Prynne, reconoció a ésta, y acercóse a saludarla.

—¿De modo, señora —dijo el marino—, que he de ordenar al mayordomo prepare una litera más de las que habéis comprometido? ¡En este viaje no hay que temer al escorbuto o al tifus! Con nuestro practicante y este otro doctor, nuestros únicos peligros podrán ser las drogas o las píldoras; mas, por lo visto, hay a bordo un buen surtido de medicamentos que adquirí de un navío español.

—¿Qué quiere usted decir? —preguntó Ester alarmada—. ¿Tiene usted otro pasajero?

—¿Pero no lo sabe usted? —exclamó el comandante—. ¿Ignora usted que ese médico de aquí, ése que se llama Chillingworth, tiene intención de hacer el viaje con usted? ¡Oh, oh! Debiera usted saberlo, puesto que me dijo era de vuestra partida y amigo muy allegado al caballero de quien usted me habló, el que usted me dijo que corría peligro entre estos agrios y viejos gobernantes puritanos.

—En efecto, se conocen bien el uno al otro —replicó Ester con calma aparente, pero en la mayor consternación—. Han vivido mucho tiempo juntos.

Nada más ocurrió entre el marino y Ester Prynne. Pero en aquel instante divisó aquélla al viejo Roger Chillingworth que la sonreía desde uno de los más apartados rincones de la plaza del Mercado; una sonrisa que, a través de aquel ancho y atestado lugar, las charlas y las risas y los distintos pensamientos, modales e intereses de la multitud, tenía un significado secreto y espantoso.

CAPÍTULO XXII

La procesión

Antes de que Ester Prynne pudiera reunir sus pensamientos y considerar lo que prácticamente podía hacerse en aquel alarmante y nuevo aspecto de las cosas, oyó el sonido de la música militar que se acercaba a lo largo de la calle contigua. Denotaba el avance de la procesión de magistrados y ciudadanos en su camino hacia la capilla, donde, en cumplimiento de una costumbre antiguamente establecida y desde entonces observada, el reverendo señor Dimmesdale debía pronunciar un sermón de la Predestinación.

Pronto asomó la cabeza de la comitiva volviendo la esquina con marcha lenta y majestuosa y abriéndose paso a través de la plaza del Mercado. Delante iba la música, compuesta de variedad de instrumentos, quizá imperfectamente adaptados unos a otros y ejecutados con poca destreza; pero, sin embargo, la armonía del tambor y el clarín cumplían el gran objetivo de dirigirse a la multitud imprimiendo un aire más alto y heroico a la escena de vida que ante sus ojos pasaba. La pequeña Perla comenzó a palmotear en un principio; pero luego, por un instante, perdió la agitación que había conservado en continua efervescencia durante toda la mañana, y quedó mirando atenta y en silencio, como un ave marina que flotara, elevándose y hundiéndose con las ondas del sonido. Pero pronto recobró su agitación al contemplar el brillo fulgurante del armamento y de las relucientes armaduras de la compañía que seguía a la banda dando guardia de honor a la procesión. Este cuerpo militar, que todavía conserva una existencia social y cuya fama vieja y honrosa dimana de antiguas edades, no estaba compuesto de materiales mercenarios. Sus filas se nutrían con caballeros que sentían los latidos del impulso marcial y pretendían establecer una especie de Colegio de Armas donde, como en una asociación de Caballeros Templarios, pudieran aprender la ciencia y prácticas de la guerra que su ejercicio pacífico pudiera enseñarles. Y, sin embargo, los hombres de eminencia civil que marchaban inmediatamente detrás de la escolta militar, merecían más el ser vistos por un observador meditativo. Hasta en su porte exterior mostraban tal empaque de majestad, que el paso altivo de los guerreros parecía vulgar, si no absurdo.

Detrás de los magistrados marchaban los jóvenes y eminentemente distinguidos teólogos, de quienes se esperaba el discurso religioso del aniversario. Era en aquella época la profesión en que más se extendía la intelectualidad; mucho más que en la vida política, porque, sin abordar otros motivos, ofrecía alicientes bastante poderosos con toda respetable veneración para la comunidad para conquistar la más preciada ambición dentro de su servicio. Hasta el poder político se hallaba bajo el dominio de un sacerdote triunfante.

Todos los que contemplaban ahora al señor Dimmesdale observaron que, desde que por vez primera pisó Nueva Inglaterra, jamás mostró tal energía como la que veían en el porte y aire con que guardaba el paso en la procesión. No había la vacilación de otro tiempo; su cuerpo no estaba encorvado ni llevaba la mano puesta sobre el corazón. Sin embargo, examinando debidamente al clérigo, la fortaleza no parecía pertenecer a su cuerpo; pudiera ser espiritual que le hubiere sido concedida por ministerio angélico.

Ester Prynne, al contemplar fijamente al clérigo sintió que se apoderaba de ella una espantosa influencia que desconocía por qué ni de dónde venía; una sensación como sí el ministro se hallase muy alejado de ella, y, sin embargo, al alcance de su mano. Ester esperó una mirada de reconocimiento; pensó en la oscura selva, en el vallecillo solitario, en el amor, en la angustia y en el tronco musgoso donde habían mezclado su charla triste y apasionada con el melancólico susurro del arroyo.

Perla también vio y respondió a los sentimientos de su madre o percibió ella misma la lejanía e intangibilidad que había caído sobre el ministro rodeándole. Mientras pasó la procesión, la niña estuvo intranquila, agitándose arriba y abajo como un pájaro que está a punto de remontar el vuelo. Cuando todo hubo pasado, alzó la carita y miró a su madre.

—Mamá —dijo—, ¿es ése el mismo ministro que me besó junto al arroyo?

—¡Permanece callada, Perla! —murmuró su madre—. No debemos hablar en la plaza del Mercado de lo que nos sucede en el bosque.

—Yo no estaba segura de que fuese él; me pareció tan extraño —continuó la niña—. A no ser por eso hubiese corrido hacia él y le hubiera pedido que me besase delante de toda la gente; aunque lo hiciera como lo hizo allá, entre los oscuros y viejos árboles. ¿Qué hubiera dicho el ministro, madre? ¿Se hubiese llevado la mano al corazón y me hubiera reñido y mandado que me fuese?

—¿Qué hubiera de haberte dicho, Perla, sino que no era ocasión de besar y que los besos no deben darse en la plaza del Mercado? ¡Hiciste bien, niña loca, en no hablarle!

Otra sombra del mismo sentimiento, con referencia al señor Dimmesdale, fue expresada por una persona cuyas excentricidades (o locuras, como debíamos calificarlo), la llevaron a lo que pocos ciudadanos se hubieran aventurado a hacer: a tramar conversación en público con la portadora de la letra roja. Era la señora Hibbins, quien, ataviada con gran magnificencia con una triple gola, un peto bordado, una túnica de rico terciopelo y un bastón con empuñadura de oro, había ido a ver la procesión. Como esta vieja dama tenía el renombre (que consiguientemente pagó con su vida) de ser actriz principal en todos los trabajos nigrománticos que se celebraban continuamente, la gente se apartaba de ella temiendo, al parecer, el roce de sus vestiduras, como si éstas llevasen una plaga entre sus pliegues. Al verla ahora en compañía de Ester Prynne y a pesar de que muchos miraban a ésta con amabilidad, se redobló el horror que la señora Hibbins inspiraba, y causó un movimiento general en aquella parte del mercado en que las dos mujeres se hallaban.

—¿Qué imaginación mortal podía concebirlo? —murmuró la vieja dama a Ester en forma confidencial—. ¡Aquel sacerdote! ¡Un santo de la tierra como las gentes le creen y como forzosamente he de confesar parece en realidad! ¿Quién que le viera ahora pasar en la procesión hubiera de pensar lo poco que hace que salió de su estudio mascullando un texto hebreo de las Escrituras para tomar el aire en la floresta? ¡Ah, nosotros sabemos lo que eso significa, señora Prynne! Pero, en realidad, no me inclino a creer que sea el mismo hombre. ¡Vi más de un miembro de la iglesia marchando detrás de la música que ha danzado conmigo al mismo compás cuando alguien era el violinista, y quizá fuese un indio conjurador de enfermedades con exorcismo, o un lapón hechicero; uno de los nuestros! Eso es una bagatela para una mujer que conoce el mundo. ¡Pero este ministro! ¿Puedes decir con seguridad, Ester, si es el mismo hombre que te encontró en el sendero del bosque?

—Señora, no sé de lo que usted me habla —respondió Ester Prynne abrigando la sensación de que la señora Hibbins poseía una mente desequilibrada; no obstante, se alarmó y sintió pavor ante la confianza con que afirmó estar en relación personal con tantas gentes (ella entre todos) y con el espíritu del mal—. No soy yo la llamada a hablar con ligereza de un ministro tan instruido y piadoso como el reverendo señor Dimmesdale.

—¡Abrenuncio, mujer, abrenuncio! —gritó la vieja dama agitando su dedo índice—. ¿Crees que yo he estado tantas veces en el bosque para no tener la habilidad de juzgar quién ha estado allí? ¡Es más, lo sabría, aunque no dejasen en el aire una hoja de las guirnaldas silvestres que llevan cuando danzan! Yo te conozco, Ester, porque contemplo tu marca. Todos podemos verla a la luz del sol y brilla en la oscuridad como una llama roja. Tú la llevas abiertamente; no es necesario hablar de esto. ¡Pero este ministro! ¡Déjame que te lo diga al oído! ¡Cuando el Hombre Negro ve uno de sus propios servidores que firmó y fue sellado tan tímido de deberse al pacto como lo es el reverendo señor Dimmesdale, tiene medios de ordenar los asuntos en forma que la marca sea mostrada en plena luz del día a los ojos de todo el mundo! ¿Qué es lo que el ministro trata de ocultar llevando siempre la mano puesta sobre el corazón? ¡Ah, Ester Prynne!

—¿Qué es, buena señora Hibbins? —preguntó la pequeña Perla con ansiedad—. ¿Lo has visto?

—¡No te preocupes, querida! —respondió la vieja haciendo a la niña una profunda reverencia—. ¡Tú misma lo verás un día u otro! ¡Dicen, niña, que tú perteneces al linaje del Príncipe del Aire! ¿Querrás volar conmigo alguna hermosa noche para ver a tu padre? ¡Entonces sabrás por qué lleva el ministro la mano sobre el corazón!

Riendo tan chillonamente que toda la plaza del Mercado pudo oírla, la dama vieja y sobrenatural marchóse.

A aquella hora, en la capilla, se había ya ofrecido el rezo preliminar y los acentos del reverendo señor Dimmesdale se oían en el comienzo de su discurso. Un impulso irresistible mantuvo a Ester cerca de aquel punto. Como el edificio sagrado estaba demasiado lleno para admitir otro oyente, tomó puesto cerca del patíbulo de la picota. Estaba aquel sitio lo bastante próximo para que llegase el sermón a sus oídos en la forma confusa, pero variada, murmuradora y fluida de la voz peculiar del ministro.

Mientras tanto, la pequeña Perla se había separado de su madre y jugaba a su placer por la plaza del Mercado. Hizo que la multitud sombría se alegrase con sus rayos de luz erráticos y resplandecientes como un pájaro de brillante plumaje ilumina el oscuro follaje de un árbol revoloteando de aquí para allá, medio visto y medio oculto entre la luz opaca de las hojas agrupadas.

Los puritanos la contemplaban, y si acaso sonreían, no estaban menos inclinados a creer que la niña era una floración del demonio, a juzgar por el indescriptible encanto de belleza y excentricidad que desplegaba su figurita y que con su actividad relumbraba. Corrió hacia un indio bravo y le miró a la cara, siendo consciente de una naturaleza más salvaje que la suya. Luego, con audacia nativa, pero también con una reserva tan característica, se metió entre un grupo de marineros, hombres tostados y salvajes del océano, como los indios lo eran de la tierra, y miraron a Perla con asombro y admiración, como si un trocito de espuma de mar hubiese tomado la forma de la pequeña mujercita y la hubieran dado un alma hecha de la fosforescencia que brilla en el mar bajo la proa durante la noche.

Uno de estos marinos, el mismo capitán que habló con Ester Prynne, se impresionó tanto con el aspecto de Perla, que intentó poner las manos sobre ella para darle un beso. Pero viendo que era tan imposible tocarla como coger un colibrí en el aire, quitóse la cadena de oro que rodeaba su sombrero y la arrojó a la niña. Perla se la enroscó inmediatamente al cuello y a la cintura con tal habilidad y alegría, que, vista allí, parecía una parte de su ser y era difícil imaginársela sin ella.

—Tu madre es aquella mujer de la letra roja —dijo el marino—. ¿Querrás llevarla un recado de mi parte?

—Si el recado me agrada lo haré —respondió Perla.

—Entonces dila —repuso él— que he vuelto a hablar con el viejo, negro y jorobado médico y que piensa llevar a bordo al amigo por quien tu mamá se interesa. Así, pues, que no piense sino en ti y en ella. ¿Le dirás esto así, niña-trasgo?

—¡La señora Hibbins dice que mi padre es el Príncipe del Aire! —gritó Perla con una sonrisa traviesa—. Si tú me dices ese nombre feo se lo contaré a él y perseguirá tu barco con una tempestad.

Haciendo un camino de zigzag atravesó la niña el mercado y comunicó a su madre lo que el marino la había dicho. El espíritu de Ester, fuerte, tranquilo, constante, casi desmayó al apreciar el cariz oscuro y terrible de su castigo inevitable que se presentaba con sonrisa implacable oponiéndose a su paso. Fatigado su cerebro por la terrible perplejidad en que la puso el aviso del marino, se le ocurrió, no obstante, otra prueba. Había allí mucha gente de lugares circunvecinos que oyeron hablar con frecuencia de la letra roja y a los que se la habían hecho terrorífica por cien rumores falsos o exagerados; pero quienes nunca la contemplaron con sus propios ojos. Estas, después de haber agotado otras clases de diversión, rodearon a Ester Prynne con ruda y agreste impertinencia. A pesar de ser poco escrupulosos, no se acercaron a mayor distancia de un circuito de varias yardas. Allí permanecieron fijos por la fuerza centrífuga de la repugnancia que inspiraba el símbolo místico. La cuadrilla de marineros también, observando aquel apiñado grupo de espectadores y conociendo el significado de la letra roja, intercalaron en el corro sus caras curtidas, de miradas feroces. Hasta los indios parecieron afectarse por una especie de sombra fría de la curiosidad de los blancos, y acercándose al grupo, clavaron sus ojos de serpiente sobre el seno de Ester Prynne, creyendo, sin duda, que la portadora de aquel adorno tan brillantemente bordado tenía que ser un personaje de alta dignidad entre su gente.

Por último, los habitantes de la población se acercaron perezosamente hacia el mismo sitio y atormentaron a Ester, quizá más que los otros, con las miradas frías y bien conocidas que dirigieron a su familiar vergüenza. Ester vio y reconoció las mismas caras de las matronas que la estuvieron esperando a la puerta de la prisión hacía siete años; todas, excepto una, la más joven y la única compasiva entre ellas, cuya mortaja había cosido desde entonces. A última hora, cuando tan pronto iba a arrojar de sí la letra abrasadora, se había convertido en el objeto de mayor curiosidad y excitación, abrasándola el pecho más dolorosamente que en tiempo alguno desde que le fue impuesta.

Mientras Ester permanecía en el centro de aquel círculo de ignominia, donde la redomada crueldad de su sentencia parecía haberla colocado para siempre, el predicador admirable miraba desde el púlpito a su auditorio, cuyos más internos espíritus se habían rendido a su dominio. ¡El ministro santificado en la iglesia! ¡La mujer de la letra roja en la plaza del Mercado! ¿Qué imaginación hubiera sido lo bastante irreverente para suponer que el mismo estigma abrasador pesaba sobre ambos?

CAPÍTULO XXIII

La revelación de la letra roja

La elocuente voz, en la que las almas del atento auditorio se habían mecido como sobre las hinchadas olas del mar, llegó por fin a una pausa. Hubo un silencio momentáneo, tan profundo como el que debiera seguir a la pronunciación de los oráculos. Después siguió un murmullo y un medio sosegado tumulto; como si los oyentes, libres de la alta velocidad que les había transportado a la región de otro espíritu, volviesen a sí mismos con todo su pavor y admiración pesando todavía sobre ellos. Un momento más tarde la multitud comenzó a traspasar las puertas de la iglesia. Ahora que había terminado necesitaban otra respiración más apropiada para soportar la grosera vida terrena en la que volvían a reincidir que aquella atmósfera que el predicador había convertido en palabras de fuego, que había prendido con la rica fragancia de su pensamiento.

En el aire libre su arrobamiento se convirtió en charla. La calle y la plaza del Mercado, completamente llenas, resonaban de extremo a extremo con los aplausos unánimes que se tributaban al ministro. Sus oyentes no descansaron hasta comunicarse lo que cada uno sabía mejor que lo que pudiera decir o escuchar. Según su común testimonio, jamás habló hombre alguno con un espíritu tan sabio, tan elevado y tan santo como el que habló aquel día, ni nunca salió de labios mortales una inspiración más evidente que de los suyos. Esta influencia podía verse como si descendiese sobre él poseyéndole y elevándole continuamente fuera del discurso escrito que tenía delante y llenándole de ideas que debieron ser tan maravillosas para él como para su auditorio. Su tema había sido, al parecer, la relación entre la Divinidad y las comunidades de la Humanidad, con una referencia especial a la Nueva Inglaterra que estaban ellos sembrando en el desierto. Y conforme caminaba hacia el final un espíritu como profético descendió sobre él restringiéndole en su propósito tan poderosamente como lo fueron los antiguos profetas de Israel; con la sola diferencia de que, así como los profetas judíos anunciaron juicios y ruina sobre su tierra, era su misión predecir un alto y glorioso destino para la gente del Señor, recientemente reunida.

Volvió a oírse el sonido de la música y el paso medido de la escolta militar que salían por el portalón de la iglesia. La procesión debía dirigirse entonces a la casa de la ciudad, donde un banquete solemne pondría remate a las ceremonias del día.

Así, pues, una vez más el tren de venerables y mayestáticos padres, moviéndose entre el espacio que dejaba libre la multitud, la que retrocería respetuosamente a cada lado conforme el gobernador, los magistrados, los hombres sabios y ancianos, los santos ministros y todos los que gozaban de eminencia o renombre, avanzaban entre aquel apiñamiento.

Conforme avanzaban las filas de los militares y hombres civiles todos los ojos se volvieron hacia el punto donde se hallaba el ministro. El grito murió en un murmullo cuando una parte de la multitud, después de otra, logró echar sobre él una mirada. ¡Qué débil y pálido parecía en medio de su triunfo! La energía le había sido retirada una vez cumplida tan fielmente su misión. El color que poco antes habían visto en sus mejillas se había extinguido, como se apaga una llama desesperadamente entre las últimas brasas agonizantes. Uno de sus hermanos clericales, el venerable John Wilson, observando el estado en que quedó el señor Dimmesdale al retirarse la ola de intelecto y sensibilidad, se apresuró a ofrecerle apoyo. El ministro, tembloroso, pero decidido, rechazó el brazo del anciano. Todavía anduvo hacia adelante, si así podía describirse aquel movimiento que más bien parecía el oscilante esfuerzo de un niño pequeño que ve extenderse los brazos de su madre animándole a lanzarse a ellos. En aquel momento llegó frente, al bien recordado patíbulo, ennegrecido por los años, donde Ester Prynne, con todo aquel lúgubre lapso de tiempo transcurrido, había encontrado la mirada ignominiosa del mundo. ¡Allí estaba Ester Prynne con la pequeña Perla de la mano! ¡Y allí estaba la letra roja sobre su pecho! El ministro hizo allí una pausa, aunque todavía tocaba la música la marcha solemne y regocijante a cuyo compás se movía la procesión. ¡Le invitaba a seguir adelante, adelante hasta el festival! Pero hizo una pausa.

Bellingham hacía unos momentos que le observaba atentamente. Entonces dejó su puesto en la procesión y se dirigió a prestarle asistencia, juzgando por el aspecto del señor Dimmesdale que, inevitablemente, había de caer. Pero vio algo en la expresión del clérigo que detuvo al magistrado, aun no siendo hombre dispuesto a obedecer las vagas intimaciones que pasan de un espíritu a otro. La multitud, mientras tanto, le miraba con pavor y asombro. Aquella palidez terrenal era, a su modo de ver, tan sólo otra fase del poder celestial del ministro, y no les hubiera parecido un milagro demasiado grande para hombre tan santo verle ascender ante sus ojos haciéndose más opaco y brillante, hasta fundirse por fin en la luz del cielo.

Volvióse hacia el patíbulo y extendió los brazos.

—¡Ester —gritó—, ven aquí! ¡Ven, mi pequeña Perla!

El clérigo estaba lívido; pero había en su mirada una expresión de ternura y de triunfo a la vez. La niña, con la vivacidad de pájaro en ella característica, voló a él y se abrazó a sus rodillas. Ester Prynne, despacio, como impulsada por un destino inevitable y contra su fuerte voluntad, se dirigió también al señor Dimmesdale; pero parose antes de llegar junto a él. En este momento, el viejo Roger Chillingworth se abrió paso entre la gente y trató de impedir que su víctima realizase sus intenciones; el viejo corrió hacia el ministro y le cogió por el brazo.

—¡Señor, deténgase usted! ¿Cuál es su propósito? —murmuró—. ¡Dejad a esa mujer! ¡Dejad a esa niña! ¡Todo se arreglará! No eche usted por tierra su reputación y perezca deshonrado. Todavía puedo yo salvarle. ¿Por qué ha de infamar usted su sagrada profesión?

—¡No me tentéis! ¡Creo que habéis llegado demasiado tarde! —respondió el ministro mirándole a los ojos con temor, pero con firmeza—. ¡Tu poder no es ya el que era! ¡Con la ayuda de Dios escaparé ahora de tus garras!

El clérigo extendió de nuevo sus brazos hacia la mujer de la letra roja.

—¡Ester Prynne! —gritó con acento penetrante—. ¡En el nombre de Dios, tan terrible y misericordioso, que me otorga su gracia en estos últimos momentos para hacer por mi propio pecado y miserable agonía lo que debí hacer ha siete años, ven aquí ahora y comunícame tu fortaleza! ¡Tu fuerza, Ester; pero guiada por la voluntad que Dios me ha concedido! ¡Este miserable y equivocado viejo se opone a ello con toda su voluntad! ¡Con todas sus fuerzas y las del espíritu del mal! ¡Ven, Ester, ven! ¡Sostenme hasta llegar al patíbulo!

Hubo un gran tumulto entre la gente. Los hombres del rango y dignidad que más cercanos se hallaban al clérigo quedaron tan sorprendidos y estaban tan perplejos ante el significado de lo que estaban viendo, que permanecieron callados e inactivos esperando el juicio que la Providencia parecía haber asumido. Contemplaron al ministro que, apoyado sobre el hombro de Ester y rodeando ésta su cintura, se aproximó al patíbulo y comenzó a subir sus escalones, mientras la pequeña mano de la niña nacida en el pecado estrechaba una de las suyas. El viejo Roger Chillingworth le seguía como uno íntimamente ligado al drama de culpa y tristeza en el que todos habían sido actores con derecho, así, pues, a estar presente en su escena final.

—¡Has echado sobre nosotros todo el mundo! —dijo al clérigo lúgubremente—. ¡No había un sitio más secreto en parte alguna donde pudieras escapar de mí, salvo este patíbulo!

—¡Gracias a Él, que me condujo aquí! —respondió el ministro.

Sin embargo, aún tembló y volvió sus ojos a Ester con expresión de duda y ansiedad.

—¿No es mejor esto —murmuró— que lo que soñamos hacer en el bosque?

—¡No lo sé, no lo sé! —respondió ella apresuradamente—. ¿Mejor? Sí, ciertamente; así podremos morir los dos y la pequeña Perla con nosotros.

—¡En cuanto a ti y a Perla, hágase la voluntad de Dios! —repuso el ministro—. Dejadme ahora hacer lo que su voluntad me ha hecho ver plenamente. Ester, yo me muero. ¡Deja, pues, que me apresure a echar sobre mí toda mi vergüenza!

Sostenido por Ester Prynne y cogido de la mano de la pequeña Perla, el reverendo señor Dimmesdale se volvió hacia los dignos y venerables regidores, hacia los santos ministros sus hermanos y hacia el público, cuyo gran corazón estaba angustiado y, sin embargo, rebosante de acongojada simpatía, sabiendo que algún profundo asunto de la vida, tan lleno de pecado como de angustia y arrepentimiento, se les iba a

revelar claramente. El sol, que apenas había pasado el meridiano, caía sobre el ministro destacando su figura, cuando se abstrajo de la tierra para hacer la apología de su culpa ante el Tribunal de la Justicia Eterna.

—¡Gentes de la Nueva Inglaterra! —gritó con voz que se elevó sobre todos solemne y mayestática, si bien había en ella un temblor y a veces un desmayo que luchaban por salir de una impenetrable profundidad de remordimiento y aflicción—. ¡Vosotros, que me habéis amado! ¡Vosotros, que me habéis creído santo! ¡Vedme aquí como el más pecador del mundo! ¡Por fin! ¡Por fin estoy en el sitio que debía haber ocupado hace siete años con esta mujer cuyos brazos me sostienen en este terrible momento para que no caiga de bruces! ¡Ved la letra roja que lleva Ester! ¡Todos habéis temblado ante ella! ¡Por dondequiera que ha caminado, abrasándola tan miserablemente que no pudo hallar reposo, arrojaba un resplandor fantástico de horrible y espantosa repugnancia a su alrededor! ¡Pero había entre vosotros uno cuya marca de pecado e infamia no os ha hecho temblar todavía!

Al llegar a este punto pareció que el ministro iba a dejar sin revelar el resto de su secreto. Pero se despojó de su debilidad, o más bien del desmayo de su corazón, que luchaba, por dominarle, y prescindiendo de toda asistencia, adelantóse unos pasos a la madre y a la niña y continuó con acento de fiereza por la determinación de decirlo todo:

—¡Allí estaba, con la marca sobre él! ¡Dios la veía! ¡Los ángeles la señalaban siempre con el dedo! ¡El demonio la conocía bien y la hacía arder constantemente con el roce de su dedo candente! ¡Pero él la ocultó con astucia a los ojos de los hombres y caminaba entre vosotros con el talante de un espíritu apesadumbrado por hallarse en un mundo pecador! ¡Ahora, en la hora de la muerte, se alza ante vosotros! ¡Os pide que miréis de nuevo a la letra roja de Ester! ¡Os dice que esa marca, con todo su terror misterioso, no es sino una sombra de la que él lleva sobre su propio pecho y que aun este rojo estigma no es más que un signo de lo que lleva en lo más hondo de su corazón! ¡Mirad! ¡Mirad la espantosa prueba de ello!

Con un movimiento convulsivo rasgó sus vestiduras dejando su pecho al descubierto. ¡Allí se reveló! Pero fuera irreverente describir aquella revelación. Por un instante todas las miradas de la multitud se concentraron en el espantoso milagro, mientras el ministro se mantenía de pie reflejando su semblante un aspecto de triunfo como uno que hubiere ganado una victoria en una crisis de agudo dolor. Luego desplomóse sobre el patíbulo. Ester le alzó la cabeza sosteniéndola contra su pecho. El viejo Roger Chillingworth se arrodilló junto a él con cara tan sombría y pálida que no parecía sino que se le escapaba la vida.

—¡Te me has escapado! —repitió—. ¡Te me has escapado!

—¡Dios te perdone! —dijo el ministro—. ¡Tú también has pecado grandemente!

Retiró sus ojos moribundos del viejo y los posó sobre la madre y la niña.

—Mi pequeña Perla —dijo débilmente con una amable sonrisa—, mi querida Perla, ¿quieres besarme ahora? ¡No quisiste hacerlo en la floresta; pero ahora querrás!

Perla le besó en los labios. El hechizo quedó roto. La gran escena de dolor, en la que la niña llevaba una parte, había descubierto todas sus simpatías, y las lágrimas que corrieron por las mejillas de su padre fueron la señal de que había de crecer entre las alegrías y tristezas del mundo, no para batallar en él, sino para ser una mujer.

—¡Ester, adiós! —dijo el clérigo.

—¿No nos encontraremos otra vez? —suspiró ella inclinando su cabeza sobre él—. ¿No viviremos juntos una vida inmortal? ¡Seguramente! ¡Seguramente nos hemos rescatado el uno al otro con todo este dolor! ¡Pareces estar allá, en la eternidad, con esos ojos tan brillantes! Dime, ¿qué es lo que ves?

—¡Calla, Ester, calla! —dijo él con trémula solemnidad—. ¡La ley que hemos roto y el pecado que tan solemnemente hemos revelado déjalos que queden sólo en tus pensamientos! ¡Temo! ¡Temo que hasta olvidamos a nuestro Dios cuando violamos nuestra reverencia para con nuestras almas respectivas, siendo desde entonces vano esperar que nos hallemos después en pura y eterna reunión. ¡Dios lo sabe, y Él es misericordioso! ¡Ha demostrado su piedad, más que nada, en mis aflicciones, dándome esta abrasadora tortura sobre mi pecho! ¡Enviándome ese lúgubre y terrible viejo para conservar siempre la tortura al rojo! ¡Trayéndome aquí a sufrir esta muerte de triunfante ignominia ante la gente! ¡A no ser por estas agonías hubiese estado perdido para siempre! ¡Alabado sea su nombre! ¡Hágase su voluntad! ¡Adiós!

Esta última palabra la pronunció el ministro con su último aliento. La multitud, hasta entonces callada, lanzó un ruido hondo y extraño, un sonido que no pudo encontrar otra expresión de palabra que aquel murmullo que rodó tan pesadamente tras el espíritu que se fue.

CAPÍTULO XXIV

Conclusión

Después de muchos días, cuando transcurrió tiempo suficiente para que todos coordinasen sus pensamientos con referencia a la anterior escena, fueron varias las versiones que se hicieron sobre lo presenciado en el patíbulo.

Muchos espectadores aseguraron haber visto sobre el pecho del ministro una *letra roja* (el mismo símbolo que ostentaba Ester Prynne) impresa sobre la carne. Respecto a su origen hubo varias explicaciones, todas las cuales debieron ser conjeturas. Algunos afirmaron que el reverendo señor Dimmesdale, en el mismo día en que Ester Prynne llevó por vez primera su marca ignominiosa, había empezado una serie de penitencias que luego siguió aplicándoselas en muchas formas fútiles para infringir sobre sí una horrible tortura. Otros discutieron que no se produjo el estigma hasta mucho tiempo después; hasta que Roger Chillingworth, que era un poderoso nigromántico, lo hizo aparecer por medio de su magia y drogas venenosas. Otros también, los más aptos para apreciar la particular sensibilidad del ministro y la maravillosa operación de su espíritu sobre el cuerpo, manifestaron su creencia de que el espantoso símbolo era un efecto de la siempre activa mella del remordimiento, esforzándose por salir desde lo más hondo del corazón y manifestando por fin el temeroso juicio del cielo con la presencia visible de la letra.

Es singular, no obstante, que ciertas personas que fueron espectadores de toda la escena y quienes confesaron no haber separado su mirada del reverendo señor Dimmesdale negasen que hubiera marca alguna sobre su pecho, limpio como el de un niño recién nacido; como también negaron sus palabras, sus últimas frases de agonía, en las que ni remotamente hizo alusión a la culpa por la que Ester llevó la letra roja durante tanto tiempo. A juzgar por estos testigos de alta reputación, el ministro, sabedor de que moría, consciente también de que la reverencia de las gentes le había colocado entre los santos y los ángeles, deseó, al lanzar su último aliento en brazos de aquella mujer caída, expresar al mundo cuán completamente negativa es la más escogida rectitud del hombre. Después de agotar su vida por los esfuerzos realizados en bien de la Humanidad hizo de su muerte a modo de una parábola con objeto de llevar a sus admiradores la poderosa y triste lección de que ante la pureza infinita somos todos igualmente pecadores. Fue para enseñarles que el más santo de nosotros no ha hecho sino elevarse sobre los otros para discernir con más claridad la misericordia que nos mira y para repudiar más completamente el fantasma del mérito humano, que debiera mirar ambiciosamente hacia lo alto.

Nada fue tan notable como el cambio que experimentó el viejo Roger Chillingworth inmediatamente después de la muerte del señor Dimmesdale, tanto en su apariencia como en su manera de proceder. Toda su fuerza y energía, todo su poder vital e intelectual parecieron dejarle;

de tal modo, que pareció marchitarse, arrugarse, desvanecerse ante la vista humana como una mala hierba arrancada de raíz que se agosta al calor del sol. Aquel hombre desgraciado había hecho único principio de su vida la consecución sistemática de su venganza, y cuando por su completo triunfo y consumación quedaba aquel mal principio sin otros materiales que lo sostuvieran; cuando, en resumen, no le quedaba otro trabajo diabólico que realizar, sólo restábale al inhumano mortal echarse en brazos de su dueño para que le proporcionase tarea suficiente con que pagar la deuda contraída. Pero no debiéramos ser piadosos con todos estos seres tan sombríos como Roger Chillingworth y sus semejantes. Es un objeto curioso de observación y de indagación si el odio y el amor son en el fondo la misma cosa.

A la muerte del viejo Roger Chillingworth, que fue dentro del año, y por su última voluntad y testamento, del que fueron ejecutores el gobernador Bellingham y el reverendo señor Wilson, legó una considerable propiedad, aquí y en Inglaterra, a la hija de Ester Prynne.

De ese modo la niña-trasgo, el vástago del demonio, como hasta entonces persistieron algunos en llamarla, fue la heredera más rica de su época en el Nuevo Mundo. Probablemente esto trajo consigo un cambio muy material en la pública estimación; y de haber permanecido allí la madre y la hija, la pequeña Perla, cuando hubiese estado en edad de contraer matrimonio, quizá hubiera mezclado su sangre arisca con el linaje del puritano más devoto. Pero no mucho después de la muerte del médico la portadora de la letra roja desapareció y Perla con ella. Durante muchos años, aunque cruzó el mar alguna noticia vaga, no se recibieron noticias auténticas de ellas. La historia de la letra roja quedó en leyenda. Su hechizo, sin embargo, todavía permaneció potente y conservó el terrible patíbulo donde murió el pobre ministro, como también la casita que a orilla del mar habitó Ester Prynne. Cerca de este sitio hallábanse jugando una tarde varios niños cuando vieron que una mujer alta y vestida de gris se acercaba a la puerta de la casita. Durante aquellos años no había sido abierta; pero fuese que la abriera, que la madera y cerradura, deterioradas, cedieran a su mano, o que se filtrase como una sombra, a través de estos impedimentos, penetró en ella.

Se detuvo en el umbral y miró a su alrededor; la idea de entrar sola, cuando todo había cambiado tanto, en la casa donde hizo una vida tan intensa le pareció más terrible y desolada que nunca. Pero su duda sólo duró un instante, aunque lo preciso para extender sobre su pecho la letra roja.

¡Ester Prynne había vuelto recobrando su vergüenza largo tiempo abandonada! ¿Pero dónde estaba la pequeña Perla? De encontrarse viva debía estar entonces en plena lozanía de su floración de mujer. Nadie supo con certeza si la niña-trasgo había ido a ocupar una tumba virginal o si su naturaleza arisca y rica se había suavizado y subyugado habiéndola hecho capaz de la gentil felicidad de una mujer. Pero durante la vida posterior de Ester Prynne hubo indicaciones de que la reclusa de la letra roja era objeto del amor e interés de algún habitante de otra tierra. Llegaban cartas con escudos de armas en ellas de seres desconocidos en la heráldica de Inglaterra. En la casita había artículos de lujo y de comodidad que a Ester no la importaba usar, pero los cuales solamente podía haberlos adquirido la riqueza y haberlos soñado para ella el afecto. Había chucherías también: pequeños ornamentos, hermosas muestras de continuo recuerdo que debieron ser hechas por manos delicadas al impulso de un corazón amante. Y una vez se vio a Ester bordando un traje de bebé con tal riqueza de dorada fantasía, que hubiera sido capaz de promover un público tumulto si cualquier niño ataviado con él se hubiera mostrado ante nuestra severa y tristona comunidad.

En suma, los chismorrees de aquellos días (y el señor Pue, el administrador de la Aduana que hizo investigaciones un siglo después) creyeron que Perla no sólo vivía, sino que estaba casada, era dichosa y pensaba en su madre, a quien con el mayor placer hubiera deseado tener a su lado.

Pero había para Ester Prynne una vida más real allí en Nueva Inglaterra, que no en aquella ignorada región donde Perla había encontrado hogar. Allí habían tenido lugar su pecado, su tristeza y allí debía estar su penitencia. Así, pues, volvió voluntariamente (ya que ni el más rígido magistrado de aquella época de hierro lo hubiera impuesto), y tomó de nuevo el símbolo del que tan sombría historia hemos relatado. Jamás después dejó de adornar su pecho. Pero en el transcurso de los años laboriosos y meditabundos que constituyeron la vida de Ester la letra roja dejó de ser estigma que atraía el desprecio y la amargura del mundo convirtiéndose en una muestra de algo que había de ser sentido y visto con horror y además con reverencia. Y como Ester Prynne no tenía fines interesados ni vivía en modo alguno para su propio provecho y diversión, la gente la llevaba todas sus tristezas y perplejidades y pedíala su consejo, como mujer que había pasado por los más grandes trastornos. ¡Las mujeres recurrían a ella especialmente en sus continuas aflicciones, disipaciones, injurias, extravíos o pasiones equivocadas y pecaminosas o con la funesta carga de un corazón inflexible por ser desestimado o no solicitado, acudiendo a su casa para preguntarla la causa de ser tan desgraciadas y cuál pudiera ser el remedio! Y ella les aseguraba también, porque lo creía firmemente, que en algún período más brillante, cuando el mundo estuviera más preparado para ello, cuando lo dispusiese el cielo, sería revelada una nueva verdad con el fin

de establecer toda relación entre el hombre y la mujer en un terreno más firme de felicidad mutua.

Así dijo Ester Prynne bajando sus ojos tristes hada la letra roja. Y después de muchos, muchos años fue cavada una nueva fosa cerca de otra vieja y hundida, en aquel cementerio junto al cual estaba edificada desde entonces la capilla del rey. Allí fue, cerca de aquella vieja y hundida fosa, pero con un espacio intermedio, como si el polvo de los dos durmientes no tuviera derecho a mezclarse. Sin embargo, una sola losa servía para los dos. Alrededor había monumentos con escudos de armas; pero sobre aquella sencilla losa de pizarra (como el curioso investigador pudo ver aún y confundirse con su significado), aparecía la semblanza de un escudo grabado. Llevaba una divisa, una expresión de un heraldo que pudiera servir para un lema y una breve descripción de nuestra leyenda ahora al terminar; tan sombría es, que no se revela más que por un punto, de eterno resplandor más tétrico que la sombra:

Sobre un campo, sable, la letra A, gules.

LA CASA
DE LOS
SIETE TEJADOS

INTRODUCCIÓN

En septiembre del año durante el cual Hawthorne hubo completado la escritura de *La letra escarlata* en febrero, comenzó a escribir *La casa de los siete tejados*. Mientras tanto, se había mudado de Salem a Lenox, en el condado de Berkshire, Massachusetts, donde se instaló con su familia en una pequeña casa roja de madera.

«No tendré la nueva historia terminada en noviembre —le explicó a su editor el uno de octubre—, porque nunca se me da bien nada de tipo literario hasta después de los primeros fríos otoñales, que ejercen de algún modo tal efecto en mi imaginación como lo hace sobre el follaje que me rodea, multiplicando e iluminando sus tonalidades». Pero con vigorosa diligencia fue capaz de completar la nueva obra para mediados de enero.

Desde que ciertas investigaciones han desvelado el modo en el que el romance está entrelazado con incidentes de la historia de la familia Hawthorne, *La casa de los siete tejados* ha adquirido un interés aparte de lo que al principio atrajo al público. John Hathorne (como se deletreaba el nombre entonces), era el bisabuelo de Nathaniel Hawthorne, era juez en Salem a finales del siglo XVII y presidió los famosos juicios por brujería celebrados allí. Ha quedado registrado que usó una peculiar severidad en contra de una cierta mujer que se encontraba entre las acusadas, y el marido de esta mujer profetizó que Dios se vengaría de los verdugos de su esposa. Sin duda, esta circunstancia aportó una insinuación de esa parte de la tradición en el libro que representa a un Pyncheon de una anterior generación, el cual había enjuiciado a un tal Maule, quien declaró que Dios le daría a su enemigo «sangre para beber». Se volvió una convicción en la familia Hawthorne que una maldición había caído sobre sus miembros, y que continuaba vigente en la época del romancero; una convicción tal vez derivada de la registrada profecía del atribulado marido de la mujer que acabamos de mencionar; y ahí, de nuevo, tenemos una correspondencia con la maldición de Maule en la historia. Además, en los *Cuadernos americanos* (27 de agosto de 1837), aparece una reminiscencia sobre la familia del autor en los siguientes

términos. Philip English, un personaje muy conocido en los primeros anales de Salem, se encontraba entre aquellos que sufrieron la crueldad magisterial de John Hathorne, y mantuvo en consecuencia una duradera enemistad con el viejo oficial puritano. Pero, a su muerte, English dejó hijas, una de las cuales, según se dice, se casó con el hijo del juez John Hathorne, de quien English había declarado que nunca lo perdonaría. Apenas es necesario señalar con cuanta claridad esto presagia la unión final de esos enemigos hereditarios, los Pyncheon y los Maule, a través del matrimonio de Phoebe y Holgrave. El romance, sin embargo, describe a los Maule como poseedores de algunos de los rasgos conocidos como característicos de los Hawthorne; por ejemplo, «desde que existían los de su raza, se habían distinguido de los demás hombres —no de forma llamativa, ni con una línea nítida, sino con un efecto que se sentía más que se decía— por una característica hereditaria de reserva». Así, aunque la sugerencia general del linaje de los Hawthorne y sus fortunas fue seguida en el romance, con los Pyncheon ocupando el lugar de la familia del autor, ciertas marcas distintivas de los Hawthorne fueron asignadas a la imaginaria posteridad de los Maule.

Hay uno o dos puntos más que indican el método de Hawthorne para fundamentar sus composiciones, siendo el resultado principal el de la pura invención, sobre la base sólida de hechos particulares. Se hace alusión, en el primer capítulo de *La casa de los siete tejados,* a una cesión de tierras en el condado de Waldo, Maine, propiedad de la familia Pyncheon. En los *Cuadernos americanos* hay una entrada con fecha del 12 de agosto de 1837 que habla del general revolucionario Knox y de su cesión de tierras en el condado de Waldo, en virtud del cual el propietario había esperado establecer una finca sobre el plano inglés, con arrendatarios para que le resultara rentable. Un incidente de mucha mayor importancia en la historia es el supuesto asesinato de uno de los Pyncheon a manos de su sobrino, el cual nos es presentado como Clifford Pyncheon. Con toda probabilidad, Hawthorne conectó con esto, en su mente, el asesinato del señor White, un rico caballero de Salem, asesinado por un hombre contratado por su sobrino. Esto tuvo lugar unos años después de que Hawthorne se graduara en la universidad, y fue uno de los casos más celebrados del año, con Daniel Webster participando de un modo prominente en el juicio. Pero debe observarse aquí que tales semejanzas entre diversos elementos del producto de la imaginación de Hawthorne y detalles de la realidad son sólo fragmentarias, y han sido reorganizadas para adaptarse a los propósitos del autor.

Del mismo modo, ha hecho que su descripción de la mansión de siete tejados de Hepzibah Pyncheon se parezca tanto a varias viviendas antiguas o que aún existen en Salem, que se han hecho denodados esfuerzos por fijar alguna de ellas como el verdadero edificio de la novela. Un párrafo del primer capítulo ha contribuido tal vez a la ilusión de que debió de existir una única casa de los siete tejados original, construida por carpinteros de carne y hueso; y dice así:

Por muy familiar que le resulte al escritor, ya que ha sido objeto de curiosidad para él desde su infancia, como muestra de la mejor y más majestuosa arquitectura de una época pasada, y como escenario de acontecimientos quizás más llenos de interés que los de un gris castillo feudal, por muy familiar que le resulte en su oxidada vejez, es aún más difícil imaginar la brillante novedad con la que captó la luz del sol por primera vez.

Cientos de peregrinos visitan anualmente una casa en Salem, perteneciente a una rama de la familia Ingersoll de ese lugar, ya que la gente mantiene tenazmente que ha servido de modelo para la visionaria vivienda de Hawthorne. Otros han supuesto que la ahora desaparecida casa del idéntico Philip English, cuya sangre, como ya hemos comentado, se mezcló con la de los Hawthorne, proporcionó el boceto. Y aún queda un tercer edificio, conocido como la mansión Curwen, que ha sido declarado como el único establecimiento. A pesar de la persistente creencia popular, la autenticidad de todo esto debe negarse rotundamente; aunque es posible que aisladas reminiscencias de los tres se hayan mezclado con la imagen ideal en la mente de Hawthorne. Él, como veremos, comenta en el Prefacio, refiriéndose a él mismo en tercera persona, que confía en que no se le condene por «componer una calle que no infringe los derechos de nadie... y por construir una casa con materiales que se usan desde hace mucho para construir castillos en el aire». Más que eso, él declaró ante personas que aún viven que la casa de la novela no estaba copiada de ningún edificio auténtico, sino que simplemente era una reproducción general de un estilo arquitectónico perteneciente a la época colonial, ejemplos del cual algunos edificios sobrevivieron en el período de su juventud, pero que desde entonces han sido radicalmente modificados o demolidos. Aquí, como en todas partes, ejercitó la libertad de su mente creativa para aumentar la probabilidad de sus imágenes sin confinarse a una descripción literal de algo que había visto.

Mientras Hawthorne permaneció en Lenox, y durante la composición de este romance, otras personalidades literarias se instalaron o se alojaron durante un tiempo en el vecindario; entre ellos, Herman Melville, de cuyo trato Hawthorne disfrutaba enormemente, Henry James, el doctor Holmes, J.T. Headley, James Russell Lowell, Edwin P. Whipple, Frederika Bremer, y J.T. Fields. De modo que no había carencia de compañía intelectual en mitad del hermoso e inspirador paisaje de montaña del lugar. «Hoy en día, por las tardes —registra poco antes de comenzar la obra—, este valle en el que resido parece una vasta cuenca llena de dorada luz del sol y de vino». Feliz en compañía de su esposa y sus tres hijos, llevaba una vida sencilla, refinada, idílica, a pesar de las restricciones de unos ingresos exiguos e inciertos. Una carta escrita por la señora Hawthorne, en esa época, para un miembro de su familia, nos ofrece sin querer un vistazo de la escena, que puede encontrar un lugar adecuado aquí. Ella dice: «Me complace pensar que también puedes mirar, como hago ahora, a un amplio valle y un delicado anfiteatro de colinas y estar a punto de contemplar la majestuosa ceremonia de la puesta de sol desde tu plaza. Pero tú no tienes este encantador lago, ni tampoco, supongo, la delicada niebla púrpura que cubre estas inactivas montañas con livianos velos. El señor Hawthorne ha estado tumbado al sol, ligeramente moteado con las sombras de un árbol, y Una y Julian han estado haciendo que se parezca al poderoso Pan cubriendo su barbilla y su pecho con largas briznas de hierba, que parecían una barba verde y venerable». La afabilidad y la paz de su entorno y de su modesto hogar en Lenox pueden ser tenidas en cuenta como elementos que armonizan con la suave serenidad de la novela entonces producida. Sobre la obra, cuando se publicó a principios de la primavera de 1851, le escribió a Horatio Bridge estas palabras, ahora publicadas por primera vez:

La casa de los siete tejados, *en mi opinión, es mejor que* La letra escarlata, *pero no debería sorprenderme que haya refinado el personaje principal un poco demasiado para su apreciación popular, ni tampoco que el romance del libro pueda estar algo en desacuerdo con el paisaje humilde y familiar en el que lo he situado. Pero siento que porciones del libro son tan buenas como nada que espero escribir, y el editor habla de modo alentador sobre su éxito.*

Desde Inglaterra, especialmente, llegaron muchas cálidas expresiones de elogio, un hecho que el señor Hawthorne, en una carta privada, comentó como la culminación de una posibilidad que Hawthorne, cuando le escribía a su madre durante su infancia, había anhelado. Él le había preguntado si no le gustaría que él se convirtiera en escritor y que sus libros se leyeran en Inglaterra.

George Parsons Lathrop

PREFACIO

Cuando un escritor califica su trabajo como romance, apenas necesita observarse que desea reclamar una cierta latitud, tanto en su forma como en lo material, que no se habría sentido con derecho a asumir si hubiera profesado estar escribiendo una novela. Esta última forma de composición apunta supuestamente a una fidelidad muy minuciosa, no simplemente a lo posible, sino también a lo probable y al ordinario desarrollo de la experiencia del hombre. La primera —aunque, como obra de arte, debe someterse con rigidez a las leyes, y aunque peca imperdonablemente en tanto que se aparta de la verdad del corazón humano— tiene bastante derecho a presentar esa verdad bajo circunstancias, en gran medida, de la propia elección o creación del escritor. Si él considera que encaja, también, puede conseguir así su medio atmosférico para resaltar o suavizar las luces, así como oscurecer y enriquecer las sombras de la imagen. Él será sabio, no cabe duda, para hacer un uso muy moderado de los privilegios aquí establecidos y, en especial, para mezclar lo maravilloso como un leve, delicado y fugaz sabor, en vez de como cualquier porción de la sustancia real del plato ofrecido al público. Apenas puede decirse, empero, que él haya cometido un crimen literario aun cuando ignore esta precaución.

En la presente obra, el autor se ha propuesto —por fortuna, no le corresponde a él decidir si ha tenido éxito— mantenerse constantemente dentro de sus inmunidades. El punto de vista según el cual este cuento recibe la definición de romántico reside en el intento de conectar un tiempo pasado con el presente que se aleja revoloteando. Es una leyenda que se prolonga, desde una época ahora gris en la distancia, bajando por nuestra propia luz diurna, y trayendo con ella parte de su neblina legendaria que el lector, según sus placeres, puede descartar o permitir que flote casi imperceptiblemente entre los personajes y los sucesos en aras de crear un efecto pintoresco. Puede ser que la narrativa esté tejida con una textura tan humilde que requiera esta ventaja y, al mismo tiempo, que la convierta en lo más difícil de conseguir.

Muchos escritores insisten mucho en algún propósito moral definido, al que profesan encaminar sus obras. Sin ser deficiente en este particular, el autor se ha provisto de una moral —la verdad, concreta-

mente, de que los pecados de una generación perduran en las sucesivas generaciones y, despojándose de toda ventaja temporal, se convierten en pura e incontrolable maldad. Y él sentiría una singular gratificación si este romance convence con eficacia a la humanidad —o, de hecho, a cualquier hombre— de la locura de provocar una avalancha de oro ilícito, o inmuebles, sobre las cabezas de una desafortunada posteridad, de ese modo lisiándolos y aplastándolos, hasta que la masa acumulada sea esparcida por todas partes con sus átomos originales. En buena fe, sin embargo, él no tiene la suficiente imaginación para albergar ni la más mínima esperanza de ese tipo. Cuando los romances enseñan algo de verdad o producen una intervención eficaz, normalmente lo hacen a través de un proceso mucho más sutil que el aparente. El autor ha considerado que apenas vale la pena, por lo tanto, empalar la historia implacablemente con una moraleja como si fuera una vara de hierro —o, más bien, como si atravesaras a una mariposa con un alfiler—, despojándola así de vida y provocando que se anquilose en una actitud torpe y poco natural. Una verdad elevada, en efecto, justa, fina y hábilmente elaborada, que brille a cada paso y corone el desarrollo final de una obra de ficción, puede añadir una gloria artística, pero nunca es más verdadera, y rara vez más evidente, en la última página que en la primera.

Puede que el lector quizás elija asignar una localización real a los sucesos imaginarios de esta narrativa. Si se lo hubiera permitido la conexión histórica —la cual, aunque tenue, era esencial para su plan—, el autor habría evitado de buena gana nada de lesa naturaleza. Por no hablar de otras objeciones, expone el romance a una excesivamente peligrosa especie de crítica, al poner sus imágenes fantásticas casi en contacto positivo con las realidades del momento. No ha formado parte de su objetivo, empero, describir manierismos locales, ni tampoco interferir en modo alguno con las características de una comunidad por la que siente un adecuado respeto y una consideración natural. Confía en que no se le considere como un transgresor imperdonable por diseñar una calle que no vulnera los derechos de propiedad de nadie y por apropiarse de unos terrenos que no tenían un dueño visible, y construir una casa con materiales usados desde hace mucho para construir castillos en el aire. Los personajes del cuento —aunque alardean de proceder de antigua estabilidad y considerable importancia— en realidad son creaciones propias del autor o, en cualquier caso, de su propia combinación; sus virtudes no pueden arrojar lustre, ni sus defectos redundan, en lo más mínimo, en el descrédito de la venerable ciudad de la que profesan ser habitantes. Él se alegraría, por lo tanto, si —especialmente en el distrito al que alude— el libro pudiera leerse estrictamente como

un romance, al tener mucho más que ver con las nubes del cielo que con cualquier porción de terreno del auténtico condado de Essex.

Lenox, 27 de enero de 1851.

CAPÍTULO PRIMERO

La vieja familia Pyncheon

A medio camino de una calle lateral en uno de nuestros pueblos de Nueva Inglaterra se alza una ruinosa casa de madera, con siete tejados de agudos ángulos que miraban hacia diversos puntos de la brújula, y una enorme chimenea arracimada en medio. La calle es la calle Pyncheon; la casa es la vieja casa Pyncheon; y un olmo de amplia circunferencia, con raíces frente a la puerta, es conocido entre todos los niños nacidos en el pueblo como el olmo Pyncheon. En mis ocasionales visitas al mencionado pueblo, rara vez omití bajar por la calle Pyncheon, por mor de pasar bajo la sombra de estas dos antiguallas: el gran olmo y el deteriorado edificio.

El aspecto de la venerable mansión siempre me ha afectado como un semblante humano, pues no sólo muestra los signos de las tormentas y los rayos del sol, sino que también expresa el largo lapso de la vida mortal y sus consecuentes vicisitudes que han sucedido dentro. Si tuviéramos que narrar esos sucesos con dignidad, formarían una narrativa de no poco interés e instrucción, y además poseería una cierta unidad impresionante que casi parecería ser el resultado de una disposición artística. Pero la historia incluiría una cadena de acontecimientos que se extiende por la mayor parte de dos siglos y, escrita con razonable amplitud, llenaría un volumen tamaño folio más grande, o una larga serie de duodécimos que, prudentemente, abarcarían más que los anales de toda Nueva Inglaterra durante un período similar. En consecuencia, se vuelve imperativo despachar la mayor parte del acervo popular del que la vieja casa Pyncheon, también conocida como la casa de los siete tejados, ha sido el tema principal. Con un breve boceto, por lo tanto, de las circunstancias en medio de las cuales se crearon los cimientos de la casa y un rápido vistazo a su pintoresco exterior, mientras se ennegrecía gracias al predominante viento del este —señalando también, aquí y allá, algún punto de más musgo verdoso sobre el tejado y las paredes—, comenzaremos la auténtica acción de nuestro relato en una época no muy remota al presente. Aun así, habrá alguna conexión con el pasado lejano —una referencia a sucesos y personajes olvidados, y a modales, sentimientos, y opiniones casi o completamente obsoletos— que, si se trasladan adecuadamente al lector, servirán para ilustrar cuánto del antiguo material se usa para crear la más reciente novedad de la vida humana. De ahí que también se pueda sacar una importante lección de la poco valorada verdad: que los actos de la pasada generación son el germen que puede y debe producir frutos buenos o malos en un tiempo lejano; que, junto con la semilla de la cosecha temporal, que los mortales denominan conveniencia, inevitablemente siembra los frutos de un crecimiento más duradero que puede eclipsar su posteridad del modo más oscuro.

La casa de los siete tejados, por muy antigua que parezca ahora, no fue el primer edificio erigido por el hombre civilizado en ese preciso punto del terreno. La calle Pyncheon anteriormente llevaba el nombre más humilde de callejón de Maule, por el nombre del ocupante original del terreno, y delante de las puertas de la granja había un camino de vacas. Un manantial natural de agua dulce y agradable —un raro tesoro en la península rodeada por el mar donde se había instalado el asentamiento puritano— había inducido pronto a Matthew Maule a construir una cabaña, con desgreñado techo de paja, en ese lugar, aunque algo alejado de lo que era entonces el centro de la aldea. Con el crecimiento del pueblo, sin embargo, al cabo de treinta o cuarenta años, el lugar cubierto por esta tosca choza se había vuelto excesivamente apetecible a ojos de un personaje destacado y poderoso, quien reivindicó verosímiles derechos a la propiedad de este y un gran tramo de tierra adyacente, basándose en una cesión de la asamblea legislativa. El coronel Pyncheon, el demandante, por lo que deducimos de cualquiera de sus rasgos de carácter que se han preservado, se caracterizaba por una fuerza de voluntad de hierro. Matthew Maule, por otro lado, aun siendo un don nadie, era terco en la defensa de lo que consideraba su derecho y, durante varios años, tuvo éxito en su protección de los dos o tres acres de tierra que, con su propio trabajo duro, había labrado en el bosque primigenio para que fuera su huerto y su casa. No existe un registro escrito de esta disputa. Nuestro conocimiento del tema se deriva, principalmente, de la tradición oral. Sería atrevido, por lo tanto, y puede que injusto aventurar una opinión concluyente sobre su mérito, aunque parece que hubo, al menos, una cuestión de duda acerca de si la reclamación del coronel Pyncheon no se habría exagerado para hacer que sobrepasara los pequeños límites de Matthew Maule. Lo que refuerza en gran medida tales sospechas es el hecho de que esta controversia entre dos antagonistas tan desiguales —en un período, además, por mucho que lo elogiemos, en el que la influencia personal tenía más peso que ahora— permaneció sin decidirse durante años, y sólo llegó a su fin con la muerte de la parte que ocupaba la tierra en disputa. La forma de su muerte también afecta a la mente de un modo diferente, en nuestros días, a como lo hizo hace

un siglo y medio. Fue una muerte que destruyó con extraño horror el humilde nombre del habitante de la granja, e hizo que pareciera casi un acto religioso cuando derribaron la pequeña zona de su vivienda para eliminar su lugar y su recuerdo de entre los hombres.

El viejo Matthew Maule, en una palabra, fue ejecutado por el delito de brujería. Fue uno de los mártires de ese terrible delirio, que debería enseñarnos, entre sus otras moralejas, que las clases influyentes, y aquellos que se autoproclaman como líderes del pueblo, son completamente responsables de todos los apasionados errores que han caracterizado jamás a las turbas más perturbadas. Clérigos, jueces, políticos —las personas más sabias, tranquilas y santas de su día— se situaban en el círculo interior de la horca, los que más fuerte aplaudían al ver sangre, los últimos en confesar que se habían engañado miserablemente. Si se puede decir que alguna parte de sus procedimientos merece menos culpa que las demás, sería la singular indiscriminación con la que perseguían, no sólo a los pobres y ancianos, como en anteriores masacres judiciales, sino a personas de todo rango: a sus iguales, hermanos, y esposas. Entre el desorden de tales diversas ruinas, no es extraño que un hombre de rango insignificante como Maule recorriera el camino de los mártires hacia la colina de la ejecución pasando casi desapercibido entre la multitud de sus compañeros sufridores. Pero en los días venideros, cuando el frenesí de esa horrenda época hubo remitido, se recordó lo enérgicamente que el coronel Pyncheon se había unido al clamor general para erradicar la brujería de sus tierras; tampoco faltaron los susurros que afirmaban que había habido una envidiosa acritud en el celo con el que había buscado la condena de Matthew Maule. Era bien sabido que la víctima había reconocido la amargura de la enemistad personal en la conducta de su perseguidor hacia él, y que se declaró condenado a muerte para su beneficio. En el momento de la ejecución, con la cuerda alrededor de su cuello y con el coronel Pyncheon a lomos de su caballo, mirando con gesto hosco la escena, Maule se había dirigido a él desde el cadalso y había pronunciado una profecía, cuyas palabras la historia, así como la tradición de contar historias junto al fuego, había preservado.

—¡Dios —dijo el moribundo, señalando con el dedo, con abominable mirada, al impertérrito rostro de su enemigo—, Dios le dará sangre para beber!

Tras la muerte del reputado brujo, su humilde morada había caído fácilmente en manos del coronel Pyncheon. Cuando se supo, sin embargo, que el coronel pretendía erigir una espaciosa mansión familiar, laboriosamente construida con madera de roble, que calculaba que sobreviviría a muchas generaciones de su posteridad en el lugar que primero había estado ocupado por la cabaña de troncos de Matthew Maule, hubo muchas sacudidas de cabeza entre los habitantes más chismosos del pueblo. Sin expresar en absoluto sus dudas sobre si el incondicional puritano había actuado como un hombre de conciencia e integridad durante los procedimientos que hemos bosquejado, ellos, no obstante, insinuaron que estaba a punto de construir su casa sobre una tumba inquieta. Su hogar incluiría el hogar del brujo muerto y enterrado, y así le permitiría al fantasma del finado una suerte de privilegio para atormentar sus nuevos apartamentos, los aposentos a los que los futuros novios llevarían a sus novias, y donde los niños de la estirpe Pyncheon nacerían. El horror y la fealdad del delito de Maule, y lo abyecto de su castigo, oscurecerían las paredes recién enyesadas y las infectarían pronto con el aroma de una casa vieja y melancólica. ¿Por qué entonces —cuando tanto terreno a su alrededor consistía de bosque virgen—, por qué prefería el coronel Pyncheon un lugar que ya había sido maldito?

Pero el soldado y magistrado puritano no era un hombre que se desviara de su bien pensado plan, ni por temor al fantasma de un brujo, ni por endebles sensiblerías de ningún tipo, sin importar cuán engañosas fueran. Si le hubieran hablado de un mal aire, podría haberle conmovido algo; pero estaba preparado para enfrentarse a un espíritu malvado en su propio terreno. Dotado de sentido común, tan grande y duro como bloques de granito, sujetos por la severa rigidez de su propósito como con cepos de hierro, siguió con su diseño original, probablemente porque no se imaginaba que habría mucha objeción al respecto. En lo concerniente a la delicadeza, o a cualquier escrúpulo que una sensibilidad más delicada pudiera haberle enseñado, el coronel, como la mayoría de su estirpe y generación, era impenetrable. Por lo tanto, excavó su sótano y puso los cimientos profundos de su mansión en el recuadro de tierra donde Matthew Maule, cuarenta años antes, había barrido por primera vez las hojas caídas. Era un hecho curioso y, como decían algunas personas, ominoso que, muy pronto después de que los obreros comenzaran con sus operaciones, el manantial de agua anteriormente mencionado perdió por completo lo delicioso de su impoluta calidad. Tanto si su fuente se había visto perturbada por la profundidad del nuevo sótano, o si una causa más sutil acechaba en el fondo, es cierto que el agua del pozo de Maule, como continuó llamándose, se volvió dura y salobre. Incluso ahora la encontramos así, y cualquier anciana del vecindario certificará que provoca enfermedades intestinales a aquellos que sacian su sed allí.

El lector puede considerar singular que el carpintero jefe del nuevo edificio no fuera otro que el hijo del mismo hombre al que se le había arrebatado la propiedad de la tierra de sus manos inánimes. No es improbable que fuera el mejor artesano de su época o, quizás, que

el coronel lo considerara oportuno, o que se viera impelido por algún sentimiento mejor, así apartando abiertamente cualquier animosidad que sintiera contra la estirpe de su enemigo caído. Tampoco desentonaba con la tosquedad general y el carácter práctico de la época que el hijo estuviera dispuesto a ganarse un honrado penique, o más bien una importante cantidad de libras esterlinas, del bolsillo del enemigo mortal de su padre. En cualquier caso, Thomas Maule se convirtió en el arquitecto de la casa de los siete tejados, y cumplió con su deber con tanta fidelidad que el armazón de madera fijado por sus manos aún se mantiene en pie.

Y así se construyó la gran casa. Con lo familiar que se alza en los recuerdos del escritor —ya que ha sido un objeto de curiosidad para él desde su infancia, tanto como un espécimen de la mejor y más señorial arquitectura de una época ya pasada, y como la escena de sucesos más repletos de interés humano, tal vez, que aquellos de un gris castillo feudal— con lo familiar que le parece, en su oxidada antigüedad, es por lo tanto mucho más difícil imaginar la brillante novedad con la que capturó la luz del sol por primera vez. La impresión de su estado actual, a esta distancia de ciento sesenta años, oscurece inevitablemente la imagen que podríamos conjurar con agrado de su aspecto la mañana en la que el magnate puritano invitó a todo el pueblo para que fueran sus invitados. Una ceremonia de consagración, festiva a la par que religiosa, iba a realizarse. Una oración y un discurso por parte del reverendo señor Higginson, y la efusión de un salmo en la garganta general de la comunidad, serían aceptables en un sentido más craso con una copiosa efusión de cerveza, sidra, vino y brandi y, como algunas autoridades afirman, con un buey asado entero, o al menos por el peso y la sustancia de un buey, en porciones más manejables de solomillos y patas. El cadáver de un ciervo, disparado a treinta kilómetros, había proporcionado material para la vasta circunferencia de una empanada. Un bacalao de unos treinta kilos, pescado en la bahía, había sido disuelto en el rico caldo de una sopa de pescado. La chimenea de la nueva casa, en resumen, escupía el humo de la cocina e impregnaba todo el aire con el aroma de la carne, las aves de caza y los pescados, especiados con aromáticas hierbas y gran abundancia de cebollas. Sólo el aroma de tal festividad, al abrirse camino hasta las fosas nasales de todo el mundo, era una invitación a la vez que un apetito.

El callejón Maule, o la calle Pyncheon, como ahora es más decoroso llamarla, estaba abarrotado en la hora prevista con una congregación que iba de camino a la iglesia. Al acercarse, todos levantaban la mirada ante el imponente edificio, que a partir de ahora asume su lugar entre las viviendas de la humanidad. Allí se alzaba, un poco retirada de la línea de la calle, pero con orgullo, no por modestia. Todo su exterior visible estaba adornado con pintorescas figuras, concebidas en el estilo grotesco de un capricho gótico, y dibujadas o estampadas en el reluciente yeso, compuesto de cal, guijarros y trozos de cristal, con el que la carpintería de las paredes se extendía. En todos sus lados, los siete tejados apuntaban agudos hacia el cielo y presentaban el aspecto de toda una hermandad de edificios, respirando a través de los espiráculos de una gran chimenea. Las muchas celosías, con sus pequeños paneles en forma de diamante, admitían la luz del sol en el pasillo y el aposento, mientras que, no obstante, el segundo piso, proyectado más lejos de la base, y que se retiraba debajo del tercero, arrojaba una oscuridad sombría y detallada en los pisos inferiores. Talladas orbes de madera estaban fijadas bajo los pisos sobresalientes. Pequeñas espirales de hierro embellecían cada una de las cúspides. Sobre la porción triangular del hastial que miraba a la calle había una esfera, colocada esa misma mañana, en la que el sol seguía marcando el paso de la primera brillante hora en una historia que no estaba destinada a ser tan brillante. Por todos lados había virutas, astillas, tablillas, y trozos de ladrillos partidos por la mitad; todo eso, junto con la tierra recientemente removida sobre la que la hierba aún no había comenzado a crecer, contribuía a la impresión de rareza y novedad propia de una casa que aún tenía que ocupar su lugar entre los intereses diarios de los hombres.

La entrada principal, que casi tenía la anchura de una puerta de iglesia, se encontraba en el ángulo entre los dos tejados frontales, y estaba cubierta por un porche abierto con bancos bajo su cobijo. Bajo esta puerta abovedada, arrastrando los pies sobre el umbral sin estrenar, ahora pisaban los clérigos, los ancianos, los magistrados, los diáconos, y toda la aristocracia que se encontraba en el pueblo o el condado. Hacia allá se amontonaban también los plebeyos con tanta libertad como sus superiores, y en mayor número. Justo al entrar, sin embargo, se encontraban dos sirvientes, que indicaban a algunos invitados el camino hacia las cocinas y hacían pasar a otros a los salones más señoriales; hospitalario con todos por igual, pero con una mirada escrutadora hacia la condición alta o baja de cada uno. Prendas de terciopelo, sombrías pero suntuosas, rígidas gorgueras y almidonados cintos, guantes bordados, barbas venerables, semblantes y modales autoritarios... todo eso hacía que fuera fácil distinguir a los caballeros aristócratas, en esa época, de los comerciantes, con su aire pesado, o de los obreros, con sus jubones de cuero, quienes entraban fascinados en la casa que quizás habían ayudado a construir.

Se dio una circunstancia adversa que despertó un desagrado apenas oculto en los pechos de varios de los visitantes más quisquillosos. El fundador de esta mansión señorial, un caballero famoso por la honesta y aburrida cortesía de su actitud, debería haberse situado en su propio vestíbulo para ofrecer la primera bienvenida a tantos personajes eminentes como los allí presentes para honrar su solemne festival. Pero seguía siendo invisible; el más privilegiado de los invitados no lo había visto. Esta lentitud por parte del coronel Pyncheon se volvió aún más incomprensible cuando el segundo dignatario de la provincia hizo acto de presencia y se encontró que no se le ofrecía una recepción ceremoniosa. El vicegobernador, aunque su visita era una de las glorias anticipadas del día, había bajado de su caballo y ayudado a su dama a bajar de su montura de amazona, y cruzó el umbral del coronel sin más recibimiento que el del mayordomo.

Esta persona —un hombre canoso, de conducta callada y muy respetuosa— encontró necesario explicar que su señor seguía en su estudio o apartamentos privados, y que al entrar allí hacía una hora había expresado su deseo de que no lo molestaran bajo ningún pretexto.

—¿No ve, amigo —dijo el *sheriff* del condado, llevándose al sirviente aparte—, que este hombre es, nada más y nada menos, que el vicegobernador? ¡Llame al coronel Pyncheon de inmediato! Sé que ha recibido carta de Inglaterra esta mañana y, al leerlas con cuidado y considerarlas, se le puede haber pasado una hora sin darse cuenta. Pero no se sentirá complacido, considero, si usted lo somete a negarle la cortesía debida a uno de nuestros gobernantes principales, y de quien puede decirse que es el representante del rey Guillermo en ausencia del mismo gobernador. Llame a su señor al instante.

—No puedo complacer a su señoría —contestó el hombre con mucha perplejidad, pero con la reticencia que indicaba sorprendentemente el carácter duro y severo que el coronel Pyncheon infligía sobre sus sirvientes domésticos—. Las órdenes de mi señor fueron estrictas en extremo y, como sabe su señoría, él no permite ninguna discreción en la obediencia de aquellos que le deben servicio. Que abra aquella puerta quien se atreva; yo no me atrevo a hacerlo, aunque la voz del mismo gobernador me ordenara hacerlo.

—¡Apártese, señor *sheriff*! —exclamó el vicegobernador, que había oído la anterior conversación y se sentía lo suficientemente seguro en su posición como para jugar un poco con su dignidad—. Yo mismo me ocuparé del asunto. Es hora de que el buen coronel salga a saludar a sus amigos; de otro modo podríamos sospechar que ha bebido un trago de más de su vino de Canarias en su extrema deliberación sobre qué barril sería mejor abrir para honrar este día. Pero como va muy retrasado, ¡yo mismo me encargaré de recordárselo!

Por consiguiente, con las fuertes pisadas de sus pesadas botas de montar, que podrían haberse escuchado incluso en el más lejano de los siete tejados, avanzó hacia la puerta que el sirviente le señaló e hizo que sus nuevos paneles reverberaran con un fuerte y liberal golpe. Entonces, mirando con una sonrisa a sus espectadores, esperó una respuesta. Como no llegó ninguna, empero, volvió a llamar, pero obtuvo el mismo resultado insatisfactorio de la primera vez. Y ahora, sintiéndose un poco colérico, el vicegobernador levantó la pesada empuñadura de su espada, con la cual golpeó y aporreó la puerta, tan fuerte que algunos de los mirones susurraron que el barullo podría haber despertado a los muertos. Sea como fuere, no pareció producir ningún efecto como para despertar al coronel Pyncheon. Cuando el sonido remitió, el silencio que se extendió por la casa fue profundo, deprimente y opresivo, pese a que las lenguas de muchos de los invitados ya se habían soltado por efecto de un par de subrepticias copas de vino o licor.

—¡Es en verdad extraño! ¡Muy extraño! —exclamó el vicegobernador, cuya sonrisa había pasado a ser un ceño fruncido—. Pero viendo que nuestro anfitrión ha establecido el buen ejemplo de olvidarse de la ceremonia, yo también la descartaré y me sentiré libre de invadir su privacidad.

Probó el picaporte, que cedió bajo su mano, y la puerta se abrió de par en par con una repentina ráfaga de viento que pasó, como con un fuerte suspiro, desde el portal más lejano, por todos los pasillos y apartamentos de la nueva casa. Hizo crujir las prendas de seda de las damas, sacudió los largos rizos de las pelucas de los caballeros, e hizo revolotear las cortinas en las ventanas y las cortinas de los dormitorios, provocando por todas partes una singular agitación que era más bien un silencio. Una sombra de temor y anticipación medio temerosa —nadie sabía por qué, ni a qué— había caído de golpe sobre los invitados.

Fueron en tropel, sin embargo, hacia la ahora abierta puerta, empujando al vicegobernador, en su ansiosa curiosidad, dentro de la habitación por delante de ellos. A primera vista no vieron nada extraordinario: una habitación elegantemente amueblada, de un tamaño moderado, algo oscurecida por las cortinas; libros dispuestos en estanterías, un gran mapa sobre la pared, igual que un retrato del coronel Pyncheon, bajo el cual estaba sentado el coronel en persona en un sillón con reposabrazos de madera de roble, con una pluma en la mano. Cartas, pergaminos y hojas de papel en blanco se encontraban sobre la mesa ante él. Parecía estar mirando a la curiosa multitud, ante la cual se erguía el vicegobernador, y su oscuro y enorme rostro mostraba el ceño fruncido, como si se sintiera severamente resentido con ellos por el atrevimiento que los había llevado a irrumpir en sus aposentos privados.

Un pequeño —el nieto del coronel y el único ser humano que se atrevía a mostrar familiaridad con él— se abrió camino ahora entre los invitados y corrió hacia la figura sentada; entonces, a medio camino, se detuvo y comenzó a chillar de terror. Los invitados, trémulos como las hojas de un árbol cuando temblaban al unísono, se acercaron más y percibieron que había una deformación antinatural en la fijeza de la mirada del coronel Pyncheon, que había sangre en su gorguera, y que su canosa barba estaba empapada de sangre. Era demasiado tarde para prestarle ayuda. El puritano de corazón de acero, el perseguidor incansable, el hombre avaro y tenaz... ¡estaba muerto! ¡Muerto, en su casa nueva! Existe una leyenda, que sólo merece la pena aludir porque le presta un tinte de asombro supersticioso a una escena que quizás ya fuera lo suficientemente sombría sin mencionarla, de que una voz se oyó bien fuerte entre los invitados, y cuyos tonos eran como los del viejo Matthew Maule, el brujo ejecutado, que decía: «¡Dios le ha dado sangre para beber!».

Y así llegó pronto esa otra invitada, la única invitada que es inevitable, en algún momento u otro, que encuentre su camino dentro de cada morada humana. ¡Y así de pronto había llegado la Muerte a cruzar el umbral de la casa de los siete tejados!

El repentino y misterioso final del coronel Pyncheon provocó gran conmoción en su época. Hubo muchos rumores, algunos de los cuales se han extendido vagamente hasta el momento presente, de que había aspectos que indicaban violencia, que había marcas de dedos en su garganta y la huella de una mano ensangrentada en su plisada gorguera, y que su barba de chivo estaba despeinada, como si se la hubieran agarrado con fiereza y hubieran tirado de ella. Se aseveró, de igual modo, que la celosía de la ventana, cerca de la silla del coronel, estaba abierta, y que, sólo unos minutos antes del fatal suceso, se había visto la figura de un hombre que trepaba por la valla del jardín en la parte trasera de la casa. Pero era un disparate creer en historias de ese tipo, que suelen surgir en torno a sucesos como el que ahora relatamos, y que, como en el presente caso, a veces se prolongan durante años, como las setas venenosas que indican dónde el caído y enterrado tronco de un árbol se ha descompuesto y mezclado con la tierra. Por nuestra parte, les concedemos tan poca credibilidad como a esa otra fábula de la mano esquelética que el vicegobernador decía haber visto en la garganta del coronel, pero que se desvaneció conforme él avanzaba dentro de la habitación. Cierto es, sin embargo, que hubo grandes consultas y disputas entre médicos sobre el cadáver. Uno, cuyo nombre era John Swinnerton, y que parece haber sido un hombre eminente, sostenía que, si habíamos entendido correctamente los términos de su profesión, fue un caso de apoplejía. Sus colegas de profesión adoptaron, cada uno, varias hipótesis, más o menos plausibles, pero todas revestidas de un asombroso misterio de palabras que, si no muestran el desconcierto de la mente en estos médicos eruditos, ciertamente lo provocan en los que son más ignorantes. El jurado forense examinó el cuerpo y, como hombres sensatos, proclamaron un irrefutable veredicto de «¡Muerte súbita!».

De hecho, es difícil imaginar que pudiera haber habido una seria sospecha de asesinato, o la más leve base para implicar a cualquier individuo en particular como el responsable. El rango, riqueza y carácter eminente del finado debía haber asegurado la más estricta investigación de cada ambigua circunstancia. Como nada de eso aparece en los registros, es seguro suponer que no existieron. La tradición oral —que a veces echa por tierra la verdad que la historia ha dejado escapar, pero que es a menudo los salvajes balbuceos de la época, como los que se pronunciaban anteriormente junto al fuego y ahora se solidifica en los periódicos—, la tradición oral es responsable de todos los alegatos contrarios. En el sermón del funeral del coronel Pyncheon, que fue impreso y sigue vigente, el reverendo señor Higginson enumera, entre las muchas alegrías de la carrera terrenal de su distinguido parroquiano, la feliz ocasión en la que le llegó la muerte. Con sus obligaciones realizadas, con la mayor prosperidad obtenida, su progenie y futuras generaciones fijadas sobre una base estable, y con un señorial techo para cobijarlos durante los siglos venideros... ¡qué otro paso ascendente le quedaba a este buen hombre por dar, salvo el paso final desde la tierra hasta las puertas doradas del cielo! El piadoso clérigo seguramente no habría pronunciado palabras como esas si sospechara en lo más mínimo que el coronel había sido enviado al otro mundo con las garras de la violencia sobre su garganta.

La familia del coronel Pyncheon, en la época de su muerte, parecía destinada a una permanencia tan afortunada como puede, de todos modos, consistir en la inherente inestabilidad de los asuntos humanos. Más o menos, podría anticiparse que el progreso de los tiempos aumentaría y maduraría su prosperidad en vez de desgastarla y destruirla. Porque no sólo su hijo y heredero había empezado a disfrutar de una rica propiedad, sino que también se produjo una reclamación a través de una escritura de propiedad india, confirmada por una concesión posterior de la Corte General, sobre una vasta extensión de ignotas tierras en el este. Estas posesiones —ya que como tales serían estimadas casi con certeza— comprendían la mayor parte de lo que ahora conocemos como el condado de Waldo, en el estado de Maine, y eran más extensas que muchos ducados, o incluso que el territorio de un príncipe reinante, en tierras europeas. Cuando el bosque inexplorado que aún cubría este salvaje principado diera lugar —como debía hacer inevitablemente, aunque quizás no hasta décadas después— a la dorada fertilidad de la cultura humana, sería fuente de incalculable riqueza para el linaje de los Pyncheon. Si el coronel hubiera sobrevivido unas semanas más, es probable que su gran influencia política, así como sus poderosos contactos en casa y en el extranjero, hubiera consumado todo lo que era necesario para asegurarse de que la reclamación se llevara a cabo. Pero, a pesar de la elocuencia congratulatoria del bueno del señor Higginson, esa parecía ser el único asunto que el coronel Pyncheon, por muy previsor y sagaz que hubiera sido, permitió que quedara como un cabo suelto. Por lo que concernía al potencial territorio, era incuestionable que él había muerto demasiado pronto. Su hijo no sólo carecía de la posición eminente de su padre, sino también del talento y la fortaleza de carácter necesarios para conseguirlo; por lo tanto, no pudo conseguir nada a fuerza de interés político. Y la simple justicia o legalidad de la reclamación no era tan evidente, tras el deceso del coronel, como se había pronunciado mientras seguía con vida. Algún eslabón se había escapado de entre las pruebas y no se encontraba por ninguna parte.

Es cierto que los Pyncheon se esforzaron, no sólo entonces sino también en diversos períodos durante casi cien años después, por obtener lo que tercamente insistían en considerar como su derecho. Pero, con el paso del tiempo, el territorio fue en parte cedido de nuevo parcialmente a individuos más favorecidos, y otra parte fue limpiada y ocupada por colonos reales. Estos últimos, si alguna vez oyeron el nombre de Pyncheon, se habrían reído ante la idea de que cualquier hombre ejerciera su derecho —basándose en la fuerza de pergaminos mohosos, firmados con los desvaídos autógrafos de gobernadores y legisladores que estaban muertos y olvidados— a las tierras que ellos o sus padres le habían arrebatado a la salvaje mano de la naturaleza con su propio trabajo duro. Esta impalpable reclamación, por lo tanto, resultó en nada más sólido que mantener, de generación en generación, el absurdo delirio de la importancia de la familia que caracterizó por siempre a los Pyncheon. Provocó que el miembro más pobre de la estirpe sintiera que había heredado una suerte de nobleza, y que aún podría entrar en posesión de una espléndida riqueza para respaldarlo. En los mejores especímenes del linaje, esta peculiaridad arrojaba una gracia ideal sobre el duro material de la vida humana, sin privarles de ninguna cualidad valiosa. En los miembros más básicos, su efecto fue el de aumentar la propensión a la pereza y a la dependencia, e inducía en la víctima una imprecisa esperanza de renunciar a todo esfuerzo personal mientras esperaba que sus sueños se hicieran realidad. Muchos años después de que su reclamación hubiera desaparecido de la memoria colectiva, los Pyncheon estaban acostumbrados a consultar el antiguo mapa del coronel, que había sido dibujado mientras el condado de Waldo seguía siendo naturaleza salvaje. Donde el antiguo agrimensor había situado bosques, lagos y ríos, ellos marcaban los espacios limpiados, y lo salpicaban con aldeas y pueblos, y calculaban el progresivo aumento en el valor del territorio, como si todavía tuvieran perspectivas de, a la larga, formar allí un principado para ellos mismos.

En casi todas las generaciones, no obstante, resultaba haber un descendiente de la familia dotado con una porción de la dureza, los sentidos aguzados, y la energía práctica que habían distinguido de un modo tan extraordinario al fundador original. Su carácter, de hecho, podría rastrearse por todo el árbol genealógico, con tanta claridad como si el mismo coronel, un poco diluido, hubiera sido recompensado con una especie de intermitente inmortalidad sobre la tierra. En dos o tres épocas, cuando la fortuna de la familia estaba en decadencia, este representante de las cualidades hereditarias había hecho acto de presencia, y había provocado que los tradicionales chismosos del pueblo susurraran entre ellos, «¡Aquí tenemos de nuevo al viejo Pyncheon! ¡Ahora les pondrán tejas nuevas a los siete tejados!». De padres a hijos, se aferraban a la casa ancestral con la singular tenacidad del apego al hogar. Por diversas razones, empero, y por impresiones demasiado imprecisas en su fundamento como para plasmarlas sobre el papel, el escritor mantiene la creencia de que muchos, si no la mayoría, de los sucesivos propietarios de esta finca se sentían perturbados con dudas en cuanto a su derecho moral a mantenerla. De su ocupación legal no había dudas; pero el viejo Matthew Maule, o eso se temía, se paseaba de su propia época a las más lejanas en el tiempo, pisando con fuerza, todo el camino, sobre la conciencia de cada Pyncheon. Si es así, nos queda por resolver la terrible cuestión de si cada heredero de la propiedad, consciente de la mala conducta de su antepasado y sin rectificarla, no cometió de nuevo la gran culpa de este e incurrió en todas sus responsabilidades originales. Y, suponiendo que tal fuera el caso, ¿no sería más cierto decir de la familia Pyncheon que heredaron una gran desgracia en vez de decir lo contrario?

Ya hemos insinuado que no es nuestro propósito rastrear la historia de la familia Pyncheon en su ininterrumpida conexión con la casa de los siete tejados; tampoco pretendemos mostrar, como la imagen de una linterna mágica, cómo la herrumbre y la enfermedad de los años se apoderó de la venerable casa. En cuanto a su vida interior, un gran espejo borroso solía colgar en una de las habitaciones, y se dice que contiene en el interior de sus profundidades todas las formas que se han reflejado allí: el viejo coronel y sus muchos descendientes, algunos con las prendas de una antigua infancia, y otros en lo más florido de su belleza femenina o en la plenitud de su vida masculina, o entristecidos con las arrugas de la helada senectud. Si tuviéramos el secreto de ese espejo, con gusto nos sentaríamos delante de él para transferir sus revelaciones a nuestra página. Pero hubo una historia, para la que es difícil concebir una base, de que la posteridad de Matthew Maule tenía alguna conexión con el misterio del espejo, y que, por lo que parece haber sido una suerte de proceso hipnótico, podía hacer que sus interiores vivieran con los fallecidos Pyncheon; no como se mostraban ellos mismos ante el mundo, ni en sus mejores y más felices horas, sino practicando una y otra vez algún pecado, o en la pena más amarga de una crisis de vida. La imaginación popular, de hecho, se entretuvo durante mucho tiempo con el asunto del viejo puritano Pyncheon y el brujo Maule; la maldición que ese último lanzó desde el patíbulo era recordada, con la muy importante adición de que se había convertido en parte de la herencia de los Pyncheon. Si algún miembro de la familia tan sólo hacía un sonido gorgoteante con la garganta, era probable que algún transeúnte susurrara, medio en broma, medio en serio, «¡Tiene que beberse la sangre de Maule!». La repentina muerte de un Pyncheon, unos cien años atrás, con circunstancias muy similares a las que se relacionaron con el fallecimiento del coronel, se concibió como que le confería probabilidades adicionales a la opinión popular sobre ese tema. Se consideraba, además, una fea y ominosa circunstancia que el retrato del coronel —se decía que obedeciendo una provisión de su testamento— siguiera colgado en la pared de la habitación en la que había muerto. Esos severos rasgos intensos parecían simbolizar una influencia diabólica, y así se mezclaba negativamente la sombra de su presencia con los rayos del sol de las horas que pasaban, que ningún propósito o pensamiento bueno podría surgir y florecer allí. Para las mentes pensantes no habrá ni rastro de superstición en lo que expresamos en sentido figurado al afirmar que el fantasma de un progenitor muerto —quizás como parte de su propio castigo— esté a menudo abocado a convertirse en el genio del mal de su familia.

En resumen, los Pyncheon vivieron durante casi dos siglos con menos vicisitudes externas que la mayoría de las familias de Nueva Inglaterra durante el mismo período de tiempo. Poseedores de rasgos muy distintivos, adoptaron, no obstante, las características generales de la pequeña comunidad en la que vivían: una ciudad conocida por sus habitantes frugales, discretos, ordenados y amantes del hogar, así como por el alcance algo limitado de sus simpatías. Pero, todo sea dicho, en ella hay individuos más extraños y, de vez en cuando, sucesos más extraños que los que uno encuentra en casi cualquier otro lugar. Durante la Guerra de la Independencia, el Pyncheon de esa época se puso del lado de los monárquicos y se convirtió en un refugiado; pero se arrepintió y reapareció, justo a tiempo de evitar que confiscaran la casa de los siete tejados. Durante los últimos setenta años, el suceso más destacado en los anales de los Pyncheon había sido también la más terrible calamidad que jamás recayó sobre la estirpe: nada menos que la muerte violenta —ya que así se decretó— de un miembro de la familia por un acto criminal perpetrado por otro miembro de la familia. Ciertas circunstancias presentes en este fatal desenlace habían apuntado a que el acto lo había realizado un sobrino del fallecido Pyncheon. El joven fue juzgado y condenado por el crimen, pero, bien por la naturaleza circunstancial de las pruebas, y posiblemente por algunas dudas latentes en el seno del tribunal, o, por último —un argumento de mayor peso en una república de lo que lo habría sido en una monarquía—, por la alta respetabilidad e influencia política de las conexiones criminales, se tuvo a bien mitigar su destino de pena de muerte a cadena perpetua. Este triste asunto había ocurrido unos treinta años antes de que comience la acción en nuestra historia. Recientemente, hubo rumores (que pocos creyeron y por el que sólo un par sintieron gran interés) de que era probable que este hombre, enterrado hacía mucho tiempo, por alguna razón, hubiera sido llamado a salir de su tumba.

Es esencial decir unas palabras con respecto a la víctima de este asesinato casi olvidado. Era un solterón y poseía una gran riqueza, además de la casa y bienes raíces que constituían lo que quedaba de la antigua propiedad Pyncheon. Al ser de carácter excéntrico y melancólico, y muy dado a hurgar en viejos registros y a prestar oídos a viejas tradiciones, él mismo había llegado a la conclusión, según se dice, de que Matthew Maule, el brujo, había sido expulsado de su hogar, por no decir de su vida, de un modo vil. Siendo ese el caso, y estando él, el solterón, en posesión del ilícito botín —con la negra mancha de la sangre bien incrustada en todo, tanto que aún podían olerla las narices más escrupulosas—, se le ocurrió si no sería su obligación, incluso después de tanto tiempo, indemnizar a los descendientes de Maule. Para un hombre que vivía tanto en el pasado y muy poco en el presente, como el recluso y anticuado solterón, un siglo y medio no parecía un período de tiempo tan amplio como para obviar la propiedad de rectificar lo que se había hecho mal. Aquellos que lo conocían bien creían que ciertamente daría el singular paso de entregar la casa de los siete tejados a un representante de Matthew Maule, de no ser por el innombrable tumulto que la sospecha del proyecto del anciano caballero despertó entre sus parientes Pyncheon. Sus esfuerzos tuvieron el efecto de suspender su propósito; pero se temía que, después de su muerte, él realizaría, por mediación de su testamento, lo que le habían impedido con tanto ahínco hacer durante su vida. Pero no hay cosa que los hombres hagan con menos frecuencia que legar bienes patrimoniales lejos de su propia sangre, cualquiera que sea la provocación o el aliciente. Puede que quieran a otros individuos mucho más que a sus parientes, puede que incluso alberguen desagrado o un odio total por esos parientes; pero, aun así, a las puertas de la muerte, el fuerte prejuicio de la propincuidad revive e incita al testador a legar sus propiedades a la dinastía marcada por una costumbre tan inmemorial que se parece a la naturaleza. En todos los Pyncheon, este sentimiento tenía la energía de una enfermedad. Era demasiado poderoso para los escrúpulos de conciencia del viejo solterón, tras cuya muerte, como correspondía, la mansión, junto con el resto de sus riquezas, pasó a manos de su siguiente representante legal.

Este era un sobrino, el primo del desgraciado joven que había sido condenado por el asesinato de su tío. El nuevo heredero, hasta el período de su ascensión, era considerado como un joven bastante disoluto, pero se había reformado de una vez y se había convertido en un miembro sumamente respetable de la sociedad. De hecho, él mostró más de las cualidades Pyncheon, y había ganado mayor eminencia en el mundo, que cualquiera de su estirpe desde la época del puritano original. Habiéndose aplicado en sus años mozos al estudio de la ley, y sintiendo una tendencia natural hacia el oficio, había alcanzado, muchos años atrás, una situación judicial en un tribunal inferior que le concedió de por vida el muy deseable e imponente título de juez. Más tarde se metió en política y sirvió una parte de dos mandatos en el Congreso, además de convertirse en una considerable figura en ambas ramas de la legislatura estatal. El juez Pyncheon era, de un modo incuestionable, un honor a su estirpe. Se había construido una casa solariega a unos kilómetros de su ciudad natal, y allí pasaba todo el tiempo que podía escaparse del servicio público haciendo gala de todas las gracias y virtudes —como dijo un periódico en vísperas de las elecciones— propias de un cristiano, un buen ciudadano, un horticultor y un caballero.

Ya quedaban pocos de los Pyncheon para tomar el sol en el resplandor de la prosperidad del juez. Con respecto al aumento natural, la estirpe no había prosperado; más bien parecía que se estuviera extinguiendo. Los únicos miembros de la familia que se sabía que seguían vivos eran, primero, el juez y el único hijo que le sobrevivía, que ahora estaba viajando por Europa; a continuación, el que llevaba prisionero treinta años y al que ya hemos aludido, y una hermana de este último, que ocupaba, de una forma en extremo reclusa, la casa de los siete tejados, en la que tenía un dominio vitalicio por el testamento del viejo solterón. Se entendía que ella era miserablemente pobre y parecía haber elegido seguir siéndolo, en vista de que su acaudalado primo, el juez, le había ofrecido repetidas veces todas las comodidades de la vida, bien en la vieja mansión o en su propia moderna residencia. El último y más joven de los Pyncheon era una muchachita rural de diecisiete años, la hija de otro de los primos del juez, que se había casado con una joven sin familia ni propiedades, y que murió pronto y en pobres circunstancias. Su viuda se había buscado recientemente otro marido.

En cuanto a la descendencia de Matthew Maule, se suponía que ya se había extinguido. Durante un período de tiempo muy largo después de los delirios de brujería, sin embargo, los Maule habían continuado viviendo en el pueblo en el que su progenitor había sufrido una muerte tan injusta. Al parecer eran unas personas tranquilas, honestas, bienintencionadas, que no albergaban malicia alguna contra los individuos o el público en general por el mal que se les había infligido; en cualquier caso, si en sus propios hogares se transmitió de padres a hijos cualquier recuerdo hostil sobre el destino del brujo y de su patrimonio perdido, nunca lo expresaron abiertamente ni hicieron nada por desquitarse. Tampoco habría sido singular que hubieran cesado de recordar que la casa de los siete tejados apoyaba su pesada estructura sobre unos cimientos que eran legítimamente suyos. Hay algo tan enorme, estable y casi irresistiblemente imponente en la presentación exterior del rango establecido y las grandes posesiones que su misma existencia parece darles el derecho a existir o, al menos, presenta una tan excelente falsificación de ese derecho que pocos hombres pobres y humildes tienen suficiente fuerza moral como para cuestionarlo, incluso en la intimidad de sus mentes. Tal es el caso ahora, después de que tantos prejuicios antiguos hayan sido derrocados; y lo fue mucho más en los días anteriores a la Guerra de la Independencia, cuando la aristocracia podía aventurarse a mostrarse orgullosa y los plebeyos se contentaban con ser humillados. Así, los Maule, sea como sea, mantuvieron sus resentimientos dentro de sus pechos. En general estaban asolados por la pobreza, siempre plebeyos e ignorados, trabajando con infructuosa diligencia como artesanos, trabajando en los muelles, o siguiendo el mar como marineros delante de un mástil, viviendo aquí y allá en el pueblo, en corralones alquilados, para llegar al final al asilo de pobre como el hogar natural en su senectud. Al fin, tras arrastrarse, por así decirlo, durante un cierto período de tiempo por las márgenes extremas del opaco charco de oscuridad, se habían hundido por completo, lo cual, antes o después, es el destino de todas las familias, ya sean nobles o plebeyas. Durante treinta años, ningún registro oficial del pueblo, ninguna tumba, ningún directorio, ni el conocimiento o la memoria de los hombres aporta algún rastro de los descendientes de Matthew Maule. Es posible que su linaje exista en otra parte; aquí, donde su humilde corriente podía trazarse hasta tan atrás en el tiempo, su curso había dejado de fluir hacia delante.

Mientras existió algún miembro de la estirpe, se les distinguió de los demás hombres —no de forma llamativa ni con una línea nítida, sino con un efecto que se sentía más que se decía— por un carácter hereditario de reserva. Los compañeros de los Maule llegaron a ser conscientes de la existencia de un círculo alrededor de ellos, dentro del cual reinaba un santoral o un hechizo, a pesar de mostrar un exterior de suficiente franqueza y buena camaradería del que era imposible apartarse. Era esta indefinible peculiaridad, quizás, la que, al aislarlos de toda ayuda humana, los mantenía siempre en una situación tan desafortunada en la vida. Ciertamente, actuó para prolongar su caso y para confirmarlos como su única herencia aquellos sentimientos de repugnancia y terror supersticioso con los que la gente de la ciudad, incluso después de despertar de su frenesí, continuaba contemplando el recuerdo de las renombradas brujas. El manto, o más bien la harapienta capa, del viejo Matthew Maule había caído sobre sus hijos. Medio creían que habían heredado misteriosos atributos; se decía que los ojos de la familia poseían extraños poderes. Entre otras inútiles propiedades y privilegios, una se les asignó en especial: decían que podían influir en los sueños de las personas. Si todas las historias son ciertas, los Pyncheon, por muy arrogantes que se mostraran al pasear al mediodía por las calles de su ciudad natal, no eran mejores que los esclavos, para esos plebeyos Maule, cuando entraban en el confuso estado libre del sueño. Puede que la psicología moderna se esfuerce por reducir esas supuestas nigromancias dentro de un sistema, en lugar de rechazarlas como algo del todo mítico.

Un par de párrafos descriptivos, centrados en el aspecto más reciente de la mansión de los siete tejados, servirán para concluir este capítulo preliminar. La calle en la que se alzaban sus venerables hastiales dejó hace mucho de ser un barrio popular de la ciudad, de modo que, aunque el antiguo edificio estaba rodeado por viviendas de moderna creación, eran principalmente pequeñas, construidas por completo de madera, y típicas de la más mediocre uniformidad de la vida común. Sin embargo, es indudable que toda la historia de la existencia humana puede estar latente en cada una de ellas, pero sin lo pintoresco en la parte exterior que pueda atraer la imaginación o la simpatía para buscarla allí. Pero en cuanto a la vieja estructura de nuestra historia, su estructura de madera de roble blanco, y sus tablones, tejas y escayola a punto de desmoronarse, e incluso el conjunto de chimeneas del centro, parecían constituir sólo la parte menor y más cruel de su realidad. Tanta experiencia humana había pasado por allí, tanto se había sufrido y disfrutado, que los maderos rezumaban con lo que parecía ser la humedad de un corazón. Era como un gran corazón humano, con vida propia y lleno de ricas y sombrías reminiscencias.

La profunda proyección del segundo piso proporcionaba a la casa con un aspecto meditabundo, de tal modo que no podías pasar por delante sin pensar que tenía secretos que guardar y una azarosa historia sobre la que moralizar. Delante, justo en el borde de la acera sin pavimentar, crecía el olmo Pyncheon, que, en referencia a los árboles con los que uno se encuentra normalmente, bien podría ser calificado de gigantesco. Había sido plantado por un bisnieto del primer Pyncheon y, aunque ahora tenía cuarenta años, o quizás se acercaba al siglo, seguía estando en su fuerte y amplia madurez, arrojando su sombra de un lado al otro de la calle, sobrepasando los siete tejados y barriendo todo el tejado negro con sus hojas colgantes. Imprimía belleza al viejo edificio y parecía convertirlo en parte de la naturaleza. Al haberse ensanchado la calle unos cuarenta años atrás, el hastial delantero estaba ahora precisamente alineado con la calle. A cada lado se extendía una ruinosa valla de madera con celosía abierta, por la que se podía ver un terreno herboso y, especialmente en los ángulos del edificio, una enorme fertilidad de bardana con hojas, que no es exagerado decir, de unos sesenta o noventa centímetros de largo. Detrás de la casa parecía haber un jardín, que indudablemente había sido alguna vez extenso, pero que ahora se encontraba invadido por otros cercados, o encerrado por viviendas y construcciones anexas que se erigían en otra calle. Sería una omisión imperdonable, aunque insignificante, que nos olvidáramos del musgo verde que llevaba tiempo acumulándose sobre las proyecciones de las ventanas; tampoco debemos olvidar dirigir la mirada del lector hacia las pendientes del tejado, donde un montón de matas de flores, no de malas hierbas, crecían arriba, en el aire, no muy lejos de la chimenea, en el hueco entre dos hastiales. Los llamaban los ramilletes de Alice. La tradición contaba que una tal Alice Pyncheon había lanzado las semillas allí arriba, por diversión, y que el polvo de la calle y el deterioro del tejado formaron gradualmente una suerte de tierra para las semillas, y que las flores crecieron allí cuando Alice ya llevaba mucho tiempo en su tumba. Sin importar cómo hubieran llegado las flores allí, era triste y dulce a la vez observar cómo la madre naturaleza había adoptado como algo suyo esta desolada, descompuesta, racheada, herrumbrosa vieja casa de la familia Pyncheon, y cómo el verano que siempre volvía hacía todo lo que estaba en su mano por alegrarla con tierna belleza, y así se volvía melancólica con todos esos esfuerzos.

Hay otro rasgo, muy importante pero que, mucho nos tememos, puede dañar cualquier impresión pintoresca y romántica que hayamos querido arrojar sobre nuestro bosquejo de este respetable edificio. En el hastial delantero, bajo la prominente cornisa del segundo piso y contigua a la calle, se encontraba la puerta de una tienda, dividida horizontalmente por el centro y con una ventana en la parte superior, como se ve a menudo en viviendas de una fecha algo antigua. Esta misma puerta de tienda había sido tema de considerable mortificación para la actual ocupante de la augusta casa Pyncheon, así como para algunos de sus predecesores. El asunto es desagradablemente delicado, pero, puesto que el lector debe conocer el secreto, le agradará saber que, hace aproximadamente un siglo, el patriarca de la familia Pyncheon se vio envuelto en serios problemas económicos. El tipo (que se autodenominaba caballero) no podía ser más que un intruso espurio, ya que, en lugar de solicitar un cargo al rey o al gobernador real, o de insistir en su derecho hereditario a las tierras del este, no se le ocurrió mejor manera de enriquecerse que abrir la puerta de una tienda en un lateral de su morada ancestral. Pues era la costumbre de la época que los mercaderes almacenaran sus bienes y realizaran sus transacciones comerciales en su propio hogar. Pero había algo patético en la forma que adoptó este Pyncheon para realizar sus operaciones comerciales; se susurraba que, con sus propias manos, a pesar de lo arrugadas que estaban, solía dar cambio de un chelín y le daba dos vueltas a cada medio penique para asegurarse de que eran auténticos. Más allá de toda cuestión, la sangre de un mezquino charlatán corría por sus venas, sin importar por qué canal había encontrado su camino hasta allí.

Inmediatamente tras su muerte, la puerta de la tienda se había cerrado, atrancado y enrejado y, hasta el período de nuestra historia, era probable que no se hubiera abierto nunca. El viejo mostrador, los estantes, y otros elementos fijos de la pequeña tienda permanecieron tal y como él los había dejado. Se solía afirmar que el tendero muerto, con peluca blanca, abrigo de terciopelo desteñido, delantal a la cintura, y los volantes de sus muñecas cuidadosamente doblados hacia atrás, podía ser visto a través de los resquicios de los postigos cualquier noche del año, saqueando la caja o repasando las mugrientas páginas de su agenda. Por la expresión de indecible desdicha de su rostro, parecía estar condenado a pasar la eternidad en un vano esfuerzo por cuadrar sus cuentas.

Y ahora, de manera muy humilde, como se verá, procedemos a comenzar nuestra narración.

CAPÍTULO II

El pequeño escaparate

Aún faltaba media hora para el amanecer cuando la señorita Hepzibah Pyncheon no diremos que se despertó porque dudamos de que la pobre hubiera siquiera cerrado los ojos durante la breve noche del solsticio de verano, pero, en cualquier caso, se levantó de su solitaria almohada y comenzó lo que sería una burla llamar embellecimiento de su persona. Que Dios nos libre de la falta de decoro de asistir, aunque sea con la imaginación, al acicalamiento de una doncella. Por lo tanto, nuestra historia debe esperar a la señorita Hepzibah a las puertas de sus aposentos; mientras tanto, sólo nos atreveremos a hacer notar algunos de los pesados suspiros que se producen en su seno, con poco control en cuanto a su lúgubre profundidad y volumen de sonido, hasta el punto de que no podían ser audibles para nadie más que un incorpóreo oyente como nosotros. La solterona estaba sola en la vieja casa. Sola a excepción de un cierto joven respetable y pulcro, un artista en la línea de los daguerrotipos, quien, desde hacía tres meses, había sido un huésped en uno de los tejados más remotos —de hecho, podía considerarse una casa en sí misma— con cerraduras, candados, y tablones de roble en todas las puertas intermedias. En consecuencia, los racheados suspiros de la pobre señorita Hepzibah eran inaudibles. Al igual que también eran inaudibles los crujidos en las articulaciones de sus rígidas rodillas al arrodillarse junto a la cama. E inaudibles también para el oído humano, aunque se oían con comprensivo amor y compasión en el lejano cielo, eran las casi agónicas oraciones —ahora susurradas, ahora apenas un gruñido, ahora un apurado silencio— con las que buscaba la ayuda divina a lo largo del día. Evidentemente, este será un día de pruebas más que ordinarias para la señorita Hepzibah, que ha vivido en estricta reclusión durante más de un cuarto de siglo, sin tomar parte en los asuntos de la vida, ni tampoco en sus relaciones y placeres. No con tanto fervor reza la tórpida reclusa, esperando la fría y estancada calma de un día que va a ser como innumerables ayeres.

Las devociones de la solterona habían concluido. ¿Saldrá ahora al umbral de nuestra historia? Todavía no. Falta un buen rato. Primero, cada cajón de la alta y anticuada cómoda será abierto con dificultad y, con una sucesión de espasmódicos tirones, todos volverán a cerrarse con la misma nerviosa reticencia. Hay un crujido de rígidas sedas; pasos que recorren sin cesar el dormitorio. Sospechamos que la señorita Hepzibah, además, se está subiendo a una silla para inspeccionar con atención su aspecto, desde todas las perspectivas y de cuerpo entero, en el ovalado espejo con el marco deslucido que cuelga sobre su tocador.

¡Ciertamente! ¡Pues no está mal! ¿Quién lo habría imaginado? ¿Se ha de prodigar todo este precioso tiempo en la reparación matutina y el embellecimiento de una anciana que nunca sale al extranjero, a la que nadie visita jamás, y de la que, cuando haya completado sus mejores esfuerzos, sería lo mejor y más caritativo volver los ojos hacia otro lado?

Ahora ya casi está lista. Perdonémosle otra pausa, porque está dedicada al único sentimiento o, mejor dicho, intensificado por el dolor y la reclusión, a la fuerte pasión de su vida. Oímos el giro de una llave en una pequeña cerradura; ha abierto un cajón secreto de su escritorio y es probable que esté contemplando una miniatura realizada en el estilo más perfecto de Malbone, que representa un rostro digno de un lápiz no menos delicado. Una vez tuvimos la suerte de ver este cuadro. Es el retrato de un joven con una anticuada bata de seda, cuya suave riqueza está bien adaptada a la expresión de ensoñación, con sus tiernos labios carnosos y hermosos ojos, que no parecía indicar mucha capacidad de pensamiento, sino gentil y voluptuosa emoción. Al dueño de tales rasgos no tendremos derecho a pedirle nada, excepto que acepte el rudo mundo con facilidad y que sea feliz en él. ¿Puede haber sido un antiguo amor de la señorita Hepzibah? No, ella nunca tuvo amantes... Pobrecilla, ¿cómo iba a haberlos tenido? Tampoco sabía, por experiencia propia, lo que era técnicamente el amor. Y, sin embargo, su fe y confianza imperecederas, su recuerdo fresco y su devoción continua hacia el original de esa miniatura, han sido la única sustancia de la que se ha alimentado su corazón.

Parece haber guardado la miniatura y vuelve a estar de pie frente al espejo. Hay lágrimas que debe limpiar. Varios pasos más adelante y atrás, y entonces, por fin, con otro lastimero suspiro, como una ráfaga del frío y húmedo viento escapado de una cripta que llevara mucho tiempo cerrada, y cuya puerta hubieran dejado entornada por accidente, ¡aquí llega la señorita Hepzibah Pyncheon! Da un paso para salir al sombrío pasillo oscurecido por el tiempo; una figura alta, vestida con seda negra, con cintura larga y encogida, palpando su camino hacia las escaleras como si fuera miope, y en verdad lo era.

El sol, mientras tanto, si ya no está por encima del horizonte, va ascendiendo cada vez más cerca de su borde. Algunas nubes, flotando muy arriba, atrapadas por la luz temprana, lanzaban sus reflejos dorados sobre las ventanas de todas las casas de la calle, sin olvidarse de la casa de los siete tejados, la cual —tras haber presenciado muchos amaneceres como este— miraba con alegría el actual amanecer. El reflejado fulgor servía para mostrar con mucha claridad el aspecto y la disposición de la sala en la que Hepzibah entró tras bajar las escaleras. Era una sala de techos bajos, con una viga que atravesaba el techo, con paneles de madera oscura y una gran chimenea, decorada con baldosas dibujadas, pero que ahora se encontraba cerrada con un parachispas de acero, y a través de la cual pasaba el conducto de una estufa moderna. Había una alfombra en el suelo, originariamente de rica textura, pero tan desgastada y descolorida en estos últimos años que su antaño brillante figura se había desvanecido hasta formar una tonalidad inapreciable. En cuanto al mobiliario, había dos mesas: una de ellas estaba construida con desconcertante complejidad y exhibía tantos pies como un ciempiés; la otra, de construcción más delicada, con cuatro patas largas y esbeltas, de una apariencia tan frágil que era casi increíble que la antigua mesita de té se hubiera sostenido sobre ellas durante tanto tiempo. Media docena de sillas se repartían por la sala, rectas y duras, y planeadas de un modo tan ingenioso para provocar la incomodidad en la persona humana que eran fastidiosas incluso a la vista, y transmitían la idea más fea posible del estado de la sociedad para la que podían haber sido adaptadas. Había una excepción, empero, en un sillón de brazos muy antiguo, con un respaldo alto, tallado de un modo elaborado con madera de roble y una amplia profundidad entre sus brazos que compensaba, por su espaciosa amplitud, por la falta de cualquier curva artística como las que abundan en una silla moderna.

En cuanto a elementos ornamentales, sólo recordamos dos, si es que pueden llamarse así. Uno era un mapa del territorio Pyncheon hacia el este, no grabado, sino más bien obra de un habilidoso y viejo delineante, e ilustrado de un modo grotesco con imágenes de indios y fieras salvajes, entre las que se podía ver un león; la historia natural de la región se conocía tan poco como su geografía, y por eso quedaba reflejado de un modo erróneo y fantasioso. El otro adorno era el retrato del viejo coronel Pyncheon, con dos tercios de tamaño, representando las duras facciones del personaje de aspecto puritano, con un solideo, una banda de encaje y una barba canosa; en una mano sostenía una biblia y con la otra levantaba la empuñadura de una espada de hierro. Este último objeto, al haber sido representado por el artista de un modo más exitoso, destacaba con mucha más prominencia que el sagrado volumen. Cara a cara con este retrato, al entrar en la sala, la señorita Hepzibah Pyncheon se detuvo para mirarlo con una mueca singular, una extraña contorsión del ceño que, para la gente que no la conociera, es probable que se hubiera interpretado como una expresión de amarga rabia y animadversión. Pero no se trataba de tal cosa. De hecho, ella sentía reverencia por el rostro allí pintado, ante el cual sólo podía impresionarse una descendiente lejana, una virgen maltratada por el tiempo. Y esta mueca intimidante era el resultado inocente de su miopía, un esfuerzo por concentrar el poder de su visión para sustituir la vaga silueta del objeto por una con líneas firmes.

Debemos persistir por un momento en esta desafortunada expresión del ceño de la pobre Hepzibah. Su mueca —como el mundo, o la parte de él que a veces echaba un efímero vistazo por la ventana, insistía en llamarlo con malicia—, esa mueca, le había hecho a la señorita Hepzibah muy mal servicio al establecer su carácter como el de una solterona malhumorada. Tampoco parece improbable que, al mirarse a menudo en un espejo borroso, y al encontrar de manera perpetua su propio ceño fruncido con su esfera fantasmal, ella haya llegado a interpretar la expresión de un modo casi tan injusto como lo hacía el mundo. «¡Qué aspecto tan desgraciado y enfadado tengo!» habría susurrado a menudo para sí y, a la larga, se lo había creído con una sensación de destino inevitable. Pero su corazón nunca fruncía el ceño. Era de natural tierno, sensible, y repleto de pequeños temblores y palpitaciones; retenía todas esas debilidades mientras su semblante se volvía cada vez más severo e incluso fiero. No era que Hepzibah hubiera tenido alguna vez fuerza de voluntad, a excepción de la que procedía del rincón más cálido de sus afectos.

Todo este tiempo, sin embargo, estamos merodeando con cobardía en el umbral de nuestra historia. A decir verdad, sentimos una invencible reticencia a revelar lo que la señorita Hepzibah Pyncheon estaba a punto de hacer.

Ya hemos observado que, hacía casi un siglo, un indigno antepasado había montado una tienda en el sótano bajo el tejado delantero que daba a la calle. Desde que el anciano caballero se retirara del negocio y se quedara dormido bajo la tapa de su ataúd, no sólo la puerta de la tienda había permanecido inalterada, sino también la disposición del interior. Mientras tanto, el polvo de las décadas se acumulaba con centímetros de espesor sobre los estantes y el mostrador, y llenaba en parte una vieja balanza, como si tuviera valor suficiente para ser pesado. También se acumulaba arriba, en la caja registradora medio abierta, donde aún permanecía una moneda de seis peniques que no tenía más valor que el orgullo hereditario que había quedado humillado allí. Tal había sido el estado y la condición de la pequeña tienda durante la infancia de la anciana Hepzibah, cuando ella y su hermano solían jugar al escondite en sus abandonadas estancias. Y así había permanecido hasta hacía unos días.

Pero ahora, aunque el escaparate seguía oculto a la mirada pública por una cortina cerrada, un impresionante cambio se había producido en su interior. Los abundantes y pesados festones de telarañas, que había supuesto el trabajo de toda una vida para una larga sucesión ancestral de arañas dedicadas a hilar y a tejer, habían sido cuidadosamente barridos del techo. El mostrador, los estantes y el suelo habían sido fregados, y el

último fue cubierto con fresca arena azul. La balanza marrón, evidentemente, también había padecido una rígida disciplina en un vano esfuerzo por eliminar el óxido que, ¡ay! había ido corroyendo su material. La pequeña tienda ya tampoco estaba desprovista de bienes comercializables. Un ojo curioso, privilegiado al permitírsele mirar la mercancía e investigar tras el mostrador, habría descubierto barriles —¡sí, dos o tres barriles y medio!— uno con harina, otro con manzanas, y un tercero, quizás, con harina de maíz. Asimismo había una caja cuadrada de pino, llena de pastillas de jabón, y otra del mismo tamaño que contenía velas de sebo, diez a una libra. Un pequeño suministro de azúcar moreno, algunas judías blancas y guisantes partidos, y varios otros productos de bajo precio, de los que hay siempre gran demanda, constituían la parte más abultada de la mercancía. Podría haber sido tomada por un reflejo espectral o fantasmagórico de las estanterías mal provistas del antiguo tendero Pyncheon, salvo que algunos de los productos tenían una descripción y forma exterior que apenas habrían sido conocidas en su época. Por ejemplo, había una jarra de cristal llena de fragmentos del peñón de Gibraltar; no eran, claro, lascas de la verdadera base de piedra de la famosa fortaleza, sino pedazos de delicioso caramelo, elegantemente envueltos en papel blanco. Además, se podía ver a Jim Crow ejecutando su mundialmente reconocido baile en galletas de jengibre. Un destacamento de los Dragones de plomo iba galopando por una de las estanterías, con equipos y uniformes de corte moderno, y había algunas figuras de azúcar sin ningún parecido a la humanidad de ninguna época, pero que representaban más satisfactoriamente nuestras propias modas que las de hace cien años. Otro fenómeno, todavía más sorprendentemente moderno, era un paquete de cerillas de la marca Lucifer que, en tiempos pasados, habrían dado pie a que la gente pensara que estaba tomando prestada su llama instantánea de los fuegos infernales de Tofet.

En breve y para ir de una vez al meollo del asunto, era evidente que había pruebas irrefutables de que alguien se había hecho cargo de la tienda y los muebles del retirado y ya olvidado señor Pyncheon, y estaba a punto de retomar el negocio del respetable difunto con un grupo diferente de clientes. ¿Quién podía ser ese atrevido aventurero? Y, de todos los lugares en el mundo, ¿por qué había elegido la casa de los siete tejados como el escenario de sus especulaciones comerciales?

Volvamos a la anciana solterona. Después de un tiempo retiró la vista del oscuro semblante del retrato del coronel, exhaló un suspiro —la verdad es que su pecho era la misma cueva de Eolo esa mañana— y atravesó la sala de puntillas, como es el paso acostumbrado de las ancianas. Pasando por un pasillo intermedio, abrió una puerta que comunicaba con la tienda, la que acabamos de describir de un modo tan

elaborado. Debido al saliente del piso superior —y debido aún más a la gruesa sombra del olmo Pyncheon, que se erguía casi directamente delante del gablete—, el crepúsculo, allí, era mucho más parecido a la noche que a la mañana. ¡Otro pesado suspiro por parte de la señorita Hepzibah! Tras una pausa en el umbral, desde donde miraba hacia la ventana con su mueca de miope, como si le frunciera el ceño a algún acérrimo enemigo, de pronto se lanzó dentro de la tienda. La prisa y, por así decirlo, el impulso galvánico del movimiento fueron realmente alarmantes.

Nerviosa, casi se podría decir que con una suerte de frenesí, comenzó a afanarse en disponer algunos juguetes infantiles y otras mercancías pequeñas sobre las estanterías y en el escaparate. En el aspecto de esta vieja figura de tez oscura, rostro pálido y aspecto de dama, había un carácter profundamente trágico que contrastaba de un modo nada conciliador con la ridícula mezquindad de su empleo. Parecía una extraña anomalía que un personaje tan demacrado y lúgubre tomase un juguete en las manos; era un milagro que el juguete no se desvaneciese en las suyas; era una idea miserable y absurda que ella siguiera atormentando su rígido y sombrío intelecto con la cuestión de cómo tentar a los niños para que entraran en su local. Sin embargo, no cabe duda de que ese es su objetivo. Ahora coloca un elefante de jengibre contra el escaparate, pero con un toque tan trémulo que se cae al suelo, con el consiguiente desmembramiento de tres patas y la trompa; ha dejado de ser un elefante y se ha convertido en varios trozos de rancio pan de jengibre. Ahora ella vuelca un vaso de canicas, las cuales ruedan en todas direcciones y cada canica es dirigida por el diablo hacia la oscuridad más difícil de encontrar. ¡Qué el cielo ayude a nuestra pobre Hepzibah y nos perdone por ver su situación de un modo tan ridículo! Cuando su rígida y oxidada figura se apoya sobre sus manos y rodillas para buscar las fugadas canicas, nos sentimos verdaderamente mucho más inclinados a verter lágrimas de compasión por el simple hecho de que sentimos la necesidad de apartarnos y reírnos de ella. Porque aquí —y si no logramos impresionar de un modo adecuado al lector es culpa nuestra, no del tema— aquí se encuentra uno de los puntos más auténticos de melancólico interés que ocurren en la vida ordinaria. Eran los estertores finales de lo que se denominaba rancio abolengo. Una dama —que se había alimentado desde la niñez con el sombrío alimento de recuerdos aristocráticos, y cuya religión era que las manos de una dama se manchan irremediablemente al hacer cualquier cosa para ganarse el pan—, esta dama de alcurnia, tras sesenta años de medios limitados, se baja de buen grado de su pedestal de imaginario rango. La pobreza, que le había ido pisando los talones durante toda su vida, la había alcanzado al fin. ¡Ella debía ganarse su propio sustento o morirse de hambre! Y nos hemos acercado a la señorita Hepzibah Pyncheon, con muy poca reverencia, en el preciso instante en el que la patricia dama debe transformarse en una mujer plebeya.

En este país republicano, en medio de las fluctuantes olas de nuestra vida social, alguien siempre se encuentra a punto de ahogarse. La tragedia se recrea con una repetición tan continua como la de un drama popular durante las fiestas y, no obstante, se siente con tanta profundidad, quizás, como cuando una heredada nobleza se hunde por debajo de su estatus. Más profundamente, ya que, con nosotros, el rango es la sustancia bruta de la riqueza y un espléndido establecimiento, y no tiene existencia espiritual tras la muerte de estos, sino que muere sin remedio con ellos. Y, por lo tanto, como hemos sido lo bastante desafortunados como para introducir a nuestra heroína en un momento tan desfavorable, rogamos a los espectadores de su destino que le muestren la debida solemnidad. Contemplemos en la pobre Hepzibah a la dama inmemorial —doscientos años en este lado del mar, y tres veces esa cantidad al otro lado— con sus retratos antiguos, sus linajes, sus blasones, sus registros y tradiciones, y su reivindicación, como coheredera, de ese principesco territorio del este, que ya no es tierra salvaje sino de una populosa fertilidad; contemplemos a Hepzibah, nacida también en la calle Pyncheon, bajo el olmo Pyncheon, y en la casa Pyncheon, donde ha pasado toda su vida recluida. Ahora, en esa misma casa, tiene que ser la charlatana de una tienducha.

Este negocio de montar una tienda es casi el único recurso de las mujeres en circunstancias similares a las de nuestra desafortunada reclusa. Con su miopía y esos trémulos dedos suyos, a la vez rígidos y delicados, no podía ser una modista, aunque su muestrario de bordado, que había realizado hacía cincuenta años, exhibía algunos de los más abstrusos especímenes de bordado ornamental. Una escuela para niños pequeños siempre había rondado sus pensamientos y, en una ocasión, había comenzado a repasar sus primeros estudios con la *Cartilla de Nueva Inglaterra,* con vistas a prepararse para el oficio de instructora. Pero el amor por los niños nunca se había despertado en el corazón de Hepzibah, y ahora estaba aletargado, si no extinguido; ella observaba a los pequeños del vecindario desde la ventana de su habitación y dudaba de poder tolerar una relación más íntima con ellos. Además, en nuestra época, el mismo abecedario se había convertido en una ciencia demasiado abstrusa como para poder enseñarlo señalando cada letra con un puntero. Un niño moderno podría enseñarle a la vieja Hepzibah más cosas de las que la vieja Hepzibah podría enseñarle al niño. De modo que, con un profundo y frío temblor en su corazón ante la idea de volver a entrar en contacto con el sórdido mundo del que se había mantenido alejada durante tanto tiempo, mientras cada día añadido de reclusión había hecho rodar una piedra más contra la puerta de la caverna de su ermita, la pobrecilla pensó en el anticuado escaparate, las oxidadas balanzas y la polvorienta caja registradora. Podría haber esperado un poco más, pero otra circunstancia que aún no hemos mencionado había precipitado su decisión. Sus humildes preparativos, por lo tanto, estaban debidamente completados y la empresa comenzaría ahora. Tampoco tenía derecho a quejarse de ninguna singularidad destacable en su destino, ya que en la ciudad de su nacimiento podríamos señalar varias tiendecitas de similares características, algunas de ellas en casas tan antiguas como la de los siete tejados; y una o dos, tal vez, en las que detrás del mostrador se encuentra una decadente dama, tan sombría imagen del orgullo familiar como la propia señorita Hepzibah Pyncheon.

El momento inevitable no se hizo esperar mucho más. La luz del sol podía verse ahora filtrándose por la fachada de la casa de enfrente, de cuyas ventanas salía un resplandor reflejado que se colaba con esfuerzo entre las ramas del olmo e iluminaba el interior de la tienda con más claridad que antes. La ciudad parecía estar despertándose. El carro del panadero ya había traqueteado por la calle, ahuyentando el último vestigio de santidad nocturna con el tintineo de sus campanillas disonantes. El lechero estaba distribuyendo el contenido de sus latas de puerta en puerta; y el áspero tañido de la caracola de un pescador se oía a lo lejos, a la vuelta de la esquina. Ninguna de estas señales le pasó inadvertida a Hepzibah. Había llegado el momento. Demorarse más sólo prolongaría su miseria. No quedaba más remedio que descorrer la barra de la puerta de la tienda, dejando la entrada libre —más que libre, dando la bienvenida, como si todos fueran amigos de la casa— para todos los transeúntes cuyos ojos se vieran atraídos por las mercancías del escaparate. Hepzibah llevó a cabo este último acto, dejando caer la barra con un estrépito que sus nervios excitados consideraron de lo más asombroso. Entonces, como si la única barrera que la separaba del mundo se hubiera derrumbado y un torrente de malas consecuencias se precipitara a través de la brecha, huyó al salón interior, se arrojó en el ancestral sillón y lloró.

¡Nuestra desdichada vieja Hepzibah! Es una pesada molestia para un escritor que se esfuerza por representar la naturaleza, sus diversas actitudes y circunstancias, con un esquema razonablemente correcto y un colorido verdadero, que tanto de mezquino y ridículo se mezcle sin remedio con el patetismo más puro que la vida le proporciona en cualquier parte. ¡Qué trágica dignidad, por ejemplo, puede forjarse en una escena como ésta! ¿Cómo podemos elevar nuestra historia de retribución por el pecado de antaño, cuando, como una de nuestras figuras más prominentes, nos vemos obligados a presentar, no a una mujer joven y encantadora, ni siquiera a los restos majestuosos de la belleza, destrozados por la tormenta de la aflicción, sino a una doncella demacrada, cetrina, de articulaciones oxidadas, con un vestido de seda de cintura larga y el extraño horror de un turbante en la cabeza? Su rostro ni siquiera es feo. Sólo el fruncimiento de sus cejas en un gesto miope la salva de la insignificancia. Y, finalmente, su gran prueba de vida parece ser que, después de sesenta años de ociosidad, encuentra conveniente ganarse cómodamente el pan montando una pequeña tienda. Sin embargo, si miramos a través de todas las fortunas heroicas de la humanidad, encontraremos este mismo enredo de algo mezquino y trivial con lo que es más noble en la alegría o la tristeza. La vida está hecha de mármol y barro. Y, sin toda la confianza profunda en una simpatía comprensiva por encima de nosotros, podríamos por lo tanto ser llevados a sospechar el insulto de una burla, así como un ceño fruncido que no se puede suavizar, en el semblante de hierro del destino. Lo que se llama visión poética es el don de discernir, en esta esfera de elementos extrañamente mezclados, la belleza y la majestad que se ven impelidas a adoptar una apariencia tan sórdida.

CAPÍTULO III

El primer cliente

La señorita Hepzibah Pyncheon estaba sentada en el sillón de roble, cubriéndose el rostro con las manos, cediendo ante ese pesado hundimiento del corazón que la mayoría de la gente ha experimentado, cuando la misma imagen de la esperanza parece laboriosamente creada a partir de plomo, en la víspera de una empresa incierta a la vez que trascendental. De repente la sobresaltó la tintineante alarma —fuerte, aguda e irregular— de una campanilla. La solterona se puso de pie, tan pálida como un fantasma al amanecer, como si fuera un espíritu esclavizado y la campanilla el talismán al que le debía obediencia. Esta campanilla, por decirlo con términos más sencillos, que estaba amarrada encima de la puerta de la tienda, había sido planeada para que vibrara gracias a un muelle de acero y así anunciar en las regiones interiores de la casa que un cliente había traspasado el umbral. Su fea y maliciosa estridencia (oída ahora por primera vez, tal vez, desde que el empelucado antecesor de Hepzibah se hubiera retirado del negocio) envió cada nervio de su cuerpo a una vibración sensible y tumultuosa. ¡La crisis había llegado! ¡Su primer cliente estaba en la puerta!

Sin darse tiempo a contemplar un segundo pensamiento, se apresuró a entrar en la tienda, pálida, salvaje, con gestos y expresión desesperados, frunciendo el ceño de un modo portentoso, y con aspecto de estar mejor cualificada para una feroz batalla con un ladrón de casas que para sonreír detrás del mostrador, negociando con pequeñas mercancías a cambio de una recompensa de cobre. Cualquier cliente normal, en efecto, se habría dado la vuelta y habría huido. Y aun así no había nada feroz en el pobre y viejo corazón de Hepzibah; ni tampoco albergaba, en ese momento, ni un solo pensamiento amargo contra el mundo en general, ni sobre cualquier hombre o mujer en particular. Ella le deseaba el bien a todo el mundo, pero también deseaba que ella misma hubiera acabado con todo y estuviera en una tranquila tumba.

Para entonces, el cliente ya había cruzado la puerta. Al entrar recién llegado de la luz matutina, como así fue, pareció que había traído consigo parte de sus alegres influencias al interior de la tienda. Era un joven esbelto, de no más de veintiún o veintidós años de edad, con una expresión bastante grave y pensativa para sus años, pero igualmente vigoroso y con entusiasmo. Estas cualidades no sólo eran perceptibles físicamente, por sus gestos y ademanes, sino que también se sentían de inmediato en su carácter. Una barba castaña, de textura no demasiado sedosa, enmarcaba su barbilla, pero sin ocultarla por completo; también llevaba un pequeño bigote, y su oscuro semblante de destacados rasgos se veía mucho mejor con estos ornamentos naturales. En cuanto a su vestimenta, era del estilo más sencillo: una chaqueta de verano de materiales baratos y ordinarios, finos bombachos de cuadros y un sombrero de paja, de ninguna manera del trenzado más elegante. Podría haber comprado toda su vestimenta en los almacenes Oak Hall. Lo que principalmente lo destacaba como un caballero —si es que, ciertamente, él afirmara serlo— era la muy impresionante blancura y elegancia del limpio lino que vestía.

Se encontró con el ceño fruncido de la vieja Hepzibah sin aparente alarma, como si ya lo hubiera visto con anterioridad y le resultara inofensivo.

—Y bien, mi querida señorita Pyncheon —dijo el daguerrotipista, ya que se trataba del otro único habitante de la mansión de los siete tejados—, me alegra ver que no se ha echado atrás en su buen propósito. Simplemente he entrado para ofrecerle mis mejores deseos y para preguntarle si puedo ayudarle con sus preparativos.

Las personas con problemas y angustia, o que se sientan reñidos con el mundo de cualquier forma, pueden soportar una gran cantidad de crueldad y quizás se vuelvan más fuertes por ello; mientras que se desploman al instante ante la más simple expresión de lo que perciben

como auténtica compasión. Y eso se demostró con la pobre Hepzibah, ya que, cuando vio la sonrisa del joven —mucho más brillante en un rostro pensativo— y oyó su amable tono, primero soltó una carcajada histérica para a continuación romper en sollozos.

—¡Ah, señor Holgrave —exclamó tan pronto como pudo hablar—, nunca podré salir adelante! ¡Nunca, nunca, nunca! ¡Desearía estar muerta, en el viejo panteón familiar, con todos mis antepasados! ¡Con mi padre, con mi padre, con mi hermana! ¡Sí, y con mi hermano, quien preferiría encontrarme allí que aquí! ¡El mundo es demasiado frío y duro, y yo soy demasiado vieja, demasiado débil y demasiado inútil!

—Oh, créame, señorita Hepzibah —dijo el joven en tono quedo—, esos sentimientos no le molestarán mucho más tiempo, después de que se encuentre inmersa en su negocio de una vez por todas. Son inevitables en estos momentos, al encontrarse como se encuentra justo en el exterior de su larga reclusión, y pueblan el mundo con sus feas formas, que pronto descubrirá que son tan irreales como los gigantes y los ogros de los cuentos infantiles. No encuentro nada más singular en la vida que el hecho de que todo parece perder su sustancia en el instante en el que uno al fin se enfrenta a ello. Y lo mismo sucederá con lo que cree que es tan terrible.

—¡Pero soy una mujer! —dijo Hepzibah patéticamente—. Iba a decir que soy una dama, pero considero que eso quedó en el pasado.

—Bueno, pues no importa que sea el pasado —respondió el artista con un extraño brillo de sarcasmo medio oculto asomando por la amabilidad de su carácter—. ¡Déjelo ir! Usted está mejor sin el pasado. Se lo digo con sinceridad, mi querida señorita Pyncheon, porque ¿no somos amigos? Pienso en hoy como en uno de los días afortunados de su vida. Es el fin de una época y el comienzo de otra. Hasta ahora, la sangre de la vida se ha ido congelando poco a poco en sus venas mientras se sentaba distante dentro de su círculo de finura, mientras que el resto del mundo estaba luchando su batalla con alguna especie u otra de necesidad. De aquí en adelante, al menos sentirá el saludable y natural esfuerzo de tener un propósito, y de unir sus fuerzas, ya sean muchas o pocas, al esfuerzo unido de la humanidad. Esto es un éxito... ¡todo el éxito que cualquiera pueda saborear!

—Es muy natural, señor Holgrave, que usted albergue ese tipo de ideas —contestó Hepzibah, levantando su demacrada figura con dignidad ligeramente ofendida—. Usted es un hombre, un hombre joven, y supongo que educado, como casi todo el mundo hoy en día, con vistas a buscar su propia fortuna. Pero yo nací para ser una dama y siempre he vivido como tal; no importaba la estrechez de los medios, siempre una dama.

—Pero yo no nací para ser un caballero ni tampoco he vivido como tal —dijo Holgrave con una ligera sonrisa—, de modo que, mi querida señora, difícilmente puede esperar que simpatice con sensibilidades de este tipo. No obstante, a menos que me engañe a mí mismo, tengo cierta comprensión imperfecta sobre ellas. Esos títulos de caballero y dama tenían significado en la historia pasada del mundo, y conferían privilegios, deseables o no, a aquellos con derecho a obtenerlos. En el presente, y aún más en la futura condición de la sociedad, ¡no implican privilegios sino restricciones!

—Eso son ideas nuevas —dijo la anciana dama con una sacudida de su cabeza—. Nunca las entenderé, ni tampoco deseo entenderlas.

—Dejaremos de hablar de ellas, entonces —respondió el artista con una sonrisa más amistosa que la anterior—, y dejaré que piense por sí misma si no es mejor ser una mujer de verdad antes que una dama. ¿De verdad piensa, señorita Hepzibah, que cualquier dama de su familia ha llevado a cabo un acto tan heroico, desde la construcción de esta casa, que el que usted está realizando hoy? Nunca. Y si los Pyncheon siempre hubieran actuado de un modo tan noble, dudo que el anatema del viejo brujo Maule que usted me contó una vez hubiera tenido tanto peso en la Providencia contra ellos.

—¡Ah, no, no! —dijo Hepzibah, nada disgustada ante esta alusión a la sombría dignidad de una maldición heredada—. Si el fantasma del viejo Maule, o alguno de sus descendientes, pudiera verme detrás del mostrador hoy, lo consideraría como la culminación de sus peores deseos. Pero le agradezco su amabilidad, señor Holgrave, y me esforzaré al máximo para ser una buena tendera.

—Hágalo, por favor —dijo Holgrave—, y permítame el placer de ser su primer cliente. Estoy a punto de dar un paseo hasta la orilla del mar, antes de dirigirme a mis aposentos, donde hago un mal uso de la bendita luz solar de los cielos perfilando rasgos humanos gracias a su intervención. Unas cuantas de esas galletas, mojadas en agua de mar, serán todo lo que necesite para desayunar. ¿Cuánto cuesta media docena?

—Permítame que sea una dama un rato más —replicó Hepzibah, con los ademanes de antigua majestuosidad a los que una melancólica sonrisa le conferían una suerte de elegancia. Le entregó las galletas pero rechazó la compensación—. ¡Un Pyncheon no debe, en cualquier caso bajo el techo de sus antepasados, recibir dinero por un bocado de pan de su único amigo!

Holgrave se marchó, dejándola, por el momento, con el ánimo menos deprimido. Pronto, empero, volvieron a decaer a su anterior nivel moribundo. Con palpitaciones escuchaba las pisadas de los primeros transeúntes, que ahora comenzaban a ser frecuentes por la calle. Una o

dos veces pareció que se detenían; estos extraños, o vecinos, como era el caso, estaban mirando el despliegue de juguetes y mercancías en el escaparate de Hepzibah. Ella se sentía doblemente torturada; en parte con una sensación de abrumadora vergüenza por el hecho de que ojos extraños e indiferentes tuvieran el privilegio de mirar, y en parte porque se le ocurrió la idea, con ridícula importunidad, de que el escaparate no había sido dispuesto de un modo habilidoso ni se le había sacado todo el partido que podía tener. Le parecía que toda la fortuna o el fracaso de su tienda dependería del despliegue de un diferente grupo de artículos, o de sustituir una manzana más bonita por una que parecía tener manchas. De modo que hizo el cambio y de inmediato se le antojó que había arruinado todo el escaparate, sin reconocer que se trataba del nerviosismo del momento, y su propio recelo inherente como solterona, lo que provocaba todo el aparente problema.

Luego se produjo un encuentro, justo en el umbral de su puerta, entre dos trabajadores, como los delataban sus broncas voces. Tras una charla insustancial sobre sus propios asuntos, uno de ellos se percató del escaparate y dirigió la atención del otro hacia él.

—¡Mira! —exclamó—. ¿Qué te parece esto? ¡Parece que surgen nuevos comercios en la calle Pyncheon!

—Vaya, vaya, esto sí que es algo digno de ver —exclamó el otro—. ¡En la vieja casa Pyncheon y bajo el olmo Pyncheon! ¿Quién lo habría pensado? ¡La solterona Pyncheon ha montado un colmado!

—¿Crees que lo sacará adelante, Dixey? —dijo su amigo—. No diría que es un buen puesto. Hay otra tienda al volver la esquina.

—¡Sacarla adelante! —exclamó Dixey con la más desdeñosa de las expresiones, como si la sola idea fuera imposible de concebirse—. ¡En absoluto! Tan sólo su cara, que la he visto porque un año le limpié el jardín, es suficiente para espantar al mismísimo diablo, si es que se le ocurriera alguna vez comerciar con ella. ¡Te digo que la gente no la soporta! Ella hace unas muecas terribles, con o sin razón, tan sólo por pura fealdad de temperamento.

—Bueno, eso no importa mucho —comentó el otro hombre—. Estas personas malencaradas son muy diestras en los negocios y saben muy bien de qué va la cosa. Pero, por lo que dices, no creo que a ella le vaya muy bien. Este negocio de los colmados ya está recargado, como cualquier otro negocio, artesanía y trabajo físico. ¡Lo sé a mi pesar! Mi esposa regentó un colmado durante tres meses y perdió cinco dólares en su inversión.

—¡Mal negocio! —respondió Dixey con tono que indicaba que estaba sacudiendo la cabeza—. Mal negocio.

Por alguna razón no muy fácil de analizar, apenas había sentido una punzada tan amarga en toda su desdicha anterior por el asunto como la que estremeció el corazón de Hepzibah al oír la conversación anterior. El testimonio en cuanto a su semblante era tremendamente importante; parecía respaldar la idea de que su imagen, totalmente despojada de la falsa luz de su propia parcialidad, era algo tan horrible que no se atrevían a mirarla. Además, se sentía absurdamente dolida por el ligero y ocioso efecto que su establecimiento, un acontecimiento que despertaba gran interés en ella misma, parecía tener sobre el público, del que aquellos dos hombres eran los representantes más cercanos. Una mirada, un par de palabras de paso, una risa áspera, y sin duda ya se habrían olvidado de ella antes de volver la esquina. No les importaba nada su dignidad, e igual de poco su degradación. Y entonces, también, el augurio del fracaso, proferido por la sabiduría de la experiencia, cayó sobre sus moribundas esperanzas como un terrón sobre una tumba. La esposa del hombre había intentado el mismo experimento y había fracasado. ¿Cómo podía la dama de alcurnia —reclusa durante media vida, totalmente inexperta en los temas del mundo a sus sesenta años de edad— siquiera soñar con el éxito cuando la dura, vulgar, aplicada, ocupada, estereotipada mujer de Nueva Inglaterra había perdido cinco dólares en su pequeña inversión? El éxito se presentaba como una imposibilidad, y sus esperanzas de obtenerlo no era más que una salvaje alucinación.

Algún espíritu malévolo, esforzándose todo lo posible por volver loca a Hepzibah, desplegó ante su imaginación una suerte de panorama que representaba la gran carretera de una ciudad muy activa con clientes. Colmados, jugueterías, tiendas de telas, con sus inmensos paneles de vidrio, sus preciosos muebles, su amplio y completo surtido de mercancías en los que habían invertido fortunas. Y esos nobles espejos en el extremo más alejado de cada establecimiento, redoblando toda su riqueza con una visión brillante y bruñida de irrealidades. En un lado de la calle se encontraba este espléndido bazar, con una multitud de vendedores perfumados y lustrosos, sonriendo, inclinándose, y pesando los productos. Al otro lado, la vieja y oscura casa de los siete tejados, con el anticuado escaparate bajo el saliente del tejado, y con la misma Hepzibah, vestida con un vestido de anticuada seda negra, detrás del mostrador, frunciéndole el ceño al mundo conforme seguía su curso. Este intenso contraste se impuso como una justa expresión de las probabilidades contra las que iba a comenzar su lucha por subsistir. ¿Éxito? ¡Imposible! Jamás volvería a pensar en ello. La casa bien podría estar inmersa en una niebla eterna mientras que el resto de las casas eran iluminadas por el sol. Jamás nadie cruzaría el umbral ni intentaría abrir la puerta.

Pero, en ese instante, la campanilla sobre su cabeza tintineó como si estuviera embrujada. El corazón de la anciana dama parecía estar sujeto al mismo muelle de acero, ya que dio una serie de agudas sacudidas al unísono con el sonido. La puerta se abrió aunque no se percibía ninguna forma humana al otro lado de la media ventana. Hepzibah, empero, se quedó mirando con las manos juntas, como si hubiera invocado a un espíritu maligno y temiera, aun decidida, arriesgarse al encuentro.

—¡Qué el cielo me ayude! —gruñó mentalmente—. ¡Este es mi momento de necesidad!

La puerta, que giró con dificultad sobre sus rechinantes y oxidadas bisagras al obligarla a abrirse, mostró a un regordete pillastre con mejillas tan rojas como una manzana. Iba vestido de un modo bastante andrajoso (pero, al parecer, se debía más al descuido de su madre que a la pobreza de su padre) con un delantal azul muy ancho y pantalones cortos, zapatos algo desgastados en la puntera, y un sombrero de paja por cuyas rendijas asomaban los rizos de su cabello. Un libro y una pizarra pequeña bajo el brazo indicaban que iba de camino al colegio. Se quedó mirando a Hepzibah por un momento, como era probable que hubiera hecho un cliente mucho mayor que él, sin saber cómo interpretar la trágica actitud y extraña mueca con la que lo miraba.

—Y bien, niño —dijo ella, animándose al ver a un personaje tan poco formidable—, dime, mi niño, ¿qué deseas?

—Ese Jim Crow del escaparate —contestó el golfillo al tiempo que mostraba un centavo y señalaba a la figura de pan de jengibre que había llamado su atención mientras vagueaba de camino al colegio—. El que no tiene el pie roto.

De modo que Hepzibah alargó su lacio brazo y, tomando la efigie del escaparate, se la entregó a su primer cliente.

—No te preocupes por el dinero —le dijo, dándole un pequeño empujón hacia la puerta, ya que su refinamiento sintió una contumaz aprensión al ver la moneda de cobre y, además, sintió una miserable tacañería al aceptar el dinero del niño a cambio de un trozo de pan de jengibre rancio—. No te preocupes por el centavo. Puedes quedarte el Jim Crow.

El niño, que miraba boquiabierto este ejemplo de generosidad, totalmente inaudito en su larga experiencia con los colmados, cogió el hombrecillo de jengibre y abandonó la tienda. Tan pronto como llegó a la acera (¡era un pequeño caníbal!), la cabeza de Jim Crow ya estaba en su boca. Como no había tenido el cuidado de cerrar la puerta, Hepzibah tuvo que hacer el esfuerzo de cerrarla tras él, lanzando un par de irascibles exclamaciones acerca de lo fastidiosos que eran los jóvenes y, en particular, los niños pequeños. Acababa de colocar a otro representante del famoso Jim Crow en el escaparate cuando, de nuevo, la campanilla de la tienda tintineó con gran clamor y la puerta volvió a abrirse de par en par, con sus característicos tirones y sacudidas, para volver a mostrar al mismo golfillo regordete que, exactamente dos minutos antes, había salido de allí. Las migas y las manchas del festín caníbal, apenas consumado, eran sumamente visibles en su boca.

—¿Qué quieres ahora, niño? —preguntó la solterona con mucha impaciencia—. ¿Has vuelto para cerrar la puerta?

—No —contestó el pillo mientras señalaba hacia la figura que acababa de poner en el escaparate—. Quiero ese otro Jim Crow.

—Bueno, pues aquí lo tienes —dijo Hepzibah, alargándoselo. Sin embargo, reconoció que este pertinaz cliente no la dejaría tranquila siempre que hubiera figuras de pan de jengibre en su tienda, de modo que retiró un poco su mano extendida—. ¿Dónde está el centavo?

El pequeño tenía el centavo preparado pero, como un auténtico yanqui, habría preferido una mejor oferta que no esa. Con aspecto algo disgustado, dejó la moneda sobre la mano de Hepzibah y se marchó, enviando al segundo Jim Crow en busca del primero. La nueva tendera dejó caer el primer resultado sólido de su empresa comercial en la caja registradora. ¡Lo había hecho! La sórdida mancha de la moneda de cobre nunca desaparecería de la palma de su mano. El pequeño escolar, ayudado por la traviesa figura del bailarín negro, había forjado una ruina irreparable. Ellos habían derribado la estructura de la antigua aristocracia, como si su mano infantil hubiera demolido la mansión de los siete tejados. ¡Ahora era el turno de Hepzibah de girar los antiguos retratos Pyncheon para ponerlos mirando a la pared, de llevar el mapa de los territorios del este a la cocina para encender el fuego, y de alimentar la llama con el aliento vacío de sus tradiciones ancestrales! ¿Qué tenía que ver con la prosapia? ¡Nada! ¡Nada más de lo que tenía que ver con la posteridad! Ya no era una dama, sino tan sólo Hepzibah Pyncheon, una triste solterona, ¡tendera de un colmado!

No obstante, incluso mientras hacía desfilar esas ideas de un modo algo ostentoso por su mente, es del todo sorprendente la calma que le sobrevino. La ansiedad y las dudas que la habían atormentado, tanto dormida como en melancólicas ensoñaciones, desde que su proyecto comenzó a tomar un aspecto sólido, se habían desvanecido ahora. Sentía la novedad de su posición, en efecto, pero ya no la sentía con perturbación ni susto. De vez en cuando llegaba un entusiasmo de disfrute casi juvenil. Era el tonificante aliento de un fresco ambiente exterior tras el largo letargo y la monótona reclusión de su vida. ¡Qué saludable es el esfuerzo! ¡Cuán milagrosa la fuerza que no conocíamos! El más saludable fulgor que Hepzibah había conocido durante años se había convertido ahora en la temida crisis cuando, por primera vez, ella había alargado la mano para ayudarse a sí misma. El pequeño círculo de la moneda de cobre del colegial —por muy tenue y sin brillo que fuera, con los pequeños servicios que había ido prestando por el mundo— había demostrado ser un talismán, fragante de bondad, y merecedor de ser engarzado en oro para llevarlo junto a su corazón. ¡Era tan potente como un anillo galvánico, y tal vez estuviera dotado con la misma clase de eficacia! Hepzibah, en cualquier caso, se sentía en deuda con su sutil operación, tanto en cuerpo como en espíritu; tanto era así que le inspiró la energía necesaria para ir a desayunar, algo que se permitió hacer para mantener su coraje, y así añadió una cucharada extra a su infusión de té negro.

Su primer día como tendera, empero, no transcurrió sin muchas y serias interrupciones en su alegre ánimo vigoroso. Como regla general, la Providencia rara vez otorga a los mortales más que el grado justo de apoyo suficiente para mantenerlos ejerciendo un razonable esfuerzo. En el caso de nuestra vieja dama, después de que la excitación del nuevo esfuerzo hubiera remitido, el desaliento de su vida amenazaba con volver ocasionalmente. Era como la pesada masa de nubes que a veces podemos ver oscureciendo el cielo, creando un gris crepúsculo por todas partes, hasta que le cede temporalmente el terreno a los rayos del sol hacia la caída del mismo. Pero siempre, la envidiosa nube se esfuerza por volver a aparecer en la franja de azul celestial.

Los clientes llegaron conforme avanzaba la mañana, pero bastante despacio. Hay que decir que, en algunos casos, con poca satisfacción tanto para los clientes como para la señorita Hepzibah. Y tampoco, en su totalidad, agregaron muchos emolumentos a la caja registradora. Una niña pequeña, enviada por su madre para comprar una madeja de hilo de algodón de un tono peculiar, se llevó una que la miope anciana pronunció como extremadamente parecido, pero la niña pronto regresó corriendo con un brusco y enojado mensaje de que no serviría y, además, ¡estaba muy pasado!

Entonces llegó una pálida mujer mal agestada, no vieja sino demacrada, y ya con hebras grises entre sus cabellos, como hilos plateados; una de esas mujeres, de natural delicado, en las que de inmediato se reconoce el desgaste provocado por un marido agresivo —probablemente un borracho agresivo— y por haber dado a luz, al menos, a nueve criaturas. Ella quería varios kilos de harina y ofreció el dinero, que la decadente dama rechazó en silencio, y le dio a la pobre alma cándida más cantidad que la que se hubiera llevado por ese precio. Poco después, un hombre con un guardapolvo de algodón azul, muy manchado, entró y compró una pipa, llenando toda la tienda mientras tanto con el cálido olor del licor fuerte, no sólo exhalado por la tórrida atmósfera de su aliento, sino brotando de todo su cuerpo como un gas inflamable. La mente de Hepzibah registró que este individuo era el marido de la mal agestada mujer. Pidió papel para tabaco y, como ella no había considerado proveerse de ese artículo, su agresivo cliente estrelló su pipa nueva contra el suelo y salió de la tienda, murmurando palabras ininteligibles, pero que tenían el tono y la amargura de una maldición. ¡A partir de ese momento Hepzibah elevó la mirada, involuntariamente frunciéndole el ceño a la misma Providencia!

No menos de cinco personas, durante la mañana, pidieron cerveza de jengibre o zarzaparrilla o cualquier otra bebida de similar naturaleza y, al no obtener nada parecido, se marcharon con un increíble mal humor. Tres de esos hombres dejaron la puerta abierta, y los otros dos tiraron de la puerta con tanta malevolencia al salir que la campanilla destrozó los nervios de Hepzibah. Una rotunda, agitada y rubicunda ama de casa del vecindario irrumpió en la tienda sin aliento, exigiendo levadura con fiereza. Y cuando la pobre dama, con sus fríos modales tímidos, le dio a entender a su acalorada clienta que ella no vendía ese producto, la muy competente ama de casa se tomó la libertad de administrar una buena reprimenda.

—¡Un colmado sin levadura! —dijo ella—. ¡Eso no es así! ¿Quién ha oído jamás algo semejante? Su hogaza no subirá, tal y como la mía no subirá hoy. Más le vale cerrar la tienda de inmediato.

—Bueno —dijo Hepzibah con un fuerte suspiro—, ¡quizás lo haga!

Varias veces más, además del ejemplo anterior, sus sensibilidades de dama se vieron gravemente ofendidas por el tono familiar, si no grosero, con el que la gente se dirigía a ella. Era evidente que se consideraban, no sólo sus iguales, sino sus patrones y superiores. Ahora bien, de un modo involuntario, Hepzibah se había hecho a la idea de que su persona irradiaría una suerte de brillo o halo que conseguiría que se asegurara la reverencia hacia su destacada nobleza o, al menos, que se la reconocieran de un modo tácito. Por otro lado, nada la torturaba de forma más intolerable que cuando este reconocimiento era expresado de un modo demasiado prominente. Ante una o dos oficiosas ofertas de simpatía, sus respuestas fueron poco menos que mordaces; lamentamos decir que Hepzibah se había lanzado a un estado mental nada cristiano al sospechar que una de sus clientas se había acercado a la tienda, no por una auténtica necesidad del producto que fingía buscar, sino por un deseo malvado de verla a ella. La vulgar criatura estaba decidida a ver por sí misma qué suerte de figura mostraría tras un mostrador, tras desperdiciar sus mejores años y parte del declive de su vida alejada del mundo, un miembro enmohecido de la aristocracia. En este caso en particular, sin importar lo mecánico e inocuo que podría parecer en otras ocasiones, el ceño fruncido de Hepzibah le resultó útil.

—¡Nunca he estado más asustada en mi vida! —dijo la curiosa clienta al describirle el incidente a una de sus amistades—. ¡Créeme cuando te digo que es una vieja zorra! Dice poco, claro que sí, pero ojalá pudieras ver la maldad de sus ojos.

En conjunto, por lo tanto, su nueva experiencia llevó a nuestra anciana dama a unas desagradables conclusiones en cuanto al temperamento y los modales de lo que ella denominaba las clases inferiores, a quienes con anterioridad había contemplado con una gentil y compasiva complacencia mientras ella ocupaba una esfera de incuestionable superioridad. Pero, por desgracia, también tuvo que luchar contra una amarga emoción de un tipo completamente opuesto: un sentimiento de virulencia, queremos decir, hacia la aristocracia ociosa a la que tan recientemente había tenido el orgullo de pertenecer. Cuando una dama, vestida con un delicado y costoso traje de verano, con un velo flotante y un vestido que se movía con gracia y que, en conjunto, poseía una ligereza etérea que hacía que mirases sus pies bellamente calzados para ver si pisaba el polvo o flotaba en el aire, cuando una visión así pasaba por esta retirada calle, dejándola tierna y deliciosamente perfumada a su paso, como si llevara un ramo de rosas de té, entonces, una vez más, debemos temer que el ceño de la vieja Hepzibah no podía justificarse totalmente con el argumento de que era miope.

«¿Con qué fin —pensaba ella, dando rienda suelta a esa sensación de hostilidad que es la única y auténtica degradación de los pobres en presencia de los ricos—, con qué buen fin, bajo la sabiduría de la Providencia, vive esa mujer? ¿Debe esforzarse el mundo entero para que las palmas de sus manos se mantengan blancas y delicadas?».

Entonces, avergonzada y arrepentida, se tapó la cara con las manos.

—¡Qué Dios me perdone! —dijo.

Sin duda, Dios la perdonó. Pero, teniendo en cuenta el historial de idas y venidas del primer medio día, Hepzibah comenzó a temer que la tienda resultaría ser su ruina desde un punto de vista moral y religioso, sin contribuir de un modo esencial hacia su bienestar temporal.

CAPÍTULO IV

Un día tras el mostrador

Hacia el mediodía, Hepzibah vio a un anciano caballero, corpulento y rollizo, de apariencia increíblemente circunspecta, que pasaba despacio por la acera opuesta de la blanca y polvorienta calle. Al acercarse a

la sombra del olmo Pyncheon, se detuvo y, quitándose el sombrero para limpiar el sudor de su frente, pareció escudriñar con especial interés la dilapidada y oxidada fachada de la casa de los siete tejados. Él mismo, aunque de un estilo muy diferente, era tan digno de observación como la casa. No se necesitaba buscar, ni lo podrían encontrar, mejor modelo del más alto orden de respetabilidad, el cual no sólo se expresaba en su apariencia y en sus gestos, sino que incluso gobernaba la moda de sus ropajes y los convertía como adecuados y esenciales para el hombre. Sin que pareciera que difería, de cualquier modo tangible, de la ropa de las demás personas, seguía habiendo una amplia y rica solemnidad en ellas que debía ser una característica de quien las vestía, ya que no podía definirse como perteneciente al corte o al tejido. Su bastón con mango de oro —una vara funcional de oscura madera pulida— también tenía rasgos similares y, si hubiera elegido darse un paseo por sí mismo, habría sido reconocido en cualquier parte como un representante tolerablemente adecuado de su dueño. Este carácter —que aparecía de modo impresionante en todo lo relacionado con él, y ese efecto es el que buscamos transmitir al lector— no iba más allá de su posición social, hábitos de vida, y circunstancias externas. Se percibía que era un personaje de marcada influencia y autoridad; en especial, uno podía sentirse igual de seguro de que era opulento como si hubiera exhibido su cuenta bancaria o como si se le hubiera visto tocar las ramitas del olmo Pyncheon y, como el rey Midas, convertirlas en oro.

En su juventud, es probable que se le hubiera considerado un hombre apuesto; en su edad actual, sus cejas estaban demasiado pobladas, sus sienes estaban demasiado desnudas, su cabello restante era demasiado gris, sus ojos eran demasiado fríos, sus labios estaban demasiado apretados como para tener relación con la simple belleza personal. Habría protagonizado un retrato bueno y enorme; mejor ahora, tal vez, que en cualquier período anterior de su vida, aunque su aspecto podría volverse positivamente duro en el proceso de ser plasmado en el lienzo. El artista habría encontrado deseable estudiar su rostro y demostrar su capacidad para una variedad de expresiones, como oscurecerlo con un ceño fruncido o iluminarlo con una sonrisa.

Mientras el anciano caballero permanecía mirando la casa Pyncheon, tanto el ceño fruncido como la sonrisa pasaron sucesivamente por su semblante. Sus ojos se clavaron en el escaparate y, poniéndose un par de gafas con montura de oro que llevaba en la mano, examinó minuciosamente el pequeño despliegue de juguetes y productos de Hepzibah. Al principio no pareció complacerle —no, le provocó un inmenso desagrado— y aun así, al momento siguiente, sonrió. Mientras esa última expresión permanecía en sus labios, vio a Hepzibah, quien se había inclinado involuntariamente hacia el escaparate; y entonces la sonrisa pasó de mordaz y desagradable a la complacencia y benevolencia más alegres. Le dedicó una inclinación de cabeza con una feliz mezcla de dignidad y cortés amabilidad y prosiguió su camino.

—¡Ahí está! —dijo Hepzibah para sí, tragándose una muy amarga emoción y, como no pudo deshacerse de ella, intentando devolverla a su corazón—. Me pregunto qué pensará de la tienda. ¿Le complace? ¡Ah! ¡Ha vuelto a mirar!

El caballero se había detenido en la calle y se había girado a medias, aún con la mirada fija en el escaparate. De hecho, se dio la vuelta por completo y dio un paso o dos, como si planeara entrar en la tienda; sin embargo, sucedió que su propósito se vio anticipado por el primer cliente de Hepzibah, el pequeño caníbal de Jim Crow, quien, mirando el escaparate, se sintió irresistiblemente atraído por un elefante de pan de jengibre. ¡Vaya apetito voraz que tenía este pequeño pillastre! ¡Dos Jim Crow inmediatamente después de desayunar! Y ahora un elefante como aperitivo para hacer boca antes de la cena. Para cuando esta última compra se completó, el anciano caballero había continuado su camino y había girado la esquina de la calle.

—Tómatelo como quieras, primo Jaffrey —musitó la solterona al retroceder después de asomar la cabeza con cuidado para mirar arriba y abajo de la calle—. ¡Tómatelo como quieras! Has visto mi pequeño escaparate. ¡Bueno! ¿Qué tienes que decir al respecto? ¿No es la casa Pyncheon mía mientras siga viva?

Tras este incidente, Hepzibah se retiró al saloncito trasero, donde cogió al principio una media a medio acabar y comenzó a tejerla con sacudidas nerviosas e irregulares; pero, sintiéndose rápidamente en desacuerdo con las puntadas, tiró la media a un lado y paseó con prisas por toda la sala. Al cabo de un rato se detuvo delante del retrato del severo y viejo puritano, su antepasado y el fundador de la casa. En cierto sentido, este cuadro casi se había desvanecido sobre el lienzo para ocultarse detrás de la oscuridad de los años; por otro lado, no podía más que imaginar que se había ido volviendo cada vez más prominente y expresivo desde su temprana familiaridad con él cuando era una niña. Ya que, aunque el perfil físico y la sustancia se estaban oscureciendo al ojo del observador, el osado, duro y, al mismo tiempo, indirecto carácter del hombre parecía haber sido resaltado en una especie de alivio espiritual. Tal efecto puede observarse ocasionalmente en retratos de fecha antigua. Adquieren una expresión que un artista (si tiene algo parecido a la complacencia de los artistas de hoy en día) nunca soñaría en presentar ante un mecenas como su propia y característica expresión, pero que, empero, de inmediato reconocemos como el reflejo de la desagradable verdad del alma humana. En tales casos, la profunda concepción del pintor de los rasgos internos de su sujeto se ha forjado en la esencia del retrato y puede verse después de que los colores superficiales hayan sido borrados por el tiempo.

Mientras miraba el retrato, Hepzibah temblaba bajo su ojo. Su reverencia hereditaria hacía que temiera juzgar el carácter del original con tanta dureza como una percepción de la verdad la compelía a hacer. Pero siguió mirando porque el rostro del cuadro le permitía —o, al menos, ella así lo creía— leer con más precisión y con mayor profundidad el rostro que acababa de ver en la calle.

—¡Es el mismo hombre! —murmuraba para sí—. Que Jaffrey Pyncheon sonría como desee, ¡debajo está esa mirada! Si le ponemos un solideo, y una banda, y una capa negra, y una biblia en una mano y una espada en la otra —dejemos que Jaffrey sonría como quiera— nadie dudaría que se trata del viejo Pyncheon resucitado. ¡Ha demostrado ser el mismo hombre al construir una nueva casa! ¡Puede que también haya atraído una nueva maldición!

Y así se desconcertaba Hepzibah con esas fantasías de los viejos tiempos. Ella había vivido mucho tiempo sola, y demasiado tiempo en la casa Pyncheon, hasta que todo su cerebro quedó impregnado con la podredumbre de sus vigas de madera. Ella necesitaba un paseo por la calle del mediodía para mantenerse cuerda.

Por hechizo de contraste, otro retrato se alzó frente a ella, pintado con más atrevida adulación que la que cualquier artista hubiera aventurado, pero tocada de un modo tan delicado que el retrato continuaba perfecto. La miniatura de Malbone, aunque del mismo original, era muy inferior al cuadro pintado en el aire de Hepzibah, ante el cual se unían el afecto y el triste recuerdo. Suave, apacible y jovialmente contemplativo, con rojos labios carnosos, justo a punto de sonreír, algo que anunciaban los ojos con una gentil iluminación de sus orbes. Rasgos femeninos, moldeados inseparables con aquellos del otro sexo. La miniatura, asimismo, tenía esta última peculiaridad, de modo que era inevitable pensar que el original se parecía a su madre, y que ella era una mujer encantadora y adorable, con tal vez alguna bella dolencia de carácter que hacía tanto más agradable conocerla y más fácil amarla.

«Sí —pensaba Hepzibah con tristeza que era sólo la parte más tolerable que brotaba desde su corazón hasta sus párpados—, persiguieron a su madre en él. ¡Él nunca fue un Pyncheon!».

Pero ahí sonó la campanilla de la tienda. Fue como un sonido procedente de una distancia remota, tan lejos había descendido Hepzibah en las profundidades sepulcrales de sus reminiscencias. Al entrar en la tienda, encontró a un anciano allí, un humilde residente de la calle

Pyncheon, y al que, durante muchos años ya, había tenido que soportar como una especie de conocido de la casa. Era un personaje inmemorial que siempre parecía haber tenido una cabeza blanca y arrugas, y nunca parecía haber tenido dientes a excepción de uno medio podrido en la parte delantera de la mandíbula superior. Con todo lo mayor que Hepzibah era, no conseguía recordar cuándo el tío Venner, como lo llamaba el vecindario, no se había paseado calle arriba y calle abajo, un poco jorobado, y arrastrando los pies por la gravilla o el pavimento. Pero seguía habiendo algo duro y vigoroso en él, que no sólo lo hacía respirar a diario, sino que le permitía llenar un lugar que de otro modo estaría vacío en el aparentemente abarrotado mundo. Hacer recados con su paso lento y arrastrado, que hacía que uno se preguntara cómo iba a llegar a ninguna parte; serrar un pequeño montón de leña para el hogar, o hacer pedazos un viejo barril, o cortar un tablón de pino para hacer yesca; en verano, cavar los pocos metros de su huerto perteneciente a un corralón de renta controlada y compartir el fruto de su trabajo a la mitad; en invierno, retirar con una pala la nieve de la acera, o abrir caminos hacia la leñera o a lo largo de la cuerda de tender; tales eran los oficios esenciales que el tío Venner realizaba para, al menos, algunas familias. Dentro de ese círculo él exigía el mismo tipo de privilegios, y probablemente sentía el mismo calor de interés, que un clérigo exige de sus parroquianos. No era que él reclamara el pago de un diezmo pero, como una análoga muestra de reverencia, hacía su ronda cada mañana para recoger las migajas de la mesa y las sobras de la cena, como sustento para un cerdo de su propiedad.

En sus días más jóvenes —ya que, después de todo, existía un leve rumor de que él había sido, no joven, sino más joven— al tío Venner se le consideraba por lo común como bastante deficiente, más de lo normal, en lo intelectual. Lo cierto era que él se había declarado virtualmente culpable de los cargos al apenas perseguir el éxito que otros hombres buscaban y al aceptar sólo esa humilde y modesta parte en las relaciones de la vida que pertenece a los que se supone que son deficientes. Pero ahora, en su extrema senectud —tanto si se debía a que su larga y dura experiencia lo había vuelto más inteligente, o a que su juicio en decadencia lo hacía menos capaz de medirse a sí mismo de un modo justo— el venerable hombre hacía ostentación de no poca sabiduría y realmente disfrutaba de los méritos que se le atribuían. Asimismo, a veces, había una vena de algo poético en él; era el musgo o los alhelíes de su mente en su pequeño deterioro, y le proporcionaba encanto a lo que habría sido vulgar y ordinario en su vida anterior. Hepzibah sentía consideración por él, porque su nombre era antiguo en la ciudad y había sido respetable anteriormente. Aún mejor razón para concederle una

especie de reverencia familiar era el hecho de que el tío Venner era la existencia más antigua, tanto humana como material, en la calle Pyncheon, a excepción de la casa de los siete tejados y quizás el olmo que le daba sombra.

Este patriarca ahora se presentaba frente a Hepzibah, vestido con un viejo abrigo azul que tenía un aire moderno, y que debía habérsele concedido procedente de las prendas desechadas por algún elegante oficinista. En cuanto a sus pantalones, eran de arpillera, le quedaban cortos y formaban una extraña bolsa en la parte trasera, pero aun así eran adecuados para su figura, a diferencia de otras prendas. Su sombrero no guardaba relación con ninguna otra parte de su vestimenta, y muy poca con la cabeza que lo llevaba. Así, el tío Venner era un anciano caballero misceláneo, en parte él mismo pero, por si acaso, en parte otra persona, armados de diferentes épocas también, la personificación de los tiempos y las modas.

—De modo que de verdad ha empezado a comerciar —dijo él—. ¡Realmente ha empezado a comerciar! Bueno, me alegro de verlo. Los jóvenes nunca deberían vivir ociosos en el mundo, ni los viejos tampoco, a menos que el reuma se apodere de ellos. Ya me ha dado un aviso, y dentro de dos o tres años pensaré en dejar de lado el negocio y retirarme a mi granja. Está por allá, la gran casa de ladrillos, ya sabe. La mayoría de la gente la llama el asilo para pobres, pero yo pretendo hacer mi trabajo primero y luego ir allí a holgazanear y disfrutar de mí mismo. ¡Y me alegro de que esté empezando a trabajar, señorita Hepzibah!

—Gracias, tío Venner —dijo Hepzibah con una sonrisa, ya que ella siempre sentía amabilidad hacia el sencillo y charlatán anciano. Si él hubiera sido una anciana, era probable que ella hubiera rechazado la libertad que ahora aceptaba de buen grado—. ¡Sí que es hora de que me pusiera a trabajar! O, a decir verdad, acabo de empezar cuando debería estar dejándolo.

—¡Oh, nunca diga eso, señorita Hepzibah! —contestó el anciano—. Usted es todavía una mujer joven. Vaya, apenas me creía más joven de lo que soy ahora. ¡Parece que ha pasado muy poco tiempo desde que la viera jugar frente a la puerta de la vieja casa, una niña tan pequeña! Pero muchas veces se sentaba en el umbral y contemplaba la calle con seriedad. Siempre tuvo un aire serio, un aire adulto, aun cuando usted sólo me llegaba a la altura de la rodilla. Me parece estar viéndola ahora, a usted y a su abuelo, con su abrigo rojo y su peluca blanca y su sombrero ladeado y su bastón, saliendo de la casa para pisar la calle con grandeza. Esos viejos caballeros que crecieron antes de la Guerra de Independencia solían darse muchos aires de grandeza. En mis días de juventud, al gran hombre de la ciudad se le llamaba comúnmente

rey; pero a su esposa no se le llamaba reina, sino dama. Hoy en día, un hombre no se atrevería a que lo llamaran rey y, si se siente por encima de los ciudadanos de a pie, sólo se encorva mucho más por ellos. Me he encontrado con su primo, el juez, hace diez minutos y, aunque llevo pantalones de arpillera, como ve, ¡creo que el juez me saludó levantando su sombrero! En cualquier caso, el juez hizo una inclinación de cabeza y sonrió.

—Sí —dijo Hepzibah con cierta amargura que se coló inadvertida en su tono—, se considera que mi primo Jaffrey tiene una sonrisa muy agradable.

—Y la tiene —respondió el tío Venner—. Y eso es bastante impresionante en un Pyncheon, porque, disculpe que se lo diga, señorita Hepzibah, nunca han tenido fama de ser personas fáciles y agradables. No había forma de acercarse a ellos. Pero ahora, señorita Hepzibah, si un anciano puede atreverse a preguntarlo, ¿por qué el juez Pyncheon, con sus grandes medios, no da un paso adelante y le dice a su prima que cierre su tienda de inmediato? ¡Tiene mérito que usted esté haciendo algo, pero no es mérito del juez que le permita hacerlo!

—Si no le molesta, no hablaremos de esto, tío Venner —dijo Hepzibah con frialdad—. Debo decir, sin embargo, que si he elegido ganarme el pan por mí misma, no es por culpa del juez Pyncheon. Ni tampoco se merece la culpa —añadió de un modo más amable, recordando los privilegios que la edad y la humilde familiaridad le otorgaban al tío Venner—, en el caso de que yo, en el futuro, encuentre conveniente retirarme con usted a su granja.

—¡Y no es un mal lugar esa granja mía! —exclamó el anciano con alegría, como si hubiera algo decididamente delicioso en la perspectiva—. No es mal lugar la gran granja de ladrillos, especialmente para aquellos que encontrarán a muchos amigotes allí, como será mi caso. A veces, en las noches de invierno, ansío estar entre ellos, porque es un asunto bien triste para un solitario anciano como yo pasar las horas cabeceando sin más compañía que su estufa. En verano o en invierno, ¡se pueden decir muchas cosas a favor de mi granja! Y cuando llega el otoño, ¿qué puede ser más placentero que pasar todo el día en el lado soleado de un granero o una leñera, hablando con alguien tan viejo como uno mismo, o quizás pasando el tiempo con un bobo de nacimiento que sabe cómo holgazanear, porque ni siquiera nuestros ocupados yanquis descubrieron jamás cómo darles algún uso? Cielos, señorita Hepzibah, dudo que alguna vez haya estado tan cómodo como pretendo estarlo en mi granja, a la que la mayoría de la gente llama el asilo para pobres. Pero usted... usted es todavía joven... ¡Nunca necesitará ir allí! Algo aún mejor surgirá para usted. ¡Estoy seguro de ello!

Hepzibah se imaginó que había algo peculiar en la mirada y el tono de su venerable amigo, hasta tal punto que ella escudriñó su rostro con considerable seriedad, esforzándose por descubrir qué secreto significado, si es que había alguno, podría estar acechando allí. Los individuos cuyos asuntos han alcanzado una crisis completamente desesperada casi siempre se mantienen vivos a fuerza de esperanza, tanto más magníficas cuanto menos pruebas sólidas hay a su alcance, de lo que moldean cualquier judiciosa y moderada expectativa de obtener algo bueno. Así, mientras Hepzibah estaba perfeccionando el plan para su tiendecita, ella había valorado una ignorada idea de que algún truco del destino intervendría en su favor. Por ejemplo, un tío que había partido hacia la India cincuenta años antes y del que nunca habían vuelto a saber nada podría regresar, y adoptarla para que lo reconfortara en su muy extrema y decrépita senectud, y la adornaría con perlas, diamantes, y chales y turbantes orientales, y la nombraría como heredera universal de sus incalculables riquezas. O el miembro del parlamento que ahora se encontraba a la cabeza de la rama inglesa de la familia, con quien los más ancianos de la familia a este lado del Atlántico habían tenido poca o ninguna relación durante los últimos dos siglos, ese eminente caballero invitaría a Hepzibah a abandonar la ruinosa casa de los siete tejados, incitándola a morar con sus parientes en Pyncheon Hall. Pero, por razones del todo imperativas, ella no aceptaría su petición. Era más que probable, por lo tanto, que los descendientes de un Pyncheon que había emigrado a Virginia en alguna pasada generación, y que se convirtió en un gran dueño de una plantación allí, al oír de la pobreza de Hepzibah, e impelido por la espléndida generosidad de carácter con la que su mezcla virginiana debía haber enriquecido la sangre de Nueva Inglaterra, le enviara un giro de mil dólares y darla a entender que repetiría el favor anualmente. O —y seguramente era algo tan indiscutible que no podía estar más allá de los límites de una razonable anticipación— la gran reclamación de la herencia del condado de Waldo finalmente se decidiría a favor de los Pyncheon; de modo que, en vez de regentar un colmado, Hepzibah construiría un palacio y contemplaría desde su torre más alta la colina, el valle, el bosque, los campos, y el pueblo como su propia parte del territorio ancestral.

Esas eran algunas de las fantasías con las que llevaba mucho tiempo soñando. Espoleado por esas fantasías, el casual intento del tío Venner por animarla encendió una extraña gloria festiva en las pobres, desnudas y melancólicas cámaras de su cerebro, como si ese mundo interior se viera iluminado de repente con gas. Pero o bien él no sabía nada de sus castillos en el aire —porque, ¿cómo podría saberlo?— o bien su franco ceño fruncido había perturbado los recuerdos del anciano, como lo habría hecho en un hombre más veleroso. En vez de continuar con un tema de más enjundia, el tío Venner se complació en ofrecerle a Hepzibah algunos sabios consejos sobre su actividad como tendera.

—¡No le fíe a nadie! —Esas fueron algunas de sus máximas de oro—. Nunca acepte papel moneda. ¡Mire bien el cambio! ¡Haga saltar la moneda de plata en la pesa de dos kilos! ¡Devuelva todos los medios peniques ingleses y las piezas de cobre que tanto abundan en la ciudad! En sus horas de asueto, teja medias de lana y mitones para los niños. Elabore su propia levadura y haga su propia cerveza de jengibre.

Y mientras Hepzibah hacía todo lo posible por digerir las duras perlas de su ya pronunciada sabiduría, el anciano dio rienda suelta a su consejo final, al que declaró como el más importante, del modo siguiente:

—Ponga buena cara a los clientes y sonría con agrado al servirles sus productos. Un artículo rancio, si lo cubre con una sonrisa cálida y agradable, resultará mejor que uno fresco que ha servido con una mueca.

Ante este último aforismo, la pobre Hepzibah respondió con un suspiro tan hondo y pesado que casi envió al tío Venner volando lejos, como una hoja marchita —y eso era— enfrentada a un vendaval otoñal. Sin embargo, se recuperó y se inclinó hacia delante; con gran sentimiento en su anciano rostro, la animó a acercarse a él.

—¿Cuándo espera que vuelva a casa? —le susurró.

—¿A quién se refiere? —preguntó Hepzibah, palideciendo.

—¡Ah! No le gusta hablar de ello —dijo el tío Venner—. ¡Vaya, vaya! No diremos más, aunque hay rumores por toda la ciudad. ¡Le recuerdo bien, señorita Hepzibah, de antes de que supiera correr él solo!

Durante el resto del día, la pobre Hepzibah desempeñó sus funciones como tendera con menos éxito aún que durante la mañana. Parecía estar caminando en un sueño o, con más certeza, la vívida vida y la realidad asumidas por sus emociones hicieron que todos los sucesos externos parecieran insustanciales, como los fantasmas provocadores de un sueño medio consciente. Ella seguía respondiendo de forma mecánica a las frecuentes llamadas de la campanilla y, ante las peticiones de sus clientes, buscaba con ojos inciertos por la tienda, ofreciéndoles un producto tras otro, y apartando —de un modo perverso, como la mayoría suponía— el producto mismo que habían pedido. La verdad es que siempre se produce una triste confusión cuando el espíritu se desliza hacia el pasado o hacia el más terrible futuro, o cuando cruza de cualquier modo el límite sin espacio entre su propia región y el mundo real, donde el cuerpo permanece para guiarse del mejor modo posible, con poco más que el mecanismo de la vida animal. Es como la muerte, pero sin

el callado privilegio de la muerte, sin su libertad de las preocupaciones mortales. Y mucho peor cuando las actuales obligaciones se componían de detalles tan baladíes como los que ahora vejaban la taciturna alma de la anciana dama. Como si los hados le fueran adversos, hubo un gran influjo de clientes durante el transcurso de la tarde. Hepzibah cometía equivocaciones a diestro y siniestro por su pequeño negocio, cometiendo los errores más insólitos: colgando unas veces doce y otras siete velas de sebo en lugar de las diez que componían el medio kilo; vendiendo jengibre en lugar de rapé escocés, alfileres en lugar de agujas, y agujas por alfileres; calculando mal el cambio, a veces en detrimento del público y mucho más a menudo en detrimento propio; y así continuó, esforzándose a fondo para crear el caos hasta que, al término de la jornada laboral, con inexplicable asombro, encontró que la caja registradora estaba casi desprovista de monedas. Después de todo su penoso comercio, toda la ganancia llegaba a quizás media docena de monedas de cobre y una cuestionable moneda de nueve peniques que, al final, demostró ser también de cobre.

A ese precio, o a cualquier precio, se regocijó de que el día hubiera llegado a su fin. Nunca antes había tenido la sensación de que el tiempo transcurrido entre el amanecer y la puesta del sol fuera tan intolerablemente largo, y de la miseria que supone no tener nada que hacer y de que, como mejor sabiduría, habría que acostarse de una vez, con huraña resignación, y dejar que la vida, sus penas y vejaciones, pisotearan el cuerpo postrado a voluntad. La última operación de Hepzibah fue con el pequeño devorador de Jim Crow y el elefante, que ahora se proponía comerse un camello. Desconcertada, le ofreció primero un dragón de madera y después un puñado de canicas. Como ninguna de las dos cosas se adaptaba a su apetito omnívoro, se apresuró a sacarle todas las existencias de productos de historia natural que le quedaban en pan de jengibre y sacó al pequeño cliente de la tienda. A continuación amortiguó el timbre con una media sin terminar y colocó la barra de roble de través en la puerta.

Durante ese último proceso, un ómnibus se detuvo bajo las ramas del olmo. A Hepzibah le dio un vuelco el corazón. Remota y oscura, y sin luz del sol en ninguno de los espacios intermedios, era esa región del pasado de dónde se podía esperar que llegara su único invitado. ¿Iba a reunirse con él ahora?

Sea como sea, alguien se estaba moviendo desde la parte más profunda del ómnibus hacia la entrada. Un caballero se apeó, pero sólo lo hizo para ofrecerle la mano a una joven cuya esbelta figura, que de ninguna manera necesitaba tal ayuda, ahora descendía con ligereza los escalones antes de dar un ligero saltito desde el último escalón hacia la acera. Ella recompensó a su caballero con una sonrisa, cuyo alegre fulgor se vio reflejado en el semblante del hombre mientras volvía a subir al vehículo. La muchacha se giró entonces hacia la casa de los siete tejados, hacia la puerta en la que, mientras tanto —no la puerta de la tienda, sino el antiguo portal— el conductor del ómnibus había dejado un ligero baúl y una sombrerera. No sin antes dar un fuerte golpe con el viejo aldabón de hierro, dejó a su pasajera con su equipaje en la puerta y se marchó.

«¿Quién puede ser? —pensó Hepzibah, quien había estado forzando sus órganos visuales hasta el máximo del enfoque del que eran capaces—. La muchacha debe de haberse equivocado de casa».

Se deslizó suavemente hasta el vestíbulo e, invisible, contempló a través de los polvorientos paneles laterales del portal el rostro joven, ruborizado y muy alegre que se presentaba para ser admitido en la vieja y sombría mansión. Era un rostro ante el que casi cualquier puerta se habría abierto por sí sola.

La joven, tan lozana, tan poco convencional, y al mismo tiempo tan pulcra y obediente de las reglas comunes, como de inmediato podrán reconocer que es, se encontraba en amplio contraste en ese momento con todo lo que la rodeaba. La sórdida y fea exuberancia de los gigantescos hierbajos que crecían en el rincón de la casa, y el pesado saliente que la ensombrecía, y el erosionado marco de la puerta... nada de esas cosas pertenecían a su esfera. Pero, al igual que un rayo de sol, caiga en el lugar que caiga, crea instantáneamente la conveniencia de estar allí, de igual modo parecía totalmente apropiado que la muchacha estuviera de pie en el umbral. No era menos apropiado que la puerta se abriera para recibirla. La propia solterona, severamente inhóspita en sus primeros propósitos, pronto empezó a sentir que la puerta debía abrirse y que la oxidada llave debía girar en la reticente cerradura.

«¿Es posible que sea Phoebe? —se cuestionaba en su interior—. Debe de ser la pequeña Phoebe, ya que no puede ser nadie más. ¡Y también se parece a su padre! Pero ¿qué la trae por aquí? Y qué típico de una prima de pueblo dejarse caer así sobre una sin siquiera avisar un día antes o preguntar si sería bienvenida. Bueno, supongo que tendrá una noche de alojamiento y mañana la niña volverá con su madre».

Phoebe debía de ser una de esas personas de la pequeña rama de la familia Pyncheon a las que ya nos hemos referido, natural de una zona rural de Nueva Inglaterra, donde las viejas costumbres y el sentimiento de parentesco aún se mantienen en cierta medida. En su propio círculo no se consideraba en absoluto impropio que los parientes se visitaran sin invitación ni advertencia preliminar y ceremoniosa. Sin embargo, teniendo en cuenta el modo de vida recluso de la señorita Hepzibah, se había escrito y enviado una carta informando de la visita prevista de Phoebe. La carta llevaba tres o cuatro días en el bolsillo del cartero, quien, al no tener otros asuntos que tratar en Pyncheon Street, no había considerado oportuno ir a la casa de los siete tejados.

—No... ella sólo puede quedarse una noche —dijo Hepzibah mientras descorría el cerrojo de la puerta—. Si Clifford la encontrara aquí, ¡podría molestarse!

CAPÍTULO V

Mayo y noviembre

Phoebe Pyncheon durmió, la noche de su llegada, en una habitación que daba al jardín de la antigua casa. Miraba hacia el este, de modo que un rayo de luz carmesí entró a raudales por la ventana a una hora muy propia de la estación para inundar el deslucido techo y el papel de las paredes con su propio tono. Había cortinas en la cama de Phoebe: un oscuro y antiguo dosel con pesados festones de un material que había sido suntuoso, e incluso magnífico, en su época, pero que ahora colgaba sobre la muchacha como una nube, creando la noche en ese rincón mientras comenzaba a hacerse de día en el resto del dormitorio. La luz de la mañana, sin embargo, pronto se coló por la abertura a los pies de la cama, entre las descoloridas cortinas. Al encontrar a una nueva invitada allí, con un rubor en sus mejillas como el de la misma mañana, y un gentil movimiento de sus miembros al abandonar el sueño, como cuando una brisa temprana mueve el follaje, el amanecer besó su frente. Fue la caricia que una doncella cubierta de rocío —tal y como es el inmortal Amanecer— concede a su dormida hermana, en parte por el impulso del irresistible cariño y en parte como una bonita insinuación de que ya es hora de abrir los ojos.

Al tacto de esos labios de luz, Phoebe despertó en silencio y, por un momento, no reconoció dónde se hallaba ni cómo esas pesadas cortinas habían llegado a rodearla. Nada, en efecto, le resultaba completamente obvio, excepto que ya era de buena mañana y que, sucediera lo que sucediera a continuación, lo adecuado era, antes de nada, levantarse y rezar sus oraciones. Ella se sentía más inclinada a la devoción por el sombrío aspecto del aposento y su mobiliario, especialmente las altas sillas rígidas, una de las cuales estaba cerca de la cama, como si algún anticuado personaje hubiera estado allí sentado toda la noche y se hubiera desvanecido justo a tiempo de evitar ser descubierto.

Cuando Phoebe estuvo vestida, miró por la ventana y vio un rosal en el jardín. Al ser uno muy alto y de exuberante crecimiento, se había apoyado contra el lateral de la casa y estaba literalmente cubierto con una rara y muy hermosa especie de rosa blanca. Una gran porción de ellas, como la joven descubrió más tarde, tenían tizón o *mildiu* en el centro pero, vistas desde la distancia, todo el rosal parecía haber sido traído del Edén ese mismo verano, junto con el moho en el que crecía. La verdad era, no obstante, que había sido plantado por Alice Pyncheon —una tataratía abuela de Phoebe— en una tierra que, estimando sólo su cultivo como planta de jardín, ahora era untuosa con casi doscientos años de vegetación podrida. Creciendo como lo hacían, empero, de la vieja tierra, las flores seguían enviando un fresco y dulce aroma hasta su Creador, que no podría haber sido menos puro y aceptable porque el joven aliento de Phoebe se hubiera mezclado con él cuando la fragancia pasó flotando por su ventana. Bajando deprisa la chirriante escalera desprovista de moqueta, encontró su camino hacia el jardín, recogió algunas de las rosas más perfectas y las llevó a sus aposentos.

La pequeña Phoebe era una de esas personas que posee, como exclusivo patrimonio, el don de los arreglos prácticos. Es una suerte de magia natural que permite a aquellos favorecidos sacar las capacidades ocultas de los objetos que los rodean; en particular, para impartir un aspecto de confort y habitabilidad a cualquier lugar que, sin importar cuán breve la duración de su estancia, resultara ser su hogar. Una choza de maleza, montada por caminantes a través del bosque primitivo, adquiriría el aspecto de un hogar después de que una mujer así pasara allí la noche, y retendría ese aspecto mucho después de que la callada figura hubiera desaparecido en las sombras circundantes. Tampoco faltó brujería casera para recuperar, por así decirlo, la habitación de Pyncheon, que era desierta, triste y oscura, y que había estado deshabitada por tanto tiempo —a excepción de arañas, ratones, ratas y fantasmas— que estaba cubierta por la desolación que vela por borrar todo rastro de las horas más felices del hombre. Encontramos difícil de explicar cuál era el preciso proceso de Phoebe. Ella no parecía tener un diseño preliminar, sino que daba un toque aquí y otro allá: llevaba algunos muebles hacia la luz y otros eran arrastrados hacia las sombras; sujetaba una cortina con la abrazadera y dejaba caer otras frente a la ventana; y, en el transcurso de media hora, había conseguido por completo lanzar una amable y hospitalaria sonrisa sobre los aposentos. No hacía más de una noche, no parecía nada más que el corazón de una solterona, ya que no había ni luz del sol ni fuego en el hogar en ninguno de los dos y, exceptuando a los fantasmas y los recuerdos fantasmales, ningún invitado había entrado en el corazón del dormitorio desde hacía muchos años.

Aún había otra peculiaridad en este inescrutable encanto. El dormitorio, sin dudar, era un aposento de experiencia grande y variada, como una escena de la vida humana: la alegría de las noches de bodas había palpitado allí; nuevos inmortales habían inhalado su primer aliento terrenal allí; y personas ancianas habían muerto allí. Pero, si era por las rosas blancas o por cualquier otra sutil influencia, una persona de instintos delicados habría sabido de inmediato que ahora era el aposento de una doncella, y que había sido purificado de toda su anterior maldad y pena con su dulce aliento y sus pensamientos felices. Sus sueños de la noche anterior, al ser sueños alegres, habían exorcizado la pesadumbre y ahora poseían la habitación en su lugar.

Tras disponerlo todo a su satisfacción, Phoebe salió del aposento con el propósito de volver a bajar al jardín. Aparte del rosal, había observado que varias otras especies de flores crecían allí en una jungla de abandono, donde obstruían su desarrollo mutuo (como es a menudo el caso paralelo en la sociedad humana) con su ignorante enredo y confusión. Arriba de las escaleras, sin embargo, se encontró con Hepzibah, quien, al ser todavía temprano, la invitó a pasar a una habitación a la que probablemente habría llamado *boudoir*, si su educación hubiera abarcado tal palabra francesa. Esparcidos por todo el lugar había unos libros antiguos, un costurero y un polvoriento escritorio; a un lado, también contenía un gran mueble negro de muy extraña apariencia. La anciana dama le dijo a Phoebe que se trataba de un clavicémbalo. Se parecía más a un ataúd que a cualquier otra cosa y, en efecto, como no se había tocado ni abierto en años, debía contener una gran cantidad de música muerta en su interior, sofocada por falta de aire. No se conocía que ningún dedo humano hubiera tocado sus cuerdas desde los tiempos de Alice Pyncheon, quien había aprendido la dulce destreza de la melodía en Europa.

Hepzibah invitó a su joven invitada a sentarse y, sentándose ella misma en una silla cercana, miró con tanta franqueza la esbelta figurita de Phoebe como si esperase ver sus resortes y motivaciones secretas.

—Prima Phoebe —dijo al fin—, la verdad es que no consigo ver con claridad por qué deberías quedarte conmigo.

Esas palabras, empero, no albergaban la poco hospitalaria aspereza que podría pensar el lector, ya que las dos primas habían llegado a una suerte de entendimiento mutuo en una charla antes de irse a dormir. Hepzibah sabía lo suficiente para permitirle apreciar las circunstancias (resultantes del segundo matrimonio de la madre de la muchacha) que hacían deseable que Phoebe se estableciera en un nuevo hogar. Tampoco malinterpretó el carácter de Phoebe y la afable actividad que lo permeaba —uno de los más valiosos rasgos de una auténtica mujer de Nueva Inglaterra— y que la había impelido a buscar su propia fortuna, como podría decirse, con un propósito de amor propio para concederle tanto beneficio como el que recibiría de todos modos. Como una de sus parientes más cercanas, ella se había dirigido, como era natural, hacia Hepzibah, sin la más mínima idea de obligar a su prima a ofrecerle su protección, sino para visitarla durante una semana o dos, la cual podría alargarse indefinidamente si se demostrara que contribuía a la felicidad de ambas.

Ante la brusca observación de Hepzibah, por lo tanto, Phoebe respondió con la misma franqueza y con más alegría.

—Querida prima, no puedo prever cómo nos irá —dijo ella—. Pero de verdad creo que podemos adaptarnos mucho mejor de lo que supones.

—Eres una buena niña. Puedo verlo con claridad —continuó Hepzibah—, y no es nada concerniente a ese punto lo que me hace vacilar. Pero, Phoebe, esta casa mía es un lugar lleno de melancolía para que una joven viva en ella. En invierno, el viento y la lluvia se cuelan, y la nieve también, por el desván y las habitaciones del piso superior, pero nunca se cuelan los rayos del sol. Y en cuanto a mí, ya ves lo que soy: una anciana deprimente y solitaria (porque he empezado a llamarme vieja, Phoebe) cuyo talante, me temo, no es el mejor, y cuyo ánimo es tan malo como puede llegar a serlo. No puedo hacer tu vida agradable, prima Phoebe, de igual modo que tampoco puedo darte pan para comer.

—Descubrirás que soy una personita alegre —contestó Phoebe con una sonrisa, pero con una especie de gentil dignidad—, y tengo la intención de ganarme el pan. Ya sabes que no he sido criada como una Pyncheon. Una joven aprende muchas cosas en una aldea de Nueva Inglaterra.

—¡Ah!, Phoebe —dijo Hepzibah con un suspiro—, tus conocimientos te servirán de poco aquí. Y luego está el desdichado pensamiento de que desperdiciarás tu juventud en un lugar como este. Esas mejillas no estarán tan rosadas al cabo de un mes o dos. ¡Mira mi rostro! —y la verdad era que el contraste era impresionante—. ¡Mira lo pálida que estoy! Estoy convencida de que el polvo y la constante descomposición de estas casas viejas son perjudiciales para los pulmones.

—Hay un jardín... y flores de las que cuidar —observó Phoebe—. Me mantendré sana con el ejercicio al aire libre.

—Y, después de todo, niña —exclamó Hepzibah, quien se puso de pie de repente, como para descartar el tema—, no me corresponde a mí decidir quién puede ser un invitado o morador de la vieja casa Pyncheon. Su dueño viene de camino.

—¿Te refieres al juez Pyncheon? —preguntó la sorprendida Phoebe.

—¡El juez Pyncheon! —contestó su enfadada prima—. ¡No cruzará el umbral mientras yo viva! ¡No, no! Pero, Phoebe, verás el rostro de quien me refiero.

Ella fue en busca de la miniatura ya descrita y regresó con ella en la mano. Dándosela a Phoebe, observó sus rasgos con atención y con cierta envidia por el modo en el que la muchacha se mostraría afectada por el retrato.

—¿Qué te parece su semblante? —preguntó Hepzibah.

—¡Es guapo! ¡Es muy hermoso! —dijo Phoebe con admiración—. Es un rostro tan dulce como puede serlo el de un hombre. O como debería serlo. Tiene cierta expresión como de niño, pero no infantil. ¡Una expresión que hace que una sienta simpatía hacia él! Él nunca debería sufrir por nada. Cualquiera debería sufrir mucho con tal de ahorrarle esfuerzos o tristezas. ¿Quién es, prima Hepzibah?

—¿No has oído hablar de Clifford Pyncheon? —susurró su prima, inclinándose hacia ella.

—Nunca. Pensaba que no quedaba ningún Pyncheon, a excepción de ti misma y de nuestro primo Jaffrey —contestó Phoebe—. Y aun así parece que he oído mencionar el nombre de Clifford Pyncheon. ¡Sí! Fue mi padre o mi madre, pero... ¿no lleva muerto mucho tiempo?

—¡Vaya, vaya, niña, tal vez sea así! —dijo Hepzibah con una risa triste y vacía—. Pero en las casas antiguas como esta, ya se sabe que los muertos encuentran la forma de volver. Ya veremos. Y, prima Phoebe, como parece que, después de todo lo que te he dicho, tu espíritu no ha vacilado, no nos separaremos tan pronto. Eres bienvenida, mi niña, por el momento, al hogar que tu pariente puede ofrecerte.

Con esta comedida, aunque no exactamente fría, seguridad de sus propósitos hospitalarios, Hepzibah le dio un beso en la mejilla.

Bajaron ahora las escaleras, donde Phoebe —sin asumir el cargo, atrajo la atención hacia sí misma por el magnetismo de una habilidad innata— se puso manos a la obra en la preparación del desayuno. La señora de la casa, mientras tanto, como es habitual en personas de su clase rígida y poco maleable, se quedó al margen, deseosa de prestar ayuda, pero consciente de que su natural ineptitud probablemente pondría trabas al asunto entre manos. Phoebe y el fuego que hacía hervir la tetera eran igualmente brillantes, alegres y eficientes en sus respectivos oficios. Hepzibah salió de su pereza habitual, el necesario resultado de la larga soledad, como si procediera de otro ámbito. Sin embargo, no pudo evitar sentirse interesada, e incluso divertida, por la presteza con la que su nueva inquilina se adaptaba a las circunstancias y hacía que la casa, además, y todos sus viejos objetos oxidados cumplieran un propósito adecuado. También, todo lo que hacía, lo hacía sin un esfuerzo consciente y con frecuentes arranques de canciones que eran enormemente agradables al oído. Esta musicalidad natural hacía que Phoebe pareciera un pájaro en un sombrío árbol, o transmitía la idea de que el río de la vida atravesaba su corazón como gorjea a veces un riachuelo a través de un agradable valle. Presagiaba la alegría de un temperamento activo, que encontraba júbilo en su actividad y, por lo tanto, lo volvía hermoso; era un rasgo de Nueva Inglaterra: el viejo y severo Puritanismo con una hebra de oro en su red.

Hepzibah sacó unas antiguas cucharas de plata con el blasón familiar en ellas, y un servicio de té de porcelana pintado con grotescas figuras de hombres, pájaros y bestias en un paisaje igual de grotesco. Estas personas pintadas eran extraños bufones en su propio mundo, un mundo de luminosidad vívida en cuanto a lo que se refería al color, y aún conservaban los colores aun cuando la tetera y las tacitas eran tan antiguas como la misma costumbre de tomar el té.

—La bisabuela de tu bisabuela recibió estas tazas cuando se casó —le dijo Hepzibah a Phoebe—. Ella era una Davenport, de buena familia. Estas fueron casi las primeras tazas de té que se vieron en la colonia, y si alguna se rompiera, mi corazón se rompería con ella. Pero no tiene sentido hablar así sobre una frágil taza de té, cuando recuerdo lo que mi corazón ha soportado sin romperse.

Las tazas, que no se habían usado, tal vez, desde la juventud de Hepzibah, habían contraído una carga considerable de polvo, que Phoebe lavó con tanto cariño y delicadeza como para satisfacer incluso a la propietaria de esa inestimable porcelana.

—¡Eres toda una ama de casa! —exclamó Hepzibah, sonriendo a la vez que fruncía el ceño de un modo tan prodigioso que la sonrisa fue rayos de sol bajo una nube de tormenta—. ¿Sabes hacer otras cosas también? ¿Eres tan buena con los libros como lo eres lavando tazas de té?

—Me temo que no —dijo Phoebe, riéndose de la forma que había adoptado la pregunta de Hepzibah—. Pero fui la maestra de los niños pequeños de nuestro distrito el pasado verano, y aún podría haber seguido siéndolo.

—¡Ah! ¡Todo eso está muy bien! —observó la solterona mientras se erguía—. Pero debes haber heredado esas cosas por parte de tu madre. Nunca conocí a un Pyncheon que fuera tan diligente.

Es muy extraño, pero no menos cierto, que la gente en general presume tanto, o incluso más, de sus deficiencias que de sus habilidades; y así, Hepzibah presumía de esa inaplicabilidad innata, por así decirlo, de los Pyncheon para cualquier propósito útil. Ella lo consideraba como un rasgo hereditario y puede que tal vez fuera así, aunque fuera por desgracia un rasgo morboso, como los que a menudo se generan en las familias que permanecen mucho tiempo por encima de la superficie de la sociedad.

Antes de que abandonaran la mesa del desayuno, la campanilla de la tienda sonó con agudeza y Hepzibah dejó sobre la mesa los restos de su última taza de té con una expresión de cetrina desesperación que ciertamente daba lástima ver. En los casos de un oficio de mal gusto, el segundo día es por regla general peor que el primero. Volvemos al potro de tortura con todos los dolores de la sesión previa en nuestros miembros. En cualquier caso, Hepzibah estaba convencida de que nunca se acostumbraría a aquella campanilla fastidiosa y alborotadora. Por muy frecuentemente que sonara, el sonido siempre destrozaba su sistema nervioso bruscamente y de repente. Y en especial ahora que, con sus cucharillas de té con el blasón familiar y la porcelana antigua, se estaba congratulando con ideas de nobleza, sintió una innombrable aversión a enfrentarse a un cliente.

—¡No te preocupes, querida prima! —exclamó Phoebe, quien se levantó con presteza—. Yo seré la tendera hoy.

—¡Oh, niña! —exclamó Hepzibah—. ¿Qué sabe una pequeña del campo sobre tales asuntos?

—Oh, yo me encargaba de hacer las compras para la familia en la tienda de nuestra aldea —dijo Phoebe—. Y he tenido un puesto en una elegante feria, donde tuve mejores ventas que los demás. Esas cosas no se aprenden; supongo que dependen de la maña que una herede por parte de su madre —añadió con una sonrisa—. ¡Ya verás que soy tan buena tendera como lo soy con las tareas del hogar!

La anciana dama se deslizó detrás de Phoebe y espió desde el pasillo que daba a la tienda, para ver cómo se desenvolvería en su empeño. Era un caso de cierta complejidad. Una mujer muy anciana, con una corta bata blanca y enaguas verdes, con una tira de cuentas doradas alrededor del cuello y lo que parecía ser un gorro de dormir en la cabeza, había traído una cantidad de hilo para trocarlo por los productos de la tienda. Probablemente fuera la última persona del pueblo que aún continuaba con la larga tradición de la rueca en constante revolución. Resultaba interesante escuchar los roncos y huecos tonos de la anciana y la agradable voz de Phoebe mezcladas en una retorcida conversación; y todavía más interesante era contrastar sus figuras, una tan liviana y lozana, la otra tan decrépita y oscura, con solo el mostrador para separarlas, en un sentido, pero más de treinta años en otro. En cuanto al trueque, se trataba de la arrugada astucia enfrentada a la verdad y sagacidad innatas.

—¿Verdad que lo he hecho bien? —preguntó Phoebe, entre risas, cuando la clienta se hubo marchado.

—¡Muy bien hecho, sí, mi niña! —contestó Hepzibah—. Yo no podría haberlo hecho mejor. Como dices, debe de ser una habilidad que te pertenece por parte de tu madre.

Es una admiración muy genuina la que sienten las personas demasiado tímidas o demasiado torpes como para tomar parte en el ajetreado
mundo hacia los auténticos actores en las excitantes escenas de la vida;
es tan genuina, de hecho, que las primeras suelen estar dispuestas a
hacerla agradable a su amor propio, suponiendo que estas cualidades
activas y fuertes sean incompatibles con otras, las que ellas deciden
considerar más elevadas e importantes. Así, Hepzibah se contentó con
reconocer que las dotes de Phoebe como tendera eran muy superiores
a las suyas, y escuchó con complacencia sus sugerencias acerca de diversos métodos para aumentar el tráfico de clientes y hacer el negocio
rentable sin un arriesgado desembolso de capital. Ella consintió en que
la joven pueblerina fabricara levadura, tanto líquida como en pasteles;
también elaboraría una cierta especie de cerveza, como néctar para el
paladar y de virtudes estomacales únicas; además, hornearía y expon-
dría para su venta algunos pasteles especiados que, quien quiera que los
probase, desearía volver a probarlos de nuevo. Todas esas pruebas de
una mente espabilada y habilidades manuales eran altamente aceptables
para la aristocrática charlatana, siempre y cuando ella pudiera murmurar para sí con una repelente sonrisa, un suspiro medio natural y un
sentimiento mezclado de maravilla, lástima y creciente afecto:

—¡Qué personita tan encantadora es! Ojalá también fuera una
dama... ¡pero eso es imposible! Phoebe no es una Pyncheon. ¡Ella lo ha
heredado todo de su madre!

En cuanto a lo de que Phoebe no fuera una dama, o a si podría
serlo o no, era un asunto tal vez difícil de determinar, pero que apenas
surgiría para su juicio en cualquier mente sana y justa. Fuera de Nueva
Inglaterra sería imposible encontrar a una persona que combinara tantos
atributos gentiles con muchos otros que no forman una necesaria (o in-
compatible) parte de su carácter. Ella no escandalizaba a ningún canon
del buen gusto; su estilo estaba en perfecta sintonía consigo misma y
nunca desentonaba con las circunstancias que la rodeaban. Sin duda,
su figura era menuda, casi infantil, y tan elástica que el movimiento le
resultaba tan fácil o más que el reposo. Difícilmente habría encajado
en la idea que se tenía de una condesa. Tampoco su rostro —con sus
tirabuzones castaños a ambos lados, la nariz ligeramente respingona,
el saludable rubor, el claro tono bronceado, la media docena de pecas,
recuerdos amistosos del sol y la brisa de abril— nos daba precisamente derecho a llamarla hermosa. Pero había brillo y profundidad en su
mirada. Era muy guapa, tan grácil como un pajarillo, grácil del mismo
modo, tan agradable en la casa como un rayo de sol que se refleja en el
suelo a través de una sombra de hojas centelleantes, o como un rayo de
luz que baila sobre la pared cuando se acerca la noche. En lugar de dis-

cutir su pretensión de rango entre las damas, sería preferible considerar a Phoebe como un ejemplo de gracia femenina y de disponibilidad combinadas en un estado de la sociedad en el que las damas no existieran. En ese estado, el oficio de la mujer debería ser moverse entre los asuntos prácticos y adornarlos todos, incluso los más hogareños, como fregar ollas y calderos, con una atmósfera de belleza y alegría.

Tal era el ámbito de Phoebe. Para encontrar a la dama educada y de alta cuna, por otro lado, no había más que mirar a Hepzibah, nuestra triste solterona, con sus anticuadas y susurrantes sedas, con su profundamente adorada y ridícula conciencia de su rancio abolengo, sus vagas reclamaciones sobre un territorio principesco y, a modo de logro, sus recuerdos, sea como sea, de haber tocado un clavicémbalo, de haber bailado un minueto, y de haber realizado una antigua puntada de tapiz en su muestrario de costura. Era un justo paralelismo entre el nuevo plebeyismo y la antigua nobleza.

De verdad parecía que el maltratado semblante de la casa de los siete tejados, negro y ceñudo como ciertamente se veía, debía de haber mostrado una especie de alegría que se vislumbraba a través de sus oscuras ventanas conforme Phoebe se paseaba por el interior. De otro modo, es imposible explicar cómo la gente del vecindario supo tan pronto de la presencia de la muchacha. Hubo gran tráfico de clientes, que continuó aumentando desde las diez en punto hasta llegado el mediodía, que disminuyó en cierta medida a la hora de comer para volver a empezar por la tarde, y que finalmente cesó media hora o así antes del ocaso del largo día. Uno de los clientes más devotos era el pequeño Ned Higgins, el devorador de Jim Crow y el elefante, quien hoy señalizó su pericia omnívora al tragarse dos dromedarios y una locomotora. Phoebe reía mientras sumaba el total de sus ventas en la pizarra, mientras Hepzibah, tras ponerse un par de guantes de seda, contaba la sórdida acumulación de monedas de cobre, mezcladas con algo de plata, que habían caído tintineando dentro de la caja registradora.

—¡Debemos reponer nuestras existencias, prima Hepzibah! —exclamó la pequeña tendera—. Las figuras de pan de jengibre se han agotado, igual que las lecheras holandesas de madera y la mayoría del resto de nuestros juguetes. Ha habido una constante demanda de pasas baratas y un gran clamor por los silbatos, y trompetas, y arpas judías. Y al menos una docena de niños pequeños ha pedido caramelos de melaza. Debemos ingeniárnoslas para conseguir un montón de manzanas rojas, aunque la temporada ya esté avanzada. Pero, querida prima, ¡qué gran cantidad de cobre! ¡Eso sí que es una montaña de cobre!

—¡Bien hecho! ¡Bien hecho! ¡Bien hecho! —dijo el tío Venner, que había aprovechado la ocasión para entrar y salir de la tienda varias veces durante el transcurso del día—. ¡Aquí tenemos a una joven que nunca acabará sus días en mi granja! ¡Benditos sean mis ojos, qué alma más briosa!

—¡Sí, Phoebe es una buena muchacha! —dijo Hepzibah con una mueca de austera aprobación—. Pero, tío Venner, usted ha conocido a la familia durante muchos años. ¿Puede decirme si alguna vez hubo algún Pyncheon que se parezca a ella?

—Creo que nunca lo hubo —contestó el venerable hombre—. En cualquier caso, nunca tuve la suerte de verla hacer su trabajo como entre ellos ni, para el caso, en ningún otro lugar. He visto mucho mundo, no sólo en las cocinas y patios traseros de la gente, sino también en las esquinas de las calles, en los muelles y en otros lugares a los que acudo por trabajo; y puedo decir, señorita Hepzibah, que nunca he visto a una criatura humana hacer su trabajo como lo hace esta niña Phoebe, como si fuera uno de los ángeles de Dios.

El elogio del tío Venner, aunque parezca demasiado afectado para la persona y ocasión, tenía sentido, no obstante, en tanto en cuanto que era sutil y verdadero a la vez. Había una cualidad espiritual en la actividad de Phoebe. La vida del largo y atareado día —transcurrido en ocupaciones que podrían haber adoptado con facilidad un aspecto escuálido y feo— había sido agradable e incluso encantadora gracias a la espontánea gracia con la que esas prosaicas obligaciones parecían brotar de su carácter; de modo que el trabajo, mientras ella lidiaba con él, adoptaba el fácil y flexible encanto de un juego. Los ángeles no trabajan duro, sino que dejan que sus buenas obras surjan de ellos; y lo mismo hacía Phoebe.

Las dos primas —la joven doncella y la solterona— encontraron tiempo antes de la caída de la noche, en los intervalos del comercio, para hacer rápidos avances en cuanto al afecto y las confidencias. Una reclusa como Hepzibah a menudo muestra increíble franqueza y, al menos, afabilidad temporal cuando se ven absolutamente arrinconadas y obligadas a incurrir en una relación personal; como el ángel con el que luchó Jacob, ella está preparada para bendecirte cuando se veía superada.

La anciana dama sintió una deprimente y orgullosa satisfacción al llevar a Phoebe de una habitación a otra de la casa, y al narrar las tradiciones con las que, como puede decirse, las paredes estaban lúgubremente pintadas. Ella le enseñó las muescas que la empuñadura de la espada del vicegobernador había dejado en los paneles de la puerta del apartamento donde el viejo coronel Pyncheon, un anfitrión muerto, había recibido a sus asustados invitados con una horrible mueca. Se creía que el oscuro terror de dicha mueca, observó Hepzibah, había permanecido desde entonces en el pasillo. Invitó a Phoebe a subirse a una de las altas sillas para inspeccionar el antiguo mapa del territorio Pyncheon hacia el este. En un tramo de tierra en el que apoyó el dedo existía una mina de plata, cuya localización estaba señalada con precisión en algún memorándum del mismo coronel Pyncheon, pero que sólo sería dada a conocer cuando la reclamación de la familia fuera reconocida por el gobierno. Así, iba en interés de toda Nueva Inglaterra que se le hiciera justicia a los Pyncheon. Ella también le contó que, sin lugar a dudas, había un inmenso tesoro de guineas inglesas escondido en algún lugar de la casa, o en el sótano, o posiblemente en el jardín.

—Si se diera el caso de que lo encontraras, Phoebe —dijo Hepzibah, mirándola de reojo con una sonrisa triste pero amable—, podríamos eliminar la campanilla de la tienda para siempre.

—Sí, querida prima —contestó Phoebe—, pero, mientras tanto, ¡oigo que alguien la está haciendo sonar!

Cuando el cliente se marchó, Hepzibah habló largo y tendido con cierta vaguedad sobre una tal Alice Pyncheon, quien había sido increíblemente hermosa y dotada durante su vida, hacía cien años. La fragancia de su intenso y delicioso carácter permanecía en el lugar donde había vivido, como los pétalos secos de una rosa perfuman el cajón en el que se han marchitado y perecido. Esta encantadora Alice había encontrado una gran y misteriosa calamidad, y se había vuelto delgada y pálida, y se había desvanecido gradualmente del mundo. Pero, incluso ahora, se suponía que ella frecuentaba la casa de los siete tejados y, gran cantidad de veces —especialmente cuando uno de los Pyncheon iba a morir—, se la había oído tocando una triste y hermosa melodía con el clavicémbalo. Una de esas melodías, tal y como había sonado por su toque espiritual, había sido escrita por un aficionado a la música; era tan exquisitamente triste que nadie, hasta la fecha, podía soportar oírla a menos que una gran tristeza les hubiera hecho conocer la aún más profunda dulzura de la canción.

—¿Era el mismo clavicémbalo que me enseñaste? —preguntó Phoebe.

—Ese mismo —dijo Hepzibah—. Era el clavicémbalo de Alice Pyncheon. Cuando yo estudiaba música, mi padre nunca me dejaba abrirlo. De modo que sólo podía tocar con el instrumento de mi profesor, y ya se me ha olvidado cómo tocar.

Dejando esos antiguos temas, la anciana dama comenzó a hablar sobre el daguerrotipista, a quien le había permitido establecer su residencia en uno de los siete tejados, puesto que parecía ser un joven bien intencionado y pulcro, además de encontrarse en apuradas circunstancias. Pero, al conocer más al señor Holgrave, apenas sabía qué pensar

de su persona. Mantenía las compañías más extrañas que se pudieran imaginar: hombres con largas barbas, vestidos con blusas de lino y otras prendas tan modernas y mal cortadas como esas; reformistas, oradores del movimiento antialcohólico, y toda suerte de filántropos de gesto adusto; hombres de la comunidad y otros venidos de fuera que, como creía Hepzibah, no reconocían la ley y no comían comida sólida, sino que se alimentaban de los aromas de la cocina de los demás y despreciaban los alimentos. En cuanto al daguerrotipista, ella había leído el otro día un párrafo en un periodicucho que lo acusaba de lanzar un discurso lleno de asuntos dementes y desorganizados en una reunión de sus socios, los que tienen pinta de forajidos. Por su parte, ella tenía razones para creer que él practicaba el magnetismo animal y, si tales cosas estaban de moda ahora, sería adecuado sospechar que él estuviera estudiando la magia negra allí, en sus solitarios aposentos.

—Pero, querida prima —dijo Phoebe—, si el joven es tan peligroso, ¿por qué permites que se quede? ¡Podría prenderle fuego a la casa, si no algo peor!

—Lo cierto es que a veces —contestó Hepzibah—, me he preguntado seriamente si no debería decirle que se fuera. Pero, con todas sus rarezas, es una persona tranquila y se da tan buena maña apoderándose de la mente de los demás que, sin que me caiga exactamente bien (porque no conozco al joven lo suficiente), me daría lástima perderlo de vista por completo. Una mujer se aferra a los conocidos cuando ha vivido tanto tiempo sola como yo.

—¡Pero si el señor Holgrave es un hombre anárquico! —protestó Phoebe. Una parte de su esencia consistía en mantenerse dentro de los márgenes de la ley.

—¡Oh! —dijo Hepzibah despreocupadamente, ya que, por muy formal que fuera, en su experiencia de la vida, ella les había enseñado los dientes a las leyes humanas—. ¡Supongo que él sigue sus propias leyes!

CAPÍTULO VI

El pozo de Maule

Tras una cena temprana, la pequeña pueblerina deambuló por el jardín. Con anterioridad, el recinto había sido muy extenso, pero ahora estaba contraído dentro de un pequeño perímetro, cercado en parte por altas vallas de madera y en parte por los edificios anexos de las casas que se erigían en otras calles. En el centro se hallaba una parcela de césped que rodeaba una estructura ruinosa, la cual mostraba suficiente de su diseño original como para indicar que antaño había sido una cabaña. Una enredadera que había brotado de la raíz del año anterior estaba empezando a trepar por la estructura, pero aún tardaría mucho en cubrir el techo con su verde manto. Tres de los siete tejados miraban hacia el jardín o lo flanqueaban, confiriéndole un oscuro aspecto de solemnidad al jardín.

La negra y rica tierra se había ido alimentando con la descomposición de un largo período de tiempo, como eran hojas caídas, los pétalos de las flores, y los tallos y semillas; todo ello recipientes de plantas vagabundas y sin ley, más útiles tras su muerte que cuando se pavoneaban bajo el sol. El mal de esos pasados años volvería a brotar de forma natural como rancia maleza (símbolo de los transmitidos vicios de la sociedad) que siempre es propensa a echar raíces en las moradas humanas. Phoebe vio, sin embargo, que su crecimiento debía haber sido controlado por cierto grado de cuidadosa labor, otorgada a diario y sistemáticamente en el jardín. El doble rosal blanco, resultaba evidente, había sido apoyado de nuevo contra la casa desde el comienzo de la estación; y un peral y tres ciruelos damascenos que, a excepción de una hilera de arbustos de grosellas, constituían las únicas variedades de frutas mostraban señales de la reciente amputación de varias ramas superfluas o defectuosas. También había varias especies de flores antiguas y hereditarias, en condiciones no muy florecientes, pero a las que les habían quitado las malas hierbas de un modo escrupuloso, como si alguna persona, bien por amor o curiosidad, se hubiera sentido ansiosa por ayudarlas a conseguir la perfección que eran capaces de alcanzar. El resto del jardín presentaba un selecto surtido de verduras comestibles en un encomiable estado de progreso. Las calabazas de verano ya casi tenían su flor dorada; pepinos, que ahora mostraban una cierta tendencia a propagarse lejos de la cepa principal y se alejaban por doquier; dos o tres filas de judías verdes, y muchas más que estaban a punto de festonear los palos; tomates, que ocupaban un lugar tan protegido y soleado que las plantas ya eran gigantes, y así prometían una temprana y abundante cosecha.

Phoebe se preguntaba quién había proporcionado tales cuidados y trabajo duro, quién habría plantado esas verduras, y quién había mantenido el terreno tan limpio y ordenado. Seguro que no había sido su prima Hepzibah, quien no poseía ni el gusto ni el ánimo para dedicarse al femenino arte de cultivar flores y quien, con sus hábitos de reclusa y su tendencia a refugiarse dentro de la deprimente sombra de la casa, apenas sentiría el deseo de salir a cielo abierto para limpiar la maleza y escardar con la azada entre la fraternidad de las judías y las calabazas.

Al ser su primer día de completo distanciamiento de los objetos rurales, Phoebe encontró un inesperado encanto en este pequeño rincón de hierba y follaje, de flores aristocráticas y plebeyas verduras. El ojo del cielo parecía contemplarlo con amabilidad y con una peculiar sonrisa, como si se alegrara de percibir que la naturaleza, agobiada en otros lares y expulsada de la polvorienta ciudad, hubiera sido capaz de encontrar allí un respiro. El lugar adquiría una cierta gracia salvaje que, aun así, era muy gentil, por el hecho de que una pareja de petirrojos había construido su nido en el peral, y allí estaban sumamente ocupados y felices en la oscura complejidad de sus ramas. Es extraño decir que las abejas también habían pensado que merecía la pena acudir, y posiblemente lo hacían desde la diversidad de colmenas en alguna granja a kilómetros de distancia. ¡Cuántos viajes aéreos habrían emprendido en su búsqueda de miel, o cargadas de miel, entre el amanecer y el ocaso! Pero, por tarde que ya fuera, seguía surgiendo un agradable zumbido desde una o dos de las flores de las calabazas, en cuyas profundidades dichas abejas estaban llevando a cabo su dorada labor. Había otro objeto en el jardín que la naturaleza podría reclamar de un modo justo como su propiedad inalienable, a pesar de todo lo que el hombre pudiera hacer para reproducirlo como suyo. Era una fuente, redonda con un reborde de viejas piedras mohosas y pavimentada en su fondo con lo que parecía ser una suerte de mosaico con guijarros de diversos colores. El juego y la leve agitación del agua, en su chorro vertical, forjados por arte de magia con esos guijarros multicolor, creando una continua aparición vacilante de singulares figuras que se desvanecen demasiado rápido como para ser definibles. Desde ahí, creciendo sobre el reborde de piedras mohosas, el agua se escabullía por debajo de la valla, a través de lo que lamentamos llamar alcantarilla en vez de por un canal. Tampoco debemos olvidar mencionar un gallinero de muy reverenda antigüedad, que se erguía en el rincón más alejado del jardín, no muy lejos de la fuente. Ahora sólo contenía un gallo, sus dos esposas, y un solitario pollo. Todos ellos eran puros especímenes de una raza que había ido pasando de una generación Pyncheon a la siguiente como una reliquia de familia, y se decía que, en la plenitud de sus vidas, habían alcanzado casi el tamaño de un pavo y, gracias a su delicada carne, eran aptos para la mesa de un príncipe. Como prueba de la autenticidad de este legendario renombre, Hepzibah podría haber exhibido la cáscara de un gran huevo, del que un avestruz nunca se habría sentido avergonzado. Fuera como fuere, las gallinas ahora no eran más grandes que pichones y tenían un aspecto extraño, oxidado, mustio, se movían como si padecieran gota, y sonaban con tono adormilado y melancólico en todas las variaciones de sus cacareos y cloqueos. Era evidente que la raza se había degenerado, como muchas otras razas nobles, como consecuencia de una vigilancia demasiado estricta por mantener su pureza. Estos personajes emplumados habían existido demasiado tiempo en su distintiva variedad, un hecho del que los actuales representantes, a juzgar por su lúgubre conducta, eran bien conscientes. Se mantenían vivos, eso era incuestionable, y de vez en cuando ponían un huevo y nacía un polluelo; pero eso no sucedía por su propio placer, sino para que el mundo no perdiera de un modo absoluto lo que antaño había sido una admirable raza de aves de corral. La distintiva marca de las gallinas era una cresta de crecimiento lamentablemente escaso en estos días, pero tan extraña y poderosamente análoga al turbante de Hepzibah, que Phoebe —a pesar de la conmovedora angustia de su conciencia, pero inevitablemente— se vio obligada a imaginarse un parecido general entre estos tristes bípedos y su respetable pariente.

La muchacha entró corriendo en la casa para buscar mendrugos de pan, peladuras de patatas y cualquier otros restos que fueran adecuados para el complaciente apetito de las aves de corral. Al regresar produjo un sonido peculiar que las aves parecieron reconocer. El pollo trepó por el cercado del gallinero y corrió hacia sus pies con un cierto despliegue de vivacidad, mientras que el gallo y las señoras de su casa la miraban con extrañas miradas de soslayo, para luego cloquear entre ellos, como si se estuvieran comunicando sus sabias opiniones sobre el carácter de Phoebe. Tan sabio, así como antiguo, era su aspecto como para dar color a tal idea, no simplemente porque fueran los descendientes de una raza de larga tradición, sino porque habían existido, en su capacidad individual, desde que la casa de los siete tejados fuera fundada; y así, de algún modo, se habían mezclado con su destino. Eran una especie de espectros tutelares, o hadas lloronas, aunque con alas y plumas diferentes a las de la mayoría de otros ángeles guardianes.

—¡Toma, extraño pollito! —dijo Phoebe—. ¡Aquí tengo unas migas muy ricas para ti!

El pollo, aunque de aspecto tan venerable como su madre —de hecho, poseía toda la antigüedad de sus progenitores, pero en miniatura—, reunió la suficiente vivacidad para revolotear y posarse en el hombro de Phoebe.

—¡Ese pollo le hace un gran cumplido! —dijo una voz detrás de Phoebe.

Girándose rápidamente, quedó sorprendida al ver a un joven, quien había encontrado acceso al jardín por una puerta que se abría a otro tejado diferente del que ella había salido. Llevaba una azada en la mano y, mientras Phoebe había ido en busca de mendrugos de pan, había empezado a trabajar removiendo tierra fresca alrededor de las raíces de los tomates.

—El pollo realmente la trata como a una vieja amiga —continuó él en tono quedo; una sonrisa hizo que su rostro pareciera más agradable de lo que Phoebe se había imaginado al principio—. Esos venerables personajes del gallinero también parecen mostrar una disposición muy afable. ¡Tiene suerte de haberles caído en gracia tan pronto! Me conocen desde hace mucho más tiempo, pero nunca me honran con tales familiaridades, aunque apenas pasa un día que no les traiga comida. La señorita Hepzibah, supongo, entretejerá ese hecho con el resto de sus tradiciones y establecerá que las aves la reconocen a usted como una Pyncheon.

—El secreto es —dijo Phoebe con una sonrisa—, que he aprendido a hablar con gallinas y pollos.

—Ah, pero estas gallinas —contestó el joven—, estas gallinas de aristocrático linaje desdeñarían comprender el idioma vulgar de una gallina de corral. Prefiero pensar, y la señorita Hepzibah también lo pensaría, que reconocen el tono familiar. Porque usted es una Pyncheon, ¿verdad?

—Mi nombre es Phoebe Pyncheon —dijo la muchacha con cierta reserva, ya que se dio cuenta de que su nueva amistad no podía ser otro que el daguerrotipista, de cuyas inclinaciones anárquicas la solterona le había dado una noción desagradable—. No sabía que el jardín de mi prima Hepzibah estuviera bajo los cuidados de otra persona.

—Sí —dijo Holgrave—. Yo cavo, aro y limpio de maleza esta vieja tierra negra, por mor de revitalizarme con la poca naturaleza y simplicidad que pueda quedar en ella después de que los hombres la hayan sembrado y cosechado durante generaciones. Remuevo la tierra como pasatiempo. Mi sobria ocupación, si acaso tengo una, es con un material más ligero. En resumidas cuentas, creo imágenes a partir de los rayos del sol y, para no encandilarme demasiado con mi propio oficio, he persuadido a la señorita Hepzibah para que me permita alojarme bajo uno de estos oscuros tejados. Entrar ahí es como tener una venda sobre los ojos. Pero ¿le gustaría ver un espécimen de mis producciones?

—¿Se refiere a un retrato hecho con daguerrotipia? —preguntó Phoebe con menos reservas, ya que, a pesar de los prejuicios, su propia juventud daba un salto hacia delante para encontrarse con la del joven—. No me gustan demasiado los retratos de ese tipo; son muy duros y severos, además de que eluden la mirada e intentan escaparse. Supongo que son conscientes de su aspecto poco amigable y, por lo tanto, odian que los miren.

—Si me lo permitiera —dijo el artista, mirando a Phoebe—, me gustaría probar a ver si el daguerrotipo puede hacer salir rasgos desagradables en un rostro perfectamente amistoso. Pero hay ciertamente verdad en lo que ha dicho. La mayoría de mis retratos se ven poco simpáticos, pero creo que la razón es, me imagino, que los originales son así. Existe una maravillosa percepción en el amplio y sencillo sol del cielo. Aunque le demos crédito sólo por describir la mera superficie, en realidad saca el carácter secreto con una verdad que ningún pintor podría aventurar jamás; ni siquiera la detectaría. Al menos, no hay adulación en mi humilde arte. Ahora bien, aquí tenemos un retrato que he reproducido una y otra vez, sin conseguir mejores resultados. Aun así, el original tiene, para el ojo no entrenado, una expresión muy diferente. Me gratificaría obtener su juicio sobre este carácter.

Exhibió un daguerrotipo en miniatura en un estuche de tafilete. Phoebe sólo le echó un vistazo y se lo devolvió.

—Conozco ese rostro —respondió—, ya que su severa mirada me ha estado siguiendo todo el día. Es mi antepasado puritano, cuyo retrato cuelga allá en el salón. De seguro que ha encontrado un modo de copiar el retrato sin su gorro de terciopelo negro y la barba gris, y le ha proporcionado un abrigo moderno y un corbatín de raso, en lugar de su capa y su banda de encaje. No creo que haya mejorado con sus alteraciones.

—Usted habría visto otras diferencias si hubiera mirado durante más tiempo —dijo Holgrave entre risas, pero muy afectado al parecer—. Puedo asegurarle de que este es un rostro moderno, uno con el que usted probablemente se encuentre. Ahora bien, lo extraordinario es que el original luce, a ojos del mundo y, por lo que sé, de sus amigos más íntimos, un semblante sumamente agradable, que indica benevolencia, franqueza de corazón, buen humor y otras cualidades semejantes. El sol, como ve, cuanta una historia muy distinta y no se deja persuadir, ni siquiera después de la media docena de pacientes intentos por mi parte. Aquí tenemos al hombre: taimado, agudo, duro, imperioso y, con todo, frío como el hielo. ¡Mire esos ojos! ¿Le gustaría estar a su merced? ¡Mire la boca! ¿Podría sonreír alguna vez? Y aun así, ¡debería ver la benigna sonrisa del original! Y es todavía más desafortunado porque se trata de un personaje público de cierta eminencia, y el retrato pretendía ser grabado.

—Pues no deseo verlo más —observó Phoebe, desviando la mirada—. Es ciertamente muy parecido al viejo retrato. Pero mi prima Hepzibah tiene otro retrato... una miniatura. Si el original sigue en el mundo, creo que podría desafiar al sol a que le hiciera parecer severo y cruel.

—¡Entonces usted ha visto ese retrato! —exclamó el artista con expresión de mucho interés—. Nunca lo he visto, pero siento gran curiosidad por verlo. ¿Y usted juzga favorablemente el semblante?

—Nunca he visto uno más dulce —dijo Phoebe—. Es casi demasiado suave y gentil para un hombre.

—¿No hay nada salvaje en la mirada? —continuó Holgrave con tanta solemnidad que avergonzó a Phoebe, tanto como lo hacían las calladas libertades que se tomaba tras conocerse desde hacía tan poco tiempo—. ¿No hay nada oscuro o siniestro en ninguna parte? ¿No concibe que el original pueda ser culpable de un gran crimen?

—No tiene sentido —dijo Phoebe con algo de impaciencia—, que andemos hablando de un retrato que usted no ha visto nunca. Lo confunde con algún otro. ¡Un crimen, dice! Como es amigo de mi prima Hepzibah, debería pedirle que le muestre el retrato.

—Aún mejor para mis propósitos sería que viera el original —respondió el daguerrotipista con frialdad—. En cuanto a su carácter, no necesitamos discutir sus rasgos; ya han sido establecidos por un tribunal competente, o uno que se hace llamar competente. ¡Pero quédese! ¡No se marche todavía, por favor! Tengo una proposición que hacerle.

Phoebe estaba a punto de retirarse, pero volvió a girarse con cierta vacilación, ya que no terminaba de comprender su actitud; aunque, tras una más cuidadosa observación, sus rasgos parecían ser la falta de ceremonia en vez de acercarse a una grosería ofensiva. Había una extraña especie de autoridad, también, en lo que ahora procedió a decir, como si el jardín le perteneciera en lugar de ser un lugar en el que había admitido que se encontraba por pura cortesía de Hepzibah.

—Si le parece bien —observó él—, me produciría gran placer encomendar estas flores, y esas aves ancianas y respetables, a su cuidado. Al estar recién llegada del aire campestre y las ocupaciones rurales, pronto sentirá la necesidad de realizar tales tareas al aire libre. Mi propio ámbito no reside demasiado entre flores. Usted puede podarlas y cuidarlas, por lo tanto, como desee, y yo sólo le pediré algunas florecillas, de vez en cuando, a cambio de todas las buenas y nutritivas verduras con las que me propongo enriquecer la mesa de la señorita Hepzibah. De modo que seremos compañeros de trabajo, más o menos en el sistema comunitario.

En silencio, y bastante sorprendida por su propia conformidad, Phoebe se dedicó a arrancar las malas hierbas de un macizo de flores, pero se entretuvo aún más con reflexiones sobre el joven, con quien se encontraba de un modo tan inesperado en términos cercanos a la familiaridad. No le caía del todo bien. Su carácter dejaba perpleja a la muchacha, como podría haber dejado patidifuso al observador más experimentado. Si bien el tono de su conversación había sido juguetón en términos generales, la impresión que había dejado en su mente era de gravedad y, salvo en la medida en que su juventud lo modificaba, casi de severidad. Se rebeló, por así decirlo, contra cierto elemento magnético de la naturaleza del artista que, posiblemente sin ser consciente de ello, ejercía sobre ella.

Al cabo de un rato, el crepúsculo, intensificado por las sombras de los árboles frutales y los edificios circundantes, arrojó oscuridad sobre el jardín.

—¡Bueno! —dijo Holgrave—. ¡Ya es hora de dejar de trabajar! Ese último golpe de la azada ha cortado un tallo de judías. ¡Buenas noches, señorita Phoebe Pyncheon! Cualquier día luminoso, si quisiera ponerse unos capullos de rosas en el cabello y viniera a mis habitaciones de la calle Central, atraparé el más puro rayo de sol y haré un retrato de las flores y su portadora.

Se retiró hacia su propio solitario tejado, pero giró la cabeza al llegar a la puerta y se dirigió a Phoebe con un tono que ciertamente contenía cierta burla, aunque parecía que sólo a medias.

—¡Tenga cuidado de no beber del pozo de Maule! —dijo él—. ¡Ni beba ni se lave la cara en él!

—¡El pozo de Maule! —contestó Phoebe—. ¿Es ese con el reborde de piedras mohosas? No tengo la intención de beber de él, pero... ¿por qué no?

—Oh —respondió el daguerrotipista—, porque, como la taza de té de una anciana, ¡es agua encantada!

Se desvaneció, y Phoebe, que se quedó allí por un momento, vio una luz vacilante y luego el firme reflejo de una lámpara en una habitación bajo el hastial. Al regresar a los aposentos de Hepzibah en la casa, encontró el salón de techos bajos tan oscuro y poco iluminado que sus ojos no pudieron penetrar en su interior. Ella fue vagamente consciente, empero, de la flaca figura de la anciana dama, sentada en una de las sillas de recto respaldo, un poco retirada de la ventana, cuyo débil resplandor mostraba la blanquecina palidez de sus mejillas, vueltas hacia un rincón.

—¿Puedo encender una lámpara, prima Hepzibah? —preguntó.

—Hazlo si lo deseas, mi querida niña —contestó Hepzibah—. Pero déjala sobre la mesa en el rincón del pasillo. Mis ojos son débiles y apenas puedo soportar el resplandor de la lámpara.

¡Vaya instrumento es la voz humana! ¡Cómo responde maravillosamente a todas las emociones del alma humana! En el tono de Hepzibah, en ese preciso instante, había una cierta profundidad y humedad, como si las palabras, por muy comunes que fueran, hubieran sido infusionadas en la calidez del corazón. De nuevo, mientras encendía la lámpara en la cocina, Phoebe se imaginó que su prima le estaba hablando.

—¡Voy en un momento, prima! —contestó la muchacha—. Estas cerillas sólo relucen y se apagan.

Pero, en lugar de una respuesta de Hepzibah, le pareció oír el murmullo de una voz desconocida. Era extrañamente vaga, sin embargo, y menos parecido a palabras articuladas que a un sonido sin forma, como la expresión del sentimiento y la simpatía, más que del intelecto. Era tan vaga que Phoebe pensó por un momento que se trataba de un recuerdo o un eco irreal. Llegó a la conclusión de que debía de haber confundido algún otro sonido con el de la voz humana o que era fruto de su imaginación.

Dejó la lámpara encendida en el pasillo y volvió a entrar en el salón. La figura de Hepzibah, aunque su perfil azabache se mezclaba con el crepúsculo, ahora era menos imperfectamente visible. En las partes más remotas del salón, sin embargo, al estar sus paredes tan mal adaptadas para reflejar la luz, seguía habiendo la misma oscuridad que antes.

—Prima —dijo Phoebe—, ¿me acabas de decir algo?

—¡No, niña! —replicó Hepzibah.

¡Menos palabras que antes, pero con la misma música misteriosa en ellas! Melodioso, melancólico sin ser triste, el tono parecía manar del profundo pozo del corazón de Hepzibah, infusionado con su emoción más profunda. También tenía cierto temblor que, como todo fuerte sentimiento es eléctrico y, en parte, se comunicaba con Phoebe. La joven se sentó en silencio por un momento. Pero pronto, como tenía sus sentidos muy agudizados, se percató de una respiración irregular en un oscuro rincón del salón. Además, su organización física, al ser delicada a la vez que saludable, le provocó la percepción, que operaba casi al mismo nivel que una médium espiritual, de que había alguien cerca.

—Mi querida prima —preguntó ella, sobreponiéndose a una indefinible reticencia—, ¿hay alguien más con nosotras en el salón?

—Phoebe, mi querida pequeña —dijo Hepzibah tras un momento de pausa—, te levantaste temprano y has estado ocupada todo el día. Te ruego que te vayas a la cama, ya que estoy segura de que debes necesitar reposo. Me quedaré sentada en el salón durante un rato para ordenar mis pensamientos. Ha sido mi costumbre durante más años de los que llevas viva, niña.

Mientras la despedía de ese modo, la solterona se adelantó, besó a Phoebe y la abrazó contra su corazón, que latía contra el pecho de la muchacha con oleadas fuertes, altas y tumultuosas. ¿Cómo era posible que hubiera tanto amor en ese viejo y desolado corazón hasta el punto de permitirse desbordarse con tanta abundancia?

—Buenas noches, prima —dijo Phoebe, que se sentía extrañamente afectada por la conducta de Hepzibah—. ¡Me alegro de que empieces a quererme!

Se retiró a sus aposentos, pero no se quedó dormida de inmediato y, cuando lo hizo, no fue un sueño muy profundo. En algún instante incierto de la noche y, por así decirlo, a través del delgado velo del sueño, fue consciente de pasos que subían pesadamente las escaleras, pero no con fuerza ni decisión. La voz de Hepzibah subía como un susurro junto con los pasos y, de nuevo, respondiendo a la voz de su prima, Phoebe oyó aquel extraño y vago murmullo que podría compararse a una sombra desprovista de expresión humana.

CAPÍTULO VII

El invitado

Cuando Phoebe se despertó —lo cual hizo con los primeros trinos de la conyugal pareja de petirrojos del peral— oyó movimientos en el piso inferior y, dándose prisa por bajar, descubrió que Hepzibah ya estaba en la cocina. Se encontraba junto a la ventana, sujetando un libro muy cerca de su nariz, como si albergara la esperanza de conocer su contenido por medios olfativos, puesto que su imperfecta visión no facilitaba que lo pudiera leer. Si cualquier volumen pudiera haber manifestado su sabiduría esencial del modo sugerido, ciertamente habría sido el que ahora estaba en manos de Hepzibah, y la cocina, en tal caso, se habría visto de inmediato inundada con la fragancia de la carne de venado, de pavo, de capón, de perdices mechadas, de púdines, tartas y pastelillos navideños, con toda clase de elaboradas mezclas y brebajes. Era un libro de recetas, lleno de innumerables y anticuados platos ingleses, e ilustrado con grabados que representaban la disposición de las mesas en tales banquetes como los que podrían ser adecuados para un noble en el gran salón de su castillo. Y entre esos suculentos y potentes recursos del arte culinario (ninguno de los cuales, probablemente, había sido probado, o al menos que el abuelo de cualquiera pudiera recordar), la pobre Hepzibah estaba buscando alguna pequeña exquisitez que, con las habilidades que poseía y los materiales a su disposición, pudiera preparar para el desayuno.

Pronto, con un hondo suspiro, dejó a un lado el sabroso volumen y le preguntó a Phoebe si la vieja Speckle, como llamaba a una de las gallinas, había puesto algún huevo el día anterior. Phoebe corrió a comprobarlo, pero regresó sin el esperado tesoro entre sus manos. En ese instante, empero, se oyó el estruendo de la caracola del pescadero, que anunciaba su llegada por la calle. Con energéticos golpes de sus nudillos contra el escaparate de la tienda, Hepzibah llamó al hombre para que entrara; compró lo que él le garantizó que era la caballa más fresca de su carro, y la más rolliza que había podido capturar con la temporada recién empezada. Pidiéndole a Phoebe que tostara café —que ella notó que era auténtico moka, y por lo tanto entendía que cada uno de los granos debía valer su peso en oro—, la solterona metió combustible en el amplio receptáculo de la antigua chimenea. Puso tal cantidad que pronto expulsó la restante oscuridad de la cocina. La joven pueblerina, deseosa de ofrecer toda su ayuda, propuso hacer un bizcocho indio siguiendo el peculiar método de su madre, que era de fácil elaboración, y del que ella garantizaba que poseía una exquisitez y, si se preparaba correctamente, una delicadeza que no tenía comparación con cualquier otro bizcocho para el desayuno. Hepzibah asintió de buen grado y la cocina se convirtió pronto en el escenario de la sabrosa preparación. Por ventura, entre su propio elemento del humo que se arremolinaba procedente de la mal construida chimenea, los fantasmas de fallecidas cocineras miraban con admiración, o echaban un vistazo por el conducto de la chimenea, despreciando la simpleza de la comida proyectada, pero ineficazmente anhelaban meter sus imprecisas manos en cada incipiente plato. Las medio desfallecidas ratas, en cualquier caso, salían visiblemente de sus escondites y se sentaban sobre sus patas traseras, olisqueando el humeante ambiente, esperando con tristeza la oportunidad de mordisquear algo.

Hepzibah no tenía un talento natural para la cocina y, a decir verdad, había conseguido su actual delgadez eligiendo a menudo no cenar en vez de estar pendiente de la rotación del espetón o de la ebullición de la olla. Su fervor por el fuego, por lo tanto, era toda una heroica prueba de sentimiento. Era conmovedor y verdaderamente digno de lágrimas (si Phoebe, la única espectadora a excepción de las ratas y los fantasmas anteriormente mencionados, no hubiera estado demasiado ocupada como para derramarlas) verla atizar una base de carbones encendidos para proceder a asar la caballa. Sus normalmente pálidas mejillas estaban encendidas por el calor y las prisas. Vigilaba el pescado con tanto cuidado y minuciosidad como si —no sabemos cómo expresarlo de otro modo—, como si su propio corazón estuviera en la parrilla y su felicidad inmortal dependiera de que estuviera hecho precisamente vuelta a vuelta.

La vida de puertas para adentro tiene pocas perspectivas más agradables que una mesa de desayuno elegantemente dispuesta y bien provista. Llegamos a ella recién levantados, en la juventud cubierta de rocío del día, y cuando nuestros elementos espirituales y sensuales están mejor avenidos que en un momento más tardío; de modo que podemos disfrutar plenamente de los placeres materiales de la comida matutina, sin reproches muy graves, tanto gástricos como de conciencia, por rendirnos incluso un poco en demasía a la parte animal de nuestra naturaleza. Los pensamientos que también corretean alrededor del anillo de invitados familiares tienen una chispa y una alegría, y a veces una vívida verdad, que se encuentra más rara vez en el elaborado transcurso de una cena. La pequeña y antigua mesa de Hepzibah, soportada por sus delgadas y elegantes patas, cubierta por un mantel de rico damasco, merecía ser el escenario y el centro de la más alegre de las fiestas. El vapor del pescado asado ascendía como el incienso procedente del altar de un ídolo bárbaro, mientras que la fragancia del moka podría haber gratificado las fosas nasales de un lar tutelar o cualquier poder que reinase sobre una moderna mesa de desayuno. Los bizcochos indios de Phoebe eran la ofrenda más dulce de todas, con un tono que combinaba con los altares rústicos de la edad dorada e inocente, o, en su versión más brillante, recordaban al pan que se convirtió en reluciente oro cuando el rey Midas intentó comérselo. No hay que olvidar la mantequilla, que Phoebe había batido en su casa rural y había llevado a su prima como regalo propiciatorio, y que olía a tréboles y difundía el encanto de un paisaje bucólico por el salón de paneles oscuros. Todo eso, con la pintoresca belleza de las antiguas tazas de porcelana con sus platillos, las cucharillas con el blasón familiar y una lechera de plata (el único otro artículo bañado en plata que poseía Hepzibah, con la forma de la escudilla más tosca), disponía una mesa en la que el más majestuoso de los invitados del viejo coronel Pyncheon no habría tenido reparo ocupar. Pero el rostro del puritano miraba con desdén desde el cuadro, como si nada de lo que había en la mesa fuera de su agrado.

Para contribuir con toda la elegancia que podía, Phoebe recogió rosas y otras flores que poseían cierto aroma o belleza y las dispuso en una jarra de cristal que, al haber perdido el mango hacía mucho, era mucho más adecuada como jarrón para las flores. Los primeros rayos del sol —tan frescos como los que habían echado una mirada en el tocador de Eva mientras ella y Adán desayunaban allí— llegaron centelleando entre las ramas del peral para caer sobre la mesa. Ahora todo estaba preparado. Había sillas y platos para tres. Una silla y un plato para Hepzibah, lo mismo para Phoebe, pero... ¿a qué otro invitado esperaba su prima?

A lo largo de los preparativos, la figura de Hepzibah había sufrido un constante temblor, una agitación tan poderosa que Phoebe podía ver la vibración de su demacrada sombra, arrojada por la luz del fuego sobre la pared de la cocina o por los rayos del sol en el suelo del salón.

Sus manifestaciones eran tan variadas, y combinaban tan poco entre sí, que la muchacha no supo qué sacar de todo eso. A veces le parecía un éxtasis de deleite y felicidad. En tales momentos, Hepzibah lanzaba sus brazos al frente y envolvía a Phoebe con ellos, besando sus mejillas con tanta ternura como jamás lo había hecho su madre; ella parecía hacerlo por un impulso inevitable, como si su pecho se viera oprimido por la ternura, una ternura que necesitaba derramarse un poco para recuperar espacio para respirar. Al instante siguiente, sin ninguna causa visible para el cambio, su insólita alegría se encogía, horrorizada, por decirlo de algún modo, y se revestía de duelo; o echaba a correr y se escondía, por así decirlo, en la mazmorra de su corazón, donde había yacido encadenada durante mucho tiempo, mientras una tristeza fría y espectral ocupaba el lugar del prisionero júbilo, que temía ser liberado. Era una tristeza tan negra como brillante era el gozo. A veces prorrumpía en una risa nerviosa e histérica, más conmovedora que pudieran haberlo sido las lágrimas, y de inmediato, como para comprobar qué era más conmovedor, le seguía un torrente de lágrimas. O tal vez las lágrimas y la risa surgían a la vez y rodeaban a nuestra pobre Hepzibah, en un sentido moral, con una especie de pálido y tenue arcoíris. Como ya hemos dicho, era afectuosa con Phoebe, mucho más tierna como nunca lo había sido en su breve familiaridad, a excepción de ese beso de la noche anterior, pero con cierta irritabilidad recurrente. Le hablaba con dureza para luego, dejando de lado toda la almidonada reserva de su conducta habitual, pedirle perdón y, al instante siguiente, reanudar la herida que le acaban de perdonar.

Al fin, cuando su trabajo mutuo hubo terminado, Hepzibah tomó la mano de Phoebe con la suya temblorosa.

—¡Sé paciente conmigo, mi querida niña —exclamó—, porque en verdad mi corazón está a rebosar! ¡Ten paciencia conmigo, porque te quiero, Phoebe, aunque te hable con dureza! ¡No le des mayor importancia, querida niña! ¡De aquí a un rato seré amable y sólo amable!

—Mi querida prima, ¿no puedes contarme qué ha pasado? —preguntó Phoebe con triste y risueña simpatía—. ¿Qué es lo que te conmueve así?

—¡Calla! ¡Calla! ¡Ya viene! —susurró Hepzibah, enjugándose los ojos con rapidez—. Deja que él te vea primero, Phoebe, porque tú eres joven y lozana, y no puedes evitar provocar sonrisas, tanto si quieres como si no. ¡A él siempre le gustaron los rostros radiantes! Y el mío es tan viejo ahora, y las lágrimas apenas se han secado aún. Él nunca pudo soportar las lágrimas. Corre la cortina un poco, para que las sombras recaigan sobre su lado de la mesa. Pero deja que pase mucha luz del sol también, ya que nunca le gustó la oscuridad, como a tantas otras personas. Ha tenido muy poca luz del sol en su vida, el pobre Clifford, y... ¡Oh, vaya sombra negra! ¡Pobre, pobre Clifford!

Y murmurando así en voz baja, como si le hablara a su propio corazón y no a Phoebe, la anciana dama se movía de puntillas por la habitación, realizando las disposiciones que eran indicadas en una crisis.

Mientras tanto, se oyeron pasos en el pasillo del piso superior. Phoebe los reconoció como los mismos que habían subido las escaleras, como en un sueño, la noche anterior. El invitado que se acercaba, fuese quien fuese, pareció detenerse al principio de las escaleras, y se detuvo dos o tres veces en su descenso para volver a hacer una pausa al llegar al final de la escalera. Cada vez, el retraso no parecía tener ningún propósito; más bien parecía derivarse del olvido del propósito que lo había puesto en movimiento, o como si los pies de la persona se detuvieran involuntariamente porque la motivación era demasiado débil como para mantener su progreso. Finalmente, hizo una larga pausa en el umbral del salón. Aferró el picaporte de la puerta, luego lo soltó sin abrirla. Hepzibah, retorciéndose las manos de forma convulsa, se quedó mirando la entrada.

—Querida prima Hepzibah, te ruego que no te agites —dijo Phoebe, temblando, ya que la emoción de su prima y esos misteriosos pasos renuentes le hacían sentir que un fantasma estaba a punto de entrar en la sala—. ¡Me estás asustando! ¿Va a pasar algo horrible?

—¡Calla! —susurró Hepzibah—. ¡Muéstrate alegre! ¡Pase lo que pase, no muestres nada más que alegría!

La pausa final en el umbral resultó ser tan larga que Hepzibah, incapaz de soportar el suspense, se lanzó hacia delante, abrió la puerta, y guio al extraño de la mano. A primera vista, Phoebe vio un anciano personaje vestido con una anticuada bata de descolorido damasco, que llevaba su cabello gris, casi blanco, de un largo inusual. Empequeñecía su frente, excepto cuando se lo echaba hacia atrás y miraba vagamente por el salón. Tras una breve inspección de su rostro, fue fácil concebir que sus pisadas tenían que ser necesariamente pisadas como las que, lentas y sin un objetivo definido, como el primer viaje de un niño al cruzar una sala, acababan de llevarle allí. Aun así no había señales de que su fuerza física no hubiera sido suficiente para un paso libre y determinado. Era el espíritu del hombre el que no podía andar. La expresión de su semblante, aunque contenía la luz de la razón, parecía vacilar, brillar, casi extinguirse y volver a recobrarse débilmente. Era como una llama que vemos parpadear entre ascuas medio apagadas; la miramos con más atención que si fuera un fuego vivo que arde con fuerza hacia arriba, con más atención, pero con cierta impaciencia, como si tuviera que encenderse en un resplandor satisfactorio o extinguirse de inmediato.

Por un instante, tras entrar en la habitación, el invitado permaneció quieto, agarrado a la mano de Hepzibah como por instinto, como hace un niño con la persona adulta que le guía. Vio a Phoebe, sin embargo, y captó una iluminación de su aspecto juvenil y agradable que, en efecto, proporcionaba alegría al salón, como el círculo de reflejada brillantez alrededor del jarrón de flores al que le daba la luz del sol. Realizó un saludo o, para acercarnos más a la verdad, un impreciso intento frustrado de reverencia. Por imperfecto que fuera, empero, expresó la idea o, al menos, insinuó la idea de indescriptible elegancia como la que ningunos modales practicados podían transmitir. Era demasiado leve como para sacarle partido al instante; aun así, como recordaron después, pareció transfigurar al hombre por completo.

—Querido Clifford —dijo Hepzibah, usando el tono con el que se tranquilizaría a un niño caprichoso—, esta es tu prima Phoebe, la pequeña Phoebe Pyncheon, la única hija de Arthur, ya sabes. Ha venido desde el campo para quedarse un tiempo con nosotros, ya que nuestra vieja casa se ha vuelto muy solitaria.

—Phoebe... ¿Phoebe Pyncheon? ¿Phoebe? —repitió el invitado con una entonación extraña, muy lenta y confusa—. ¡La hija de Arthur! ¡Ah, me olvido! No importa. ¡Ella es bienvenida aquí!

—Ven, querido Clifford, toma asiento aquí —dijo Hepzibah, llevándolo hacia su lugar—. Phoebe, querida, cierra la cortina un poco más. Y ahora vamos a desayunar.

El invitado se sentó en el asiento que se le había asignado y miró a su alrededor con mirada extraña. Era evidente que estaba intentando comprender la escena presente para llevarla a su mente con una claridad más satisfactoria. Él deseaba asegurarse, al menos, de que se hallaba allí, en el salón de techos bajos, con vigas transversales y paneles de roble, y no en algún otro lugar que se había estereotipado dentro de sus sentidos. Pero el esfuerzo era demasiado grande como para sostenerse con algo más que un éxito fragmentado. De continuo, como podemos expresar, se desvanecía de su lugar o, en otras palabras, su mente y su conciencia partían, dejando que su exangüe, gris y melancólica figura —un vacío sustancial, un fantasma material— ocupase su lugar en la mesa. De nuevo, tras un momento inexpresivo, se produciría un parpadeante fulgor en sus globos oculares. Presagiaba que su parte espiritual había regresado y estaba haciendo todo lo posible por prender el fuego de su corazón y encender las lámparas intelectuales en la oscura y ruinosa mansión, donde estaba condenado a ser un triste morador.

En uno de esos momentos de menor letargo, pero de imperfecta animación, Phoebe se convenció de lo que al principio había rechazado por ser una idea demasiado extravagante y sorprendente. Vio que la persona frente a ella debía de haber sido el original de la hermosa miniatura en posesión de su prima Hepzibah. En efecto, con el ojo femenino para la ropa, había identificado de inmediato la bata de damasco que lo envolvía como la misma —en figura, tejido y moda— que habían representado de un modo tan elaborado en el retrato. Esta prenda vieja y descolorida, con todo su inmaculado esplendor ya extinto, parecía relatar de un modo indescriptible la desgracia no contada de su portador, y la hacía perceptible al ojo del espectador. Por esa apariencia externa, era mejor discernir cuán gastadas y viejas eran las prendas más inmediatas del alma: aquella forma y semblante, cuya belleza y gracia casi habían transcendido la habilidad del más exquisito de los artistas. Podía saberse que el alma del hombre debía haber sufrido algún miserable mal en su experiencia terrenal. Allí parecía estar sentado, con un tenue velo de decadencia y ruina entre él y el mundo, pero a través del cual, en fugaces intervalos, podía captarse la misma expresión, tan refinada, tan delicadamente imaginativa, que el pintor Malbone —con un toque feliz, con la respiración suspendida— había impartido a la miniatura. Había algo tan innatamente característico en esta mirada que todos los años oscuros y la carga de calamidades impropias que habían recaído sobre él no habían bastado para destruirla por completo.

Hepzibah había servido ahora una taza de fragante y delicioso café y se la había presentado a su invitado. Cuando sus ojos se encontraron, él pareció desconcertado y preocupado.

—¿Eres tú, Hepzibah? —murmuró con tristeza. Luego, más distante y tal vez sin ser consciente de que le estaban escuchando—: ¡Qué cambiada está! ¡Qué cambiada! ¿Y está enfadada conmigo? ¿Por qué frunce el ceño así?

¡Pobre Hepzibah! Era esa miserable mueca que el tiempo y su miopía, y las preocupaciones de la incomodidad interna, habían vuelto tan habitual que cualquier vehemencia de su conducta la invocaba sin falta. Pero ante el tenue murmullo de sus palabras, todo su rostro se volvió más tierno, incluso encantador, con triste afecto; la dureza de sus facciones desapareció, por así decirlo, tras el cálido y borroso fulgor.

—¡Enfadada! —repitió—. ¿Enfadada contigo, Clifford?

Su tono, al proferir tal exclamación, albergaba una melodía quejumbrosa y realmente exquisita que resonaba con algo que un oyente obtuso podría haber confundido con aspereza. Era como si algún músico transcendente sacara de un instrumento agrietado una dulzura que estremece el alma, que vuelve audible su imperfección física en medio de una armonía etérea. ¡Tan profunda era la sensibilidad que encontró un órgano en la voz de Hepzibah!

—No hay nada más que amor aquí, Clifford —añadió—. ¡Nada más que amor! ¡Estás en casa!

El invitado respondió a su tono con una sonrisa que no llegó a iluminar del todo su rostro. Por muy débil y efímera que fuera, sin embargo, tenía el encanto de una maravillosa belleza. Fue seguida por una expresión más ruda, o una que dio la impresión de rudeza en el elegante molde y perfil de su semblante, porque no había nada intelectual para templarlo. Era una mirada de apetito. Comía su alimento con lo que casi podría haberse denominado voracidad, y pareció olvidarse de sí mismo, de Hepzibah, de la joven, y de todo lo que lo rodeaba en el sensual disfrute que le ofrecía la abundante mesa. En su sistema natural, aunque muy agitado y delicadamente refinado, una sensibilidad hacia los placeres del paladar era probablemente algo inherente. Sin embargo, si sus características más etéreas hubieran conservado su vigor, se habría mantenido bajo control e incluso se habría convertido en un logro y en uno de los mil modos de cultura intelectual. Pero tal y como existía ahora, el efecto era doloroso e hizo que Phoebe bajara la mirada.

Al cabo de un rato, el invitado fue consciente del café que aún no había probado. Se lo bebió de un sorbo con ansias. La sutil esencia actuó sobre él como una poción mágica y provocó que la opaca sustancia de su ser animal se volviera transparente o, al menos, translúcida, de modo que a través de él se transmitía un resplandor espiritual, con un brillo más claro que hasta entonces.

—¡Más, más! —gritó con una prisa nerviosa en su pronunciación, como si estuviera ansioso por retener lo que buscaba escapar de él—. ¡Esto es lo que necesito! ¡Dadme más!

Bajo esta delicada y poderosa influencia, se sentó más erguido y lanzaba miradas que se fijaba en todo lo que miraba. No era que su expresión se volviera más intelectual; aunque jugaba una parte, ese no era el efecto más peculiar. Ni tampoco lo era lo que llamamos naturaleza moral, despertada de un modo tan violento como para presentarse con excepcional relevancia. Sin embargo, cierto fino temperamento del ser no se ponía de manifiesto en toda su relevancia, sino que se manifestaba de forma cambiante e imperfecta, por lo que era responsable de tratar todas las cosas bellas y agradables. En un carácter donde existiera como atributo principal, otorgaría a su poseedor un gusto exquisito y una envidiable susceptibilidad de ser feliz. La belleza sería su vida; todas sus aspiraciones tenderían hacia ella y, permitiendo que su figura y sus órganos físicos estuvieran en consonancia, sus propios desarrollos serían igualmente bellos. Tal hombre no tendría nada que ver con la tristeza, ni con los conflictos, ni con el martirio que, en una infinita variedad de formas, espera a aquellos que tienen el ánimo, la voluntad y la conciencia

para presentarle batalla al mundo. Para esos talantes heroicos, tal martirio es la mayor de las recompensas de entre los regalos del mundo. Para el individuo frente a nosotros, sólo podía ser una aflicción, intensa en debida proporción a la gravedad de la imposición. Él no tenía derecho a ser un mártir y, al verlo tan apto para ser feliz y tan débil para todos los demás propósitos, un espíritu generoso, fuerte y noble, me parece, habría estado dispuesto a sacrificar el poco goce que pudiera haber planeado para sí mismo, habría arrojado por la borda las esperanzas, tan insignificantes en su consideración, si con ello las ráfagas invernales de nuestra ruda esfera pudieran llegar a templarse para un hombre así.

Sin querer sonar injustos o desdeñosos, parecía que Clifford era de natural sibarita. Era perceptible incluso allí, en el oscuro y viejo salón, en la inevitable polaridad con la que sus ojos se sentían atraídos hacia el tembloroso juego de luces que se colaba a través del frondoso follaje. Se veía en su mirada apreciativa al jarrón de flores, cuyo aroma inhalaba con un placer casi peculiar de una organización física tan refinada que los ingredientes espirituales son moldeados con él. Se revelaba en la inconsciente sonrisa con la que miraba a Phoebe, cuya figura lozana y virginal era rayos de sol y flores, como su esencia, pero en una manifestación más bonita y más agradable. No era menos evidente ese amor y necesidad por lo bello en la instintiva cautela con la que, demasiado pronto, sus ojos se desviaron de su anfitriona y vagaron por cualquier lugar sin volver a mirarla. Era la desgracia de Hepzibah, no era culpa de Clifford. ¿Cómo podía él, tan cetrina como era, tan arrugada, tan triste, con aquel extraño turbante en la cabeza y aquel ceño fruncido tan peculiar, cómo podía gustarle mirarla? Pero ¿acaso no le debía afecto por todo lo que ella le había dado en silencio? No le debía nada. Una naturaleza como la de Clifford no puede contraer deudas de ese tipo. Es —lo decimos sin censura y sin menoscabo del derecho que indefectiblemente posee sobre seres de otro molde— siempre egoísta en su esencia, y debemos darle permiso para que lo sea, y amontonar sobre ella nuestro amor heroico y desinteresado, tanto más, sin esperar recompensa. La pobre Hepzibah conocía esta verdad o, al menos, actuaba como si la supiera por instinto. Clifford llevaba tanto tiempo alejado de lo que era encantador que ella se alegraba... se alegraba, aunque con un suspiro y el secreto propósito de derramar lágrimas en sus propios aposentos, de que él ahora tuviera objetos más brillantes ante sus ojos aparte de sus rasgos envejecidos y desgarbados. Los rasgos de Hepzibah nunca poseyeron encanto, y si lo habían tenido alguna vez, el cáncer de su tristeza por él lo destruyó hacía mucho tiempo.

El invitado se reclinó en su silla. Se mezclaban en su semblante un deleite soñador y una expresión atribulada de esfuerzo y agitación.

Trataba de ser más consciente de la escena que lo rodeaba; o tal vez, temiendo que fuera un sueño o una mala pasada de su imaginación, estaba empañando el bello momento con un esfuerzo por conseguir más brillo y una ilusión más duradera.

—¡Qué agradable! ¡Qué placentero! —murmuraba, pero sin dirigirse a nadie en concreto—. ¿Durará? ¡Qué agradable es el ambiente que entra por esa ventana abierta! ¡Una ventana abierta! ¡Qué hermosos esos rayos del sol! ¡Esas flores, qué fragantes! ¡El rostro de esa joven, qué alegre, qué lozano! ¡Una flor con gotas de rocío y rayos de sol en las gotas de rocío! ¡Ah! ¡Esto debe de ser un sueño! ¡Un sueño! ¡Un sueño! ¡Pero ha escondido las cuatro paredes de piedra!

Entonces su rostro se oscureció, como si la sombra de una caverna o una mazmorra lo hubiera cubierto; no había más luz en su expresión que la que hubiera podido pasar por las rejas de hierro de la ventana de una prisión, reduciéndose también, como si se estuviera encogiendo en las profundidades. Phoebe (de temperamento tan rápido y activo que rara vez se abstenía de tomar parte y, por lo general, era buena en lo que hacía) se sintió ahora impulsada a dirigirse al desconocido.

—Aquí tenemos una nueva especie de rosa que encontré esta mañana en el jardín —dijo ella, escogiendo una pequeña rosa carmesí de entre las flores del jarrón—. No habrá más de cinco o seis en el rosal esta temporada. Esta es la más perfecta de todas; no tiene ni una mota de mildiu en ella. ¡Y qué dulce es! ¡Más dulce que ninguna otra rosa! ¡Nadie puede olvidar ese aroma!

—¡Ah! ¡Déjeme verla! ¡Déjeme cogerla! —exclamó el invitado, ansioso por coger la flor que, con el embrujo peculiar a los aromas recordados, le traía innumerables asociaciones junto con la fragancia que exhalaba—. ¡Gracias! Esto me ha hecho bien. Recuerdo que yo solía apreciar esta flor... hace mucho tiempo, supongo, hace mucho tiempo. ¿O fue sólo ayer? ¡Hace que me sienta joven de nuevo! ¿Soy joven? O bien este recuerdo es singularmente distintivo o esta conciencia es extrañamente vaga. ¡Pero qué amable por parte de la bella joven! ¡Gracias! ¡Gracias!

La favorable excitación derivada de esta pequeña rosa carmesí le concedió a Clifford el momento más brillante de los que disfrutó en la mesa del desayuno. Podría haber durado más, de no ser porque, poco después, sus ojos se posaron en el rostro del viejo puritano que, desde su mugriento marco y deslucido lienzo, contemplaba la escena como un fantasma, uno de lo más malhumorado y antipático. El invitado hizo un gesto de impaciencia con la mano y se dirigió a Hepzibah con un tono que denotaba claramente la irritabilidad de un miembro mimado de la familia.

—¡Hepzibah! ¡Hepzibah! —exclamó no sin poca fuerza y claridad—. ¿Por qué mantienes ese odioso retrato en la pared? ¡Sí, sí! ¡Ese es precisamente tu gusto! ¡Te he dicho mil veces que era el genio malvado de la casa! ¡Mi genio malvado en particular! ¡Retíralo de una vez!

—Querido Clifford —dijo Hepzibah con tristeza—, sabes que eso no puede ser.

—Entonces, sea como sea —continuó él, todavía hablando con cierta energía—, te ruego que lo tapes con una cortina carmesí, lo suficientemente ancha para colgarla en pliegues, con un reborde dorado y borlas. ¡No puedo soportarlo! ¡No debe mirarme a la cara!

—Sí, querido Clifford, el retrato será tapado —dijo Hepzibah en tono conciliador—. Hay una cortina carmesí en un baúl arriba... un poco descolorida y desgastada, me temo, pero Phoebe y yo haremos maravillas con ella.

—Hoy mismo, recuerda —dijo él, para luego añadir con voz baja como para sí mismo—: ¿Por qué deberíamos vivir en esta deprimente casa? ¿Por qué no ir al sur de Francia? ¿A Italia? ¿París, Nápoles, Venecia, Roma? Hepzibah dirá que no nos lo podemos permitir. ¡Qué idea tan chistosa!

Sonrió para sí y lanzó una mirada de fino sarcasmo en dirección a Hepzibah.

Pero los diversos estados de ánimo por los que había pasado, por poco marcados que estuvieran, en un intervalo de tiempo tan breve, era evidente que habían fatigado al invitado. Es probable que estuviera acostumbrado a una triste monotonía vital que no fluía como una corriente, por lenta que fuese, sino que se estancaba en un estanque alrededor de sus pies. Un velo somnoliento se extendía sobre su semblante y, moralmente hablando, influía sobre su contorno, de natural delicado y elegante, como el que una niebla melancólica, sin sol, arroja sobre los rasgos de un paisaje. Parecía volverse más grosero, casi tosco. Si algo de interés o belleza, incluso una belleza arruinada, había sido visible hasta entonces en aquel hombre, el observador podía empezar a dudarlo ahora y a acusar a su imaginación de engañarle con cualquier gracia que hubiera parpadeado en su rostro y cualquier brillo exquisito que hubiera resplandecido en sus ojos.

Antes de que se hundiera del todo, sin embargo, el agudo y molesto tintineo de la campanilla de la tienda se hizo audible. Golpeando del modo más desagradable los órganos auditivos de Clifford y la característica sensibilidad de sus nervios, provocó que se levantara de un salto de su silla.

—¡Cielo santo, Hepzibah! ¿Qué horrible alboroto tenemos ahora en la casa? —exclamó, infligiendo su resentida impaciencia, como parte de la rutina y sus costumbres de antaño, sobre la única persona en el mundo que le quería—. ¡Jamás he oído tal odioso clamor! ¿Por qué lo permites? En nombre de todas las disonancias, ¿de qué puede tratarse?

Era muy notable el prominente relieve —incluso como si un tenue cuadro saltara repentinamente de su lienzo— que cobraba el carácter de Clifford a causa de esta molestia aparentemente insignificante. El secreto consistía en que un individuo de su temperamento siempre puede ser aguijoneado más agudamente a través de su sentido de lo bello y armonioso que a través de su corazón. Incluso es posible —porque a menudo han ocurrido casos similares— que si Clifford, en su vida anterior, hubiera disfrutado de los medios para cultivar su gusto hasta su máxima perfección, ese atributo sutil podría haber devorado o limado por completo sus afectos antes de este período. ¿Nos atreveremos a pronunciar, por lo tanto, que su larga y negra calamidad no pudo haber tenido una gota de misericordia redentora en el fondo?

—Querido Clifford, ojalá pudiera mantener ese sonido alejado de tus oídos —dijo Hepzibah con paciencia, pero ruborizándose con dolorosa vergüenza—. A mí también me resulta muy desagradable. Pero ¿sabes, Clifford? Tengo algo que contarte. Ese feo sonido... Por favor, Phoebe, ve a ver quién es. ¡Ese travieso tintineo no es otra cosa que la campanilla de nuestra tienda!

—¡La campanilla de una tienda! —repitió Clifford con mirada desconcertada.

—Sí, la campanilla de nuestra tienda —dijo Hepzibah con una cierta dignidad natural mezclada con una profunda emoción, que ahora se manifestaba en su conducta—. Porque debes saber, mi querido Clifford, que somos muy pobres. Y no había otro recurso aparte de aceptar ayuda de una mano que yo rechazaría (¡y tú también!) si nos ofreciera pan cuando nos estuviéramos muriendo de hambre, no hay más ayuda que él o bien ganarme nuestra subsistencia con mis propias manos. Si estuviera sola, me habría contentado con morirme de hambre. ¡Pero tú me has sido devuelto! ¿Piensas entonces, querido Clifford —añadió ella con una triste sonrisa—, que he traído una desgracia irreparable sobre la casa al abrir una tiendecita bajo el tejado frontal? Nuestro tatarabuelo hizo lo mismo cuando había mucha menos necesidad. ¿Te avergüenzas de mí?

—¡Vergüenza! ¡Deshonra! ¿Tú me dices esas palabras, Hepzibah? —dijo Clifford, pero no de modo airado; pues cuando el espíritu de un hombre ha sido completamente abatido, puede que sea mezquino con las pequeñas ofensas, pero nunca se muestra resentido por las grandes. De modo que sólo habló con apenada emoción—. ¡No ha sido amable

por tu parte decirlo, Hepzibah! ¿Qué vergüenza puede recaer sobre mí ahora?

Y entonces el enervado hombre —el que había nacido para el disfrute, pero había encontrado un destino tan miserable— rompió a llorar con la pasión de una mujer. Fue un llanto de breve duración, empero, que pronto le dejó en un estado inactivo y, a juzgar por su semblante, nada incómodo. Con ese estado de ánimo, también, se reanimó parcialmente por un instante y miró a Hepzibah con una sonrisa, cuyo entusiasta y medio irrisorio significado era dejarla perpleja.

—¿Tan pobres somos, Hepzibah? —dijo él.

Finalmente, al ser su silla profunda, suave y mullida, Clifford se quedó dormido. Escuchando la subida y caída más regular de su respiración (que, sin embargo, incluso entonces, en lugar de ser fuerte y plena, poseía una suerte de débil temblor, correspondiente a la falta de vigor de su carácter), escuchando estas muestras de sueño estable, Hepzibah aprovechó la oportunidad para examinar su rostro con más atención de la que se había atrevido hasta el momento. Su corazón se derritió en lágrimas; su espíritu más profundo envió una voz que gemía, baja, gentil, pero indeciblemente triste. En esta profundidad de dolor y lástima ella sintió que no había irreverencia en contemplar su rostro mudado, envejecido, descolorido y ajado. Pero en cuanto se sintió un poco aliviada, su conciencia la golpeó por mirarlo con curiosidad ahora que estaba tan cambiado; girándose apresuradamente, Hepzibah dejó caer la cortina sobre la soleada ventana para permitir que Clifford dormitara allí.

CAPÍTULO VIII

El Pyncheon actual

Phoebe, al entrar en la tienda, contempló allí el ya familiar rostro del pequeño devorador —si podemos reconocer correctamente sus poderosas hazañas— de Jim Crow, el elefante, el camello, los dromedarios y la locomotora. Habiendo gastado su fortuna privada los dos días anteriores en la compra de los mencionados insólitos lujos, el actual recado del joven caballero venía de parte de su madre, quien necesitaba tres huevos y un cuarto de pasas. Phoebe, por lo tanto, le proporcionó esos artículos y, como muestra de gratitud por sus anteriores compras, y como un pequeño sobreañadido al desayuno, ¡puso entre sus manos una ballena! El gran pez, invirtiendo su experiencia con el profeta de Nínive, de inmediato comenzó su viaje por el mismo camino rojo del destino adonde una caravana bien variada le había precedido. Este ex-

traordinario golfillo, verdaderamente era la misma reencarnación del viejo Padre Tiempo, tanto por su apetito voraz por hombres y objetos como porque él, al igual que el Tiempo, tras tragarse así gran parte de su creación, se veía casi tan juvenil como si hubiera sido creado en ese mismo instante.

Tras cerrar parcialmente la puerta, el niño volvió y le masculló algo a Phoebe, algo que, como la ballena estaba a medio devorar, ella no pudo entender a la perfección.

—¿Qué has dicho, mi pequeño amigo? —preguntó ella.

—Madre quiere saber —repitió Ned Higgins de un modo más claro—, cómo le va al hermano de la solterona Pyncheon. La gente dice que ha vuelto a casa.

—¿El hermano de mi prima Hepzibah? —exclamó Phoebe, sorprendida ante esta repentina explicación de la relación entre Hepzibah y su invitado—. ¡Su hermano! ¿Y dónde ha podido estar?

El pequeño sólo se llevó el pulgar a su ancha nariz chata, con esa expresión de astucia que los niños, al pasar demasiado tiempo en las calles, pronto aprenden a lanzar sobre sus rasgos, sin importar lo bobo que parezca. Entonces, como Phoebe seguía mirándolo sin responder a la pregunta de su madre, el niño se marchó.

Conforme el niño bajaba los escalones, un caballero los subía para entrar en la tienda. Era corpulento, y si hubiera tenido la ventaja de ser un poco más alto, habría sido la majestuosa figura de un hombre en el ocaso de su vida, vestido con un traje negro de tela fina, lo más parecido posible al tafetán. Un bastón con empuñadura de oro, de madera oriental de gran rareza, contribuía materialmente a su alta respetabilidad, al igual que el pañuelo de su cuello, de una blancura inmaculada, y el esmerado pulido de sus botas. Su semblante oscuro y cuadrado, con unas cejas casi desgreñadas, era impresionante de por sí, y tal vez hubiera resultado algo severo si el caballero no se hubiera encargado de mitigar el efecto de dureza con una mirada de buen humor y gran benevolencia. Sin embargo, debido a una acumulación algo masiva de sustancia animal en la región inferior de su rostro, su mirada era, tal vez, untuosa más que espiritual y desprendía, por así decirlo, una especie de refulgencia carnal, no tan satisfactoria como él sin duda pretendía que fuera. En todo caso, un observador susceptible podría haber considerado que ofrecía muy pocas pruebas de la benignidad general del alma que pretendía reflejar. Y si el observador fuera de mal carácter, además de agudo y susceptible, es probable que hubiera sospechado que la sonrisa del caballero se parecía mucho al brillo de sus botas, y que a él y a su limpiabotas, respectivamente, les habría costado mucho trabajo sacarlas y conservarlas.

Cuando el extraño entró en la pequeña tienda, donde la proyección del segundo piso y el denso follaje del olmo, así como la mercancía del escaparate, creaban una suerte de luz gris, su sonrisa se volvió tan intensa como si hubiera puesto toda su ilusión en contrarrestar toda la tristeza del ambiente (además de cualquier tristeza moral perteneciente a Hepzibah y a sus reclusos) con la simple luz de su semblante. Al percibir a una muchacha joven y lozana en lugar de la adusta presencia de la solterona, se manifestó una expresión de sorpresa. Al principio frunció el ceño, para luego sonreír con una benevolencia más empalagosa que nunca.

—¡Ah, ya veo cómo es! —dijo con voz profunda, una voz que, de haber procedido de la garganta de un hombre inculto, habría sonado áspera, pero que, a fuerza de entrenarla cuidadosamente, ahora sonaba suficientemente agradable—. No tenía constancia de que la señorita Hepzibah Pyncheon hubiera comenzado un negocio bajo tales favorables auspicios. Supongo que usted es su ayudante.

—Sin duda lo soy —contestó Phoebe—. Soy una prima de la señorita Hepzibah y he venido a visitarla —añadió con un cierto aire de gentil suposición, puesto que, por muy civilizado que fuera el caballero, era evidente que la había tomado por una joven que servía a cambio de un salario.

—¿Su prima? ¿Del campo? Le ruego que me perdone, entonces —dijo el caballero, quien sonrió y le dedicó una inclinación de cabeza como Phoebe no había visto antes—. En ese caso, debemos conocernos mejor porque, a menos que esté tristemente equivocado, ¡usted también es pariente mía! Veamos... ¿Mary? ¿Dolly? ¿Phoebe? ¡Sí, el nombre es Phoebe! ¿Es posible que usted sea Phoebe Pyncheon, la única hija de mi querido primo y compañero de clase Arthur? ¡Ah, veo los rasgos de su padre alrededor de su boca ahora! ¡Sí, sí! ¡Debemos conocernos mejor! Soy pariente suyo, querida mía. Seguro que ha oído hablar del juez Pyncheon

Cuando Phoebe hizo una reverencia a modo de respuesta, el juez se inclinó hacia delante con el excusable e incluso encomiable propósito —si tenemos en cuenta el parentesco de sangre y la diferencia de edad— de depositar sobre su joven pariente un beso de reconocida parentela y afecto natural. Por desgracia (sin pretenderlo, o sólo con la instintiva pretensión que no rinde cuentas al intelecto) Phoebe, en el momento más crítico, se retiró, de modo que su altamente respetable pariente, con su cuerpo inclinado sobre el mostrador y sus labios sobresaliendo, se vio obligado a asumir el absurdo apuro de besar el aire. Fue un paralelismo moderno del caso de Ixión y sus abrazos a una nube, y fue aún más ridículo porque el juez se enorgullecía de evitar todo

asunto irreal y de nunca confundir una sombra por un objeto material. La verdad era —y esa es la única excusa de Phoebe— que, aunque la fulgurante bondad del juez Pyncheon no resultara del todo desagradable a la espectadora femenina cuando la anchura de una calle o de una habitación de tamaño normal se interponía entre ellos, resultaba demasiado intensa cuando esta oscura y bien alimentada fisonomía (con una barba descuidada que ninguna cuchilla conseguía suavizar) buscaba entrar en contacto con el objeto de su consideración. El hombre, el sexo, de una u otra manera, era enteramente demasiado prominente en las manifestaciones de ese tipo por parte del juez. Phoebe bajó los ojos y, sin saber por qué, sintió que se ruborizaba intensamente bajo su mirada. Ella había sido besada antes, y sin ningún escrúpulo en particular, por media docena de primos, más jóvenes y más viejos que este juez de tez bronceada, espantosa barba, pañuelo blanco al cuello y empalagosa bondad. Entonces, ¿por qué no deseaba que la besara?

Al alzar la vista, Phoebe se vio sobresaltada por el cambio en el rostro del juez Pyncheon. Fue tan sorprendente, teniendo en cuenta la diferencia de escala, como el que existe entre un paisaje bajo un sol radiante y justo antes de una tormenta; no albergaba la intensidad apasionada de esta última, sino que era frío, duro, inmutable, como una nube que lleva todo el día refunfuñando.

«¡Cielo santo! ¿Qué puedo hacer ahora? —pensó la joven pueblerina—. ¡Tiene aspecto de no haber nada en él más blando que una roca ni más templado que el viento del este! ¡No pretendía ofenderle! Como de verdad es mi primo, le habría permitido besarme si hubiera podido!».

Entonces, de repente, se le ocurrió a Phoebe que este juez Pyncheon era el original de la miniatura que el daguerrotipista le había enseñado en el jardín, y que la expresión dura, severa, implacable que ahora mostraba su rostro era la misma que el sol había insistido de un modo inflexible en sacar a la luz. ¿Se trataba, por lo tanto, no de un humor temporal, sino del asentado temperamento de su vida, aunque oculto con destreza? Y no sólo eso, ¿era hereditario en él y se transmitía como una preciosa reliquia de aquel antepasado barbudo, en cuyo retrato la expresión y algunos rasgos del actual juez eran como una especie de profecía? Un filósofo más profundo que Phoebe podría haber encontrado algo terrible en esta idea. Implicaba que las debilidades y los defectos, las malas pasiones, las tendencias mezquinas y las enfermedades morales que conducen a cometer crímenes se transmiten de generación en generación, por un proceso de transmisión mucho más seguro que el que la ley humana ha sido capaz de establecer con respecto a las riquezas y los honores que pretende conferir a la posteridad.

Pero resultó que, apenas había posado Phoebe sus ojos de nuevo en el semblante del juez, toda su fea severidad se desvaneció; entonces se encontró bastante abrumada por el abrasador y bochornoso calor, por así decirlo, de la benevolencia que este excelente hombre esparcía desde su gran corazón al ambiente que lo rodeaba, del mismo modo que se dice que una serpiente, como preámbulo a la fascinación, llena el aire con su peculiar olor.

—¡Eso me gusta, prima Phoebe! —exclamó él con un enfático movimiento de aprobación con su cabeza—. ¡Me gusta mucho, mi pequeña prima! Eres una buena chica y sabes cuidar de ti misma. Una joven, en especial si se trata de una muy bonita, nunca puede ser demasiado cautelosa con sus labios.

—Desde luego, señor —dijo Phoebe, intentando tomarse el asunto a risa—, no pretendía ser antipática.

No obstante, tanto si se debía por completo como si no al desfavorable comienzo de su relación, ella seguía actuando con cierta reserva que no era en absoluto habitual en su franca y afable naturaleza. No la abandonaba la idea de que el puritano original, de quien había oído tantas historias sombrías —el progenitor de toda la casta de los Pyncheon de Nueva Inglaterra, el fundador de la casa de los siete tejados, y que había muerto allí de un modo tan extraño— acababa de entrar en la tienda. En esta época de equipamiento improvisado, la cuestión fue dispuesta con suficiente facilidad. A su llegada desde el otro mundo, simplemente había encontrado necesario pasar un cuarto de hora en una barbería, donde habían recortado la barba puritana hasta dejar un par de canosas patillas; luego, entrando en un establecimiento de ropa lista para usar, intercambió su jubón de terciopelo y la capa de marta cibelina, con la intricada banda de encaje bajo su barbilla, por un cuello blanco y un pañuelo, abrigo, chaleco y bombachos. Finalmente, dejando a un lado su sable con empuñadura de acero para coger un bastón con empuñadura de oro, ¡el coronel Pyncheon de dos siglos atrás da un paso adelante como el juez del momento actual!

Por supuesto, Phoebe era una muchacha demasiado sensata como para entretener esa idea de cualquier otro modo que no fuera como una cuestión de chanza. También era posible que, si los dos personajes se pusieran uno al lado del otro frente a su mirada, ella habría percibido muchas diferencias y, tal vez, sólo un parecido en general. El largo lapso de los años transcurridos, en un clima tan diferente al que había fomentado el inglés ancestral, debía haber infligido inevitablemente cambios importantes en el sistema físico de su descendiente. El volumen de músculos del juez apenas podía ser el mismo que el del coronel; no cabía duda de que había menos músculo en él. Aunque era considerado como un hombre pesado entre sus contemporáneos con respecto a su sustancia animal, y como favorecido por un increíble grado de desarrollo fundamental, adaptándole bien para el asiento judicial, nosotros concebimos que el moderno juez Pyncheon, si fuera pesado en la misma balanza que su antepasado, habría requerido al menos un anticuado peso de cincuenta y seis libras para mantener la balanza en equilibrio. Y el rostro del juez había perdido el tono rubicundo inglés, que mostraba su calor por toda la oscuridad de las curtidas mejillas del coronel, y había adoptado un tono cetrino, la establecida complexión de sus compatriotas. Si no nos equivocamos, además, cierta cualidad nerviosa se había vuelto más o menos manifiesta, incluso en un espécimen tan sólido de ascendencia puritana como el caballero que ahora nos ocupa. Como uno de sus efectos, confirió a su semblante una movilidad más rápida que la que había poseído el viejo inglés y una vivacidad más aguda, pero a expensas de algo más robusto, sobre lo que estas agudas dotes parecían actuar como ácidos disolventes. Este proceso, por lo que sabemos, puede pertenecer al gran sistema del progreso humano, el cual, con cada paso ascendente, a medida que disminuye la necesidad de fuerza animal, puede estar destinado a espiritualizarnos gradualmente, refinando nuestros atributos corporales más groseros. De ser así, el juez Pyncheon podría soportar uno o dos siglos más de tal refinamiento tan bien como la mayoría del resto de los hombres.

Las similitudes, tanto intelectuales como morales, entre el juez y su antepasado parece haber sido, al menos, tan fuerte como el parecido de semblante y rasgos nos permitiría anticipar. En el discurso del funeral del viejo coronel Pyncheon, el clérigo canonizó absolutamente a su fallecido feligrés y, por así decirlo, abrió una vista a través del techo de la iglesia y, desde allí, a través del firmamento, lo mostró sentado, arpa en mano, entre los coronados coristas del mundo espiritual. En su lápida, el epitafio también es muy elogioso; ni la historia, en la medida en que ocupa un lugar en sus páginas, impugna la coherencia y rectitud de su carácter. Así también, en cuanto al juez Pyncheon de hoy en día, ningún clérigo, ni crítico legal, ni grabador de lápidas, ni historiador de política local o general se aventuraría a decir nada contra la sinceridad como cristiano de esta eminente persona, ni contra su respetabilidad como hombre, ni contra su integridad como juez, ni contra su valor y lealtad tantas veces probados como representante de su partido político. Pero, además de estas frías, formales y vacías palabras del cincel que inscribe, de la voz que habla, de la pluma que escribe para el ojo público y para el tiempo futuro —y que inevitablemente pierden gran parte de su veracidad y libertad por la conciencia fatal de quien lo hace— había historias sobre el antepasado, y rumores sobre el juez

que se contaban en privado a diario, que eran increíblemente armoniosas en sus testimonios. Es a menudo instructivo preguntar la opinión de una mujer, la privada y la doméstica, sobre un hombre público; ni nada puede ser más curioso que la amplia discrepancia entre los retratos destinados a los grabados y a los dibujos a lápiz que pasan de mano en mano por detrás de la espalda del original.

Por ejemplo, la tradición afirmaba que el puritano había sido avaricioso con el dinero; del juez se decía también, con todo su despliegue de copiosos gastos, que tenía el puño tan cerrado como si su agarre fuera de hierro. El antepasado se había vestido con una sombría presunción de bondad, de una ruda cordialidad de palabras y modales que la mayoría de la gente tomaba por el genuino calor de la naturaleza, abriéndose paso a través de la gruesa e inflexible piel de un carácter varonil. Su descendiente, en cumplimiento de los requisitos de una época más agradable, había aligerado esa benevolencia grosera para convertirla en la amplia benignidad de la sonrisa con la que brillaba como un sol de mediodía en las calles, o brillaba como un fuego doméstico en los salones de sus conocidos más íntimos. El puritano —si no lo desmienten algunas historias singulares, murmuradas incluso hoy en día bajo el aliento del narrador— había incurrido en ciertas transgresiones a las que los hombres de su gran desarrollo animal, cualquiera que sea su fe o sus principios, deben seguir expuestos, hasta que se despojen de la impureza, junto con la grosera sustancia terrenal que la envuelve. No debemos manchar nuestra página con ningún escándalo contemporáneo, con un propósito similar, que pueda haberse susurrado contra el juez. El puritano, de nuevo, que era un autócrata en su propia casa, había desgastado a tres esposas y, tan sólo con el peso implacable y la dureza de su carácter en la relación conyugal, las había enviado, una tras otra, a la tumba con el corazón roto. En este caso, el paralelismo falla en cierto modo. El juez se había casado con una sola mujer y la había perdido al tercer o cuarto año de matrimonio. Sin embargo, existe una fábula —porque así decidimos considerarla, aunque no es imposible que sea típica de la depresión conyugal del juez Pyncheon— según la cual la dama recibió su golpe mortal durante la luna de miel, y nunca volvió a sonreír porque su marido la obligaba a servirle el café todas las mañanas junto a su cama, en señal de lealtad a su amo y señor.

Pero es un tema demasiado rentable, este de los parecidos hereditarios, cuya frecuente recurrencia, en línea directa, es ciertamente incomprensible cuando consideramos la enorme acumulación de linaje que reside detrás de cada hombre a la distancia de uno o dos siglos. Sólo añadiremos, por lo tanto, que el puritano —según la leyenda popular, al menos, que a menudo conserva rasgos del carácter con una fidelidad

maravillosa— era audaz, imperioso, implacable y astuto; establecía sus propósitos profundamente y los perseguía con una tenacidad que no conocía el descanso ni la conciencia; pisoteaba a los débiles y, cuando era esencial para sus fines, hacía todo lo posible por derrotar a los fuertes. Si el juez se parecía en algo a él, el desarrollo de nuestra narración lo demostrará.

Apenas ninguno de los puntos relatados en el paralelismo anterior se le ocurrieron a Phoebe, cuyo nacimiento y residencia en el campo la había dejado, a decir verdad, lamentablemente ignorante de la mayoría de las historias familiares, las cuales perduraban como telarañas y costras de humo en las salas y rincones de la casa de los siete tejados. Aun así se daba una circunstancia, muy insignificante en sí misma, que la impresionaba con un extraño nivel de terror. Ella había oído hablar del anatema lanzado por Maule, el brujo ejecutado, contra el coronel Pyncheon y su descendencia —que Dios les daría sangre para beber— y también sabía de la creencia popular de que a veces podía oírse esa sangre milagrosa borboteando en sus gargantas. Ese último escándalo —como correspondía a una persona con sentido común y, en especial, a un miembro de la familia Pyncheon— Phoebe lo había descartado por ser absurdo de un modo incuestionable. Pero las supersticiones antiguas, tras ser infusionadas en los corazones humanos y encarnadas en respiración humana, y ser pasadas de bocas a oídos en múltiples repeticiones a lo largo de una serie de generaciones, llegan a empaparse de un efecto de prosaica verdad. El humo del hogar doméstico las ha aromatizado de principio a fin. Por su larga transmisión entre los hechos domésticos, llegan a parecerse a ellos y tienen una forma tan familiar de sentirse como en casa que su influencia suele ser mayor de lo que sospechamos. Así sucedió que, cuando Phoebe oyó cierto ruido en la garganta del juez Pyncheon —sonido habitual en él, no del todo involuntario, pero que no indicaba nada, a menos que fuera una ligera dolencia de los bronquios o, como algunas personas insinuaban, un síntoma de apoplejía— cuando la muchacha oyó ese extraño y torpe reflujo (que el escritor nunca oyó y, por lo tanto, no puede describir), se sobresaltó como una tonta y se retorció las manos.

Por supuesto, era extremadamente ridículo que Phoebe se perturbara por semejante nimiedad, y era aún más imperdonable mostrarle su turbación al individuo al que más le concernía. Pero el incidente enlazaba de un modo tan extraño con sus fantasías previas sobre el coronel y el juez que, por el momento, pareció que se mezclaban sus identidades.

—¿Qué te pasa, muchacha? —dijo el juez Pyncheon, dedicándole una de sus duras miradas—. ¿Te da miedo algo?

—Oh, nada, señor... ¡Nada de nada! —respondió Phoebe con una risita avergonzada—. Pero quizás desee hablar con mi prima Hepzibah. ¿Quiere que la llame?

—Quédate un momento, por favor —dijo el juez, de nuevo sonriendo con el sol en su rostro—. Pareces un poco nerviosa esta mañana. El aire de la ciudad, prima Phoebe, no le sienta bien a tus buenas y saludables costumbres pueblerinas. ¿O ha pasado algo que te perturba? ¿Algo extraordinario en la familia de la prima Hepzibah? ¿Una visita, quizás? ¡Eso pensaba! No me extraña que estés indispuesta, mi pequeña prima. ¡Convivir con semejante invitado bien puede sobresaltar a una joven inocente!

—Usted me desconcierta, señor —contestó Phoebe, mirando inquisitivamente al juez—. No hay ningún espantoso invitado en la casa; tan sólo un pobre y gentil hombre que se comporta como un niño, que creo que es el hermano de la prima Hepzibah. Me temo (pero usted, señor, lo sabrá mejor que yo) que no está del todo en sus cabales, pero parece ser tan tranquilo y callado que una madre bien podría confiarle a su bebé. Y creo que jugaría con el bebé como si él sólo fuera unos años mayor que la criatura. ¿Si me sobresalta? ¡Oh, no, claro que no!

—Me alegra oír un informe tan favorable y tan ingenuo sobre mi primo Clifford —dijo el benevolente juez—. Hace muchos años, cuando éramos jóvenes juntos, yo le tenía un gran cariño, y aún siento un tierno interés por todas sus tribulaciones. Dices, prima Phoebe, que parece sufrir debilidad mental. ¡Qué el cielo le conceda al menos el intelecto suficiente para arrepentirse de sus pecados pasados!

—Imagino que nadie —observó Phoebe— puede tener menos de los que arrepentirse.

—¿Y es posible, querida —replicó el juez con una mirada de lástima—, que nunca hayas oído hablar de Clifford Pyncheon? ¿Es que puede que no sepas nada de su historia? Bueno, todo está bien, y tu madre te ha inculcado una consideración adecuada hacia el buen nombre de la familia con la que ella acabó conectada. Cree lo mejor que puedas de esta desafortunada persona, y espera lo mejor. Es una regla que los cristianos deberían seguir siempre cuando juzgan a los demás; en especial, eso es sabio y lo correcto entre los parientes cercanos, cuyas personalidades contienen necesariamente un grado de mutua dependencia. Pero ¿se encuentra Clifford en el salón? Sólo entraré a verlo.

—Tal vez, señor, sea mejor que vaya a llamar a mi prima Hepzibah —dijo Phoebe, quien apenas sabía, sin embargo, si debía prohibir la entrada a las regiones privadas de la casa a este afectuoso pariente—. Su hermano parecía estar quedándose dormido justo después de desayunar,

y estoy segura de que no le gustaría que lo molestasen. ¡Le ruego, señor, que me permita ir a avisarla!

Pero el juez demostró una singular determinación para entrar sin ser anunciado. Como Phoebe, con la viveza de una persona cuyos movimientos responden inconscientemente a sus pensamientos, había dado un paso hacia la puerta, él no usó ninguna ceremonia para apartarla.

—¡No, no, señorita Phoebe! —dijo el juez con una voz tan profunda como un trueno, y con un ceño tan negro como la nube que lo lanza—. ¡Quédate aquí! Conozco la casa, conozco a mi prima Hepzibah, y también conozco a su hermano Clifford. ¡No hace falta que mi pequeña prima del campo se moleste en anunciarme! —En esas últimas palabras, por cierto, había síntomas de que su repentina aspereza estaba mudando a su previa bondad de carácter—. Debes recordar, Phoebe, que estoy en casa aquí y que tú eres la extraña. De modo que sólo entraré y veré por mí mismo cómo está Clifford, y también les transmitiré a él y a Hepzibah mis mejores deseos. Llegados a este punto, es lo correcto que ambos oigan de mis propios labios lo mucho que deseo ayudarles. ¡Ja! ¡Aquí llega la misma Hepzibah!

Así era. Las vibraciones de la voz del juez habían llegado hasta la anciana dama en el salón, donde estaba sentada con el rostro girado, vigilando el sueño de su hermano. Ahora parecía que avanzaba para defender la entrada con el mismo increíble aspecto, debemos decir, que el del dragón que, en los cuentos de hadas, acostumbra a ser el guardián de alguna belleza encantada. Su habitual ceño fruncido era innegablemente demasiado fiero en ese momento como para pasar por la inocente mueca de la miopía, y se inclinó hacia el juez Pyncheon de un modo que pareció confundirle, si no alarmarle; tan inadecuadamente había estimado la fuerza moral de una antipatía profundamente arraigada. Hizo un gesto de repulsa con la mano y se quedó allí, como el perfecto retrato de la prohibición, de cuerpo entero en el oscuro marco de la puerta. Pero debemos revelar el secreto de Hepzibah y confesar que la timidez innata de su carácter se manifestó incluso en ese momento en un rápido temblor que, según su propia percepción, puso en desacuerdo a cada una de sus articulaciones.

Es posible que el juez fuera consciente de la poca fuerza de voluntad que en verdad yacía tras el formidable frente de Hepzibah. En cualquier caso, al ser un caballero de nervios de acero, pronto se recuperó y no vaciló en acercarse a su prima con la mano extendida; no obstante, adoptó la sensata precaución de cubrir su avance con una sonrisa, tan amplia y seductora, que, de haber sido sólo la mitad de cálida de lo que parecía, toda una parra se habría vuelto morada al instante bajo su exposición veraniega. Y, en efecto, puede que hubiera sido su propósito derretir a la pobre Hepzibah de inmediato, como si fuera una figura de cera amarilla.

—¡Hepzibah, mi querida prima, estoy encantado! —exclamó el juez con el máximo énfasis posible—. Por fin ya tienes algo por lo que vivir. Sí, y todos nosotros, deja que te diga, tus amigos y parientes, tenemos más por lo que vivir de lo que teníamos ayer. No he perdido el tiempo en apresurarme a ofrecer cualquier ayuda que esté en mi mano para hacer que Clifford se encuentre cómodo. Él nos pertenece a todos. Sé lo mucho que necesita —lo mucho que solía necesitar— con sus gustos delicados y su amor por lo bello. Cualquier cosa de mi casa: cuadros, libros, vino, alimentos lujosos... ¡Todo está a su disposición! ¡Me produciría la más sincera gratificación verle! ¿Puedo pasar en este momento?

—No —respondió Hepzibah. Su voz temblaba con demasiado dolor como para permitir muchas palabras—. ¡No puede recibir visitas!

—¡Una visita, mi querida prima! ¿Eso me consideras? —exclamó el juez, cuya sensibilidad, o eso parecía, se vio herida por la frialdad de la frase—. Pues entonces, permíteme que yo sea el anfitrión de Clifford y también el tuyo. Venid de inmediato a mi casa. El aire del campo y todas las comodidades, llamémoslas lujos, que he amasado a mi alrededor le sentarán bien. Y tú y yo, querida Hepzibah, juntos, hablaremos, vigilaremos y trabajaremos para que nuestro querido Clifford sea feliz. ¡Venid! ¿Por qué tendríamos que decir más palabras sobre lo que es una obligación y un placer por mi parte? ¡Venid conmigo ahora!

Al oír esas ofertas tan hospitalarias, y tal generoso reconocimiento de afecto familiar, Phoebe sintió el arrebato de correr hacia el juez Pyncheon y darle, por voluntad propia, el beso que había rechazado recientemente. Fue lo contrario para Hepzibah. La sonrisa del juez pareció actuar sobre su acritud de corazón como el sol sobre el vinagre, volviéndola más agria que nunca.

—Clifford —dijo ella, todavía demasiado agitada como para pronunciar más de una brusca frase—, ¡Clifford tiene un hogar aquí!

—Que el cielo te perdone, Hepzibah —dijo el juez Pyncheon, alzando los ojos con reverencia hacia esa alta corte de justicia a la que apelaba—, si sufres algún antiguo prejuicio o animosidad que te predispone en contra de este asunto. Me presento aquí con el corazón abierto, deseoso y ansioso por recibiros a ti y a Clifford en él. No rechaces mis buenas ofrendas... ¡Mis sinceras propuestas para vuestro bienestar! Son las que, en todos los aspectos, le corresponde hacer a tu pariente más cercano. Será una gran responsabilidad, prima, si confinas a tu hermano en esta lúgubre casa y en este aire sofocante, cuando tiene a su disposición la deliciosa libertad de mi casa de campo.

—Nunca le sentaría bien a Clifford —dijo Hepzibah, con tanta brevedad como antes.

—¡Mujer! —bramó el juez, dando rienda suelta a su resentimiento—. ¿Qué significa todo esto? ¿Acaso tienes otros recursos? ¡No, eso me parecía! ¡Cuidado, Hepzibah, cuidado! ¡Clifford está a punto de sufrir una ruina tan funesta como nunca antes! Pero ¿por qué estoy hablando contigo, cuando sólo eres una mujer? ¡Apártate! ¡Debo ver a Clifford!

Hepzibah estiró su demacrada figura en el umbral de la puerta y pareció que realmente aumentaba de tamaño; también tenía un aspecto más terrible porque había demasiado terror y agitación en su corazón. Pero el evidente propósito del juez Pyncheon de abrirse paso a la fuerza se vio interrumpido por una voz que llegaba desde la sala interior; una voz débil, trémula, quejumbrosa, que indicaba una alarma desamparada, sin más energía para defenderse que la perteneciente a un niño asustado.

—¡Hepzibah, Hepzibah! —gritaba la voz—. ¡Ponte de rodillas ante él! ¡Bésale los pies! ¡Suplícale que no entre! ¡Oh, que se apiade de mí! ¡Piedad! ¡Piedad!

Por un instante, pareció dudoso que el decidido propósito del juez no fuera apartar a Hepzibah y cruzar el umbral para entrar en el salón, del que surgió aquel entrecortado y miserable murmullo de súplica. No fue la compasión lo que le contuvo porque, al oír la debilitada voz, un fuego rojo se encendió en sus ojos y avanzó a paso rápido, con algo inexpresablemente feroz y sombrío oscureciéndose en su interior, como si saliera de todo hombre. En aquel preciso instante se podía conocer al verdadero juez Pyncheon. Después de semejante revelación, por mucho que sonriera con la dulzura que quisiera, mucho antes haría que las uvas se volvieran moradas o las calabazas amarillas, y que ellos se fundieran, o bien haría que los recuerdos grabados a fuego del espectador se derritieran. Y su aspecto no hacía menos espantoso su efecto, ya que no parecía expresar ira u odio, sino cierta ardiente felicidad en su propósito, que lo aniquilaba todo excepto a sí mismo.

Pero, después de todo, ¿no estamos calumniando a un excelente y amigable hombre? ¡Mirad al juez ahora! Al parecer, es consciente de haber errado al presionar con demasiada energía sus buenas acciones sobre personas incapaces de apreciarlas. Él esperará a que muestren una mejor disposición y se mostrará igual de dispuesto a ayudarles entonces como lo está en este momento. Mientras se retira de la puerta, una bondad que lo abarca todo resplandece en su semblante, indicando que recoge a Hepzibah, a la pequeña Phœbe y al invisible Clifford, a los tres, junto con el mundo que los rodea, dentro de su inmenso corazón, dándoles un cálido baño con su inundación de afecto.

—¡Me haces una gran injusticia, querida prima Hepzibah! —dijo él, primero ofreciéndole la mano con amabilidad para luego ponerse el guante en preparación para su partida—. ¡Una gran injusticia! Pero la perdono y estudiaré para conseguir que pienses mejor de mí. Por supuesto que no puedo pensar en forzar un encuentro en estos momentos con nuestro pobre Clifford, viendo que se encuentra en un estado mental tan infeliz. Pero me encargaré de su bienestar como si se tratara de mi propio querido hermano; ni espero en absoluto, mi querida prima, obligaros a ti y a él a reconocer vuestra injusticia. Cuando eso suceda, no deseo otra venganza que vuestra aceptación de los mejores oficios que yo pueda hacer por vosotros.

Con una inclinación ante Hepzibah, y cierto grado de paternal benevolencia en su inclinación de cabeza hacia Phoebe, el juez salió de la tienda y emprendió camino por la calle, sonriente. Como es costumbre entre los ricos cuando aspiran a los honores de una república, se disculpaba, por así decirlo, ante el pueblo por su riqueza, prosperidad y elevada posición con un trato libre y cordial hacia los que le conocían; y así, ofrecía una gran dignidad en la debida proporción con la humildad del hombre al que saludaba, demostrando de modo irrefragable una soberbia conciencia de sus ventajas como si hubiera marchado precedido por una tropa de lacayos para despejarle el camino. Aquel día en particular, la calidez del amable aspecto del juez Pyncheon era tan excesiva que (al menos eso se rumoreaba en la ciudad) fue necesario que los carros del agua pasaran una vez más para limpiar el polvo provocado por tanto sol extra.

Tan pronto como hubo desaparecido, Hepzibah se volvió mortalmente pálida y, tambaleándose hacia Phoebe, dejó caer su cabeza sobre el hombro de la joven.

—¡Oh, Phoebe! —murmuró—. ¡Ese hombre ha sido el terror de mi vida! Nunca, nunca tendré el valor... ¿Es que mi voz nunca dejará de temblar el tiempo suficiente para hacerle saber lo que es?

—¿Tan malvado es? —preguntó Phoebe—. ¡Sus ofertas fueron ciertamente amables!

—No las menciones... ¡Tiene un corazón de hierro! —replicó Hepzibah—. ¡Ve ahora y habla con Clifford! ¡Entretenle y haz que guarde silencio! Le perturbaría miserablemente verme tan agitada como me siento. Ve ahora, querida niña, y yo intentaré hacerme cargo de la tienda.

Por consiguiente, Phoebe se fue, pero mientras tanto la desconcertaban preguntas en cuanto al significado de la escena que acababa de presenciar, y también sobre si los jueces, los clérigos, y otros personajes de eminente nivel y respetabilidad podían en realidad ser algo más que sólo hombres justos y rectos. Una duda de lesa naturaleza contiene una influencia muy perturbadora y, si se demostrara que es un hecho, llega con un efecto temeroso y alarmante a las mentes de las personas delicadas, ordenadas y amantes de los límites, como lo es nuestra muchacha del campo. Disposiciones derivadas de una especulación más atrevida pueden derivar en un severo disfrute del descubrimiento, ya que debe de haber mucha maldad en el mundo, de que un hombre de altura sea tan propenso a albergar una buena porción de igual modo que un hombre de clase baja. Una visión más amplia y profunda puede ver el rango, la dignidad y la posición, todos conceptos ilusorios en lo que respecta a su derecho a la reverencia humana; y, sin embargo, no sentir como si el universo se precipitara de cabeza en el caos. Pero Phoebe, con el fin de mantener el universo en su antiguo lugar, estaba dispuesta a sofocar, en cierta medida, sus propias intuiciones en cuanto a juzgar el carácter del juez Pyncheon. Y, en cuanto al testimonio de su prima que lo menospreciaba, concluyó que el juicio de Hepzibah se veía amargado por una de esas rencillas familiares que hacen que el odio sea aún más mortífero por el amor muerto y corrompido que entremezclan con su veneno innato.

CAPÍTULO IX

Clifford y Phoebe

¡Ciertamente había algo grande, generoso y noble en la inherente composición de nuestra pobre vieja Hepzibah! O bien, y es probable que ese fuera el caso, se había visto enriquecida por la pobreza, desarrollada por la pena, elevada por el fuerte y solitario afecto de su vida, y así, se vio dotada de un heroísmo que nunca la habría caracterizado en lo que llaman circunstancias más favorables. A lo largo de monótonos años, Hepzibah había anhelado —en su mayoría con desesperación, nunca con esperanzas, pero siempre con la sensación de que era su más promisoria posibilidad— la posición misma en la que ahora se encontraba. En cuanto a ella, no había pedido a la Providencia otra cosa que la oportunidad de dedicarse a este hermano a quien tanto había amado, a quien tanto había admirado por lo que era, o por lo que podía haber sido, y a quien había guardado su fe, a solas con todo el mundo, de un modo pleno e inquebrantable, en todo momento y durante toda su vida. Y aquí, en su tardía decadencia, el perdido había vuelto de su extraña y larga desgracia y se había lanzado a su simpatía, como parecía, no sólo por el pan de su existencia física, sino por todo lo que debía mantenerlo

moralmente vivo. Ella había respondido a la llamada. Se había presentado, nuestra pobre y demacrada Hepzibah, con sus sedas oxidadas, con sus articulaciones rígidas y la triste perversidad de su ceño fruncido, dispuesta a hacer todo lo posible y con afecto suficiente, aunque sólo fuera eso, y hacerlo cien veces más. Puede haber imágenes más lacrimógenas —y que el cielo nos perdone si una sonrisa insiste en mezclarse con nuestra concepción de ello—, pocas imágenes con un patetismo más verdadero que el que Hepzibah presentó aquella primera tarde.

¡Con qué paciencia se esforzó por envolver a Clifford en su amor grande y cálido, para que se convirtiera en todo su mundo, de modo que no retuviera ni una sola sensación atormentada de la frialdad y melancolía de no tener amor! ¡Sus pequeños esfuerzos por entretenerle! ¡Qué patéticos, aunque magnánimos, eran esos esfuerzos!

Recordando su anterior pasión por la poesía y la ficción, ella abrió una librería y sacó varios libros que habían sido excelentes lecturas en sus tiempos. Había un volumen de Pope, que incluía *El rizo robado,* y otro volumen del *Tatler,* así como un raro volumen de las *Misceláneas* de Dryden, todos ellos con deslucidos repujados de oro en sus portadas y pensamientos de deslucida genialidad en su interior. No tuvieron éxito con Clifford. Esos, y todos los escritores de sociedad, cuyas nuevas obras relucen como la rica textura de una alfombra recién tejida, deben contentarse con renunciar a su encanto, para cada lector, después de uno o dos años, y difícilmente podría suponerse que retuvieran alguna porción de él para una mente que hubiera perdido por completo su estimación de los modales y las maneras. Hepzibah tomó entonces *Rasselas* y empezó a leer sobre el Valle Feliz, con la vaga idea de que allí se había elaborado algún secreto de una vida feliz que, al menos, podría servirles a Clifford y a ella misma durante ese día. Pero el Valle Feliz estaba cubierto de nubes. Hepzibah molestaba a su oyente, además, con innumerables pecados de énfasis, que él parecía detectar, sin referencia al significado; de hecho, ni siquiera parecía que él prestara mucha atención al sentido de lo que ella leía, pero era evidente que sentía el tedio del sermón sin cosechar sus beneficios. La voz de su hermana, de natural estridente, también había adoptado, en el transcurso de su triste vida, una especie de graznido que, una vez se aloja en la garganta humana, es tan imposible de erradicar como un pecado. En ambos sexos, en ocasiones, este graznido vitalicio, acompañante de cada palabra de alegría o tristeza, es uno de los síntomas de una melancolía establecida y, cada vez que ocurre, toda la historia de sus desgracias queda verbalizada en su más leve acento. El efecto es el de una voz que ha sido teñida de negro o, si debemos usar un símil más moderado, este miserable graznido, pasando por todas las variaciones de la voz, es como un hilo negro de seda, en el que las cuentas de cristal del habla se cuelgan y desde ahí adoptan su tonalidad. Tales voces llevan luto por las esperanzas muertas, ¡y deberían morir y ser enterradas con ellas!

Al percibir que Clifford no se regocijaba con sus esfuerzos, Hepzibah buscó por la casa los medios para algún pasatiempo más hilarante. En una ocasión, sus ojos se posaron por casualidad sobre el clavicémbalo de Alice Pyncheon. Fue un momento de gran peligro, ya que, a pesar del tradicional asombro que había acumulado sobre este instrumento musical, y la música lúgubre que se decía que unos dedos espirituales tocaban con él, la devota hermana albergó pensamientos solemnes de rasguear sus cuerdas para beneficio de Clifford y de acompañar la actuación con su voz. ¡Pobre Clifford! ¡Pobre Hepzibah! ¡Pobre clavicémbalo! Los tres habrían sido desgraciados juntos. Por alguna buena intervención —es posible que por la no reconocida interposición de la misma Alice, fallecida hacía mucho tiempo— la amenazante calamidad fue evitada.

Pero lo peor de todo, el más duro golpe del destino que tuvo que soportar Hepzibah, y quizás Clifford también, fue el invencible desagrado que sentía por la apariencia de su hermana. Sus rasgos, que nunca fueron los más agradables, y ahora se veían endurecidos por la edad, la pena y el resentimiento contra el mundo en nombre de su hermano; su vestido y, en especial, su turbante; los modales extraños y singulares que había desarrollado de manera inconsciente durante su soledad... Siendo tales las características externas de la pobre dama, no es de extrañar, aunque sea la más triste de las lástimas, que el instintivo amante de la belleza se viera obligado a apartar la mirada. No podía evitarlo. Sería el último impulso que moriría en su interior. A las puertas de la muerte, con el último aliento deslizándose débilmente por los labios de Clifford, sin duda presionaría la mano de Hepzibah en ferviente reconocimiento por todo su generoso amor y cerraría los ojos... ¡no tanto para morir como para no verse obligado a seguir mirando su rostro! ¡Pobre Hepzibah! Consultó consigo misma qué podría hacerse y pensó en añadirle cintas a su turbante; sin embargo, por la instantánea intromisión de varios ángeles de la guarda, se le negó un experimento que apenas habría resultado ser menos que fatal para el querido objeto de su ansiedad.

Para resumir, además de las desventajas de Hepzibah como persona, existía una tosquedad que permeaba todos sus actos, una cierta torpeza que no se adaptaba bien para ser de utilidad y, desde luego, no servía como ornamento. Ella era un inconveniente para Clifford y ella lo sabía. Llegados a estos extremos, la anticuada virgen se volvió hacia Phoebe. Su corazón no albergaba serviles celos. Si el cielo hubiera querido coronar la heroica fidelidad de su vida convirtiéndola personalmente en el medio de la felicidad de Clifford, la habría recompensado por todo el pasado con una alegría sin tintes brillantes, pero profunda y verdadera, y digna de mil éxtasis más alegres. Pero eso no podía ser. Por lo tanto, se dirigió a Phoebe y dejó la tarea en sus manos. Esta la asumió con alegría, como todo lo que emprendía, pero sin la sensación de tener una misión que cumplir, con lo que tuvo mayor éxito por esa misma sencillez.

Por el efecto involuntario de un temperamento afable, Phoebe pronto se volvió absolutamente esencial para el confort diario, si no la vida diaria, de sus dos tristes compañeros. La mugre y la sordidez de la casa de los siete tejados parecía haberse desvanecido desde que ella apareció allí. El insistente avance de los hongos de la madera permaneció entre los viejos maderos de su estructura. El polvo había dejado de asentarse con tanta densidad, desde los antiguos techos hasta los suelos y muebles de las estancias del piso inferior... o, en cualquier caso, había una pequeña ama de casa, de pies tan ligeros como la brisa que recorre los jardines, deslizándose de aquí para allá para limpiar todo el polvo. Las sombras de los tristes sucesos que rondaban los otrora solitarios y desolados apartamentos, el pesado aroma jadeante que la muerte había dejado en más de una de las habitaciones desde sus visitas de antaño... todo eso era menos poderoso que la purificante influencia que se esparcía por todo el ambiente de la casa gracias a la presencia de un corazón joven, lozano y absolutamente honesto. No había morbosidad en Phoebe; si la hubiera habido, la casa Pyncheon era el lugar más indicado para convertirla en una enfermedad incurable. Pero ahora su alma se asemejaba, en su potencia, a una diminuta cantidad de esencia de rosas en uno de los enormes baúles repujados de hierro de Hepzibah, difundiendo su fragancia a través de los diversos artículos de lino y encaje bordado, pañuelos, gorros, medias, vestidos doblados, guantes y cualquier otra cosa que allí se atesorara. Así como cada artículo del gran baúl era más dulce por el aroma de la rosa, todos los pensamientos y emociones de Hepzibah y Clifford, por sombríos que parecieran, adquirían un sutil atributo de felicidad al mezclarse Phoebe con ellos. Su actividad de cuerpo, intelecto y corazón la incitaban continuamente a realizar las ordinarias tareas que se le ofrecían a su alrededor, así como a pensar en lo que era adecuado para cada momento, y a simpatizar, unas veces con el gorjeo alegre de los petirrojos en el peral y otras veces hasta donde podía con la oscura ansiedad de Hepzibah, o con el vago gemido de su hermano. Esta fácil adaptación era a la vez el síntoma de una salud perfecta y su mejor conservante.

Una naturaleza como la de Phoebe siempre ejerce su debida influencia, pero rara vez se le reconoce como se merece. Su fuerza espiritual, sin embargo, puede estimarse en parte por el hecho de haber encontrado un lugar para sí misma en medio de circunstancias tan severas como las que rodeaban a la dueña de la casa y también por el efecto que producía en un carácter de mucha más enjundia que el suyo. Porque el cuerpo y los miembros enjutos y huesudos de Hepzibah, comparados con la diminuta liviandad de la figura de Phoebe, guardaban tal vez cierta proporción con el peso moral y la sustancia, respectivamente, de la mujer y de la muchacha.

Para el invitado, el hermano de Hepzibah, o el primo Clifford, como ahora había empezado a llamarle Phoebe, ella era especialmente necesaria. No es que pudiera decirse que conversara jamás con ella, o que a menudo manifestase, de cualquier otro modo definido, su sensación de fascinación en su compañía. Pero si ella se ausentaba durante mucho tiempo, se volvía gruñón e inquieto, recorriendo nerviosamente la habitación con la incertidumbre que caracterizaba todos sus movimientos; otras veces se sentaba taciturno en su gran sillón, con la cabeza apoyada entre sus manos y demostrando que estaba vivo con chispas eléctricas de mal humor cada vez que Hepzibah intentaba despertarlo. La presencia de Phoebe, y la contigüidad de su lozana vida con la suya, tan deteriorada, era normalmente todo lo que él requería. En efecto, tal era el torrente y el juego de su espíritu, que rara vez se quedaba quieto y sin hacer demostraciones, como una fuente no deja nunca de sonreír y gorjear con su fluir. Poseía el don del canto, y además de un modo tan natural que a uno nunca se le ocurriría preguntar de dónde lo había sacado o qué maestro se lo había enseñado de igual modo que nadie haría las mismas preguntas acerca de un pájaro, cuya pequeña melodía nos recuerda la voz del Creador tan claramente como los acentos más fuertes de su trueno. Mientras Phoebe cantara, podría vagar a su antojo por la casa. Clifford estaba contento, tanto si la dulzura y el aire hogareño de sus tonos bajaban de las habitaciones superiores como si lo hacían a lo largo del pasillo desde la tienda, o si eran rociados a través del follaje del peral hacia el interior del jardín, con los centelleantes rayos del sol. Él se sentaba tranquilamente, con un suave placer brillando en su rostro, más reluciente ahora y después un poco más tenue, a medida que la canción pasaba flotando cerca de él o se oía más remotamente. Sin embargo, lo que más le gustaba era que ella se sentara en un escabel a sus pies.

Es tal vez increíble, teniendo en cuenta su temperamento, que Phoebe eligiera a menudo un compás melancólico en lugar de uno alegre. Pero a los jóvenes y felices no les desagrada atemperar su vida con una sombra transparente. La más profunda melancolía del canto de Phoebe, además, llegaba filtrada a través de la textura dorada de un espíritu

alegre y así, estaba de algún modo entremezclada con la cualidad allí adquirida, lo cual hacía que los corazones se sintieran más ligeros por haber llorado con su voz. Una alegría amplia, en la sagrada presencia de la oscura desgracia, habría chocado de un modo áspero e irreverente con la solemne sinfonía que fluía como un trasfondo por la vida de Hepzibah y su hermano. Por eso era bueno que Phoebe eligiera temas tristes, y no estaba mal que dejaran de serlo mientras los cantaba.

Al habituarse a su compañía, Clifford demostró rápidamente lo capaz que debía de ser originalmente su naturaleza para absorber agradables matices y destellos de alegre luz de todas partes. Se volvía más joven mientras ella estaba sentada junto a él. Cierta belleza —no precisamente real, incluso en su máxima manifestación, y que un pintor habría observado durante largo tiempo para capturarla y atraparla en su lienzo, aunque hubiera sido en vano— que no era un simple sueño se aparecía a veces e iluminaba su rostro. Hacía más que iluminarlo; lo transfiguraba con una expresión que sólo podía interpretarse como el brillo de un espíritu exquisito y feliz. Ese cabello gris y esas arrugas —con su registro de infinita tristeza tan profundamente grabado en su frente, y tan comprimido, en un esfuerzo fútil por incluir toda la historia, que toda la inscripción resultaba ilegible— se desvanecían por el momento. Un ojo a la vez tierno y agudo podría haber visto en el hombre alguna sombra de lo que estaba destinado a ser. Al poco tiempo, cuando la edad volvía como un triste crepúsculo sobre su figura, uno se habría sentido tentado de discutir con el Destino y afirmar que, o bien este ser no debería haber sido hecho mortal, o bien la existencia mortal debería haberse atemperado a sus cualidades. No parecía necesario que hubiera respirado, ya que el mundo nunca le necesitó; pero como había respirado, debería haber sido siempre el aire más balsámico del verano. La misma perplejidad nos acechará invariablemente con respecto a las naturalezas que tienden a alimentarse exclusivamente de lo bello, por indulgente que sea su destino terrenal.

Es probable que Phoebe sólo tuviera una comprensión imperfecta del carácter sobre el cual había lanzado un hechizo tan benéfico. No es que fuera necesario. El fuego del hogar podía alegrar todo un semicírculo de rostros a su alrededor, pero no necesitaba conocer la individualidad de uno entre todos ellos. En efecto, había algo demasiado elegante y delicado en los rasgos de Clifford como para ser apreciados perfectamente por alguien cuya esfera residía demasiado en lo real, como le pasaba a Phoebe. Para Clifford, sin embargo, la realidad, la simplicidad, y la verdadera familiaridad de la naturaleza de la muchacha eran un hechizo tan poderoso como cualquiera que ella pudiera poseer. Belleza, es cierto, y una belleza casi perfecta en su propio estilo, era indispensable. Si Phoebe hubiera sido de rasgos rudos, de figura desgarbada, de voz áspera y modales zafios, ella habría sido rica con todos los dones buenos, ocultos bajo ese desafortunado exterior, y aun así, siempre y cuando tuviera el aspecto de una mujer, ella habría impresionado a Clifford y lo habría deprimido por su falta de belleza. Pero nada más hermoso —al menos, nada más bonito— que Phoebe se había creado jamás. Y, por lo tanto, para este hombre —cuyo pobre e impalpable goce de la existencia hasta el momento, y hasta que tanto su corazón como su fantasía murieron dentro de él, había sido un sueño— cuyas imágenes de las mujeres habían perdido cada vez más su calidez y sustancia, y se habían congelado, como los cuadros de artistas aislados, en la más fría idealización, para él, esta pequeña figura de la más alegre vida doméstica era justo lo que necesitaba para traerlo de vuelta al mundo que respira. Las personas que han vagado o han sido expulsadas fuera del camino común de las cosas, incluso si es hacia un sistema mejor, nada desean tanto como ser conducidas de vuelta. Tiemblan en su soledad, ya sea en la cima de una montaña o en una mazmorra. Ahora, la presencia de Phoebe creaba un hogar a su alrededor, esa misma esfera que el marginado, el prisionero, el potentado, el desdichado en lo más bajo de la humanidad, el desdichado al margen de ella o el desdichado por encima de ella anhela por instinto: ¡un hogar! ¡Ella era real! Al tomarle la mano, sentías algo, una cierta ternura, una sustancia que era cálida; siempre y cuando se pudiera sentir su agarre, por suave que fuera, uno podía estar seguro de que ocupaba un buen lugar en toda la cadena compasiva de la naturaleza humana. El mundo ya no era una ilusión.

Mirando un poco más en esta dirección, podríamos sugerir una explicación a un misterio a menudo sugerido. ¿Por qué los poetas son propensos a elegir a sus compañeros, no por cualquier similitud de talento poético, sin por cualidades que podrían significar la felicidad del más rudo artesano así como el del artesano ideal del espíritu? Porque, probablemente, en su más elevada condición, el poeta no necesita relaciones humanas, sino que le resulta deprimente descender y ser un extraño.

Había algo muy hermoso en la relación que creció entre esas dos personas, unidas tan íntima y constantemente, pero con todo un páramo de tristes y misteriosos años entre su cumpleaños y el de la joven. Por parte de Clifford estaba la sensación de un hombre naturalmente dotado con la más alegre sensibilidad hacia la influencia femenina, pero que nunca había bebido de la copa del amor apasionado y sabía que ahora ya era demasiado tarde. Lo sabía con la instintiva delicadeza que había sobrevivido a su deterioro intelectual. Así, su sentimiento por Phoebe, sin ser paternal, no era menos casto que si se hubiera tratado de su hija.

Era un hombre, eso es cierto, y la reconocía como mujer. Ella era su único representante del sexo femenino. Él tomaba nota constante de todos los encantos que correspondían a su sexo, y veía la plenitud de sus labios y el virginal desarrollo de su pecho. Todos sus pequeños gestos femeninos, brotando de ella como flores en un joven árbol frutal, ejercían un efecto en él, y a veces provocaban que su corazón se estremeciera con entusiastas delirios de placer. En tales momentos —ya que el efecto rara vez era más que momentáneo— el medio aletargado hombre se llenaba de vida armoniosa, igual que un arpa que lleva mucho tiempo en silencio se llena de sonidos cuando los dedos del músico acarician las cuerdas. Pero, después de todo, parecía más bien una percepción, o simpatía, que un sentimiento que le perteneciera a él como individuo. Leía a Phoebe como si fuera una dulce y sencilla historia; la escuchaba como si fuera un verso de poesía doméstica que Dios, en recompensa por su triste y lúgubre suerte, había permitido que algún ángel, que más se compadecía de él, cantara por toda la casa. Para él, ella no era una realidad, sino la interpretación de todo lo que le faltaba en la tierra y que le llegaba cálidamente a la mente. Así, este mero símbolo o imagen real tenía casi el consuelo de la realidad.

Pero luchamos en vano por traducir la idea a palabras. Ninguna expresión adecuada de la belleza y el profundo patetismo con el que nos impresiona es asequible. Este ser, hecho sólo para la felicidad y que hasta ahora ha fracasado miserablemente en su intento de ser feliz, con sus tendencias frustradas de un modo horrible, que, hace algún tiempo desconocido, los delicados resortes de su carácter, nunca moral o intelectualmente fuertes, habían cedido y ahora no era más que un imbécil; este pobre y desamparado viajero de las islas de los bienaventurados, en un frágil barco, en un mar tempestuoso, había sido arrojado por la última ola de su naufragio a un puerto tranquilo. Allí, mientras yacía medio muerto en la orilla, el aroma de un capullo de rosa terrenal llegó a sus fosas nasales y, como hacen los olores, le evocó reminiscencias o visiones de toda la belleza viva y palpitante en medio de la cual debería haber tenido su hogar. Con su instinto natural para recibir influencias felices, inhala la ligera y etérea embriaguez en su alma y expira.

¿Y qué opinaba Phoebe de Clifford? La muchacha no era una de esas naturalezas que se sienten muy atraídas por lo que es extraño y excepcional en el carácter humano. El camino que le habría favorecido más era el sendero desgastado de la vida ordinaria; los compañeros con los que se habría sentido más encantada eran aquellos con los que uno se encuentra a cada paso. El misterio que envolvía a Clifford, hasta el punto en el que podía afectarle a ella, era un incordio y no el encantador carisma que muchas mujeres habrían encontrado en él. Aun así, su innata amabilidad se ponía de manifiesto, no por las circunstancias oscuras en las que se encontraba, ni siquiera por las gracias más refinadas de su carácter, sino por la simple apelación de un corazón tan desamparado como el suyo a otro tan lleno de genuina simpatía como era el de ella. Ella le prodigaba unos cuidados afectuosos, porque él necesitaba mucho amor y parecía haber recibido muy poco. Con mucho tacto, fruto de una sensibilidad siempre activa y sana, discernía lo que era bueno para él y lo hacía. Ella ignoraba todo lo que era mórbido en su mente y en su experiencia, y así mantenía sana su relación, por la libertad incauta pero, por así decirlo, dirigida por el cielo, de toda su conducta. Los enfermos de mente, y tal vez de cuerpo, se vuelven más sombríos y desesperanzados por el múltiple reflejo de su enfermedad, que se refleja desde todas partes en el comportamiento de los que los rodean; se ven obligados a inhalar el veneno de su propio aliento en una repetición infinita. Pero Phoebe proporcionó a su pobre paciente un aire más puro. Además, no lo impregnaba con el aroma de las flores silvestres —pues lo silvestre no era un rasgo suyo— sino con el perfume de las rosas de jardín, las rosas y otras flores de gran dulzura que la naturaleza y el hombre han consentido en hacer crecer de verano en verano y de siglo en siglo. Tal flor era Phoebe en su relación con Clifford, y tal era el deleite que él aspiraba de ella.

Pero debemos decir que sus pétalos languidecían a veces a consecuencia del pesado ambiente a su alrededor. Se volvió más reflexiva que antes. Lanzando miradas al rostro de Clifford y viendo la tenue e insatisfactoria elegancia, así como el casi apagado intelecto, ella intentaba averiguar cuál había sido su vida. ¿Siempre fue así? ¿Le cubría ese velo desde su nacimiento? Ese velo bajo el cual se ocultaba mucho más de su alma de lo que se revelaba, el velo a través del cual percibía imperfectamente el mundo real... ¿O su gris textura se había visto tejida por alguna oscura calamidad? A Phoebe no le gustaban los acertijos y se habría alegrado de escapar de la perplejidad de este. No obstante, hasta ahora sus meditaciones habían arrojado un buen resultado sobre el carácter de Clifford, de modo que, cuando sus involuntarias conjeturas, junto con la tendencia de cada extraña circunstancia por contar su propia historia, le enseñaron gradualmente la verdad, esta no provocó un terrible efecto sobre ella. Por mucho mal que le hubiera infligido el mundo, ella conocía demasiado bien al primo Clifford —o así lo creía ella— como para estremecerse bajo el contacto de sus dedos finos y delicados.

Al cabo de unos días de la llegada de este notable huésped, la rutina de la vida se estableció con bastante uniformidad en la vieja casa de nuestra historia. Por la mañana, poco después de desayunar, Clifford acostumbraba a quedarse dormido en su silla y, a menos que se le mo-

lestara accidentalmente, no salía de la densa nube de sueño ni de las nieblas más leves que revoloteaban por doquier hasta bien entrado el mediodía. Esas horas de somnolencia eran el momento en que la anciana dama asistía a su hermano mientras Phoebe se encargaba de la tienda. El público comprendió rápidamente este arreglo, y demostraban su decidida preferencia por la joven tendera con las numerosas visitas que hacían durante el tiempo que estuvo al frente del negocio. Terminada la cena, Hepzibah cogía su labor de punto —una larga media de lana gris para la ropa de invierno de su hermano— y, con un suspiro, el ceño fruncido a modo de cariñosa despedida hacia Clifford y de gesto de vigilancia hacia Phoebe, se sentaba detrás del mostrador. Ahora le tocaba a la joven hacer de niñera, de guardiana, de compañera de juegos —de lo que sea que quiera decirse— del canoso hombre.

CAPÍTULO X

El jardín Pyncheon

Clifford, de no ser por la más activa instigación de Phoebe, normalmente habría sucumbido al sopor que se había deslizado en todos los aspectos de su ser y que le aconsejaba con indolencia que se sentara en su silla matinal hasta el anochecer. Pero la muchacha rara vez dejaba de proponer una salida al jardín, donde el tío Venner y el daguerrotipista habían reparado el techo de la ruinosa pérgola, o cabaña, para que ahora ofreciera suficiente refugio frente al sol y los ocasionales chaparrones. De igual modo, la parra había comenzado a crecer de un modo exuberante por los laterales del pequeño edificio, creando un interior de verde reclusión, con innumerables vistazos hacia la más amplia soledad del jardín.

Allí, a veces, en ese verde rincón de juegos con su parpadeante luz, Phoebe le leía a Clifford. Su amigo, el artista, que parecía tener una vena literaria, le había proporcionado ciertas obras de ficción en forma de panfleto, así como varios volúmenes de poesía de un estilo y gusto totalmente diferentes a los que Hepzibah seleccionaba para divertimento de su hermano. Poco había que agradecer a los libros, empero, que las lecturas de la joven fueran más exitosas que las de su anciana prima. La voz de Phoebe siempre había contenido una bonita musicalidad, y podía animar a Clifford con su chispa y tono alegre o tranquilizarlo con un flujo continuo de cadencias como un arroyo sobre guijarros. Pero las ficciones —en las que la pueblerina joven, poco acostumbrada a obras de tal naturaleza, a menudo se veía completamente absorbida— interesaban a su extraño oyente muy poco o nada en absoluto. Imágenes de vida, escenas de pasión o sentimiento, ingenio, humor y patetismo... todo eso era desperdiciado, o algo peor, en Clifford. Eso se debía a que carecía de la experiencia con la que demostrar su verdad o a que sus propias aflicciones eran una piedra angular de realidad que pocas fingidas emociones podían resistir. Cuando Phoebe estallaba en alegres risas ante algo que acababa de leer, él reía de vez en cuando por simpatía, pero más a menudo respondía con una mirada inquisitiva y perturbada. Si una lágrima —la soleada lágrima de una doncella por un infortunio imaginario— caía sobre una melancólica página, Clifford se la tomaba como una señal de auténtica calamidad o también se enfadaba y le hacía gestos furiosos para que cerrara el libro. ¡Y hacía muy bien! ¿Acaso no es el mundo lo bastante triste, con genuina franqueza, sin convertir las tristezas inventadas en un pasatiempo?

Con la poesía era bastante mejor. Él se deleitaba con los aumentos y disminuciones del ritmo, así como con la felizmente recurrente rima. No era Clifford incapaz de sentir el sentimiento de la poesía, no quizás donde era más elevado o profundo, sino donde era más evocador y etéreo. Era imposible predecir en qué exquisito verso podía esconderse el hechizo que lo despertaba, pero, al levantar la mirada de la página para centrarse en el rostro de Clifford, Phoebe se daba cuenta, por la luz que se filtraba a través de él, de que una inteligencia más delicada que la suya había captado una llama ardiente en lo que ella leía. Un resplandor de ese tipo, sin embargo, era a menudo el precursor de la melancolía durante muchas horas después, porque, cuando el resplandor lo abandonaba, parecía ser consciente de que le faltaban un sentido y un poder, y andaba buscándolos a tientas, como si un ciego anduviera en busca de su visión perdida.

Le complacía más, y era mejor para su bienestar interior, que Phoebe hablara y convirtiera en vívidos para su mente los sucesos pasajeros mediante sus descripciones y los comentarios con los que las acompañaba. La vida del jardín ofrecía suficientes temas para tales discursos que le sentaban mejor a Clifford. Él nunca dejaba de preguntar qué flores habían florecido desde el día anterior. Su sentimiento por las flores era muy exquisito, y no parecía ser tanto un gusto como una emoción. Le gustaba sentarse con una flor en la mano, mirándola con intención, y pasar la mirada de sus pétalos al semblante de Phoebe, como si la flor del jardín fuera la hermana de la doncella de la casa. No había tan sólo un deleite por el perfume de la flor, o placer por su hermosa forma y la delicadeza o brillo de su tonalidad, sino que el disfrute de Clifford iba acompañado de una percepción de la vida, del carácter, de la individualidad, que hacía que amara esos capullos del jardín como si estuvieran dotados de sentimiento e inteligencia. Este afecto y simpatía por las flo-

res es un rasgo casi exclusivo de la mujer. Los hombres, dotados de tal rasgo por naturaleza, pronto lo pierden, lo olvidan y aprenden a despreciarlo al entrar en contacto con cosas más rudas que las flores. Clifford también lo había olvidado hacía mucho tiempo, pero lo había vuelto a encontrar ahora, mientras revivía despacio del helado sopor de su vida.

Es maravilloso cuántos agradables incidentes se sucedían de continuo en ese apartado rincón del jardín cuando Phoebe se decidió a buscarlos. Había visto u oído a una abeja allí el primer día que empezó a familiarizarse con el lugar. Y a menudo —en realidad, casi continuamente— desde entonces, las abejas siguieron acudiendo, sólo Dios sabe por qué o con qué pertinaz deseo, en busca de improbables néctares cuando, sin duda, había amplios campos de tréboles y todo tipo de vegetación mucho más cerca de su hogar que ese jardín. Hacia allí llegaban las abejas, empero, y se zambullían en las flores de las calabazas, como si no hubiera otras plantaciones de calabazas a un día de distancia volando, o como si la tierra del jardín de Hepzibah concediera a sus productos la calidad precisa que esas pequeñas y laboriosas magas querían para imprimir en su colmena de miel de Nueva Inglaterra el aroma del monte Himeto. Cuando Clifford oía su alegre zumbido en el corazón de las grandes flores amarillas, miraba a su alrededor con una gozosa sensación de calidez, de cielo azul, de hierba verde y del aire libre de Dios en toda su altura desde la tierra hasta el cielo. Después de todo, no había necesidad de cuestionar por qué las abejas acudían a ese verde rincón de la polvorienta ciudad. Dios las enviaba allí para alegrar a nuestro pobre Clifford. Traían el fértil verano con ellas a cambio de un poco de miel.

Cuando las matas de judías comenzaron a florecer en sus postes, hubo una variedad en particular que dio flores de un vivo escarlata. El daguerrotipista había encontrado esas judías en un desván en uno de los siete tejados, atesoradas en una vieja cómoda perteneciente a algún Pyncheon hortícola de antaño, quien no cabe duda de que tenía la intención de sembrarlas al verano siguiente, pero él mismo fue sembrado primero en el jardín de la Muerte. Para comprobar si todavía quedaba algún germen vivo en unas semillas tan antiguas, Holgrave había plantado algunas; el resultado de su experimento fue una espléndida hilera de matas de judías que trepaban, precoces, por toda la altura del poste y se disponían, de arriba abajo, en una profusión en espiral de flores escarlata. Y, desde la floración del primer capullo, una multitud de colibríes se había visto atraída hacia allí. A veces parecía que, por cada flor de entre los cientos de flores, había uno de esos diminutos aves del aire: plumaje pulido no más grande que un pulgar, levitando y vibrando entre las matas de judías. Fue con indescriptible interés, e incluso más placer infantil, que Clifford observaba a los colibríes. Solía sacar la cabeza suavemente de la pérgola para verlos mejor; mientras tanto, también hacia gestos hacia Phoebe para que se mantuviera en silencio, al tiempo que miraba a hurtadillas la sonrisa que aparecía en su rostro, como para aumentar su disfrute aún más con su simpatía. No sólo se había vuelto más joven, sino que volvía a ser un niño.

Hepzibah, cada vez que presenciaba por casualidad uno de esos ataques de entusiasmo en miniatura, sacudía la cabeza con una extraña mezcla de madre y hermana, y de placer y tristeza, en su aspecto. Ella decía que siempre había sido así con Clifford cuando aparecían los colibríes —siempre, desde su niñez— y que su deleite al verlos había sido una de las primeras señales con las que mostró su amor por las cosas bellas. Y era una maravillosa coincidencia, pensaba la buena señora, que el artista hubiera plantado esas judías con flores escarlatas —las cuales eran muy codiciadas por los colibríes y que llevaban cuarenta años sin crecer en el jardín de los Pyncheon— el mismo verano del regreso de Clifford.

Entonces las lágrimas aparecen en los ojos de Hepzibah, o los inundan con abundantes borbotones, de modo que se dirigía de buen grado a algún rincón para evitar que Clifford vislumbrara su desazón. De hecho, todos los disfrutes de ese período provocaban sus lágrimas. Al llegar tan tarde como lo hizo, era una especie de veranillo de san Martín, con neblina en su sol más templado, y descomposición y muerte en su placer más llamativo. Cuanto más parecía que Clifford saboreaba la felicidad de un niño, más triste era la diferencia reconocible. Con un misterioso y terrible Pasado, el cual había aniquilado su memoria, y un Futuro en blanco por delante de él, solo tenía este visionario e impalpable Ahora que, si lo mirabas con atención, no era nada. Él mismo, como se percibía por sus muchos síntomas, yacía a oscuras detrás de su placer y sabía que era un juego de niños con el que él iba a jugar y a tontear, en vez de creer plenamente. Clifford veía, tal vez, en el espejo de su conciencia más profunda, que él era un ejemplo y un representante de esa gran clase de gente a las que una inexplicable Providencia coloca continuamente en contraposición con el mundo: rompiendo lo que parece ser su propia promesa en su naturaleza; negándoles su propio alimento y poniendo veneno ante ellos como banquete; y así, cuando podría fácilmente, como cualquiera pensaría, haberse ajustado de otra manera, convirtiendo su existencia en extrañeza, soledad y tormento. A lo largo de toda su vida, él había ido aprendiendo a ser desgraciado de igual modo que otro aprendería una lengua extranjera, y ahora, con la lección completamente aprendida al dedillo, era con dificultad que comprendía su pequeña y etérea felicidad. Con frecuencia aparecía una leve sombra de duda en sus ojos. «¡Toma mi mano, Phoebe —diría—,

y pellízcala fuerte con tus deditos! ¡Dame una rosa para cerrar mi mano sobre sus espinas y demostrarme que estoy despierto al sentir su agudo dolor!». Era evidente que él deseaba esta punzada de insignificante angustia para asegurarse, con esa cualidad que él sabía mejor que nadie que era real, que el jardín, y los siete tejados vapuleados por el tiempo, y el ceño fruncido de Hepzibah y la sonrisa de Phoebe eran también reales. Sin ese sello en su piel, podría no haberles atribuido más sustancia a todo eso que a la vacía confusión de escenas imaginarias con las que había alimentado su espíritu, incluso hasta después de haber agotado ese pobre sustento.

El autor necesita gran fe en la simpatía de sus lectores; de lo contrario, debe vacilar en proporcionar detalles tan minuciosos, e incidentes aparentemente tan nimios, como son esenciales para crear la idea de esta vida en el jardín. Era el Edén de un Adán herido por el trueno que había huido buscando refugio allí, lejos de la misma sombría y peligrosa naturaleza de la que había sido expulsado el Adán original.

Uno de los medios de diversión disponibles, que Phoebe aprovechaba al máximo a favor de Clifford, era esa sociedad emplumada, las gallinas, una raza que, como ya hemos dicho, se trataba de una herencia inmemorial de la familia Pyncheon. Para satisfacer un capricho de Clifford, ya que le molestaba verlas encerradas, se las había puesto en libertad y ahora vagaban a sus anchas por el jardín, haciendo alguna pequeña travesura, pero sin poderse escapar porque se lo impedían edificios en tres de los lados y los difíciles picos de una valla de madera en el cuarto lado. Pasaban gran parte de su abundante tiempo libre en los márgenes del pozo de Maule, que se veía frecuentado por una especie de caracol, una evidente delicia para sus paladares; y el agua salobre en sí, aunque nauseabunda para el resto del mundo, era tan apreciada por estas aves que se las podía ver probando, levantando la cabeza y golpeando sus picos, precisamente con el mismo aire de los catadores de vino alrededor de un barril de prueba. Su conversación, por lo general tranquila, pero a menudo enérgica y constantemente diversificada, de una a otra, o a veces en soliloquio —mientras arañaban gusanos de la rica y negra tierra o picoteaban las plantas que se adaptaban a su gusto— tenía un tono tan doméstico que era casi una maravilla que no se pudiera establecer un intercambio regular de ideas sobre asuntos domésticos, tanto humanos como gallináceos. Todas las gallinas son dignas de estudio por la picardía y la rica variedad de sus modales, pero de ninguna manera puede haber existido otras aves de aspecto y comportamiento tan extraños como estas aves ancestrales. Probablemente encarnaban las peculiaridades tradicionales de toda su línea de progenitores, derivada de una sucesión ininterrumpida de huevos; o bien este gallo en particular y sus dos esposas, así como su modo de vida solitario, se habían convertido en humoristas un poco chiflados a causa de su simpatía hacia Hepzibah, su dueña y señora.

¡Extraño era, en verdad, su aspecto! El gallo, aunque se pavoneaba sobre dos patas como zancos, con la dignidad de una interminable descendencia en todos sus gestos, era apenas más grande que una vulgar perdiz; sus dos esposas tenían el tamaño aproximado de una codorniz; y, en cuanto al pollo, parecía lo bastante pequeño como para seguir dentro del huevo y, al mismo tiempo, se le veía lo suficientemente viejo, debilitado, marchito y experimentado como para haber sido el fundador de la anticuada raza. En lugar de ser el más joven de la familia, más bien parecía haber acumulado en sí mismo todas las edades, no sólo de estos especímenes vivos de la estirpe, sino las de todos sus antepasados, cuyas excelencias y peculiaridades unidas hubieran sido metidas a presión en su cuerpecillo. Su madre lo consideraba, evidentemente, como el único pollo del mundo y, de hecho, necesario para la continuación del mundo o, en cualquier caso, para el equilibrio de los actuales asuntos, ya fueran de la Iglesia o del Estado. Ningún sentido menor de la importancia del polluelo podría haber justificado, incluso a los ojos de una madre, la perseverancia con la que velaba por su seguridad, erizando su pequeña persona al doble de su tamaño apropiado y volando hacia la cara de cualquiera que mirara hacia su esperanzada progenie. Ninguna estimación más baja podría haber justificado el celo infatigable con el que escarbaba y su falta de escrúpulos al desenterrar la flor o verdura más selecta para poder acceder a la gorda lombriz que anidaba en sus raíces. Su cacareo nervioso cuando la gallina se escondía entre las hierbas o bajo las hojas de la calabaza, su suave graznido de satisfacción cuando estaba segura de tenerlo bajo su ala, su nota de miedo mal disimulado y obstinado desafío cuando veía al gato del vecino en lo alto de la valla... Uno u otro de esos sonidos se oía en casi todos los momentos del día. Poco a poco, el observador llegaba a sentir tanto interés por este pollo de raza ilustre como por la gallina madre.

Phoebe, tras familiarizarse bastante con la vieja gallina, a veces se le permitía sostener al pollo en su mano, que era bastante capaz de albergar su diminuto cuerpecillo. Mientras examinaba con curiosidad sus marcas hereditarias —el peculiar moteado de sus plumas, el gracioso copete de su cabeza, y un nudo en cada una de sus patas— el pequeño bípedo, como ella insistía en decir, seguía lanzándole un guiño sagaz. El daguerrotipista le susurró una vez que esas marcas indicaban las rarezas de la familia Pyncheon, y que el pollo era un símbolo de la vida de la vieja casa, encarnando su interpretación, asimismo, aunque una interpretación ininteligible, como suelen ser ese tipo de pistas. Era un acertijo con plumas, un misterio nacido de un huevo, y tan misterioso como si el huevo hubiera estado podrido.

La segunda de las dos esposas del gallo, desde la llegada de Phoebe, se había encontrado en un estado de gran abatimiento, provocado, como se descubrió después, por su incapacidad para poner huevos. Un día, sin embargo, por su andar engreído, el giro lateral de su cabeza y el brillo de sus ojos, mientras husmeaba en uno y otro rincón del jardín —cacareando para sí misma, todo el tiempo, con inexpresable complacencia— se hizo evidente que esta gallina idéntica, por mucho que la humanidad la infravalorara, llevaba consigo algo cuyo valor no podía estimarse ni en oro ni en piedras preciosas. Poco después, el gallo y toda su familia, incluido el enjuto pollo, que parecía entender el asunto tan bien como su padre, su madre o su tía, se alegraron muchísimo. Aquella tarde, Phoebe encontró un diminuto huevo, no en el nido habitual, pues era demasiado valioso para confiar en él, sino astutamente escondido bajo los arbustos de grosellas, sobre unos tallos secos de la hierba del año anterior. Hepzibah, al enterarse del hecho, se apoderó del huevo y lo destinó al desayuno de Clifford, debido a cierta delicadeza de sabor por la que, según afirmaba, estos huevos siempre habían sido famosos. Así, sin escrúpulos, la anciana dama sacrificó la continuación, tal vez, de una antigua raza emplumada sin mejor fin que el de suministrar a su hermano una delicia que apenas llenaba una cucharilla de té. Debió de ser en referencia a esta afrenta por lo que el gallo, al día siguiente, acompañado por la desconsolada madre del huevo, se apostó frente a Phoebe y a Clifford, donde les soltó una arenga que podría haber sido tan larga como su propio pedigrí de no ser por el ataque de hilaridad que sufrió Phoebe. En ese momento, el ave ofendida se alejó sobre sus largos zancos y se desentendió por completo de Phoebe y del resto de la naturaleza humana, hasta que ella hizo las paces con una ofrenda de bizcocho especiado que, junto con los caracoles, era el manjar más apreciado por su aristocrático paladar.

No cabe duda de que nos hemos entretenido demasiado tiempo con este irrisorio riachuelo de vida que fluía por el jardín de la casa Pyncheon. Pero juzgamos que es excusable registrar estos sencillos incidentes y pobres placeres, porque demostraron ser enormemente beneficiosos para Clifford. Tenían el aroma de la tierra y contribuían a proporcionarle salud y sustancia. Algunas de sus ocupaciones ejercían un efecto menos deseable en él. Sentía una singular tendencia, por ejemplo, a inclinarse sobre el pozo de Maule para mirar la fantasmagoría de figuras siempre cambiantes producidas por la agitación del agua sobre el mosaico de coloridos guijarros del fondo. Decía que había rostros que lo miraban desde allí abajo —rostros hermosos con una diversidad de cautivadoras sonrisas— cada semblante fugaz tan pálido y sonrosado, y cada sonrisa tan alegre, que se sentía desdichado por su partida hasta que la misma efímera brujería creaba un nuevo rostro. Pero a veces él gritaba de repente, «¡Los rostros oscuros me contemplan!» y se pasaba el resto del día entristecido. Phoebe, cuando se inclinaba sobre la fuente al lado de Clifford, no veía nada de todo eso —ni la belleza ni la fealdad—, sino sólo los guijarros de colores, con aspecto de estar esperando que los chorros de agua los sacudieran y desordenaran. Y el rostro oscuro que tanto perturbaba a Clifford no era más que la sombra arrojada por una rama de uno de los ciruelos damascenos, que interrumpía la luz interior del pozo de Maule. Sin embargo, la verdad era que su imaginación —que había revivido más rápido que su voluntad y su juicio, y que siempre fue más fuerte que ambos conceptos— creaba formas de belleza que eran simbólicas de su carácter innato, y de vez en cuando creaba una severa y terrible forma que simbolizaba su destino.

Los domingos, después de que Phoebe hubiera ido a la iglesia —ya que la muchacha poseía una conciencia que la impelía a acudir a la iglesia y que difícilmente habría estado tranquila si se hubiera perdido una oración, un canto, un sermón o una bendición— después de la hora eclesiástica, por lo tanto, solían celebrar un pequeño y sobrio festival en el jardín. Además de Clifford, Hepzibah y Phoebe, dos invitados se unían al grupo. Uno era el artista Holgrave, quien, a pesar de su asociación con los reformistas, así como sus otros rasgos raros y cuestionables, continuaba ocupando un elevado lugar en la estima de Hepzibah. Casi nos da vergüenza decir que el otro era el venerable tío Venner, con una camisa limpia y un abrigo de velarte, más respetable que su ropa habitual, si consideramos que llevaba un pulcro parche en cada codo, y que podría ser considerado como una prenda completa a excepción de una ligera disparidad en la largura de sus bajos. Clifford, en varias ocasiones, había parecido disfrutar de la compañía del anciano, por su vena melosa y alegre, que era como el dulce sabor de una manzana afectada por la escarcha, como las que se recogen bajo el árbol en diciembre. Al caballero caído le resultaba más fácil y agradable encontrarse con un hombre en el punto más bajo de la escala social que con una persona en cualquiera de los grados intermedios. Además, como Clifford había perdido su juventud, le gustaba sentirse comparativamente joven en aposición con la edad patriarcal del tío Venner. De hecho, a veces podía observarse que Clifford se ocultaba voluntariamente a sí mismo la conciencia de estar entrado en años y abrigaba visiones de un futuro terrenal que todavía estaba por llegar. Estas visiones, empero, no estaban dibujadas con la suficiente claridad como para ser seguidas por la decepción, aunque, sin duda, le producirían depresión cuando cualquier incidente o recuerdo casual le hacía darse cuenta de que era una hoja marchita.

Y así esta pequeña fiesta social, con elementos tan dispares, solía reunirse bajo el ruinoso cenador. Hepzibah, tan señorial de corazón como siempre, y sin ceder ni un ápice de su antigua gentileza, pero apoyándose en ella tanto más cuanto que justificaba una condescendencia principesca, hizo gala de una hospitalidad no exenta de gracia. Hablaba amablemente con el vagabundo artista y aceptaba los sabios consejos —pues era una dama— del leñador, el mensajero de los pequeños recados de todo el mundo, el filósofo remendón. Y el tío Venner, que había estudiado el mundo en las esquinas de las calles y en otros puestos igualmente adecuados para la justa observación, estaba tan dispuesto a impartir su sabiduría como una pileta repartía el agua en su ciudad.

—Señorita Hepzibah, señora —dijo una vez, después de que todos hubieran departido juntos alegremente—, disfruto mucho con estos tranquilos encuentros los domingos por la tarde. ¡Se parecen mucho a los que espero disfrutar después de que me retire a mi granja!

—Tío Venner —observó Clifford con tono reflexivo y calmo—, siempre está hablando de su granja. Pero yo tengo un plan mejor para usted, por cierto. ¡Ya lo veremos!

—¡Ah, señor Clifford Pyncheon! —dijo el hombre de los parches—. Usted puede planear por mí tanto como desee, pero no voy a renunciar a mi propio plan, incluso si nunca consigo que suceda de verdad. Me parece que los hombres cometen un maravilloso error al intentar acumular propiedad tras propiedad. Si yo hubiera hecho eso, sentiría que la Providencia no estaría destinada a ocuparse de mí y, en cualquier caso, no sería en la ciudad. Soy una de esas personas que piensan que el infinito es lo suficientemente grande para todos nosotros... y la eternidad es suficientemente larga.

—Sí que lo son, tío Venner —enfatizó Phoebe tras una pausa, ya que había estado intentando desentrañar la profundidad y pertinencia de ese concluyente aforismo—. Pero para esta vida nuestra, tan corta, a una le gustaría tener una casa propia y un moderado jardín.

—Me parece —dijo el daguerrotipista con una sonrisa—, que el tío Venner tiene los principios de Fourier en el fondo de su sabiduría, sólo que no poseen tanta claridad en su mente como en la del sistemático francés.

—Ven, Phoebe —dijo Hepzibah—, es hora de traer las grosellas.

Y entonces, mientras la riqueza amarilla del sol poniente seguía cayendo sobre el abierto espacio del jardín, Phoebe sacó una hogaza de pan y un bol de porcelana lleno de grosellas recién cogidas de los arbustos, aplastadas y mezcladas con azúcar. Estas, con agua —pero no de la fuente de los malos presagios que tenían a la mano— constituían todo el entretenimiento. Mientras tanto, Holgrave se esforzaba por establecer una relación con Clifford, movido, podría parecer, totalmente por un impulso de amabilidad para hacer más alegre la hora presente que la mayoría de las que el pobre recluso había pasado o estaba destinado a pasar. Sin embargo, en los ojos profundos, reflexivos y observadores del artista, de vez en cuando se adivinaba una expresión, no siniestra, pero sí cuestionable, como si tuviera algún otro interés en la escena que el que podría albergar un extraño, un joven aventurero sin relación alguna. No obstante, con gran movilidad de ánimo, se dedicó a la tarea de amenizar la fiesta, con tanto éxito que incluso Hepzibah, de tez sombría, se despojó de un tinte de melancolía e hizo lo que pudo con la parte restante. Phoebe pensaba, «¡Qué agradable puede llegar a ser!». En cuanto al tío Venner, como muestra de amistad y aprobación, consintió de buen grado en mostrar al joven su rostro en el ejercicio de su profesión, no metafórica, entiéndase bien, sino literalmente, permitiendo que un daguerrotipo de su rostro, tan familiar en la ciudad, se exhibiera a la entrada del estudio de Holgrave.

Clifford, mientras el grupo compartía su pequeño banquete, se volvía el más alegre de todos ellos. O bien se trataba de uno de esos trémulos destellos que elevan el alma, a los que las mentes en estado anormal son propensas, o bien el artista había tocado sutilmente algún acorde que hacía vibrar la música. En efecto, dada la agradable tarde de verano y la simpatía de aquel pequeño círculo de almas no poco bondadosas, quizás fuera natural que un carácter tan susceptible como el de Clifford se animara y se mostrara fácilmente receptivo a lo que se decía a su alrededor. Pero él también emitía sus propios pensamientos con un brillo aéreo y fantasioso, de modo que brillaban, por así decirlo, a través de la pérgola y se escapaban entre los intersticios del follaje. Sin duda, se había mostrado igual de alegre cuando estaba a solas con Phoebe, pero nunca con tales muestras de inteligencia aguda, aunque parcial.

Pero a medida que la luz del sol abandonaba los picos de los siete tejados, también se desvanecía la excitación en los ojos de Clifford. Miraba vaga y tristemente a su alrededor, como si echara de menos algo precioso, y lo echara de menos aún con más tristeza por no saber exactamente de qué se trataba.

—¡Quiero mi felicidad! —murmuró al fin con tono ronco y tenue, apenas formando las palabras—. ¡La he esperado durante muchos, muchos años! ¡Es tarde! ¡Es tarde! ¡Quiero mi felicidad!

¡Qué pena! ¡Pobre Clifford! Eres viejo y estás agotado con problemas que nunca deberían haber recaído sobre ti. Estás medio loco y medio imbécil; una ruina, un fracaso, como casi todo el mundo, aun-

que algunos en menor grado o menos perceptiblemente que en el caso de sus compañeros. El destino no te traerá felicidad, a menos que tu tranquilo hogar en la vieja residencia familiar con la fiel Hepzibah, tus largas tardes de verano con Phoebe y estos festivales de domingo con el tío Venner y el daguerrotipista merezcan el nombre de felicidad. ¿Por qué no? Si no es la cosa en sí, se le parece de un modo maravilloso, y mucho más por esa etérea e intangible cualidad que provoca que todo se desvanezca al reflexionar con demasiada atención. Por ello, tómala mientras puedas. No murmures, no preguntes... ¡sólo aprovéchala al máximo!

CAPÍTULO XI

La ventana arqueada

Por la inercia, o lo que podríamos llamar el carácter vegetativo, de su talante habitual, Clifford tal vez se habría contentado con pasar un día tras otro, interminablemente —o, al menos, durante el verano— con el tipo de vida que acabamos de describir en las páginas anteriores. Sin embargo, imaginando que podría beneficiarle en ocasiones diversificar la escena, Phoebe sugería a veces que deberían estar atentos a la vida de la calle. Para ese propósito, solían subir las escaleras juntos hasta el segundo piso de la casa, donde, al final de una amplia entrada, se encontraba una ventana arqueada de grandes e inusuales dimensiones, ensombrecida por un par de cortinas. Se abría sobre el porche, donde anteriormente había habido un balcón, cuya balaustrada se había podrido hacía mucho y había sido retirada. En esta ventana arqueada, abriéndola pero manteniéndose en una cierta oscuridad gracias a la cortina, Clifford tenía la oportunidad de presenciar tal porción del movimiento del gran mundo como el que se supondría que tendría lugar en una de las calles aisladas de una ciudad no muy populosa. Pero él y Phoebe formaban un espectáculo digno de ver, como ninguno de los que se podían exhibir en la ciudad. ¡El aspecto pálido, gris, infantil, envejecido, melancólico, aunque a menudo simplemente alegre, y a veces delicadamente inteligente, de Clifford, mirando desde detrás del descolorido carmesí de la cortina, observando la monotonía de los acontecimientos cotidianos con una especie de interés y seriedad inconsecuentes y, a cada pequeño latido de su sensibilidad, volviéndose para compadecerse a ojos de la joven y brillante muchacha!

Si se sentaba junto a la ventana, ni siquiera la calle Pyncheon sería tan aburrida y solitaria si Clifford no descubría, en algún lugar de su extensión, algo en lo que ocupar su vista y estimular, si no absorber,

su observación. Las cosas que ya resultaban familiares para los niños pequeños le parecían extrañas. Un carruaje, una diligencia repleta de gente que depositaba por doquier a un pasajero y recogía a otro, y que representaba así ese vasto vehículo rodante, el mundo, cuyo final del viaje está en todas partes y en ninguna; seguía esos objetos ansiosamente con la mirada, pero los olvidaba antes de que el polvo levantado por los caballos y las ruedas se hubiera asentado a lo largo de su recorrido. En cuanto a las novedades (entre las que se encontraban los carruajes y las diligencias), su mente parecía haber perdido su propia reticencia y retentiva. Dos o tres veces, por ejemplo, durante las horas soleadas del día, un carro de agua pasaba junto a la casa Pyncheon, dejando una amplia estela de tierra húmeda en lugar del polvo blanco que se había levantado con la mínima pisada de una dama. Era como un chubasco de verano que las autoridades de la ciudad hubieran atrapado y domado, obligándolo así a convertirse en la rutina más común de su conveniencia. Clifford nunca consiguió familiarizarse con el carro del agua; siempre le provocaba la misma sorpresa que al principio. Su mente recibía una aparente fuerte impresión al verlo, pero perdía todo recuerdo de esta llovizna ambulante antes de su siguiente reaparición, lo perdía de un modo tan completo como lo hacía la misma calle, a lo largo de la cual el calor volvía a esparcir con rapidez su blanquecino polvo. Pasaba lo mismo con el ferrocarril. Clifford podía oír el escandaloso aullido del diablo de vapor y, si se inclinaba un poco desde la ventana arqueada, podía vislumbrar los vagones de los trenes que transitaban brevemente por el extremo de la calle. La idea de la terrible energía que se le imponía de ese modo era nueva cada vez que se repetía, y parecía afectarle de una manera tan desagradable, y casi con la misma sorpresa, la enésima vez como la primera.

Nada produce una sensación más triste de declive que esta pérdida o suspensión del poder de lidiar con cosas inusuales y de seguir el ritmo de la rapidez del paso del tiempo. Podía simplemente ser una animación suspendida, ya que, si el poder pereciera en realidad, la inmortalidad sería de poco uso. Somos menos que fantasmas, por el momento presente, cada vez que esta calamidad cae sobre nosotros.

Clifford era, en efecto, el más inveterado de los conservadores. Sentía aprecio por todo lo antiguo que veía en la calle, incluso por lo que se veía caracterizado por una grosería que naturalmente habría fastidiado a sus exigentes sentidos. Le encantaba el viejo estrépito y las sacudidas de los carros, cuyo anterior rastro seguía encontrando en sus recuerdos enterrados durante mucho tiempo, como el observador de hoy en día encuentra las huellas de los antiguos vehículos en Herculano. El carro del carnicero, con su blanco toldo, era un objeto aceptable; de igual modo lo era el carro del pescadero, anunciado por su bocina, así como el carro de verduras del campesino, que se trasladaba laboriosamente de puerta en puerta, con largas pausas del paciente caballo mientras su dueño vendía nabos, zanahorias, calabazas de verano, judías verdes, guisantes y patatas nuevas a la mitad de las amas de casa del vecindario. El carro del panadero, con la molesta música de sus campanillas, ejercía un agradable efecto en Clifford porque, como pocas cosas lo hacían, tintineaba con la misma disonancia de antaño. Una tarde, un afilador estableció su rueda de amolar bajo el olmo Pyncheon y justo delante de la ventana arqueada. Los niños llegaban corriendo con las tijeras de sus madres, o el cuchillo de trinchar, o la cuchilla de afeitar de sus padres, o cualquier cosa que ya no estuviera afilada (a excepción, claro, del ingenio del pobre Clifford) para que el afilador aplicara el objeto a su rueda mágica y se lo devolviera como nuevo. La maquinaria giraba afanosamente, mantenida en movimiento por el pie del afilador de tijeras, y desgastaba el duro acero contra la dura piedra, de donde salía una prolongación intensa y malévola de un silbido tan feroz como los emitidos por Satanás y sus acólitos en el Pandemónium, aunque comprimidos en un compás más pequeño. Se trataba de un ruido feo, como el de una serpiente venenosa, que nunca antes había hecho tanto daño a los oídos humanos. Pero Clifford lo escuchaba embelesado. El sonido, aunque desagradable, poseía una vitalidad arrolladora y, junto con el círculo de niños curiosos que observaban las revoluciones de la rueda, parecía darle una sensación más vívida de existencia activa, bulliciosa y soleada que la que había alcanzado de casi cualquier otra manera. Sin embargo, su encanto residía principalmente en el pasado, pues la rueda del afilador había silbado en sus oídos de niño.

A veces se quejaba con tristeza de que ya no quedaran diligencias. Y se preguntaba herido qué había sido de aquellas viejas calesas cuadradas, con alerones que asomaban a ambos lados, que solían ser tiradas por un caballo de labranza, conducidas por la mujer y la hija de un granjero, y que vendían moras y zarzamoras por la ciudad. Su desaparición, decía, hacía que dudara si las bayas no habrían dejado de crecer en los amplios pastos y a lo largo de los sombríos caminos rurales.

Pero cualquier cosa que apelara al sentido de la belleza, sin importar cuán humilde, no requería ser recomendada por estas viejas asociaciones. Eso fue visible cuando uno de esos niños italianos (que son una presencia bastante moderna en nuestras calles) llegó con su organillo y se detuvo bajo la amplia y fresca sombra del olmo. Con su avispado ojo profesional, tomó nota de los dos rostros que lo miraban desde la ventana arqueada y, abriendo su instrumento, comenzó a propagar sus melodías por todas partes. Tenía un mono en el hombro, vestido con

un tartán de las tierras altas escocesas. Y, para completar la suma de espléndidas atracciones con que se presentaba ante el público, había una compañía de pequeñas figuras, cuya esfera y morada se encontraban en la caja de caoba del órgano, y cuyo principio de vida era la música que el italiano se ocupaba de hacer sonar. En toda su variedad de ocupaciones —el zapatero, el herrero, el soldado, la dama con su abanico, el bebedor con su botella, la lechera sentada junto a su vaca— esta afortunada pequeña sociedad parecía disfrutar de una existencia armoniosa y hacer que la vida fuera, literalmente, un baile. El italiano accionaba una manivela y... ¡Mirad! Cada uno de esos pequeños individuos comenzaba la más curiosa vivacidad. El zapatero trabajaba en un zapato, el herrero golpeaba su yunque, el soldado blandía su brillante espada, la dama levantaba una diminuta brisa con su abanico, el alegre borrachín bebía con ganas de su botella, un estudioso abría su libro con ansias de conocimiento y movía su cabeza de un lado al otro de la página, la lechera ordeñaba su vaca con energía, y un avaro contaba el oro en su caja de caudales... todo eso en un mismo giro de la manivela. Sí. Y, movidos por el mismo impulso, ¡un amante saludaba a su querida en los labios! Posiblemente algún cínico, a la vez alegre y amargado, había deseado significar, en esta escena de pantomima, que nosotros los mortales, cualquiera que fuera nuestro negocio o nuestro divertimento —ya fuera serio, ya fuera insignificante— todos bailamos siguiendo el mismo idéntico compás y, a pesar de nuestra ridícula actividad, no conseguimos que ocurra nada. Pues el aspecto más notable del asunto era que, cuando cesa la música, todo el mundo quedaba petrificado de inmediato, de la vida más extravagante a un letal sopor. Ni el zapato del zapatero quedaba terminado, ni el hierro del herrero adquiría su forma, ni quedaba una gota de brandi en la botella del borracho, ni una gota de leche en el cubo de la lechera, ni una moneda adicional en la caja fuerte del avaro, ni el estudioso avanzaba ni una página más en su libro. Todos se encontraban precisamente en la misma condición que antes de volverse tan ridículos con sus prisas por trabajar duro, por disfrutar, por acumular oro o por volverse sabio. Lo más triste de todo, además, era que el amante no era más feliz por haber conseguido el beso de la doncella. Pero, en lugar de tragarnos este último ingrediente, que resulta ser demasiado agrio, rechazamos toda la moral del espectáculo.

El mono, mientras tanto, con una gruesa cola que se curvaba con ridícula prolijidad desde debajo de su tartán, ocupó su lugar a los pies del italiano. Volvía una carita arrugada y abominable hacia cada viandante, hacia el círculo de niños que pronto se congregó, hacia la puerta de la tienda de Hepzibah, y hacia la ventana arqueada, desde donde Phoebe y Clifford miraban la escena. A cada momento, también, se quitaba su gorro escocés y ejecutaba una reverencia mientras se rascaba. Además, a veces, realizaba una solicitud personal a los individuos, tendiendo su pequeña palma negra y, de otro modo, dando a entender con sencillez su excesivo deseo por el vil metal que resultara estar en el bolsillo de cualquiera. La expresión mezquina y baja, pero extrañamente humana, de su semblante marchito; la mirada indiscreta y astuta, dispuesta a quejarse de cualquier miserable ventaja; su enorme cola (demasiado enorme para ocultarla decentemente bajo la gabardina), y la diablura de la naturaleza que denotaba; en resumen, tomad a este mono tal como era y no encontraréis una imagen mejor del becerro de oro de las monedas de cobre, símbolo de la forma más grosera de amor al dinero. Tampoco había forma de satisfacer al codicioso diablillo. Phoebe le arrojó un puñado de monedas que él recogió con alegre avidez, se las entregó al italiano para que las guardara, e inmediatamente reanudó una serie de pantomimas para pedir más.

Sin ninguna duda, más de un nativo de Nueva Inglaterra —o, para el caso, de cualquier otro país— pasaba, lanzaba una mirada al mono, y seguía su camino sin imaginar lo mucho que quedaba allí ejemplificada su condición moral. Clifford, sin embargo, era un ser de otra condición. Él había obtenido de la música un placer infantil y sonreía, también, ante las figuras que había puesto en movimiento. Pero, tras contemplar durante un rato al granuja de larga cola, quedó tan impactado por su horrible fealdad, tanto espiritual como física, que comenzó a derramar lágrimas, una debilidad de la que los hombres con dotes meramente delicadas y desprovistos del poder más feroz, profundo y trágico de la risa pueden difícilmente escapar cuando se enfrentan al peor y más mezquino aspecto de la vida.

La calle Pyncheon era amenizada a veces con espectáculos de pretensiones más imponentes que la expresada anteriormente y que traían multitudes consigo. Con una estremecida repugnancia ante la idea de tener contacto personal con el mundo, un poderoso impulso seguía apoderándose de Clifford cada vez que el ajetreo y clamor de la marea humana se volvía fuertemente audible para él. Eso quedó evidenciado un día en el que una procesión política, con cientos de ostentosas pancartas, y tambores, pífanos, clarines y címbalos reverberando entre las hileras de edificios, desfiló por toda la ciudad y dejó un buen rastro de fuertes pisadas y un griterío de lo más inusual al pasar por la normalmente silenciosa casa de los siete tejados. Como mero objeto de observación, nada es más deficiente en rasgos pintorescos que una procesión vista mientras pasa por calles estrechas. El espectador siente que es una bufonada cuando puede distinguir la tediosa ordinariez del semblante de cada hombre, con su sudor y su agotada prepotencia, y el corte mis-

mo de sus bombachos, la rigidez o laxitud del cuello de sus camisas y el polvo en la espalda de su abrigo negro. Para que fuera algo majestuoso, debería contemplarse desde alguna posición ventajosa mientras despliega su lento y largo surtido por el centro de una amplia planicie, o por el más majestuoso parque público de una ciudad; pues entonces, por su lejanía, derrite todas las personalidades mezquinas, de las cuales se compone, para formar una amplia masa de existencia —una gran vida— un colectivo cuerpo de humanidad con un gran espíritu homogéneo dándole vida. Pero, por otro lado, si una persona impresionable contemplara esta procesión a solas en el borde, no en sus átomos, sino en su conjunto, como un poderoso río de vida, masivo en su marea y negro de misterio, y, desde sus profundidades, llamando a la profundidad afín dentro de él, entonces la contigüidad se sumaría al efecto. Podría fascinarle de tal modo que difícilmente se abstendría de sumergirse en la corriente de las simpatías humanas.

Y así se demostró con Clifford. Se estremeció, palideció, lanzó una mirada suplicante a Hepzibah y Phoebe, quienes se encontraban con él ante la ventana. Ellas no comprendían nada de sus emociones y suponían que simplemente se encontraba perturbado por el desacostumbrado tumulto. Al fin, con miembros temblorosos, se levantó, apoyó un pie en el alfeizar de la ventana y, al cabo de un instante, habría estado en el balcón desprotegido. Como estaba, toda la procesión podría haberlo visto, una figura demacrada y febril, sus canosos cabellos flotando con el viento que hacía ondear sus pancartas, un ser solitario, separado de su raza, pero que ahora volvía a sentirse hombre gracias al irresistible instinto que lo poseía. Si Clifford hubiera llegado al balcón, es probable que se hubiera lanzado a la calle; pero no era fácil decidir si lo impulsaba el terror, que a veces empuja a su víctima al precipicio del que se resiste, o un magnetismo natural que tiende hacia el gran centro de la humanidad. Ambos impulsos podrían haber actuado en él a la vez.

Pero sus acompañantes, atemorizadas por su gesto —que fue el de un hombre que huía a pesar de sí mismo— se agarraron a la ropa de Clifford y tiraron de él hacia atrás. Hepzibah chilló. Phoebe, para quien toda extravagancia era un horror, estalló en sollozos y lágrimas.

—¡Clifford, Clifford! ¿Estás loco? —gritaba su hermana.

—Apenas lo sé, Hepzibah —dijo Clifford, soltando un largo suspiro—. No temas... Ya ha pasado... Pero si me hubiera lanzado y hubiera sobrevivido a la caída, ¡creo que me habría convertido en otro hombre!

Es posible que, en cierto sentido, Clifford tuviera razón. Él necesitaba una sacudida. O puede que necesitara lanzarse bien profundo en el océano de la vida humana, hundirse y verse cubierto por su profundidad, para entonces emerger sereno, vigorizado, recuperado para el mundo y para él mismo. Tal vez de nuevo no requiera nada menos que el gran remedio final: ¡la muerte!

Un anhelo similar por renovar los lazos rotos de la hermandad con los de su clase se manifestaba a veces de un modo más suave, y una vez se hizo hermoso por la religión que yacía aún más profundamente que él mismo. En el incidente que ahora vamos a esbozar, se produjo un conmovedor reconocimiento, por parte de Clifford, del cuidado y amor de Dios hacia él, un pobre hombre abandonado que, si cualquier mortal hubiera podido, habría sido perdonado por considerarse a sí mismo desechado, olvidado y dejado para ser el juguete de algún demonio cuyo deporte fuera un éxtasis de maldad.

Fue una mañana de domingo, uno de esos radiantes y tranquilos domingos, con su propia atmósfera sagrada, en los que el cielo parece esparcirse sobre la faz de la tierra con una solemne sonrisa, no menos dulce que solemne. En tal mañana de domingo, si fuéramos lo suficientemente puros para ser su médium, deberíamos ser conscientes de la adoración natural de la tierra ascendiendo por nuestras complexiones, sin importar el pedazo de tierra sobre el que nos situáramos. Las campanas de la iglesia, con diversos tonos, pero todos en armonía, se llamaban y se respondían entre sí —«¡Es domingo! ¡Domingo! ¡Sí, es domingo!»— y por toda la ciudad las campanas repartían los benditos sonidos, ahora despacio, ahora con alegría más vivaz, ahora una campana sola, ahora todas las campanas juntas, exclamando con ganas, «¡Es domingo!» y lanzando sus voces a lo lejos, para que se fundieran con el aire y lo impregnaran todo con la palabra sagrada. El aire con el más dulce y más tierno sol de Dios aparecía para que la humanidad lo respirara en sus corazones y lo volviera a enviar como una expresión de plegaria.

Clifford estaba sentado en la ventana con Hepzibah, viendo cómo los vecinos salían a la calle. Todos ellos, sin importar lo poco espirituales que fueran otros días, se veían transfigurados por la influencia del domingo, de modo que sus mismos ropajes —tanto si era el abrigo decente de un anciano, cepillado por enésima vez, o el primer traje de chaqueta y pantalón de un niño, terminado de coser por la aguja de su madre el día anterior— tenían de algún modo la cualidad de túnicas de la ascensión. De un modo similar salió Phoebe del portal de la vieja casa, levantando su pequeño parasol verde y lanzando una mirada hacia arriba para lanzar una sonrisa de amable despedida a los rostros en la ventana arqueada. En su aspecto había un regocijo familiar y una santidad con la que se podía jugar, así como reverenciar, tanto como siempre. Ella era como una plegaria ofrecida con la más prosaica belleza de su lengua nativa. Además, Phoebe era lozana y sus ropas estaban airea-

das y olían a limpio, como si nada de lo que llevaba —ni su vestido, ni su sombrerito de paja, ni su pañuelito, ni sus medias blancas como la nieve— se lo hubiera puesto antes, o como si se lo hubiera puesto, pero si se lo había puesto, se veía más fresco por ello, con una fragancia como si hubiera estado entre los capullos de las rosas.

La muchacha saludó con la mano a Hepzibah y a Clifford, y se encaminó calle arriba, una religión en sí misma, cálida, sencilla, auténtica, con una sustancia que podía caminar sobre la tierra y un espíritu que era capaz de llegar al cielo.

—Hepzibah —preguntó Clifford tras ver a Phoebe desaparecer por la esquina—, ¿tú nunca vas a la iglesia?

—¡No, Clifford! —replicó ella—. ¡No voy desde hace muchos, muchísimos años!

—Si yo fuera allí —contestó él—, me parece que podría rezar una vez más con todas esas almas humanas rezando a mi alrededor.

Ella miró el rostro de Clifford y contempló allí una suave efusión natural, porque su corazón brotaba a chorros, por así decirlo, y rebosaba en sus ojos con encantadora reverencia por Dios y un bondadoso afecto por sus hermanos humanos. Hepzibah se vio contagiada por tal emoción. Ella ansiaba llevarlo de la mano para ir y arrodillarse, los dos juntos —ambos separados del mundo desde hacía tanto tiempo y, como ella reconocía ahora, sin apenas amistad con el Altísimo— para arrodillarse entre la gente y reconciliarse a la vez con Dios y con los hombres.

—Querido hermano —dijo ella con seriedad—, ¡vayamos! No pertenecemos a ninguna parte. No tenemos ni un metro de espacio para arrodillarnos en ninguna iglesia, pero vayamos a algún lugar de culto, aunque tengamos que quedarnos de pie en el amplio pasillo. Con lo pobres y desamparados que somos, ¡las puertas de algún banco de la iglesia se nos abrirán!

De modo que Hepzibah y su hermano se arreglaron —tanto como pudieron con las mejores prendas de su anticuado vestuario, que había colgado en perchas o había yacido en baúles durante tanto tiempo, que la humedad y el olor a cerrado del pasado se aferraba a ellas—, se prepararon con sus mejores y descoloridas galas para ir a la iglesia. Bajaron las escaleras juntos, la demacrada y cetrina Hepzibah y el pálido, macilento y ajado por la edad Clifford. Abrieron la puerta principal, salieron al umbral, y sintieron, los dos, como si estuvieran en presencia de todo el mundo, con el grande y terrible ojo de la humanidad clavado sólo en ellos. El ojo de su Padre pareció retirarse y no les dio ningún ánimo. El cálido y soleado aire de la calle consiguió que se estremecieran. Sus corazones temblaban dentro de sus pechos ante la idea de dar un paso más.

—¡No puede ser, Hepzibah! ¡Es demasiado tarde! —dijo Clifford con profundo pesar—. ¡Somos fantasmas! No tenemos derecho a estar entre los seres humanos... Ningún derecho en ningún sitio que no sea en esta vieja casa, sobre la cual recae una maldición, y por la que, por lo tanto, estamos condenados a vagar. Y además —continuó con aprensiva sensibilidad, característica inalienable del hombre—, no sería adecuado ni hermoso que fuéramos. ¡Es una idea horrible que le resulte espantoso a mis semejantes y que los niños se aferren a los vestidos de sus madres al verme!

Retrocedieron hasta el oscuro pasillo y cerraron la puerta. Pero, al volver a subir las escaleras, encontraron el interior de la casa diez veces más deprimente, y el aire más cerrado y cargado, gracias al vistazo y al soplo de libertad que acababan de experimentar. No podían huir; su carcelero había dejado la puerta entreabierta a modo de burla y se había quedado tras ella para verlos escabullirse. En el umbral, ellos sintieron su despiadado agarre. ¡Qué otra mazmorra puede ser más oscura que el corazón de uno mismo! ¡Qué carcelero puede ser más inexorable que uno mismo!

Pero no sería justo retratar el estado de ánimo de Clifford como continua o predominantemente desdichado. Por el contrario, nos atrevemos a afirmar que no había ningún otro hombre en la ciudad, ni siquiera de la mitad de su edad, que disfrutara de tantos momentos alegres y sin pena como él. No tenía preocupaciones; no existían ninguna de esas cuestiones y contingencias con el futuro por resolver que desgastan las demás vidas y hacen que no valga la pena tenerlas por el mero hecho de proveer a su sustento. En este sentido, Clifford era un niño, un niño durante toda su vida, ya fuera larga o corta. De hecho, su vida parecía detenerse en un período poco anterior a la niñez, y todas sus reminiscencias giraban en torno a esa época; del mismo modo que, tras el letargo de un fuerte golpe, la conciencia reanimada del enfermo se remonta a un momento considerablemente anterior al accidente que lo aturdió. A veces contaba sus sueños a Phoebe y a Hepzibah, sueños en los que invariablemente interpretaba el papel de un niño o de un hombre muy joven. Los relataba con tanto detalle que una vez discutió con su hermana acerca de la figura o estampado concreto de un camisón de cretona que había visto llevar a su madre en el sueño de la noche anterior. Hepzibah, presumiendo de la exactitud de una mujer en tales asuntos, pensaba que era ligeramente diferente de lo que Clifford había descrito; sin embargo, al sacar la bata de un viejo baúl, resultó ser idéntica a la que él recordaba. Si Clifford hubiera sufrido la tortura de la transformación de un niño en un hombre viejo y destrozado cada vez que salía de sueños tan vívidos, la recurrencia diaria de la conmoción

habría sido demasiado para soportarla. Le habría causado una aguda agonía desde el crepúsculo de la mañana hasta la hora de acostarse, e incluso entonces habría mezclado un dolor sordo e inescrutable con la flor visionaria y la adolescencia de su sueño. Pero la luz de la luna nocturna se entretejía con la niebla matutina y lo envolvía como un manto, que él abrazaba alrededor de su persona y rara vez dejaba que las realidades lo traspasaran; a menudo no estaba del todo despierto, sino que dormía con los ojos abiertos y tal vez entonces se imaginaba que soñaba más.

De este modo, al permanecer siempre tan cerca de su infancia, simpatizaba con los niños y mantenía así su corazón más lozano, como un embalse en el que, no lejos de la fuente, se vertían riachuelos. Aunque un sutil sentido del decoro le impedía relacionarse con ellos, pocas cosas le gustaban más que mirar por la ventana arqueada y ver a una niña paseando su aro por la acera o a unos colegiales jugando a la pelota. Además, sus voces le resultaban muy agradables, oídas a distancia, todas revoloteando y entremezclándose como lo hacen las moscas en una habitación soleada.

Sin duda, a Clifford le habría alegrado compartir sus juegos. Una tarde se vio dominado por un irresistible deseo de hacer pompas de jabón, una diversión, como Hepzibah le contó a Phoebe en un aparte, que había sido la favorita de su hermano cuando ambos eran unos críos. ¡Miradlo, entonces, en la ventana arqueada, con una pipa de arcilla en la boca! ¡Miradlo, con su pelo gris y una lánguida sonrisa irreal en su semblante, donde aún existía una hermosa elegancia, que su peor enemigo debía haber reconocido como espiritual e inmortal, puesto que había sobrevivido por tanto tiempo! ¡Miradlo, lanzando livianas esferas a la calle desde la ventana! Pequeños mundos impalpables eran esas pompas de jabón, con el gran mundo representado, en tonos tan brillantes como la imaginación, sobre la nada de su superficie. Era curioso ver cómo los transeúntes miraban estas brillantes fantasías mientras bajaban flotando y llenaban la aburrida atmósfera con el regalo de la imaginación. Algunos se detenían a contemplarlas y, tal vez, se llevaban un grato recuerdo de las pompas hasta la esquina de la calle; otros miraban airadamente hacia arriba, como si el pobre Clifford les hubiera ofendido al hacer flotar una imagen de belleza tan cerca de su polvoriento camino. Muchos alargaban los dedos o sus bastones para tocarlas y se sentían perversamente satisfechos cuando la pompa, con toda su escena de cielo y tierra, se desvanecía como si nunca hubiera existido.

Al cabo de un tiempo, justo cuando un anciano caballero de presencia muy digna iba pasando, una gran pompa de jabón descendió revoloteando majestuosamente y explotó justo contra su nariz. Éste levantó la vista, al principio con una mirada estricta y aguda que penetró de inmediato en la oscuridad tras la ventana arqueada, y luego con una sonrisa que podría concebirse como la difusión del bochorno de un día de canícula en el espacio de varios metros a su alrededor.

—¡Ah, primo Clifford! —gritó el juez Pyncheon—. ¡Vaya! ¡Sigues haciendo pompas de jabón!

El tono parecía amable y tranquilizador, pero seguía conteniendo sarcasmo y amargura. Clifford, por su parte, se quedó aterrorizado. Aparte de cualquier causa definida de temor que su experiencia pasada pudiera haberle provocado, sintió ese horror nativo y original del excelente juez, propio de un carácter débil, delicado y aprensivo ante una fuerza descomunal. La fuerza es incomprensible para la debilidad y, por lo tanto, más terrible. No hay peor pesadilla que un pariente de carácter fuerte en el círculo de sus propias conexiones.

CAPÍTULO XII

El daguerrotipista

No debe suponerse que la vida de un personaje tan naturalmente activo como Phoebe pueda estar completamente confinada dentro de los confines de la vieja casa Pyncheon. Las exigencias de Clifford en cuanto a su tiempo se veían normalmente satisfechas, en esos largos días, considerablemente antes de la puesta del sol. Por muy tranquila que pareciera su existencia diaria, agotaba de todos modos todos los recursos por los que él vivía. No era el ejercicio físico lo que lo agotaba, con la excepción de que, a veces, trabajaba un poco con una azada, o se paseaba por el camino del jardín o, los días de lluvia, recorría una gran sala desocupada; lo agotaba su tendencia a permanecer demasiado inactivo en cuanto a cualquier esfuerzo de los miembros y los músculos. Pero, o bien había un fuego llameante dentro de él que consumía su energía vital, o bien la monotonía que se habría arrastrado con efecto entumecido por una mente dispuesta de un modo diferente no era monotonía en opinión de Clifford. Es posible que se encontrara en un estado de segundo crecimiento y recuperación, y que estuviera constantemente asimilando nutrientes para su alma y su intelecto de las visiones, los sonidos y los sucesos que pasaban por un perfecto vacío para las personas con más práctica en materias del mundo. Como todo es actividad y vicisitud para la mente nueva de un niño, así debía de ser igualmente para una mente que había padecido una suerte de nueva creación después de que su vida estuviera en suspenso por tanto tiempo.

Fuera cual fuese la causa, era común que Clifford se retirase a descansar, totalmente agotado, mientras los rayos del sol seguían colándo-

se entre las cortinas de su ventana o se reflejaban con tardío fulgor en las paredes de su aposento. Y así, mientras él dormía temprano, como hacen los demás niños, y soñaba con su infancia, Phoebe era libre de seguir sus propias inclinaciones durante el resto del día y de la noche.

Esta era una libertad esencial para la salud de un carácter tan poco susceptible a las influencias morbosas como era el de Phoebe. La vieja casa, como ya hemos dicho, tenía podredumbre y moho en sus muros; era bueno respirar otros ambientes aparte de ese. Hepzibah, aunque poseía rasgos valiosos y positivos, se había convertido en una especie de lunática al recluirse por tanto tiempo en un solo lugar, sin más compañía que una simple serie de ideas, sólo un afecto y un amargo sentido del mal. Puede que el lector se imagine que Clifford era demasiado inerte como para actuar moralmente sobre sus congéneres, sin importar lo íntimas y exclusivas que fueran sus relaciones con él. Pero la simpatía o el magnetismo entre seres humanos es más sutil y universal de lo que pensamos; existe, en efecto, entre diferentes clases de vida organizada y vibra de una a otra. Una flor, por ejemplo, como la misma Phoebe observó, siempre empezaba a marchitarse antes en manos de Clifford o de Hepzibah que en las suyas; por esa misma ley, al convertir toda su vida diaria en una fragancia floral para estos dos espíritus enfermizos, la lozana joven inevitablemente se marchitaría y se apagaría mucho antes que si estuviera prendida en un pecho más joven y más feliz. A menos que, de vez en cuando, se hubiera entregado a sus enérgicos impulsos y hubiera respirado el aire rural en un paseo suburbano, o la brisa marina a la orilla del mar —habiendo obedecido ocasionalmente el impulso de la Naturaleza, en las muchachas de Nueva Inglaterra, asistiendo a una conferencia metafísica o filosófica, o contemplando un panorama de once kilómetros, o escuchando un concierto— hubiera ido de compras por la ciudad, saqueando depósitos enteros de espléndidas mercancías, si hubiera dedicado un poco de su tiempo a leer la Biblia en su habitación, y se hubiera distraído un poco más pensando en su madre y en su lugar de origen, a menos que, por medicinas morales como las anteriores, pronto habríamos visto a nuestra pobre Phoebe adelgazar y adquirir un aspecto pálido y malsano, y adoptar maneras extrañas y tímidas, proféticas de la vejez y de un futuro sin alegría.

Aun así, se hizo visible un cambio; un cambio que en parte era de lamentar, aunque el encanto que infringía era reparado por otro, tal vez más querido. Ella no estaba tan contenta de continuo, sino que tenía fases reflexivas que a Clifford, en general, le gustaban más que su anterior fase de absoluta alegría; y eso se debía a que ahora ella le entendía mejor y con más delicadeza, y a veces incluso hacía que él se comprendiese mejor a sí mismo. Los ojos de Phoebe parecían más grandes, más oscuros y más profundos; tan profundos, en algunos momentos de silencio, que parecían pozos artesianos que bajaban y bajaban hasta el infinito. Era menos niña que cuando la vieron bajar del ómnibus por primera vez; menos niña y más mujer.

La única mente juvenil con la que Phoebe tenía la oportunidad de relacionarse con frecuencia era la del daguerrotipista. Inevitablemente, por la presión de la reclusión que los rodeaba, habían sido lanzados a disfrutar de cierta familiaridad. Si se hubieran conocido bajo diferentes circunstancias, no era probable que estos dos jóvenes se hubieran dedicado muchos pensamientos, a menos, claro está, que su extrema disparidad hubiera demostrado ser un principio de atracción mutua. Es cierto que ambos eran caracteres adecuados a la vida de Nueva Inglaterra y, por lo tanto, poseían puntos comunes en sus desarrollos más externos, pero muy diferentes en sus respectivos fueros internos como si sus condiciones innatas hubieran estado a todo un mundo de distancia. Durante la primera etapa de su amistad, Phoebe se había reprimido mucho más de lo que era habitual, con sus modales francos y sencillos, ante los no muy marcados avances de Holgrave. Ni tampoco estaba segura de conocerle muy bien, aunque se reunían casi a diario y hablaban de un modo amable, amistoso y, al parecer, familiar.

El artista, de un modo esporádico, había compartido con Phoebe partes de su historia. Joven como era, y si su carrera terminara en el punto ya alcanzado, habría suficientes incidentes para llenar, de un modo loable, un volumen autobiográfico. Un romance al estilo de Gil Blas, adaptado a la sociedad y las costumbres americanas, dejaría de ser un romance. La experiencia de muchos individuos entre nosotros, que piensan que no merece la pena ser contada, sería igual a las vicisitudes de la vida temprana del español, mientras que su definitivo éxito, o el punto hacia el que tienden, podría ser incomparablemente mayor a cualquiera que un novelista pudiera imaginar para su héroe. Holgrave, como le dijo a Phoebe con tono algo orgulloso, no podía presumir de sus orígenes, excepto que fueron excesivamente humildes, ni de su educación, salvo que había sido lo más exigua posible y obtenida tras varios meses invernales de asistencia a una escuela estatal. Dejado pronto a sus propios medios, había comenzado a ser independiente cuando todavía era un niño, y fue una condición acertadamente adecuada para su natural fuerza de voluntad. Pero ahora, a sus veintidós años de edad (a falta de unos meses, que son años en una vida así) ya había sido, primero, maestro en una escuela rural; a continuación, vendedor en una tienda rural y, al mismo tiempo o después, editor político de un periódico rural. Con posterioridad, había viajado por Nueva Inglaterra y los estados centrales como vendedor ambulante, contratado por un fabricante

de agua de colonia y otras esencias de Connecticut. De un modo epi-
sódico había estudiado y practicado la odontología, con un éxito muy
halagador, especialmente en muchos de los pueblos industriales que
bordean nuestros riachuelos del interior. Como oficial supernumerario
de alguna clase u otra, a bordo de un paquebote, había visitado Europa
y encontró la forma, antes de su regreso, de ver Italia, así como parte
de Francia y de Alemania. En un período posterior, había pasado varios
meses en una comunidad de seguidores de Fourier. Aún más recientemente había sido orador público sobre la hipnosis, para cuya ciencia
(como le aseguró a Phoebe y, en efecto, lo demostró satisfactoriamente
al dormir al gallo, que resultó estar escarbando por allí cerca) tenía un
talento bastante impresionante.

Su fase actual como daguerrotipista no era más importante según
su punto de vista, ni era probable que fuera más permanente que cualquiera de sus ocupaciones anteriores. Había comenzado dicha práctica
con el descuidado entusiasmo de un aventurero que tiene que ganarse
el pan. Y sería descartada con el mismo descuido cada vez que eligiera
ganarse el pan por algún otro medio igualmente digresivo. Pero lo que
era más increíble y lo que, tal vez, demostrara un aplomo más que común en el joven, era el hecho de que, en medio de todas esas vicisitudes
personales, nunca había perdido su identidad. Aunque había carecido
de un hogar —cambiando su paradero de continuo y, por lo tanto, sin
ser responsable de la opinión pública ni de los individuos— deshaciéndose de un exterior para apoderarse de otro que pronto cambiaría por
un tercero, nunca había traicionado su verdadero ser, sino que había llevado su conciencia siempre con él. Era imposible conocer a Holgrave
sin reconocer que esto era un hecho. Hepzibah lo había visto. Phoebe
pronto lo vio también y le concedió la suerte de confianza que tal certeza inspira. Ella se sobresaltaba, empero, y a veces la repelía, no por
cualquier duda sobre su integridad hacia cualquier ley que él reconociera, sino por la sensación de que sus leyes diferían de las suyas propias.
Él la incomodaba, y parecía incomodar todo lo que la rodeaba, con su
falta de reverencia hacia lo que estaba establecido a menos que, en un
momento dado, pudiera establecer su derecho a mantenerse firme.

Y además, ella apenas creía que él fuera afectuoso por naturaleza.
Era un observador demasiado calmo y frío. Phoebe sentía su mirada a
menudo; su corazón, rara vez o nunca. Él sentía un cierto interés por
Hepzibah y su hermano, así como por la misma Phoebe. Los estudiaba
con atención y no permitía que la más mínima circunstancia de sus indi-
vidualidades se le escapase. Estaba preparado para hacerles todo el bien
que pudiera pero, después de todo, jamás hizo causa común con ellos
ni mostró pruebas fiables de quererlos más en proporción a su mejor

conocimiento de ambos. En sus relaciones con ellos, parecía estar en busca de alimento para su mente y no sustento para su corazón. Phoebe no conseguía comprender qué le interesaba tanto de sus amigos y de sí misma, intelectualmente, puesto que no le importaban nada o, comparativamente muy poco, como objetos de afecto humano.

En sus entrevistas con Phoebe, el artista siempre se interesaba especialmente por el bienestar de Clifford, a quien, a excepción del festival de los domingos, apenas veía.

—¿Sigue pareciendo feliz? —preguntó un día.

—Tan feliz como un niño —contestó Phoebe—, pero como un niño demasiado... que se le puede perturbar fácilmente.

—¿Qué le perturban? —inquirió Holgrave—. ¿La carencia de cosas o sus pensamientos internos?

—¡No puedo ver sus pensamientos! ¿Cómo podría? —respondió Phoebe con gracia—. Muy a menudo su humor cambia sin una razón que podamos adivinar, como cuando las nubes tapan el sol. Recientemente, como he empezado a conocerlo mejor, siento que no está bien examinar sus cambios de humor con demasiada atención. Ha sufrido una pena tan grande que su corazón se ha vuelto solemne y sagrado. Cuando se siente alegre —cuando el sol brilla en su mente—, entonces me aventuro a echar un vistazo, sólo hasta donde la luz alcanza, pero no más allá. ¡Donde las sombras caen es terreno sagrado!

—¡Expresa ese sentimiento de un modo muy bello! —dijo el artista—. Puedo entender el sentimiento sin poseerlo. Si yo tuviera sus oportunidades, ningún escrúpulo evitaría que me lanzara en picado hasta el fondo para desentrañar a Clifford.

—¡Qué extraño que desee eso! —comentó Phoebe involuntariamente—. ¿Qué significa el primo Clifford para usted?

—Oh, nada... ¡nada en absoluto! —contestó Holgrave con una sonrisa—. ¡Es sólo que este es un mundo tan extraño e incomprensible! Cuanto más lo miro, más me desconcierta, y comienzo a sospechar que la perplejidad de un hombre es la medida de su sabiduría. Los hombres y las mujeres, y los niños también, son unas criaturas tan extrañas que nadie puede estar seguro de conocerlos de verdad; tampoco se puede adivinar lo que han sido de lo que se ve que son ahora. ¡El juez Pyncheon! ¡Clifford! ¡Vaya acertijo más complejo —un complejo de complejidades— presentan! Se precisa una simpatía intuitiva, como la de una joven, para resolverlo. Un mero observador, como yo mismo (que nunca tengo intuiciones y soy, en el mejor de los casos, sólo sutil y agudo), de seguro que se perdería.

El artista ahora llevó la conversación a temas menos oscuros que el que habían mencionado de pasada. Phoebe y él eran jóvenes juntos; ni

Holgrave, en su prematura experiencia vital, había desperdiciado por completo ese hermoso espíritu de la juventud que brota de un pequeño corazón y de una fantasía, y que puede difundirse por el universo volviéndolo todo tan brillante como el primer día de la creación. La propia juventud del hombre es la juventud del mundo; al menos, él siente e imagina que lo es y considera la sustancia granítica de la tierra como algo aún por endurecer, capaz de moldearlo en la forma que desee. A Holgrave le ocurría lo mismo. Podía hablar sagazmente de la vejez del mundo, pero en realidad nunca creía lo que decía; era todavía un hombre joven y, por lo tanto, veía el mundo —ese derrochador de barbas grises y arrugas, decrépito sin ser venerable— como un tierno muchacho capaz de convertirse en todo lo que debería ser, pero que apenas había mostrado la más remota promesa de llegar a serlo. Holgrave tenía la sensación, o profecía interior, de que no estamos condenados a arrastrarnos eternamente por el viejo mal camino, sino que, en este mismo momento, se vislumbran los presagios de una era dorada que se cumplirá durante su propia vida. A Holgrave le parecía, como sin duda le había parecido a los esperanzados de cada siglo desde la época de los nietos de Adán, que en esta época, más que nunca, el musgoso y podrido pasado debía ser derribado, que las instituciones sin vida del camino debían ser apartadas, que sus cadáveres debían ser enterrados y que todo había de empezar de nuevo.

En cuanto al tema principal —¡ojalá nunca lleguemos a dudarlo!— de que se avecinan siglos mejores, el artista estaba sin duda en lo cierto. Su error consistía en suponer que esta época, más que cualquier otra, está destinada a ver los andrajosos vestidos de la antigüedad sustituidos por un traje nuevo, en lugar de renovarse gradualmente a base de remiendos; en aplicar su propia corta vida como medida de un logro interminable; y, sobre todo, en creer que su lucha a favor o en contra importaría algo para el gran fin en perspectiva. Sin embargo, le convenía pensar de ese modo. Ese entusiasmo, que se infundía a través de la calma de su carácter, y que adoptaba así un aspecto de asentado pensamiento y sabiduría, serviría para mantener pura su juventud y elevar sus aspiraciones. Y cuando su temprana fe se viera modificada por la inevitable experiencia, con los años asentándose sobre él con más peso, no lo haría con aspereza ni con una repentina revolución de sus sentimientos. Seguiría teniendo fe en un destino más brillante para el hombre y, tal vez, le apasionase mucho más cuando reconociera su propia impotencia; y la altiva fe con la que comenzó la vida, bien podría mudarse en una fe mucho más humilde al final, al discernir que el esfuerzo mejor dirigido del hombre realiza una especie de sueño, mientras que Dios es el único hacedor de realidades.

Holgrave había leído muy poco, y ese poco lo había leído al pasar por los caminos de la vida, donde el místico lenguaje de sus libros se veía necesariamente mezclado con los balbuceos de la multitud, de modo que tanto unos como otros perdían cualquier sentido que hubieran podido reclamar como propio. Él se consideraba un pensador y ciertamente tenía tendencias reflexivas, pero, con su propio camino por descubrir, apenas podía haber alcanzado el nivel en el que un hombre instruido comienza a pensar. El verdadero valor de su carácter residía en esa profunda conciencia de fuerza interior que hacía que todas sus vicisitudes pasadas simplemente parecieran un cambio de prendas; en ese entusiasmo, tan silencioso que apenas sabía de su existencia, pero que imprimía calidez a todo lo que tocaba; en esa ambición personal, oculta a sus propios ojos igual que a los de los demás, entre sus impulsos más generosos, pero en la que acechaba una cierta eficacia que podría consolidarlo de teórico a paladín de alguna causa factible. En general, en su cultura y su falta de cultura —en su filosofía sin pulir, salvaje y vaga, y la práctica experiencia que contrarrestaba algunas de sus tendencias; en su magnánimo celo por el bienestar del hombre, y su insensatez ante lo que las épocas habían establecido por el bien del hombre; en su fe y en su infidelidad; en lo que tenía y en lo que carecía— el artista podría presentarse adecuadamente como el representante de muchos pares en su tierra nativa.

Sería difícil presagiar su carrera. Parecía haber cualidades en Holgrave, como que, en un país donde todo es gratis para la mano que pueda agarrarlo, apenas fracasaría en colocar algunos de los premios del mundo a su alcance. Pero esas cuestiones son deliciosamente inciertas. En casi cada paso de la vida nos cruzamos con jóvenes de edad parecida a la de Holgrave, para los que anticipamos cosas maravillosas, pero de los que nunca se vuelve a oír ni una palabra incluso después de llevar a cabo cuidadosas pesquisas. La efervescencia de la juventud y la pasión, y el original brillo del intelecto y la imaginación, les otorga una falsa luminosidad que los deja en ridículo a ellos y a los demás. Como ciertas cretonas, percales y guingas, se muestran con elegancia al ser estrenados, pero no pueden soportar el sol y la lluvia, y adoptan un aspecto muy sobrio después de un día de colada.

Pero lo que nos incumbe es Holgrave, esta tarde en particular, cuando le encontramos en la pérgola del jardín Pyncheon. Desde ese punto de vista, era agradable ver a este joven, con tanta fe en sí mismo y con aspecto de poseer admirables facultades, y tan poco dañado por las muchas pruebas a las que se había visto sometido su carácter. Era agradable ver el trato amable que le dedicaba a Phoebe. Su pensamiento apenas le había hecho justicia al calificarlo de frío; o, de ser así, ahora se había vuelto más cálido. Sin tal propósito por su parte, y de manera inconsciente por la de Holgrave, ella hacía que la casa de los siete tejados fuera un hogar para él y convertía el jardín en un recinto familiar. Con la perspicacia de la que el joven se vanagloriaba, se imaginaba que podía mirar a Phoebe, y todo a su alrededor, y podía leerla como si se tratase de la página de un cuento para niños. Pero esas naturalezas transparentes son a menudo engañosas en su profundidad; esos guijarros en el fondo de la fuente están más lejos de nosotros de lo que pensamos. Así, el artista, con independencia de lo que pudiera juzgar sobre las capacidades de Phoebe, se vio seducido por algún silencioso encanto de la muchacha a hablar libremente de lo que soñaba hacer en el mundo. Se desahogó como con una prolongación de sí mismo. Es muy posible que se olvidara de Phoebe mientras hablaba con ella, y que sólo se sintiera movido por la inevitable tendencia del pensamiento, cuando el entusiasmo y la emoción lo vuelven comprensivo, a fluir hacia el primer depósito seguro que encuentra. Pero, si alguien los hubiera espiado a través de los resquicios de la valla del jardín, la seriedad y el color exaltado del joven podrían haber hecho suponer que le estaba declarando su amor a la muchacha.

Finalmente, algo que dijo Holgrave hizo que fuera pertinente que Phoebe preguntara cómo había conocido a su prima Hepzibah y por qué había elegido alojarse en la ruinosa y vieja casa Pyncheon. Sin responderle directamente, desvió su atención del Futuro, que hasta entonces había sido el tema de su discurso, y comenzó a hablar de las influencias del Pasado. Un tema que, en efecto, no es más que una reverberación del otro.

—¿Es que nunca vamos a deshacernos de este Pasado? —exclamó él, manteniendo el sincero tono de su conversación anterior—. Yace sobre el Presente como el cadáver de un gigante. De hecho, es como si un joven gigante se viera obligado a emplear todas sus fuerzas en transportar el cadáver de su abuelo, un viejo gigante que murió hace mucho tiempo y sólo necesita ser enterrado con decencia. Piénselo un momento y se sobresaltará al ver que somos esclavos de los tiempos pasados... o de la Muerte, si usamos el término correcto.

—Pero no lo veo —observó Phoebe.

—Veamos un ejemplo, pues —continuó Holgrave—. Un hombre muerto, si resulta que ha dejado testamento, dispone de una riqueza que ya no le pertenece; o, si muere intestado, su riqueza se distribuye de conformidad con las ideas de hombres que murieron mucho antes que él. Un hombre muerto se sienta en nuestros tribunales, y los jueces vivos no hacen más que buscar y repetir sus decisiones. ¡Leemos libros escritos por hombres muertos! ¡Nos reímos de los chistes creados por los muertos, y lloramos con el patetismo de los muertos! ¡Enfermamos con las enfermedades físicas y morales de los muertos, y morimos por los mismos remedios con los que los médicos muertos mataron a sus pacientes! Adoramos a una Deidad viva según las convenciones y los credos de los muertos. No importa lo que busquemos hacer con nuestra libertad de movimiento, ya que la helada mano de un hombre muerto nos obstruirá el camino. Sin importar a dónde giremos nuestros ojos, encontrarán el rostro blanco e implacable de un muerto que congelará nuestro corazón. Y nosotros mismos debemos morir antes de que podamos empezar a tener nuestra propia influencia en nuestro propio mundo, que entonces ya no será nuestro mundo, sino el mundo de otra generación con la que no tendremos ni el más mínimo derecho a interferir. Debe decirse también que vivimos en las casas de los muertos, y puedo citar como ejemplo esta de los siete tejados.

—¿Por qué no íbamos a hacerlo —dijo Phoebe—, siempre y cuando podamos vivir cómodos en ellas?

—Pero confío en que viviremos para ver el día —continuó el artista—, en el que ningún hombre construirá una casa para la posteridad. ¿Por qué iba a hacerlo? Bien podría pedir razonablemente un guardarropa duradero —de cuero, de gutapercha, o de lo que sea que dure más tiempo— de modo que sus bisnietos puedan beneficiarse de dichas prendas y presentar ante el mundo la misma figura que su antecesor. Si se permitiera y se esperara que cada generación construyera sus propias casas, ese sencillo cambio, comparativamente insignificante en sí mismo, implicaría casi toda reforma por la que la sociedad está sufriendo ahora. Dudo de que incluso nuestros edificios públicos —los capitolios, el parlamento, los tribunales, los ayuntamientos y las iglesias— deban ser construidos con materiales tan permanentes como la piedra o el ladrillo. Sería mejor que se derrumbaran en pedazos una vez cada veinte años o así, como recordatorio para que la gente examine y reforme las instituciones que simbolizan.

—¡Cómo odia todo lo antiguo! —dijo Phoebe con consternación—. ¡Me marea pensar en un mundo tan cambiante!

—Es cierto que no me gusta nada que esté mohoso —contestó Holgrave—. ¡Y esta vieja casa Pyncheon! ¿Es un lugar saludable en el que vivir, con sus negras tejas y el musgo verde que demuestra lo húmedas que están? Sus salas oscuras y de techos bajos... Su porquería y su sordidez, que son la cristalización sobre sus muros de la respiración humana que ha sido respirada y exhalada aquí con angustia y descontento. La casa debería ser purificada con fuego... ¡Purificada hasta que sólo quedasen sus cenizas!

—Entonces, ¿por qué vive en ella? —preguntó Phoebe, un poco ofendida.

—Oh, estoy realizando mis estudios aquí; no en los libros, empero —replicó Holgrave—. La casa, en mi opinión, es la expresión de ese Pasado odioso y abominable, con todas sus malas influencias, contra el que he estado declamando justo ahora. Me entretengo en ella durante un tiempo para aprender a odiarla mejor. Por cierto, ¿ha oído alguna vez la historia de Maule, el brujo, y lo que aconteció entre él y su inconmensurable tatarabuelo?

—¡Por supuesto que sí! —dijo Phoebe—. La oí hace mucho tiempo de boca de mi padre, y dos o tres veces más de boca de mi prima Hepzibah en el mes que llevo aquí. Ella parece pensar que todas las calamidades de los Pyncheon comenzaron con esa disputa con el brujo, como usted lo llama. Y usted, señor Holgrave, tiene aspecto de haberlo pensado también. ¡Qué singular que usted crea algo que es tan absurdo cuando rechaza muchas otras cosas que son mucho más dignas de credibilidad!

—Creo en esa historia —dijo el artista con seriedad—, pero no como una superstición, sino como algo demostrado por hechos incuestionables y como la ejemplificación de una teoría. Ahora bien, bajo esos siete tejados que ahora contemplamos —y que el viejo coronel Pyncheon quiso que fuera la casa de sus descendientes, en prosperidad y felicidad, hasta una época más allá del presente— bajo ese techo, a lo largo de sus buenos tres siglos, ha existido un perpetuo remordimiento de conciencia, una esperanza constantemente derrotada, luchas entre parientes, diversas desgracias, una extraña muerte, oscuras sospechas, atroz miseria... Tengo los medios para atribuir toda, o la mayor parte de esa calamidad, al desmesurado deseo del viejo puritano por plantar una familia y enriquecerla. ¡Plantar una familia! Esta idea se encuentra en el fondo de la mayoría de los males que infligen los hombres. La verdad es que, una vez cada medio siglo, como mucho, una familia debería fundirse con la grande y oscura masa de la humanidad, y olvidarse así de todos sus ancestros. La sangre humana, para conservar su frescura, debería correr por corrientes ocultas, como el agua de un acueducto fluye por tuberías subterráneas. En la existencia familiar de estos Pyncheon, por ejemplo... Perdóneme, Phoebe, pero no puedo pensar en usted como miembro de esa familia. En el breve linaje de Nueva Inglaterra de esa familia, ha habido tiempo suficiente para infectarlos a todos con alguna suerte de demencia.

—Habla con muy poco respeto de mis parientes —dijo Phoebe, que debatía consigo misma si debería ofenderse ante sus palabras.

—¡Hablo con franqueza a una mente honesta! —contestó Holgrave, con una vehemencia que Phoebe nunca había visto en él—. ¡La verdad es como la digo! Además, el criminal original y padre de este problema parece haberse perpetuado y sigue caminando por la calle —al menos, su viva imagen en mente y cuerpo— con las mejores perspectivas de trasmitir para la posteridad una herencia tan rica y tan despreciable como la que ha recibido. ¿Se acuerda del daguerrotipo y su parecido con el antiguo retrato?

—De verdad, ¡qué extraño es usted! —exclamó Phoebe, que lo miraba con sorpresa y perplejidad, en parte alarmada y en parte inclinada a la risa—. Habla usted de la demencia de los Pyncheon. ¿Es contagiosa?

—¡La entiendo! —dijo el artista, riendo ruborizado—. Creo que estoy un poco loco. Este tema se ha apoderado de mi mente con la más extraña tenacidad desde que me alojo en ese viejo ático. Como método para liberarme de él, he escrito un relato de la historia de la familia Pyncheon, con la que resulta que estoy familiarizado, en forma de leyenda. Pretendo publicarlo en una revista.

—¿Escribe usted para las revistas? —inquirió Phoebe.

—¿Es posible que no lo sepa? —exclamó Holgrave—. ¡Vaya! ¡Así es la fama literaria! Sí, señorita Phoebe Pyncheon, entre la multitud de mis maravillosos dones, también poseo el de escribir historias, y mi nombre ha figurado, se lo puedo asegurar, en las portadas de *Graham's Magazine* y *Godey's Magazine,* haciendo una aparición tan respetable, según veo yo, como la de los conocidos colaboradores con las que se asocian dichas publicaciones. En el terreno humorístico, se piensa que tengo gran destreza, y en cuanto al patetismo, soy tan capaz de provocar las lágrimas como una cebolla. ¿Puedo leerle mi historia?

—Sí, si no es muy larga —dijo Phoebe, antes de añadir entre risas—, ni muy aburrida.

Como este último punto era algo que el daguerrotipista no podía decidir por sí mismo, sacó de inmediato su rollo de papeles y, mientras los últimos rayos del sol doraban los siete tejados, comenzó a leer.

CAPÍTULO XIII

Alice Pyncheon

Un día trajeron un mensaje del excelentísimo Gervayse Pyncheon dirigido al joven Matthew Maule, el carpintero, expresando el deseo de su inmediata presencia en la casa de los siete tejados.

—¿Y qué precisa tu amo de mí? —le dijo el carpintero al criado negro del señor Pyncheon—. ¿Acaso la casa necesita algún arreglo?

Pasado este tiempo, bien podría ser, ¡pero que no culpen a mi padre, que fue quien la construyó! Justamente el domingo pasado estuve leyendo la lápida del viejo coronel y, a juzgar por esa fecha, la casa lleva en pie treinta y siete años. No me extrañaría que hiciera falta arreglar el tejado.

—No sé qué quiere el amo —contestó Escipión—. La casa es casa muy buena, y el viejo coronel Pyncheon también lo piensa, creo. ¿Por qué si no iba el viejo a asustar al pobre negrito en la casa?

—Bueno, bueno, amigo Escipión, hazle saber a tu amo que iré —dijo el carpintero entre risas—. Para un buen trabajo de carpintería, yo soy su hombre. De modo que la casa está encantada, ¿eh? Hará falta un trabajador más fuerte que yo para mantener a los espíritus fuera de los siete tejados. Incluso si el coronel estuviera tranquilo —añadió entre dientes—, mi viejo abuelo, el brujo, se asegurará de permanecer con los Pyncheon tanto como los muros aguanten en pie.

—¿Qué murmura, Matthew Maule? —preguntó Escipión—. ¿Por qué usted tan negro como yo?

—No importa, moreno —dijo el carpintero—. ¿Crees que nadie puede ser negro aparte de ti? Ve a decirle a tu amo que iré, y si ves por casualidad a la señorita Alice, su hija, entrégale los humildes respetos de Matthew Maule. Ha vuelto de Italia con un rostro hermoso... Guapa, gentil y orgullosa, ¡esa es Alice Pyncheon!

—¡Habla de la señorita Alice! —exclamó Escipión cuando regresó de su recado—. ¡El vulgar carpintero! ¡No tiene derecho a mirarla desde lejos!

Debemos observar que este joven Matthew Maule, el carpintero, era una persona incomprendida y no muy apreciado en la ciudad en la que residía. Y eso a pesar de que no se podía alegar nada en contra de su integridad, su habilidad o la diligencia con la que practicaba su profesión. La aversión (como podría llamarse y con razón) con la que muchas personas lo miraban se debía en parte al resultado de su propia personalidad y comportamiento, y en parte a una herencia.

Era el nieto del anterior Matthew Maule, uno de los primeros colonos de la ciudad, quien había sido un famoso y terrible brujo en aquellos tiempos. Este viejo réprobo fue una de las víctimas cuando Cotton Mather, sus hermanos ministros de la iglesia, los doctos jueces, otros hombres sabios y sir William Phipps, el sagaz gobernador, realizaron loables esfuerzos por debilitar al gran enemigo de las almas enviando a una multitud de sus adeptos por el rocoso camino hacia el patíbulo. Desde esos días, sin duda, había crecido la sospecha de que, como consecuencia de un desafortunado exceso de celo en un trabajo encomiable de por sí, los procesos judiciales contra las brujas demostraron ser menos aceptables para el Benéfico Padre que para el Archienemigo al que pretendían afligir y aplastar por completo. No es menos cierto, empero, que el asombro y el terror rumiaban sobre los recuerdos de aquellos que murieron por el horrible delito de brujería. Se suponía que sus tumbas, en las fisuras de las rocas, eran incapaces de retener a sus ocupantes, los cuales habían sido lanzados dentro de ellas con tanta premura. En especial, se sabía que el viejo Matthew Maule tendría tan poca vacilación o dificultad para levantarse de su tumba como un hombre ordinario en levantarse de la cama, y se le veía tan a menudo a medianoche como a los vivos a mediodía. Este pestilente brujo (cuyo justo castigo no parecía haber obrado ningún efecto de enmienda sobre él) tenía la inveterada costumbre de rondar cierta mansión, bautizada como la casa de los siete tejados, contra cuyo dueño pretendía tener una disputa no resuelta sobre el alquiler de la tierra. Parece ser que el fantasma —con la persistencia que fue uno de sus rasgos más característicos cuando estaba vivo— insistía en ser el legítimo propietario del terreno sobre el que se erigía la casa. Sus términos eran que, o bien pagaban el mencionado alquiler por los terrenos desde el día en el que comenzaron a excavar los cimientos, o bien debían renunciar a la mansión. De lo contrario, el acreedor fantasmal interferiría en todos los asuntos de los Pyncheon y haría que todo les fuera mal, aún después de que pasaran mil años de su muerte. Puede que sea una historia rocambolesca, pero no les parecía muy increíble a aquellos que podían recordar que este brujo Maule había sido un tipo inflexible y obstinado.

Ahora se creía popularmente que el nieto del brujo, el joven Matthew Maule de nuestra historia, había heredado algunos de los cuestionables rasgos de su antepasado. Son maravillosas las muchas ridiculeces que se promulgaron en referencia al joven. Por ejemplo, se inventaban que poseía el extraño poder de colarse en los sueños de las personas para regular a su antojo los asuntos que allí sucedían, de modo muy parecido al director de escena de un teatro. Se daba una gran cantidad de habladurías entre los vecinos, en particular entre las que vestían enaguas, sobre lo que daban en llamar la brujería del ojo de Maule. Algunas decían que podía mirar dentro de la mente de la gente; otras afirmaban que, con el maravilloso poder de ese ojo, podía atraer a la gente a su propia mente o enviarlos, si así lo deseaba, a hacer recados para su abuelo en el mundo espiritual; algunas más decían que era lo que se denominaba un mal de ojo, y poseía la valiosa facultad de arruinar el maíz y convertir a los niños en momias con su ardor de estómago. Pero, después de todo, lo que resultaba ser la mayor desventaja para el joven carpintero era, primero, la reserva y severidad de su disposición natural y, segundo, el hecho de que no comulgaba con la iglesia, así como la sospecha de que seguía una doctrina sacrílega en cuestiones de religión y forma de gobierno.

Tras recibir el mensaje del señor Pyncheon, el carpintero se retrasó sólo para terminar un pequeño trabajo con el que se encontraba ocupado en ese momento, y luego emprendió camino hacia la casa de los siete tejados. Este famoso edificio, aunque su estilo estuviera quedándose un poco anticuado, seguía siendo una residencia familiar tan respetable como la de cualquier otro caballero de la ciudad. Se decía que el actual dueño, Gervayse Pyncheon, empezaba a sentir aversión hacia la casa, como consecuencia del impacto emocional que sufrió de niño al presenciar la repentina muerte de su abuelo. En el mismo acto de correr para subirse al regazo del coronel Pyncheon, el niño había descubierto que el viejo puritano no era más que un cadáver. Al alcanzar la edad adulta, el señor Pyncheon había visitado Inglaterra, donde se casó con una dama de gran fortuna y, como consecuencia, pasó allí muchos años, en parte en la madre patria y en parte en diversas ciudades del continente europeo. Durante ese período de tiempo, la mansión familiar había sido confiada a los cuidados de un pariente, a quien se le permitió que viviera allí por el momento con la condición de que mantuviera el lugar en buen estado. Ese contrato se había cumplido con tanta fidelidad que ahora, cuando el carpintero se acercaba a la casa, su entrenado ojo no pudo encontrar en su condición nada que criticar. Los hastiales de los siete tejados se alzaban afilados; el tejado se veía concienzudamente impermeabilizado; y el reluciente trabajo de escayola cubría por completo los muros exteriores, y brillaban bajo el sol de octubre, como si hubiera sido colocado sólo una semana antes.

La casa tenía ese agradable aspecto de vida que es como la alegre expresión de cómoda actividad en el semblante humano. Se podía ver de inmediato que en su interior se hallaba el revuelo de una gran familia. Una enorme carga de madera de roble iba pasando por la entrada hacia los edificios anexos de la parte de atrás. La gorda cocinera —o puede que fuera el ama de llaves— se encontraba en la puerta lateral, regateando con un campesino la compra de algunos pavos y aves de corral que este había traído. De vez en cuando, por la ventana, podía verse a alguna criada, vestida con pulcritud, o el brillante rostro azabache de un esclavo, moviéndose con afán en el piso inferior de la casa. En una ventana abierta de una habitación en el segundo piso, asomada sobre algunas macetas de hermosas y delicadas flores —eran flores exóticas, pero nunca habían conocido una luz solar más agradable que la del otoño en Nueva Inglaterra— se encontraba la figura de una joven; era una joven exótica, como las flores, y tan hermosa y delicada como ellas. Su presencia impartía una indescriptible elegancia y una leve brujería a todo el edificio. En otros aspectos, se trataba de una mansión importante y de aspecto alegre, y parecía apta para ser la residencia de un patriarca, quien podría establecer su propio cuartel general en el tejado frontal y asignar el resto a cada uno de sus seis hijos, mientras que la gran chimenea del centro simbolizaría el hospitalario corazón del patriarca. Dicho corazón los mantendría a todos abrigados y formaría un todo con las siete chimeneas más pequeñas.

Había un reloj de sol vertical en el hastial frontal. Cuando el carpintero pasó por debajo, levantó la vista y advirtió la hora.

«¡Las tres en punto! —se dijo—. Mi padre me dijo que el reloj fue instalado sólo una hora antes de la muerte del coronel. ¡Qué extraordinario que haya marcado la hora durante estos treinta y siete años! La sombra se mueve con lentitud y siempre mira por encima del hombro del sol».

Habría sido adecuado que un artesano como Matthew Maule, al ser llamado a la casa de un caballero, se dirigiera a la puerta trasera, por donde los criados y trabajadores entraban normalmente, o, al menos, que se dirigiera a la entrada lateral, donde los comerciantes de más alto rango realizaban sus negocios. Pero el carpintero poseía gran cantidad de orgullo y frialdad en su naturaleza, y además, en esos instantes, su corazón sentía la amargura de la herencia arrebatada, ya que él consideraba que la gran casa Pyncheon se erguía sobre terrenos que habrían sido suyos. En ese mismo lugar, junto a una fuente de deliciosa agua, su abuelo había derribado los pinos y había construido una casita en la que habían nacido sus hijos; el coronel Pyncheon sólo consiguió las escrituras de los terrenos porque se las había arrancado de los dedos rígidos a un muerto. Así que el joven Maule fue directamente hacia la puerta principal, bajo un portal de roble tallado, y repiqueteó con tanta fuerza el llamador de hierro que cualquiera habría imaginado que el mismísimo y severo brujo se alzaba en el umbral.

El negro Escipión abrió la puerta con una prisa prodigiosa, pero mostró el blanco de sus ojos por el asombro de ver solo al carpintero.

—¡Cielo santo, hombre grande es este carpintero! —musitó Escipión por lo bajo—. ¡Golpea puerta con martillo grande grande!

—¡Aquí estoy! —dijo Maule con severidad—. Muéstrame el camino hasta el salón de tu amo.

Cuando entró en la casa, una nota de dulce y melancólica música vibraba y resonaba por el pasillo, procedente de una de las habitaciones de arriba. Era el clavicémbalo que Alice Pyncheon había traído consigo de allende los mares. La hermosa Alice repartía la mayor parte de su ocio como doncella entre las flores y la música, aunque las flores tendían a marchitarse y las melodías eran a menudo tristes. Había recibido una educación extranjera y no aceptaba de buen grado el estilo de vida de Nueva Inglaterra, en el que no se había desarrollado nada hermoso.

Como el señor Pyncheon había estado esperando con impaciencia la llegada de Maule, el negro Escipión, por supuesto, no perdió el tiempo y llevó al carpintero en presencia de su amo. La sala en la que el caballero se encontraba era un salón de tamaño moderado que miraba hacia el jardín de la casa; sus ventanas se hallaban parcialmente ensombrecidas por el follaje de los árboles frutales. Era el peculiar apartamento del señor Pyncheon, amueblado con muebles de un estilo elegante y caro, principalmente procedente de París. El suelo —algo inusual en esa época— estaba cubierto con una alfombra tejida con tanta habilidad y riqueza que parecía refulgir con flores vivas. En una esquina se alzaba una mujer de mármol, cuya propia belleza era su única y suficiente vestimenta. Algunos cuadros —que parecían antiguos y tenían un suave tinte difuminado por todo su artístico esplendor— colgaban de las paredes. Cerca de la chimenea había una enorme y muy hermosa vitrina de ébano con incrustaciones de marfil; se trataba de un mueble antiguo que el señor Pyncheon había comprado en Venecia, y que usaba como arca del tesoro para sus medallas, monedas antiguas, y cualquier otra curiosidad pequeña y valiosa que hubiera adquirido durante sus viajes. A pesar de toda esa variada decoración, empero, el salón mostraba sus características originales: su bajo techo, sus vigas transversales, su chimenea con sus anticuados azulejos holandeses; de modo que el lugar era el emblema de una mente que laboriosamente almacenaba ideas extranjeras y elaboraba un refinamiento artificial, pero que no era más grande ni más elegante que antes.

Había dos objetos que parecían estar fuera de lugar en este salón tan magníficamente amueblado. Uno era un gran mapa, o un plano topográfico, de una extensión de tierra que parecía haber sido dibujado hacía muchos años, y que ahora lucía sucio por el humo y manchado, aquí y allá, por el tacto de muchos dedos. El otro era el retrato de un anciano severo, con atuendo puritano, pintado a grandes rasgos pero con un efecto atrevido, así como con una increíblemente fuerte expresión de carácter.

A una mesa pequeña, delante de un fuego de carbón marino inglés, se sentaba el señor Pyncheon tomando café, que se había convertido en su bebida favorita en Francia. Era un hombre de mediana edad y realmente guapo, con una peluca que caía con gracia sobre sus hombros; su abrigo era de terciopelo azul, con encajes en los bordes y en los ojales; y la luz del hogar brillaba sobre la espaciosa anchura de su chaleco, que tenía flores bordadas con hilo de oro. Ante la entrada de Escipión, quien presentó al carpintero, el señor Pyncheon se giró parcialmente, pero retomó su posición inicial y procedió a terminar su taza de café con deliberación, sin reconocer de inmediato la presencia del invitado al que él había convocado. No era que pretendiera ser maleducado o que quisiera incurrir en un comportamiento inadecuado —de lo que, en efecto, se habría avergonzado hasta el sonrojo—, sino que nunca se le ocurrió que una persona de la posición de Maule pudiera reclamarle cortesía o se molestaría de un modo u otro.

El carpintero, sin embargo, se dirigió de inmediato hacia la chimenea y se giró en redondo para mirar al señor Pyncheon a la cara.

—Usted me mandó llamar —dijo él—. Tenga a bien explicar sus asuntos para que yo pueda volver a los míos.

—¡Ah, discúlpeme! —dijo el señor Pyncheon en tono quedo—. No pretendía emplear su tiempo sin recompensa. Su nombre, creo, es Maule... Thomas o Matthew Maule... ¿Es hijo o nieto del constructor de esta casa?

—Matthew Maule —respondió el carpintero—. Hijo de quien construyó la casa. Nieto del legítimo propietario de los terrenos.

—Conozco la disputa a la que usted alude —observó el señor Pyncheon con ecuanimidad imperturbable—. Soy muy consciente de que mi abuelo se vio impelido a recurrir a una demanda judicial para establecer su derecho a los terrenos fundacionales de este edificio. Por favor, no retomemos la discusión. El asunto fue decidido en su día por las autoridades competentes —supongo que de un modo equitativo— y, sea como sea, de un modo irrevocable. Sin embargo, curiosamente, existe una referencia incidental a ese mismo tema en lo que voy a decirle. Ese mismo rencor inveterado —perdóneme, no quiero ofenderle—, esa irritabilidad que usted acaba de demostrar no está totalmente al margen del asunto.

—Si puede encontrar algo para sus propósitos, señor Pyncheon —dijo el carpintero—, en el resentimiento natural de un hombre por los agravios cometidos contra su sangre, sírvase a su gusto.

—Confío en su palabra, señor Maule —dijo el dueño de los siete tejados con una sonrisa—, y procederé a sugerir un modo en el que sus resentimientos hereditarios —justificables o no— puedan haber tenido un efecto en mis asuntos. Supongo que habrá oído que la familia Pyncheon, desde la época de mi abuelo, ha estado reclamando un derecho aún por confirmar a una gran extensión de territorio en el este.

—Lo he oído a menudo —respondió Maule, y al decirlo una sonrisa se apoderó de su rostro—, se lo escuché mucho... ¡a mi padre!

—Esta reivindicación —continuó el señor Pyncheon tras hacer una pausa, como si considerara lo que podría significar la sonrisa del carpintero—, parecía estar a punto de fallar a nuestro favor en la época de la muerte de mi abuelo. Aquellos que gozaban de su confianza sabían muy bien que él no anticipaba ni dificultades ni retrasos. Ahora bien, el coronel Pyncheon, no hace falta decirlo, era un hombre práctico, muy familiarizado con los asuntos públicos y privados, y no se trataba de una persona que abrigara falsas esperanzas o que intentara llevar a cabo argucias impracticables. Es obvio concluir, por lo tanto, que tenía fundamentos, no evidentes para sus herederos, para anticipar con confianza el éxito en el asunto de sus derechos en el este. En una palabra, creo —y mis asesores legales coinciden en la creencia que, además, queda autorizada hasta cierto punto por las creencias familiares— que mi abuelo estaba en posesión de algún título de propiedad, o algún otro documento, esencial para dicha reivindicación, pero que ha desaparecido desde entonces.

—Es muy probable —dijo Matthew Maule, y de nuevo lo dijo con una oscura sonrisa en su rostro—, pero ¿qué puede tener que ver un pobre carpintero con los grandiosos asuntos de la familia Pyncheon?

—Puede que nada —contestó el señor Pyncheon—, ¡o puede que mucho!

A continuación, Matthew Maule y el propietario de los siete tejados intercambiaron muchas palabras sobre el tema que este había mencionado. Al parecer (aunque el señor Pyncheon vacilaba un poco al referirse a historias tan sumamente absurdas), la creencia popular apuntaba a alguna misteriosa conexión y dependencia entre la familia Maule y las vastas posesiones frustradas de los Pyncheon. Era un dicho común que el viejo brujo, aunque había muerto en la horca, había obtenido la mejor parte del trato en su contienda con el coronel Pyncheon, ya que había conseguido la posesión de la gran reclamación de los terrenos del este a cambio de un par de acres de terreno ajardinado. Una mujer muy anciana, fallecida recientemente, solía utilizar en sus cuchicheos la expresión metafórica de que habían lanzado kilómetros y kilómetros de tierra de Pyncheon sobre la tumba de Maule, la cual, por cierto, no era más que un rincón muy superficial entre dos rocas, cerca de la cima del monte del patíbulo. Una vez más, cuando los abogados emprendieron sus pesquisas en busca del documento desaparecido, se decía que nunca lo encontrarían, a menos que estuviera en manos del esqueleto del brujo. Los sagaces abogados habían dado tanto peso a estas fábulas que (aunque el señor Pyncheon no consideró oportuno informar de ello al carpintero) habían ordenado en secreto que se registrara la tumba del brujo. Sin embargo, no se descubrió nada, a excepción de que, de un modo inexplicable, la mano derecha del esqueleto había desaparecido.

Ahora bien, una parte de estos rumores populares podía rastrearse, aunque de forma bastante dudosa e indistinta, hasta palabras casuales y oscuras insinuaciones del hijo del brujo ejecutado, padre del actual Matthew Maule. Y el señor Pyncheon podía aportar una prueba perso-

nal. Aunque entonces sólo era un niño, recordaba o imaginaba que el padre de Matthew había tenido que realizar algún trabajo el día anterior o, posiblemente, la misma mañana del fallecimiento del coronel, en la habitación privada donde él y el carpintero estaban hablando en ese momento. Según recordaba claramente su nieto, algunos papeles pertenecientes al coronel Pyncheon estaban extendidos sobre la mesa.

Matthew Maule comprendió la velada sospecha.

—Mi padre... —dijo, aún con esa oscura sonrisa que convertía su semblante en un enigma—. ¡Mi padre era un hombre más honesto que el maldito viejo coronel! ¡No habría robado ninguno de esos papeles para recuperar sus derechos!

—No voy a discutir con usted —observó el señor Pyncheon, educado en el extranjero, con altanera compostura—. Ni conseguirá que me ofenda por cualquier grosería lanzada contra mi abuelo o mi persona. Un caballero, antes de buscar relacionarse con una persona de su posición y costumbres, considerará primero si la urgencia del fin puede compensar el desagrado del medio. Resulta ser así en el caso que nos ocupa.

Entonces reanudó la conversación y realizó grandes ofrendas monetarias al carpintero, en caso de que este pudiera darle información que llevara al descubrimiento del documento perdido y el consiguiente éxito de la concesión de los terrenos del este. Se dice que Matthew Maule hizo oídos sordos a tales propuestas durante largo tiempo. Al final, sin embargo, con una extraña suerte de risa, preguntó si el señor Pyncheon le cedería los terrenos del hogar del viejo brujo, junto con la casa de los siete tejados que ahora se alzaba sobre ellos, en compensación por las pruebas documentales que reclamaba con tanta urgencia.

La absurda leyenda (la cual, sin copiar todas sus extravagancias, mi narrativa sigue en esencia) relata aquí un comportamiento muy extraño por parte del retrato del coronel Pyncheon. Este retrato, debemos entender, se suponía que estaba íntimamente ligado al destino de la casa y, así, estaba mágicamente incrustado en sus paredes de tal modo que, si lo retiraran alguna vez, todo el edificio se derrumbaría en ese preciso instante hasta convertirse en un montón de ruinas polvorientas. Durante toda la anterior conversación entre el señor Pyncheon y el carpintero, el retrato había estado frunciendo el ceño, apretando el puño y ofreciendo tales pruebas de excesiva turbación, pero sin atraer la atención de ninguno de los dos dialogantes. Y finalmente, ante la audaz sugerencia de Matthew Maule de una cesión de la estructura con sus siete tejados, se asevera que el fantasmal retrato perdió toda su paciencia y demostró estar a punto de descender en persona del marco. Pero tales increíbles incidentes son sólo anotaciones al margen.

—¡Renunciar a esta casa! —exclamó el señor Pyncheon, asombrado ante tal propuesta—. ¡Si hiciera eso, mi abuelo no descansaría en paz en su tumba!

—Si las historias son ciertas, nunca lo ha hecho —comentó el carpintero con serenidad—. Pero ese asunto concierne a su nieto más que a Matthew Maule. No tengo otras condiciones que proponer.

Por imposible que le resultara al principio cumplir con las condiciones de Maule, al considerarlas por segunda vez, el señor Pyncheon fue de la opinión de que, al menos, podría constituir tema para una conversación. Él no sentía ningún apego personal por la casa, ni existían asociaciones agradables conectadas a la residencia de su niñez. Por el contrario, después de treinta y siete años, la presencia de su abuelo muerto parecía seguir impregnándola de igual modo que aquella mañana en la que el asustado niño lo había visto, con aspecto abominable, quedarse rígido en su silla. Su larga residencia en lugares extranjeros, además, y su familiaridad con muchos de los castillos y casas ancestrales de Inglaterra, así como con los palacios de mármol de Italia, había provocado que pensara con desprecio en la casa de los siete tejados, tanto en esplendor como en conveniencia. Era una mansión sumamente deficiente para el estilo de vida que le correspondería llevar al señor Pyncheon tras hacer realidad sus derechos territoriales. Su administrador podría dignarse a ocuparla, pero nunca, desde luego, el gran propietario de las tierras. En caso de que tuviera éxito, de hecho, su propósito era el de regresar a Inglaterra; a decir verdad, no habría renunciado recientemente a ese hogar más agradable de no ser porque su fortuna, así como la de su fallecida esposa, estaba empezando a dar muestras de agotarse. Una vez se dirimiera de manera justa su concesión del este y asentara la base firme para la auténtica posesión, las propiedades del señor Pyncheon —si se midieran en kilómetros y no en acres— serían meritorias de un condado, y él estaría razonablemente en su derecho de solicitar, o al menos le permitiría comprar, esa elevada dignidad al monarca británico. ¡Lord Pyncheon! O acaso conde de Waldo. ¿Cómo se podía esperar que un magnate redujera su grandeza a los deplorables confines de siete tejados?

En resumidas cuentas, teniendo en cuenta una visión general del asunto, los términos del carpintero parecían tan ridículamente fáciles que el señor Pyncheon apenas pudo evitar reírse en su cara. Se sentía bastante avergonzado, tras las anteriores reflexiones, de proponer cualquier disminución a una recompensa tan moderada a cambio del inmenso servicio que le prestaría.

—¡Acepto su proposición, Maule! —exclamó—. ¡Póngame en posesión del documento esencial para establecer mis derechos y la casa de los siete tejados es suya!

Según algunas versiones de la historia, un abogado redactó un contrato para formalizar el asunto, que fue firmado y sellado en presencia de testigos. Otros dicen que Matthew Maule quedó satisfecho con un acuerdo privado por escrito, en el que el señor Pyncheon daba su palabra y ponía en juego su integridad por el cumplimiento de los términos del acuerdo. El caballero entonces pidió vino, que él y el carpintero bebieron para confirmar su trato. Durante toda la previa conversación y las consiguientes formalidades, el retrato del viejo puritano parecía haber insistido en sus siniestros gestos de desaprobación; dichos gestos no tuvieron ningún efecto, a excepción de que el señor Pyncheon, al dejar su copa vacía, pensó que había visto a su abuelo fruncir el ceño.

—Este jerez es un vino demasiado fuerte para mí. Ya ha afectado a mi cerebro —observó tras lanzar una mirada algo sorprendida al retrato—. Al regresar a Europa, me limitaré a los más delicados vinos añejos de Italia y Francia; los mejores no soportarán el traslado.

—Mi señor Pyncheon puede beber el vino que desee y donde le plazca —respondió el carpintero, como si estuviera al tanto de los ambiciosos proyectos del señor Pyncheon—. Pero primero, señor, si desea noticias de este documento perdido, debo pedirle el favor de mantener una pequeña charla con su bella hija Alice.

—¡Usted está loco, Maule! —exclamó el señor Pyncheon con altanería; ahora, al fin, había rabia mezclada con su orgullo—. ¿Qué puede tener que ver mi hija con un negocio como este?

Y en verdad, ante esta nueva exigencia por parte del carpintero, el propietario de los siete tejados quedó aún más atónito que ante la fría sugerencia de que renunciara a su casa. Existía, al menos, un motivo atribuible a la primera estipulación; no parecía haber ninguno para la última. No obstante, Matthew Maule insistió con firmeza que debía llamar a la joven dama e incluso dio a entender a su padre, en una suerte de misteriosa explicación —que convirtió el asunto en algo considerablemente más oscuro de lo que lo era antes—, que la única oportunidad de adquirir el necesario conocimiento pasaba por el claro y cristalino medio de una inteligencia pura y virginal, como la de la bella Alice. Por no abrumar nuestra historia con los escrúpulos del señor Pyncheon, tanto por conciencia, orgullo o afecto paternal, este ordenó que llamaran a su hija. Bien sabía que se encontraba en sus aposentos, ocupada en nada que no pudiera abandonarse de inmediato; sin ir más lejos, desde que el nombre de Alice fuera mencionado, tanto su padre como el carpintero

habían oído la triste y dulce música de su clavicémbalo, así como la más etérea melancolía de su voz.

De modo que llamaron a Alice Pyncheon y esta apareció. Se decía que un retrato de esta joven dama, pintado por un artista veneciano y abandonado por su padre en Inglaterra, había caído en las manos del actual duque de Devonshire y ahora se conservaba en Chatsworth, no por cualquier asociación con el original, sino por su valor como cuadro y la gran belleza del semblante retratado. Si alguna vez hubo alguien que nació para ser dama, y para ser distinguida de la vulgar masa del mundo por una cierta gentil y fría majestuosidad, esa era Alice Pyncheon. También existía una mezcla femenina en ella: la ternura o, al menos, capacidades para la ternura. Por esa cualidad redentora, un hombre de generosa naturaleza habría perdonado todo su orgullo y se habría contentado, casi, con tumbarse en su camino y permitir que Alice pisoteara su corazón con su esbelto pie. Todo lo que él habría requerido sería simplemente el reconocimiento de que él era, en verdad, un hombre, un semejante, moldeado con los mismos elementos que ella.

Cuando Alice entró en el salón, sus ojos se posaron en el carpintero, quien estaba situado casi en el centro, vestido con una chaqueta de lana verde, un par de anchos bombachos, abiertos en las rodillas y con un largo bolsillo para su regla, cuyo extremo sobresalía; era una marca tan apropiada de la vocación del artesano como la espada de gala del señor Pyncheon lo era de las pretensiones aristocráticas de dicho caballero. Un destello de aprobación artística iluminó el rostro de Alice Pyncheon; se vio sobrecogida de admiración —que no intentó ocultar— ante el impresionante encanto, la fuerza y la energía de la figura de Maule. Pero esa mirada de admiración (que la mayoría de los hombres, tal vez, habría apreciado como un dulce recuerdo durante toda su vida), el carpintero nunca la perdonaría. Debió ser el mismísimo diablo quien hizo que Maule fuera tan sutil en su percepción.

«¿La muchacha me mira como si yo fuera una bestia? —pensaba él mientras apretaba los dientes—. Ella sabrá que tengo un alma humana, y será peor para ella cuando demuestre que es más fuerte que la suya».

—Padre, me ha hecho llamar —dijo Alice con su dulce voz de arpa—. Pero si tiene negocios con este joven, ruego que me deje marchar. Ya sabe que no me gusta esta habitación, a pesar de ese cuadro de Claude con el que usted ha intentado invocar recuerdos alegres.

—¡Quédese un momento, joven, si lo desea! —dijo Matthew Maule—. Mis negocios con su padre ya están resueltos. ¡Ahora empiezan los negocios con usted!

Alice miró a su padre con sorpresa y curiosidad.

—Sí, Alice —dijo el señor Pyncheon con perturbación y confusión—. Este joven, de nombre Matthew Maule, afirma, por lo que puedo entender, ser capaz de descubrir, a través de ti, cierto documento o pergamino que lleva perdido desde mucho antes de tu nacimiento. La importancia del documento en cuestión hace que no sea aconsejable ignorar cualquier método, por imposible o improbable que parezca, para recuperarlo. Por lo tanto, me harás el favor, mi querida Alice, de responder a las preguntas de esta persona para cumplir sus lícitas y razonables peticiones, siempre y cuando parezca que tienen relación con el mencionado objeto. Como yo permaneceré en la sala, no necesitas temer ningún comportamiento grosero o impropio por parte de este joven; de igual modo, en cuanto sientas el más mínimo deseo, por supuesto, la investigación o lo que sea que sea esto se interrumpirá de inmediato.

—La señorita Alice Pyncheon —pronunció Matthew Maule con la mayor deferencia, pero con sarcasmo mal disimulado en su mirada y tono—, sin duda, se sentirá bastante a salvo en presencia de su padre y bajo su absoluta protección.

—Ciertamente no sentiré ninguna aprensión si mi padre está cerca —dijo Alice con dignidad de dama—. Tampoco concibo que una dama, mientras se mantenga fiel a sí misma, pueda sentir miedo de quien sea o de cualquier circunstancia.

¡Pobre Alice! ¿Por qué impulso desafiante se lanzó así de inmediato contra una fuerza que no podía estimar?

—Entonces, señorita Alice —dijo Matthew Maule al tiempo que le ofrecía una silla... con bastante elegancia para tratarse de un artesano—, si le place, siéntese y hágame el favor (aunque sea mucho pedir para un carpintero) de mirarme a los ojos.

Alice obedeció. Era muy orgullosa. Dejando de lado todas las ventajas de rango, esta bella muchacha se consideraba consciente de un poder —una combinación de belleza, alta pureza inmaculada y la conservadora fuerza de la feminidad— que podía convertir su semblante en algo impenetrable, a menos que se viera traicionada por su interior. Ella sabía por instinto, debía ser así, que alguna potencia siniestra o malvada estaba luchando ahora por derribar sus barreras, pero no declinaría la disputa. De modo que Alice empleó el poder de la mujer contra el poder del hombre, un duelo no a menudo igualitario por parte de la mujer.

Mientras tanto, su padre se había alejado y parecía absorto en la contemplación de un paisaje de Claude, donde una panorámica oscura y veteada por el sol penetraba en la lejanía en un antiguo bosque; no habría sido sorprendente que su imaginación se hubiera perdido en las desconcertantes profundidades del cuadro. Pero, a decir verdad, el cua-

dro no le importaba más en ese momento que la pared vacía de la que colgaba. Su mente estaba dominada por las muchas y extrañas historias que había oído, y que atribuían dones misteriosos, si no sobrenaturales, a los Maule, tanto al nieto allí presente como a sus dos inmediatos antecesores. La larga residencia en el extranjero del señor Pyncheon, y su relación con hombres de ingenio y maneras —cortesanos, hombres de mundo, librepensadores—, había contribuido en gran medida a borrar las lúgubres supersticiones puritanas de las que ningún hombre nacido en Nueva Inglaterra por esa época podía escapar del todo. Pero, por otro lado, ¿no había creído toda una comunidad que el abuelo de Maule era un brujo? ¿No se había demostrado su crimen? ¿No había muerto el brujo por ello? ¿No había transmitido un legado de odio hacia los Pyncheon a su único nieto, quien, eso parecía, estaba a punto de ejercer una sutil influencia sobre la hija de la casa de su enemigo? ¿No podría tal influencia ser lo mismo que llamaban brujería?

Girándose un poco, echó un vistazo a la figura de Maule en el espejo. A unos pasos de Alice, con los brazos levantados en el aire, el carpintero hizo un gesto como si dirigiera un peso lento, pesado e invisible sobre la doncella.

—¡Quieto, Maule! —exclamó el señor Pyncheon, dando un paso adelante—. ¡Le prohíbo que continúe con lo que está haciendo!

—Querido padre, le ruego que no interrumpa al joven —dijo Alice sin cambiar de posición—. Le aseguro que sus esfuerzos demostrarán ser inofensivos.

De nuevo el señor Pyncheon giró sus ojos hacia el Claude. Fue entonces la voluntad de su hija, en oposición a la de su padre, de que el experimento se intentara por completo. Por eso, en lo sucesivo, él consintió pero no lo animó. ¿Y no era por el propio bien de la joven, más que por el suyo propio, que él deseaba su éxito? Una vez recuperaran el documento perdido, la hermosa Alice Pyncheon, con la rica dote que él podría otorgarle entonces, podría desposarse con un duque inglés o con un príncipe regente alemán, en lugar de con algún clérigo o abogado de Nueva Inglaterra. Ante tal pensamiento, el ambicioso padre casi consintió, en su corazón, en que Maule invocara al mismísimo poder del diablo si fuera necesario para la consecución de este gran objetivo. La propia pureza de Alice sería su salvaguardia.

Con su mente llena de una magnificencia imaginaria, el señor Pyncheon oyó una exclamación medio proferida por su hija. Fue muy débil y baja, tan tenue que no parecía haber más que media voluntad de formar las palabras, y demasiado indefinida como para ser inteligible. ¡Pero fue un grito de ayuda! Su conciencia nunca lo dudó... Poco más que un susurro a sus oídos, fue un funesto chillido que pronto reverberó en la región alrededor de su corazón. Pero esta vez el padre no se giró.

Tras un intervalo de tiempo, Maule habló.

—Mire a su hija —dijo.

El señor Pyncheon se acercó con prisas. El carpintero estaba erguido delante de la silla de Alice; señalaba a la doncella con su dedo, con expresión de triunfante poder, cuyos límites no podían definirse puesto que, de hecho, su ámbito se estiraba vagamente hacia lo oculto y lo infinito. Alice estaba sentada en actitud de profundo reposo, con sus largas pestañas caídas sobre sus ojos.

—¡Ahí está! —dijo el carpintero—. ¡Háblele!

—¡Alice! ¡Hija mía! —exclamó el señor Pyncheon—. ¡Mi Alice!

Ella no se movió.

—¡Más fuerte! —dijo Maule con una sonrisa.

—¡Alice! ¡Despierta! —gritó su padre—. ¡Me perturba verte así! ¡Despierta!

Hablaba en voz muy alta, con terror asomando en su voz, y cerca de esa delicada oreja que siempre había sido tan sensible al más leve desacuerdo. Pero era evidente que el sonido no la alcanzaba. Es imposible describir la sensación de distancia remota, tenue e inalcanzable entre Alice y él que sobrecogió al padre ante esta imposibilidad de alcanzarla con su voz.

—¡Es mejor que la toque! —dijo Matthew Maule—. ¡Sacuda a la muchacha con rudeza! Mis manos están encallecidas por usar demasiado el hacha, el serrucho, la garlopa... ¡De no ser así, le ayudaría!

El señor Pyncheon la tomó de la mano y la presionó con la intensidad del que se siente atemorizado. La besó, y puso tanto amor en el beso como el que pensó que ella debía necesitar sentir. Entonces, en un arrebato de rabia ante su insensibilidad, sacudió su cuerpo de doncella con una violencia que, al instante siguiente, le dio miedo recordar. Retiró los brazos con los que la rodeaba y Alice —cuya figura, aunque flexible, había permanecido completamente impasible— volvió a caer en la misma actitud que tenía antes de aquellos intentos por despertarla. Maule había cambiado de posición, de modo que el rostro de la joven estaba girado ligeramente hacia él, con lo que parecía estar buscando su guía en su sueño.

Era una extraña visión ver cómo el hombre de las convencionalidades se sacudía el polvo de su peluca; cómo el reservado y señorial caballero olvidaba su dignidad; cómo el chaleco bordado con hilo de oro parpadeaba y brillaba a la luz del hogar con las convulsiones de rabia, terror y pena del corazón que latía debajo.

—¡Villano! —gritó el señor Pyncheon, sacudiendo su puño cerrado ante Maule—. El demonio y usted han conspirado para robarme a mi hija. ¡Devuélvamela, engendro del viejo brujo, o subirá el monte del cadalso siguiendo los pasos de su abuelo!

—¡Tranquilo, señor Pyncheon! —dijo el carpintero con actitud desdeñosa—. ¡Tranquilo, si le place a su señoría, o estropeará esos ricos encajes de sus muñecas! ¿Yo he cometido un crimen cuando usted ha vendido a su hija por la simple esperanza de que una hoja de pergamino amarillento caiga en sus garras? La señorita Alice está sentada, durmiendo apaciblemente. Ahora permita que Matthew Maule demuestre si ella es tan orgullosa como el carpintero la encontró hace un tiempo.

Él hablaba y Alice respondía con suave, sometida, interior aquiescencia, inclinando su figura hacia él, como la llama de una antorcha cuando señala una gentil corriente de aire. Él le hizo un gesto con la mano y, levantándose de la silla —a ciegas, pero buscando sin dudar su inevitable centro de gravedad—, la orgullosa Alice se acercó a él. El joven la rechazó con un gesto y, retirándose, Alice volvió a dejarse caer en su asiento.

—¡Ella es mía! —dijo Matthew Maule—. ¡Mía, por el derecho del espíritu más fuerte!

En los recuentos posteriores de la leyenda, hay un relato largo, grotesco y en ocasiones sobrecogedor de los encantamientos del carpintero (si se les puede llamar así), con vistas a descubrir el documento perdido. Parece que su objetivo era convertir la mente de Alice en una suerte de telescopio mediante el cual el señor Pyncheon y él mismo pudieran obtener una visión del mundo espiritual. Consiguió, en consecuencia, mantener una imperfecta especie de relación a distancia con los difuntos personajes bajo cuya custodia el tan preciado secreto había sido llevado más allá de los confines de la tierra. Durante su trance, Alice describió tres figuras que se hallaban presentes en su percepción espiritualizada. Una era un caballero anciano, digno y de aspecto severo, vestido como para una fiesta solemne con un atuendo serio y costoso, pero con una gran mancha de sangre en su banda con elaborados bordados; la segunda, un hombre anciano vestido miserablemente, con un semblante oscuro y maligno, y un ronzal roto alrededor de su cuello. La tercera era una persona no tan avanzada en años como las dos anteriores, pero que pasaba la mediana edad, que vestía una túnica de lana gruesa y bombachos de cuero, y que llevaba una regla de carpintero en el bolsillo lateral. Estos tres personajes visionarios poseían un conocimiento mutuo del documento perdido. A decir verdad, uno de ellos —el de la mancha de sangre en su banda— parecía, a menos que se malinterpretaran sus gestos, tener el pergamino bajo su inmediata custodia,

pero sus dos compañeros en el misterio le impedían deshacerse de él. Finalmente, cuando mostró su propósito de revelar el secreto a voz en grito, con una voz tan alta como para ser oída desde su esfera hasta la de los mortales, sus compañeros forcejearon con él y le taparon la boca con las manos. De inmediato, ya fuera porque se vio ahogado por ello o porque el mismo secreto era de color carmesí, volvió a brotar sangre por su banda. Al ver eso, las dos figuras mal vestidas se burlaron e hicieron escarnio del viejo dignatario, que se hallaba muy avergonzado mientras señalaban la mancha con sus dedos.

A estas alturas, Maule se giró hacia el señor Pyncheon.

—Nunca lo permitirán —dijo él—. La custodia de este secreto, secreto que enriquecería a sus herederos, forma parte del castigo de su abuelo. Debe ahogarse con él hasta que ya no albergue ningún valor. ¡Y quédese la casa de los siete tejados! Sigue siendo una herencia demasiado cara, con la maldición que pesa sobre ella, como para serle arrebatada a la descendencia del coronel.

El señor Pyncheon trató de hablar pero, bien por miedo o por pasión, sólo consiguió proferir un borboteo en su garganta. El carpintero sonrió.

—¡Ajá, excelentísimo señor! ¡Ahora tiene que beber la sangre del viejo Maule! —dijo con tono de mofa.

—¡Demonio con forma de hombre! ¿Por qué mantiene el dominio sobre mi hija? —exclamó el señor Pyncheon cuando se lo permitió su estrangulada voz—. Devuélvame a mi hija. ¡Luego márchese y ojalá nunca volvamos a encontrarnos!

—¡Su hija! —dijo Matthew Maule—. ¡Es absolutamente mía! No obstante, para no ser demasiado duro con la bella señorita Alice, la dejaré a su cargo; pero no le garantizo que no vaya a tener ocasión de recordar a Maule, el carpintero.

Sacudió las manos con un movimiento ascendente y, tras varias repeticiones de gestos similares, la hermosa Alice Pyncheon despertó de su extraño trance. Despertó sin el más mínimo recuerdo de su experiencia como vidente. Sin embargo, como cualquiera que se perdiera en una momentánea ensoñación, volvió a la conciencia de la vida real en un intervalo casi tan breve como el de la llama que se apaga en el hogar para estremecerse y volver a iluminar la chimenea. Al reconocer a Matthew Maule, adoptó un aire de dignidad algo fría pero gentil, ya que había una peculiar sonrisa en el rostro del carpintero que despertó el innato orgullo de la bella Alice. Y ahí terminó, por el momento, la búsqueda de las perdidas escrituras de los territorios Pyncheon en el este. Aunque se renovó a menudo con posterioridad, jamás un Pyncheon ha vuelto a posar sus ojos en dicho pergamino.

¡Pero, ay de la hermosa, gentil y demasiado altanera Alice! Un poder con el que no podía soñar se había apoderado de su alma de doncella. Una voluntad, muy diferente de la suya, la obligaba a cumplir sus grotescas y fantásticas órdenes. Su padre, como quedó demostrado, había sacrificado a su pobre hija por un desorbitado deseo de medir sus tierras por kilómetros en vez de acres. Y, por lo tanto, mientras Alice Pyncheon vivió, fue la esclava de Maule con una servidumbre mil veces más humillante que si hubiera rodeado su cuerpo con una cadena. Sentado junto a su humilde chimenea, Maule no tenía más que sacudir su mano y, donde quiera que se encontrara la orgullosa dama —en sus aposentos, haciendo de anfitriona para los señoriales invitados de su padre, rezando en la iglesia— fuera cual fuera su lugar u ocupación, su espíritu dejaba de estar bajo su control y se inclinaba ante los deseos de Maule. «¡Alice, ríe!», diría el carpintero junto a su chimenea, o tan sólo lo desearía con intensidad, sin decir palabra. Y entonces, aun cuando estuviera rezando o en un funeral, Alice comenzaría a reír como una loca. «¡Alice, llora!», y en ese instante se desharía en lágrimas, apagando toda la alegría de aquellos que la rodeaban como la lluvia sobre una hoguera. «¡Alice, baila!», y entonces bailaba, no con los modales cortesanos que había aprendido en el extranjero, sino que ejecutaba alguna rápida jiga o algún rigodón lleno de saltos, bailes más adecuados para las briosas muchachas en una fiesta rústica. Parecía que el impulso de Maule no era el de arruinar a Alice, ni el de proporcionarle un problema oscuro y gigante que habría coronado sus penas con la gracia de la tragedia, sino que se proponía infligir un humillante y mezquino desdén sobre ella. Así perdería toda la dignidad de su vida. Ella se sentía humillada en demasía y ¡ansiaba poder intercambiar su lugar con un gusano!

Una noche, en una fiesta nupcial (no la de Alice, ya que, perdido todo autocontrol, ella habría considerado un pecado casarse), la pobre Alice fue convocada por su invisible tirano y se vio obligada, con su camisón de gasa blanca y sus zapatillas de raso, a correr por la calle hacia la pobre morada de un obrero. Había risas y vítores dentro de la casa, ya que Matthew Maule, esa noche, iba a casarse con la hija del obrero y había convocado a la orgullosa Alice Pyncheon para que atendiera a su futura esposa. Y eso hizo ella; y cuando los dos se convirtieron en uno, Alice despertó de su hechizo. Y ahí, cuando ya no se sentía orgullosa, sino humillada, con una sonrisa empapada de tristeza, le dio un beso a la esposa de Maule y se marchó. Era una noche inclemente; el viento del sureste enviaba la mezcla de lluvia y nieve contra su apenas abrigado pecho; sus zapatillas de raso estaban completamente empapadas mientras recorría las embarradas aceras. Al día siguiente sufría un resfriado, que pronto se convirtió en una tos persistente y, pronto, unas mejillas

tísicas, una figura demacrada se sentaba junto al clavicémbalo y llenaba la casa de música. ¡Música en la que resonaban los coros celestiales! ¡Oh, alegría! ¡Porque Alice había sufrido su última humillación! ¡Oh, qué alborozo! ¡Porque Alice había cumplido la penitencia por su único pecado terrenal y ya no era orgullosa!

Los Pyncheon organizaron un fastuoso funeral por Alice. Los parientes y amigos acudieron, además de las personas más respetables de la ciudad. Pero, al final de la procesión, iba Matthew Maule, quien apretaba los dientes como si hubiera cortado su propio corazón en dos... ¡Era el hombre más oscuro y afligido que jamás había caminado tras un cadáver! Él había pretendido humillar a Alice, no matarla. Pero había tomado el delicado espíritu de una mujer entre sus rudas manos para jugar con ella... ¡y ahora estaba muerta!

CAPÍTULO XIV

El adiós de Phoebe

Holgrave, lanzándose a su relato con la energía y la concentración natural de un joven autor, había escenificado con acciones muchas de las partes que podían ser ejemplificadas y desarrolladas de ese modo. Ahora observó que una cierta e increíble somnolencia (totalmente diferente a la que pueda haber afectado al lector) había dominado los sentidos de su femenina oyente. No cabía duda de que se trataba del efecto de las gesticulaciones místicas con las que había buscado reencarnar ante la percepción de Phoebe la figura del hipnotizador carpintero. Con los párpados caídos sobre sus ojos —ahora alzados por un instante para volver a caer como si los lastrara un peso— ella se inclinó ligeramente hacia él y pareció casi sincronizar su respiración con la del joven. Holgrave la miró mientras enrollaba su manuscrito y reconoció una incipiente etapa de esa curiosa condición psicológica que, como él mismo le había contado a Phoebe, él poseía una extraordinaria facultad de producir. Un velo había comenzado a cubrirla, un velo en el que ella sólo podía verlo a él y sólo vivía en sus pensamientos y emociones. Su mirada, al clavarla en la joven, se volvió involuntariamente más concentrada; en su actitud existía la conciencia de poder, otorgando a su apenas madura figura una dignidad que no pertenecía a su manifestación física. Era evidente que, con sólo una sacudida de su mano y un correspondiente esfuerzo de su voluntad, él podría completar su dominio sobre el alma virgen y todavía libre de Phoebe: podía establecer una influencia sobre esta niña buena, pura y sencilla, una influencia tan peligrosa y, quizás, tan desastrosa, como la que el carpintero de su leyenda había adquirido y ejercitado sobre la desdichada Alice.

Para una disposición como la de Holgrave, especulativa a la vez que activa, no hay tentación mayor que la oportunidad de adquirir poder sobre el alma humana; tampoco hay una idea más seductora para un joven que convertirse en el árbitro del destino de una joven. Por lo tanto —sean cuales sean sus defectos de naturaleza y educación, y a pesar de su desprecio por las creencias y las instituciones—, concedámosle al daguerrotipista la rara y elevada cualidad de reverencia por la individualidad de los demás, puesto que se prohibió entrelazar ese vínculo que podría haber convertido su hechizo sobre Phoebe en algo indisoluble.

Hizo un ligero gesto hacia arriba con la mano.

—¡De verdad que me mortifica, mi querida señorita Phoebe! —exclamó con una sonrisa medio sarcástica dedicada a ella—. Mi pobre historia, resulta demasiado evidente, nunca se publicará en *Godey's* o en *Graham's!* Sólo piense que usted se ha quedado dormida ante lo que yo esperaba que los críticos periodísticos pronunciaran como el final más brillante, poderoso, imaginativo, patético y original de todos! Bueno, el manuscrito servirá para encender lámparas... ¡si es que, al verse imbuido con mi gentil sosería, es capaz de provocar llamas!

—¡Dormida yo! ¿Cómo puede decir eso? —contestó Phoebe, tan inconsciente de la crisis por la que había pasado como lo es una criatura del precipicio por el que casi cayó rodando—. ¡No, no! Considero que he estado muy atenta y, aunque no recuerdo los incidentes con mucha claridad, tengo la impresión de muchos problemas y calamidades... De modo que, sin duda, la historia resultará ser sumamente atractiva.

Para entonces, el sol ya se había puesto y estaba tiñendo las nubes en su cénit con esos brillantes tonos que no son visibles hasta poco después del anochecer, cuando el horizonte ha perdido gran parte de su rica brillantez. La luna, también, ya hacía tiempo que había ascendido sobre sus cabezas y, sutilmente, fundía su disco con el azul del cielo —como un ambicioso demagogo que oculta sus aspiraciones adoptando el tono predominante del sentimiento popular— para empezar a brillar, amplia y ovalada, por su camino central. Esos rayos plateados ya eran lo bastante poderosos como para cambiar el carácter de la restante luz del día. Suavizaban y embellecían el aspecto de la vieja casa, aunque las sombras se profundizaban más en los ángulos de sus muchos tejados y yacían amenazantes bajo el saliente del piso superior, dentro de la entornada puerta. Con el paso de cada instante, el jardín se volvía más pintoresco; los árboles frutales, los arbustos y los parterres de flores se imbuían de una tenebrosa oscuridad. Las ordinarias características que, al mediodía, parecían haber tardado todo un siglo de sórdida vida en acumularse, ahora se veían transfiguradas por un hechizo de romance. Cien misteriosos años susurraban entre las hojas cada vez que la leve brisa marina encontraba su camino para agitarlas. A través del follaje que hacía de tejado de la pequeña pérgola, la luz de la luna centelleaba y caía blanca como la plata sobre el oscuro suelo, la mesa y el banco circular; y lo hacía con un continuo vaivén según las rendijas y caprichosas grietas entre las ramitas admitieran o impidieran el paso del brillo.

El ambiente era tan dulcemente fresco después del caluroso día que parecía la víspera del verano, rociada por el rocío y bañada por la luz de la luna líquida, con un toque de helado temperamento, como un jarrón de plata. De vez en cuando, unas gotas de esa frescura se esparcían por un corazón humano y le devolvían la juventud y la simpatía de la eterna juventud de la naturaleza. Daba la casualidad de que el artista era una de las personas sobre las que recayó este influjo reanimador. Le hizo sentir —algo que a veces olvidaba, empujado tan pronto como se había visto a la ruda lucha de hombre contra hombre— cuán joven seguía siendo.

—Me parece —observó—, que nunca he presenciado la llegada de una noche tan hermosa, y nunca he sentido tanta felicidad como en este momento. Después de todo, ¡vivimos en un mundo tan bueno! ¡Tan bueno y tan hermoso! ¡Tan joven, también, sin nada realmente podrido o desgastado por la edad! ¡Esta vieja casa, por ejemplo, que a veces me asfixiaba irremediablemente con su olor a madera podrida! ¡Y este jardín, donde el moho negro siempre se adhiere a mi pala, como si fuera un sacristán escarbando en un cementerio! Si pudiera conservar el sentimiento que ahora me posee, el jardín sería tierra virgen cada día, con la primera frescura de la tierra en el sabor de sus judías y calabazas. ¡Y la casa! Sería como una pérgola en el Jardín del Edén, florecido con las rosas más tempranas que Dios creó jamás. La luz de la luna, y el sentimiento en el corazón del hombre que responde a ella, son los mejores restauradores y reformistas. ¡Y cualquier otra restauración y reforma, supongo, no demostrará ser mejor que la luz de la luna!

—He sido más feliz de lo que lo soy ahora; al menos, he estado mucho más alegre —dijo Phoebe con aire pensativo—. Pero soy sensible al gran encanto de esta brillante luz de luna, y me encanta ver cómo el día, cansado como está, se resiste a marcharse y odia que lo llamen ayer tan pronto. Nunca antes me importó mucho la luz de la luna. Me pregunto qué tiene esta noche para que luzca tan hermosa.

—¿Y nunca lo ha sentido antes? —preguntó el artista, que miraba seriamente a la muchacha bajo la luz crepuscular.

—Nunca —contestó Phoebe—. Y la vida no parece la misma ahora que lo he sentido. Parece como si, hasta ahora, lo hubiera mirado todo a plena luz del día o a la luz rojiza de un fuego alegre, brillando y bailando en una habitación. ¡Ah, pobre de mí! —añadió con una risa casi melancólica—. Nunca seré tan alegre como antes de conocer a la prima Hepzibah y al pobre primo Clifford. He envejecido mucho durante esta corta temporada. Soy más vieja y, eso espero, más sabia y, no exactamente más triste, pero bien es cierto que siento menos ligereza de espíritu. Les he entregado toda mi alegría, y la he dado de buen grado, aunque, por supuesto, no puedo entregarla y quedármela a la vez. A pesar de todo, ¡bienvenidos sean!

—Phoebe, no ha perdido nada que merezca la pena conservar, ni tampoco que fuera posible conservar —dijo Holgrave tras una pausa—. Nuestra primera juventud no tiene valor alguno, ya que nunca somos consciente de ella hasta que se ha ido. Pero a veces —sospecho que siempre, a menos que uno sea desgraciado en demasía— llega una sensación de segunda juventud, una sensación que brota a borbotones de la alegría del corazón al estar enamorado; o es posible que aparezca para coronar alguna otra gran festividad de la vida, si es que existe alguna otra. Esta lamentación de uno mismo (como usted hace ahora) por la primera, descuidada y superficial alegría de la juventud que se fue, y esta profunda felicidad por la juventud recobrada, mucho más profunda y rica que la que perdimos, son esenciales para el desarrollo del alma. En algunos casos, ambos estados se presentan casi simultáneamente, y mezclan la tristeza y el arrobamiento en una sola misteriosa emoción.

—Creo que no le entiendo —dijo Phoebe.

—No me extraña —respondió Holgrave con una sonrisa—, porque le he contado un secreto que apenas empecé a conocer antes de descubrirme a mí mismo expresándolo. Sin embargo, recuérdelo, y cuando la verdad le resulte clara, ¡piense en esta escena bajo la luz de la luna!

—Ahora todo está iluminado por el brillo de la luna, a excepción de un leve resplandor carmesí que asciende desde el oeste, entre aquellos edificios —observó Phoebe—. Debo entrar. A la prima Hepzibah no se le dan bien los números; se provocará un dolor de cabeza con las cuentas del día a menos que yo la ayude.

Pero Holgrave la entretuvo un poco más.

—La señorita Hepzibah me cuenta —observó él—, que usted volverá al campo dentro de unos días.

—Sí, pero sólo por una corta temporada —contestó Phoebe—, ya que considero esta casa como mi actual hogar. Voy para realizar varias disposiciones y para despedirme de un modo más deliberado de

mi madre y mis amistades. Es agradable vivir en un lugar donde se es de utilidad y se es querida; creo que puedo disfrutar de la satisfacción de sentirme así aquí.

—Claro que puede, y más de lo que se imagina —dijo el artista—. Toda salud, comodidad y vida natural que existe en esta casa está personificada en su persona. Estas bendiciones llegaron con usted y se desvanecerán cuando cruce el umbral. La señorita Hepzibah, al aislarse de la sociedad, ha perdido toda relación con ella y, de hecho, está muerta, aunque se oculta tras una apariencia de vida y se coloca detrás del mostrador para afligir al mundo con su ceño fruncido de infinita desaprobación. Su pobre primo Clifford es otra persona que lleva mucho tiempo muerta y enterrada, sobre quien el gobernador y el consejo han realizado un milagro nigromántico. No me extrañaría que se desmoronara alguna mañana, después de que usted se haya marchado, y que no quedara de él nada más que un montón de polvo. La señorita Hepzibah, en cualquier caso, perderá la poca flexibilidad que le queda. Ambos existen por usted.

—Lamentaría mucho pensar eso —contestó Phoebe con gravedad—. Pero es cierto que mis pequeñas habilidades eran precisamente lo que necesitaban. Yo siento un verdadero interés por su bienestar —una rara especie de sentimiento maternal—, y desearía que usted no se riera de mí por ello. Y permita que le diga con franqueza, señor Holgrave, a veces me siento confundida y no sé si usted les desea el bien o el mal.

—No cabe duda —dijo el daguerrotipista—, de que siento interés por esta anticuada y empobrecida anciana solterona y por este degradado y destrozado caballero... por este malogrado amante de lo bello. Y es un interés amable, ¡puesto que son unos indefensos niños ancianos! Pero usted no tiene ni idea de lo diferente que es mi corazón del suyo. No se trata de que ayude ni entorpezca, sino de que mire, analice, me explique a mí mismo y comprenda el drama que, durante casi doscientos años, ha ido arrastrándose lenta y dolorosamente por el terreno que ahora pisamos usted y yo. Si se me permite presenciar el final, obtendré una satisfacción moral por ello, pase lo que pase. Estoy convencido de que el fin se acerca. Pero, aunque la Providencia la envió aquí para ayudar, y a mí sólo me envió como espectador privilegiado, me comprometo a prestar toda la ayuda posible a estos desdichados seres.

—Desearía que hablara con más claridad —exclamó Phoebe, perpleja y descontenta—. Pero, por encima de todo, ¡desearía que se comportara más como un cristiano y como un ser humano! ¿Cómo es posible ver a personas en apuros sin desear, más que nada en este mundo, ayudarles y consolarles? Usted se expresa como si esta vieja casa fuera un teatro, y parece contemplar las desgracias de Hepzibah y

Clifford, y las de las generaciones anteriores, como si fueran una tragedia como las que se representan en los salones de los hoteles rurales, sólo que parece que la tragedia actual se representa en exclusiva para su propio divertimento. Eso no me gusta. La obra conlleva un precio demasiado alto para los actores y el público es demasiado desalmado.

—Usted es estricta —dijo Holgrave, animado a reconocer cierto grado de verdad en la punzante descripción de su propia actitud.

—Y entonces —continuó Phoebe—, ¿qué puede querer decir con su convicción, la cual me ha contado, de que el fin se aproxima? ¿Conoce alguna nueva tribulación que se cierna sobre mis pobres parientes? Si es así, dígamelo de inmediato y no los abandonaré.

—¡Perdóneme, Phoebe! —dijo el daguerrotipista, alargando la mano, ante lo cual la muchacha se vio obligada a ceder la suya—. Debo confesar que soy algo así como un místico. Esa tendencia corre por mis venas, junto con el poder de la hipnosis, y ambas podrían haberme hecho recorrer el camino del patíbulo en los tiempos de las cazas de brujas. Créame cuando le digo que, si estuviera en posesión de algún secreto cuya revelación pudiera beneficiar a sus amigos, que también son mis amigos, usted lo sabría antes de que nos separásemos. Pero no poseo tal conocimiento.

—¡Usted oculta algo! —dijo Phoebe.

—Nada... ningún secreto más que los míos —contestó Holgrave—. Puedo percibir, en efecto, que el juez Pyncheon, quien tuvo parte importante en la desgracia de Clifford, sigue vigilándolo. Sus motivos e intenciones, empero, son un misterio para mí. Es un hombre decidido e implacable, con el carácter genuino de un inquisidor; si hubiera podido ganar algo torturando a Clifford en el potro, ciertamente creo que le habría dislocado todas las articulaciones en su afán por conseguirlo. Pero, por muy acaudalado y eminente como es, tan poderoso en su propia fuerza y con el apoyo de la sociedad en todos los ámbitos, ¿qué puede el juez Pyncheon desear o temer por parte del imbécil, estigmatizado y medio aletargado Clifford?

—Aun así —insistió Phoebe—, ¡usted hablaba como si una desgracia fuera inminente!

—¡Oh, eso es porque soy morboso! —replicó el artista—. Mi mente tiene un lado retorcido, como la mente de casi todo el mundo, excepto la suya. Además, es tan extraño que yo sea un residente de esta vieja casa Pyncheon y, sentado en este viejo jardín (¡oiga cómo murmura el pozo de Maule!), aunque fuera la única circunstancia, no puedo evitar imaginarme que el Destino está planeando que el quinto acto sea una catástrofe.

—¡Ahí está! —exclamó Phoebe con renovado enojo, ya que, por su naturaleza, ella era tan hostil al misterio como los rayos del sol a un rincón oscuro—. ¡Usted me desconcierta más que nunca!

—¡Entonces despidámonos como amigos! —dijo Holgrave al tiempo que le presionaba la mano—. O, si no como amigos, despidámonos antes de que me odie por completo. ¡Usted, que quiere a todo el mundo!

—Adiós, pues —dijo Phoebe con franqueza—. No pretendo estar enfadada mucho tiempo y lamentaría que lo pensara. Ahí está la prima Hepzibah, de pie entre las sombras de la puerta, ¡y ahí lleva desde hace un cuarto de hora! Ella piensa que permanezco demasiado tiempo en el húmedo jardín. De modo que buenas noches y adiós.

Dos días después de dicha conversación, por la mañana, se pudo ver a Phoebe, con su sombrero de paja, con un chal sobre un brazo y una pequeña bolsa de viaje en el otro, despidiéndose de Hepzibah y del primo Clifford. Iba a tomar asiento en el siguiente tren, el cual la transportaría a unos diez kilómetros de su aldea en el campo.

Había lágrimas en los ojos de Phoebe; una sonrisa, llorosa por el afectuoso pesar, resplandecía en su agradable boca. Se preguntaba cómo había sucedido que su vida de unas pocas semanas en aquella vieja mansión de ambiente apesadumbrado se hubiera apoderado tanto de ella, y que se hubiera fusionado con sus recuerdos de tal modo que ahora le parecía un referente más importante que todo lo que había pasado antes. ¿Cómo había conseguido Hepzibah —ceñuda, silenciosa e impasible a su exceso de cordialidad— ganarse tanto amor? Y Clifford, en su fallida decadencia, con el misterio de un terrible delito sobre su cabeza y la opresiva atmósfera de prisión aún latente en su aliento, ¿cómo se había transformado en el más simple de los niños, a quien Phoebe se sentía obligada a cuidar y a ser, por así decirlo, la providencia de sus precipitadas horas? En ese instante de la despedida, todo destacaba prominentemente ante ella. Mirase hacia donde mirase, apoyara la mano donde la apoyara, el objeto respondía a su conciencia como si contuviera un húmedo corazón humano.

Se asomó al jardín por la ventana, y se sintió más arrepentida de abandonar aquel lugar de tierra negra, viciado por el crecimiento secular de las malas hierbas, que alegre ante la idea de volver a oler sus pinares y sus frescos campos de tréboles. Llamó al gallo, a sus dos esposas, y al venerable pollo para lanzarles algunas migas de pan de la mesa del desayuno. Estas fueron engullidas con prisas, el pollo desplegó sus alas y se posó junto a Phoebe en el alféizar de la ventana, donde la miró gravemente a la cara y descargó sus emociones con un graznido. Phoebe le pidió que se portara bien durante su ausencia y prometió traerle una bolsita de alforfón.

—¡Ah, Phoebe! —comentó Hepzibah—. ¡No sonríes con tanta naturalidad como cuando viniste a vernos! Entonces la sonrisa decidía brillar; ahora tú decides si lo hace. Es bueno que vuelvas, por un tiempo, a tu ambiente natal. Ha recaído demasiado peso sobre tu alma. La casa es demasiado sombría y solitaria, la tienda está llena de disgustos y, en cuanto a mí, no poseo la facultad de hacer que las cosas parezcan más brillantes de lo que son. ¡El querido Clifford ha sido tu único consuelo!

—¡Ven aquí, Phoebe! —gritó de pronto su primo Clifford, que había hablado muy poco en toda la mañana—. ¡Acércate, acércate más y mírame a la cara!

Phoebe apoyó sus pequeñas manos sobre los reposabrazos del sillón y acercó su rostro al del anciano, de modo que él pudiera examinarlo con tanta atención como deseara. Es probable que las emociones latentes de esa despedida hubieran revivido, en cierta forma, sus ofuscadas y debilitades facultades. En cualquier caso, Phoebe pronto sintió que, si no por la profunda perspicacia de una vidente, sí por una delicadeza de apreciación más que femenina, estaba convirtiendo su corazón en el objeto de su atención. Un momento antes, ella no pensaba que tuviera nada que ocultar. Ahora, como si algún secreto se hubiera insinuado en su conciencia por medio de la percepción de otra persona, de buen grado dejó caer sus párpados bajo la mirada de Clifford. Un rubor —más rojo cuanto más se esforzaba por controlarlo— ascendía también, cada vez mayor y más destacado, en una marea de irregular progreso, hasta que incluso su frente se vio cubierta por él.

—Ya es suficiente, Phoebe —dijo Clifford con una melancólica sonrisa—. La primera vez que te vi, eras la doncella más bonita del mundo, y ahora has acentuado tu belleza. La niñez ha dado paso a la feminidad... ¡El capullo ha florecido! Ahora vete... Me siento más solo que antes.

Phoebe se despidió de la desconsolada pareja y pasó por la tienda, parpadeando para sacudirse una gota de rocío, pues —considerando lo breve que sería su ausencia y, por lo tanto, el sinsentido de entristecerse por ello— no quería reconocer las lágrimas hasta el punto de tener que enjugárselas con su pañuelo. En el umbral se encontró con el pequeño granuja cuyos majestuosos banquetes gastronómicos han sido registrados en las primeras páginas de nuestra narración. Ella tomó del escaparate algún que otro espécimen de historia natural —sus ojos estaban demasiado empañados por las lágrimas como para informarla con certeza de si se trataba de un conejo o de un hipopótamo—, lo depositó en la mano del niño como regalo de despedida y se marchó. El viejo tío Venner acababa de salir de su casa con un caballete y un serrucho al hombro y, caminando fatigosamente por la calle, no dudó en hacerle compañía a Phoebe siempre y cuando sus caminos coincidieran. A pesar del abrigo remendado del anciano y su andrajoso sombrero de piel de castor, así como la curiosa forma de sus pantalones de estopa, ella no encontró el ánimo para distanciarse de él.

—La echaremos de menos el próximo domingo por la tarde —observó el filósofo de la calle—. Es inconcebible el poco tiempo que tardan algunas personas en convertirse en algo tan natural para un hombre como su propio aliento. Y disculpe, señorita Phoebe (aunque no puede haber ofensa en que un anciano lo diga), ¡pero eso es precisamente lo que usted ha llegado a ser para mí! He vivido muchos años y su vida no ha hecho más que empezar, pero me resulta tan familiar como si la hubiera encontrado en el umbral de mi madre y usted hubiera ido creciendo, como una enredadera, a lo largo de mi camino desde entonces. Vuelva pronto o me iré a mi granja, porque empiezo a pensar que estos trabajos de aserrar madera son demasiado duros para mi dolor de espalda.

—Muy pronto, tío Venner —respondió Phoebe.

—Y que sea incluso antes, Phoebe, por el bien de esas pobres almas de ahí —continuó su acompañante—. Ya no pueden valerse sin usted; nunca, nunca lo harán, Phoebe. ¡No cuando ha sido como si uno de los ángeles de Dios hubiera estado viviendo con ellos para convertir su desolada casa en un lugar agradable y confortable! ¿No le parece que se sentirían muy tristes si, una agradable mañana de verano como esta, el ángel extendiera sus alas y echara a volar hacia el lugar del que procedía? Bueno, pues así se sienten ahora que usted se marcha en el ferrocarril. No pueden soportarlo, señorita Phoebe, así que asegúrese de volver.

—No soy ningún ángel, tío Venner —dijo Phoebe con una sonrisa, al tiempo que le ofrecía la mano al llegar a la esquina—. Pero supongo que la gente nunca se siente como ángeles como cuando están haciendo tanto bien como pueden. ¡De modo que ciertamente volveré!

Y así se separaron el anciano y la sonrosada muchacha. Phoebe subió a las alas de la mañana y pronto estuvo volando casi tan rápido como si estuviera dotada del movimiento aéreo de los ángeles con los que el tío Venner la había comparado con tanta gentileza.

CAPÍTULO XV

El ceño y la sonrisa

Varios días pasaron en la casa de los siete tejados, días que fueron bastante pesados y deprimentes. De hecho (sin pretender atribuir toda

la tristeza del cielo y la tierra a la adversa circunstancia de la partida de
Phoebe), había llegado una tormenta desde el este, la cual se había aplicado infatigablemente a la tarea de volver el negro tejado y las paredes
de la vieja casa aún más deprimente que antes. Y aun así, el exterior no
era ni la mitad de lúgubre que el interior. El pobre Clifford vio cortado,
de inmediato, sus escasos suministros de disfrute. Phoebe no estaba allí
y el sol no se reflejaba en el suelo. El jardín, con sus caminos embarrados y el helado follaje goteante de su pérgola, era una imagen que hacía
que cualquiera se estremeciera. Nada florecía en la fría, húmeda e inmisericorde atmósfera que se dejaba llevar por el salobre desplazamiento
de las brisas marinas, a excepción del musgo en las coyunturas de los
tejados y de la gran cantidad de malas hierbas, que últimamente habían
sufrido una sequía, en el ángulo entre los dos hastiales frontales.

En cuanto a Hepzibah, no sólo parecía estar poseída por el viento
del este, sino que ella misma no era más que otra fase de este tiempo
gris y hosco; el propio viento del este, sombrío y desconsolado, con un
desastrado vestido de seda negra y un turbante coronado de nubes en la
cabeza. La clientela de la tienda descendió, porque se extendió el rumor
de que ella agriaba su cerveza y otros productos perecederos al mirarlos
con el ceño fruncido. Tal vez sea cierto que el público tuviera algo de lo
que quejarse razonablemente en cuanto a su conducta, pero ella nunca
se mostraba malhumorada o desagradable con Clifford, ni sentía menos
calor en su corazón del que había sentido siempre, si hubiera sido posible hacer que le llegara a él. La inutilidad de sus mejores esfuerzos,
empero, paralizaba a la pobre anciana dama. Ella podía hacer poco más
que sentarse en silencio en un rincón de la sala cuando las húmedas ramas del peral, que se entrecruzaban por las pequeñas ventanas, creaban
una oscuridad al mediodía, que Hepzibah oscurecía sin darse cuenta
con su aspecto acongojado. No era culpa de Hepzibah. Todo —incluso
las viejas sillas y mesas que habían sabido lo que era el clima durante
tres o cuatro vidas como la de ella— aparecía tan húmedo y frío como si
el presente fuera su peor experiencia. El retrato del coronel puritano se
estremecía en la pared. La casa misma temblaba, desde cada desván de
sus siete tejados hasta la gran chimenea de la cocina, que servía como
emblema del corazón de la mansión, y que, aunque construida para dar
calor, ahora estaba vacía y sombría.

Hepzibah intentó animar el ambiente con un fuego en el salón. Pero
el demonio de la tormenta vigilaba desde arriba y, cada vez que surgía
una llamita, el humo se revolvía y asfixiaba la garganta llena de hollín de la chimenea con su propio aliento. No obstante, durante cuatro
días de esta miserable tormenta, Clifford se arrebujó en una vieja capa
y ocupó su acostumbrado sillón. En la mañana del quinto día, cuando

lo llamaron para desayunar, sólo respondió con un descorazonado murmullo que expresaba su determinación de no abandonar su cama. Su hermana no hizo ningún intento por cambiar su propósito. De hecho, con tanto como lo quería, Hepzibah apenas podía seguir soportando la infeliz obligación —tan impracticable por sus pocas y rígidas facultades— de buscar pasatiempos para una mente aún sensible pero malograda, crítica y quisquillosa, sin fuerza ni voluntad. Al menos era algo así como una desesperación positiva, poder sentarse sola a temblar y no sufrir de continuo una nueva pena y una punzada irrazonable de remordimiento con cada suspiro irregular de su compañero de sufrimientos.

Pero parecía que Clifford, aunque no hacía acto de presencia en el piso inferior, se había animado, después de todo, a buscarse un entretenimiento. Durante el transcurso de la mañana, Hepzibah oyó unas notas musicales que (al no haber ningún otro artilugio melodioso en la casa de los siete tejados) sabía que debían proceder del clavicémbalo de Alice Pyncheon. Ella era consciente de que Clifford, en su juventud, había poseído un culto gusto por la música y un grado considerable de habilidad en su ejecución. Era difícil, empero, concebir que hubiera retenido una destreza para la que el ejercicio diario es tan esencial en el compás indicado por la dulce, etérea y delicada, aunque melancólica, melodía que ahora se apoderaba de su oído. Tampoco era menos maravilloso que un instrumento que llevaba en silencio tanto tiempo fuera capaz de producir tal melodía. Involuntariamente, Hepzibah pensaba en las espectrales armonías, precursoras de muerte en la familia, que le eran atribuidas a la legendaria Alice. Pero tal vez fue prueba de que los dedos que tocaban el instrumento no eran espirituales cuando, tras unos acordes, las cuerdas parecieron romperse con sus propias vibraciones y la música cesó.

Pero un sonido más estridente sucedió a las misteriosas notas; el día con viento de levante no estaba destinado a pasar sin un suceso que fuera suficiente para emponzoñar, para Hepzibah y Clifford, el aire más templado que traía a los colibríes consigo. Los ecos finales de la actuación de Alice Pyncheon (o de Clifford, si debemos considerarla como suya) fueron ahuyentados por una disonancia no menos vulgar que el tintineo de la campanilla de la tienda. Se oyó un pie que se limpiaba en el umbral y luego unos pasos algo pesados por el suelo. Hepzibah se retrasó un momento mientras se envolvía en un descolorido chal, un chal que había sido su armadura defensiva en una guerra de cuarenta años contra el viento del este. Un sonido característico, sin embargo —no era una tos ni un balbuceo, sino una suerte de espasmo estruendoso y resonante en las amplias profundidades del pecho de una persona— la impelió a darse prisa, con ese aspecto de feroz pusilanimidad tan común

en las mujeres que se enfrentan a una arriesgada emergencia. Pocos miembros de su sexo, en tales ocasiones, han tenido un aspecto tan terrible como el de nuestra pobre y ceñuda Hepzibah. Pero el visitante cerró con cuidado la puerta tras de sí, apoyó su paraguas contra el mostrador y giró un semblante de compuesta benevolencia para encontrarse con el sobresalto y la rabia que su presencia había provocado.

El presentimiento de Hepzibah no la había engañado. No era otro que el juez Pyncheon, quien, tras haber intentado en vano entrar por la puerta principal, ahora había efectuado su entrada por la tienda.

—¿Cómo estás, prima Hepzibah? ¿Y cómo afecta este clima tan inclemente a nuestro pobre Clifford? —comenzó a decir el juez; y, en efecto, parecía maravilloso que la tormenta del este no se sintiera avergonzada o, en todo caso, un poco apaciguada por la afable benevolencia de su sonrisa—. No podía descansar sin acercarme a preguntar, una vez más, cómo puedo contribuir a su comodidad, o a la tuya.

—No hay nada que puedas hacer —dijo Hepzibah, controlando su agitación del mejor modo que pudo—. Yo me dedico a Clifford. Tiene todas las comodidades que su situación admite.

—Pero permite que te sugiera, querida prima —replicó el juez—, que te equivocas... Con todo tu afecto y amabilidad, qué duda cabe, y con las mejores intenciones... Pero te equivocas, no obstante, al mantener a tu hermano tan recluido. ¿Por qué aislarlo así de toda la simpatía y la amabilidad? Clifford, ¡ay!, ya ha sufrido demasiada soledad. Ahora deja que pruebe la sociedad... la sociedad, por así decirlo, de los parientes y los viejos amigos. Por ejemplo, permíteme ver a Clifford y responderé del buen efecto de la entrevista.

—No puedes verle —contestó Hepzibah—. Clifford está en cama desde ayer.

—¡Vaya! ¡Cómo! ¿Está enfermo? —exclamó el juez Pyncheon, sobresaltado con lo que parecía ser alarma enfadada. El ceño del viejo puritano oscurecía la habitación mientras hablaba—. ¡No, pues! ¡Debo verlo y lo veré! ¿Y si muere?

—No corre peligro de muerte —dijo Hepzibah, y añadió con amargura que no pudo seguir reprimiendo—. Ninguno. ¡A menos que ahora lo persiga hasta la muerte el mismo hombre que lo intentó hace tanto tiempo!

—Prima Hepzibah —dijo el juez con una impresionante franqueza en su conducta, que incluso se convirtió en triste patetismo conforme procedía—, ¿es posible que no percibas lo injusto, lo cruel, lo poco cristiano que es esta constante y continuada amargura contra mi persona, por una parte que tuve que representar al verme constreñido por la obligación y la conciencia, por la fuerza de la ley, y por mi cuenta y

riesgo? ¿Qué hice en detrimento de Clifford que fuera posible dejar sin hacer? ¿Cómo podrías haber mostrado mayor ternura tú, su hermana, si por tu interminable dolor, como lo ha sido el mío, hubieras actuado como lo hice yo? ¿Y crees, prima, que no me ha costado ninguna pena? ¿Crees que no ha dejado angustia en mi pecho, desde aquel día hasta hoy, en medio de toda la prosperidad con la que el cielo me ha bendecido? ¿O que no me regocijo ahora, cuando se considera coherente con los deberes de la justicia pública y el bienestar de la sociedad, de que este querido pariente, este primer amigo, esta naturaleza tan delicada y bellamente constituida, tan desafortunado, digámoslo y, abstengámonos de decirlo, tan culpable, que nuestro Clifford, en fin, sea devuelto a la vida y a sus posibilidades de disfrute? ¡Ah, qué poco me conoces, prima Hepzibah! ¡Conoces bien poco este corazón! Ahora palpita ante la idea de verlo. No hay ser humano (excepto tú y yo no menos que tú) que haya derramado más lágrimas por el infortunio de Clifford. Contempla algunas de ellas ahora. ¡No hay nadie que se complazca tanto en promover su felicidad! ¡Ponme a prueba, Hepzibah! ¡Ponme a prueba, prima! ¡Pon a prueba al hombre al que has tratado como enemigo tuyo y de Clifford! ¡Pon a prueba a Jaffrey Pyncheon y descubrirás que es sincero hasta la médula!

—¡Cielo santo! —exclamó Hepzibah, en quien se intensificó la indignación ante ese arrebato de la inestimable ternura de una naturaleza severa—. ¡Por Dios bendito, a quien insultas y cuyo poder casi puedo cuestionar, ya que te escucha pronunciar tantas falsedades sin paralizar tu lengua! ¡Te ruego que abandones esta aborrecible pretensión de afecto por tu víctima! ¡Le odias! ¡Dilo como un hombre! ¡En estos momentos albergas en tu corazón algún negro propósito contra él! ¡Dilo de una vez! O, si esperas conseguirlo, ¡ocúltalo hasta que triunfes en tu empeño! Pero nunca vuelvas a hablar de tu amor por mi pobre hermano. ¡No lo soporto! ¡Hará que me olvide de mi decencia como mujer! ¡Me volverá loca! ¡Desiste! ¡Ni una palabra más! ¡Hará que te desprecie!

Por una vez, la rabia de Hepzibah le había conferido valentía. Había hablado. Pero, después de todo, ¿esta desconfianza inconquistable hacia la integridad del juez Pyncheon, y esa negación absoluta, al parecer, de su derecho a ser compasivo, estaban fundadas en alguna percepción justa de su carácter, o eran simplemente el fruto del prejuicio irrazonable de una mujer tras haberlo deducido de la nada?

El juez, de eso no cabía duda, era un hombre de eminente respetabilidad. La Iglesia lo reconocía; el Estado lo reconocía. No lo negaba nadie. En todo el extenso ámbito de aquellos que lo conocían, tanto en sus capacidades públicas como privadas, no había un solo individuo —con la excepción de Hepzibah, algunos místicos anarquistas como el

daguerrotipista y, posiblemente, algunos oponentes políticos— que se atreviera a soñar con disputar en serio su derecho a ocupar un lugar elevado y honorable en la consideración del mundo. Tampoco era probable que el propio juez Pyncheon (debemos hacerle justicia diciéndolo) albergara muchas o frecuentes dudas de que su envidiable reputación fuera en consonancia con sus méritos. Su conciencia, por lo tanto, normalmente considerada el testigo más veraz de la integridad de cualquier hombre —su conciencia, a menos que fuera por un espacio de cinco minutos en veinticuatro horas o, de vez en cuando, algún día oscuro en todo el ciclo anual—, su conciencia iba en armonioso testimonio con la laudatoria voz del mundo. Aun así, por muy sólidas que puedan parecer las pruebas, deberíamos vacilar antes de arriesgar nuestra propia conciencia con tal aseveración, la de que el juez y el condescendiente mundo tienen razón y, por lo tanto, la pobre Hepzibah y su solitario prejuicio se equivocaban. Oculto para la humanidad —olvidado por él mismo o enterrado a tal profundidad bajo una esculpida y decorada pila de ostentosos actos para que su vida diaria no lo viera— podría estar acechando algo malvado y feo. No, casi podríamos aventurarnos a decir, además, que una culpa diaria podría actuar sobre él, renovada de continuo, enrojeciéndose con sangre fresca, como la milagrosa mancha de un asesinato, sin que él fuera necesariamente consciente de ello a cada momento.

Los hombres de mentes fuertes, gran fuerza de carácter y una dura textura en sus sensibilidades son muy capaces de incurrir en errores de este tipo. Ordinariamente son hombres para quienes las formas son de suma importancia. Su campo de acción reside entre los externos fenómenos de la vida. Poseen una amplia habilidad para entender, disponer y apropiarse para ellos mismos las grandes, pesadas y sólidas irrealidades, como el oro, latifundios, puestos de confianza y emolumento, así como honores públicos. Con estos materiales y con actos de buena voluntad realizados ante el ojo público, un individuo de este tipo construye, por así decirlo, un edificio alto y majestuoso que, en opinión de otras personas, y al final según su propia opinión, no es más que el carácter del hombre o el hombre en sí. Por lo tanto, ¡contemplen el palacio! Sus espléndidos salones y conjuntos de espaciosos aposentos están pavimentados con mosaicos de costoso mármol; sus ventanas, de la misma altura que cada salón, acogen los rayos del sol a través del cristal más transparente; sus altas cornisas están recubiertas de oro y sus techos aparecen bellamente pintados; y una alta cúpula, a través de la cual, desde el pavimento central, se puede contemplar el cielo sin nada que obstaculice la vista, lo corona todo. ¿Con qué otro emblema más hermoso y noble podría cualquier hombre desear ensombrecer su

carácter? ¡Ah! Pero en algún rincón bajo y oscuro —en algún estrecho armario en la planta baja, cerrado con llave y candado, la llave lanzada bien lejos, o debajo del pavimento de mármol, en un charco de agua estancada, con el diseño más exquisito de mosaico encima— puede yacer un cadáver, medio descompuesto y aún en descomposición, difundiendo su aroma a muerte por todo el palacio. ¡Su habitante no será consciente del hedor porque lleva mucho tiempo formando parte de su respiración! ¡Tampoco lo notarán los visitantes, ya que sólo huelen los ricos aromas que el señor esparce diligentemente por todo el palacio, así como el incienso que traen y se deleitan en quemar ante él! De vez en cuando, por ventura, llega un vidente, ante cuyos tristemente dotados ojos toda la estructura se desvanece en el aire, dejando sólo el rincón oculto, el armario atrancado con las telarañas festoneando su olvidada puerta, o el mortal agujero bajo el pavimento con su cadáver en descomposición dentro. Aquí, entonces, vamos a buscar el verdadero emblema del carácter del hombre y del acto que confiere cualesquiera realidad que posea a su vida. Y, por debajo del espectáculo del palacio de mármol, ese charco de agua estancada, nauseabundo con una miríada de impurezas y, quizás, teñido de sangre —esa secreta abominación por la cual, es posible, que él diga sus oraciones sin acordarse— es el alma miserable del hombre.

Debemos aplicar este hilo de comentarios de un modo más particular al juez Pyncheon. Podríamos decir, sin imputarle en absoluto un crimen a un personaje de su eminente respetabilidad, que había suficiente espléndida basura en su vida para cubrir y paralizar una conciencia más activa y sutil que la del juez. La pureza de su carácter judicial mientras actúa como magistrado; la lealtad de su servicio público en subsiguientes capacidades; su devoción hacia su partido y la rígida consistencia con la que se adhería a sus principios o, en cualquier caso, seguía el ritmo de sus organizados movimientos; su excepcional fervor como presidente de una sociedad bíblica; su intachable integridad como tesorero de un fondo para viudas y huérfanos; sus contribuciones a la horticultura, al producir dos muy estimadas variedades de pera, y a la agricultura, por medio del famoso toro Pyncheon; la pulcritud de su conducta moral por tantos años; la severidad con la que había desaprobado y, finalmente, se había deshecho de un hijo disoluto y manirroto, retrasando el perdón hasta el último cuarto de hora de la vida del joven; sus oraciones matutinas y al anochecer, y las bendiciones antes de cada comida; sus esfuerzos por fomentar la causa de la abstinencia alcohólica; su limitación, desde el último ataque de gota, a cinco copas diurnas de jerez añejo; la nívea blancura de sus camisas, el pulido de sus botas, la hermosura de su bastón con empuñadura dorada, el corte cuadrado y amplio de su abrigo, la elegancia de sus materiales y, en general, la estudiada corrección de su atuendo y equipamiento; la escrupulosidad con la que reconocía por la calle, con una inclinación de cabeza, una elevación del sombrero, un asentimiento o un gesto de la mano, a todos sus conocidos, ya fueran ricos o pobres; la sonrisa de amplia benevolencia con la cual se proponía alegrar a todo el mundo... ¿Era posible que pudiera quedar espacio para rasgos oscuros en un retrato constituido de características como estas? Este rostro formal era el que él contemplaba en el espejo. Esta vida admirablemente dispuesta era de lo que era consciente en el transcurso de cada día. Entonces, ¿no podría él afirmar ser el resultado de su suma y decirse a sí mismo y a la comunidad, «Contemplad al juez Pyncheon»?

Y si admitimos que, hace muchísimos años, en su temprana e insensata juventud, él había cometido un acto indigno —o que, incluso ahora, la inevitable fuerza de las circunstancias ocasionalmente provocaría que él cometiera un acto cuestionable entre miles de encomiables actos, o, al menos, actos intachables—, ¿caracterizaríamos al juez por esa hazaña necesaria y esa acción medio olvidada, y dejaríamos que eclipsara el justo aspecto de toda una vida? ¿Qué hay tan pesado en la maldad que, con sólo una cantidad grande como un pulgar, pesaría más que la cantidad de cosas no malvadas que se acumulan en la otra balanza? Este sistema de balanzas es el favorito de las personas de la hermandad del juez Pyncheon. Un hombre frío y duro, en una situación desafortunada, rara vez o nunca mirará en su interior y, decidido a sacar su idea de sí mismo de lo que simula ser su imagen reflejada en el espejo de la opinión pública, apenas puede llegar al verdadero autoconocimiento, a excepción de la pérdida de propiedad y reputación. La enfermedad no siempre le ayuda a hacerlo, ¡ni tampoco la hora de su muerte!

Pero lo que nos concierne ahora es el juez Pyncheon mientras se enfrentaba al feroz estallido de la ira de Hepzibah. Sin premeditación, para su propia sorpresa e incluso terror, ella había dado rienda suelta, por una vez, a la naturaleza crónica del resentimiento que había alimentado contra su pariente durante treinta años.

Hasta ahora el semblante del juez había expresado una leve contención —un grave y casi gentil desprecio por la indigna violencia de su prima—, un perdón libre y cristiano ante el mal infligido por sus palabras. Pero cuando esas palabras fueron irrevocablemente pronunciadas, su expresión adoptó severidad, sensación de poder y una resolución sin mitigar; y eso se produjo con un cambio tan natural e imperceptible, de tal modo que parecía que el hombre de hierro había estado ahí desde el principio y el hombre humilde no había estado allí en absoluto. El efecto fue como cuando las nubes ligeras y vaporosas, con su tenue color, de

repente se desvanecen de la frente rocosa de una escarpada montaña y solo dejan el ceño que una vez pareció ser eterno. Hepzibah casi adoptó la descabellada creencia de que se trataba de su viejo antepasado puritano, y no el actual juez, sobre quien había lanzado la amargura de su corazón. Nunca un hombre demostró mayores pruebas del linaje atribuido a su persona que el juez Pyncheon, ante esta crisis, con su inconfundible semejanza con el retrato del salón interior.

—Prima Hepzibah —dijo con mucha calma—, es hora de acabar con esto.

—¡De todo corazón! —respondió ella—. Y entonces, ¿por qué sigues persiguiéndonos? Déjanos al pobre Clifford y a mí en paz. ¡Ninguno de los dos desea otra cosa!

—Tengo el propósito de ver a Clifford antes de marcharme de esta casa —continuó el juez—. ¡No actúes como una loca, Hepzibah! Soy su único amigo, y uno muy poderoso. ¿No se te ha ocurrido nunca, estás tan ciega que no lo ves, que, no sólo sin mi consentimiento, sino sin mis esfuerzos, mis representaciones, el esfuerzo de toda mi influencia política, oficial y personal, Clifford nunca habría sido lo que tú llamas libre? ¿Pensabas que su liberación era un triunfo sobre mí? No es así, mi buena prima, ¡no es así en absoluto! ¡Nada más lejos de eso! No fue más que la consecución de un propósito que emprendí hace tiempo. ¡Yo lo liberé!

—¡Tú! —contestó Hepzibah—. ¡No lo creeré nunca! ¡Él te debe su mazmorra! ¡Debe su libertad a la providencia divina!

—¡Yo lo puse en libertad! —reafirmó el juez Pyncheon con la compostura más calmada—. Y ahora vengo aquí para decidir si debe conservar su libertad. Dependerá de él. Y para ese propósito debo verlo.

—¡Nunca! ¡Le volverá loco! —exclamó Hepzibah, pero con indecisión suficientemente perceptible al avispado ojo del juez, ya que, sin la más ligera fe en sus buenas intenciones, ella no sabía si tendría más que temer al resistirse o al ceder—. Y, ¿por qué desearías ver a este hombre desgraciado y roto que apenas retiene una fracción de su intelecto, y que lo disimulará ante un ojo que no demuestra el más mínimo afecto?

—Él verá suficiente amor en mis ojos —dijo el juez sin una sólida confianza en la bondad de su aspecto—. Pero, prima Hepzibah, has confesado muchas cosas que son muy útiles para mis propósitos. Ahora escucha y te explicaré con sinceridad mis razones para insistir en esta entrevista. Tras la muerte, hace treinta años, de nuestro tío Jaffrey, se descubrió —no sé si tal circunstancia atrajo alguna vez vuestra atención en medio de los sucesos más tristes que se agolparon en torno a aquel acontecimiento— que su patrimonio visible, de todo tipo, quedaba muy

por debajo de cualquier estimación que se hubiera realizado. Se suponía que era inmensamente rico. Nadie dudaba de que figuraba entre los hombres más importantes de su época. No obstante, una de sus excentricidades —que tampoco era del todo una locura— consistía en ocultar la cuantía de sus bienes realizando inversiones en el extranjero, tal vez usando nombres diferentes al suyo, y por diversos medios bastante familiares para los capitalistas, pero que no viene al caso especificar aquí. Según el testamento del tío Jaffrey, como bien sabes, todas sus propiedades me fueron legadas a mí, con la única excepción de un interés vitalicio para ti en esta vieja mansión familiar, así como la franja de bienes patrimoniales que va adherida a ella.

—¿Y buscas privarnos de eso? —preguntó Hepzibah, incapaz de contener su amargo desdén—. ¿Es ese tu precio por dejar de perseguir al pobre Clifford?

—¡Por supuesto que no, mi querida prima! —contestó el juez con una sonrisa benévola—. Por el contrario, como me harás la justicia de reconocer, he expresado constantemente mi buena disposición para doblar o triplicar vuestros recursos, cuando te decidas a aceptar cualquier amabilidad de tal naturaleza de manos de tu pariente. ¡No, no! Pero aquí reside el quid de la cuestión. De la incuestionable gran herencia de mi tío, como ya he dicho, ni la mitad... no, ni siquiera un tercio, de eso estoy plenamente convencido, fue evidente tras su muerte. Ahora bien, tengo las mejores razones para creer que tu hermano Clifford puede darme una pista para recuperar el resto.

—¡Clifford! ¿Crees que Clifford sabe de unas riquezas ocultas? ¿Piensas que Clifford tiene en su poder la clave para hacerte rico? —exclamó la anciana dama, afectada por una sensación cercana al ridículo ante tal idea—. ¡Imposible! ¡Te engañas a ti mismo! ¡Eso es algo que provoca risa!

—¡Es tan cierto como que estoy aquí de pie! —dijo el juez Pyncheon, golpeando el suelo con su bastón de empuñadura dorada y, al mismo tiempo, dando un zapatazo, como para expresar su convicción con mucha más fuerza al enfatizarlo con su sustancial persona—. ¡El mismo Clifford me lo dijo!

—¡No, no! —exclamó Hepzibah con incredulidad—. Tú sueñas, primo Jaffrey.

—No pertenezco a la clase de hombres dados a las ensoñaciones —dijo el juez en tono quedo—. Unos meses antes de la muerte de mi tío, Clifford alardeaba de estar en posesión del secreto de una incalculable riqueza. Su propósito era provocarme y despertar mi curiosidad. Lo sé muy bien. Pero, por un recuerdo bastante nítido de los particulares de nuestra conversación, estoy plenamente convencido de que había verdad en lo que decía. Clifford, en este momento, si él elige hacerlo —¡y debe elegir hacerlo!— puede informarme sobre dónde encontrar el programa, los documentos, las pruebas, sin importar en qué forma existan, de la vasta cantidad perdida de las propiedades del tío Jaffrey. Él guarda el secreto. Su alarde no eran palabras vanas. Poseía una franqueza, un énfasis, una particularidad que demostraba un pilar de sólido significado dentro del misterio de su expresión.

—Pero ¿cuál habría sido el objetivo de Clifford al ocultarlo por tanto tiempo? —preguntó Hepzibah.

—Fue uno de los malos impulsos de nuestra caída naturaleza —replicó el juez, levantando la mirada hacia arriba—. Él me consideraba como su enemigo. Me consideraba la causa de su abrumadora desgracia, su inminente peligro de muerte, su irrecuperable ruina. No había grandes probabilidades, pues, de que él proporcionara la información voluntariamente desde su mazmorra para así alzarme aún más en la escalera de la prosperidad. Pero ya ha llegado el momento de que revele su secreto.

—¿Y si se niega? —preguntó Hepzibah—. ¿Y si, como firmemente creo, no posee conocimiento alguno sobre tal riqueza?

—Mi querida prima —dijo el juez Pyncheon con una calma que tenía el poder de convertirse en algo más formidable que cualquier violencia—, desde el regreso de tu hermano he tomado la precaución (una muy adecuada como pariente próximo y guardián natural de un individuo así situado) de hacer que vigilen su conducta y sus costumbres constantemente y con mucha atención. Vuestros vecinos han sido testigos de lo que haya acontecido en el jardín. El carnicero, el panadero, el pescadero, algunos de los clientes de tu tienda, y muchas viejas fisgonas me han contado varios de los secretos de tu hogar. Un círculo aún más amplio, que me incluye a mí entre el resto de la gente, puede testificar acerca de sus extravagancias en la ventana arqueada. Miles lo contemplaron, hace un par de semanas, a punto de lanzarse desde allí a la calle. A partir de ese testimonio, me veo inclinado a entender, a regañadientes y con profunda pena, que las desgracias de Clifford han afectado a su intelecto, que nunca fue muy fuerte, y no puede permanecer libre de forma segura. Como debes de ser consciente, la alternativa, cuya adopción dependerá por completo de la decisión que estoy a punto de tomar, consiste en su confinamiento, probablemente por el resto de su vida, en un frenopático público para personas en su desafortunado estado mental.

—¡No puedes decirlo en serio! —chilló Hepzibah.

—Si mi primo Clifford —continuó el juez Pyncheon, completamente impertérrito—, por pura malicia y odio hacia aquellos cuyos in-

tereses deberían serle queridos de forma natural, un arrebato que, tan a menudo como cualquier otro, indica enfermedad mental... si mi primo me negara la información que me resulta tan importante y que él posee de seguro, lo consideraré como la prueba definitiva que necesito para satisfacer mi mente y convencerme de su locura. Y, una vez estoy seguro del curso al que apunta mi conciencia, tú me conoces demasiado bien, prima Hepzibah, como para dudar de que no vaya a llegar hasta las últimas consecuencias.

—Oh Jaffrey... primo Jaffrey —exclamó Hepzibah tristemente, pero sin pasión—, eres tú quien posee una mente enferma, no Clifford. ¡Se te ha olvidado que tu madre era una mujer! ¡Te olvidas de que has tenido hermanas, hermanos, hijos! ¡También olvidas que siempre hubo afecto entre los hombres, o lástima de un hombre a otro, en este miserable mundo! De otro modo, ¿cómo se te habría ocurrido hacer esto? ¡No eres joven, primo Jaffrey! No, no eres de mediana edad... ¡Ya eres un anciano! ¡Tu cabello blanquea sobre tu cabeza! ¿Cuántos años te quedan por vivir? ¿No eres lo bastante rico para ese poco tiempo? ¿Pasarás hambre, carecerás de ropa o de un techo bajo el que cobijarte desde ahora hasta que pases a la tumba? ¡No! Con la mitad de lo que ahora posees podrías disfrutar de costosa comida y caros vinos, y construirte una casa dos veces más espléndida que la que ahora habitas, y darte muchos más aires ante el mundo... y aun así dejarías riquezas para tu único hijo, para hacer que bendiga la hora de tu muerte. Entonces, ¿por qué quieres hacer esta cosa tan cruel? Una locura tan grande que no sé si calificarla de maldad. Ay, primo Jaffrey, este espíritu duro y avaricioso lleva corriendo por nuestras venas desde hace doscientos años. Y tú estás haciendo de nuevo, de otro modo, lo que tu antepasado hizo antes que tú, ¡para asegurarte de pasar a tus descendientes la maldición que heredaste de él!

—¡Sé razonable, Hepzibah, por amor de Dios! —exclamó el juez con la impaciencia natural de un hombre razonable, al oír algo tan completamente absurdo como lo anterior en una discusión sobre temas de negocio—. Te he contado mi determinación. No voy a cambiarla. Clifford debe entregarme su secreto o atenerse a las consecuencias. Y haz que se decida rápido, porque tengo varios asuntos que atender esta mañana y una importante cena con algunos amigos políticos.

—¡Clifford no tiene ningún secreto! —contestó Hepzibah—. ¡Y Dios no permitirá que lleves a cabo lo que tienes planeado!

—Ya lo veremos —dijo el imperturbable juez—. Mientras tanto, elige si vas a llamar a Clifford para permitir que el asunto se dirima de un modo amistoso con una entrevista entre dos parientes, o si me obligarás a tomar medidas más drásticas, las cuales me sentiría muy

feliz de sentirme justificado por evitarlas. La responsabilidad recae por completo sobre ti.

—¡Tú eres más fuerte que yo —dijo Hepzibah tras una breve consideración—, y no sientes lástima por tu fuerza! Clifford no está demente ahora, pero la entrevista en la que insistes puede que lo lleve a la locura. No obstante, conociéndote como te conozco, creo que me será más beneficioso permitir que juzgues por ti mismo la improbabilidad de que él posea un secreto tan valioso. Llamaré a Clifford. ¡Ten piedad en tu relación con él! ¡Sé más misericordioso de lo que tu corazón te pide que seas! ¡Porque Dios te está mirando, Jaffrey Pyncheon!

El juez siguió a su prima desde la tienda, donde la anterior conversación tuvo lugar, hasta el salón, donde se dejó caer pesadamente sobre el gran sillón ancestral. Muchos Pyncheon habían encontrado reposo en sus espaciosos brazos: niños de rostros sonrosados tras practicar alguna actividad; jóvenes que soñaban con el amor; adultos cansados por las preocupaciones; ancianos cargados con el peso de los inviernos... Todos habían meditado, dormitado y caído en un sueño más profundo. Había habido un rumor desde hacía mucho, aunque uno dudoso, de que se trataba del mismo sillón en el que el antepasado más antiguo del juez de Nueva Inglaterra —cuyo retrato aún colgaba de la pared— había dado la silenciosa y severa bienvenida de difunto a la multitud de sus distinguidos invitados. Desde esa hora de mal agüero hasta el presente, y aunque no conocemos el secreto de su corazón, puede ser que no se haya hundido en el sillón un hombre más agotado y triste que el mismísimo juez Pyncheon, a quien acabamos de contemplar comportarse de un modo incansablemente duro y firme. Sin duda, debe de haber pagado un alto precio para fortificar su alma con tal dureza. Tal calma es un esfuerzo más poderoso que la violencia de los hombres más débiles. Y aún le quedaba una pesada tarea por cumplir. ¿Era asunto baladí, una nimiedad para la que estar preparado en un momento y de la que descansar en otro momento, que ahora debiera, después de treinta años, encontrarse con un pariente recién salido de una tumba en vida para arrancarle un secreto y, si no se lo arrancaba, volver a confinarlo a otra tumba en vida?

—¿Has dicho algo? —preguntó Hepzibah, mirando desde el umbral del salón, porque se imaginó que el juez había pronunciado algún sonido que ella estaba ansiosa por interpretar como un impulso por ablandarse—. Pensé que me habías llamado.

—No, no —contestó el juez con voz ronca y el ceño fruncido, mientras su frente se volvía casi de un color morado oscuro en las sombras de la sala—. ¿Por qué iba a llamarte? ¡El tiempo vuela! ¡Ordénale a Clifford que acuda a mí!

El juez había sacado su reloj del bolsillo de su chaleco y ahora lo sujetaba en la mano, midiendo el intervalo que pasaría antes de la aparición de Clifford.

CAPÍTULO XVI

La habitación de Clifford

Nunca antes le había parecido la casa tan deprimente a la pobre Hepzibah como cuando partió a cumplir con ese penoso recado. Había un extraño aspecto en él. Mientras caminaba a lo largo de los pasillos desgastados por tantas pisadas y abría una puerta tras otra y ascendía por la chirriante escalera, miraba a su alrededor con melancolía y miedo. A su alterada mente no le habría extrañado si, detrás o a su lado, se hubiera encontrado con el crujido de los ropajes de los difuntos o con pálidas caras esperándola en el rellano de arriba. Sus nervios estaban destrozados por la escena de pasión y terror por la que acababa de pasar. Su coloquio con el juez Pyncheon, quien representaba a la perfección a la persona y los atributos del fundador de la familia, había convocado el sombrío pasado. Lo sentía como un peso sobre su corazón. Todo lo que había oído de boca de tías y abuelas legendarias, concerniente a la buena o mala fortuna de los Pyncheon —historias que hasta la fecha se habían mantenido cálidas en su recuerdo junto al fulgor del rincón de la chimenea que iba asociado a ellas— ahora volvía a su mente, sombrío, espantoso, frío, como la mayoría de los pasajes de la historia familiar, cuando pensaba de más en su estado melancólico. El conjunto le parecía poco más que una serie de calamidades, que se reproducían en las sucesivas generaciones con un tono general y con pocas variaciones, salvo el borrador. Pero ahora Hepzibah sentía como si el juez, Clifford y ella misma —los tres juntos— estuvieran a punto de añadir otro incidente a los anales de la casa, con un alivio más atrevido de pena y errores, y que provocaría que sobresaliera del resto. Y así es como la pena del momento pasajero se hace cargo de una individualidad y un carácter de clímax, el cual está destinado a perder tras un breve instante y a desvanecerse en el tejido gris oscuro común a la tumba o a sucesos alegres de muchos años atrás. Es sólo por un momento, en comparación, que todo parece extraño o sorprendente: una verdad que es amarga y dulce a la vez.

Pero Hepzibah no conseguía librarse de la sensación de que existía algo sin precedentes en ese instante pasajero y que pronto se vería cumplido. Sus nervios existían en estado de crispación. Instintivamente, hizo una pausa delante de la ventana arqueada y miró a la calle con

el objetivo de capturar sus objetos permanentes dentro de su mente, y así centrarse ante las sacudidas y vibraciones que afectaban su ámbito más inmediato. Podemos decir que se animó con una suerte de sobresalto cuando lo vio todo bajo el mismo aspecto que el día anterior, e innumerables días precedentes, a excepción de la diferencia entre los rayos del sol y la lúgubre tormenta. Sus ojos recorrieron la calle, de puerta en puerta, advirtiendo las mojadas aceras con sus esporádicos charcos en socavones que habían sido imperceptibles hasta que se llenaron de agua. Forzó su débil vista hasta su punto más agudo con la esperanza de distinguir, con mayor claridad, una cierta ventana donde medio vio, medio adivinó que la costurera de un sastre estaba sentada ante su labor. Hepzibah se lanzó a la compañía de esa mujer desconocida, incluso desde lejos. Entonces su atención se distrajo con un carruaje que pasaba rápidamente, y observó su mojada y reluciente capota, y las salpicaduras que levantaban sus ruedas, hasta que hubo girado la esquina. Y ahí se negó a continuar con su ocioso pasatiempo, porque sobrecargaba y consternaba su mente. Cuando el vehículo hubo desaparecido, se permitió otro momento de holgazanería, ya que la remendada figura del bueno del tío Venner era ahora visible, caminando despacio desde el principio de la calle con una cojera reumática porque el viento del este se había metido en sus articulaciones. Hepzibah deseó que pasara aún más despacio para que se solidarizara con su estremecida soledad un rato más. Cualquier cosa que la sacara del penoso presente e interpusiera seres humanos entre ella y lo que tenía más cerca, cualquier cosa que aplazara por un instante la inevitable misión a la que estaba destinada... cualquiera de esos impedimentos era bienvenido. Junto al corazón más liviano, el más atormentado suele ser el más juguetón.

Hepzibah tenía poca entereza para su propio dolor, y mucho menos para el que debía infligir a Clifford. De naturaleza tan liviana, y tan destrozado por sus previas desgracias, el hecho de enfrentarlo cara a cara con el hombre duro e implacable que había marcado su malvado destino en la vida sería prácticamente completa ruina. Incluso si no hubiera existido recuerdos amargos en juego entre ellos, ni ningún interés hostil, la mera repugnancia natural del sistema más sensible frente al más oneroso y nada impresionable debe, por sí misma, haber sido desastrosa para el primero. Sería como lanzar contra una columna de granito un jarrón de porcelana que ya tiene grietas. Nunca antes había estimado Hepzibah de un modo tan adecuado la poderosa personalidad de su primo Jaffrey: poderoso en intelecto, en fuerza de voluntad, en la costumbre de actuar entre los hombres y, como ella creía, en su inescrupulosa búsqueda de fines egoístas usando medios nefarios. No hacía más que aumentar la dificultad de que el juez Pyncheon se hallara bajo una ilusión en cuanto al secreto que suponía que Clifford poseía. Los hombres con su fuerza de voluntad y habitual sagacidad, si ven la oportunidad de adoptar una opinión errónea en asuntos prácticos, entonces la encajan y la aseguran entre cosas que sabemos que son ciertas, de modo que arrancarla de sus mentes es apenas menos difícil que arrancar un roble de raíz. Así, como el juez requería que Clifford realizara lo imposible, este último, al no poder realizarlo, debía perecer necesariamente. Porque, en manos de un hombre así, ¿qué sería de la delicada naturaleza poética de Clifford, quien nunca debería haber tenido una tarea más difícil que la de llevar una vida de hermoso goce según el ritmo de las cadencias musicales? De hecho, ¿qué había sido ya de ella? ¡Estaba rota! ¡Asolada! ¡Casi aniquilada! ¡Pronto lo estaría por completo!

Por un momento, a Hepzibah le dio por pensar si no sería que Clifford sí que tenía conocimiento de las riquezas desaparecidas de su difunto tío, tal y como señalaba el juez. Ella recordaba ciertas vagas insinuaciones por parte de su hermano, insinuaciones que —si la suposición no fuera absurda en esencia— podrían haberse interpretado de ese modo. Había habido planes de viajar y vivir en el extranjero, ensoñaciones sobre una vida genial en casa, espléndidos castillos en el aire que habrían requerido una riqueza inagotable para construirlos y ejecutarlos. Si tal riqueza hubiera estado en su poder, Hepzibah se las hubiera entregado de buen grado a su cruel pariente con tal de comprarle a Clifford la libertad y la reclusión de la desolada vieja casa. Pero ella creía que los planes de su hermano estaban tan desprovistos de auténtica sustancia y propósito como los dibujos de un niño sobre su vida futura, y que explica sentado en una sillita junto al regazo de su madre. Clifford no tenía nada más que oro imaginario a su disposición, y ese no era el tipo de oro que satisfaría al juez Pyncheon.

¿No había ayuda en su extremo? Resultaba extraño que no hubiera nadie teniendo una ciudad a su alrededor. Sería tan fácil abrir la ventana y lanzar un chillido, ante cuya extraña agonía todo el mundo se apresuraría a venir a rescatarla, porque entenderían que se trataba del grito de un alma humana afligida por una espantosa crisis. Pero ¡qué descabellada y casi irrisoria es la fatalidad y, empero, cuán de continuo sucede en este aburrido delirio del mundo! Hepzibah pensaba que cualquiera que acudiera a ayudar, con cualquier bondadoso propósito, se aseguraría de ayudar al bando más fuerte. El poder y el mal combinados, como un hierro magnetizado, están dotados de una irresistible atracción. Estaría el juez Pyncheon, una persona prominente en la opinión pública, de alto estatus y gran riqueza, un filántropo, miembro del Congreso y de la iglesia, íntimamente asociado con todo lo demás que confiera un buen nombre, tan imponente bajo esas luces ventajosas que la misma Hepzibah no podía evitar retroceder ante sus propias conclusiones en cuanto a su hueca integridad. ¡El juez a un lado! Y al otro, ¿quién? ¡El culpable Clifford! ¡Tiempo atrás, palabras sinónimas! Y ahora, ¡una ignominia vagamente recordada!

No obstante, a pesar de esta percepción de que el juez atraería toda ayuda humana en beneficio propio, Hepzibah estaba tan poco acostumbrada a actuar por ella misma que la mínima palabra de consejo la habría persuadido para actuar de algún modo. La pequeña Phoebe Pyncheon habría iluminado de inmediato la escena al completo, si no con una sugerencia disponible, simplemente por la vivacidad de su carácter. A Hepzibah se le vino a la mente el artista. Joven y desconocido, siendo como era un mero vagabundo aventurero, ella había sido consciente de que Holgrave poseía una fortaleza que bien podría adaptarlo a ser el defensor en una crisis. Con ese pensamiento en su mente, descorrió el cerrojo de una puerta cubierta de telarañas y que llevaba mucho tiempo sin usarse, pero que había servido como anterior medio de comunicación entre su propia parte de la casa y el hastial donde el daguerrotipista errante había ahora establecido su hogar temporal. El joven no estaba allí. Un libro bocabajo sobre la mesa, un manuscrito enrollado, una hoja medio escrita, un periódico, algunas herramientas de su actual oficio y varios daguerrotipos descartados daban la impresión de que no se encontraría muy lejos de allí. Pero, a esas horas del día, como Hepzibah podría haber anticipado, el artista se encontraba en sus oficinas. Con un impulso de ociosa curiosidad que se coló entre sus intensos pensamientos, miró uno de los daguerrotipos y vio al juez Pyncheon, quien le devolvía la mirada con el ceño fruncido. El destino la miraba a la cara. Abandonó su infructuosa búsqueda con una descorazonada sensación de decepción. En todos sus años de reclusión, ella nunca había sentido como ahora lo que era sentirse sola. Parecía como si la casa se irguiera en un desierto o que, por algún hechizo, fuera invisible para aquellos que moraban a su alrededor o pasaban junto a ella; y así, cualquier desgracia, desafortunado accidente, cualquier crimen podría suceder sin la posibilidad de recibir ayuda. En su pena y orgullo herido, Hepzibah se había pasado la vida deshaciéndose de sus amistades; ella había apartado el apoyo que Dios había ordenado a sus criaturas de ayudarse los unos a los otros; y ahora era su castigo que Clifford y ella misma fueran presa fácil de su enemigo en forma de pariente.

Regresando a la ventana arqueada, ella alzó la vista —¡pobre Hepzibah, miope y frunciendo el ceño, enfrentándose al cielo!— y se esforzó con todas sus fuerzas para enviar una plegaria a través del denso pavimento gris de las nubes. Esas nieblas se habían congregado como para simbolizar una gran masa taciturna de problemas humanos, duda, con-

fusión y fría indiferencia, entre la tierra y las regiones superiores. Su fe era demasiado débil, su oración demasiado pesada como para elevarse a las alturas. Cayó sobre su corazón como un trozo de plomo. La golpeó con la desdichada convicción de que la Providencia no se inmiscuía en esas mezquinas injusticias de un individuo para con sus semejantes, ni ofrecía un bálsamo para las pequeñas agonías de un alma solitaria, sino que impartía su justicia y su clemencia con un amplio barrido, como el sol, sobre la mitad del universo a la vez. Su vastedad hacía que se quedara en nada. Pero Hepzibah no entendía que, de igual modo que los cálidos rayos del sol entran por la ventana de cada casa, así entran también los amorosos rayos del cariño y la compasión de Dios para cubrir cada necesidad individual.

Por fin, al no encontrar ningún otro pretexto para aplazar la tortura que estaba a punto de infligir sobre Clifford —su renuencia a llevar a cabo tal cosa era la verdadera causa de su deambular frente a la ventana, su búsqueda del artista, e incluso su fallida plegaria—, y temiendo también oír la severa voz del juez Pyncheon desde el piso inferior, regañándola por su retraso, ella se deslizó despacio, una figura pálida y atribulada, una lúgubre figura de mujer de miembros casi aletargados, hacia la puerta de su hermano y llamó.

No hubo respuesta.

¿Y cómo iba a haberla? Su mano, trémula por el retraído propósito que la dirigía, había golpeado la puerta tan débilmente que el sonido apenas habría llegado al interior. Volvió a llamar. ¡Sin respuesta! Y no era sorprendente. Ella había golpeado la puerta con toda la fuerza de las vibraciones de su corazón, comunicando por algún sutil magnetismo su propio terror en la llamada. Clifford habría vuelto el rostro contra la almohada y se habría tapado la cabeza con las sábanas, como un niño asustado a medianoche. Llamó una tercera vez, tres golpes regulares, suaves pero perfectamente perceptibles, y con significado, ya que, por mucho que lo modulemos con todo el precavido arte que poseamos, la mano no puede evitar tocar alguna melodía de lo que sentimos en la insensible madera.

Clifford no ofreció respuesta alguna.

—¡Clifford! ¡Querido hermano! —llamó Hepzibah—. ¿Puedo pasar? Silencio.

Dos o tres veces, y más, Hepzibah repitió su nombre sin resultados hasta que, pensando que el sueño de su hermano era insólitamente profundo, abrió la puerta y entró, pero encontró el aposento vacío. ¿Cómo podía haber salido sin su conocimiento, y cuándo lo había hecho? ¿Era posible que, a pesar del tormentoso día, y cansado del fastidio de estar dentro de la casa, se hubiera dirigido a su habitual lugar favorito en

el jardín, y ahora estuviera temblando bajo el deprimente refugio de
la pérgola? Ella abrió una ventana apresuradamente, sacó su cabeza
cubierta por un turbante y la mitad de su demacrada figura, y buscó por
todo el jardín, tanto como se lo permitió su debilitada visión. Podía ver
el interior de la pérgola y su asiento circular, humedecido por las gotas
que caían del tejado. Nadie ocupaba el espacio. Clifford no estaba en
las inmediaciones, a menos, claro está, que se hubiera deslizado para
esconderse (como, por un instante, Hepzibah se imaginó que podría ser
el caso) en una gran y húmeda masa de follaje enredado y con hojas
anchas, por donde las enredaderas de las calabazas trepaban tumultuo-
samente por una vieja estructura de madera, apoyada de manera oblicua contra la valla. Sin embargo, eso no podía ser así; él no estaba allí
porque, mientras Hepzibah estaba mirando, una extraña y vieja gata
salió de ese mismo punto y emprendió camino cruzando el jardín. Dos
veces se detuvo para olfatear el aire, y entonces retomó su camino hacia
la ventana de la salita. Ya fuera por los ademanes sigilosos y fisgones
comunes en su raza, o bien porque esta gata parecía tener en mente algo
más que una travesura ordinaria, la anciana dama, a pesar de su gran
perplejidad, sintió el impulso de ahuyentar al animal y, en consecuencia, lanzó un palo por la ventana. La gata la miró fijamente, como una
ladrona o una asesina, y al instante siguiente emprendió la huida. No
se veía ningún otro ser vivo en el jardín. O bien el gallo y su familia
no habían abandonado su nido, desanimados por la interminable lluvia,
o bien habían hecho lo más prudente: regresar al gallinero a su debido
tiempo. Hepzibah cerró la ventana.

Pero ¿dónde estaba Clifford? ¿Podía ser que, consciente de la presencia de su Malvado Destino, se hubiera deslizado silenciosamente
escaleras abajo mientras el juez y Hepzibah hablaban en la tienda, y hubiera descorrido en silencio los cerrojos de la puerta exterior para escapar a la calle? Con ese pensamiento, ella pareció contemplar su gris,
arrugado, pero aniñado aspecto, con las anticuadas prendas que vestía
en la casa; una figura como la que a veces uno se imagina ser, con los
ojos del mundo clavados en él, en un sueño perturbado. Esta figura de
su desdichado hermano iría vagando por la ciudad, atrayendo todas las
miradas, así como el asombro y la repugnancia de todos, como un fantasma que da aún más miedo porque es visible al mediodía. ¡Para sufrir
el ridículo de los más jóvenes, que no lo conocían, y la indignación y el
desprecio más feroz de los pocos ancianos que podrían recordar sus
antaño familiares rasgos! Ser la diversión de muchachos que, cuando
tienen edad para correr por las calles, no reverencian lo que es bello y
santo, ni sienten piedad por lo que es triste, ni tienen sentido de la sagrada miseria que santifica la forma humana en la que se encarna, como

si Satanás fuera el padre de todos ellos. Acuciado por sus burlas, sus gritos estridentes y sus risas crueles, insultado por la basura de las calles que arrojarían sobre él, o distraído por la mera extrañeza de su situación, aunque nadie le afligiera ni siquiera con una palabra desconsiderada, ¿sería de extrañar que Clifford estallase en alguna extravagancia salvaje que, sin duda, sería interpretada como locura? Así se cumpliría el diabólico plan del juez Pyncheon.

Entonces, Hepzibah reflexionó que la ciudad estaba casi por completo rodeada de agua. Los muelles se extendían hacia el centro del puerto y, en aquel tiempo inclemente, estaban desiertos de la multitud ordinaria de comerciantes, estibadores y marineros; la soledad se apoderaba de cada muelle, con los barcos amarrados a proa y popa a lo largo de su brumosa longitud. Si los pasos sin rumbo de su hermano se desviaban hacia allí y se inclinara un segundo sobre la marea negra y profunda, ¿no se daría cuenta de que allí estaba un refugio seguro a su alcance y que, con un solo paso o el más leve desequilibrio de su cuerpo, podría estar para siempre fuera del alcance de su pariente? ¡Oh, qué tentación! ¡Poder convertir su pesada pena en seguridad! ¡Hundirse con su peso muerto y no volver a surgir jamás!

El horror de este último concepto fue demasiado para Hepzibah. Incluso Jaffrey Pyncheon debía ayudarla ahora. Ella bajó deprisa las escaleras, chillando mientras bajaba.

—¡Clifford se ha ido! —gritó—. No consigo encontrar a mi hermano. ¡Ayúdame, Jaffrey Pyncheon! ¡Le pasará algo malo!

Hepzibah abrió de golpe la puerta del salón. Pero, entre la sombra de los árboles contra las ventanas, el techo ennegrecido por el humo y los oscuros paneles de roble de las paredes, apenas quedaba mucha luz diurna en el salón como para que la imperfecta visión de Hepzibah pudiera distinguir con claridad la figura del juez. Estaba segura, empero, de que lo vio sentado en el sillón ancestral, cerca del centro del salón, con su rostro un poco vuelto y mirando hacia una ventana. Tan firme y tranquilo es el sistema nervioso de tales hombres como el juez Pyncheon, que quizás no se había movido más de una vez desde la partida de Hepzibah, sino que, en la dura compostura de su temperamento, había mantenido la posición en la que lo había colocado la casualidad.

—¡Te estoy diciendo, Jaffrey —gritó Hepzibah con impaciencia al girarse de la puerta del salón para buscar en otras habitaciones—, que mi hermano no está en su dormitorio! ¡Debes ayudarme a buscarlo!

Pero el juez Pyncheon no era un hombre que se permitiera levantarse sobresaltado de un sillón con prisas inapropiadas para la dignidad de su persona o para su amplia base personal por la alarma de una mujer

histérica. Aun así, teniendo en cuenta su propio interés en el asunto, podría haberse removido con un poco más de celeridad.

—¿No me oyes, Jaffrey Pyncheon? —gritó Hepzibah al acercarse de nuevo a la puerta del salón, tras una fallida búsqueda en otros lugares—. Clifford no está.

En ese instante, en el umbral del salón, emergiendo del interior, ¡apareció el mismísimo Clifford! Su rostro estaba extraordinariamente pálido; de hecho, tan mortalmente pálido que, a la tenue claridad del pasillo, Hepzibah pudo distinguir sus rasgos como si se vieran iluminados por un foco. Su vívida y ansiosa expresión parecía igualmente suficiente para iluminar sus rasgos; era una expresión de burla y escarnio, que coincidía con las emociones indicadas por sus gestos. Mientras Clifford estaba en el umbral, con la espalda parcialmente girada, señalaba con el dedo dentro del salón y lo sacudía despacio como si estuviera convocando, no sólo a Hepzibah, sino a todo el mundo, para que contemplara algún objeto inconcebiblemente ridículo. Esta acción, tan inoportuna como extravagante, acompañada también de una mirada que mostraba una excitación más parecida al gozo que a otra cosa, conminó a Hepzibah a temer que la fatídica visita de su severo pariente había llevado a su pobre hermano a caer en la absoluta locura. No podía explicar de otro modo el estado de ánimo tranquilo del juez, que suponía que estaba astutamente alerta mientras Clifford desarrollaba síntomas tales de una mente distraída.

—¡Cállate, Clifford! —susurró su hermana, levantando la mano para indicar cautela—. ¡Oh, por amor de Dios, cállate!

—¡Que se calle él! ¿Qué puede hacer mejor? —contestó Clifford con gestos aún más alocados, señalando dentro del salón del que acababa de salir—. En cuanto a nosotros, Hepzibah, ¡ya podemos bailar! ¡Podemos cantar, reír, jugar, hacer nuestra voluntad! ¡Se ha levantado el peso, Hepzibah! Ya no siento el peso de este cansado viejo mundo y podemos sentirnos tan alegres como la pequeña Phoebe.

Y, de acuerdo con sus palabras, comenzó a reír mientras seguía señalando al objeto, invisible para Hepzibah, que estaba dentro del salón. Se vio dominada por una repentina intuición de que había sucedido algo horrible. Apartó a Clifford para pasar y desapareció dentro del salón, pero volvió casi de inmediato con un grito estrangulado en su garganta. Mirando a su hermano con una asustada mirada inquisitiva, lo contempló mientras se apoderaba de ella un temblor de pies a cabeza y él, en medio de esos conmocionados elementos de pasión o alarma, seguía titilando con ráfagas de alegría.

—¡Dios mío! ¿Qué va a ser de nosotros? —dijo Hepzibah con un grito ahogado.

—¡Ven! —dijo Clifford con tono de breve decisión, nada característico de lo que era usual en él—. ¡Hemos permanecido aquí demasiado tiempo! ¡Dejémosle la vieja casa a nuestro primo Jaffrey! ¡Él cuidará bien de ella!

Hepzibah advirtió ahora que Clifford tenía puesto un abrigo —una prenda de muchos años—, abrigo en el que se había envuelto constantemente durante esos días de la tormenta del este. Él la llamaba con la mano e intimaba, por lo que ella podía comprender, que su propósito era que ambos se marcharan juntos de la casa. Hay momentos caóticos, ciegos o borrachos en las vidas de las personas que carecen de una auténtica fuerza de carácter —momentos de prueba en los que la valentía debería reivindicarse— pero en los que esos individuos, si se les abandona a su propia suerte, van tambaleándose sin rumbo fijo o siguen sin reservas cualquier guía que pueda ocurrirles, aunque quien los guíe sea un niño. Sin importar cuán absurdo o descabellado, un propósito es un regalo del cielo para ellos. Hepzibah había llegado a ese punto. Al no estar acostumbrada a tomar acción o responsabilidades, horrorizada por lo que había visto, temerosa de preguntar, o casi imaginar, cómo había sucedido, asustada ante la fatalidad que parecía perseguir a su hermano, estupefacta por la tenue, densa, sofocante atmósfera de temor que permeaba la casa como con un olor a muerte y arrasaba toda claridad de pensamiento, ella se rindió sin hacer preguntas y de forma inmediata al deseo que Clifford expresaba. Ella se sentía como una persona en un sueño, cuando la voluntad siempre duerme. Clifford, de ordinario tan desprovisto de esa facultad, la había encontrado en la tensión de la crisis.

—¿Por qué te retrasas tanto? —exclamó con brusquedad—. ¡Ponte el abrigo y la caperuza, o lo que te apetezca ponerte! ¡No importa lo que te pongas, nunca te verás hermosa ni resplandeciente, mi pobre Hepzibah! ¡Coge tu bolso, con dinero dentro, y ven conmigo!

Hepzibah obedeció esas instrucciones como si no pudiera hacer ni pensar nada más. Es cierto que comenzó a preguntarse por qué no despertaba y a qué nivel aún más intolerable de mareo su espíritu lucharía para salir del laberinto y hacerle consciente de que nada de todo aquello había sucedido en realidad. Por supuesto que no era real; todavía no había comenzado un día negro con viento del este como aquel y el juez Pyncheon no había hablado con ella. Clifford no se había reído, ni había señalado, ni le había hecho señas para que se marchara con él, sino que tan sólo se había afligido por una gran cantidad de inaceptable tristeza, como a menudo ocurre con los que duermen solos, en un sueño matutino.

«Ahora... ahora... ¡ahora me despertaré seguro! —pensaba Hepzibah mientras iba de aquí para allá haciendo sus preparativos—. Ya no puedo soportarlo más. ¡Debo despertar ahora!».

¡Pero ese despertar no llegó! No llegó. Ni siquiera cuando, justo antes de abandonar la casa, Clifford se acercó a la puerta del salón y le hizo un gesto de despedida al único ocupante de la sala.

—¡Qué absurda figura presenta el viejo ahora! —le susurró a Hepzibah—. ¡Justo cuando se imaginaba que me tenía bajo su control! ¡Ven, ven, démonos prisa, o se despertará como el gigante Desesperación de las historias, el que perseguía a Cristiano y Esperanza, y nos atrapará!

Cuando salieron a la calle, Clifford llamó la atención de Hepzibah hacia algo en uno de los postes de la puerta principal. Eran simplemente las iniciales de su propio nombre que, con algo de su característica elegancia en la forma de las letras, había grabado allí cuando era un crío. El hermano y la hermana se marcharon y dejaron al juez Pyncheon, solo, sentado en el viejo hogar de sus antepasados, tan pesado y torpe que no podemos compararlo con nada mejor que una fallecida pesadilla, la cual hubiera perecido en medio de su maldad, abandonando su flácido cadáver sobre el pecho del atormentado para que se deshiciera de él como pudiera.

CAPÍTULO XVII

El vuelo de dos lechuzas

Aun siendo verano, el viento del este hacía que a la pobre Hepzibah le castañetearan los pocos dientes que le quedaban mientras ella y Clifford se enfrentaban a él, subiendo por la calle Pyncheon hacia el centro de la ciudad. No eran sólo los escalofríos lo que esta implacable ráfaga de viento provocaba en su cuerpo (aunque sus pies y sus manos, en especial, jamás se habían sentido tan mortalmente fríos como ahora), sino también una sensación moral, mezclada con el frío físico, que conseguía que temblara más su alma que su cuerpo. ¡La amplitud del mundo y la cruda atmósfera eran de lo más sombrío! Tal es, de hecho, la impresión que causa en todo nuevo aventurero, incluso si se lanza a la aventura mientras la más cálida corriente de vida borbotea por sus venas. ¡Imaginen lo que debía haber sido para Hepzibah y Clifford, tan ancianos como eran y tan en su infancia por su inexperiencia, cruzar el umbral y pasar por debajo del ancho refugio del olmo Pyncheon! Se estaban aventurando a emprender exactamente el mismo peregrinaje que a menudo cruza la mente de un niño: hacia el fin del mundo, con quizás seis peniques y un panecillo en el bolsillo. En la mente de Hepzibah

existía la desdichada conciencia de ir a la deriva. Había perdido la facultad para orientarse, pero, en vista de las dificultades que la rodeaban, apenas sentía que merecía la pena esforzarse por recuperarla y, además, era incapaz de hacerlo.

Mientras continuaban con su extraña expedición, de vez en cuando lanzaba una mirada de reojo a Clifford, y no pudo evitar observar que él estaba poseído y movido por una poderosa excitación. Y en efecto, era eso lo que le confería el control que, de inmediato y de un modo tan irresistible, se había establecido sobre sus movimientos. Se asemejaba más que un poco a la euforia del vino. O sería más fantasioso compararlo con una gozosa pieza musical, interpretada con salvaje vivacidad pero con un caótico instrumento. Al igual que siempre podía oírse el chasquido de la nota discordante, y cómo resonaba con más fuerza en medio del júbilo de la melodía, Clifford sufría un temblor continuo que le hacía estremecerse, al tiempo que lucía una sonrisa triunfal y casi parecía obligado a dar saltitos al andar.

Se encontraron con pocas personas en la calle, incluso después de salir del aislado vecindario de la casa de los siete tejados para entrar en la que, ordinariamente, era la parte más bulliciosa y atestada de la ciudad. Aceras que brillaban con pequeños charcos de lluvia por doquier a lo largo de su irregular superficie; paraguas exhibidos con ostentación en los escaparates de las tiendas, como si la vida del comercio se hubiera concentrado en ese único artículo; hojas mojadas de los falsos castaños o los olmos, arrancadas de forma prematura por el viento y dispersas por el pavimento; una antiestética acumulación de barro en mitad de la calle, que se volvía erróneamente más sucia con el largo y laborioso aguacero... Esos eran los puntos más definibles de una imagen muy sombría. En cuanto a movimiento y vida humana, teníamos el apresurado traqueteo de un carruaje o una diligencia, con su conductor protegido por una gorra impermeable sobre la cabeza y los hombros; la triste figura de un anciano, que parecía haber salido arrastrándose de alguna cloaca subterránea e iba encorvado a lo largo del desagüe, removiendo la húmeda basura con un palo en busca de clavos oxidados; un mercader o dos en la puerta de la estafeta de correos, junto con un editor y un político variopinto, esperando el lento correo; varios rostros de capitanes de barco jubilados en la ventana de una oficina de seguros, mirando sin ver la calle vacía, blasfemando contra el tiempo y preocupados por la escasez de noticias públicas y de rumores locales. ¡Vaya tesoro sería para esos venerables correveidiles, si fueran capaces de adivinar el secreto que Hepzibah y Clifford portaban con ellos! Pero sus dos figuras apenas atrajeron tanta atención como la de una joven que pasó en ese preciso instante, y que se subió la falda un poco más arriba

de sus tobillos. Si hubiera sido un día soleado y alegre, apenas habrían podido recorrer las calles sin ser sometidos a desagradables comentarios. Era probable que ahora pensaran que iban en consonancia con el tiempo lúgubre y amargo, por lo que no sobresalían con fuerte relieve como si el sol brillara sobre ellos, sino que se fundían en la penumbra gris y eran olvidados tan pronto como desaparecían.

¡Pobre Hepzibah! Si hubiera comprendido ese hecho, se habría sentido un poco reconfortada pues, añadida a sus otras tribulaciones —¡aunque resulte extraño decirlo!— existía la femenina pena de solterona que surgía de una sensación de falta de decoro en su atuendo. Así, de buen grado se encogía cada vez más sobre sí misma, por así decirlo, con la esperanza de que la gente supusiera que ahí sólo había un abrigo y una caperuza, prendas desgastadas y horriblemente descoloridas, aireándose en medio de la tormenta sin nadie que las vistiera.

Mientras proseguían su camino, la sensación de confusión e irrealidad seguía cerniéndose débilmente sobre ella, y dispersándose así por su organismo de modo que una de sus manos era apenas evidente al tacto de la otra. Cualquier certeza hubiera sido preferible a esto. Ella susurraba para sí, una y otra vez, «¿Estoy despierta? ¿Estoy despierta?», y a veces exponía su rostro al helado bofetón del viento con tal de que su brusca certeza se lo confirmara. Tanto si era el propósito de Clifford o la mera casualidad lo que los había llevado allí, ahora se encontraron pasando por debajo de la entrada arqueada de una gran estructura de piedra gris. Dentro había una espaciosa amplitud y una etérea altura desde el suelo hasta el techo, ahora parcialmente cubierto de humo y vapor que se arremolinaba voluminoso hacia arriba y formaba un remedo de nubes sobre sus cabezas. Un tren de pasajeros estaba preparándose para partir; la locomotora sonaba nerviosa y echaba humo, como un corcel impaciente por emprender un precipitado galope; y la campana tocaba su rápido repique, expresando muy bien la breve llamada que la vida nos concede en su apresurada carrera. Sin preguntas ni retrasos —con la irresistible decisión, que debería llamarse insensatez, que se había apoderado de él de un modo tan extraño, y también de Hepzibah a través de su hermano— Clifford la llevó hacia el tren y la ayudó a subir. Habían dado la señal; la locomotora echaba vapor con exhalaciones cortas y rápidas; el tren comenzó a moverse; y, junto con un centenar de pasajeros, estos dos insólitos viajeros partieron hacia delante rápidos como el viento.

Al fin, luego, y tras un largo distanciamiento de todo lo que el mundo actuaba o disfrutaba, habían sido atraídos hacia la gran corriente de la vida humana y fueron arrastrados con ella, como por la succión del destino mismo.

Todavía turbada por la idea de que ninguno de los incidentes acontecidos, incluyendo la visita del juez Pyncheon, podía ser real, la reclusa de los siete tejados murmuró al oído de su hermano:

—¡Clifford! ¡Clifford! ¿Esto no es un sueño?

—¿Un sueño, Hepzibah? —repitió él, casi riéndose en su cara—. Por el contrario, ¡nunca he estado tan despierto!

Mientras tanto, al mirar por la ventanilla podían ver el mundo pasar raudo junto a ellos. En un instante iban traqueteando por un páramo; al momento siguiente, una aldea había surgido a su alrededor; unos minutos después se había desvanecido, como tragada por un terremoto. Los chapiteles de los templos parecían ir a la deriva de sus cimientos; las amplias colinas se deslizaban hasta desaparecer. Todo quedaba separado de su descanso de larga fecha para moverse a una velocidad vertiginosa en dirección opuesta a la de los hermanos.

Dentro del vagón se sucedía la habitual vida interna del ferrocarril, ofreciendo poco a la observación de otros pasajeros, pero llena de novedades para esta pareja de extrañamente liberados prisioneros. Era en verdad toda una novedad que hubiera cincuenta seres humanos tan cerca de ellos dos, bajo un largo y estrecho techo, impulsados hacia delante por la misma poderosa influencia que se había apoderado de ellos dos. Parecía maravilloso cómo todas estas personas podían permanecer tan quietas en sus asientos mientras una fuerza ruidosa trabajaba para ellos. Algunos, con sus billetes en el sombrero (esos eran viajeros de larga distancia, ante quienes se extendían cientos de kilómetros de ferrocarril), se habían sumergido en los paisajes ingleses y las aventuras de las novelas de folletín, en las que le hacían compañía a duques y condes. Otros, cuyo viaje más breve prevenía que se dedicaran a estudios tan abstrusos, eludían el tedio del camino con periodicuchos baratos. Un grupo de muchachas y un joven, en lados opuestos del vagón, hallaron gran diversión en un juego de pelota. Se la lanzaban los unos a los otros entre carcajadas que podían medirse por kilómetros, ya que, cuanto más rápido volaba la veloz pelota, los alegres jugadores avanzaban sin darse cuenta, dejando el rastro de su gozo bien atrás, y terminando su juego bajo un cielo diferente al que había presenciado su comienzo. Niños con manzanas, pasteles, caramelos y bollos con rellenos de diversas tinturas —mercancía que hizo que Hepzibah se acordara de su abandonada tienda— aparecían en cada fugaz parada para realizar sus ventas a toda prisa, o las interrumpían por miedo a que el mercado rodante se los llevara consigo. Nuevas personas entraban continuamente. Viejos conocidos —porque pronto se convertían en eso en este rápido desarrollo de los acontecimientos— partían de continuo. Por todas partes, entre el traqueteo y el tumulto, había alguien dormido. Sueño, deporte, nego-

cios, estudios serios o más ligeros, y el común e inevitable movimiento hacia delante. ¡Era la vida misma!

Se despertaron las conmovedoras simpatías naturales de Clifford. Captaba el colorido de lo que ocurría a su alrededor y lo devolvía más vívido de cómo lo había recibido, pero mezclado, eso sí, con cierto matiz escabroso y portentoso. Hepzibah, por su parte, se sentía más apartada de la humanidad que en la reclusión que acababa de abandonar.

—¡No eres feliz, Hepzibah! —le dijo Clifford en un aparte con tono de reproche—. Estás pensando en aquella deprimente vieja casa y en el primo Jaffrey —ahí le sobrevino un temblor—, y en el primo Jaffrey sentado allí solo. Acepta mis consejos, sigue mi ejemplo y deja que tales cosas desaparezcan de tu mente. ¡Estamos aquí, en el mundo, Hepzibah! ¡En medio de la vida! ¡Entre el gentío de nuestros semejantes! ¡Seamos felices, tú y yo! ¡Seamos tan felices como ese joven y esas muchachas bonitas con sus juegos con la pelota!

«Felices —pensó Hepzibah, amargamente consciente, al oír la palabra, de su apagado y serio corazón, con el dolor congelado en él—, felices. Ya se ha vuelto loco y, si yo consiguiera despertarme de una vez, me volvería loca también».

Si la fijación por una idea se considerase locura, puede que ella no estuviera muy lejos de estarlo. Por muy rápido que se hubieran alejado traqueteando por las vías del tren, bien podrían haber estado, si dependiera de las imágenes mentales de Hepzibah, recorriendo la calle Pyncheon arriba y abajo. Con kilómetros y kilómetros de distancia, no había paisaje para ella salvo el de los siete viejos hastiales, con su musgo, los brotes de malas hierbas en uno de los rincones, el escaparate de la tienda y un cliente sacudiendo la puerta, obligando a la campanilla a sonar con fiereza, pero sin molestar al juez Pyncheon. ¡Esa vieja casa estaba en todas partes! Transportaba su grandiosa y pesada mole con más velocidad que el ferrocarril, y se instalaba con indiferencia en cualquier punto al que mirase. La cualidad de la mente de Hepzibah era demasiado rígida para aceptar nuevas impresiones con tanta presteza como la de Clifford. Él era de naturaleza alada; ella era más bien de tipo vegetal, y apenas podía mantenerse con vida si la arrancaban de raíz. Y así sucedió que la relación hasta ese momento existente entre su hermano y ella cambió. En casa, ella era su guardián; aquí, Clifford se había convertido en el suyo y parecía comprender todo lo concerniente a su nueva posición con una singular rapidez e inteligencia. Había entrado en la edad adulta y en el vigor intelectual con un sobresalto o, al menos, ahora poseía una condición que se parecía a todo ello, aunque bien podría ser transitorio como una enfermedad.

El revisor les pidió sus billetes ahora y Clifford, que se había proclamado como el portador del dinero, depositó un billete en su mano, como había observado que hacían otros.

—¿Para la dama y para usted? —preguntó el revisor—. Y, ¿hasta dónde?

—Hasta donde nos lleve —dijo Clifford—. No importa demasiado. Viajamos por mero placer.

—¡Ha elegido un extraño día para hacerlo, señor! —comentó un anciano caballero de mirada penetrante desde el otro lado del vagón. Miraba a Clifford y a su acompañante con curiosidad, como si quisiera descifrarlos—. La mejor forma de obtener placer con lluvia del este, según entiendo, es quedándose en casa con un agradable fuego en la chimenea.

—No puedo estar del todo de acuerdo con usted —dijo Clifford, quien inclinó cortésmente la cabeza hacia el anciano caballero para aceptar de inmediato la conversación que este último le había presentado—. Se me acaba de ocurrir, por el contrario, que este admirable invento del ferrocarril, con las amplias e inevitables mejoras que están por llegar, tanto en velocidad como en comodidad, está destinado a eliminar esas rancias ideas del hogar y las chimeneas para sustituirlas por algo mejor.

—En nombre del sentido común —preguntó el anciano caballero con bastante irritación—, ¿qué puede ser mejor para un hombre que su propio salón y su lugar junto a la chimenea?

—Esas cosas no tienen el mérito que muchas buenas personas les atribuyen —respondió Clifford—. Se puede decir, con pocas y breves palabras, que han servido un mediocre propósito. Mi impresión es que nuestros maravillosamente aumentados, todavía en crecimiento, servicios de locomoción están destinados a llevarnos de vuelta a un estado nómada. Usted es consciente, mi querido señor, puesto que debe de haberlo observado en su propia experiencia, que todo progreso humano tiene lugar en círculos o, por usar una imagen más precisa y hermosa, en una ascendente espiral. Mientras nos imaginamos que vamos en línea recta y obtenemos, a cada paso, una posición totalmente nueva de los asuntos, en realidad regresamos a algo que probamos y abandonamos largo tiempo atrás, pero que ahora encontramos etéreo, refinado y perfeccionado hasta convertirse en un ideal. El pasado no es más que una ruda y sensual profecía del presente y el futuro. Pero apliquemos esta verdad al tema que estamos discutiendo. En las épocas tempranas de nuestra raza, los hombres moraban en cabañas temporales, en pérgolas de ramas, que se construían con tanta facilidad como el nido de un pájaro, y que ellos mismos construían. ¿Debe llamarse construir a eso,

cuando tales dulces hogares de un solsticio de verano más bien crecían que se hacían con las manos? Diremos que la naturaleza les ayudaba a criar donde abundaba la fruta, donde había gran cantidad de peces y caza o, más especialmente, donde el sentido de la belleza se veía gratificado por una sombra más encantadora que en cualquier otro lugar, así como por una disposición más exquisita de lagos, bosques y colinas. Esta vida poseía un encanto que, desde que el hombre la abandonó, se ha desvanecido de la existencia. Y tipificaba algo mejor que ella misma. Tenía sus inconvenientes, como el hambre y la sed, el clima inclemente, los ardientes rayos del sol, y las agotadoras marchas que provocaban ampollas en los pies por caminos estériles y feos que yacían entre los lugares deseables por su fertilidad y belleza. Pero en nuestra espiral ascendente, nosotros escapamos de todo eso. Estos ferrocarriles, si su pitido fuera más musical, y se deshicieran del traqueteo y las sacudidas, son ciertamente la mayor bendición que los años nos han otorgado. Nos dan alas; aniquilan el arduo esfuerzo y el polvo del peregrinaje; ¡espiritualizan el viaje! Al ser una transición tan fácil, ¿cuál puede ser el incentivo para que cualquier hombre se quede en un punto fijo? Por lo tanto, ¿por qué debería construir una morada más voluminosa que no le permitiera llevársela consigo? ¿Por qué debería convertirse en prisionero de por vida del ladrillo, la piedra y la madera comida por la carcoma, cuando bien podría morar igual de fácilmente, en cierto sentido, en ninguna parte? O, en un sentido mejor, ¿por qué no iba a vivir en cualquier lugar donde lo adecuado y lo bello le ofrezcan un hogar?

El semblante de Clifford refulgía mientras divulgaba esta teoría; un carácter juvenil brillaba desde su interior, convirtiendo las arrugas y la pálida oscuridad de la vejez en una máscara casi transparente. Las alegres muchachas dejaron caer la pelota al suelo y se lo quedaron mirando. Tal vez se decían que, antes de que su cabello encaneciera y le salieran patas de gallo, este hombre, ahora en decadencia, debió de haber dejado una huella imborrable en el corazón de muchas mujeres. Pero ¡ay!, ninguna mujer había visto su rostro mientras este era hermoso.

—Yo no diría que es una mejora sustancial —observó la nueva amistad de Clifford—, eso de vivir en todas partes y en ninguna a la vez.

—¿No le parece? —exclamó Clifford con singular energía—. Para mí está más claro que un día de sol, si hubiera alguno en el cielo, que los mayores escollos en el camino de la felicidad y la mejora de los seres humanos son esos montones de ladrillos y piedras, consolidados con argamasa, o maderas talladas unidas con clavos, que los hombres construyen penosamente para su propio tormento, y a los que luego llaman casa y hogar. El alma necesita aire, un amplio y frecuente cambio de aires. Las influencias mórbidas se reúnen alrededor de los hogares

y contaminan la vida de las familias de mil formas diferentes. No hay atmósfera más malsana que la de un viejo hogar, envenenada por los antepasados y parientes difuntos. Hablo de lo que sé. Hay una cierta casa en mi recuerdo familiar, uno de esos edificios con hastiales (posee siete de ellos) y plantas que sobresalen, como los que se ven ocasionalmente en nuestras ciudades más antiguas: una vieja mazmorra enmohecida, extravagante, rechinante, con la madera podrida, sucia, oscura y miserable, con una ventana arqueada sobre el porche, una pequeña tienda en un lateral y un melancólico olmo delante. Ahora bien, señor, cada vez que mis pensamientos vuelven a esta mansión con sus siete tejados (el dato es tan curioso que precisa que se mencione), de inmediato tengo una visión de un hombre anciano, con semblante notablemente adusto, sentado en un sillón de roble, muerto, tieso, con un feo hilillo de sangre recorriendo el frente de su camisa. ¡Muerto, pero con los ojos abiertos! Tal y como lo recuerdo, mancilla toda la casa. Yo nunca podría prosperar allí, ni ser feliz, ni disfrutar de lo que Dios me tenía destinado para mi disfrute.

Su rostro se ensombreció, y pareció contraerse, arrugarse y marchitarse por la edad.

—¡Nunca, señor! —repitió—. ¡Nunca podría respirar de felicidad allí!

—Uno pensaría que no —dijo el anciano caballero, mirando a Clifford con severidad y bastante aprensión—. ¡No podría concebirse, señor, con esas ideas en su cabeza!

—Por supuesto que no —continuó Clifford—, y sería un alivio para mí que derrumbaran la casa, o que se quemara, o que la tierra se deshiciera de ella, y que la hierba creciera en abundancia sobre sus cimientos. ¡Y así nunca tendría que volver a visitar el lugar! Porque, señor, cuanto más me alejo de ella, tanto más vuelve a mí la alegría, la frívola lozanía, los sobresaltos del corazón, la danza intelectual... Para resumir, la juventud... ¡Sí, mi juventud, mi juventud! Cuanto más me alejo, más joven me vuelvo. Esta mañana, sin ir más lejos, yo era viejo. Recuerdo mirarme en el espejo y asombrarme ante mi propio pelo gris, y las arrugas, muchas y profundas, atravesando mi frente, y los surcos en mis mejillas, y el prodigioso conjunto de patas de gallo alrededor de mis ojos. ¡Era demasiado pronto! ¡No pude soportarlo! ¡La vejez no tenía derecho a venir! ¡Yo no había vivido! Pero ahora, ¿parezco viejo? Si es así, mi aspecto me contradice de un modo extraño porque, al quitarme un gran peso de encima, me siento en el apogeo de mi juventud, con el mundo y mis mejores días por delante de mí.

—Espero que sea así —dijo el anciano caballero, quien parecía bastante avergonzado y deseoso de evitar la atención que el demente discurso de Clifford estaba atrayendo sobre ambos—. Le deseo lo mejor en su empeño.

—¡Por amor de Dios, querido Clifford, cállate! —susurró su hermana—. Piensan que estás loco.

—¡Cállate tú, Hepzibah! —replicó su hermano—. ¡No importa lo que piensen! No estoy loco. Por primera vez en treinta años, mis pensamientos hablan con entusiasmo y encuentran las palabras adecuadas para ellos. ¡Debo hablar y lo haré!

Volvió a girarse hacia el anciano caballero y reanudó la conversación.

—Sí, mi querido señor —dijo—, creo firmemente y espero que esos términos de techo y hogar de piedra, que durante tanto tiempo han personificado algo sagrado, pronto dejen de ser de uso diario para los hombres y caigan en el olvido. Sólo imagine por un momento cuánta maldad humana se desmoronaría con ese único cambio. Lo que llamamos bienes raíces, el sólido terreno en el que construir una casa, es la amplia base sobre la que reposa casi toda la culpa de este mundo. Un hombre cometerá casi cualquier maldad, acumulará una inmensa pila de maldades, tan duras como el granito, y que pesará tanto como su alma en los años de la eternidad, sólo para construir una grandiosa, triste mansión de cuartos oscuros en la que morir y en la que su descendencia será desgraciada. Entierra su propio cadáver bajo los cimientos, podría decirse, y cuelga su ceñudo retrato en la pared; y así, tras haberse convertido en un destino malvado, espera que sus remotos tataranietos sean felices allí. No digo sandeces. ¡Tengo una casa así en el pensamiento!

—Entonces, señor —dijo el anciano caballero, ansioso por abandonar el tema—, no le culpo por abandonarla.

—Durante la vida del niño que ya ha nacido, todo esto desaparecerá —continuó Clifford—. El mundo se está volviendo demasiado etéreo y espiritual para soportar estas enormidades por más tiempo. Para mí, aunque durante un largo período he vivido principalmente retirado y sé menos de estas cosas que la mayoría de la gente, incluso para mí, los presagios de una era mejor son inconfundibles. ¡Hipnotismo! ¿Cree usted que eso no contribuirá en nada a purificar la grosería de la vida humana?

—¡Eso son disparates! —gruñó el anciano caballero.

—Esos espíritus parlantes de los que la pequeña Phoebe nos habló el otro día —dijo Clifford—, ¿qué son sino mensajeros del mundo espiritual, llamando a la puerta de lo material? ¡Y debemos abrírsela de par en par!

—¡De nuevo le digo que eso son patrañas! —exclamó el anciano caballero, que se volvía cada vez más irritable ante esos retazos de la

metafísica de Clifford—. ¡Me gustaría llamar con un buen palo a las vacías coronillas de los memos que hacen circular tales tonterías!

—Y luego está la electricidad... ¡El demonio, el ángel, la poderosa fuerza física, la inteligencia omnipresente! —exclamó Clifford—. ¿Son eso patrañas también? ¿Es un hecho, o lo he soñado, que, por medio de la electricidad, el mundo material se ha convertido en un gran nervio que vibra a miles de kilómetros en un apasionante punto en el tiempo? ¡Más bien el redondo globo es una amplia cabeza, un cerebro, instinto con inteligencia! O digamos que es un pensamiento en sí mismo, nada más que una idea, y que ya no tiene la sustancia que le otorgamos.

—Si se refiere al telégrafo —dijo el anciano caballero, echando una ojeada al entramado de cables que se encontraba junto a las vías del tren—, es un invento excelente... es decir, siempre y cuando los especuladores del algodón y los políticos no se apoderen de él. Un gran invento, en efecto, señor, en particular en lo que concierne a la detección de ladrones de bancos y asesinos.

—Según ese punto de vista, no me gusta —respondió Clifford—. Un ladrón de bancos, y lo que usted llama un asesino, de igual modo, tiene sus derechos, los cuales los hombres de cultivada humanidad y conciencia deberían contemplar con un espíritu mucho más liberal, porque el grueso de la sociedad es propenso a contradecir su existencia. Un medio casi espiritual, como el telégrafo eléctrico, debería ser consagrado a misiones elevadas, profundas, alegres y sagradas. Los amantes, día a día, o incluso hora tras hora si así se sienten inclinados a actuar, podrían enviar los latidos de su corazón desde Maine hasta Florida, con palabras tales como estas, «¡Te querré por siempre!», «¡Mi corazón rebosa de amor!», «¡Te quiero más que a mi vida!» y, de nuevo, en el siguiente mensaje, «¡He vivido una hora más y te quiero el doble que antes!». O, cuando un buen hombre fallece, su amigo en la distancia debería ser consciente de una emoción eléctrica, como si algo desde el mundo de los espíritus felices le dijera, «Tu querido amigo está en la gloria». O a un marido ausente le deberían llegar noticias como «¡Un ser inmortal, de quien tú eres el padre, ha llegado en este momento como un regalo de Dios!» y, de inmediato, su vocecilla parecería haber llegado a lo más hondo y estaría resonando en su corazón. Pero para esos pobres granujas, los ladrones de bancos (quienes, después de todo, son tan honestos como nueve personas de cada diez, excepto que ellos ignoran ciertas formalidades y prefieren realizar sus negocios a medianoche en vez de en horario comercial) y para esos asesinos, como usted lo expresa, cuyos motivos para el asesinato son a menudo excusables y merecen ser clasificados como benefactores públicos, si consideramos sus resultados... pues bien, para individuos tan desafortunados como

esos, en verdad no puedo aplaudir el reclutamiento de un poder inmaterial y milagroso en la caza mundial para capturarlos.

—Así que no puede, ¿eh? —exclamó el anciano caballero con una expresión dura.

—¡Pues claro que no! —contestó Clifford—. Los deja en una desventaja demasiado miserable. Por ejemplo, señor, supongamos que un muerto está sentado en un sillón, en un oscuro salón con techos bajos de una vieja mansión, con una mancha de sangre en la pechera de su camisa. Añadamos a nuestra hipótesis otro hombre, que sale de la casa y que se siente sobrecogido por la presencia del fallecido. E imaginemos por último que huye, Dios sabe adónde, a la velocidad de un huracán en ferrocarril. Ahora bien, señor, si el fugitivo se apea en alguna ciudad distante y encuentra que toda la gente está parloteando sobre ese mismo hombre muerto, de quien ha huido lo más lejos posible para evitar verlo y pensar en él, ¿no admitirá que sus derechos naturales han sido infringidos? Se le ha privado de su ciudad de refugio y, en mi humilde opinión, ¡ha sufrido una injusticia infinita!

—¡Es usted un hombre extraño, señor! —dijo el anciano caballero, clavando su mirada penetrante en Clifford, como si estuviera decidido a atravesarlo con su mirada—. ¡No consigo comprenderle!

—¡No! ¡Estoy destinado a que no pueda hacerlo! —exclamó Clifford entre risas—. Y aun así, mi querido señor, soy tan transparente como el agua del pozo de Maule. ¡Pero ven, Hepzibah! Ya hemos huido demasiado lejos por ahora. Descendamos, como hacen los pájaros, y posémonos sobre la ramita más cercana para consultar adónde debemos volar a continuación.

Justo entonces, de pura casualidad, el tren llegó a un solitario apeadero. Aprovechándose de la breve pausa, Clifford salió del vagón y arrastró a Hepzibah con él. Un instante después, el tren —con toda la vida de su interior, donde Clifford se había convertido en un objeto bastante llamativo— se alejaba en la distancia y rápidamente se convirtió en un punto que, en otro instante, se desvaneció. El mundo había huido de esos dos vagabundos. Miraron tristemente a su alrededor. A corta distancia se encontraba una iglesia de madera, ennegrecida por los años y en un deplorable estado de ruina y deterioro, con ventanas rotas, una gran grieta a lo largo del cuerpo principal del edificio, y una viga que colgaba desde la cima de la cuadrada torre. Más allá había una granja de estilo anticuado, tan venerablemente ennegrecida como la iglesia, con un tejado que se inclinaba hacia abajo desde el hastial del tercer piso hasta llegar a la altura de un hombre. Parecía deshabitada. Se veían las reliquias de un montón de leña, en efecto, cerca de la puerta, pero la hierba brotaba entre las virutas y los dispersos troncos. Pequeñas gotas de lluvia caían de soslayo, y el viento no era turbulento sino taciturno, lleno de helada humedad.

Clifford se estremecía de pies a cabeza. La demente efervescencia de su estado de ánimo, que tan fácilmente le había proporcionado pensamientos, fantasías y una extraña aptitud para las palabras, y que le había impulsado a hablar por la mera necesidad de dar rienda suelta a este torrente de ideas, se había calmado por completo. Una poderosa excitación le había llenado de energía y vivacidad. Terminada su operación, comenzó a hundirse de inmediato.

—Debes tomar la iniciativa ahora, Hepzibah —murmuró con una expresión aletargada y renuente—. ¡Haz conmigo lo que quieras!

Ella se arrodilló en el andén en el que se encontraban y levantó las manos unidas hacia el cielo. Las densas nubes opacas y grises lo hacían invisible, pero no era momento para la descreencia. ¡Ninguna coyuntura podía cuestionar que hubiera un cielo arriba y un Padre Todopoderoso que los miraba desde allí!

—¡Oh, Dios! —exclamó la pobre y demacrada Hepzibah, quien entonces hizo una pausa para considerar cuál debía ser su oración—. Oh, Dios, Padre nuestro, ¿no somos acaso tus hijos? ¡Ten piedad de nosotros!

CAPÍTULO XVIII

Gobernador Pyncheon

El juez Pyncheon, mientras sus dos parientes huían con tal premura poco meditada, seguía sentado en el viejo salón, guardando la casa, como dice el dicho, en ausencia de sus ocupantes habituales. Hacia él, y hacia la venerable casa de los siete tejados, se dirige ahora nuestra historia, como una lechuza que, desconcertada por la luz del día, se apresura a regresar a su árbol hueco.

Ya hacía mucho rato que el juez no había cambiado de posición. No había movido ni una mano ni un pie, ni había retirado sus ojos ni un ápice de su fija mirada hacia el rincón de la sala, desde que los pasos de Hepzibah y Clifford rechinaran por el pasillo y la puerta al exterior se cerrara con cautela tras su salida. Sostiene su reloj en la mano izquierda, pero lo sujeta de tal forma que no podemos ver la esfera. ¡Qué profunda meditación! O, si lo suponemos dormido, qué tranquilidad de conciencia tan infantil y qué saludable dominio de las regiones gástricas que indican un sueño tan completamente desprovisto de sobresaltos, calambres, sacudidas, palabras musitadas en sueños, trompetazos del órgano nasal o cualquier otra irregularidad de la respiración. Debemos contener el aliento para satisfacer nuestra curiosidad sobre si está respirando

o no. Es bastante inaudible. Se oye el tictac de su reloj, pero no podemos oír su respiración. Sin duda, un sueño de lo más reparador. Y aun así, el juez no puede estar dormido. ¡Sus ojos están abiertos! Un político veterano como es él nunca se quedaría dormido con los ojos bien abiertos, por temor a que algún enemigo o persona traviesa, encontrándolo así desprevenido, se colara por esas ventanas dentro de su conciencia y realizara extraños descubrimientos entre los recuerdos, las esperanzas, los proyectos, los recelos, las debilidades y los puntos fuertes que él, hasta ese momento, no había compartido con persona alguna. Un hombre precavido, dice el proverbio, duerme con un ojo abierto. Puede que eso sea sabiduría. Pero no con los dos, ya que eso sería una negligencia. ¡No, no! El juez Pyncheon no puede estar dormido.

Es extraño, sin embargo, que un caballero tan agobiado por los compromisos, y tan célebre por su puntualidad, permaneciera así en una vieja y solitaria mansión que nunca había parecido ser muy dado a visitar. La silla de roble, sin duda, podía tentarle con su amplitud. En efecto, es espaciosa y, teniendo en cuenta la tosca época en la que se fabricó, es un asiento cómodo, con suficiente capacidad, sea como sea, y que no ofrece restricciones a la anchura del juez. Un hombre más corpulento encontraría amplio acomodo en ella. Su antepasado, ahora retratado sobre la pared, con todas sus carnes inglesas, apenas llenaba la silla de codo a codo, ni ofrecía una base que cubriera todo su cojín. Pero hay mejores sillas que esta: de caoba, de nogal negro, de palisandro, con asiento de muelles y tapicería de damasco, con diversas inclinaciones e innumerables artificios para hacerlas más cómodas y obviar el fastidio de un asiento demasiado duro. Una veintena de tales sillas estaría al servicio del juez Pyncheon. ¡Sí! Él sería muy bienvenido en una veintena de salones. La madre se adelantaría para recibirle con la mano extendida; la virginal hija, puesto que él ya tiene una edad —él se describe con una sonrisa como un viejo viudo— ahuecaría los cojines para el juez y haría todo lo posible por hacer que se sintiera cómodo. Pues el juez es un hombre próspero. Además, aprecia sus planes como cualquier otra persona, y con una brillantez más que considerable; o, al menos, así lo hizo esta mañana, mientras yacía en la cama, en un agradable estado de somnolencia, planeando los asuntos del día y especulando sobre las probabilidades de los próximos quince años. Con su buena salud y los pequeños estragos que la edad le ha infligido, quince o veinte años —sí, o tal vez veinticinco— no son más de los que puede considerar suyos. Veinticinco años para disfrutar de sus bienes inmuebles en la ciudad y en el campo, de sus acciones en ferrocarriles, bancos y compañías de seguros, de sus inversiones en los Estados Unidos... En definitiva, de su riqueza, invertida como sea, que ahora posee

o que pronto adquirirá, junto con los honores públicos que le han sido concedidos y los más importantes que aún le esperan. ¡Es bueno! ¡Es excelente! ¡Es suficiente!

¡Sigue remoloneando en la vieja silla! Si el juez tiene un poco de tiempo libre, ¿por qué no visita la compañía de seguros, como es su costumbre, y se sienta un rato en sus sillones tapizados de cuero, escuchando los chismes del día y dejando caer algunas palabras casuales bien escogidas que, ciertamente, se convertirán en el chisme del día siguiente. ¿Y no van a celebrar los directores del banco una reunión en la que se espera que el juez esté presente en calidad de presidente? Por supuesto que sí, y la hora está anotada en una tarjeta que se encuentra, o debería encontrarse, en el bolsillo derecho del chaleco del juez Pyncheon. ¡Dejemos que vaya allí y que se apoltrone a gusto sobre sus sacos de dinero! ¡Ya lleva demasiado tiempo repantingado en la vieja silla!

Este iba a ser un día muy ajetreado. En primer lugar, la entrevista con Clifford. El juez estimaba que media hora sería suficiente para tal fin; es probable que fuera menos tiempo pero, teniendo en consideración que primero tenía que lidiar con Hepzibah, y que estas mujeres son propensas a usar muchas palabras cuando usar pocas sería lo mejor, sería mejor permitirse media hora. ¿Media hora? Vaya, juez, si ya han pasado dos horas, según su propio y siempre preciso cronómetro. ¡Baje la vista y véalo! ¡Ah, ni siquiera se molesta en agachar la cabeza o alzar la mano para llevar el fiel reloj frente a sus ojos! ¡El tiempo, de repente, parece haberse convertido en una cuestión sin importancia para el juez!

¿Se le han olvidado también el resto de los compromisos de su agenda? Tras disponer su asunto con Clifford, iba a reunirse con un corredor de bolsa de la calle State que se ha comprometido a procurarle un alto porcentaje, y el mejor de los contratos, para unos miles de dólares que el juez aún no ha invertido. El arrugado cuentabilletes habrá hecho su viaje en tren en vano. Media hora más tarde, en la calle adyacente a esta, iba a realizarse una subasta de bienes raíces, incluyendo una porción de la vieja propiedad Pyncheon y que originariamente pertenecía a los terrenos del jardín de Maule. Le había sido arrebatada a los Pyncheon cuarenta años antes, pero el juez siempre la había mantenido en sus miras y se había propuesto volver a anexionarla al pequeño dominio que aún quedaba alrededor de la casa de los siete tejados. Y ahora, durante este extraño arrebato de olvido, el martillo fatal debía haber caído y había transferido nuestro patrimonio ancestral a algún desconocido poseedor. Es posible, claro está, que la subasta haya sido pospuesta hasta que el clima sea más favorable. Si es así, ¿considerará el juez

conveniente estar presente y favorecer al subastador con su puja en la próxima ocasión?

El siguiente asunto era comprar un caballo para él. Su favorito hasta la fecha había tropezado esa misma mañana en la carretera hacia la ciudad, de modo que debía ser descartado de inmediato. El cuello del juez Pyncheon es demasiado valioso como para arriesgarlo con una contingencia como un corcel que tropieza. Si todos los compromisos anteriores fueran relativamente bien, podría asistir a la reunión de alguna sociedad benéfica, cuyo nombre, empero, en toda su benevolencia, se le había olvidado; de modo que ese compromiso podría quedar sin realizar y no pasaría nada. Y si tuviera tiempo, entre la multitud de asuntos más urgentes, debería tomar medidas para la renovación de la lápida de la señora Pyncheon, la cual, según le dijo el sacristán, se había caído y el mármol se había rajado en dos mitades. Ella fue una mujer bastante encomiable, piensa el juez, a pesar de su nerviosismo, las lágrimas que brotaban con tanta facilidad y su absurdo comportamiento con el café; como ella había partido de este mundo de un modo tan apropiado, él no le tendría rencor por la segunda lápida. ¡Al menos es mejor que si ella no hubiera necesitado ninguna! El siguiente punto en su lista era dar la orden para que enviaran unos árboles frutales, de una rara variedad, a su casa solariega el próximo otoño. Sí, comprarlos, por supuesto, y ¡que los melocotones sean exquisitos en su boca, juez Pyncheon! Después de eso hay algo más importante. Un comité de su partido político le ha rogado que entregue cien o doscientos dólares, además de sus previos desembolsos, para costear la campaña otoñal. El juez es un patriota; el destino de la nación está en juego en las elecciones de noviembre. Además, como dejaremos entrever en otro párrafo, él no tenía un papel baladí en ese mismo gran juego. Hará lo que le pida el comité; no, él será liberal más allá de sus expectativas; ellos recibirán un cheque por quinientos dólares, y más aún si fuera necesario. ¿Qué más? Una viuda en decadencia, cuyo marido fue amigo del juez Pyncheon, le ha presentado su situación de pobreza en una carta conmovedora. Ella y su bella hija apenas tienen pan que llevarse a la boca. En parte, él tiene intención de visitarla hoy —puede que sí, puede que no— según si resulta que le queda tiempo libre y un billete pequeño.

Otro asunto al que, sin embargo, no dio demasiada importancia (es bueno estar atento, ya saben, pero no demasiado ansioso, en lo que respecta a la salud personal) era consultar a su médico de cabecera. ¿Sobre qué, por amor de Dios? Bueno, resulta bastante difícil describir los síntomas. ¿Se trataba de una desagradable sensación de ahogo, sofoco, gorgoteo o burbujeo en la región del tórax, como dicen los anatomistas? ¿O era una fuerte palpitación y pataleo del corazón, más bien digno de

crédito para él que de otra manera, como muestra de que el órgano no había sido dejado fuera del dispositivo físico del juez? Daba igual lo que fuera. Es probable que el médico sonriera al oír tales nimiedades; el juez sonreiría a su vez y, mirándose a los ojos, ¡compartirían unas buenas carcajadas! Pero ni hablar de consejos médicos. El juez nunca los necesitará.

¡Por favor, por favor, juez Pyncheon, mire su reloj! ¡Ahora! Pero... ¡ni un vistazo! ¡Ya pasan diez minutos de la hora de la cena! Seguro que no puede habérsele olvidado que la cena de hoy es la más importante, por sus consecuencias, de todas las cenas que haya comido jamás. Sí, precisamente la más importante, aunque en el transcurso de su, en cierto modo, eminente carrera, usted haya sido colocado en muy buen lugar hacia la cabecera de la mesa en espléndidos banquetes y haya derramado su festiva elocuencia en oídos que aún resuenan con los poderosos tonos, como de órgano, de los discursos de Webster. Pero esta no es una cena pública. Es tan sólo una reunión de una docena o así de amigos procedentes de varios distritos del Estado: hombres de distinguido carácter e influencia que se reúnen, casi por casualidad, en la casa de un amigo común, igualmente distinguido, quien los recibirá con algo mejor que su cena ordinaria. Nada parecido a la cocina francesa, pero una excelente cena, no obstante. Auténtica tortuga, según tenemos entendido, y salmón, pez negro, pato lomiblanco, cerdo, cordero inglés, un buen rosbif o manjares de ese estilo, adecuados para importantes caballeros del país, como estas personas honorables eran en su mayoría. En resumen, las delicadezas de la temporada, aderezadas con una marca de vino añejo de Madeira que ha sido el orgullo de muchas temporadas. De las bodegas de Juno, un vino glorioso, fragante y lleno de gentil poder; felicidad embotellada, lista para su uso; oro líquido, más valioso que el oro líquido; tan raro y admirable que los bebedores veteranos cuentan entre sus hazañas el haberlo probado. Ahuyenta las penas y no sustituye al dolor de cabeza. Si el juez pudiera beberse una copa, le permitiría desprenderse del inexplicable letargo que (durante los diez minutos transcurridos, y cinco más que ya han pasado) ha conseguido que vaya rezagado en esta trascendental cena. ¡Ese vino resucitaría a un muerto! ¿Le apetece darle un trago ahora, juez Pyncheon?

¡Ay, esta cena! ¿Verdaderamente se le ha olvidado su verdadero propósito? Entonces susurrémoslo para que usted se levante de una vez de la silla de roble, que realmente parece estar hechizada, como la del dios Como o la que usó la clarividente Moll Pitcher para aprisionar a su propio abuelo. Pero la ambición es un talismán más poderoso que la brujería. ¡Póngase en marcha, pues, y, corriendo por las calles, irrumpa ante el grupo para que puedan empezar a comer antes de que el pescado

se eche a perder! Le están esperando y no juega a favor de sus intereses que le esperen. Estos caballeros —¿hace falta que se lo diga?— se han congregado, cada uno con un propósito, desde todos los confines del Estado. Son políticos con experiencia, cada uno de ellos, con habilidades que se ajustan a esas medidas preliminares que arrebatan al populacho, sin su conocimiento, el poder de elegir a sus propios gobernantes. La voz popular en las próximas elecciones gubernamentales, aunque resuene más que el trueno, no será en realidad más que un eco de lo que estos caballeros dirán en voz baja en las fiestas de sus amigos. Se reúnen para decidir su candidato. Este pequeño grupo de sutiles intrigantes controlará la convención y, a través de ella, controlará al partido. ¿Y qué candidato más digno —más sabio y culto, más celebrado por su filantrópica liberalidad, más apegado a prudentes principios, que ha ocupado a menudo cargos públicos, con una vida privada sin tacha, con un mayor interés en el bien común y arraigado con profundidad, por herencia genética, en la fe y la práctica del puritanismo—, qué hombre podía presentarse ante el sufragio del pueblo que combinara de un modo tan eminente todas esas afirmaciones del buen gobernante como el mismísimo juez Pyncheon aquí presente?

¡Apresúrese, pues! ¡Ponga de su parte! ¡La recompensa para la que ha trabajado duro, ha luchado, ha trepado, se ha arrastrado está al alcance de su mano! ¡Preséntese a esa cena! ¡Beba una copa o dos de ese noble vino! ¡Exprese su compromiso en susurros si así lo desea! ¡Y se alzará de esa mesa siendo virtualmente el gobernador del glorioso estado! ¡El gobernador Pyncheon de Massachusetts!

¿No existe un tónico potente y exhilarante en una certeza como esta? El propósito de la mitad de su vida ha sido obtenerlo. Ahora, cuando no se necesita más que indicar su aceptación, ¿por qué se queda sentado como un bulto en el sillón de roble de su tatarabuelo, como si lo prefiriera al sillón gubernamental? Todos hemos oído hablar de la fábula de las ranas y el rey leño, pero, en estos tiempos de empellones, un miembro de la familia real apenas ganará la carrera para ser elegido como jefe de la magistratura.

¡Vaya! ¡Es demasiado tarde para cenar! La tortuga, el salmón, el pez negro, la becada, el pavo hervido, el cordero al estilo sureño, el cerdo, el rosbif... todo eso se ha desvanecido o existe sólo en fragmentos, con patatas templadas y salsas coaguladas al enfriarse la grasa. El juez, a falta de otras cosas que hacer, habría conseguido maravillas con su cuchillo y su tenedor. ¿Saben? Era de él de quien se solía decir, en referencia a su apetito de ogro, que su Creador hizo de él un gran animal pero, a la hora de la cena, hacía de él una gran bestia. Personas con sus grandes dotes sensuales debían reclamar indulgencia a la hora de alimentarse. Pero,

por una vez, ¡el juez llega demasiado tarde para cenar! ¡Demasiado tarde, lamentamos decir, incluso para unirse al grupo para beber vino! Los invitados están abrigados y contentos; han renunciado al juez, han llegado a la conclusión de que los abolicionistas se lo han quedado, de modo que ya buscarán otro candidato. Si nuestro amigo irrumpiera ahora entre ellos con esa mirada bien abierta, salvaje e impasible a la vez, su presencia nada afable sería adecuada para cambiar su dicha. Tampoco sería decente que el juez Pyncheon, por lo general tan escrupuloso con su atuendo, se presentara a una cena con esa mancha carmesí sobre la pechera de su camisa. Por cierto, ¿cómo ha llegado allí? Es una desagradable visión, en cualquier caso, y lo mejor que puede hacer el juez es abotonarse el abrigo sobre el pecho y, sacando su caballo y carruaje de las caballerizas, marcharse a toda prisa a su propia casa. Allí, tras una copa de brandi y agua, unas chuletas de cordero, un filete de ternera, carne de ave asada o alguna otra combinación apresurada de refrigerio y cena, más le valdría pasar la velada junto al fuego. Debe tostar sus zapatillas durante mucho rato para deshacerse de la frialdad que el aire de esta vil y vieja casa ha hecho que le recorra las venas.

Por todo ello, ¡arriba, juez Pyncheon, arriba! Ha perdido un día. Pero mañana llegará pronto. ¿Se levantará a tiempo y le sacará provecho? Mañana. ¡Mañana! Mañana. Nosotros, los que estamos vivos, nos levantaremos a tiempo mañana. En cuanto al que ha muerto hoy, su mañana será la mañana de la resurrección.

Mientras tanto, el crepúsculo va ascendiendo por los rincones de la habitación. Las sombras de los altos muebles se vuelven más profundas y, al principio, se vuelven más definidas; luego, expandiéndose más, pierden la claridad de sus contornos en la marea gris oscura del olvido, por así decirlo, que se arrastra despacio sobre los diversos objetos y la única figura humana sentada entre ellos. La oscuridad no ha llegado de fuera; ha estado aquí todo el día y ahora, tomándose su inevitable tiempo, se apoderará de todo. En efecto, el rostro del juez, rígido y singularmente pálido, se niega a fundirse en este disolvente universal. La luz se vuelve cada vez más tenue. Es como si otro doble puñado de oscuridad se hubiera esparcido por el aire. Ahora ya no es gris, sino negro. Todavía persiste una débil apariencia en la ventana: ni un resplandor, ni un brillo, ni un destello, cualquier frase de luz expresaría algo mucho más brillante que esta dudosa percepción, o más bien sensación, de que hay una ventana allí. ¿Ha desaparecido ya? ¡No! ¡Sí! ¡No del todo! Y sigue existiendo la blancura morena —nos atreveremos a casar estas palabras tan poco acordes—, la blancura morena del rostro del juez Pyncheon. Las facciones han desaparecido para quedar tan sólo su palidez. ¿Y qué aspecto tiene ahora? ¡No hay ventana! ¡No hay rostro! ¡Una infinita e

inescrutable negrura ha aniquilado la visión! ¿Dónde está nuestro universo? Desmoronado y lejos de nuestro alcance, y nosotros, a la deriva en el caos, escucharemos las ráfagas de viento sin hogar que viajan suspirando y murmurando en busca de lo que una vez fue un mundo.

¿No hay otros sonidos? Sólo uno, uno aterrador. Es el tictac del reloj del juez que, desde que Hepzibah abandonara la sala para buscar a Clifford, ha estado sosteniendo en su mano. Sea por la causa que sea, este pequeño, silencioso, incesante latido del pulso del Tiempo, repitiendo sus pequeñas pulsaciones con atareada regularidad en la mano inmóvil del juez Pyncheon, produce un efecto terrorífico que no encontramos en cualquier otro acompañamiento de la escena.

¡Pero escuchen! Ese soplo de la brisa fue más fuerte. Tenía un tono diferente al tono deprimente y taciturno con el que se lamentaba y afligió a toda la humanidad con miserable simpatía durante los últimos cinco días. ¡El viento ha cambiado su rumbo! Ahora llega ruidosamente desde el noroeste y se apodera de la envejecida estructura de la casa de los siete tejados, le da una buena sacudida, como lo haría un luchador que probara su fuerza contra su antagonista. ¡Otra robusta refriega de las ráfagas, y otra más! La vieja casa vuelve a crujir y produce un vociferante pero algo ininteligible bramido en su garganta de hollín (nos referimos al gran tiro de su ancha chimenea), en parte como queja ante el rudo viento, pero sobre todo como duro desafío, como corresponde a su siglo y medio de hostil intimidad. Detrás de la chimenea se oye una especie de estruendo. Se ha cerrado de golpe una puerta en el piso de arriba. Tal vez se ha abierto una ventana o una ráfaga le ha dado un buen empujón. No se puede saber de antemano qué maravillosos instrumentos de viento son estas viejas mansiones de madera y cuán atormentadas están por los ruidos más extraños que, de inmediato, comienzan a cantar, suspirar, sollozar y chillar, a golpear con mazos, a recorrer las entradas como con pasos majestuosos y a subir y bajar las escaleras como con sedas milagrosamente rígidas, siempre que el vendaval sorprende a la casa con una ventana abierta y se mete de lleno en ella. ¡Ojalá no tuviéramos aquí un espíritu presente! Es demasiado horrible. Este clamor del viento a través de la casa solitaria; la quietud del juez, sentado invisible... ¡y ese pertinaz tictac de su reloj!

En cuanto a la invisibilidad del juez Pyncheon, empero, esa cuestión se verá pronto remediada. El viento del noroeste ha limpiado los cielos. La ventana se ve claramente. Además, a través de sus cristales advertimos tenuemente el barrido del oscuro follaje que se arremolina fuera, agitándose con un constante movimiento irregular y permitiendo vislumbrar la luz de las estrellas de tanto en cuanto. Más a menudo que cualquier otro objeto, estos vistazos iluminan el semblante del juez.

Pero ahí llega una luz más eficaz. Observemos ese baile plateado sobre las ramas superiores del peral, y ahora un poco más abajo, y ahora sobre toda la masa de los arbustos mientras, con su complejidad cambiante, los rayos de la luna caen de forma oblicua dentro del salón. Juguetean con la figura del juez y muestran que no se ha movido durante las horas de oscuridad. Siguen las sombras, con su cambiante movilidad, sobre sus inmutables facciones. Brillan sobre su reloj. Su agarre oculta la esfera... pero sabemos que las fieles manecillas se han encontrado porque uno de los relojes de la ciudad marca la medianoche.

A un hombre de comprensión sólida como el juez Pyncheon no le importa más que sean las doce de la noche que su correspondiente hora del mediodía. Sin embargo, el paralelismo descrito en algunas de las precedentes páginas entre su puritano antepasado y él mismo falla llegados a este punto. El Pyncheon de hace dos siglos, al igual que la mayoría de sus coetáneos, profesaba su completa creencia en las apariciones de espíritus, aunque consideraba que, en gran medida, poseían un carácter maligno. El Pyncheon de esta noche, sentado en aquella silla, no cree en tales tonterías. Al menos, esa era su creencia algunas horas antes. Por lo tanto, no se le erizará el cabello al oír las historias que —en la época cuando las chimeneas tenían bancos para que los ancianos se sentaran a remover las cenizas del pasado y a atizar las leyendas como tizones ardientes— se solían contar en ese mismo salón de su hogar ancestral. De hecho, tales historias son demasiado absurdas como para que se les erice el pelo a los niños. ¿Qué sentido, significado o moraleja, por ejemplo, como las que se atribuye a las historias de fantasmas, puede encontrarse en la ridícula leyenda que dice que, a medianoche, todos los Pyncheon fallecidos están destinados a reunirse en este salón? Y díganme, ¿para qué? ¿Para ver si el retrato de su antepasado sigue ocupando su lugar en la pared, en cumplimiento de las directivas de su testamento? ¿Merece la pena salir de sus tumbas para eso?

Nos sentimos tentados de burlarnos un poco de tal idea. Las historias de fantasmas ya no pueden ser tratadas con seriedad. El grupo familiar de los difuntos Pyncheon, suponemos, se celebra del modo siguiente.

Primero llega el antepasado mismo, con su abrigo negro, su sombrero de puritano, sus bombachos ceñidos a la cintura con un cinturón de cuero, del que cuelga su espada con empuñadura de acero; lleva un largo báculo en su mano, como el que acostumbraban a llevar tales caballeros de avanzada edad, tanto por la dignidad que le confieren como por el apoyo que se deriva de él. Levanta la vista hacia el retrato; un acto tan insustancial, el de mirar su propia imagen pintada. Todo está bien. El retrato sigue allí. El propósito de su cerebro se ha mantenido sagrado tanto tiempo después de que el hombre retratado haya brotado en la hierba del cementerio. ¡Todo bien! Pero ¿es eso una sonrisa? ¿No es eso una expresión de mortal importancia que oscurece la sombra de sus rasgos? ¡El fornido coronel está insatisfecho! Tan categórica es su expresión de descontento que imparte una distinción adicional a sus rasgos, a través de los cuales, no obstante, la luz de la luna pasa y parpadea sobre la pared de más allá. ¡Algo ha enojado de manera extraña al antepasado! Con una adusta sacudida de la cabeza, se da la vuelta. Aquí llegan otros Pyncheon, todo el clan, con su media docena de generaciones, atropellándose y dándose codazos los unos a los otros en su afán por llegar ante el cuadro. Contemplamos a envejecidos hombres y abuelitas, a un clérigo con la rigidez puritana aún en su aspecto y maneras, y a un oficial con su guerrera roja de la antigua guerra francesa. Y ahí llega el Pyncheon tendero de hace un siglo, con los volantes vueltos en sus muñecas, y por ahí también viene el caballero de la leyenda del artista con su peluca y sus brocados, acompañado de la hermosa y pensativa Alice, despojada de todo orgullo en su tumba virginal. Todos tocan el marco del cuadro. ¿Qué buscan todos estos espectros? ¡Una madre levanta a su hijo para que pueda tocarlo con sus manitas! Es evidente que hay algún misterio en torno al cuadro que desconcierta a estos pobres Pyncheon cuando deberían estar descansando. Mientras tanto, en un rincón se alza la figura de un anciano, vestido con un jubón de cuero y bombachos, con una regla de carpintero sobresaliendo de su bolsillo lateral; señala con su dedo al barbudo coronel y a sus descendientes, asiente, abuchea, se mofa, para finalmente soltar una risotada escandalosa pero inaudible.

Si nos entregamos a la fantasía de este fenómeno anormal, en parte habremos perdido el poder de tener control y mantener la compostura. Distinguimos una figura imprevista en nuestra visionaria escena. Entre esas personas ancestrales se encuentra un joven, vestido a la moda actual: levita oscura casi carente de faldones, bombachos grises, botas con polainas de charol, una cadena de oro bellamente labrada cruza su pecho y porta un pequeño bastón de barba de ballena con empuñadura plateada. Si nos cruzáramos con esta figura al mediodía, le saludaríamos como el joven Jaffrey Pyncheon, el único hijo superviviente del juez, que se ha pasado los dos últimos años viajando por el extranjero. Si sigue con vida, ¿cómo es que su sombra se encuentra aquí? Si está muerto, ¡vaya desgracia! La vieja propiedad Pyncheon, junto con las grandes propiedades adquiridas por el padre del joven... ¿a quién pasarían? ¡Al pobre e ingenuo Clifford, a la demacrada Hepzibah y a la pequeña rústica Phoebe! ¡Pero otra maravilla mayor nos aguarda! ¿Podemos creer lo que ven nuestros ojos? Un robusto y anciano caballero ha hecho aparición; tiene aspecto de eminente respetabilidad, viste un abrigo y bombachos de color negro, de amplia holgura, y podría pronunciarse que es escrupulosamente pulcro en su atuendo si no fuera por una ancha mancha carmesí que atraviesa su blanco cuello y baja por la pechera de su camisa. ¿Es el juez o no? ¿Cómo puede ser el juez Pyncheon? ¡Distinguimos su figura, aún sentada en la silla de roble, cada vez que los rayos de luna nos muestran algo! Sea quien sea dicha aparición, avanza hacia el retrato, parece agarrar el marco, intenta mirar detrás del cuadro y se retira con el ceño tan fruncido como el del antepasado.

La fantástica escena que acabamos de insinuar no debe considerarse en absoluto como parte real de nuestra historia. Nos vimos entregados a esta breve extravagancia por el temblor de los rayos de la luna, los cuales bailan codo a codo con las sombras y se reflejan en el espejo que, como ya saben, siempre es una suerte de ventana o puerta hacia el mundo espiritual. Además, necesitábamos un desahogo de nuestra demasiado larga y exclusiva contemplación de esa figura en la silla. Este salvaje viento también ha causado que nuestros pensamientos entren en una extraña confusión, pero sin arrancarlos de su único y decidido centro. Aquel triste juez se ha aposentado inamovible sobre nuestra alma. ¿Nunca más volverá a moverse? ¡Enloqueceremos a menos que se mueva! Se podría estimar mejor su quietud por la audacia de un ratoncito que está sentado sobre sus cuartos traseros, en un rayo de luna, cerca del pie del juez Pyncheon, y parece estar meditando un viaje de exploración sobre su gran corpulencia negra. ¡Ja! ¿Qué ha sobresaltado al veloz ratoncillo? Es el rostro de la vieja gata, al otro lado de la ventana, donde parece haberse apostado para montar guardia. Esta gata tiene una expresión muy fea. ¿Es una gata observando a un ratón o el demonio en busca de un alma humana? ¡Ojalá pudiéramos ahuyentarla de la ventana!

¡Gracias a Dios, la noche ya casi ha pasado! Los rayos de la luna ya no brillan con tanto relumbre plateado, ni contrastan tanto con la negrura de las sombras entre las que recaen. Ahora son más pálidos; las sombras parecen grises, no negras. El tempestuoso viento se ha acallado. ¿Qué hora es? ¡Ah! El reloj ha dejado al fin de hacer tictac, puesto que los olvidadizos dedos del juez pasaron por alto darle cuerda, como siempre, a las diez en punto, a una media hora o así antes de su habitual hora de irse a la cama... y se ha parado, por primera vez en cinco años. Pero el gran reloj temporal del mundo mantiene su latido. La horrible noche —porque ¡oh, qué horrible nos parecen sus embrujados restos al dejarlos atrás!— da paso a una mañana fresca, transparente y sin nubes. ¡Bendito resplandor, bendito sea! Los rayos del día, incluso los pocos

que se abren paso en este siempre oscuro salón, parecen formar parte de la bendición universal, que anula el mal y hace posible toda bondad y que se alcance la felicidad. ¿Se levantará ahora el juez Pyncheon de su silla? ¿Saldrá a recibir los primeros rayos del sol en su frente? ¿Comenzará este nuevo día, que Dios ha bendecido con una sonrisa y se lo ha entregado a los hombres, con mejores propósitos que los muchos que ha desperdiciado? ¿O se obstinará en su corazón y en su cerebro seguirán ocupados sus profundos planes de ayer?

En este último caso, queda mucho por hacer. ¿Seguirá el juez insistiéndole a Hepzibah que quiere una entrevista con Clifford? ¿Comprará un caballo que sea seguro para un anciano caballero? ¿Convencerá al comprador de la antigua propiedad Pyncheon para que renuncie al trato en su beneficio? ¿Visitará al médico de su familia y obtendrá alguna medicina que lo preserve y así poder ser un honor y una bendición para su linaje, y así vivir hasta el límite máximo de la longevidad patriarcal? Por encima de todo, ¿se disculpará el juez Pyncheon como es debido ante el grupo de honorables amigos, los convencerá de que su ausencia de la fiesta fue inevitable y así volver a recuperar su buena opinión para poder seguir aspirando a ser el gobernador de Massachusetts? Y cuando cumpla todos esos propósitos, ¿volverá a recorrer las calles con esa sonrisa canicular de elaborada benevolencia, lo bastante abrasadora como para tentar a las moscas a venir a zumbar a su alrededor? ¿O acaso, tras la reclusión sepulcral de las pasadas horas, saldrá como un hombre humilde y arrepentido, afligido, gentil, que no busca beneficio, que evita los honores de este mundo, que apenas se atreve a amar a Dios, pero que se atreve a amar a sus congéneres y a hacer tanto bien como pueda? ¿Mostrará una odiosa sonrisa de fingida bondad, insolente en su pretensión y repugnante en su falsedad, o la tierna tristeza de un corazón contrito, quebrantado al fin bajo el propio peso de su pecado? Porque creemos que, por muchas muestras de honor que pudiera haber acumulado, había un gran pecado en el fondo de su ser.

¡Levántese, juez Pyncheon! El sol de la mañana brilla entre el follaje y, por muy hermoso y sagrado que sea, evita iluminar su rostro. ¡Levántese, sutil, mundano, egoísta y cruel hipócrita, y elija si quiere seguir siendo sutil, mundano, egoísta, cruel e hipócrita o si quiere arrancar esos pecados de su naturaleza aunque se le vaya la vida en ello! ¡El vengador viene a por usted! ¡Levántese antes de que sea demasiado tarde!

¡Vaya! ¿No se mueve tras esta última petición? ¡No, en absoluto! ¡Y ahí aparece una mosca, una de esas moscas comunes, de las que siempre andan zumbando junto a las ventanas, que ha olido al gobernador Pyncheon y se posa, ahora sobre su frente, luego sobre su barbilla...

¡Qué el cielo nos asista! ¡Ahora va subiendo por el puente de su nariz hacia los ojos bien abiertos del futuro jefe de la magistratura! ¿No puede espantar la mosca? ¿Es usted demasiado perezoso? ¡Usted, que tenía tantos proyectos por realizar ayer! ¿Es usted demasiado débil, usted que era tan poderoso? ¿Ni siquiera puede espantar una mosca? ¿No? ¡Entonces nos rendimos!

¡Atención! Suena la campanilla de la tienda. Tras horas como estas últimas, en las que hemos cargado con nuestra pesada historia, es reconfortante darnos cuenta de que existe un mundo vivo y de que incluso esta vieja y solitaria mansión mantiene algún tipo de relación con él. Respiramos con más libertad al abandonar la presencia del juez Pyncheon para salir a la calle frente a la casa de los siete tejados.

CAPÍTULO XIX

Los ramilletes de Alice

El tío Venner, quien avanzaba lentamente con una carretilla, fue la persona que más temprano se levantó en el vecindario el día después de la tormenta.

La calle Pyncheon, delante de la casa de los siete tejados, era un escenario mucho más placentero que el que podía esperarse de una calle secundaria, confinada por desgastadas vallas y bordeada por las viviendas de madera de la clase más humilde. La naturaleza reparó esa mañana los daños provocados por los cinco brutales días que la habían precedido. Habría sido suficiente para vivir el mero hecho de contemplar la amplia bendición del cielo, o la mayor parte de este que era visible entre las casas, agradable de nuevo por la luz del sol. Todos los objetos eran agradables, tanto para ser contemplados en toda su amplitud como para ser examinados con más minuciosidad. Tales eran, por ejemplo, los guijarros bien lavados y la gravilla de la acera; incluso los estanques que reflejaban el cielo en el centro de la calle; y la hierba, ahora verde y fresca, que se extendía a lo largo de la base de las vallas, al otro lado de las cuales, si uno se asomaba, podía verse el variado crecimiento de los jardines. Las producciones vegetales de cualquier tipo parecían más que negativamente felices en la jugosa calidez y abundancia de su vida. El olmo Pyncheon, en toda su circunferencia, estaba vivo y pleno por el sol de la mañana y una brisita dulce y templada, que permanecía dentro de esta verde esfera y hacía susurrar mil lenguas frondosas a la vez. Este viejo árbol no parecía haber sufrido nada por el vendaval. Conservaba sus ramas intactas y todas sus hojas, y todo estaba perfectamente verde, a excepción de una sola rama que, por el cambio precoz con el que el olmo profetiza a veces el otoño, se había transmutado en oro brillante. Era como la rama dorada que permitió que Eneas y la Sibila entraran en el Hades.

Esta rama mística colgaba frente a la puerta principal de la casa de los siete tejados, tan cerca del suelo que cualquier viandante podría haberse puesto de puntillas y arrancarla. Presentada ante la puerta, podría haber sido un símbolo de su derecho a entrar y a familiarizarse con todos los secretos de la casa. Tan poca fe se debe a su apariencia externa que, en realidad, había cierto elemento tentador en el venerable edificio, que transmitía la idea de que su historia debía ser decorosa y feliz y, como tal, sería un deleite contarla junto al fuego. Sus ventanas brillaban alegremente bajo la oblicua luz del sol. Las líneas y matas de verde musgo, por todas partes, parecían prendas de familiaridad y hermandad con la naturaleza, como si este lugar de habitación humana, al ser tan antiguo, hubiera establecido su título prescriptivo entre robles primitivos, y cualquier otro objeto que hubiera adquirido el clemente derecho de ser, por virtud de su larga continuación. Una persona de temperamento fantasioso, al pasar junto a la casa, se giraría una y otra vez para observarla bien: sus muchos hastiales, que se congregan en la agrupada chimenea; la profunda proyección sobre la planta del sótano; la ventana arqueada, que imparte un aspecto, si no de grandeza, de nobleza antigua sobre el roto portal al que se abría; la exuberancia de las gigantescas bardanas junto al umbral... Esa persona notaría todas esas características y sería consciente de algo más profundo que lo que veía. Concebiría que la mansión había sido la residencia de la terca y vieja integridad puritana que, al morir en alguna generación olvidada, había dejado su bendición en todas sus habitaciones y aposentos, cuya eficacia podía verse en la religión, honestidad, moderada competencia, pura pobreza y sólida felicidad de sus descendientes hasta el día de hoy.

Un objeto, por encima de todos, arraigaría en la memoria del imaginativo observador. Era el gran amasijo de flores —hace sólo una semana podrían haberlas llamado malas hierbas—, el amasijo de flores con manchas carmesíes en el ángulo entre los dos hastiales frontales. Los ancianos solían llamarlos los ramilletes de Alice, en recuerdo de la bella Alice Pyncheon, de quien se creía que había traído las semillas desde Italia. Alardeaban de una rica belleza y floración plena hoy, y parecía, por así decirlo, una expresión mística de que algo se había consumado dentro de la casa.

Fue poco después del amanecer cuando el tío Venner hizo su aparición, como ya hemos dicho, al tiempo que empujaba una carretilla por la calle. Iba haciendo sus rondas matutinas para recoger hojas de col, hojas de nabo, mondas de patatas y los desechos misceláneos de la cena que las ahorradoras amas de casa del vecindario se habían acostumbrado a dejar aparte porque sólo servían para alimentar a los cerdos. El cerdo del tío Venner estaba bien alimentado y en plena forma gracias a estas caritativas contribuciones, hasta tal punto que el remendado filósofo solía prometer que, antes de retirarse a su granja, haría un festín con el rollizo cebón e invitaría a todos sus vecinos a compartir las chuletas y las costillas que habían contribuido a engordar. La administración de la casa de la señorita Hepzibah Pyncheon había mejorado tanto desde que Clifford se convirtiera en miembro de la familia que su parte en el banquete no habría sido austera; el tío Venner, por lo tanto, se sintió muy decepcionado al no encontrar la gran bandeja de barro, llena de fragmentos comestibles, que normalmente esperaba su llegada en el umbral trasero de la casa de los siete tejados.

—Nunca se me habría ocurrido que la señorita Hepzibah fuera tan olvidadiza —dijo el patriarca para sí—. Anoche debió de cenar... ¡eso es incuestionable! Ella siempre cena estos días. Entonces, me pregunto dónde están el caldo y las mondas de patatas. ¿Debo llamar para ver si ya se ha levantado? ¡No, no, no servirá de nada! Si la pequeña Phoebe estuviera en la casa, no me importaría llamar; pero lo más probable es que la señorita Hepzibah me mire con el ceño fruncido por la ventana y parezca enfadada, aun cuando se sienta amable. Así que volveré al mediodía.

Con esas reflexiones, el anciano cerró la puerta del pequeño patio trasero. Sin embargo, sus bisagras chirriaron como cualquier otra puerta del edificio y el sonido llegó a los oídos del ocupante del hastial del norte; una de sus ventanas ofrecía una visión lateral de la puerta.

—¡Buenos días, tío Venner! —dijo el daguerrotipista al asomarse a la ventana—. ¿Ha oído a alguien moverse por la casa?

—Ni un alma —dijo el hombre de los remiendos—. Pero no me extraña. Apenas pasa media hora desde el amanecer. ¡Pero me alegra mucho verle, señor Holgrave! Este lado de la casa ofrece un aspecto extraño y solitario, de modo que mi corazón me hizo dudar, de un modo u otro, y sentí que no había nadie vivo ahí dentro. La parte delantera de la casa se ve mucho más alegre, y los ramilletes de Alice florecen allí muy hermosos. Si yo fuera un hombre joven, señor Holgrave, mi amada llevaría una de esas flores en el pecho aunque me arriesgara a partirme el cuello al trepar para cogerlas. Y bien, ¿le mantuvo despierto el viento la noche pasada?

—¡Desde luego que sí! —contestó el artista con una sonrisa—. Si creyera en fantasmas, y la verdad es que no estoy seguro de creer o no, habría llegado a la conclusión de que todos los viejos Pyncheon estaban descontrolados en las habitaciones del piso de abajo, en especial en la parte de la casa perteneciente a la señorita Hepzibah. Pero ahora hay mucho silencio.

—Sí, es probable que la señorita Hepzibah siga durmiendo aún tras verse perturbada por el ruido toda la noche —dijo tío Venner—. Pero ¿no sería extraño que el juez se hubiera llevado a sus dos primos a su casa de campo? Le vi entrar en la tienda ayer.

—¿A qué hora? —preguntó Holgrave.

—Oh, por la mañana —dijo el anciano—. ¡Pero bueno! Debo hacer mis rondas, y mi carretilla también. Pero volveré a la hora de la cena, porque a mi cerdo le gusta la cena tanto como el desayuno. Mi cerdo encuentra conveniente cualquier momento para comer cualquier tipo de vitualla. ¡Le deseo buenos días! Y, señor Holgrave, si yo fuera joven como usted, cogería uno de los ramilletes de Alice y lo pondría en agua hasta que Phoebe volviera.

—He oído decir —dijo el daguerrotipista mientras volvía a meter la cabeza por la ventana—, que el agua del pozo de Maule es la que mejor les sienta a esas flores.

Ahí cesó la conversación y el tío Venner retomó su camino. Durante media hora más, nada perturbó el reposo de la casa de los siete tejados; no hubo ningún visitante a excepción del chico de los periódicos, quien, al pasar por la puerta principal, dejó caer uno de sus ejemplares, puesto que Hepzibah había empezado recientemente a adquirirlo de forma regular. Al cabo de un rato, llegó una gruesa mujer a una velocidad prodigiosa que la hizo tropezar mientras subía corriendo los escalones de la tienda. Su rostro ardía como el fuego y, al ser una mañana bastante calurosa, borboteaba y siseaba, por así decirlo, como si estuviera friéndose al calor del hogar, al calor del verano y al calor de su propia corpulenta velocidad. Probó la puerta de la tienda: estaba cerrada con llave. Volvió a probarla con una sacudida tan iracunda que la campanilla le devolvió un rabioso tintineo.

—¡El demonio se lleve a la solterona Pyncheon! —musitó la irascible ama de casa—. ¡Pretende abrir una tienda y luego se queda en la cama hasta el mediodía! ¡Supongo que a eso llaman darse aires de nobleza! ¡Pero yo despertaré a su señoría o echaré la puerta abajo!

La sacudió como corresponde y la campanilla, al tener un vengativo temperamento propio, sonó escandalosamente y provocó que oyera sus protestas —no los oídos que se pretendía que la oyeran— una buena señora al otro lado de la calle. Abrió la ventana y se dirigió a la impaciente solicitante.

—No encontrará a nadie ahí, señora Gubbins.

—¡Pero debo encontrar a alguien aquí! —exclamó la señora Gubbins, quien acto seguido provocó más indignación por parte de la campanilla—. Quiero media libra de cerdo para freír unos lenguados de primera calidad para el desayuno del señor Gubbins. Y, ya sea una dama o no, la solterona Pyncheon debe levantarse y servírmelo.

—¡Atienda a razones, señora Gubbins! —respondió la señora de enfrente—. Tanto ella como su hermano se han marchado a la casa señorial de su primo, el juez Pyncheon. No hay nadie en la casa más que ese joven daguerrotipista que duerme en el hastial del norte. Vi a la vieja Hepzibah y a Clifford marcharse ayer, y parecían un par de extraños patos que iban chapoteando en los charcos embarrados. Le aseguro que se han ido.

—¿Y cómo sabe que se han ido a la casa del juez? —preguntó la señora Gubbins—. Él es un hombre rico, y ha habido muchas peleas entre Hepzibah y él hasta el día de hoy porque él se niega a concederle ayuda para vivir. Esa es la razón principal por la que ella abrió la tienda.

—Eso lo sé bien —dijo la vecina—. Pero se han ido, eso sí es cierto. ¿Y quién si no un pariente de sangre, que no podría evitarlo, le pregunto, iba a acoger a esa malhumorada solterona y al horrible Clifford? Por eso debe estar segura de que estoy en lo cierto.

La señora Gubbins se marchó. Seguía llena de ardiente rabia contra la ausente Hepzibah. Durante otra media hora o, quizás, bastante más tiempo, hubo tanto silencio fuera de la casa como dentro de ella. El olmo, no obstante, producía un agradable, alegre y soleado suspiro en respuesta a una brisa que era imperceptible en cualquier otro lugar; un enjambre de insectos zumbaba alegremente bajo su colgante sombra y se convertían en puntos de luz cada vez que pasaban por un rayo de sol; un grillo cantó, una o dos veces, en algún lugar inescrutable del árbol; y un solitario pajarillo de plumaje como oro pálido llegó para revolotear sobre los ramilletes de Alice.

Al fin nuestro amiguito, Ned Higgins, subió afanosamente la calle de camino al colegio. Como resultó, por primera vez en quince días, que estaba en posesión de un centavo, de ninguna manera podría haber pasado por la puerta de la tienda de la casa de los siete tejados sin detenerse. Pero no se abría. Una y otra vez, empero, y media docena de veces más, con la inexorable persistencia de un niño decidido a conseguir un objeto importante para él, redobló sus esfuerzos para entrar. Sin duda, había puesto toda su ilusión en un elefante o era posible que, al igual que Hamlet, pretendiera comerse un cocodrilo. Como respuesta a sus más violentos ataques, la campanilla soltaba de vez en cuando un moderado tintineo, pero no se veía agitada hasta crear un clamor por ningún esfuerzo de la infantil fuerza del pequeño que empujaba la puerta de puntillas. Mientras sujetaba el picaporte, se asomó por un resquicio de la cortina y vio que la puerta interior, la que comunicaba con el salón a través de un pasillo, estaba cerrada.

—¡Señorita Hepzibah! —gritó el niño mientras llamaba en el cristal de la ventana—. ¡Quiero un elefante!

Como no hubo respuesta a las varias repeticiones de su petición, Ned comenzó a impacientarse. Cuando su pequeña olla de pasión hirvió con rapidez, cogió una piedra con el travieso propósito de lanzarla por la ventana mientras chillaba y balbucía de rabia. Un hombre, uno de los dos que pasaba por allí casualmente, sujetó el brazo del golfillo.

—¿Qué te pasa, caballerete? —preguntó.

—¡Quiero que salga la vieja Hepzibah, o Phoebe, o cualquiera de ellos! —contestó Ned, que había empezado a sollozar—. ¡No me abren la puerta y no puedo comprar mi elefante!

—¡Vete al colegio, diablillo! —dijo el hombre—. Hay otra tienda al volver la esquina. Es muy extraño, Dixey —añadió dirigiéndose a su acompañante—, lo que les ha acontecido a estos Pyncheon. Smith, el guarda de las caballerizas, me dice que el juez Pyncheon dejó su caballo allí ayer para que se lo guardara hasta después de cenar, y todavía no ha ido a recogerlo. Y uno de los empleados del juez estuvo allí esta mañana para preguntar por él. Dicen que es una persona muy particular, que rara vez se desvía de sus costumbres o pasa fuera toda la noche.

—¡Oh, él aparecerá sano y salvo! —dijo Dixey—. Y en cuanto a la solterona Pyncheon, mira bien lo que te digo, está llena de deudas y ha huido de sus acreedores. Si te acuerdas, predije la primera mañana que abrió la tienda que su endemoniado ceño fruncido espantaría a los clientes. ¡No podían soportarlo!

—Nunca pensé que ella haría que la tienda funcionase —comentó su amigo—. Este negocio de las tiendas está saturado entre las mujeres. Mi esposa lo intentó y perdió cinco dólares de su inversión.

—¡Mal negocio! —dijo Dixie al tiempo que sacudía la cabeza—. ¡Mal negocio!

Durante el transcurso de la mañana, hubo varios otros intentos de abrir un canal de comunicación con los supuestos habitantes de esta silenciosa e impenetrable mansión. El hombre de la zarzaparrilla llegó en su carreta recién pintada; traía un par de docenas de botellas para reemplazarlas por las botellas vacías. El panadero llegó con un montón de galletas saladas que Hepzibah había pedido para sus clientes. El carnicero llegó con una exquisitez que imaginaba Hepzibah se vería ansiosa por comprar para Clifford. Si algún testigo de estos actos hubiera sido consciente del terrible secreto oculto dentro de la casa, le habría afectado de una forma singular y modificado su concepto del terror al ver la corriente de vida humana que se arremolinaba por allí, revolviendo con palos, paja y todas esas bagatelas, dando vueltas y vueltas, ¡justo sobre la negra profundidad donde yacía un cadáver oculto!

El carnicero estaba tan orgulloso de sus mollejas de cordero, o del manjar que se tratase, que probó toda puerta accesible de la casa de los siete tejados y, finalmente, le dio la vuelta hasta llegar de nuevo a la tienda, donde normalmente se le concedía la entrada.

—Es una buena pieza y sé que la anciana dama se lanzaría a por ella —dijo para sí—. ¡No puede haberse marchado! En los quince años que llevo conduciendo mi carromato por la calle Pyncheon, nunca la he visto marcharse de su hogar, aunque, con harta frecuencia, claro, cualquiera podía llamar todo el día sin que ella abriera la puerta. Pero eso era cuando sólo tenía que cuidar de sí misma.

Se dispuso a mirar por la misma rendija de la cortina por la que, sólo unos instantes antes, el golfillo de apetito colosal había mirado. El carnicero advirtió que la puerta interior no estaba cerrada, como la había visto el niño, sino entornada y casi abierta de par en par. Como quiera que hubiera sucedido, era un hecho. Por el pasillo se veía una oscura vista del oscuro, aunque más iluminado, interior del salón. Le pareció al carnicero que podía discernir con claridad lo que parecían ser las robustas piernas, enfundadas en bombachos negros, de un hombre sentado en una gran silla de roble, cuyo respaldo ocultaba el resto de su figura. Esta desdeñosa tranquilidad por parte del ocupante de la casa en respuesta a los infatigables esfuerzos del carnicero por llamar su atención molestó tanto al hombre que decidió retirarse.

«De modo que —pensó—, ahí está sentado el maldito hermano de la solterona Pyncheon mientras yo me tomo todas estas molestias. ¡Que me aspen si un cerdo no tiene mejores modales! Considero denigrante para un hombre comerciar con gente así. De ahora en adelante, si quieren una salchicha o un trozo de hígado, ¡deberán correr detrás del carromato para conseguirlo!

Enfadado, lanzó el manjar dentro de su carromato y se marchó malhumorado.

No mucho después se oyó el sonido de música procedente de la esquina y que se acercaba desde el final de la calle, con varios intervalos de silencio que luego volvía a prorrumpir en una rápida melodía. Podía verse una turba de niños que avanzaba o se detenía al unísono con la música, la cual parecía proceder del centro del gentío, de modo que se encontraban vagamente unidos por laxos compases armónicos que los mantenía cautivados, con la ocasional adhesión de algún pequeño con delantal y sombrero de paja que avanzaba dando cabriolas desde alguna puerta. Al llegar bajo la sombra del olmo Pyncheon, se demostró que era el chico italiano que, con su mono y su espectáculo de autómatas,

había tocado su organillo una vez bajo la ventana arqueada. El agradable rostro de Phoebe —y sin duda, también, la generosa recompensa que le había lanzado— seguía vivo en su recuerdo. Sus expresivos rasgos se iluminaron cuando reconoció el lugar donde había acontecido ese insignificante incidente de su errática vida. Entró en el descuidado patio (ahora más agreste que nunca gracias a los matorrales de espondilio y bardana), se posicionó en el umbral de la entrada principal y, tras abrir su teatrillo, comenzó a tocar. Cada individuo de la comunidad de autómatas se dispuso a trabajar según su adecuada vocación; el mono se quitó su gorrito de las tierras altas de Escocia, hizo una reverencia de lo más obsequiosa ante los espectadores y se mantuvo ojo avizor ante la aparición de algún centavo perdido; y el joven extranjero, mientras hacía girar la manivela de su instrumento, miraba hacia la ventana arqueada como si esperase una presencia que haría que su música fuera más animada y más dulce. La multitud de niños se acercó más: algunos en la acera, otros dentro del patio, dos o tres subidos a los peldaños, y otro agachado en el umbral. Mientras tanto, el grillo seguía cantando en el grandioso y viejo olmo Pyncheon.

—No oigo a nadie en la casa —le dijo un niño a otro—. El mono no recogerá nada aquí.

—Hay alguien en la casa —afirmó el golfillo del umbral—. ¡He oído pasos!

Los ojos del joven italiano seguían mirando hacia arriba de soslayo. Realmente parecía como si el toque de emoción genuina, aunque leve y casi juguetona, comunicara una dulzura más jugosa al proceso seco y mecánico de su juglaría. Estos vagabundos responden fácilmente a cualquier gentileza natural —una sonrisa o una palabra no entendida, pero dicha con calidez— que les suceda en el camino de la vida. Recuerdan estas cosas porque son los pequeños encantos que, por un instante, por el espacio de tiempo que se refleja un paisaje en una pompa de jabón, construyen un hogar a su alrededor. Por lo tanto, el muchacho italiano no se dejó desanimar por el pesado silencio con el que la casa parecía decidida a ahogar la vivacidad de su instrumento. Persistió en sus melodiosas súplicas; seguía mirando hacia arriba y confiaba en que su oscuro rostro extranjero pronto se vería iluminado por el alegre semblante de Phoebe. Tampoco estaba dispuesto a marcharse sin contemplar de nuevo a Clifford, cuya sensibilidad, como la sonrisa de Phoebe, había establecido con el extranjero una suerte de lenguaje desde el corazón. Repitió toda su música una y otra vez hasta que sus oyentes se cansaron. Lo mismo les ocurrió a los muñequitos de madera de la caja y, sobre todo, al mono. No hubo más respuesta que el canto del grillo.

—En esta casa no viven niños —dijo al fin un colegial—. Ahí no vive nada más que una solterona y un anciano. ¡No conseguirás nada ahí! ¿Por qué no te vas?

—¡Idiota! ¿Por qué le has dicho eso? —susurró un travieso yanqui, a quien no le importaba nada la música, pero sí que le importaba escucharla a un precio tan bajo—. ¡Que toque todo lo que quiera! ¡Si no hay nadie para pagarle, es problema suyo!

Una vez más, sin embargo, el italiano repitió su ronda de melodías. Para el espectador común, quien no entendería nada de la situación a excepción de la música y los rayos del sol a cada lado de la puerta, podría haberle parecido divertido observar la persistencia del músico callejero. ¿Triunfará al final? ¿Esa obstinada puerta se abrirá de repente? ¿Un grupo de alegres niños, los más jóvenes de la casa, saldrá bailando, gritando, riendo al aire libre para arremolinarse alrededor del teatrillo y mirar con ansioso júbilo las marionetas, para después lanzar cada uno de ellos una moneda de cobre para que el mono de rabo largo las recogiera?

Pero para nosotros, que conocemos las entrañas de la casa de los siete tejados tan bien como su aspecto exterior, esta repetición de populares canciones ligeras en su mismo umbral produce un espantoso efecto. Sería terrible que el juez Pyncheon (a quien le habría importado un bledo el violín de Paganini en su mejor momento) apareciera en la puerta con la pechera de la camisa ensangrentada y el ceño fruncido en su macilento rostro para echar al extranjero vagabundo. ¿Se dio alguna vez tal repetición de jigas y valses cuando no había nadie en condiciones de bailar? Sí, con harta frecuencia. Este contraste, esta mezcla de tragedia y gozo, sucede a diario, cada hora, a cada instante. La vieja casa sombría y desolada, desierta de vida, con la horrible Muerte sentada severamente en soledad, era el emblema de muchos corazones humanos que, empero, se ven obligados a oír el estremecimiento y el eco de la alegría del mundo a su alrededor.

Antes de la conclusión de la actuación del italiano, un par de hombres pasaron por allí de camino a sus casas para cenar.

—¡Oye, tú, el joven francés! —llamó uno de ellos—. ¡Aléjate de ese umbral y márchate a otra parte con tus sandeces! La familia Pyncheon vive ahí y tienen grandes problemas en estos momentos. No se sienten musicales hoy. Se dice por toda la ciudad que el juez Pyncheon, el propietario de esta casa, ha sido asesinado y que el jefe de policía va a investigar el asunto. ¡De modo que vete de una vez!

Mientras el italiano se colgaba al hombro su organillo, vio en el umbral una tarjeta que había permanecido tapada, toda la mañana, por el periódico que el repartidor había lanzado sobre ella, pero que ahora

se había movido hasta quedar a la vista. La recogió y, al percibir algo escrito a lápiz, se la dio al hombre para que la leyera. En efecto, se trataba de una tarjeta grabada del juez Pyncheon, con ciertas notas escritas a lápiz por detrás referentes a diversos recados que había tenido el propósito de realizar durante el día anterior. Creaba un posible paradigma del historial del día, sólo que los asuntos no habían obtenido los resultados de conformidad con el programa. La tarjeta debía haberse caído del bolsillo del chaleco del juez en su preliminar intento por acceder a la casa por la entrada principal. Aunque la tarjeta estaba empapada por la lluvia, era parcialmente legible.

—¡Mira, Dixey! —exclamó el hombre—. Esto tiene que ver con el juez Pyncheon. ¡Mira! Aquí está su nombre impreso y aquí, supongo, hay un escrito de su puño y letra.

—¡Vamos a entregárselo al jefe de policía! —dijo Dixey—. Puede que le proporcione la pista que desea. Después de todo —le susurró a su acompañante al oído—, no me extrañaría que el juez hubiera entrado por esa puerta para no salir jamás. Cierto primo suyo puede haber vuelto a las andadas. Y la solterona Pyncheon se ha endeudado con la tienda, ya sabemos que la bolsa del juez está repleta de dinero y que siempre ha habido mala sangre entre ellos. ¡Junta todo eso y a ver qué consigues!

—¡Calla, calla! —susurró el otro—. Parece pecado ser el primero en soltar tales acusaciones. Pero creo, igual que tú, que más nos vale acudir al jefe de la policía.

—¡Sí, sí! —dijo Dixey—. ¡Bueno! ¡Siempre dije que había algo diabólico en el ceño fruncido de esa mujer!

Los hombres dieron media vuelta, por lo tanto, y volvieron sobre sus pasos por la calle. El italiano también se apresuró a marcharse con una última mirada hacia la ventana arqueada. En cuanto a los niños, pusieron pies en polvorosa de forma unánime y se dispersaron como si un gigante o un ogro los estuviera persiguiendo hasta que, a buena distancia de la casa, se detuvieron tan repentinamente y tan al unísono como habían emprendido la marcha. Sus susceptibles nervios se alarmaron de forma indefinida por lo que habían oído decir a los hombres. Al mirar hacia los grotescos hastiales y los sombríos ángulos de la vieja mansión, se imaginaban una oscuridad que se difundía sobre ella y que ninguna claridad de los rayos del sol podía disipar. Una imaginaria Hepzibah los miraba con el ceño fruncido y los amonestaba con el dedo desde varias ventanas al mismo tiempo. Un imaginario Clifford —le hubiera producido un profundo pesar saber que siempre había sido el terror de los pequeños— se erguía detrás de la irreal Hepzibah, haciéndoles horribles muecas, con una bata descolorida. Los niños son más propensos, más si cabe que los adultos, a contagiarse del pánico. Duran-

te el resto del día, los más tímidos dieron rodeos por diversas calles con tal de evitar la casa de los siete tejados, mientras que los más atrevidos marcaban su valentía desafiando a sus compañeros a pasar ante la mansión corriendo a toda velocidad.

No podía haber pasado más de media hora desde la desaparición del muchacho italiano, con sus intempestivas melodías, cuando una diligencia apareció en la calle. Se detuvo debajo del olmo Pyncheon; el conductor bajó un baúl, una bolsa de lona y una sombrerera del techo del vehículo y los depositó en los peldaños de la vieja casa. Un sombrero de paja, seguido de la bonita figura de una joven, salió del interior de la diligencia. ¡Era Phoebe! Aunque no tan lozana como cuando apareció por primera vez en nuestra historia —pues en las pocas semanas transcurridas, sus experiencias la habían vuelto más grave, más femenina y sus ojos tenían mayor profundidad, como muestra de un corazón que había empezado a sospechar su profundidad— seguía existiendo en ella el tranquilo resplandor de los rayos del sol. Tampoco había perdido su don de hacer que las cosas parecieran reales, en lugar de fantásticas, dentro de su ámbito. Sin embargo, se nos antoja una cuestionable empresa, incluso para Phoebe, en esta coyuntura, cruzar el umbral de la casa de los siete tejados. ¿Será su saludable presencia lo bastante poderosa como para ahuyentar a la multitud de fantasmas pálidos, horribles y pecaminosos que se han instalado allí desde su partida? ¿O se desvanecerá también, enfermará, entristecerá y deformará, hasta ser sólo otro fantasma pálido que se deslizará silenciosamente arriba y debajo de las escaleras, y que asustará a los niños cuando se detenga frente a la ventana?

Al menos, deberíamos prevenir de buen grado a la incauta muchacha de que no hay nada con forma o sustancia humana para recibirla, a menos que sea la figura del juez Pyncheon, el cual —desdichado espectáculo en el que se ha convertido, terrible en nuestro recuerdo desde nuestra noche de vigilia con él— sigue ocupando su lugar en el sillón de roble.

Phoebe probó primero con la puerta de la tienda. No cedió bajo su mano, y la cortinilla blanca, corrida sobre la ventana que conformaba la parte superior de la puerta, resultó a sus rápidas facultades de percepción como algo inusual. Sin hacer más esfuerzos por entrar allí, ella se dirigió hacia el gran portal bajo la ventana arqueada. Al encontrarlo cerrado con llave, llamó con los nudillos. Le llegó el eco del vacío del interior. Volvió a llamar una segunda y una tercera vez. Al intentar escuchar atentamente, se imaginó que el suelo crujía, como si Hepzibah se aproximara con su habitual movimiento de puntillas para abrirle la puerta. Pero un silencio tan mortal se superponía a ese sonido imagina-

rio que comenzó a cuestionarse si no se habría equivocado de casa, por mucho que pensase estar familiarizada con su exterior.

Su atención se vio distraída ahora por la voz de un niño, que sonaba a cierta distancia. Parecía estar gritando su nombre. Cuando miró en la dirección desde la que procedía la voz, Phoebe vio al pequeño Ned Higgins, a bastante distancia calle abajo, pataleando, sacudiendo la cabeza violentamente, haciendo gestos despectivos con las manos y gritándole a todo pulmón.

—¡No, no, Phoebe! —gritaba—. ¡No entre! ¡Hay algo malvado ahí! ¡No, no, no entre!

Pero como no consiguió persuadir al pequeño personaje para que se acercara lo suficiente para explicarse, Phoebe llegó a la conclusión de que, en alguna de sus visitas a la tienda, su prima Hepzibah lo había asustado; a decir verdad, las expresiones de la buena señora tenían las mismas posibilidades de dar a los niños un susto de muerte que de provocar una indecorosa risa. Aun así, tras este incidente, sintió todavía más lo inexplicablemente silenciosa e impenetrable que se había vuelto la casa. Como siguiente recurso, Phoebe se abrió camino hacia el jardín, donde, en un día tan cálido y soleado como el de hoy, tenía pocas dudas de encontrar a Clifford y, quizás, a Hepzibah también, holgazaneando al mediodía a la sombra de la pérgola. De inmediato, al entrar por la puerta del jardín, la familia de gallinas medio corrió, medio voló para reunirse con ella, mientras que una extraña gata que merodeaba bajo la ventana del salón se dio media vuelta, trepó deprisa a la valla y se desvaneció. La pérgola estaba vacía, y su suelo, la mesa y el banco circular seguían húmedos, cubiertos de ramitas y los destrozos ocasionados por la pasada tormenta. Los matojos del jardín parecían haberse descontrolado bastante; las malas hierbas se habían aprovechado de la ausencia de Phoebe y de la continua lluvia para crecer sin control sobre las flores y las verduras. El pozo de Maule se había desbordado por su borde de piedra y había formado una piscina de considerable anchura en ese rincón del jardín. La impresión de toda la escena fue la de un lugar en el que ningún pie humano había dejado su impronta durante muchos días —es probable que no desde la marcha de Phoebe—, ya que vio uno de sus peinecillos debajo de la mesa de la pérgola, donde debía haberse caído la última tarde que pasó allí sentada con Clifford.

La muchacha sabía que sus dos parientes eran capaces de excentricidades todavía mayores que la de encerrarse en su vieja casa, como parecía que habían hecho ahora. No obstante, con un leve recelo de que algo iba mal y sintiendo una aprensión a la que no conseguía dar forma, se acercó a la puerta que comunicaba de forma habitual la casa y el jardín. Estaba cerrada por dentro, como las dos que ya había probado.

Llamó, empero, y de inmediato, como si hubieran estado esperando tal petición, la puerta se abrió con un considerable esfuerzo por parte de alguna persona invisible; no se abrió de par en par, pero sí lo suficiente como para permitirle la entrada de lado. Como Hepzibah, para evitar exponerse a una inspección desde fuera, invariablemente abría la puerta de ese modo, Phoebe llegó a la inevitable conclusión de que fue su prima quien ahora le permitía la entrada.

Sin dudar, pues, atravesó el umbral y, tan pronto como entró, la puerta se cerró tras ella.

CAPÍTULO XX

La flor del Edén

Phoebe, al pasar tan de repente desde la brillante luz diurna, se vio envuelta por completo por la densidad de las sombras que acechaban en la mayoría de los pasillos de la vieja casa. No fue consciente al principio de quién le había abierto la puerta. Antes de que sus ojos se hubieran adaptado a la oscuridad, una mano aferró la suya con una firme pero gentil y cálida presión, impartiendo así una bienvenida que hizo que su corazón diera un vuelco y se emocionara con un indescriptible escalofrío de placer. Sintió que tiraban de ella, no hacia el salón, sino hacia una estancia grande y desocupada que anteriormente había sido la grandiosa sala de visitas de la casa de los siete tejados. Los rayos del sol entraban libremente por todas las ventanas sin cortinas de esta habitación y caían sobre el polvoriento suelo, de modo que ahora Phoebe vio con claridad lo que, de hecho, no había sido ningún secreto tras encontrarse con una cálida mano en la suya: que no había sido a Hepzibah ni a Clifford, sino Holgrave, a quien le debía su recepción. La sutil e intuitiva comunicación o, más bien, la vaga e imprecisa impresión de que tenía algo que contarle provocó que ella cediera sin resistirse a su impulso. Sin retirar su mano, ella miró ansiosa su rostro, no con tanta prisa como para prevenir lo malo, sino inevitablemente consciente de que el estado de la familia había cambiado desde su marcha; por lo tanto, se encontraba ansiosa por recibir una explicación.

El artista se veía más pálido que de ordinario; mostraba una pensativa y severa contracción de su frente, la cual trazaba una profunda línea vertical entre sus cejas. Su sonrisa, empero, estaba llena de genuina calidez y transmitía alegría; era con mucho la expresión más vívida que Phoebe había presenciado jamás, procedente de la reserva de Nueva Inglaterra con la que Holgrave normalmente enmascaraba lo que fuera que residiera en su corazón. Era la expresión con la que un hombre, meditando solo en un lugar tenebroso (un bosque lúgubre o un desierto sin fin), reconocería el aspecto familiar de su amigo más querido, evocando todas las ideas apacibles relacionadas con el hogar y la suave corriente de los asuntos cotidianos. Sin embargo, cuando sintió la necesidad de responder a su mirada inquisitiva, la sonrisa desapareció.

—No debería regocijarme de que haya venido, Phoebe —dijo él—. ¡Nos encontramos en un momento extraño!

—¿Qué ha pasado? —exclamó ella—. ¿Por qué está la casa tan desierta? ¿Dónde están Hepzibah y Clifford?

—¡Se han ido! ¡No consigo imaginar dónde están! —contestó Holgrave—. ¡Estamos solos en la casa!

—¿Hepzibah y Clifford se han ido? —exclamó Phoebe—. ¡No es posible! ¿Y por qué me ha traído a esta habitación en vez de al salón? ¡Ah, algo terrible ha sucedido! ¡Debo correr a verlo!

—¡No, no, Phoebe! —dijo Holgrave al tiempo que la sujetaba—. Es lo que le he contado. Se han ido y no sé a dónde. En efecto, un terrible suceso ha pasado, pero no a ellos, ni tampoco, como sin duda creo, por culpa de ellos. Si leo su carácter correctamente, Phoebe —continuó con sus ojos fijos en los de ella, una mirada de severa ansiedad mezclada con ternura—, amable como es usted y, al parecer, moviéndose en el ámbito de las cosas comunes, usted posee una increíble fortaleza. Posee un aplomo maravilloso y unas facultades que, cuando se las pone a prueba, demuestran ser capaces de lidiar con asuntos que resultan muy ajenos a las reglas ordinarias.

—¡Oh no, soy muy débil! —respondió Phoebe, quien se puso a temblar—. Pero cuénteme qué ha pasado.

—¡Usted es fuerte! —insistió Holgrave—. Usted debe ser fuerte y sabia, porque yo me encuentro completamente perdido y necesito su consejo. ¡Ojalá usted pueda sugerir la acción correcta que debemos emprender!

—¡Dígamelo! ¡Dígamelo! —respondió Phoebe, quien temblaba de pies a cabeza—. ¡Me oprime... me aterroriza todo este misterio! ¡Puedo soportar cualquier otra cosa!

El artista vaciló. A pesar de lo que acababa de decir y, más sinceramente, con respecto al poder de autocontrol con el que Phoebe lo impresionaba, le seguía pareciendo un acto casi malvado traer a colación el horrible secreto del día anterior para ponerlo en su conocimiento. Era como arrastrar una espantosa figura de muerte al espacio limpio y alegre frente al fuego del hogar, donde presentaría todo su aspecto más feo en medio del decoro de todo a su alrededor. Pero no podía ocultárselo; ella necesitaba saberlo.

—Phoebe —dijo él—, ¿se acuerda de esto?

Le entregó un daguerrotipo, el mismo que le había mostrado en su primera entrevista en el jardín y que resaltaba de un modo impresionante los duros e implacables rasgos del original.

—¿Qué tiene esto que ver con Hepzibah y Clifford? —preguntó Phoebe con impaciente sorpresa ante el hecho de que Holgrave jugara con ella así en tales momentos—. ¡Es el juez Pyncheon! ¡Ya me lo ha enseñado antes!

—Pero aquí está el mismo rostro, tomado hace media hora —dijo el artista, presentándole otra miniatura—. Acababa de terminarlo cuando la oí en la puerta.

—¡Esto es muerte! —se estremeció Phoebe. Su rostro palideció—. ¡El juez Pyncheon muerto!

—Tal y como está ahí representado —dijo Holgrave—, está sentado en la habitación contigua. El juez está muerto, ¡y Hepzibah y Clifford se han desvanecido! No sé más. Más allá de todo eso sólo hay conjeturas. Al regresar a mi solitario dormitorio, anoche, no vi luces, ni en el salón ni en los aposentos de Hepzibah y Clifford. Tampoco se oían pasos por la casa. Esta mañana se percibía la misma quietud mortal. Desde mi ventana oí el testimonio de una vecina, quien decía que sus parientes fueron vistos abandonando la casa en mitad de la tormenta de ayer. También me llegó el rumor de que el juez Pyncheon estaba desaparecido. Una sensación que no puedo describir, un sentido indefinido de que alguna catástrofe o consumación había tenido lugar, me impelió a acercarme a esta parte de la casa, donde descubrí lo que usted ve. Como prueba que podría serle útil a Clifford, y también como recuerdo valioso para mí mismo porque, Phoebe, existen razones hereditarias que me conectan de un modo extraño al destino de ese hombre, usé los medios a mi disposición para conservar este registro pictórico de la muerte del juez Pyncheon.

Incluso en su agitación, Phoebe no pudo evitar destacar la calma en la conducta de Holgrave. Es cierto que parecía sentir todo lo horrible de la muerte del juez, pero había recibido la noticia en su mente sin ninguna traza de sorpresa, sino como un suceso predestinado, que tenía que suceder inevitablemente, y que encajaba en los sucesos del pasado tan bien que casi podía haber sido profetizado.

—¿Por qué no ha abierto las puertas de par en par y hecho entrar a algunos testigos? —preguntó ella con un doloroso estremecimiento—. ¡Es terrible estar aquí solo!

—¡Pero Clifford! —sugirió el artista—. ¡Clifford y Hepzibah! Debemos considerar hacer lo que sea mejor para ellos. ¡Es una desdichada fatalidad que hayan desaparecido! Su huida arrojará las peores conjeturas posibles sobre esta eventualidad. ¡Aunque la explicación sea muy sencilla para aquellos que los conocen! Apabullados y aterrorizados por la similitud de esta muerte a la anterior, que fue resuelta con desastrosas consecuencias para Clifford, no tuvieron una idea mejor que desaparecer de la escena. ¡Qué miserable desgracia! Si Hepzibah hubiera empezado a chillar, si Clifford hubiera abierto la puerta de par en par para proclamar la muerte del juez Pyncheon, habría sido, aunque horrible en sí mismo, un acontecimiento con consecuencias positivas para ellos. Desde mi punto de vista, habría contribuido en gran medida a borrar la mancha negra sobre el carácter de Clifford.

—¿Cómo podría sobrevenir algo bueno de lo que es tan espantoso? —preguntó Phoebe.

—Porque —dijo el artista—, si el asunto pudiera ser considerado con justicia e interpretado con franqueza, debe ser evidente que el juez Pyncheon no pudo haber llegado a un final así de un modo arbitrario. Este tipo de muerte había sido una idiosincrasia de su familia durante generaciones; no ocurría frecuentemente, claro está, pero, cuando ocurre, normalmente ataca a individuos de la edad del juez y, por lo general, durante la tensión de alguna crisis mental o, quizás, en un ataque de rabia. La profecía del viejo Maule está probablemente fundada en el conocimiento de esta predisposición física en el linaje de los Pyncheon. Ahora bien, existe una similitud minuciosa y casi exacta en los aspectos conectados con la muerte que ocurrió ayer y los registrados de la muerte del tío de Clifford hace treinta años. Es cierto que se dieron una serie de circunstancias, innecesarias de relatar, que hicieron posible (no como los hombres consideran estas cosas, probables o incluso ciertas) que el viejo Jaffrey Pyncheon encontrara una muerte violenta de manos de Clifford.

—¿De dónde salieron esas circunstancias? —exclamó Phoebe—. ¡Todos sabemos que él era inocente!

—Fueron dispuestas —dijo Holgrave—, o al menos esa ha sido mi convicción desde siempre... Fueron dispuestas después de la muerte del tío, y antes de que se hiciera pública, por el hombre que está sentado en el salón de allá. Su propia muerte, tan parecida a la anterior, pero asistida por ninguna de esas sospechosas circunstancias, parece el azote de Dios, como castigo por su maldad y convirtiendo en evidente la inocencia de Clifford. Pero esta huida... ¡lo distorsiona todo! Puede que esté escondido por aquí cerca. Si pudiéramos hacerle regresar antes del descubrimiento de la muerte del juez, podremos rectificar el mal.

—¡No podemos seguir ocultando esto ni un segundo más! —dijo Phoebe—. Es horrible guardarlo tan cerca de nuestros corazones. Clifford es inocente. ¡Dios se manifestará! ¡Abramos las puertas y llamemos a los vecinos para que vean la verdad!

—Tiene razón, Phoebe —replicó Holgrave—. Sin duda tiene razón.

Sin embargo, el artista no sentía el horror, propio del carácter dulce y ordenado de Phoebe, al encontrarse así en conflicto con la sociedad y en contacto con un acontecimiento que transcendía las reglas ordinarias. Tampoco tenía prisa, como ella, por entrar en los recintos de la vida común. Por el contrario, disfrutaba como una flor de extraña belleza que crecía en un paraje desolado y florecía al viento, como una flor de felicidad momentánea que recogía de su posición actual. Los separaba a Phoebe y a él del mundo, y los unía por su conocimiento exclusivo de la misteriosa muerte del juez Pyncheon y el consejo que se vieron obligados a mantener al respecto. El secreto, mientras continuara así, los mantenía dentro del círculo de un hechizo, una soledad en medio de los hombres, una lejanía tan completa como la de una isla en medio del océano; una vez revelado, el océano fluiría entre ellos, parados en sus orillas ampliamente separadas. Mientras tanto, todas las circunstancias de su situación parecían unirlos; eran como dos niños que van cogidos de la mano, apretándose uno junto a la otra para pasar a través de un pasillo embrujado por las sombras. La imagen de la espantosa Muerte, que llenaba la casa, los mantenía unidos con su rígido agarre.

Esas influencias apresuraron el desarrollo de emociones que, de otro modo, podrían no haber surgido así. Es posible, en efecto, que hubiera sido el propósito de Holgrave dejarlas morir en sus inmaduros gérmenes.

—¿Por qué nos retrasamos tanto? —preguntó Phoebe—. ¡Este secreto me deja sin aliento! ¡Abramos las puertas de par en par!

—¡En toda nuestra vida no podemos volver a tener un momento como este! —dijo Holgrave—. Phoebe, ¿es todo terror? ¿No hay nada más que terror? ¿No siente la misma alegría que yo, alegría que hace que este sea el único momento de la vida por el que merece la pena vivir?

—Parece un pecado —contestó Phoebe, temblando—, pensar en el gozo en un momento como este.

—¿Puede imaginar, Phoebe, cómo me sentía durante la hora antes de que usted llegara? —exclamó el artista—. ¡Una hora oscura, fría y desagradable! La presencia de ese hombre muerto arrojaba una gran sombra negra sobre todas las cosas; por lo que mi percepción podía entender, consiguió que el universo fuera una escena de culpa y retribución más terrible que la culpa. Y esa sensación se llevó mi juventud. ¡Nunca esperé volver a sentirme joven! El mundo parecía extraño, salvaje, malvado, hostil; mi vida pasada era tan solitaria y sombría; mi futuro no era más que una pesadumbre sin forma con la que yo debía moldear tristes formas. Pero, Phoebe, usted cruzó el umbral y la esperanza, el calor y la alegría llegaron con usted. El momento de oscuridad volvió a convertirse en un momento dichoso. ¡No puedo evitar decirlo de viva voz! ¡La amo!

—¿Cómo puede amar a una muchacha sencilla como yo? —preguntó Phoebe, impelida a hablar por su franqueza—. Usted tiene muchísimas ideas con las que yo intentaría simpatizar en vano. Y yo... yo también... tengo tendencias con las que usted no simpatizaría ni un ápice. Ese es el menor de los problemas. Es sólo que no poseo la capacidad suficiente para hacerle feliz.

—¡Usted es mi única posibilidad de alcanzar la felicidad! —contestó Holgrave—. No tengo fe en ello, excepto en la que usted me otorga.

—Y claro... ¡Estoy asustada! —continuó Phoebe, quien se iba acercando a Holgrave incluso después de comunicarle con tanta franqueza las dudas que él le infligía—. Usted me sacará de mi vida tranquila. Hará que me esfuerce por seguirle allá donde no hay caminos. No puedo hacer tal cosa. No está en mi naturaleza. ¡Me hundiré y pereceré!

—¡Ah, Phoebe! —exclamó Holgrave, casi con un suspiro y una sonrisa que se veía afectada por sus pensamientos—. Será muy diferente a lo que presagia. El mundo debe todos sus impulsos hacia delante a los hombres preocupados. El hombre feliz se confina inevitablemente dentro de unos límites antiguos. Tengo el presentimiento de que, en lo sucesivo, mi destino será plantar árboles, fabricar vallas, puede que incluso, a su debido tiempo, construir una casa para la siguiente generación... En una palabra, me conformaré a las leyes y a la práctica pacífica de la sociedad. Su aplomo, Phoebe, será más poderoso que cualquier tendencia variable de las mías.

—¡No aceptaría tal cosa! —dijo Phoebe con franqueza.

—¿Me quiere? —preguntó Holgrave—. Si nos amamos, el momento no tiene espacio para nada más. Reposemos en esa idea y sintámonos satisfechos. ¿Me quiere, Phoebe?

—Usted mira dentro de mi corazón —dijo ella al tiempo que bajaba la mirada—. ¡Ya sabe que le amo!

Y fue en esa hora, tan llena de duda y sobrecogimiento, cuando se forjó el único milagro sin el que toda existencia humana es un vacío. La felicidad que hace que todo sea verdadero, hermoso y sagrado brillaba alrededor de este joven y su doncella. No eran conscientes de nada triste o viejo. Transfiguraron la tierra y la volvieron a convertir en un Edén, con ellos mismos como sus primeros pobladores. El hombre fallecido, tan cerca de ellos, era un recuerdo olvidado. En una crisis así, la muerte no existe, puesto que la inmortalidad se revela de nuevo y lo envuelve todo con su sagrada atmósfera.

Pero ¡qué pronto volvió a desvanecerse la intensa ensoñación!

—¡Atención! —susurró Phoebe—. ¡Hay alguien en la puerta de la calle!

—¡Reunámonos ahora con el mundo! —dijo Holgrave—. No cabe duda de que el rumor de la visita del juez Pyncheon a esta casa, y de la huida de Hepzibah y Clifford, iba a llevar la investigación a este lugar. No queda más opción que enfrentarnos a ello. Abramos la puerta de una vez.

Pero, para su sorpresa, antes de que pudieran llegar a la puerta de la calle —incluso antes de que salieran de la habitación donde la previa conversación había tenido lugar—, oyeron pasos en el pasillo más alejado. Por lo tanto, la puerta que suponían cerrada con llave —y que Holgrave había comprobado que así era cuando Phoebe había intentado entrar en vano— debía haberse abierto desde fuera. El sonido de los pasos no era duro, atrevido, decidido e intrusivo, como las pisadas de un extraño deberían ser al entrar de forma autoritaria en una vivienda en la que no eran bienvenidos. Eran pasos flojos, como de personas débiles o cansadas; y entonces oyeron el mezclado murmullo de dos voces que resultaban familiares para ambos oyentes.

—¿Puede ser? —susurró Holgrave.

—¡Son ellos! —contestó Phoebe—. ¡Gracias a Dios! ¡Gracias a Dios!

Y entonces, como en simpatía con la susurrada jaculatoria de Phoebe, oyeron la voz de Hepzibah con más claridad.

—¡Gracias a Dios que estamos en casa, querido hermano!

—¡Bueno! ¡Sí! ¡Gracias a Dios! —respondió Clifford—. ¡Una casa terrible, Hepzibah! ¡Pero has hecho bien en traerme aquí! ¡Quédate! La puerta del salón está abierta. ¡No puedo pasar por ahí! Deja que vaya a descansar a la pérgola, donde yo solía... Oh, hace tanto tiempo, o eso me parece después de lo que nos ha pasado... La pérgola donde yo solía ser feliz con la pequeña Phoebe.

Pero la casa no era tan espantosa en su conjunto como Clifford se la imaginaba. No habían dado muchos pasos —en realidad estaban remoloneando en la entrada, con la languidez de un propósito no cumplido, no muy seguros de qué hacer a continuación— cuando Phoebe corrió a su encuentro. Al verla, Hepzibah rompió a llorar. Con todas sus fuerzas, se había tambaleado bajo la carga del dolor y la responsabilidad hasta que ahora ya podía permitirse lanzarla al suelo. De hecho, no tenía fuerzas para hacerlo, sino que la había dejado caer y esta la había aplastado contra el suelo. Clifford parecía ser el más fuerte de los dos.

—¡Es nuestra pequeña Phoebe! ¡Ah, y Holgrave está con ella! —exclamó él con una mirada de entusiasta y delicada percepción, y con una sonrisa hermosa, amable, pero melancólica—. Iba pensando en los dos mientras bajaba por la calle y vi que los ramilletes de Alice estaban totalmente en flor. Y así la flor del Edén ha florecido de igual modo en esta vieja y oscura casa hoy.

CAPÍTULO XXI

La partida

La repentina muerte de un miembro tan destacado de la sociedad como el Honorable Juez Jaffrey Pyncheon creó una sensación que, al menos en los círculos conectados de un modo más inmediato con el fallecido, fue difícil de sosegar durante un período de quince días.

Debe destacarse, sin embargo, que, de todos los sucesos que componen la biografía de una persona, no hay ninguno —ciertamente ninguno de similar importancia— con el que el mundo se reconcilie más fácilmente que con su muerte. En la mayoría de los casos y de las contingencias, el individuo está presente entre nosotros, mezclado en la diaria revolución de los asuntos, y eso permite un definido punto de observación. A su fallecimiento sólo queda una vacante y un momentáneo torbellino —muy pequeño si lo comparamos con la aparente magnitud del objeto absorbido— y un par de burbujas que ascienden desde las oscuras profundidades y estallan en la superficie. En cuanto al juez Pyncheon, parecía probable, a primera vista, que el modo de su partida final podría otorgarle una mayor y más larga fama póstuma que la que normalmente se adjudica al recuerdo de un hombre distinguido. Pero cuando la máxima autoridad profesional confirmó que el suceso era natural y que, salvo por algunos detalles sin importancia que denotaban una ligera idiosincrasia, no se trataba de una forma inusual de muerte, el público, con su habitual presteza, procedió a olvidar que él hubiera estado vivo alguna vez. En resumidas cuentas, el honorable juez había empezado a ser un tema rancio antes de que la mitad de los periódicos del país hubieran tenido tiempo de escribir sus columnas de luto y publicar su extremadamente elogioso obituario.

No obstante, arrastrándose negativamente por los lugares que esta excelente persona había frecuentado en vida, circulaba una corriente oculta de conversaciones privadas, algo que habría escandalizado a cualquier persona decente. Es muy curioso cómo la muerte de un hombre a menudo parece dar a la gente una idea más auténtica de su carácter, ya sea para bien o para mal, de la que jamás tuvieron mientras vivía y actuaba entre ellos. La muerte es un hecho tan genuino que excluye la falsedad o traiciona su vacío; es una piedra angular que prueba el oro y deshonra al más vil metal. Si el difunto, sin importar quien fuera,

regresara una semana después de su muerte, se encontraría casi invariablemente en un punto más alto o más bajo que el que ocupaba con anterioridad en la escala de apreciación pública. Pero la conversación o escándalo del que ahora hablamos trataba sobre asuntos no menos antiguos que el supuesto asesinato, treinta o cuarenta años atrás, del tío del difunto juez Pyncheon. La opinión médica con respecto a su reciente y lamentado fallecimiento había obviado casi por completo la posibilidad de que se hubiera cometido un asesinato en el caso anterior. Sin embargo, como demostraba el expediente, había circunstancias que indicaban irrefutablemente que alguien había accedido a los aposentos privados del viejo Jaffrey Pyncheon en el momento de su muerte o poco antes de su muerte. Su escritorio y sus cajones privados, en una habitación contigua a su alcoba, habían sido saqueados; faltaban dinero y objetos de valor; se encontró la huella de una mano ensangrentada en la ropa blanca del anciano; y, mediante una poderosa cadena de pruebas deductivas, se había atribuido la culpabilidad del robo y del aparente asesinato a Clifford, que por aquel entonces residía en la casa de los siete tejados con su tío.

Sin importar cuándo se había originado, ahora surgía una teoría que se comprometía a considerar estas circunstancias como excluyentes de la idea de la participación de Clifford. Muchas personas afirmaban que la historia y el esclarecimiento de los hechos, tan misteriosos durante tanto tiempo, habían llegado a oídos del daguerrotipista por medio de esos videntes hipnotistas que, hoy en día, desconciertan de un modo tan extraño el aspecto de los asuntos humanos y hacen que la visión natural de todo el mundo se ruborice con las maravillas que ellos ven con los ojos cerrados.

Según esta versión de la historia, el juez Pyncheon, por muy ejemplar que lo hayamos descrito en nuestra narrativa, fue en su juventud, al parecer, un bribón de tomo y lomo. La tosquedad, los instintos animales, como es a menudo el caso, se habían desarrollado antes que las cualidades intelectuales y la fuerza de carácter por la que fue excepcional después. Se había mostrado salvaje, disoluto, adicto a los placeres más bajos, poco menos que un rufián en sus inclinaciones y le gustaba gastar dinero de un modo imprudente, sin más recursos que la dadivosidad de su tío. Esta conducta había conseguido que el viejo solterón le retirara sus afectos, que una vez estuvieron muy centrados en él. Ahora se afirma —no pretendemos haber investigado si se afirma con la autoridad disponible en un tribunal de justicia— que el joven se vio una noche tentado por el diablo para registrar los cajones privados de su tío, puesto que estaba en posesión de un insospechado medio para acceder a ellos. Mientras se encontraba así ocupado en sus actividades criminales, se vio sorprendido por la apertura de la puerta de la habitación. ¡Allí estaba el viejo Jaffrey Pyncheon, en pijama! La sorpresa de tal descubrimiento —su agitación, alarma y terror— provocaron una crisis de un trastorno para el que el viejo solterón tenía predisposición hereditaria: parecía estar ahogándose con su propia sangre y cayó al suelo, dándose un fuerte golpe en la cabeza con el pico de una mesa. ¿Qué podía hacerse? ¡El anciano estaba seguramente muerto! ¡La ayuda llegaría demasiado tarde! ¡Qué desgracia, de hecho, si tal ayuda llegase pronto, ya que su reanimada conciencia le traería el recuerdo de la ignominiosa ofensa que había visto a su sobrino cometer en flagrante acto!

Pero nunca revivió. Con la fría determinación que siempre le perteneció, el joven continuó su registro de los cajones y encontró un testamento, con fecha reciente, a favor de Clifford —el cual destruyó— y uno más antiguo a su favor, el cual se quedó. Pero antes de retirarse, Jaffrey sopesó las pruebas, en los cajones saqueados, de que alguien había visitado los aposentos con un malvado propósito. Las sospechas, a menos que se evitasen, podrían recaer sobre el auténtico criminal. En presencia misma del difunto, por lo tanto, elaboró un plan que lo liberaría a él en detrimento de Clifford, su rival, por cuyo carácter sentía desprecio a la vez que repugnancia. Que quede claro que no es probable que él hubiera actuado con el propósito establecido de implicar a Clifford en un cargo por asesinato. Sabía que su tío no había sufrido una muerte violenta, de modo que puede que no se le ocurriera, con las prisas de la situación, que se sacaran tales conclusiones. Pero, cuando el asunto adoptó ese aspecto más oscuro, los pasos previos de Jaffrey ya habían delimitado un claro camino a seguir. Había dispuesto las circunstancias con tanta astucia que, en el juicio de Clifford, su primo apenas tuvo que cometer perjurio; tan sólo tuvo que retener la explicación decisiva al abstenerse de declarar lo que él mismo había hecho y presenciado.

Así pues, la criminalidad interna de Jaffrey Pyncheon, en lo que se refería a Clifford, era, en efecto, oscura y condenable, mientras que su mera manifestación externa y su comisión positiva eran lo mínimo que podía consistir en un pecado tan grande. Esta es precisamente la clase de culpa de la que un hombre eminentemente respetable se deshace con mayor facilidad. El honorable juez Pyncheon dejó que se le perdiera de vista o que se considerara un asunto venial en el largo examen posterior de su vida. Lo dejó de lado entre las fragilidades olvidadas y perdonadas de su juventud, y rara vez volvió a pensar en ello.

Dejemos al juez en su reposo. No se le puede considerar afortunado en la hora de su muerte. Sin saberlo, era un hombre sin hijos que se esforzaba por añadir más riquezas a la herencia de su único hijo. Apenas una semana después de su fallecimiento, uno de los vapores de la compañía Cunard trajo información de la muerte del hijo del juez Pyncheon a causa del cólera, justo cuando estaba a punto de embarcarse para volver a su tierra natal. Por esta desgracia, Clifford se hizo rico, así como Hepzibah y nuestra pequeña doncella del campo; a través de Phoebe, también se hizo rico ese enemigo acérrimo de la riqueza y de todas las formas de conservadurismo... ¡el extravagante reformista Holgrave!

Para Clifford ya era demasiado tarde en la vida para que la buena opinión de la sociedad mereciera la pena, así como la angustia de una reivindicación formal. Lo que necesitaba era el amor de unos pocos, no la admiración ni el respeto de una multitud desconocida. Es probable que se hubiera ganado esto último si aquellos sobre quienes había recaído la tutela de su bienestar hubieran considerado aconsejable exponerlo a una miserable resurrección de ideas pasadas, cuando el único consuelo posible residía en la calma del olvido. Tras un agravio como el que había sufrido, no existía reparación posible. La lamentable burla que el mundo podría haber estado dispuesto a ofrecerle, al llegar tanto tiempo después de que la agonía hubiera hecho su trabajo, sólo habría servido para provocar una risa más amarga de la que el pobre Clifford era capaz. Es verdad —y sería muy triste si no fuera por las esperanzas superiores que sugiere— que ningún gran error, ya sea cometido o sufrido en nuestra esfera mortal, se corrige realmente. El tiempo, la continua vicisitud de las circunstancias y la invariable inoportunidad de la muerte lo hacen imposible. Si, después de un largo lapso de años, parece que el derecho está en nuestro poder, no encontramos ningún nicho para establecerlo. La mejor solución es que quien sufre siga adelante y deje muy atrás lo que una vez creyó su ruina irreparable.

El asombro por la muerte del juez Pyncheon tuvo un efecto permanentemente reconstituyente y, en definitiva, beneficioso en Clifford. Ese fuerte y pesado hombre había sido una pesadilla para Clifford. No se podía respirar libremente al estar en el mismo ámbito de una influencia tan malévola. El primer efecto de la libertad, como hemos observado en la azarosa huida de Clifford, fue una trémula euforia. Al sosegarse tal emoción, no volvió a caer en su anterior apatía intelectual. Es cierto que nunca llegó a la plena medida de lo que podrían haber sido sus facultades. Pero recuperó lo suficiente para iluminar su carácter, para mostrar los contornos de su maravillosa gracia malograda y para convertirlo en objeto de un interés no menos profundo, aunque menos melancólico, que hasta entonces. Era evidentemente feliz. Si pudiéramos detenernos a observar su vida cotidiana con todos los recursos que ahora tenía a su disposición para satisfacer su instinto por lo bello, las escenas del

jardín, que le parecían tan dulces, se le antojarían insignificantes y triviales en comparación.

Muy pronto después de su cambio de fortuna, Clifford, Hepzibah y la pequeña Phoebe, con la aprobación del artista, decidieron abandonar la lúgubre casa de los siete tejados y fijar su residencia, por el tiempo presente, en la elegante casa solariega del fallecido juez Pyncheon. El gallo y su familia ya habían sido trasladados allí, donde las dos gallinas habían comenzado de inmediato el proceso infatigable de poner huevos, con el evidente plan, como una cuestión de deber y conciencia, de continuar su ilustre linaje bajo mejores auspicios que durante el siglo pasado. El día marcado para su partida, los personajes principales de nuestra historia, incluyendo al bueno del tío Venner, se reunieron en el salón.

—No cabe duda de que la casa solariega es muy bonita, si nos atenemos a los planos —observó Holgrave mientras el grupo discutía sus planes futuros—. Pero me pregunto si el difunto juez, al ser tan opulento y con perspectivas razonables de transmitir su fortuna a sus descendientes, no consideró oportuno plasmar tan excelente obra de arquitectura doméstica en piedra, en lugar de madera. Así, cada generación de la familia podría haber modificado el interior para adaptarlo a su propio gusto y conveniencia, mientras que el exterior, con el paso de los años, podría haber añadido un aspecto venerable a su belleza original, dando así esa impresión de permanencia que considero esencial para alcanzar la felicidad.

—¡Vaya! —exclamó Phoebe, que miraba el rostro del artista con infinito asombro—. ¡Cómo han cambiado tus ideas del modo más radical! ¡Una casa de piedra! ¡No hace ni tres semanas que parecías desear que la gente viviera en algo tan frágil y temporal como el nido de un pájaro!

—¡Ah, Phoebe, te dije cómo sería! —dijo el artista con una risa algo melancólica—. ¡Ya me consideras un conservador! Poco pensaba que me convertiría en uno de ellos. Es especialmente imperdonable en esta vivienda de tanta desgracia hereditaria y bajo la mirada de aquel retrato de un conservador modelo, quien, en ese mismo carácter, se ha manifestado durante mucho tiempo como el destino fatal de su linaje.

—¡Ese retrato! —dijo Clifford, que parecía encogerse bajo su estricta mirada—. Cada vez que lo miro, siento un viejo recuerdo fantasioso que me persigue, pero que se mantiene justo fuera de los límites de mi mente. ¡Riqueza, parece decir! ¡Riqueza sin límites! ¡Riquezas inimaginables! Podría imaginar que, cuando era niño o joven, aquel retrato me hubiera hablado para revelarme un rico secreto, o que me hubiera tendido la mano con el registro escrito de una opulencia oculta.

Pero esos viejos asuntos me resultan muy oscuros hoy en día. ¿Qué podría haber sido este sueño?

—Tal vez yo pueda recordarlo —contestó Holgrave—. ¡Veamos! Existe una posibilidad entre cien de que ninguna persona que no conociera el secreto tocara alguna vez este resorte.

—¡Un resorte secreto! —exclamó Clifford—. ¡Ah, lo recuerdo ahora! Lo descubrí una tarde de verano, hace muchísimo tiempo, mientras holgazaneaba y fantaseaba por la casa. Pero el misterio se me escapa.

El artista posó su dedo sobre el artilugio al que se había referido. En una época anterior, es probable que el efecto hubiera sido la causa de que el retrato saltara hacia delante. Pero, al llevar oculta tanto tiempo, la maquinaria se había visto consumida por el óxido; de modo que, ante la presión de Holgrave, el retrato con su marco y todo se desplomó de repente desde su posición y permaneció boca abajo en el suelo. Así salió a la luz un hueco en la pared que contenía un objeto cubierto por tanto polvo que no se pudo reconocer de inmediato como una hoja de pergamino doblada. Holgrave la abrió y mostró una antigua escritura firmada con jeroglíficos de varios jefes indios, mediante la cual se transmitía en perpetuidad al coronel Pyncheon y a sus herederos una vasta extensión de territorio hacia el este.

—Este es el pergamino que costó a la bella Alice Pyncheon su felicidad y su vida al intentar recuperarlo —dijo el artista en alusión a su leyenda—. Es lo que los Pyncheon buscaron en vano mientras era valioso; ahora que han encontrado su tesoro, hace mucho que dejó de tener ningún valor.

—¡Pobre primo Jaffrey! Esto es lo que lo engañó —exclamó Hepzibah—. Cuando éramos jóvenes, es probable que Clifford contara una especie de cuento de hadas sobre este descubrimiento. Siempre iba soñando por toda la casa, iluminando sus oscuros rincones con hermosas historias. Y el pobre Jaffrey, que se aferraba a todo como si fuera real, pensó que mi pobre hermano había encontrado las riquezas de su tío. ¡Murió con ese delirio en su mente!

Phoebe se llevó a Holgrave aparte.

—Pero ¿cómo es que tú conoces el secreto?

—Mi querida Phoebe —dijo Holgrave—, ¿te complacerá adoptar el nombre de Maule? En cuanto al secreto, es la única herencia que me ha sido transmitida desde mis antepasados. Deberías haber sabido antes (sólo que me daba miedo asustarte y que huyeras de mí) que, en este largo drama de males y retribuciones, yo represento al viejo brujo y es probable que sea tan brujo como lo fue él. El hijo del ejecutado Matthew Maule, mientras construía esta casa, aprovechó la oportunidad de construir ese hueco para esconder las escrituras indias, de las que dependía la gran reclamación de las tierras de los Pyncheon. Y así intercambió sus territorios del este por el jardín de Maule.

—Y ahora —dijo el tío Venner—, supongo que toda esa reclamación no vale más que una parte de mi granja.

—Tío Venner —exclamó Phoebe al tiempo que tomaba la mano del filósofo remendado—, no debe mencionar nunca más lo de su granja. Usted nunca irá allí mientras viva. Hay una casita en nuestro nuevo jardín, la casita de color amarillo y marrón más bonita que haya visto jamás, y es el lugar más dulce del mundo puesto que parece estar hecha de pan de jengibre... y nosotros vamos a renovarla y a amueblarla para usted. Y usted no hará nada más que lo que elija hacer, y será más feliz que una perdiz. Además, ¡mantendrá al primo Clifford de buen humor con la sabiduría y la amabilidad que sale de sus labios!

—¡Ah, mi querida niña! —dijo el bueno del tío Venner, que se sentía abrumado—. Si le hablara a un joven como le habla a este viejo, su oportunidad de conservar su corazón un minuto más no valdría ni uno de los botones de mi chaleco. ¡Dios bendito! Ha hecho saltar el último de los botones con ese gran suspiro que ha provocado en mí. Pero no importa. Fue el suspiro más feliz que jamás haya lanzado, como si hubiera aspirado una bocanada de aliento celestial para lanzarlo. ¡Vaya, vaya, señorita Phoebe! Me echarán de menos en los jardines de por aquí y en las puertas traseras, y la calle Pyncheon, me temo, se verá muy diferente sin el viejo tío Venner, quien la recuerda con un campo de siega a un lado y el jardín de la casa de los siete tejados al otro. Pero yo debo ir a su casa solariega o usted debe venir a mi granja... una de esas dos cosas es cierta y dejaré que usted elija cuál.

—Oh, por supuesto, venga con nosotros, tío Venner —dijo Clifford, quien sentía un increíble gozo por el carácter sencillo, callado y tranquilo del anciano—. Quiero que siempre esté a menos de cinco minutos de mi sillón. Usted es el único filósofo que he conocido cuya sabiduría no alberga ni una gota de esencia amarga en su fondo.

—¡Válgame Dios! —exclamó el tío Venner, quien comenzó en parte a darse cuenta de la suerte de hombre que era—. Y, sin embargo, la gente solía incluirme entre los sencillos cuando era joven. Pero supongo que soy como una roja manzana Roxbury, que sabe mejor cuanto más tiempo pasa. Sí, mis palabras de sabiduría, de las que me hablan Phoebe y usted, son como los dientes de león dorados que nunca crecen en los meses cálidos, pero que pueden verse brillar entre la hierba marchita y bajo las hojas secas, a veces hasta en diciembre. ¡Y sean ustedes bienvenidos, amigos, a mi revoltijo de dientes de león, si tuviera al menos el doble!

Una sencilla pero hermosa calesa de color verde oscuro se había detenido ante el ruinoso portal de la vieja mansión. El grupo salió y se dispuso a ocupar sus puestos (con la excepción del buen tío Venner, que se uniría a ellos al cabo de unos días). Estuvieron charlando y riendo juntos muy agradablemente y, como suele ocurrir en momentos que deberían hacernos sentir algo, Clifford y Hepzibah se despidieron para siempre de la morada de sus antepasados, con apenas más emoción que si hubieran decidido volver a la hora del té. Varios niños se acercaron al lugar atraídos por el inusual espectáculo de la calesa y el par de caballos grises. Al reconocer a uno de los niños, el pequeño Ned Higgins, Hepzibah se metió la mano en el bolsillo y le entregó al niño, su cliente más antiguo y fiel, suficientes monedas de plata para llenar la caverna de Domdaniel con una procesión de cuadrúpedos tan variada como la que entró en el arca.

Dos hombres pasaron por allí justo cuando la calesa partía.

—Bueno, Dixey —dijo uno de ellos—, ¿qué te parece todo esto? Mi esposa abrió una tienda durante tres meses y perdió cinco dólares de su inversión. La solterona Pyncheon lleva el mismo tiempo en el negocio y se marcha en su carruaje con un par de cientos de miles, si calculamos su parte, la de Clifford y la de Phoebe, y hay quien dice que ha ganado casi el doble de esa cantidad. Si decides llamarlo suerte, pues muy bien; pero si lo consideramos como la voluntad de la Providencia... ¡Vaya, no consigo entenderlo del todo!

—¡Me parece muy buen negocio! —dijo el sagaz Dixey—. ¡Muy buen negocio!

Durante todo este tiempo, el pozo de Maule, aunque abandonado en su soledad, arrojaba una sucesión de imágenes caleidoscópicas en las que un ojo entrenado podría haber visto presagiadas las fortunas venideras de Hepzibah y Clifford, así como las del descendiente del legendario brujo y la doncella de pueblo, sobre la que este había arrojado la red de su hechizo de amor.

Además, el olmo de Pyncheon, con el follaje que le había quedado tras el vendaval de septiembre, susurraba profecías ininteligibles. Al sabio tío Venner, que salía lentamente por el ruinoso pórtico, le pareció oír una melodía y se imaginó que, después de presenciar estos hechos, esta desdicha pasada y esta felicidad presente de sus parientes mortales, la dulce Alice Pyncheon se había despedido con un poco de alegría para el alma con su clavicémbalo mientras flotaba hacia el cielo desde la *casa de los siete tejados.*

ÍNDICE